尹 石 山 著

# 현대시학

1996
새미

詩와 詩學은 결코 별도로 논의되어서는 안 된다.

尹 石 山 著

# 현 대 시 학

1996
새미

詩와 詩學은 결코 별도로 논의되어서는 안 된다.

# 화자 시학의 가능성 탐구

　이 시대의 문학 연구에서 내 나름대로 몇 가지 문제점을 지적하라면 다음과 같은 것들을 꼽고 싶다. 우선 모든 연구가 <대상-작가-작품-독자>로 이어지는 축(軸) 가운데 어느 한 단위만을 대상으로 삼고 있다는 점이다. 그리고 그렇게 연구한 결과를 서로 연결하지 못하며, 작품만 연구 대상으로 삼을 경우에도 각 층위(層位)의 요소들을 병렬적으로밖에 설명하지 못해 왔다는 점이다.

　필자의 이런 지적이 타당하다는 것은 작금의 문학 연구가 창작(創作)과 비평(批評), 또는 문학사(文學史) 기술에 어떤 도움을 주어 왔는가를 살펴보면 짐작할 수 있을 것이다. 하지만 이런 혼란이 극복될 전망은 조만간에 거의 보이지 않는다. 아니, 시간이 흐를수록 오히려 가중될 게 분명하다. 그것은 각 관점에서 진행되어 온 연구가 미진한 데 원인이 있는 게 아니라, 연구의 편의를 위해 어느 한 단위를 선택했으면서도 그로 인해 발생하는 문제점을 합리화시키는 쪽으로만 연구를 진행하고 있기 때문이다. 따라서, 이 시대의 문학 연구가 쓸모 있는 것이 되려면 무엇보다 먼저 각 단위를 포괄하는 거시적(巨視的) 관점으로 전환해야 할 것이다.

이런 문제점을 짐작한 나는 1980년대 후반부터 문학 작품을 <화자(話者)-화제(話題)-청자(聽者)>의 역동적 관계에서 탄생되는 <담화(discourse)>라는 관점에서 생각해 보기 시작했다. 이처럼 한 걸음 물러서서 생각하면, 종래의 역사적·사회학적·심리학적 관점에서 연구해 온 결과는 <화자>라는 단위에서, 형식주의의 제 관점에서 연구해 온 결과는 <화제>라는 단위에서, 수용미학(受容美學)에서 제기된 문제들과 나머지 것들은 <청자>라는 단위에서 수렴(收斂)할 수 있으리라는 기대 때문이었다.

하지만, 곧바로 이들을 조정하는 작업에 착수할 수 있었던 것은 아니다. 문학 작품이 이들의 삼자 관계에서 탄생된다는 것은 분명하지만, 이들 가운데 무엇이 주도적 역할을 하는가를 발견하지 못하면 종래의 논의처럼 작품을 이루는 각 요소들을 병렬적으로 설명할 수밖에 없기 때문이었다.

아니, 좀 더 솔직히 말하면 과연 내가 이 작업을 해 낼 수 있을까 하는 두려움에 떨면서 머뭇거렸다. 이제까지 모든 연구자들이 어느 한 단위만 논의해 왔다는 사실은, 전 단위를 함께 논의하는 방법이 그만큼 어렵다는 걸 의미할 뿐만 아니라, 다행히 어떤 체계를 발견하여 제시한다 하더라도 어느 한 방향으로 연구해 온 학계의 대가들이 제기하는 이의에 견뎌 낼 자신이 없었기 때문이다.

그러다가 1989년 소월시(素月詩)를 소재로 삼아 학위 논문을 쓰면서 화자가 시의 의미적 국면(意味的局面)은 물론 조직적(組織的) 국면까지 지배한다는 사실을 확인하게 되었다. 하지만 다시 머뭇거릴 수밖에 없었다. 주지하다시피 소월은 <시인=화자>라는 관점에서 작품을 써 온 낭만주의 시인으로서, 그를 연구하는 과정에서 얻은 결론을 하나의 시학으로 수립하자면 <시인≠화자>라는 태도를 견지하면서 <반(反) 아리스토텔레스 시학>에서 쓰여진 작품들을 분석할 때에도 타당성을 지녀야 하기 때문이다.

그리하여, 학위 논문을 다듬어 『소월시 연구』(太學社, 1992)라는 제목으로 책을 펴내고, 몇 사람과 함께 『문학의 이해』(太學社, 1992)를 집필하면서, 우선 서정적 장르를 중심으로 전체 체계를 재검토하기 시작했다. 그리고, 이렇게 모색한 체계를 내가 강의하는 대학에서 가르쳐 보고, 창작이나 비평을 비롯하여 논문 지도 과정에서 검토해 보았다.

이런 과정을 거쳐 펴내는 이 책의 체제를 소개하기 위해서는 먼저 문학 작품의 층위를 <의미적>·<전략적>·<조직적> 국면으로 나누었다는 점을 밝혀야 할 것 같다. 이 책에서 '의미적 국면'이란 작품의 주제(主題) 또는 내용(內容)에 해당하는 층위(層位)를 말한다. 이 국면에 관계되는 요소들로는 <화자>·<화제>·<상황(狀況)과 배경(背景)>을 꼽았다. 그리고, 이들은 모두 화자의 지배를 받는다는 관점에서 출발했다. 시적 담화는 시인의 내부에서 떠오르는 사상과 감정을 그대로 기술한 게 아니라, 그에 적합한 화자를 선택하고, 상황과 배경을 부여한 다음, 그들끼리 교섭하는 과정을 보여주는 양식으로써, 화자를 누구로 설정하느냐에 따라 전체 의미의 윤곽이 결정된다는 생각에서였다.

'전략적(戰略的) 국면'은 객관론자들이 구조(structure)라고 부르는 층위로써, 화자가 자기 담화를 효과적으로 표현하기 위해 기획(企劃)하는 국면을 말한다. 이 국면에 관계되는 요소들로는 <비유화(比

喩化)〉·〈구성(構成)과 전경화(前景化)〉, 〈거리(距離)와 어조(語調)〉를 꼽았다. 그리고 이들 역시 화자의 담화 의도(intention)에 지배를 받는다는 관점에서 출발했다. 비유와 구성, '낯설게 만들기(defamilarization)', 화자의 심리적 거리(psychical distance), 그것을 구체화하기 위한 어조(tone)는 화자의 유형과 정서에 따라 결정되는 요소라는 생각에서였다.

조직적(組織的) 국면은 담화의 언표적(言表的) 국면을 말한다. 이 국면에 관계되는 요소들로는 〈시어(詩語)〉·〈심상(心象)〉·〈리듬과 운율〉을 꼽았다. 그리고 이들 역시 화자의 지배를 받되, 시인이 선택한 언어의 일반적 특질과, 사회적·역사적·문화적 배경, 화자가 선택한 장르의 문학적 관습(literary convention)이 함께 작용한다는 관점에서 출발했다. 작품은 시인의 것이지만, 시인은 역사와 사회 속의 개인이라는 생각에서였다.

이와 같은 체계로 집필된 이 책은 어찌 보면 그리 새로울 게 없는 것처럼 보일런지 모른다. 문학적 담화가 〈화자-화제-청자〉 관계에서 탄생된다는 것은 이미 보편화된 러시아 형식주의자들의 지론(持論)이다. 그리고, 담화를 구성하는 요소들에 대한 설명 역시 각 방면의 연구 결과를 보완하거나 종합한 것에 불과하기 때문이다. 아니, 보기에 따라서는 무례하고, 겁없고, 왜곡되게 보일런지도 모른다.

그러나 선입견을 버리고 좀 더 면밀히 살펴보는 독자들이라면 이 책이 결코 남의 논리를 조합한 데 그치지 않았음을 발견할 수 있을 것이다. 우선 일반론에 해당하는 제Ⅰ장의 《문학과 담화》만 해도 그렇다. 시적 담화의 갈래를 화제의 〈지향성(志向性)〉과 〈초점(焦點)〉에 의하여 나누고, 기본형을 결합시켜 하위 유형을 설정한 다음, 시의 갈래나 특질을 판단하려고 한 점을 들고 싶다. 이런 방법은 프라이(N. Frye)와 랜섬(J. C. Ransom)으로부터 암시를 받은 것으로서, 이제까지 우리가 설정한 시의 유형으로는 현대시를 다 포괄할 수 없다는 판단과, 유형 분류는 단지 갈래를 나누는 데 그치지 말고 그에 대한 가치 판단까지 담고 있어야 한다는 생각 때문이었다.

작품의 구조 분석으로 들어가는 제Ⅱ장인 ≪의미적 국면≫에서도 나름대로 꼽고 싶은 것들이 있다. 화자와 시인의 관계를 유사(類似) 관계(화자≒시인)로 보고, 화자의 유형을 ①시인과 화자의 관계, ②화자의 사회적 계층, ③동일 화자의 분열 여부, ④화자의 태도에 의해 세분한 다음, 어떤 화자가 선택되었느냐에 따라 화제의 성격·배경과 상황·거리·어조·시형·율격·이미지·음성 조직까지 달라짐을 밝히려고 노력한 점이다. 이 가운데 성(性)을 중심으로 논의한 부분은 여성적 어법을 구명해야 한다면서도 아직 그를 밝히지 못한 <페미니즘(Feminism) 비평>에 적지 않은 도움이 되리라고 믿는다.

화제의 유형 역시 지향성(指向性)과 초점(焦點)에 따라 세분한 점을 꼽고 싶다. 야콥슨(R. Jakobson)이 나눈 세 가지 지향성에 <극적(劇的) 지향형>을 추가시켰다. 그리고, 지향성만으로 판단하던 화제의 유형을 초점이라는 개념을 적용하여, <관념형(C)>·<물질형(P)>·<무의식형(U)>·<기호적 상징형(S)>으로 나누었다. 이와 같은 설정은 화제의 유형을 판별하는 데에만 그치는 게 아니라, '비교적 가까운 거리'니 '비교적 먼 거리'니 하고 막연하게 나누던 시적 담화의 거리를 보다 구체적으로 나누는 데에도 도움이 되리라고 믿는다.

또, 소설론이나 희곡론에서조차 등한시하던 <배경과 상황>을 하나의 독립된 요소로 다루었다는 점도 꼽고 싶다. 종래 시학에서 이들을 등한시한 것은 전언(傳言)의 내용에만 초점을 맞추는 낭만주의 시학(浪漫主義詩學)의 영향 때문이라고 볼 수 있다. 그러나 시간과 공간은 존재 구성의 필수 요소일 뿐만 아니라, 담화의 의미적 국면은 화자와 처한 상황의 관계에서 결정된다는 점을 염두에 둔다면, 이들을 등한시하는 것은 잘못이라고 할 수 있다.

제Ⅲ장인 《전략적 국면》은 <비유화(比喩化)>·<구성과 전경화(前景化)>·<거리와 어조>의 항목으로 나누었다. 이 가운데 <비유화>는 러시아 형식주의자들의 비유관을 발전시키면서, 직유에서 상징 또는 병치은유(竝置隱喩)까지 구조상으로 연접(連接)되어 있음을 밝혀 보려고 노력했다는 점을 들고 싶다. 그리고 거리에서는 시적 담화의 거리 이동 장치를 찾아보려고 노력해 봤다. 종래의 시론에서 금기시 하던 거리 이동에 관심을 기울였던 것은, 그런 작품들이 출현한 지 이미 오래일 뿐만 아니라, 담화의 총체성(總體性) 내지 전인성(全人性)을 획득하기 위해서는 필연적으로 거리를 이동시키지 않으면 안 된다는 생각에서였다.

이 장에도 전통적으로 소설론이나 희곡론에서 논의하던 요소들을 받아들인 것이 있다. 그것은 구성이라는 항목이다. 시적 담화도 정교한 구성 과정을 거치기 마련이고, 그를 통해 구조화와 전경화가 이뤄지며, 각 장르의 차이는 구성 방식에서 비롯된다는 생각 때문이었다. 다시 말해, 시와 산문의 차이는 화제에서 비롯되는 게 아니라 화제의 초점에 의하여 결정되며, 초점을 드러내는 장치가 곧 구성이라는 생각에서였다.

제Ⅳ장인 《조직적 국면》에서는 언어학(言語學)과 언어철학(言語哲學)에 대한 소양이 모자라 특별히 내세운 게 없다. 굳이 꼽으라면, 시어를 탄생된 배경에 따라 나누고, 그들은 각기 다른 에너지를 지니며, 그로 인해 서로 결합하고 배척하면서 새로운 사물과 풍경을 탄생시키는 걸 밝히려 한 점이다. 그리고 김대행(金大幸)과 성기옥(成基玉)의 연구에 도움을 받아 우리 시가(詩歌)에서 율적 감각(律的感覺)을 발생시키는 장치(裝置)가 무엇인가 보완·설명했다는 점이다.

그 이외도 내 나름대로 신경 쓴 것을 꼽으라면, 되도록 이해하기 쉽게 설명하고, 창작의 실제와 연결시키려 애쓰고, 나름대로의 비평 기준을 제시하고, 각 장의 말미에 그 장에서 논의한 요소들이 시대의 흐름에 따라 어떻게 변천했는가를 덧붙였다는 점이다. 그리고 가급적 새로운 예작을 선택하려 했다는 점을 꼽고 싶다. 이 가운데 각 요소들의 변천 과정을 덧붙인 것은, 편년체식(編年體式)으로 쓰여진 우리 시문학사를 후일 화자 중심으로 고쳐 써 보겠다는 의욕의 표시라고 받아들여도 좋을 것이다.

그러나 나는 지금 책상머리에 잔뜩 쌓인 원고 더미를 노려보면서 두려움에 떨고 있다. 이 책의 목적이 통합적 연구(統合的研究)를 촉진시키는 데 두고 있으면서 독립된 장으로 다루지 못하고 겨우 작은 항목으로 다루었다는 점이 마음에 걸리고, 각 장의 말미에 단지 추론에 의하여 <화자의 이동 방향>이니 <리듬관의 변천 과정>이니 하는 것들을 덧붙였다는 점이 마음에 걸리기 때문이다.

아니, 내가 두려워하고, 망설이며, 못마땅해하는 것들은 이런 점만이 아니다. 타인의 논리를 내 논리처럼 착각하는 부분이 허다할 것 같아서 두렵고, 원서(原書)는커녕 번역서(飜譯書)마저 다 읽지 못한 내 독서량 때문에 두렵고, 읽었다 해도 잘못 읽었을지 모르는 이해 능력 때문에 두렵고, 인용한 작품에 대한 해석이 타당한가 확신이 서지 않아 두렵고, 적절한 예문을 발견하기 어려워 너댓편씩 내 작품을 인용한 점이 못마땅하고……. 그래서 머리말

말미에 탈고 시점을 밝히기 위해 '눈부신 가을에'이니 '백설이 하이얀 한라산을 바라보며'니 하고 관형어를 대여섯 번 바꾸고도 다시 푹 10년쯤 눌러 두고 싶은 게 지금 내 심정이다.

그러나 이 한 권의 책으로 모든 것을 다 논의할 수는 없다는 안이한 생각이 자꾸 출간을 서두르게 만들고 있다. 그리고 수년 동안 교재 없이 강의를 받아 온 학생들을 더 이상 괴롭혀서는 안 된다는 평계가 내 마음을 조급하게 만들고 있다. 그리하여 잘못 설명했거나 빠뜨린 것은 개정판을 낼 때 보완하고, 또 통합적 연구 방법론은 2-3년 이내에『문학 연구 방법론』이라는 책으로, 각 장의 말미에 붙인 '변천 과정'은 다시 2-3년 뒤에『시문학 통사(通史)』라는 책으로 대신하겠다고 약속하면서, 두 눈을 딱 감고 만용을 부리려고 한다.

그런데 묘한 것은, 나는 지금 두려워하는 만큼 기뻐하고 있다는 사실이다. 비록 설익은 생각이지만 줄줄이 남의 책을 베끼지 않고 나름대로 체계를 세워보려 한 게 기쁘고, 전체의 체계를 살펴 봐주신 외우(畏友)들이 있어 기쁘고, 이 책의 탈고를 기다리는 ≪국학 자료원≫ 정찬용(鄭贊溶) 사장이 있어 기쁘고, 간접적이지만 내 시 쓰는 방법을 말할 수 있어 기쁘고, 그 동안도 그랬지만 앞으로도 이 책을 보완할 때까지 객지의 외로움을 잊으며 살 수 있을 것 같아 기쁘고, 이런 욕심을 부릴 수 있도록 하느님께서 건강을 허락해 주셔서 기쁘고, 내 생활 습관이 염려되어 아침마다 수영장으로 끌고 다니는 동료 교수가 있어서 기쁘고, 날마다 내 방에서 밤을 새우는 걸 허락하고 깔깔해진 입맛을 맞추기 위해 식탁 위에 찌개 냄비 두세 개씩 올려놓은 아내가 있어서 기쁘다.

그리고, 고맙다. 나같이 외국어에 까막눈인 사람을 위해 각국 문학 이론 서적을 부지런히 번역해 주신 역자(譯者)들이 고맙고, 교정을 맡아 준 제자들이 고맙다. 아니, 기쁘고 고마운 건 이들 뿐이 아니다. 하루 종일 컴퓨터 앞에 앉았다가 드라이브를 나설 때마다 반겨주는 푸르른 하늘과, 눈부신 태양과, 찰름이는 바다와, 늘 푸른 숲과, 달고 시원한 공기와, 관능적인 언덕바지 능선들과, 마음만 먹으면 시끄러운 소리를 듣지 않고 살 수 있는 섬의 한적함도 고마워해야 할 대상이다. 그러나, 무엇보다 고마워해야 할 분은 생태사회학(生態社會學)을 전공하는 외삼촌 임양재(任良宰) 교수이시다. 마흔 살이 되던 해, 내 공부하는 방법을 들으시다가 '넌 언제까지 외국 학자들 이름만 들먹거릴 작정이냐'고 질책하시는 바람에 틀리든 맞던 내 소리를 하려고 노력하기 시작했으니 말이다.

두렵고, 기쁘고, 고마워, 이 원고를 보내는 날 저녁에는 술을 한 잔 거나하게 마실 작정이다. 마침 그 날이 보름이면 보름달을 부르고, 별조차 캄캄한 그믐이면 간혹 내 술잔 속을 기웃대던 제주 전설 속의 미인 자청비(紫靑妣)를 불러다 놓고 마실 작정이다. 그러다가 취하면 파도 소리를 베고 누워 '배우되 생각하지 않으면 막히고, 생각하되 배우지 않으면 위태로워진다(學而不思卽罔 思而不學卽殆)'라는 공자님 말씀을 생각하면서 밤새도록 낄낄댈 작정이다.

잘못 생각하는 게 있다면 선배 동학들의 가르치심을 부탁 올립니다.

1996. 10

다시 한라산 이마에 어리는 가을 기운을 바라보면서

著者 씀.

# 차    례

3. 배 경

 1. 배경과 상황 / 172
 2. 텍스트 속의 배경 / 175
  (1) 텍스트 속의 배경 유형 / 175
  (2) 배경의 기능 / 180
 3. 화자의 의식구조에 따른 배경의 조정 과정 / 183
  (1) 시인의 세계관에 의한 배경 선택 / 184
  (2) 화자 유형에 의한 배경 조정 / 188
  (3) 화자의 심리를 전경화하기 위한 배경의 왜곡 / 194
 4. 자연관과 배경의 변천 과정 / 197


③ 담화의 전략적 국면

1. 비유화

 1. 비유화의 동기 / 206
 2. 은유 / 212
  (1) 치환은유의 구조와 하위 유형 / 213
  (2) 병치은유의 구조와 하위 유형 / 221
  (3) 은유의 기능과 전달 과정 / 226
 3. 상징 / 229
  (1) 은유와 상징과 알레고리의 차이 / 231
  (2) 상징의 기능 / 236
  (3) 상징의 유형 / 240
 4. 비유관의 변천 과정 / 245

2. 구성과 전경화

 1. 구성과 구조화의 개념 / 251
 2. 구조화의 동인 / 255

## 4 담화의 조직적 국면

### 1. 시 어

# ① 문학과 담화

# 1. 담화의 성격과 기능

우리는 흔히 문학 작품을 담화(discourse)라고 부른다. 문학적 담화는 일상적 담화의 연장선상에 있으며, 그 탄생과 전달 과정을 비롯하여 구조(structure)와 조직(texture)이 비슷하기 때문이다.

본 장에서는 먼저 문학에 대한 종래의 개념을 알아보고, 왜 문학 작품을 담화로 확장해서 봐야 하는지, 그리고 문학적 담화는 어떤 기능을 지니고 있으며, 그런 기능을 발휘하도록 만드는 요소들이 무엇인지 살펴보기로 하자.

## 1. 일상적 담화와 문학적 담화

문학을 담화의 차원에서 논의하려면 먼저 종래의 개념으로 논의할 경우 발생하는 문제점이 무엇인가 따져 봐야 할 것이다. 서양의 경우, <문학(literature)>이란 용어는 라틴어의 '문자(litera)'에서 온 것으로써 <기록된 것>이라는 뜻을 지니고 있다. 그리고 동양의 경우, 논어(論語)의 선진편(先進篇)에서 처음 사용된 이 용어를[1] 주자(朱子)는 '시서예악(詩書禮樂)을 배워 그 뜻을 능히 언어로 표현하는 것'이라고 풀이하고 있다.[2] 따라서 최초에 문학이란 용어는 <학문>·<문장>·<문헌>이란 뜻으로 쓰였음을 짐작할 수 있다.

그러나 이와 같은 광의의 개념은 시대의 흐름에 따라 차츰 협의의 개

---

1) 政事辯有 季路, 文學 子遊子夏
2) 文學 是學于 詩書禮樂之文 而能言其意者

념으로 정의되기 시작한다. 문학 작품을 '기록된 것'이라든지, '위대한 저술(great books)'이라고 정의하면3) 사서삼경(四書三經) 같은 사상서, 「사기(史記)」나 「열전(列傳)」 같은 역사서, 물리적 현상이나 동식물의 생태를 다루는 과학 서적, 일간 신문의 기사마저 문학에 포함시켜야 하기 때문이다.

문학을 협의로 정의할 때에는 <매재(媒材)>·<제재(題材)>·<표현의 태도(態度)>·<구조(構造)와 조직(組織)> 등을 고려하는 것이 보통이다. 첫째로, 매재 면에서는 <음악>·<미술>·<무용>과 같은 다른 장르와 구분하기 위해 언어 예술(言語藝術)이라는 조건을 붙인다. 협의로 정의하면서도 이와 같이 음성 언어까지 포함되는 '언어 예술'이라는 조건으로 확대하는 것은, 아직 문자로 정착되지 않은 구비문학(口碑文學)까지 포함시키기 위해서이다.

둘째로, 제재 면에서는 '인생의 문제'를 다룬 글이어야 한다는 조건을 붙인다. 이 세상 문제는 크게 <당연(sein)의 문제>와 <당위(sollen)의 문제>로 나눌 수 있다. 여기에서 인생의 문제는 당위(當爲)의 문제에 해당한다. 이와 같이 '당위'의 문제라는 조건을 붙이는 것은 당연(當然)의 문제를 다루는 자연과학적(自然科學的)인 글들과 구분하기 위해서이다.

셋째로, 표현의 태도 면에서는 상상력을 발휘하여 허구화(fictionalize)시켜야 한다는 조건을 붙인다. 다 같이 인생의 문제를 다룬 글이라고 해도 논리적이고 객관적인 인문과학(人文科學)이나 사회과학(社會科學) 논문들과 구분하기 위해서이다.

마지막으로, 구조(構造)와 조직(組織)면에서 정의할 때에는 '문학다운 구조와 조직'을 지녀야 한다는 조건을 붙인다. 그러나 무엇이 '문학다운 구조이고 조직이냐' 하는 질문 앞에 서면 각기 다른 대답이 나올 수밖에

---

3) R. Wellek & A. Warren, Theory of Literature(Penguin Books, 1970), pp.20~22.

없다. 구조와 조직은 문학적 관습(literary convention)에 의하여 실현되며, 관습은 시대에 따라 변화하고, 또 어떤 단위로 나누어 분석하느냐에 따라 결과가 달라지기 때문이다.

그런데 문학을 이와 같은 종래의 관점에서 논의하다 보면 여러 가지 어려움에 부딪히게 된다. 우선 무엇을 문학 작품으로 보느냐 하는 문제만 해도 그렇다. 이런 당연한 개념이 새삼스레 문제가 되는 것은 한 편의 작품이 어떻게 탄생되어 독자에게 전달되는가를 살펴보면 짐작할 수 있다.

작가가 어떤 모티프(motif)를 작품으로 형상화(形象化)하여 독자에게 전달하기까지는 <대상→작가→작품→독자>의 과정을 거치게 된다. 작가는 대상에서 얻어진 인상과 감정을 언어로 표현하고, 독자는 언어로 쓰여진 작품을 읽음으로써 대상과 작가의 심정을 유추하게 된다.

그러나 같은 대상을 주목해도 사람마다 인식하는 내용이 달라진다. 그리고 그것을 작품으로 표현했을 경우, 의도했던 것들이 그대로 표현되는 것이 아니다. 사람마다 언어 구조가 다를 뿐만 아니라, 표현하는 과정에서 부딪히기 마련인 언어적 제약(言語的制約)과 그가 선택한 장르의 관습에 따른 제약 때문이다. 신비평(New Criticism)에서 <작가의 의도=작품>이라고 보는 것은 잘못이라면서, <의도적 오류(intentional fallacy)>라고 비판하는 것도 이 때문이다.4)

그리고 독자들 역시 자신의 체험, 그 작품을 읽는 순간의 정서, 독서 능력에 따라 작가의 의도와 다르게 읽는다. 그것은 같은 독자가 같은 작품을 읽어도 번번이 다르게 느끼는 경우를 미루어 봐도 짐작할 수 있다. 그래서 신비평에서는 <작품의 의도=독자의 수용>으로 받아들이

---

4) W. K. Wimsatt, Jr. and M. C. Beardsley, 'The intentional Fallacy', Sewanee Review, LIV.(1946), pp.455~488.

는 것은 잘못이라면서, <감정적 오류(affective fallacy)>라고 비판한다.

따라서 문학적 대상(object)을 임의의 기호 <O1>이라고 할 때, 원래의 대상이 작품으로 형상화되어 독자에게 전달되기까지는 <대상(O1)→작가(O2)→작품(O3)→독자(O4)>의 경로를 거치게 된다. 그리고 이들의 관계는 <O1≠O2≠O3≠O4>이다. 다시 말해, 작품의 동기(motive)에 해당하는 <원물(原物, O1)>과 작가의 의식 속에 들어 있는 <대상(O2)>, 그것을 언어로 고정시킨 <작품(O3)>, 독자가 최종적으로 받아들인 <작품의 인상(O4)>은 모두 같은 게 아니다.

그렇다면 우리는 무엇을 문학 작품이라고 불러야 하는가? 일반인들은 흔히 언어로 고정시킨 원문(原文) $\langle O_3 \rangle$를 작품이라고 부를 것이다. 그리고 독자들은 객관적으로 존재하는 $\langle O_3 \rangle$와 자기가 인식한 $\langle O_4 \rangle$를 일치한다고 믿고 후자를 작품이라고 주장할 것이다. 그러나 작가는 자기의 의도인 $\langle O_2 \rangle$와 $\langle O_3 \rangle$를 비교하면서 충분히 표현되지 않은 것이라고 생각할 수도 있다. 그리고 독자가 주장하는 $\langle O_4 \rangle$는 잘못 읽은 것이라고 주장할 수도 있다.

이와 같이 단순한 개념이 새삼스레 문제되는 것은 문학 작품을 '언어로 표현된 원문(原文)'으로 제한했기 때문이다. 그러므로 문학 작품은 작가와 독자가 언어를 매개로 하여 이뤄지는 교환 행위(transaction), 즉 담화로 보아야 할 것이다.

그렇다면 담화란 무엇인가? 잉가르덴(R. Ingarden)의 설명에 의하면, 담화는 <형이상학적(形而上學的)⇌문화적(文化的)⇌심상적(心象的)⇌의미론적(意味論的)⇌언표적(言表的)> 층위(層位)로 조직된다고 한다.[5] 즉, 담화의 기층부(基層部)에는 화자의 형이상학적 세계가 깔려 있고, 그 형

---

5) N. Frye ed., *Sound and Poetry*(New York : Columbia University Press, 1957), p.135.

이상학적 가치관은 그 시대의 문화와 관련을 맺고 있으며, 이미지화와 의미 부여 과정을 거쳐 언어로 표현된다는 것이다.

이와 같은 층위는 문학적 담화에서도 발견할 수 있다. 작품의 밑바닥에는 작가의 가치관이 깔려 있다. 그리고, 그것은 당대 문화와 관계를 맺고 있으며, 이미지화와 의미 부여 과정을 거쳐 문자로 기록됨으로써 작품으로 탄생된다.

하지만, 잉가르덴의 수직설(垂直說)은 문학 작품을 너무 정태적(靜態的)으로 보는 점이 한계라고 할 수 있다. 이와 같은 관점은 작품이 <대상→작가→원문→독자>의 직선적 관계(直線的關係)에서 탄생된다는 생각에서 출발한 것으로서, 담화는 이들의 상호 역동적 관계, 즉 <대상⇌작가⇌원문⇌독자>의 관계에서 탄생된다는 점을 간과하고 있다.

문학적 담화가 이와 같이 상호 관계에서 탄생된다는 것은 작가에 비해 수동적인 것처럼 보이는 독자의 역할을 살펴보아도 짐작할 수 있다. 독자는 일방적으로 작가나 작품의 지배를 받는 존재가 아니다. 작가는 독자를 어떻게 예측하느냐에 따라 작품의 구조와 조직을 다르게 짠다. 그리고 이와 같은 예측은 원물(object)에 대한 작가의 인식 태도에도 영향을 미친다. 그러므로 작품은 언어로 고정된 원문(text)이 아니라, 야콥슨(R. Jakobson)이 말한 것처럼 <화자(speaker)⇌전언(message)⇌청자(hearer)>의 상호 관계에서 탄생되는 것으로 보아야 할 것이다.6)

따지고 보면 모든 예술 작품은 담화라고 볼 수 있다. 이와 같은 관점은 결코 새로운 게 아니다. 문학 작품을 사회와 역사의 산물로 보는 역사주의(歷史主義)에도 이런 관점이 내포되어 있기 때문이다. 작품을 탄생시킨 '사회'나 '역사' 속에 독자들이 숨어 있다는 것이다. 그래서 바흐친

---

6) R. Jakobson, *Linguistic and Poetics*, 김태옥 역, 『언어 과학이란 무엇인가』(문학과 지성사, 1977), pp.148~149

(M. M. Baktin)은 작품이란 작가와 사회, 작가와 작품, 또는 작품과 작품의 대화 속에서 탄생된다며 대화주의(Dialogism)를 주장한다.

이와 같은 일상적 담화의 삼자 관계를 문학적 담화에 연결시키면, <작가(writer)>는 <화자(speaker)>, <작품(work)>은 화자와 청자가 주고받는 <전언(message)>, <독자(reader)>는 <청자(hearer)>에 해당된다. 다시 말해, 문학적 담화는 <작가⇌작품⇌독자>의 역동적 관계의 산물이라고 할 수 있다.

그리고 구조와 조직 면에서도 비슷한 점을 발견할 수 있다. 가령, 일상적 담화에서 어떤 인물에 대해 이야기한다고 하자. 누구나 <언제>, <어디서>, <누가>, <무엇을>, <어떻게> 했다는 식으로 이야기할 것이다. 문학적 담화의 경우도 마찬가지이다. '언제', '어디서'에 해당하는 <시간적 배경>과 <공간적 배경>을 먼저 제시한 다음 <인물>을 내세워 본격적인 이야기를 전개한다. 그리고 그 이야기의 구조와 조직은 <화자-화제-청자>의 관계에 따라 짜여진다. 그러므로 일상적 담화는 특정인을 직접 대면하면서 음성 언어로 진행하는 반면에, 문학적 담화는 문자 언어로 불특정 다수를 청자로 삼아 비교적 독립하여 진행된다는 점에서 차이가 난다.

하지만, 좀 더 살펴보면 이런 차이만 지니고 있는 것은 아니다. 우선 <작가≠화자>라는 차이를 지적할 수 있다. 문학적 담화는 자신의 경험을 다루는 글이라 해도 일상적 담화처럼 화자(작가)가 담화(작품)의 표면에 직접 나서지 않는다. 대리자(작중 인물)를 내세우고, 그의 행동이나 이야기를 통해 전달하는 형식을 취하는 것이 보통이다.

그리고 <독자≠청자>라는 점도 지적할 수 있다. <실제 작가>와 <실제 독자>는 작품 밖에 있고, 그 테마에 따라 조정된 <함축적 작가>와 작가가 예측한 <함축적 독자>는 작품 속으로 스며들며, 함축적 작가가 내세운 <화자>와 <청자>, 즉 작중 인물끼리 주고받는 이야기나 행동을 작품 밖에서 엿보는 형식이 문학 작품이다.

또 <작가의 화제≠작중 인물의 화제>라는 점에서도 다르다. 일상적 담화에서 화제는 곧 화자의 화제이다. 그러나 문학적 담화에서는 작중 인물에 개연성(蓋然性)을 부여하기 위해 시간과 공간을 설정하며, 그에 알맞게 행동해야 하기 때문에 작가의 화제는 작중 인물의 화제로 수정된다. 그러므로 종래에 '작품'이라고 부르던 개념은 담지체(談持體)에 해당하는 원문(原文)과, <작가>·<화제>·<독자>가 상호 거래하는 담화로 나누어 생각할 수밖에 없다.

## 2. 문학적 담화의 목적과 기능

모든 담화는 그 나름대로 목적이 있다. 그렇다면, 작가는 작품을 통해 무엇을 전달하려 하는가? 그리고 독자들은 왜 현실적으로 별 쓸모가 없는 허구적 담화를 선택하여 스스로 세심한 주의를 기울이며 읽는 것일까? 이 문제는 <작가-작품-독자>의 세 가지 측면에서 살펴 볼 필요가 있다.

먼저 <작가-독자>의 측면에서 생각하면, 작가는 독자에게 지적·도덕적 교훈을 주기 위해 작품을 쓰고, 독자는 이를 얻기 위해 읽는다는 관점이 있다.

이와 같이 교시적(教示的) 기능을 중시하는 관점은 아주 오래된 견해 가운데 하나이다. 시인의 의무는 독자에게 교훈을 주는 것이라는 로마 시대의 호라티우스(F. Q. Horatius, B.C. 65-8)를 비롯하여, '시란 사람의 마음 속에 사특(邪慝)한 생각을 없애 준다'는 공자(孔子)의 문학관이 이에 해당한다.7) 그리고 입에 쓴 약을 먹기 편하게 꿀을 바르듯, 유익한 사상을 재미로 감싼 것이 문학이라는 시드니(P. Sydney)의 당의정설(糖衣錠說)을 꼽을 수 있다. 또, 독자들을 계도하기 위하여 글을 쓴다는 계몽주의(啓蒙主義), 현실을 고발함으로써 사회를 개조하려는 대응론적(對應論的) 사실주의(寫實主義), 특정한 이념을 구현하는 데 앞장서는 목적주의(目的主義) 문학관도 이 범주에 속한다.

이런 관점에서 쓰여진 작품들은 무엇보다 사상성(思想性)을 중시한다. 그리고 그런 사상은 보편적 가치나 집단적 이념을 옹호하고, 이상 세계를 건설하는 데 기여할 수 있다고 믿는 것들 가운데에서 선택된다.

하지만, 이런 관점은 테마주의 내지 소재주의로 떨어져 작품의 자율성(自律性)이 부족해지기 쉽다는 단점을 지니고 있다. 우리 나라의 1920년대 <KAPF> 문학이나, 1980년대에 '①노동자의 ②노동자에 의한 ③노동자를 위한'이라는 슬로건을 내걸었던 <노동 문학>이 치열한 주제를 선택했으면서 예술적으로 승화된 작품을 남기지 못한 것은 이처럼 작품을 이념이나 교훈의 도구로 본 데 원인이 있다.

<작가-독자>의 관계에서 생각할 수 있는 또 다른 관점은 미적 쾌락을 중시하는 견해이다. 다시 말해, 작가가 작품을 쓰거나 독자가 작품을 읽는 행위는 즐거움을 얻기 위해서라는 관점이다. 이런 관점을 취하는 사람들은 지식이나 교훈은 철학과 과학을 비롯하여 학문에서도 얻을 수 있으므로, 이들로부터 변별성을 확보하기 위해서 문학 작품은 아름다움과 즐거움을 수반하지 않으면 안 된다고 주장한다.

쾌락설의 효시는 플라톤의 '시인 추방론(追放論)'을 반대하면서 모방(模倣)의 즐거움을 내세운 아리스토텔레스(Aristoteles, B.C. 384-322,)에서 찾을 수 있다. 그리고 시인의 임무는 '가르치거나, 즐거움을 주거나, 이두 가지를 겸하는 일'이라고 주장한 호라티우스를 비롯하여,[8] 예술 행위

---

7) "詩三百 一言以蔽之 曰 思無邪"(『論語』, 「爲政」篇)

는 놀이이기 때문에 그 자체의 목적에만 적합하면 그만이라며 예술의 '무목적의 합목적성(purposeless of purposiveness)'을 내세운 칸트(I. Kant) 등을 꼽을 수 있다. 또, 문학을 개성의 표현으로 보는 낭만주의자들, 작가의 창작이나 독자의 독서 행위는 모두 정신적 결핍증을 해소하기 위한 것이라는 현대 심리주의(心理主義) 문학관도 이런 범주에 포함시킬 수 있다.

그렇다면 문학 작품을 쓰거나 읽을 때 우리를 즐겁게 하는 요소들은 무엇인가? 콜리지(S. Coleridge)는 예술 작품이 주는 즐거움은 미를 매개로 하여 정서를 자극할 때 발생한다고 주장한다.9) 그리고 칸트는 '질서(秩序)와 변화(變化)의 조화(造化)' 속에서 얻어진다고 주장한다.10) 하지만 파쇼트(F. E. Parshot)가 말했듯이, 미적 가치(美的價値)가 무엇인지, 일반적으로 말하는 미와 문학에서 말하는 미가 같은 것인지, 모든 문학 작품은 다 미적 가치를 지니고 있는지를 구명하지 않으면 미의 본질을 바르게 파악했다고 볼 수 없다.11)

서양에서는 미의 범주를 일반적으로 <순정미(純正美, the beautiful)> · <우아미(優雅美, the grace)> · <숭고미(崇高美, the sublime)> · <비장미(悲壯美, the tragic)> · <골계미(滑稽美, the comic)> · <추미(醜美, the ugly)>로 나누고 있다.12) 그리고 한국에서는 <아름다움> · <고움> ·

---

8) Horatius, *Ars Poetica*.

　…Poets wish either to instruct, or to delight, or to combine the two.

9) S. Coleridge, *On the Principles of General Criticism for the fine Art*. 최재서, 『문학원론』(춘조사, 1957), p.52. 재인용.

10) I. Kant, *The Critique of Judgement,* Trans. by J. C. Meredith (Oxford : At the Clarendon Press, 1952), pp.184~185.

11) F. E. Parshot, 'On the Possibility of Saying What Literature Is', Paul Herenadi ed., *What is Literature,* 최상규 역, 『문학이란 무엇인가』(창학사, 1983), pp.29~30.

12) 백기수, 『미학』(서울대 출판부, 1980.5), p.70.

<멋>으로 나눈 예가 있으나, 아직 미학계의 합의를 본 상태가 아니다.13) 이와 같은 분류에서 차이가 나는 것은 동양에서 제외한 추(醜)를 서양에서는 미의 범주 속에 포함시키고 있다는 점이다.

하지만, 미의 범주는 이처럼 고정적인 것이 아니다. 시대와 문화에 따라 변하는 감각으로서, 향수자(享受者)의 심리 상태와 불가분의 관계를 맺는다. 그것은 과거와 현재의 미인관을 비교해 보면 짐작할 수 있다. 조선 시대의 미인도(美人圖)를 살펴보면, 갸름한 얼굴에 균형 잡힌 여인들이 등장한다. 그러나 현대에는 윤곽이 뚜렷하고, 개성적인 사람들이 미인으로 꼽히고 있다. 그것은 <우아>·<단정>이라는 미적 기준이 현대로 접어들면서 <개성>·<활기>로 바뀌었음을 의미한다.

미적 쾌락(aesthetic pleasure)의 종류는 크게 본능적 감각을 자극하는 <관능적 쾌락(sensual pleasure)>, 시각과 청각을 자극하는 <감각적 쾌락(sensuous pleasure)>, 심정적 공감을 불러일으키는 <정서적 쾌락(emotional pleasure)>, 이지적 욕구를 만족시키는 <지적 쾌락(intellectual pleasure)>으로 나눌 수 있다. 감각적 쾌락은 정서적 쾌락을 불러일으키는 동인(動因)이 된다. 그리고 정서적 쾌락은 공감(empathy)을 불러일으키는 바탕이 되고, 지적 쾌락은 공감이 오래 지속되도록 만들며, 관능적 쾌락은 순간적으로 공감의 강렬도를 높이는 기능을 지니고 있다.

그러나 쾌락의 성질 역시 이렇게 확연히 구분되는 것은 아니다. 어느 유형이든 정도의 차이가 있기는 하지만, 다른 유형의 쾌락이 섞여 있기 마련이고, 얼마나 다양한 요소가 섞여 있느냐에 따라 쾌감의 <질(質)>과 <지속도(持續度)>가 달라진다.14) 그것은 정서적 공감을 바탕으로 하지

---

13) 백기수, 같은 책. pp.107~116. 그는 이 책에서 조지훈의 "멋의 연구", 『한국인과 문학사상』(일조각, 1968)의 내용을 인용하면서 <아름다움>·<고움>·<멋>으로 나누고 있다.

14) 최재서, 앞의 책. p.55.

않으면 지적 쾌락이나 감각적 쾌락은 시간의 흐름에 따라 무관심해지고, 관능적 쾌락만으로 구성될 경우에는 추하게 느껴질 수 있으며, 지적 공감을 동반하지 않는 쾌락은 지속성이 떨어진다는 점으로 미루어서도 짐작할 수 있다.

그런데 쾌락적 기능을 중시하는 작품 역시 문제점을 지니고 있다. 무엇이든 아름답기만 하면 그만이라는 관점은 유미주의(唯美主義)로 이어지며, 그것이 극단에 이르면 악마주의(惡魔主義)로 바뀌고, 그런 작품들은 반 사회적(反社會的) 기능을 띠기 쉽다. 그리고 개성의 분출에서 미가 발생한다는 관점을 취하다 보면, 보편성을 상실하고 전달과 공감이 차단된 작품으로 바뀔 가능성이 높아진다.

너무 개성적인 작품이 전달되기 어렵다는 것은 이상(李箱)의 시를 살펴보아도 짐작할 수 있다. 그의 작품은 정서 위주로 쓰여진 김소월(金素月)의 시나, 이미지 위주로 쓰여진 정지용(鄭芝溶) 시보다 훨씬 개성적이고 독창적이다. 하지만, 그의 작품을 읽고 공감하며 즐거워하는 독자들은 드물다. 그것은 지나치게 개성을 강조한 나머지 보편성을 상실하고, 그로 인해 전달성이 약화된 데 원인이 있다. 그러므로 가장 좋은 작품이란 독자에게 유익한 교훈을 주는 동시에 즐거움을 줄 수 있어야 하며, 최소한의 보편성을 확보한 것이라고 보아야 할 것이다.

그러나 쾌락과 교훈성은 엄격히 분리되는 것은 아니다. 로렌스(D. H. Lawrence)의 「채털리 부인의 사랑(Lady Charterley's Lover)」만 해도 그렇다. 오늘날에는 부인과 별장지기의 간통을 독자의 본능적 쾌락을 자극하기 위한 것이라고 받아들이는 사람은 드물다. 보편적 도덕에 어긋나더라도 정신과 육체가 합일된 사랑이 더 소중하다는 의미로 받아들인다. 그러나 발표 당시에는 외설물로 취급하고 출판을 금지했었다. 다시 말해, 작품의 통속성(通俗性)이나 외설성(猥褻性)은 시대와 독자에 따라서 달라질 뿐만 아니라, 전체의 구조와 불가분의 관계를 맺는다. 그러므로 그런 느낌을 주는 부분은 전체 구조와 얼마나 필연적인 관계를 맺고 있느냐에 따라 판단할 일이지 독립적으로 판단해서는 안 된다.

마지막으로 <작품> 그 자체에 목적을 두는 관점이 있을 수 있다. 이런 관점을 취하는 사람들은 작품이란 그 자체의 구조(structure)와 조직(texture)을 지니고 있으며, 그것은 작품의 미적 가치와 전체 질서를 유지하는 데 이바지해야 한다고 주장한다. 시인은 개성을 추구하기보다 그로부터 도피해야 한다면서 <몰개성 시론(沒個性詩論)>을 주장한 엘리어트(T. S. Eliot)를 비롯하여15) 영미 주지주의자(主知主義者)들, 언어학적 자각에서 출발한 러시아 형식주의(形式主義)와 기호학파(記號學派), 이들보다 뒤늦게 출발한 프랑스 구조주의자(構造主義者)들이 이런 관점을 취한다.

이와 같은 관점에서는 작가의 의도나 개성, 또는 독자에게 주는 교훈과 쾌락은 부차적인 것으로 간주된다. 그 대신, 작품에 내재된 미학적 질서가 중시된다. 그리하여 문학 작품의 구조와 조직을 보다 긴밀하게 만드는 데 기여한다. 그러나 무엇이 아름다움이냐 하는 문제는 영원한 논의의 대상임에도 불구하고, 그를 위해 작가나 독자의 욕구를 억제하도록 강요하면서, 비인간화(非人間化) 내지 귀족화(貴族化)를 지향하고, 현대 문학이 해결해야 할 과제 가운데 하나인 난해성(難解性)을 부추긴다는 점이 문제라고 할 수 있다.

그렇다면 바람직한 문학의 목표란 어떤 것인가? 그것은 앞에서 살펴본 관점들의 장점을 종합하면서, 새로운 인간상(人間像)을 탐구(探究)하여 제시하는 작품으로 보아야 할 것이다. 그와 같은 작품은 독자의 전인

---

15) T. S. Eliot, 'Tradition and the individual talent', *Selected Prose of  T. S. Eliot* (London, Faber and Faber, 1975), p.43.

적 욕구를 모두 충족시켜 줄 수 있을 뿐만 아니라, 그런 작품만이 문학사 속에서 변별성을 획득할 수 있기 때문이다.

그것은 문학사에서 중요시하는 작품들을 살펴보아도 짐작할 수 있다. 우리의 고전 소설에서 「홍길동전(洪吉童傳)」이나 「춘향전(春香傳)」을 백미(白眉)로 꼽는 것은 선대나 당대 작품에 비하여 이들 작품 속에 등장하는 주인공이 전혀 새로운 인간상이라는 데 원인이 있다.

서정적 장르의 경우도 마찬가지이다. 서사적 장르처럼 인물이 분명하게 드러나는 것은 아니지만, 새로운 유형의 화자를 등장시킨 작품들이 문학사에서 주목을 받아 왔다. 정철(鄭徹)의 「사미인곡(思美人曲)」과 「속미인곡(續美人曲)」은 여성화자에 가탁(假託)하여 연군지정(戀君之情)을 노래했기 때문에 주목을 받았다고 볼 수 있다. 그리고 소월시 역시 여성화자를 등장시켰지만 연군지정 같은 남성적 제재를 노래한 것이 아니라, 여성적 제재를 여성다운 태도와 어조로 노래했기 때문에 정철과 변별력을 유지했다고 볼 수 있다.

그러나 새로운 인간상의 창조란 전혀 존재하지 않았던 인물을 만들어내는 것만을 의미한다고 볼 수는 없다. 춘향의 원형은 백제 시대의 ‘도미의 처’에서, 홍길동의 원형은 고려 시대의 노비 ‘만적(萬積)’에서 찾을 수 있다. 그러므로 새로운 인간상의 창조란 이미 존재했으되, 고정 관념에 가리어 예외적 인물로 취급받던 인간들을 새롭게 해석하면서 의미를 부여하는 작업이라고 할 수 있다.

하지만 문학 작품의 목적을 새로운 인간상의 탐구에 두는 것 역시 문제가 있다. 새로운 인물의 창조가 이미 존재했거나 존재할 수 있는 인물들을 달리 해석하는 작업이라 해도, 그들의 대부분은 당대 도덕적 규준에서 예외적으로 취급되던 존재들을 대상으로 삼기 때문이다. 다시 말해, 그런 인물들을 골라 정당화시키다 보면, 작가의 본래 의도와 달리 예외적 가치관을 정당화하는 결과를 초래하고 만다. 따라서 예외적인 인물을 작품 속에 받아들이려면 예외성만 강조하지 말고, 상황에 대한 갈등과 투쟁 과정을 그려 전인적 성격(全人的性格)이 담기도록 노력해야 할 것이다.

이 문제는 김동인(金東仁)의 「감자」를 중심으로 생각해 보기로 하자. 몇 푼 안되는 품삯을 더 받기 위해 몸을 팔고, 감자를 훔치다가 '왕서방'의 정부가 된 '복녀(福女)' 같은 인물은 어느 시대에도 존재할 수 있다. 하지만, 전쟁 같은 부득이한 상황에서도 목숨보다 정절을 더 소중하게 여기던 1920년대 가치관에서 보면, 그녀의 태도는 거의 혁명적이라고 할 수 있다. 그런데 야유적인 어조를 통해 타락한 현실을 비판하려는 작가의 의도를 제대로 이해하지 못할 경우에는 이 작품은 당대의 보편적 도덕과 윤리를 파괴하려는 목적에서 쓰여진 것으로 받아들여질 수 있다. 그러므로 새로운 인간상을 제시하려는 작품일수록 문학의 사회적 기능에 대한 배려를 잊지 말아야 할 것이다.

## 3. 문학적 담화의 구성 요소

우리가 즐겨 읽는 문학 작품은 이 시대에 쓰여진 것들만이 아니다. 그리고 우리 나라 작가들이 쓴 것만도 아니다. 뛰어난 작품은 시대와 민족을 초월하여 모든 사람들이 즐겨 읽고, 또 감동을 받는다. 그래서 문학 작품은 흔히 시대를 초월하는 <항구성(permanency)>, 개개인의 심리와 입장을 초월하는 <보편성(universality)>, 그러면서도 다른 작품과 변별성을 유지하는 <개성(individuality)>을 지녔다고 본다.16)

---

16) C. T. Winchester, *Some Principles of Literary Criticism*(New York. The Macmillan Co., 1950), pp.34~62.

  그렇다면 문학 작품은 어떤 요소들로 이루어졌기에 이와 같은 성격을 지니고 있는 것일까. 그것은 문학 작품을 어떤 관점에서 보느냐에 따라 달라질 수밖에 없지만, 윈체스터(C. T. Winchester)는 『문학 비평의 제 원리(Some Principles of Literary Criticism)』에서 <정서(emotion)> · <상상(imagination)> · <사상(thought)> · <형식(form)>을 꼽고 있다. 그리고 허드슨(W. H. Hudson)은 『문학 연구 방법론 서설(An introduction to the Study of Literature)』에서 <지적 요소(intellectual element)> · <정서적 요소(emotional element)> · <상상적 요소(element of imagination)> · <기교적 요소(technical element)>, 또는 <구성과 문체의 요소 (the element of composition and style)>를 꼽는다.

  그런데 두 사람의 견해를 비교해 보면 공통되는 요소들을 발견할 수 있다. 우선 눈에 띄는 것은 '정서'와 '상상'이다. 그리고 허드슨이 말하는 '기교적 요소' 또는 '구성과 문체의 요소'는 윈체스터가 말하는 '형식적 요소'를 좀더 세분한 것이라고 볼 수 있다. 그러므로 두 사람의 주장 가운데 서로 다른 것은 '사상'과 '지적 요소'라고 볼 수 있다.

  하지만, '사상'과 '지적 요소' 역시 결코 무관한 것들이 아니다. 신념적(信念的) 정서에 지적 통제(知的統制)를 가하여 체계화(體系化)한 것을 사상이라고 한다면, '지적 요소'는 '사상'을 이루는 한 요소에 해당한다. 따라서 두 사람이 꼽은 요소들은 대체로 일치한다고 보아야 할 것이다.

  그렇다면 이 가운데 어떤 요소가 문학 작품에 항구성(恒久性)과 보편성(普遍性)을 부여하는 데 기여할까? 아마도 제일 먼저 꼽을 수 있는 요소는 정서일 것이다. 정서는 사람에 따라 반응하는 양식이 다르지만, 시대와 민족을 초월하여 보편성과 유사성을 지니기 때문이다.

  사랑에 대한 정서만 해도 그렇다. 시대와 민족과 개인에 따라 구애와 결혼 풍습이 다르다. 하지만, 사랑에 대한 감정이 다른 것은 아니다. 아무리 역사가 진보해도 예술의 주제가 <사랑>·<이별>·<미움>·<불의에 대한 저항>과 같은 범주를 벗어나지 못하는 것은 이러한 정서를 이용하여 항구성과 보편성을 획득하기 위해서라고 볼 수 있다.

그렇다면 정서란 무엇인가? 제임스(W. James)는 『심리학(Psychology)』에서 정서란 자극(刺戟)을 지각(知覺)하고 그로 인해 일어나는 신체적 변화를 인식한 뒤에 발생하는 것이라고 주장한다. 예컨대, 어둠 속에서 검은 그림자가 불쑥 나타났다고 하자. 등골이 오싹해지면서 그런 신체적 변화를 감지한 다음에 '공포'라는 정서가 야기된다는 것이다.

하지만 문학 작품에서 추구하는 정서는 그런 것만이 아니다. 오히려 미적 정서(aesthetic emotion)가 중심이 된다. 바네스(A. C. Barness)는 외부로부터 받은 자극이 미적 정서로 발전하기 위해서는, 그 자극의 실감(實感)으로부터 '유리(遊離)와 보수(補修)'의 작용이 일어나는 '미적 경로(aesthetic process)'를 거쳐야 한다고 주장한다.[17]

그가 말하는 '실감의 유리'란 자극을 받은 순간의 느낌에서 떠나는 것을 의미한다. 즉, '회상(recollection)'이나 '환상(illusion)'의 상태에서 떠남을 의미한다. 그리고 '보수'는 그 자극을 다른 경험과 연결하면서 수정하고 정리함을 말한다. 따라서 미적 정서란 자극을 받는 순간의 느낌이 아니라 현실을 떠나 의도적으로 취사 선택하고 수정한 정서이며, 미적 경로(美的經路)는 그와 같은 수정과 재구의 과정이라고 볼 수 있다.[18]

이와 같은 문제는 미적 정서를 야기시켰던 독서 경험을 미루어봐도 짐작할 수 있다. 인간은 누구나 이별과 죽음을 두려워한다. 그럼에도 불

---

17) A. C. Barness, *The Art of Henri Mattise,* p.31. 최재서, 앞의 책, pp.291~272. 재참조.
18) 구인환·구창환, 『문학개론』(삼지원,1990), p.64.

구하고 그런 소재를 다룬 작품이 아주 강한 감동을 주는 수가 많다. 현실에서 두렵고 고통스러운 자극마저 작품 속에서 아름답게 보이는 것은, 그것이 현실의 자극이 아니며, 그 작품의 테마를 비롯한 여타의 요소들과 조화를 이루도록 실감의 유리와 보수의 과정을 거쳤기 때문이다.

러스킨(J. Ruskin)은 『현대 화가론(Modern Painters)』에서 미적 정서의 유형을  <사랑(love)> · <존경(veneration)> · <찬탄(admiration)> · <기쁨(joy)>과, 이에 대응하는 <미움(hate)> · <분노(indignation)> · <공포(horror)> · <슬픔(grief)>으로 꼽고 있다. 하지만 정서의 유형을 이렇게 나눌 수 있을지 의문이다. 그의 분류는 내용에 따른 것으로서, 사랑만 해도 여러 가지 유형이 있고, 미움은 사랑과 반대되는 정서가 아니라 또 다른 유형의 정서이기 때문이다.

문학 작품의 세 번째 특질에 해당하는 개성 또는 창조성을 형성하는 데 기여하는 요소들은 무엇일까? 그런 요소로는 상상력(想像力)과 형식적(形式的) 요소를 꼽을 수 있다. 동일한 체험을 해도 의식구조에 따라 상상하는 방향이 다르고, 그렇게 상상한 내용에 따라 각기 다른 형식을 선택하며, 그와 같은 차이가 곧 개성과 창조성으로 이어지기 때문이다.

그렇다면 상상력(imagination)이란 무엇인가. 플라톤(Platon)은 그리스어로 상상력에 해당되는 '환타지아(phantasia)'를 비합리적(非合理的)인 영혼의 기능으로 보고, 아리스토텔레스(Aristoteles)는 이데아(idea)를 추상해 내는 이성의 힘으로서 감각과 사상의 중개자(仲介者)라고 본다. 그리고 제임스(W. James)는 '과거에 체험한 원물(原物)의 이미지를 재생하는 능력'이라면서, 원물의 모습을 되살리는 <재생적 상상력(reproductive imagination)>과 원물에서 추출한 이미지들을 결합시켜 새로운 것으로 만드는 <생산적 상상력(productive imagination)>으로 나눈다.[19] 또, 듀이

---

19) 최재서, 앞의 책, p.305.

(J. Dewey)는 『경험으로서의 예술(Art as Experience)』에서 독립된 심리 기능이 아니라 '여러 가지 사건들을 결합시켜 통일적으로 구성할 때 보고 느끼는 방식'이라면서, 정서와 지성을 비롯한 그 밖의 요소들이 유기적으로 결합된 것이라고 설명한다.

이와 같은 일반적인 상상력의 이론을 문학 이론으로 설명한 사람은 콜리지(S. Coleridge)이다. 그는 『문학평전(Biographia Literaria)』에서 상상력을 객체와 상관없이 주체적으로 재현되는 기능으로 본 칸트의 견해를 이어 받아, 쾌(快)와 불쾌(不快)의 감정으로 나타난다고 주장한다. 그리고 단순히 연상(association)의 법칙에 의하여 재생되는 것이 아니라 이성의 봉사를 받아 생산 활동에 참여한다고 주장한다.

콜리지의 견해 가운데 주목할 만한 것은 셸링(F. W. J. Schelling)의 견해를 받아들여 상상력의 유형을 <제1상상력(primary imagination)>과 <제2상상력(secondary imagination)>으로 나눈 점이다. 그가 말하는 제1상상력은 인간이 지니고 있는 근본적이고도 창조적인 능력을 말한다. 그리고 제2상상력은 제1상상력을 의식적으로 사용하는 것을 말한다. 다시 말해, 제1상상력은 어떤 대상을 인식하는 순간에 발동하여 외부 세계를 지각하는 임무를 수행하고, 그에 대해 새로운 의미를 투사(投射)하고 창조하는 역할은 제2상상력이 맡는다. 따라서 제2상상력은 제1상상력의 메아리 같은 존재로서, 시인이 시를 쓸 수 있는 것은 제2상상력 때문이라고 한다.

그는 제2상상력을 다시 <공상(fancy)>과 <상상(imagination)>으로 나눈다. 공상(空想)은 시공(時空)으로부터 해방된 고정적 기억인데 반하여, 상상력은 대립되고 모순된 감각을 하나로 융합시켜 새로운 이미지를 창조하는 능력을 지녔다면서, 이런 능력 때문에 상상력을 공상보다 한 등급 더 높은 것으로 평가한다.[20]

  하지만 상상력의 유형은 이렇게만 나눌 수 있는 것은 아니다. 러스킨은 기능에 따라, <직관적 상상력(penetrative imagination)> · <연상적 상상력(associative imagination)> · <정관적 상상력(contemplative imagination)>으로 나눈다.[21] 윈체스터는 <창조적 상상력(creative imagination)> · <연상적 상상력(associative imagination)> · <해석적 상상력(interpretative imagination)>으로 나누고 있으며,[22] 바슐라르(G. Bachelard)는 <형태적> · <물질적> · <역학적> 성격을 지녔다면서, 상상력의 체계를 <물> · <불> · <바람> · <흙>의 4원소(元素)로 계열화한다.

  이상의 견해들을 종합할 때, 문학에서 상상력은 단순히 과거에 대한 회상(recollection)이나 기억(remember), 또는 미래를 예측(prospect)하는 힘만을 의미하는 것이 아니다. 현재의 지각과 과거의 체험을 연결하고, 서로 다른 것으로부터 동일성(同一性)을 발견하여 유기적 통일체(統一體)로 바꾸는 힘을 지니고 있다. 상상력이 풍부한 작품을 읽을 때 경이감과 청신감을 느끼게 되는 것은 이런 상상력에 의하여 작중 이미지와 에피소드들이 서로 분열(分裂)하고 결합(結合)하고 변형(變形)되기 때문이다.

  그런데 종래 예술론에서 상상력은 예술가들만이 지닌 것으로 간주하는 경향이 있다. 예술가들은 <심상 사고(image thinking)>를 하고, 과학자들은 <무심상 사고(imageless thinking)>를 한다는 주장이나,[23] 일반인들이 노력은 하지 않고 자신에게는 예술적 능력이 부족하다고 생각하는 것이 그런 예에 해당한다.

  그러나 예술가들의 주장은 자신들의 능력을 과장하기 위한 것일 뿐, 그들의 사고 방식과 일상인들의 사고 방식이 다른 것은 아니다. 리차즈(I. A.

---

20) S. Coleridge, *Biographia Literaria VI* (Oxford Univ, 1954), pp.18~29.
21) J. Ruskin, *Modern Painters,* Vol. Sec ii ⅴ.
22) C. T. Winchester, 앞의 책, p.117.
23) 최재서, 앞의 책, pp.305~306.

Richards)가 주장했듯이, 과학과 예술의 차이는 진술(陳述) 방식의 차이에서 비롯된다. 과학적 진술은 언어의 지시적 기능(referential function)을 중시하는 반면에, 시적 진술은 의사주체(pseudo-subjective)를 내세워 객관적 진위(眞僞)와 관계없이 함축적으로 진술하기 때문이다.24)

하지만 문학 작품의 개성(individuality)은 상상력에 의해서만 얻어지는 것은 아니다. 윈체스터가 말한 <형식(形式)>, 또는 허드슨이 말한 <기교적(技巧的) 요소>에서도 얻을 수 있다. 같은 주제, 같은 내용을 다루어도 여러 개의 에피소드 가운데 어떤 것을 먼저 이야기하고, 어떤 어휘를 선택하느냐에 따라 전혀 다른 작품이 되기 때문이다. 따라서 문학 작품의 개성은 상상력에서 출발하여, 형식이나 기교적 요소에 의해 마무리된다고 보아야 할 것이다.

그렇다면 형식이란 무엇인가? 그리고 기교적 요소들은 어떤 것들을 말하는 것일까? 근대 이전까지 예술 작품의 형식은 작가의 사상·정서·상상력을 표현하기 위한 <틀>이라고 설명해 왔다. 그리고 장르마다 각기 다른 틀이 있고, 작품의 내용은 이에 어울리도록 조정되어야 한다고 믿어 왔다.

그러나 콜리지가 말했듯이, 문학 작품의 형식은 장르의 일반적 규칙에 따른 <기계적 형식(mechanic form)>만 있는 것은 아니다. 내용에 따라 달리 선택되는 <유기적 형식(organic form)>이 있고, 그것이 창작의 실제에서는 더 강력한 영향력을 발휘한다.25) 크로체(B. Croce)가 발레리(P. Valery)를 논하는 글에서, 예술 작품은 형식과 내용이 일치해야 하며, 미적 사실(美的事實)은 오직 형식뿐이라고 주장한 것도 이런 생각 때문이

---

24) Richards and Ogden, *The Meaning of the Meaning*(New York, Harcourt Brace Javanovich Books, 1930) pp.149~150.
25) S. Coleridge, *On The Principles of General Criticism for the fine Art*, 최재서, 앞의 책, p.194. 재인용

있다.[26]

　이와 같이 형식과 내용의 관계를 일원론적(一元論的) 관점에서 설명하려 한 사람들은 신비평 그룹(New Critics)이다. 그들 가운데 실천 비평(實踐批評)의 전범을 보인 브룩스(C. Brooks)는 작품을 형식과 내용으로 나누고, 그 내용을 추출하여 추상적인 명제로 설명하려는 것은 <환언(paraphrase)의 이단(異端)>이라면서, 시는 잘 만들어진 '백자 항아리'처럼 말없이 형상을 통해 간접적으로 이야기한다고 주장한다.[27]

　러시아 형식주의자(Russian Formalism)들은 이들보다 한결 강화된 관점에서 일원론을 주장한다. 그들은 문학 작품을 <계열(系列)의 축(軸)>과 <선택(選擇)의 축(軸)>으로 나누고, 두 축의 결합에 의하여 탄생되는 <역동적 통합체(dynamic integration)>라고 설명한다. 즉, 작품을 이루는 요소마다 계열체가 있으며, 한 계열에 속하는 어떤 요소를 선택하면 이에 맞추어 다른 요소들도 달리 선택할 수밖에 없는 시스템(system)이기 때문에,[28] 의미가 달라지면 형식과 조직도 달라질 수밖에 없다고 주장한다. 그래서 그들은 형식이란 '달성된 내용'이라는 견해를 편다.

---

26) R. Wellek, *Concepts of Criticism*(Yale Univ. Press, 1963), pp.54~68.
27) C. Brooks, *The Well Wrought Urn*(New York, HBJ Books, 1947), 8장.
28) V. Erlich, *Russian Formalism : History and Doctrine*(The Hague; Mounton, 195
　　5, 3rd rev., 1969), p.225.

# 2. 문학적 담화의 갈래와 특질

장르에 대한 연구는 작품의 유형을 분류하기 위해서만 필요한 것은 아니다. 해리 레빈(H. Levin)이 말했듯이, 장르란 문학적 관습(literary convention)과 제도(institution)의 총화(總和)로서,[1] 그에 대한 이해가 없이는 작품을 쓰거나 감상하기 어려워진다. 그리고 장르의 변모 과정을 살핌으로써 문학사의 흐름은 물론, 다음 시대에 어떤 유형의 문학 작품이 등장할 것인가를 예측할 수 있다. 따라서 문학 이론에 대한 학습은 장르의 관습에 대한 학습으로써, 작품의 창작과 감상 방법을 터득하기 위한 것이라고 볼 수 있다.

본 장에서는 먼저 문학적 담화의 장르 구분 기준을 알아보고, 3대 장르의 공통점과 차이점을 구명한 다음, 서정적 담화의 특질을 보다 명확하게 드러낼 수 있는 하위 장르를 설정해 보기로 하자.

## 1. 문학적 담화의 갈래

문학적 담화의 갈래를 구분하기 위해서는 먼저 문학의 잡다한 현상을 분류하고 체계화할 기준을 수립해야 한다. 댄지거(M. K. Danziger)와 존슨(W. S. Johnson)은 이러한 분류 기준으로 작품의 매체(媒體)와 형태(形態), 제재(題材)의 성격, 창작 목적 내지 작가의 태도, 문학적 관습(文學

---

1) R. Wellek & A. Warren, *Theory of Literature*(Penguin Books, United Publishing & Promotion Co. Ltd., 1956), p.216 재인용.

的慣習)을 꼽는다.2)

우선 문학적 담화를 매체에 따라 나눌 때에는 <구비 문학(口碑文學)>과 <기록 문학(記錄文學)>으로 나눌 수 있다. 형태상으로 나눌 때에는 <운문>과 <산문>으로 나눌 수 있다. 그러나 이런 구분은 그 단위가 너무 커서 각 갈래의 특질을 제대로 드러내지 못하므로 좀 더 하위 기준을 적용하여 세분하지 않으면 안 된다.

매체와 형태보다 하위 기준인 제재로 나눌 때에는, 소설의 경우 <농촌소설>이니 <심리소설>이니 하는 식으로 나눈다. 시의 경우도 마찬가지 방식으로 나눌 수 있다. 이와 같은 분류는 어느 정도 작품의 내용과 특질을 드러낼 수 있다는 면에서는 장점을 지닌다. 그러나 이런 분류를 인정하기로 한다면, <어촌소설>, <산촌소설>, <중·소도시소설>, <대도시소설> 등과 같은 장르도 인정해야 한다. 그러므로 제재 중심의 분류는 분류자의 자의에 따라 달라진다는 것이 단점이다.

작가의 창작 목적이나 태도에 따라 나눌 때에는 <순수문학>, <통속문학>, <참여문학> 등으로 나눌 수 있다. 순수문학(純粹文學)이란 문학적 목적 이외 다른 목적을 배제한 작품을 말하며, 통속문학(通俗文學)은 오락성에 치중한 작품을 말한다. 그리고 참여문학(參與文學)은 현실을 개조하려는 목적에서 쓰여진 작품을 말한다. 하지만 어떠한 작품이든 어느 정도의 오락성과 교훈성, 그리고 현실을 개혁하려는 목적을 지니고 있고, 그런 목적들의 경계를 명확하게 그을 수 있는 것도 아니다. 그러므로 장르는 위에서 말한 네 가지 조건을 모두 고려하여 나눌 수밖에 없다.

그런데 장르는 위와 같은 기준 이외에도 장르의 탄생 배경과 장르간의 관계에 따라 <기본(基本) 장르>와 <파생(派生) 장르>로 나눌 수 있

---

2) W. K. Danziger & W. S. Johnson, *An Introduction to Literary Criticism*(D. C. Heath and Co. 1961), p.66.

다. 기본 장르란 토도로프(T. Todorov)가 말한 <이론적 장르(theoretical genre)>로서, 시대와 민족을 초월하여 보편적으로 존재하는 장르를 말한다. 그리고 파생 장르란 시대와 민족에 따라 차이를 보이는 <역사적 장르(historical genre)>로서, 기본 장르끼리 교섭하여 탄생된 <복합 장르(mixed genre)>를 말한다.[3)]

기본 장르에 대한 분류는 플라톤의 『공화국』에서 처음 시도된다. 그는 화법(話法)의 유형을 시인이 '자신의 인격'으로 말하는 <작가적 화법(authorial speech)>, 작중 인물을 설정하고 작가가 그 사람의 입장이 되어 '다른 인격'으로 말하는 <모방적 화법(figural speech)>, 이 두 화법을 번갈아 사용하는 <혼합 화법(mixed speech)>으로 나눈다. 그리고 시인이 자신의 화법으로 말하는 장르는 서정시, 다른 사람의 어법으로 말하는 장르는 극시, 자신의 어법과 다른 사람의 어법을 번갈아 사용하여 말하는 장르는 서사시로 분류한다.[4)]

플라톤이 분류한 3대 장르는 아리스토텔레스의 『시학』에서 한결 구체화되면서, 르네상스 시대를 거쳐 신고전주의(新古典主義) 시대까지 이어진다. 하지만 이 시대의 장르관은 오늘날과 같은 것이 아니다. 각 장르에는 일정한 법칙이 있으며, 그 법칙을 잘 지킨 작품을 우수한 작품이라고 평가한다. 그리고 장르 사이에는 우열을 인정하고 주관적 정서를 다루는 서정시를 가장 열등한 것으로 간주하고, 서사시와 극시를 중심으로 논의를 전개한다. 이와 같은 아리스토텔레스의 장르관은 플라톤의 영향을 받은 것으로서, 고대 사회를 지배하던 효용론적 문학관 때문이라고 할 수 있다.

---

3) T. Todorov, *Introduction à la littérature fantastique*(Cornell Univ. Press, 1975), p p.13~14.
4) R. Wellek & A. Warren, 앞의 책, p.338.

장르 이론을 오늘날과 같은 개념으로 발전시킨 사람은 독일의 역사 철학자 헤겔(Hegel)이다. 그는 이 세계의 역사가 <정(正)>·<반(反)>·<합(合)>의 변증법적(辨證法的)인 법칙에 의해 진행된다고 보면서, 장르도 이에 맞춰 주관적 세계를 표현하는 서정시, 객관적 세계를 표현하는 서사시, 주관과 객관의 변증법적 세계를 표현하는 극시로 나눈다. 그리고 각 장르는 서로 동등하며, 상호 영향을 주고받으면서 조정·발전된다고 주장한다. 따라서 헤겔의 장르관은 플라톤이나 아리스토텔레스의 장르관에 변증법적 개념을 첨가한 것과 장르의 우열을 인정하지 않은 점이 차이라고 할 수 있다.

그렇다면 이와 같이 설정해 온 3대 장르의 차이점은 무엇인가? 스타이거(E. Staiger)는 <서정적>·<서사적>·<극적>이란 개념은 인간이 본질적으로 존재할 수 있는 양식에 따라 붙여진 문예학적(文藝學的) 명칭이라면서, 문학적 담화는 서정시·서사시·극시의 세 형태밖에 없다고 주장한다. 그리고 그들의 특징을 감정적인 것, 상징적인 것, 논리적인 것으로 설명한다.[5]

하지만 각 장르의 출발점을 이처럼 확연히 나눌 수 있을지 의문이다. 문학적 담화란 그 유형을 불문하고 근본적으로 작가의 주관적인 정서와 사상을 표현하기 위한 것이기 때문이다. 그리고 허구냐 진실이냐 하는 기준 역시 별다른 의미를 지니지 못한다. 그러므로 장르의 구분은 구조와 조직의 특질에 따라 나누는 것이 바람직할 것이다.

이를 위해서는 먼저 담화의 동기를 따져 볼 수밖에 없다. 화자의 담화 동기는 담화 양식을 결정하는 데 결정적인 구실을 할뿐만 아니라, 구조와 조직의 차이로 이어지기 때문이다.

우리는 외부로부터 어떤 자극을 받았을 때 그것을 타인에게 전달하고

---

5) E. Staiger, 오현일·이부나 역, 『시학의 근본 개념』(삼중당, 1978), p.211.

싶어한다. 그것은 담화 현상으로 나타나며, 그런 담화에는 특별히 전달하고 싶어하는 부분이 있고, 담화를 진행할 때 그 부분에 초점(focus)을 맞춘다.

이와 같은 초점은 그와 같은 자극을 받게 된 <과정>에 두는 유형, 과정보다 현재의 자기 <감정>에 두는 유형, 그 과정이나 느낌을 눈 앞에 <재현>해 보이는데 두는 유형으로 나눌 수 있다. 그리고 과정을 설명하려는 유형은 서사적 양식으로, 느낌을 말하려는 유형은 서정적 양식으로, 청자(독자) 앞에 재현해 보이고 싶어하는 유형은 극적 양식으로 나타나게 된다.

어디에 초점을 맞추느냐에 따라 선택된 이 세 가지 양식은 각기 다른 시간 구조를 택하게 된다. <내가 본 그것은 이렇게 시작되어 이렇게 끝났다>라고 과정에 초점을 두는 서사적 양식은 그 과정을 밝히기 위해서 그 일의 <시작(beginning)>에서부터 <끝(end)>까지 시간의 흐름에 따라 기술하게 된다. 따라서, 이 양식의 서술 구조(敍述構造)는 현재로부터 과거로 거슬러 올라가는 회상(回想)이나, 각기 다른 시간대의 이야기를 하나로 끌어 모으는 시간 착오(時間錯誤) 기법을 구사한 부분을 제외하고는 근본적으로 <과거→현재>로 이동하며, 과거 시제로 기술한다.6) 그리

---

6) 이와 같은 서사적 장르의 '과거성'에 대하여 회의를 표하는 학자들이 있다. 함브르거(Käte Hamburger)는 서사적 과거란 과거가 아니라 현재라고 주장한다.(*Die Logik der Dichtung*, Stuttgart, 1986, p.64) 그리고 슈탄젤은 시점의 분류에 맞추어 기록자적 시점(auktoriale Erzählsituation)은 과거형이 과거로 나타나지만 인물적 시점(personale Erzählsituation)에서 과거형은 현재라고 주장한다.(Franz K. Stanzel, 'Episches Präteritum, erlebte Rede, Historisches Präsens', *Deutsches Viertel sjahrshift* 33호, 1959. p.2) 이들이 반대하는 근거는 과거로 기술해도 독자들이 현재로 받아들인다는 점 때문이다. 그러나 멘딜로우(A. A. Mendilow)는 이런 현상은 독자가 작중 인물과 동일시(identification) 할 때 나타나는 '상상적 현재(imaginative present)'로서, 이를 억제하고 이화(異化, Verfremdung)한 소설에서는 그런 현상이 나

고 서술자가 의미 있다고 판단하는 부분은 실제 사건이 전개된 물리적 시간보다 확대하여 기술하고, 여타의 부분은 생략하거나 축소하며, 미래의 사건은 미지수 상태로 기술한다.

반면에, <나는 그걸 보고 이렇게 느꼈다>라는 서정적 양식은 자기의 현재 감정에 초점을 두기 때문에 <현재>의 시간이 중심이 된다. 하지만 내가 왜 이와 같이 느끼게 되었는가를 밝히지 않으면 그 정서를 이해하기 어려워진다. 그러므로 서정적 양식의 시간 구조는 <현재>로 고정되거나 <과거←현재>로 이동하며, 현재 시제로 기술한다. 대부분의 사람들이 시를 '집중(concentration)된 구조'니, '고요한 순간에 회고되는 정서'라고 말하는 것도 현재를 중심으로 삼되, 과거 지향적 성격이 개입되기 때문이다.

과거 경험을 재현해 보이려는 극적 양식은 언제나 현재 상태로 제시된다. 하지만 극의 진행에 따라 현재는 과거로 밀려나고 새로운 현재가 등장한다. 다시 말해, 현재 시제를 중심으로 삼되, 줄거리의 흐름으로 볼 때에는 과거에서 현재로 진행된다. 그러므로 <현재(과거)→현재(현재)→현재(미래)>의 시간 구조를 취하게 된다. 극적 양식을 서사적 양식과 서정적 양식의 혼합형으로 보는 것도 이런 시간 구조를 택하고 있기 때문이다.

그런데 시간의 흐름이란 결국 공간의 이동을 의미한다. 인물을 어떤 특정한 공간 속에 고정시켜 놓아도 마찬가지 현상이 일어난다. 시간의 역전(逆轉) 기법을 이용하여 과거의 공간으로 거슬러 올라갈 수도 있고, 동일 공간이라도 등장 인물과 주변 풍경이 바뀌면 새로운 공간이 되기 때문이다. 따라서, 시간의 흐름을 중시하는 서사적 양식에는 보다 많은

---

타나지 않는다면서 반론을 제기한다.(A. A. Mendilow, *Time and the Novel*, New York, 1965. p.23.)

인물들이 등장하며, 사건의 흐름에 따라 청자인 <너>는 화제인 <그>로 밀려나면서 새로운 청자가 등장한다. 그리고 이와 같은 관계를 보다 명확하게 구분하기 위해 인명이나 지명을 '세회'나 '억수' 또는 '삼포로 가는 길'처럼 고유명사 형태로 명명(appellation)하고, 그들의 관계를 설명하기 위한 해설자가 등장하며, 해설자가 묘사하는 시점(point of view)이 중시된다.

극적 양식 역시 시간의 흐름에 따라 공간이 이동되고, 인물 교체 현상(交替現象)이 일어난다. 하지만 무대 상연을 전제로 하기 때문에 서사적 양식에 비하여 제한을 받는다. 그리고 독자의 눈 앞에 행동으로 재현해 보이되, 작가는 작품 뒤로 숨는 양식을 취하기 때문에 작가의 태도를 드러내는 시점이나 심리적 거리(psychical distance)의 표현이 억제된다.[7]

서정적 양식에도 청자인 <너>와 화제에 해당하는 <그>가 등장한다. 하지만, 현재 시간으로 고정되고, 등장 인물의 교체와 증가 현상이 일어나지 않는다. 그리고 등장 인물과 시간적·공간적 배경의 고정화로 인해 서사적 담화에서 중시하던 서술 시점보다 화자의 심리적 거리가 더 중시된다.

따라서 담화의 진행에 의해 세 장르에 나타나는 <화자-화제-청자>와의 관계는 다음 페이지와 같이 그릴 수 있다. 이 도표에서 보는 바와 같이 서사적·극적 양식의 경우는 주인공에 해당하는 <나>만 고정되고, 상대역인 <너>는 이야기가 진행됨에 따라 화제인 <그>로 바뀐다. 반면에 서정적 양식에서는 <나>·<너>·<그>가 고정된다.

이와 같은 차이 때문에 각 장르의 작은 화제들을 배열하는 구성(plot) 방법 역시 달라질 수밖에 없다. 오랜 시간 동안에 일어난 사건을 다루는

---

7) R. Wellek & A. Warren, 앞의 책, p.330.

**【인물의 교체 현상】**

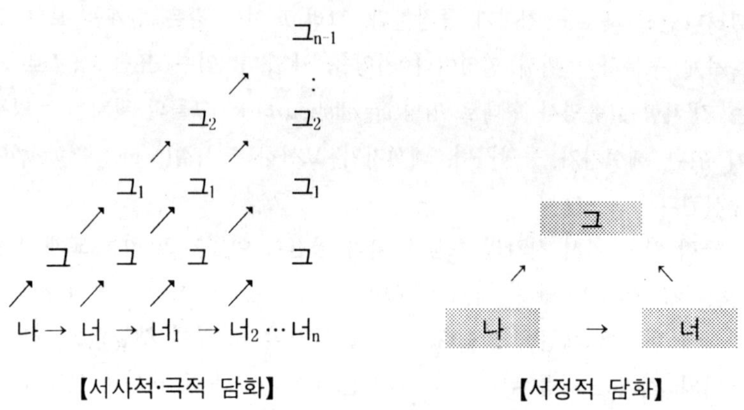


서사적·극적 양식은 인과 관계를 중시하게 된다. 서정적 장르에서 그다지 중시하지 않는 플롯이 서사나 극적 양식에서 커다란 비중을 차지하는 것도 이런 이유에서이다.

그리고 통사적(統辭的) 조직 면에서도 여러 가지 차이가 나타난다. 서사적 양식은 지시적(denotation)이고 외연적(extension)이며 논리적(logical)인 언어로 조직되는 반면에, 서정적 양식은 함축적(connotation)이고 내포적(intention)이며 정서적(emotional)으로 조직되는 것이 보통이다. 리차즈가 산문과 시의 차이는 언어를 논리적으로 사용하느냐 정서적으로 사용하느냐 하는 차이에서 비롯된다고 주장한 것이나,[8] 브룩스(C. Brooks)가 산문적 언어는 동일률($A=A$)이나 모순율($A \neq A$) 가운데 어느 한 쪽을 택하는 <양자 택일의 언어(either-or)>인 반면에,[9] 시적 언어는 <$A=A$>

---

8) Richards and Ogden, *The Meaning of Meaning*(New York, HBJ Books, 1930), pp.149~150.

9) 아리스토텔레스는 논리적 언어를 동일률($A=A$), 모순율($A \neq A$), 배중률($A=A$, $A \neq A$

이면서 <A≠A>인 <양자 긍정의 언어 (both-and)>라고 주장하는 것도 이런 이유에서이다. 따라서 서사적 양식의 언어는 서정적 양식보다 훨씬 투명하며, 기호와 의미의 관계는 <1 : 1>인 반면에, 서정적 양식은 모호하며, <1 : N>으로 구사된다는 게 차이라고 할 수 있다.

극적 양식의 어법은 읽기 위해 쓰여진 레제드라마(lesedrama)를 제외하고는 서사적 양식과 마찬가지라고 할 수 있다. 하지만, 문법적 질서에서 이탈하는 경향이 훨씬 심하다. 그것은 극적 양식이 근본적으로 구어를 모방하고, 문법에서 이탈하는 부분은 배우의 연기와 연출 효과의 보조를 받을 수 있기 때문이다. 그리고 연출을 목적으로 하기 때문에 대사와 행동을 지시하는 지문을 중심으로 삼으며, 분석적이거나 묘사적인 어법이 억제된다.

하지만 문학적 담화의 유형은 3대 장르만 있는 것이 아니다. 이와 같이 제한하면, 17세기 이후에 등장한 수필과 평론을 비롯하여, 르포·다큐멘터리·서간·일기, 한문학의 서(序)·기(記)·설(說)·표(表), 그리고 우리 문학에서 가사(歌辭)의 위치를 정하기 어려워진다. 그러므로 이들을 수필에 포함시켜 4대 장르로 나누기도 하고, 수필에서 다시 평론을 분리시켜 5대 장르로, 희곡에서 시나리오·라디오 드라마·텔레비전 드라마를 분리시켜 6대 장르로 나누기도 한다.

장르는 작품 내면에 숨겨진 동기(動機)로도 나눌 수 있다. 프라이(N. Frye)는 『비평의 해부(Anatomy of Criticism)』에서 문학의 모티프를 <봄>·<여름>·<가을>·<겨울>의 신화(神話)로 나눈다. 그리고 봄의 신화는 희극(comedy), 여름의 신화는 로망스(romance), 가을의 신화는 비극(tragic), 겨울의 신화는 아이러니(irony)와 풍자(satire)의 속성을 지녔다면서 4대 장르로 나누고, 이 네 유형은 상승(上昇)과 하강(下降) 운동

---

중 어느 한 쪽이지 그 어느 것도 아닌 것은 될 수 없다)로 나누고 있다.

을 거치며 되풀이된다고 주장한다. 따라서 그의 장르론은 내용이나 스타일보다 인간 정신 속에 담긴 신화적 원형을 기준으로 삼은 것이라고 할 수 있다.

그런데, 장르의 <관습>과 <경계>는 고정 불변의 것이 아니다. '대학이나 교회 또는 국가와 같이 일종의 제도(制度)'로서, 작가와 독자를 지배하는 동시에 실험적 작가들에 의하여 개조될 수 있다.10) 그것은 서정시가 원시 종합 예술(ballade dance)에서 구전(口傳) 민요로, 다시 창작 정형시를 거쳐 자유시로 발전해 온 점이라든가, 사르트르(J. P. Sartre)의 「구토(嘔吐)」가 소설인지 철학적 에세이인지 구분하기 어려운 점을 비롯하여, 포스트모더니즘(Postmodernism) 계열의 작품이 탈 장르화 혹은 장르의 확산 현상을 일으키며 시와 산문의 경계를 넘나드는 점으로 미루어 봐도 짐작할 수 있다.

하지만, 실험적 작가들에 의하여 탄생된 장르가 곧바로 새로운 장르로 인정되는 것은 아니다. 독자의 지지를 받으면 발전·성숙하고, 외면을 당하면 쇠퇴·소멸한다. 자유시의 탄생만 해도 그렇다. 미국의 휘트먼(W. Whitman, 1819-1892)이 자유시 형식을 도입하여 『풀잎의 노래(Leaves of Grass, 1855)』를 펴냈을 때, 당시 정형시의 관습에 사로잡혀 있었던 미국 독자들로부터 거의 외면을 당했다. 그러다가 영국으로 소개되고, 그곳 문단의 지도자인 에머슨(R. W. Emerson)의 격찬을 받은 다음 1868년 로제티(W. M. Rossetti)가 엮은 『아메리카 시선집』에 수록되면서, 현대인들의 자유 분방한 정서를 표현하기에 적합한 양식으로 인정되어 오늘의 형태로 발전하게 된 것이다.

또한, 장르와 장르의 관계도 고립적인 게 아니다. 상호 관련을 맺으며

---

10) H. Levin, 'Literature as an Institution', ≪*Accent, Vi*≫(1946), pp.159-168(reprinted in Criticism, New York, 1948), pp.546~553.

성장하거나 쇠퇴한다. 오늘날 자유시에서 발견되는 스토리성이나 일상어의 구사와 대화적 문체는 소설과 희곡에서 받아들인 어법이다. 반대로 산문에서 발견되는 비유적 표현은 시의 영향 때문이라고 할 수 있다. 그래서 브륀띠에르(F. Brunétiere)는 당대를 풍미하던 다윈(C. Darwin)의 진화론(進化論)을 받아들여 장르의 변화를 다음과 같이 설명한다.

① 모든 예술은 각자 매체와 표현의 목적 및 정신적 배경이 다르기 때문에 여러 가지 장르로 나뉘어진다.
② 문학의 장르도 생물의 진화와 마찬가지로 〈단일→다수〉, 〈단순→복잡〉, 〈동질→이질〉로 분화한다.
③ 문학의 장르는 생명체처럼 발생·성장·쇠퇴·소멸의 과정을 거친다.
④ 장르의 변화는 〈유전〉·〈환경〉·〈개성〉의 3요인에 의하여 나타난다.
⑤ 장르는 진화론적 적자생존(適者生存)의 법칙에 지배받는다.[11]

그러나 현대 문학의 흐름을 보면, 장르는 더 이상 <단일→다수>, <단순→복잡>의 방향으로 분화된다고 보기 어렵다. 오히려 통합의 방향으로 진행되는 게 아닌가 하는 추측을 할 수 있다. 앞에서 말했듯이, 산문의 운문화, 운문의 산문화 경향을 비롯하여, 아직 실험적인 단계에 머물고 있지만, '토탈 아트(total art)'나 '행위 예술(performance art)' 같은 것이 그런 예에 해당한다.

이와 같이 통합을 향한 움직임은 현대 예술이 새로운 활로를 모색하기 위해서는 불가피한 방향이라고 볼 수 있다. 그것은 종래의 세분화된 장르로는 인간 정신의 전 국면을 포괄할 수 없기 때문이다. 다시 말해, 각 장르는 그 나름대로 장점과 약점을 가지고 있다. 그리고 그 장점은 문학사가 진행되는 동안에 자동화(自動化)되어 기능을 발휘하지 못하고

---

11) 김시태, 「문학의 이해」(이우출판사, 1985), p.40 재인용.

약점만 부각되는 단계에 이르게 되었다. 그리고 이런 단점을 보완하자면 다른 장르의 속성과 기법을 받아 들일 수밖에 없을 것이다.

## 2. 서정적 담화의 갈래

서정적 담화의 하위 유형은 <내면적 형식>과 <외면적 식>에 따라 나눌 수 있다. 내면적 형식으로는 <서정시(lyric)> · <서사시(epic)> · <극시(dramatic poetry)>로, 외면적 형식으로는 <정형시(rhymed verse)> · <자유시(free verse)> · <산문시(prose verse)>로 나눌 수 있다. 그리고 길이에 따라서는 <장시(長詩)>와 <단시(短詩)>, 전체를 구성하는 작품들의 독립성 여부에 따라서는 <연작시(連作詩)>와 <단시(單詩)>로 나눌 수 있다.

그런데 현대 문학의 장르를 살펴보면, 문학의 발달에 따라 서사시는 소설에, 극시는 희곡에 그 기능을 넘겨주고 서정시만 남아 있는 형편이다. 그리고 서정시의 하위 유형 가운데 정형시는 이미 죽어 버린 장르이다. 그러므로 서정시라면 곧 <자유 서정시>나 <산문 서정시>를 의미한다.

하지만, 산문시 역시 독립된 장르로 인정하기에는 아직 미숙한 상태라고 할 수 있다. 그것은 '산문시란 시적인 내용을 산문 형식으로 표현한 것'이라는 파운드(E. Pound)의 정의에 대해,12) 엘리어트(T. S. Eliot)가 그와 같이 표현한 게 산문시라면 형식과 내용 사이에 필연성이 없다고 비판한 것으로 미루어 짐작할 수 있듯이,13) 아직도 논의 중인 장르이기

---

12) E. Pound, *Literary Essay of Ezra Pound,* ed., by T. S. Eliot(London, Faber & F aber, 1985.), p.259.

　…The prose poem is poetic content expressed in prose form.

13) T. S. Eliot, 'Prose and Verse', *Essay*(Tokyo: Kenkyusha, 1951, 1957), p.84.

　'Poetic content must be either the sort of thing that is usually, or the sort of thing that ought be, expressed in verse. But if you say the latter, the prose poem

때문이다. 따라서 산문시를 자유시가 산문으로 이동하는 중간 단계로 보고 이에 포함시키기로 한다면, 자유시의 영역은 너무 광범위하여 좀더 세분할 필요가 생기게 된다.

그렇다면, 서정시의 하위 유형은 어떤 기준으로 나눌 것인가? 신비평 그룹의 지도자였던 랜섬(J. C. Ransom)은 인간의 정신을 이성(理性)과 감성(感性)으로 나눈다. 그리고 어디에 초점을 맞추느냐에 따라 시의 특질이 달라진다면서, 감성에 초점을 맞춘 시는 <관념시(platonic poetry)>, 이성에 초점을 맞춘 시는 <즉물시(physical poetry)>, 양자에 고루 맞춘 시는 <형이상시(metaphysical poetry)>로 분류한다.14) 또, 그의 선배 격인 리차즈(I. A. Richards)나 제자인 워렌(R. P. Warren)도 명칭은 달리했지만 이와 같은 기준으로 나눈다. 이들이 사용한 용어의 관계를 도표화하면 다음과 같이 그릴 수 있다.15)

| J. C. Ransom | R. P. Warren | I. A. Richards | 초 점 |
|---|---|---|---|
| 관 념 시<br>(platonic poetry) | 순 수 시<br>(pure poetry) | 배제의 시<br>(poetry of exclusion) | 이성 또는 감성<br>으로 쓰여진 시 |
| 즉 물 시<br>(physical poetry) | | | |
| 형이상시<br>(metaphysical poetry) | 비순수시<br>(impure poetry) | 포괄의 시<br>(poetry of inclusion) | 이성과 감성을<br>포괄하는 시 |

위 도표에서 리차즈가 관념시(觀念詩)와 즉물시(卽物詩)를 <배제의

---

is ruled; if you say the former, you have said only that certain things can be said either prose or verse, or that anything can be said either in prose or verse.'
14) D. Daiches, *Critical Approaches to Literature*(New York, W. W. Norton & Co., 1956), pp.158~160 참조.
15) R. W. Stallman ed., "Poetry; A Note in Ontology", *Critiques and Essays in Criticism* (New York, 1949), I. A. Richards, *Poetries and Sciences*(Routledge and Kegan Paul, 1970), C. Brooks & R. P. Warren, *Modern Rhetoric*(Harcourt Brace, Jovanovich, New York, 1979) 등 참조.

시(poetry of exclusion)>라고 부른 것은 이성과 감성 가운데 어느 한 쪽을 배제(排除)했다는 의미에서 붙인 명칭이고, 형이상시를 <포괄의 시(poetry of inclusion)>라고 부른 것은 이들을 모두 포괄(包括)했다는 의미에서 붙인 명칭이다.[16) 그리고 워렌이 관념시와 즉물시를 <순수시(pure poetry)>라고 부른 것은 단일한 초점으로 짜여졌다는 의미에서, 형이상시를 <비순수시(impure poetry)>라고 부른 것은 두 초점이 뒤섞여 있다는 뜻에서 붙인 명칭이다.[17)

이와 같은 분류는 시인이 시작 과정에서 어디에 초점(focus)을 두느냐에 따라 시의 특질이 달라진다는 점을 염두에 둘 때 대체로 타당한 것이라고 볼 수 있다. 그리고 문학사의 흐름과 연관지을 경우, 관념시는 낭만주의, 즉물시는 이미지즘, 형이상시는 주지주의 시로서, 문학사에 대한 고려까지 곁들인 것이라고 볼 수 있다.

하지만 신비평의 분류는 두 가지 문제점을 지니고 있다. 첫째로, 인간의 의식 세계에만 초점을 맞추었다는 점이고, 둘째로 <이성 중심형>과 <감성 중심형>, 그리고 파생형인 <이성과 감성의 포괄형>만을 가지고는 현재까지 출현한 시의 모든 유형을 다 논의할 수 없다는 점이다. 다음 작품만 해도 위의 기준을 적용할 경우 어느 유형으로 분류해야 옳을지 막연해진다.

> 나는 모래에 관한 기억을 가진다.
> 모래의 기억, 밟고 선 여자의 젖은 발.
> 모래의 기억, 여자는 전신을 흔들어서 물방울을 떨어뜨린다.
> 모래의 기억, 그래도 태양은 여자의 등허리에서 젖고.
> 모래의 기억, 벌린 두 다리 사이에서 이글거리고

---

16) I. A. Richards, *Principle of Literary Criticism*(London, Routledge & Kegan Paul, 1963), pp.249~251.
17) R. P. Warren, 'Pure and Impure poetry' ed., Danziger, W. S. Johnson, 앞의 책.

> 뒤척이고…바다는.
> 모래의 기억, 여자는 팔을 들어 뻗쳤다.
> 태양과 바다에 젖어 자꾸자꾸 뻗어 가는 열의 손가락. 여자는 온몸으로
> 바람을 빨아들였다. 그때 목덜미로 유방으로 흘러내린 머리칼에서 태양은
> 부서지고. 머리를 빗으면 태양의 가루가 날리는 속에서,
> 모래의 기억, 여자는 기지개를 켰다.
> 나는 모래에 관한 기억을 가진다.
>
> —전봉건(全鳳健)「속의 바다·11」

이 작품은 '바다'와 '여인'에 대한 물질적 감각과 정서를 비롯하여 무의
식적 반응까지 포괄하고 있어 신비평가들이 설정한 어느 유형에도 해당
되지 않는다. 따라서, 인간 정신의 전 영역을 대상으로 삼으면서, 과거에
출현한 시는 물론 미래에 출현할 시까지 모두 포괄할 수 있는 기준을 마
련하지 않으면 안 된다.

그렇다면 랜섬이 설정한 <이성 중심형>과 <감성 중심형>에 추가해야
할 기본형으로는 어떤 것들이 있을까? 우선 <무의식 중심형>을 꼽을 수
있다. 프로이트가 정신 분석학(精神分析學)을 제창한 이래 인간 정신은
<의식(consciousness)>과 <무의식(unconsciousness)>으로 이뤄졌다는 것
이 정설이고, 문학사에도 무의식에 초점을 맞추는 작품들이 초현실주의
라는 명칭으로 자리를 굳힌지 오래이기 때문이다.

그리고, 대상의 의미나 감각을 논리적으로 재편성(再編成)하여 추상적
기호로 상징화하는 <기호적 상징형>을 추가시켜야 할 것이다. 큐비즘
(cubism), 미래파(futurism), 다다(Dada)로 이어지는 전기 모더니즘을 거
쳐 후기 모더니즘의 작품에서 이런 초점이 발견되기 때문이다.

융(C. G. Jung)의 설명에 의하면, 의식의 세계는 '주체가 능동적으로
반응'하는 <사고(das Denken, thinking)>와 <감정(Fühlen, feeling)>, 그
리고 '이미 주어진(Gegebenheit) 것'에 따라 반응하는 <감각(Empfindung,
sensation)>과 <직관(Intuition)>으로 이루어졌다고 한다.[18] 이와 같은

분류를 신비평의 분류와 연관지을 경우, '사고'와 '감정'은 <감성 중심>, 감각은 <이성 중심>에 대응되는 것으로 볼 수 있다. 감정적 반응이란 옳고 그름 또는 좋고 싫음의 반응으로서, 적극적인 성격을 띠면 의미화, 즉 사고의 형태로 나타나는 반응임에 비하여, 감각(感覺)이나 직관(直觀)은 지각하는 방법만 다를 뿐 물질적 인식을 목표로 하기 때문이다.

하지만 이미 주어진 것에 대한 사고가 적극적이고 치열한 단계로 접어들면 논리적 추상화로 발전하는 수가 있다. 그리고 능동적 사고가 치열해지면 비논리적이고 주관적인 무의식 상태에 도달하게 된다. 따라서 의식과 무의식을 포괄한 정신 작용의 방향을 초점에 따라 나눌 경우, 감정이 발동했을 때는 <관념화>, 감각 작용으로 파악되는 <물질화>, 논리적 사고에서 얻어지는 <추상적 상징화>, 의식의 억압을 제거할 때 떠오르는 <무의식화>로 대별할 수 있다.

이와 같은 반응은 일정한 절차를 밟으면서 일어난다고 보아야 할 것이다.[19] 그것은 인간이 어떤 사물을 인식(認識)하고 그것에 반응(反應)하는 과정을 살펴보면 짐작할 수 있다. 우리는 어떤 사물을 대할 때 먼저 물질적 외관부터 살핀다. 이 과정에서는 감각이 작용한다. 그리고 외관이 파악된 다음에는 그에 대해 의미를 부여하는 동시에 정서적 반응이 일어난다. 이 과정에서는 감정이 작용한다. 그 다음, 정서적 활동이 극심해지면 의식의 밑바닥에 도사리고 있던 무의식적 요소들이 꿈틀대기 시작한다. 그리고 별다른 의미와 정서를 느낄 수 없지만, 반드시 인식해야 할 대상은 그것이 본래 지니고 있던 의미나 형상과 관계없이 추상화하거나 상징화해서 받아들인다.

따라서 우리의 인식과 반응 과정은 <감각(물질화)→감정(의미화)→무

---

18) 이부영, 『분석심리학 : C. G. Jung의 인간 심성론』(일조각, 1978), pp.132~170. 참조.
19) 이하 새로운 장르의 설정에 대한 내용은 필자의 '현대시의 유형 분류'(『현곡 양중해 박사 화갑 기념 논총』(논총간행위원회, 1987)를 참고할 것.

의식(무의식화)>으로 흐르는 가닥과, <감각→감정→사고(추상화)>로 회
귀하는 가닥으로 나눠진다고 볼 수 있다. 그리고, 이와 같은 정신 작용을
인정하기로 한다면, 신비평이 설정한 유형에 <추상적·기호적 상징 중심
형>과 <무의식형>을 추가시켜야 할 것이다. 이들의 관계를 도표로 그리
면 다음과 같다.

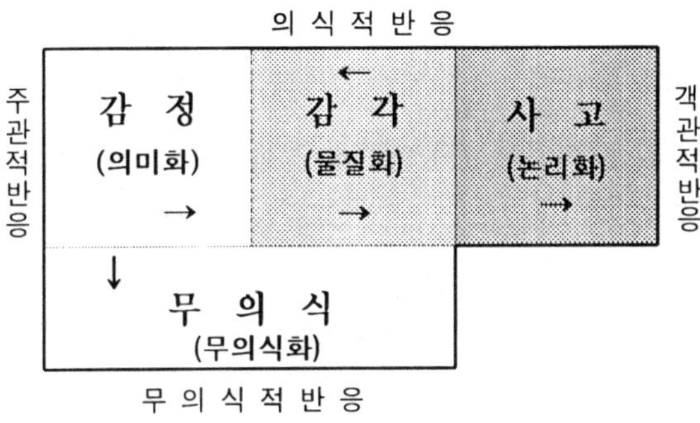


이와 같은 두 유형을 추가하는 문제는 단지 논리상 체계를 갖추기 위
해서가 아니다. 다음 이상(李箱)의 작품에서도 영미 신비평가 그룹들이
제외했던 두 유형의 초점을 발견할 수 있다.

ⓐ

| 9 | 8 | 7 | 6 | 5 | 4 | 3 | 2 | 1 | |
|---|---|---|---|---|---|---|---|---|---|
| · | · | · | · | · | · | · | · | · | 1 |
| · | · | · | · | · | · | · | · | · | 2 |

<중 략>

| · | · | · | · | · | · | · | · | · | 7 |
|---|---|---|---|---|---|---|---|---|---|
| · | · | · | · | · | · | · | · | · | 8 |
| · | · | · | · | · | · | · | · | · | 9 |

－「삼차각(三次角) 설계도: 선(線)에 대한 각서·1」

ⓑ내팔이면도칼을든채끊어져떨어졌다.자세히보면무엇에몹시위협당하는것

처럼새파랗다.이렇게하여잃어버린내두개팔을나는촉대(燭臺)세움으로내방안에장식하여놓았다.팔은죽어서도오히려나에게겁을내이는것만같다.나는이런얇다란예의(禮儀)를화초분(花草盆)보다사랑스레여긴다.
　　　　　　　　　　　　－「오감도: 시 제13호」

　ⓑ의 내용은 '면도칼'로 잘린 '팔'을 장식용 '촛대'로 세워 놓고 보니 화초보다 더 사랑스럽다는 것으로 요약할 수 있다. 하지만, 이런 사건은 현실에서는 벌어진 게 아니라 무의식 속에 도사리고 있는 심상을 몽타쥬한 것으로 보아야 할 것이다.

　그러나 ⓐ는 같은 시인의 작품이지만 전혀 다른 발상에서 출발하고 있다. 이 작품을 그의 「오감도 : 시 제4호」와 연관지어 해석할 경우, 이 세상 사람들은 모두 개성을 상실하고 추상화되어 간다는 의미로 요약할 수 있다. 그리고 이런 해석이 타당하다면, 숫자나 점들은 세속적 질서에 묶여 개성을 상실하고 추상화된 현대인들의 모습으로 해석할 수 있으며, 그것은 대상의 외관이나 의미를 배제하고 엄밀한 추론을 거쳐 <개성을 상실한 사람들=숫자와 점>으로 연결시킨 결과라고 보아야 할 것이다.

　사실 우리는 이제까지 너무 안이하게 일부 시인들의 작품들을 초현실주의나 다다로 논의해 왔다. 물론, 초현실주의 운동은 다다 운동의 연장선상에 있고, 그 운동에 참가한 사람들마저 자기들이 택한 화제의 초점이 무의식 쪽에 가 있는지 기호적 상징 쪽에 가 있는지 구분하지 못한 채 전통에 대한 반항에만 신경을 썼다는 데 원인이 있지만, 무의식 세계를 몽타쥬한 것과 지적 통제하에서 대상을 재편성한 기호적 상징은 엄연히 다른 것이기 때문이다.

　그렇다면 영미 신비평가들은 왜 자기들과 동시대의 문학 운동이었던 다다와 초현실주의 작품들 속에 들어 있는 무의식과 기호적 상징을 외면하고, 의식에 초점을 맞춘 것들만 분류의 대상으로 삼았을까? 첫째로, 그들의 도덕주의 내지 전통주의적인 가치관을 들 수 있다. 그것은 이 운동의 비조(鼻祖)인 엘리어트가 미국의 세속주의 문화에 혐오를 느껴 영국으로 이민하고 '전통론'과 '몰개성 시론'을 주장한 점이라든지, 이 그룹의 주역인 <남부파(南部派)> 회원들의 대부분이 보수적인 기독교 집안 후예라는 점을 미루어서도 짐작할 수 있다. 시란 도덕적 감정과 사상의 표현으로 믿었던 그들로서는 인간적 의지가 배제된 무의식이나 무의미한 기호의 나열로 보이는 것들을 작품으로 인정하는 데 망설이지 않을 수 없었다.

둘째로, 인과관계(因果關係)를 중시하는 아리스토텔레스 시학을 바탕으로 삼았다는 점을 들 수 있다. 그들은 하나같이 시란 '유기적인 조직(organic system)'이라고 주장한다. 유기성(有機性)이란 인과 관계에서 탄생된다. 그러나 의식의 흐름은 결코 인과 관계로 설명되지 않는다. 그리고 추상화된 기호 상태는 그 체계를 모르는 사람들에게는 비인과적으로 보일 수밖에 없다. 따라서, 영미 신비평 그룹이 다다나 초현실주의자들의 초점을 외면한 것은 <반 아리스토텔레스 시학>에 대한 거부로 보아야 할 것이다.

그런데 논리화 또는 추상화의 결과가 모두 기호나 도형으로 나타나는 것은 아니다. 우리가 어떤 작품을 구상할 때, <바다=영원한 모성>, <꽃=내가 사랑하는 그녀>, <바람=그녀를 괴롭히는 환경>식으로 은유하고, 원관념과 보조관념의 연결 고리를 생략할 경우에는 언어로 쓰여진 작품도 비일상화 되어 기호적 성격으로 바뀌게 된다. 다음 작품만 해도 그렇다.

1. 소녀는 지평선을 가볍게 허리에 두르고 외출을 한다.
2. 탐정이 찾아와 가족들의 충치에 대하여 상세히 노트 한다.
3. 수음(手淫) 상습범인 하녀가 앵무새에게 말을 도둑맞고 실어증이 된다.

　　　그것은

> 책을 읽는 고양이 때문이다.
> 그릇 찬장 속에서
> 역사가 눈을 뜬다
>
> 4. 말더듬이 집사가
> 에스키얼그 요리에 대하여 부친과 논의를 하고 있다는
> 추론
> 5. 그 방정식은
> 엄지손가락 + 우유x = 서양사 개론
>            — 테레야마 슈누시(寺山修可), 「물 속의 소녀」에서[20]

이 작품은 얼핏 보면 앞의 ⓐ처럼 무의식적 심상을 대상으로 삼은 것으로 보인다. 하지만 좀더 살펴보면 기호적 상징의 결과임을 알 수 있다. ⓐ에서 면도칼을 든 채 두 팔이 떨어지고, 자기 팔을 장식용 촛대로 세우는 행위는 현실의 논리에 비춰 볼 때 이상스러운 일이지, 실제로 전혀 불가능한 일은 아니다. 다시 말해, 면도칼에 의해 두 팔이 잘릴 수도 있고, 그렇게 잘린 팔을 촛대로 세울 수도 있으며, 그것을 아름답다고 생각할 수도 있다. 그러므로 모티프와 모티프의 연결이 비일상적이라고 보아야 할 것이다.

하지만 「물 속의 소녀」는 모티프의 연결만 비일상적인 게 아니다. 각 연에 번호를 붙였으면서도 어떤 필연적 계기성을 발견할 수 없을 뿐만 아니라, 암호적인 부분이 너무 자주 눈에 뜨인다. 첫머리의 '소녀는 지평선을 가볍게 허리에 두르고 외출을 한다'라는 구절만 해도 그렇다. 우리의 의식과 무의식을 다 더듬어도 '지평선'을 허리띠처럼 두르고 외출하는 장면을 떠올릴 수 없다. 그리고 '엄지손가락+우유x=서양사 개론'도 마찬가지이다. 어떤 경우에도 '엄지 손가락'에 얼마간(x)의 '우유'를 더하여 추상적인 '서양사 개론'이 되는 경우를 발견할 수 없다. 그러므로

---

20) 박현서 편역, 『일본 현대 명시선』(연문출판사, 1982), p.12.

'소녀', '지평선', '탐정', '가족들의 충치' 등은 시인이 나름대로 논리적으로 추론을 하여 치환한 기호적 상징으로 보아야 할 것이다.

그런데, 인간 정신은 어디까지가 관념이고, 어디까지가 물질적 인식인지 명확하게 경계를 그을 수 있는 것은 아니다. 이들은 <위치(位置)>와 <양(量)>의 차이만 지닐 뿐, 하나의 '끈'처럼 연속된 상태로서, 그 사이를 더욱 작은 단위로 계속 분절할 수 있기 때문이다. 그리고 그에 따라 복합적인 초점을 취하는 작품들이 있을 수 있다. 따라서 관념적인(conceptional) 것을 <C>, 물질적인(physical) 것을 <P>, 무의식적인(unconscious) 것을 <U>, 논리화의 결과인 기호적 상징(signal symbol)을 <S>라고 하고, 프라이(N. Frye)가 소설의 유형을 분류했듯이,21) 이들을 결합시키면 아래와 같이 서정시의 하위 유형을 세분할 수 있다.

| 필자의 분류 유형 | | | | 랜섬의 분류 유형 | |
|---|---|---|---|---|---|
| 기본형 | 1차파생형 | 2차파생형 | 3차파생형 | 기본형 | 파생형 |
| C<br>P<br>S<br>U | CP CU<br>CS PS<br>PU SU | CPS<br>CPU<br>CSU<br>PSU | CPSU | C<br><br>P | CP |
| 4개 | 6개 | 4개 | 1개 | 2개 | 1개 |

세분화한 분류가 반드시 좋은 것만은 아니다. 그러나, 이와 같이 모델

---

21) 프라이는 소설의 유형을 노블(Novel)·로망스(Romance)·해부(Anatomy)·고백(Confession)으로 나누고 이들을 결합시켜 ①1차 결합형 : NR·NC·NA·RC·RA·CA(5) ②2차 결합형 : NRC·NRA·NCA·RCA(4) ③3차 결합형 : NRCA(1)을 설정한 다음, 가장 여러 가지 요소가 결합된 3차 결합형을 우수한 작품이라고 평가한다. 이 책의 분류와 결합 방식은 그의 착안에서 얻은 것이라고 할 수 있다. (N. Frye, *Theory of Mythos, Anatomy of Criticism*(New Jersey Princeton Univ. Press., 1973, 임철규 역, 「비평의 해부」(한길사, 1979), pp.78~101 참조.)

을 인정하기로 한다면 현대시의 모든 유형을 분류할 수 있을 뿐만 아니라, 결합 항목 수에 따라 그 시의 특질을 짐작할 수 있고, 문학사나 시인론을 기술할 때에도 여러 가지로 도움을 받을 수 있을 것이다.[22]

## 3. 시적 담화의 특질

앞에서도 말했듯이, 서정적 장르의 주된 표현 대상은 정서로서, 그 때문에 담화의 조직에 여러 가지 특질이 나타난다.

첫째로, 동정화(identify)의 어법을 택한다는 점을 꼽을 수 있다. 인간은 의식구조와 정서 차이 때문에 같은 사물을 대해도 각기 다르게 느낀다. 그리고 그런 느낌은 논리적 언어로 설명되지 않는다. 그러므로 정서를 전달하기 위해서는 유사한 사물을 들어 비유적(figurative) 어법으로 말하거나, 동화(assimilation) 또는 투사(projection) 같은 어법을 택할 수밖에 없다. 다시 말해, 원래 지칭하려던 <A>를 <B>로 바꾸어 <A=B>라는 어법을 택하는 것이 보통이다.

하지만, 러시아 형식주의자들의 견해에 따르면, 비유화(比喩化)나 동정화(同定化) 또는 투사(投射)는 대상을 정확하게 묘사하기 위해 채택하는 것만은 아니다. <A=A′>라고 설명적 어법을 택하면 자동적(自動的)으로 받아들이므로, <A=B>라고 표현하여, 독자들로 하여금 왜 <A>를 <B>라고 표현했는가 생각해 보도록 만들고, 그 과정에서 스스로 <A>의 모습과 성질을 떠올리도록 만들기 위한 것이라고 한다.

---

22) 종래의 통시적 문학 연구가 부딪힌 장벽은 소수의 예외적 작품만 언급의 대상으로 삼고, 다수의 보편적 특질은 배제한다는 점이다. 그러나 이와 같이 시의 유형을 세분화하고, 시대적으로 증감 관계를 따지면 어떤 것들이 보편적이고 특수한 것들인가를 구분하기 용이할 뿐만 아니라, 보편적인 작품과 특수한 작품들을 모두 기술할 수 있을 것이다.

이런 어법은 다음 작품에서도 발견할 수 있다.

> 사랑하는 나의 하나님, 당신은
> 늙은 비애(悲哀)다.
> 푸줏간에 걸린 커다란 살점이다.
> 시인(詩人) 릴케가 만난
> 슬라브 여자(女子)의 마음 속에 갈앉은
> 놋쇠 항아리다.
> 손바닥에 못을 박아 죽일 수도 없고 죽지도 않는
> 사랑하는 나의 하나님, 당신은 또
> 대낮에도 옷을 벗는 어리디 어린
> 순결(純潔)이다.
> 삼월(三月)에
> 젊은 느릅나무 잎새에서 이는
> 연둣빛 바람이다.
>
> — 김춘수(金春洙), 「나의 하나님」 전문

이 작품에서는 하나님이 살아 계시다면, 장성한 자식들에 의해 뒷방으로 밀려난 노인 같은 슬픔을 느낄 것이라고 비유하고 있다. 현대 문명을 발달시킨 인간들은 그 문명을 이용하여 자신들을 창조한 하나님의 계율을 어기고 있다는 생각에서이다. 그러다가 필요에 따라 적당한 양으로 잘라 파는 푸줏간의 고기(살점)이거나, 죽은 지 너무 오래 되어 흔적조차 사라지고 누군지도 알 수 없는 '슬라브 여자'의 추억 속에 깊이 가라앉은 '놋쇠 항아리' 같은 존재라고 비유하고 있다.

하지만 하나님은 결코 부정될 수 있는 존재가 아니라는 게 이 시인의 또 다른 생각이다. 그래서, '손바닥에 못을 박아 죽일 수도 없고, 죽지도 않는' 존재라면서, '대낮에도 옷을 벗는 어리디 어린 순결'이거나, '젊은 느릅나무 잎새에서 이는 연둣빛 바람' 같은 자연적인 삶, 혹은 대자연 그 자체라고 말한다.

그런데 이 작품은 원관념(tenor)인 <하나님(A)>을 <비애(B1)> · <살점

(B2)>·<놋쇠 항아리(B3)>·<순결(B4)>·<연둣빛 바람(B5)>으로 바꾸어, <A=B(B1, B2, B3, B4, B5)>의 은유 형식을 취하고 있다. 그가 이처럼 전혀 이질적인 사물들과 하나님을 계속 동정화하여 치환한 것은 이 화제가 매우 복잡하고 논리적으로 설명하기 어려운 복합 정서(複合情緒)이기 때문에 독자들 스스로 생각하도록 유도하기 위해서이다.

둘째로, 시적 담화는 이런 어법 때문에 사물과 언어의 관계가 외연적(denotation)이라기보다 내포적(connotation)으로 쓰인다는 점을 지적할 수 있다. 외연적(外延的)이란 언어를 사전적 의미(lexical meaning)로 사용하는 것으로서, 객관적 세계와 1 : 1로 연결되는 '대응적 진리(truth of correspondence)' 또는 '지시적 진리(referential truth)'로 말하는 어법을 말한다. 그리고 내포적(內包的)이란 보다 많은 의미가 함축되도록 문맥적 의미(contextual meaning)로 사용하는 어법을 말한다. 따라서 시적 어법은 유기적 맥락에 의하여 '통일된 진리 (truth of coherence)', 또는 '맥락적 진리 (contextual truth)'로 말하는 어법이라고 할 수 있다.23)

위에 인용한 작품만 해도 그렇다. 여기서 '놋쇠 항아리'나 '순결'은 단지 <청동 항아리>나 여성들의 <순결>만 의미하는 것이 아니다. '놋쇠 항아리'가 현대인들이 쓰지 않는다는 점을 이용하여 아득하고 먼 세계를 암시하기 위한 것이라고 볼 수 있다. 그리고, 옷을 벗고도 부끄러움을 모르는 '순결'은, 인간들이 신을 부정하기 시작한 것은 정신적 순결을 상실하고 옷을 입은 다음부터라는 기독교적 신화를 암시하기 위한 것이라고 볼 수 있다. 아니, 이런 의미 이외에도 독자에 따라 얼마든지 다르게 해석할 수 있다. 이와 같이 시적 어법은 표현과 의미가 <1 : 1>로 대응하는 것이 아니라 <1 : 다(多)>로 대응하여 다의성(ambiguity)을 띠며, 명백하게 해석되기보다는 무엇인가를 어렴풋이 암시하는 상태로 제시된다.

---

23) M. Krieger, *The New Apologists for Poetry*(Minneapolis, 1956), p.186

셋째로, 유기적(more closely organized)이고, 집중적(concentration) 조직이라는 점을 꼽을 수 있다.24) 물론, 산문이라고 해서 산만해도 무방하다는 이야기는 아니다. 그러나 산문의 경우, 서술자가 작품 밖에서 지시적으로 설명하기 때문에 불필요한 단위가 끼여들어도 어느 정도 혼란을 완화시킬 수 있다. 그러나 시는 어느 한 순간의 들끓는 정서를 비유나 동화 또는 투사하여 함축적으로 말하는 장르이기 때문에, 그 시의 이미지들은 물론 그것을 말하는 어조, 그것을 형상화하기 위한 시어들, 그런 시어들의 조직에서 발생되는 리듬감까지 보조관념에 맞추어 조정하지 않으면 안된다. 그로 인해 다른 어떤 장르보다 유기적이고 집중적인 구조로 바뀌게 된다.

넷째로, 간결한 양식을 취한다는 점을 들 수 있다. 이와 같은 특징은 시의 화제가 정서이며, 매우 복잡하지만 오랜 기간에 걸쳐 일어나는 게 아니라 어느 한 순간에 일어난 정서라는 데 원인이 있다. 즉, 서정시의 화제는 서사시의 사건처럼 여러 단계로 나누어지지 않으며, 함축적으로 진술하기 때문에 간결한 양식을 취할 수밖에 없다. 포우(E. A. Poe)가 서정시는 길어지면 불순물이 끼여든다면서, 단시론(短詩論)을 주장한 것도 이런 이유에서이다.25)

다섯째로, 산문에 비하여 음악적(音樂的)이란 점을 들 수 있다. 서정시에 해당되는 리릭(Lyric)이란 용어는 원래 '리레(Lyre)'라는 악기에서 온 것으로서, 노래로 불려지기 위한 장르임을 의미한다. 그리고 오늘날까지 그런 특성이 남아 산문화된 현대시도 음악적인 성격을 띠고 있다. 이런 특징은 다음 작품에서도 발견할 수 있다.

---

24) C. Brooks & R. P. Warren, *Understanding Poetry*(Holt, Reinhardt & Winston, Inc. 1960), pp.75~76.
25) E. A. Poe, *The Poetic Principle Poem and Miscellanies*(London, New York : Oxford University Press, 1956), p.167.

산은 구강산(九江山)
보랏빛 석산(石山)

산도화(山桃花) 두어 송이
송이 버는데,

봄눈 녹아 흐르는
옥(玉)같은 물에

사슴은 암사슴
발을 씻는다.

- 박목월, 「산도화(山桃花)」 전문

이 작품은 기승전결의 형식에 맞추어 한 연을 2행씩, 4연으로 구성하고 있다. 그리고 각 연은 층량 3보격으로 짜여져 있다. 뿐만 아니라, 각 연마다 음악적 효과를 높이기 위하여 특수한 음운들을 선택하고 있다. 첫째 연의 경우, '산은/구강산//보랏빛/석산'인 각 음보의 의미상 초점은 <산(A)-산(A)-빛깔(B)-산(A)>이며, 이들의 종성(終聲)은 진동(sonority)이 큰 유성자음(有聲子音)과 진동이 일어나지 않는 무성자음(無聲子音)을 교차적으로 조직하여 <유성(A)-유성(A)-무성(B)-유성(A)>식으로 배열하고 있다. 뿐만 아니라, 전(轉)에 해당되는 셋째 연을 제외하고는 밝고 작은 양성모음 [a]와 [o], 나뭇잎이나 풀잎들이 가볍게 사운대는 듯한 인상을 주는 [s]음(산, 구강산, 석산, 산도화, 송이, 사슴, 씻는다)을 간헐적으로 제시하여 봄날의 산 속 풍경 같은 뉘앙스를 형성하도록 유도하고 있다.

산문의 경우, 이와 같이 각 단락이나 문장의 길이를 비슷하게 나누는 예는 드물다. 그리고 이처럼 음운을 고려하여 조직하는 예는 드물다. 그럼에도 불구하고 위 작품을 이와 같이 조직한 것은, 독자들의 독서 시간(讀書時間)과 정서의 색채를 유사하도록 만들기 위해서이다.

하지만 현대시로 접어들면서 이런 리듬적 속성은 점점 파괴되고 있다. 그것은 현대시가 점점 산문적 테마와 문체를 택하는 것만 보아도 짐작할 수 있다. 이와 같은 변화는 독자의 감각이 리듬이 지니고 있는 주술적·자동적 속성을 거부하고 있기 때문이다. 다시 말해, 시인이 제시하는 대로 작품을 받아들이기 보다는 각성(覺醒)의 상태에서 자기 나름대로 그 작품을 자율적으로 수용하려는 경향 때문이라고 볼 수 있다. 따라서, 미래의 시는 테마만 서정적인 것을 취하고, 형식이나 기법에서는 산문과 별다른 차이가 없을 것으로 예상된다.

# 3. 문학관과 시적 텍스트의 분석 방향

작품을 쓰거나 분석하기 전에 우리가 먼저 생각할 것은 문학을 어떤 관점에서 바라볼 것이냐 하는 점이다. 창작은 물론 작품 해석과 감상은 어떤 문학관을 지녔느냐에 따라 전혀 다른 결과를 가져올 수 있기 때문이다.

본 장에서는 먼저 에이브럼즈(M. H. Abrams)의 좌표에 따라 문학관(文學觀)의 갈래를 나누고, 시대의 흐름에 따라 이러한 문학관이 어떻게 변천했는가를 살핀 다음, 작품은 어떤 층위(層位)로 이뤄졌으며, 어느 층위에서 분석을 시작하여 어디에서 수렴(收斂)할 것인가를 알아보기로 하자.

## 1. 문학관의 갈래

문학관은 <문학적 대상(object)→작가(writer)→작품(work)→독자(reader)>로 이어지는 축(軸) 가운데 어느 단위를 중시하느냐에 따라 달라진다. 에이브럼즈는 이와 같은 관점의 유형을 나누기 위하여 작품을 중심으로 각 단위와 연결하고, 작품과 대상의 관계를 중시하는 관점은 <모방론(the mimetics)>, 작품과 작가의 관계를 중시하는 관점은 <표현론(the expressive)>, 작품과 독자와의 관계를 중시하는 관점은 <효용론(the pragmatics)>, 작품 그 자체의 구조와 조직을 중시하는 관점은 <객관론(the objectives)>으로 나누고 있다.[1]

---

1) M. H. Abrams, *The Mirror and The Lamp*(Oxford Univ. Press, 1979), pp.6~7.

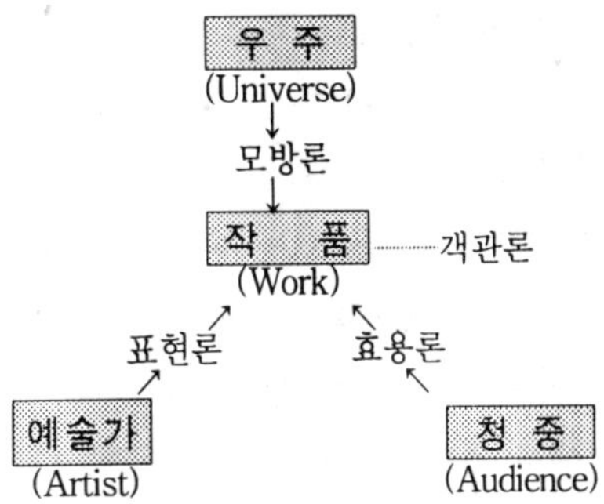


이 도표에서 그가 '시적 대상'을 '우주'라고 부른 것은 작품의 대상이란 별도로 존재하는 것이 아니라 우주 속에 존재하는 모든 관념과 사물이라는 생각에서이다. 그리고 '작가'를 '예술가'로 바꿔 부른 것은 이와 같은 갈래가 모든 예술에 적용되기 때문이며, '독자'를 '청중'이라고 바꿔 부른 것은 최초의 문학 형태가 낭송을 전제로 쓰여졌다는 점과 문학 이외의 청각 예술을 염두에 두었기 때문이다. 따라서 에이브럼즈의 분류는 다른 장르에도 적용될 수 있는 분류라고 보아야 할 것이다.

그러면 이와 같은 네 가지 관점이 시대에 따라 어떻게 변천해 왔으며, 그에 따라 작품 평가의 기준이 어떻게 달라지고, 그런 관점으로 작품을 바라볼 경우 어떤 장점과 단점이 나타나는가를 살펴보기로 하자.

## (1) 모방적 관점(mimetic view)

<작품-대상>의 관계를 중시하는 사람들은 작품이란 대상을 모방한 결과라고 본다. 그래서 창작 행위나 작품을 지칭할 때 '모방(mimesis)'이란 용어 이외에도, '반영(reflection)'·'재현(representation)'·'재생(recreation)'·'모조(counterfeiting)'·'모사(copy)'라는 용어를 자주 사용한다.

창작 행위를 '모방(模倣)'이라고 처음 주장한 사람은 플라톤(Platon)이다. 그는 소크라테스와 나눈 대화를 기록한 『공화국(The Republic)』 10권에서, 이 세계를 절대 불변의 <이데아(Idea) 세계>, 그것을 반영하는 <감각의 세계>, 다시 감각의 세계를 모방하는 <인공의 세계>로 나눈다. 그리고 예술 작품은 감각의 세계를 모방한 인공물로서, 사람들을 즐겁게 하되 이데아로부터 더욱 멀어지게 만들기 때문에 시인들은 철인(哲人)이 다스리는 '공화국'에서 추방되어야 한다고 주장한다.

플라톤의 부정적 모방론을 긍정적 측면에서 설명한 사람은 그의 제자인 아리스토텔레스(Aristoteles)이다. 그는 『시학(Poetics)』에서 모방의 유형을 <응용적(應用的)인 것>과 <심미적(審美的)인 것>으로 나누고, 심미적인 것을 모방한 것이 예술 작품이며, 이와 같은 모방은 인간의 본능 속에 숨어 있는 모방 충동(模倣衝動)을 충족시키기 때문에 즐거움을 준다고 설명한다. 따라서 그의 문학관은 플라톤과 달리 교훈적 기능보다 쾌락적 기능을 중시한 것이라고 볼 수 있다.

그런데 앞의 '문학적 담화의 갈래'에서 지적했듯이, 그의 장르관은 오늘날과 몇 가지 다른 점을 지니고 있다. 표현 양식에 따라 문학의 장르를 서정시·서사시·극시로 나눈 점까지는 비슷하지만, 주관적 정서를 추구하는 서정시는 사실감이 부족하며, 그로 인해 이성을 손상시킨다면서 열등한 장르로 평가한다. 그리고 <비극론>에서는 같은 장르를 선택해도 모방의 대상에 따라 작품의 가치가 달라진다면서, 비천한 인물을 모방하는 희극(喜劇)보다 고귀한 인물을 모방하는 비극(悲劇)을 더 우수한 양식으로 평가한다. 그가 이와 같이 장르의 서열을 정하고, 소재주의적(素材主義的) 관점을 취하는 것은, 플라톤의 도덕주의적 문학관을 부정하면서도 그에서 완전히 벗어나지 못한 데 원인이 있다.

아리스토텔레스의 모방론은 16세기까지 절대적인 영향력을 떨친다. 그러다가 신(新) 플라톤주의자들이 등장하면서 새로운 방향으로 바뀌기 시작한다. 셸링(F. W. J. Schelling)이나 노발리스(F. von H. Novalis) 등으로 이어지는 신 플라톤주의자들은 시란 단순히 현상 세계를 모방하는 것이 아니라 '영원한 형식(eternal form)'을 모방한다고 하면서, 인간을 이데아로부터 멀어지게 만든다는 '플라톤적 딜레마'를 극복하려고 노력한다.

그들의 이런 주장은 영국으로 건너가 브레이크(W. Blake), 콜리지(S. T. Coleridge), 셸리(P. B. Shelly) 같은 낭만주의 문학 이론가들에게 전해진다. 셸리는 『시의 옹호』(1821)를 통해 크게 세 가지를 주장한다. 첫째로, 시는 신의 섭리를 표현하고 예찬해야 한다는 당대의 기독교적 문학관에서 벗어나기 위해, 시인은 비록 비이성적인 상상력에 의지한다고 해도 그 상상력을 통해 일상 세계의 뒤편에 도사리고 있는 절대 관념(絕對觀念)의 세계와 직접 접촉할 수 있기 때문에, 플라톤이 추구하던 실재(reality)에 도달할 수 있다고 주장한다. 이와 같은 주장은 플라톤적 딜레마에서 벗어나기 위해 플라톤의 비판을 역이용한 것이라고 볼 수 있다.

둘째로, 시인은 은유적(隱喩的) 언어를 구사하는 사람이라고 주장한다. 그리고 존재(存在)·지각(知覺)·표현(表現) 관계에서 나타나는 진선미(眞善美)를 이해하는 자이며, 이 진선미는 어떤 경우에도 '파괴될 수 없는 질서의 세계'이기 때문에, 이를 표현하려는 시인은 새로운 세계의 입법자(立法者)요, 문명 사회의 건설자(建設者)이며, 미래에 대한 예언자(豫言者)라고 옹호한다. 여기서 '파괴될 수 없는 질서'란 융(C. G. Jung)이 말한 집단 무의식(集團無意識)이나 프라이(N. Frye)의 원형(archetype)과 일맥 상통하는 개념이라고 볼 수 있다.[2]

셋째로, 시란 영원한 진리로 표현된 인생의 이미지라고 주장한다. '영원한 진리'란 플라톤이 중시했던 리얼리티를 의미한다. 그리고 '인생의

---

2) 이승훈, 『시론』(고려원, 1986), p.27.

이미지'란, 아리스토텔레스가 중시했던 사실적이되 특별한 것(particularity)을 의미하는 것이 아니라, 그와 같은 상황에서 그런 일이 일어날 수 있다고 여겨지는 개연성(probability)을 의미한다. 따라서 그의 주장은 플라톤의 목표에 아리스토텔레스의 견해를 결합시킨 것이라고 볼 수 있다. 하지만, 아리스토텔레스와 달리 구성(plot)을 강조하는 대신, 단일한 문장이나 단어로도 리얼리티를 획득할 수 있다고 주장한 점에서 차이가 난다.

동양의 모방론은 서양의 경우처럼 자연의 모방이라는 논리를 내세우지 않는다. 서양에서는 이 세상을 <신(God)>이나 <이데아의 세계>, 그것을 현시하는 <자연의 세계>, <인간의 세계>로 나누는 반면에, 동양에서는 <신>과 <인간>과 <자연>을 대립적인 존재로 파악하기보다는 동일체(同一體)로 파악한다. 이와 같은 차이는 전통적인 동양의 '물아일체(物我一體)'나 '물심일여(物心一如)' 사상을 비롯하여, 사람은 자연의 법칙을 따르며, 자연의 법칙은 곧 도(道)라는 도가(道家) 사상의 영향 때문이라고 볼 수 있다.3)

그리고 동양에서는 문장의 기본은 <도(道)>라는 형이상학적 세계에 둔다. 문장은 하늘과 땅의 기상을 알리고, 인륜을 적어서 밝히며, 이치를 따져 인간의 본성을 이해하게 만들어 만물이 존재하는 이유를 구명한다는 유협(劉勰)의 주장이 그런 예에 해당한다.4)

한유(韓愈)에 이르면, 동양의 모방론은 효용론적(效用論的)인 색채를 띠기 시작한다. 서양에서 플라톤이나 아리스토텔레스가 문학의 도덕성 문제에서 벗어나지 못했듯이, 동양에서도 문학의 대상은 진리이고, 진리를 깨우치는 게 문학의 목적이라는 생각에서 벗어나지 못한다.

---

3) 『老者』, 象元. 人法地, 地法天, 天法道, 道法自然
4) 劉勰, 「文心雕龍」, 文章者, 所以宣上下之象, 明人倫之敍, 窮理盡性, 以究萬物之宜者也

그런데 동양에서는 도란 시인이 의식적으로 모방할 수 없는 대상으로 간주하는 경향이 있다. 다시 말해, 도는 주체와 객체 사이에 어떤 구분이 없는 상태로서, 사물을 직관(直觀)할 때 저절로 현시(顯示)되는 것으로 여긴다. 따라서 동양의 대상 중심의 문학관은 모방이라는 용어보다는 <융합(融合)>이라는 용어로 표현하는 게 더 적절할 것이다.

현대로 접어들어 모방론적 관점을 취하는 사람들은, 셸리가 말한 것처럼 모방의 대상을 '영원한 질서의 세계'로 받아들이기보다 플라톤이 말한 '감각적 세계'로 받아들이는 것이 보통이다. 그리고 문학 작품을 연구하거나 평가할 때에는 모방한 대상이 무엇인가를 밝히고, 그것을 얼마나 사실적으로 묘사했느냐를 평가 기준으로 삼는다. 특히, 18세기 이후에 출현한 사실주의(Realism), 자연주의(Naturalism), 마르크시즘(Marxism) 문학 이론이 이런 관점을 취한다.

그러나, 이런 모방적 관점은 몇 가지 문제점을 지니고 있다. 첫째로, 만상(萬象)은 끊임없이 변하며, 그것을 인식하는 주체의 의식 구조와 정서를 비롯하여, 객체가 존재하는 시간적·공간적 배경에 따라 인식의 내용이 달라질 수밖에 없는데, 과연 불변의 리얼리티가 존재하는가 하는 점이다. 그리고 설혹 불변의 실재체(實在體)가 존재한다고 해도 그것을 제대로 파악할 수 있느냐 하는 점이 문제이다. 포스트모더니즘(Postmodernism)의 선구자 가운데 한 사람인 나바코브(V. Nabakov : 1899~1977)가 같은 백합꽃도 각기 다른 향기를 내며, 같은 사람이 같은 강물을 두 번 밟을 수 없다고 주장한 것도 이와 같은 의구심의 표현이라고 볼 수 있다.[5]

둘째로, 대상을 사실적으로 모방한 작품이 곧 예술적으로 뛰어난 작품이냐 하는 점이다. 이 문제는 20세기 최고의 화가로 꼽히는 피카소의 그

---

5) 권택영, '미로 속에 갇힌 언어 ; 미국의 포스트 모더니즘 문학의 반 사실주의 현상', ≪민족지성≫(1986.4), p.88

림과 극장 간판을 비교해 봐도 짐작할 수 있다. 누구나 극장 간판이 훨씬 더 사실적이라고 말할 것이다. 하지만, 더 예술적이라고 말하는 사람은 없다. 그것은 간판의 경우 작가의 상상력과 개성을 배제하고 고정 관념에 의지하여 그렸다는 데 원인이 있다. 따라서 리얼리티가 곧 예술적 가치라는 주장은 성립되지 않는다.

셋째로, 소재주의(素材主義)에 빠질 가능성이 농후하다는 점이다. 이와 같은 위험성은 아리스토텔레스가 희극보다 비극을 더 우수한 장르로 꼽을 때부터 이미 예정된 것이라고 할 수 있다. 하지만, 예술 작품의 미적 가치는 대상의 아름다움에서 얻어지는 것이 아니다. 끔찍한 살육이나 비인간적 고통을 그린 작품도 얼마든지 아름다움과 감동을 줄 수가 있다. 예컨대, 동양인들이 불후의 명작으로 꼽는 「삼국지연의(三國志演義)」만 해도 그렇다. 끊임없이 죽이고 죽는 전쟁 이야기로 점철되어 있음에도 불구하고 모든 사람들에게 감동을 주는 것은, 문학적 아름다움이 소재의 성질에서 발생하는 게 아니기 때문이다.

따지고 보면 미(美)나 선(善)은 고정적인 게 아니다. 시대와 개인에 따라 달라진다. 조선 시대에는 자기보다 어린 남자와 약혼하고, 그가 죽으면 정절을 지키거나 순사(殉死)하는 것을 미덕으로 꼽았다. 그러나 현대인들은 그런 행동을 불합리하다거나 우스꽝스러운 것으로 받아들인다. 그것은 미나 선이 특정한 범주 안에 묶이지 않으며, 불변하는 것이 아니라 상황에 따라 변하는 관념이라는 사실을 보여주는 예라고 할 수 있다.

데미안 그랜트(D. Grant)는 이와 같은 모방론을 크게 <대응론(correspondence)>과 <통일론(coherence)>으로 나눈다.6) 전자는 현실을 고발하고 비판하기 위하여 사실 그대로 모사(copy)하는 유형을 말한다. 그러나 후자는 심미적 가치를 추구하며, 그와 같은 상황에 그런 성격의 소유

---

6) Damian Grant, *Realism*(Methuen Co. Ltd., 1974), pp.16~25.

자가 등장하면 그런 행동을 할 수도 있다는 개연성(probability)과 보편성(universality)을 중시하는 유형을 말한다. 그러므로 통일론에서는 대상을 있는 그대로 그리기보다 전체성(全體性)과 연관지어 부분적으로 수정하는 것을 허용한다.

이와 같은 두 유형 가운데 어느 것을 선택하느냐는 작가의 세계관과 인생관에 따라 달라질 수밖에 없다. 그러나 대상을 그대로 그릴 경우에는 오히려 리얼리티가 약화될 수 있다. 예컨대, 폭풍우가 지나간 다음 비스듬히 기울어진 전봇대를 그린다고 하자. 하늘은 파랗고, 전봇대는 비스듬하게 그려질 것이다. 그러나 그런 그림은 몹시 이상하게 보일 것이다. 우리들은 흔히 전봇대란 언제나 반듯이 서 있는 것으로 생각하기 때문이다. 그러므로 폭풍우가 그친 뒤에 그리더라도 기울어지던 바로 그 순간으로 설정하여 그리거나, 기울기 전의 모습으로 수정하여 그리거나, 그것이 주된 대상이 아니라면 제거하는 게 훨씬 자연스럽게 보일 것이다. 따라서 현실과 작품을 <1 : 1>로 반영하는 대응론적 리얼리즘이 부분적으로 수정하는 통일론적 리얼리즘보다 리얼리티가 더 강하다는 것은 편견이라고 보아야 할 것이다.


## (2) 표현적 관점(expressive view)

<작품-작가>의 관계를 중시하는 사람들은 작품을 작가의 사상과 감정의 표현으로 본다. 그리하여, 작품은 작가의 사상과 감정이 넘쳐흐른 결과라는 뜻에서 '범람(overflow)', 독자를 향하여 자기 생각을 말한다는 뜻에서 '발화(utterance)', 대상에 자기 생각과 감정을 이입(移入)한 것이라는 뜻에서 '투사(projection)'라는 용어를 쓰기도 한다. 그리고 작품을 평가할 때에는 개성적이면서도 독창적 정신이 담긴 것을 우수한 작품으

로 평가한다.

이와 같은 표현론은 크게 세 유형으로 나눌 수 있다. 첫째로, 워즈워드(W. Wordsworth)가 제기한 <자발성(自發性)의 시론>을 꼽을 수 있다. 그는 1800년 콜리지와 함께 『서정 민요집(Lyrical Ballad)』을 펴내면서, 이 책의 서문(序文)에 '시인이란 어떤 사람인가, 누구를 위해 노래하는가, 독자들은 시인에게 어떤 언어를 기대하는가'라는 질문을 제기한 다음, 시란 고요한 순간에 회상(recollection)되는 강렬한 정서가 자발적으로 넘쳐흐른(overflow) 것이라고 주장한다. 그리고 시적 대상은 시인의 외부에 객관적으로 존재하는 것이 아니라, 어떤 현상을 관조(觀照)하는 시인의 정신 속에 존재한다면서, 당시 문단을 지배하던 신고전주의(新古典主義) 이론에 반론을 제기한다. 따라서 그의 주장은 시적 대상이 '내 밖에' 객관적으로 존재한다는 모방론과는 전혀 다른 것이라고 볼 수 있다.

워즈워드의 견해를 계승 발전시킨 사람은 밀(J. S. Mill)이다. 그는 1833년 『시란 무엇인가(What is Poetry)』와 『두 종류의 시(The two Kinds of Poetry)』에서, 시 속에 등장하는 사물들은 시인의 정서와 사상이 투사(投射)된 등가물(projected equivalent)이라고 주장한다. 이와 같은 관점은 후일 보들레르(C. Baudelaire)로 대표되는 상징주의 시론의 기초가 되고, 다시 엘리어트로 이어진다. 엘리어트의 시론을 대표하는 '객관적 상관물(objective correlative)'이라는 용어도 밀에게서 빌려 온 것이라고 볼 수 있다.

또 밀은 시의 유형을 선험적(先驗的) 감수성이 중심이 되는 <자연적(自然的)인 시>와 후험적(後驗的) 지식이나 기술(art)과 사상이 중심이 되는 <문명적(文明的)인 시>로 나누고, 전자를 우수한 시라고 주장한다. 그리고 신 고전주의자들과 달리 서사시와 비극은 서술성·교훈성·설화성 같은 비시적(非詩的) 요소들 속에 시적인 구절들이 산만하게 흩어져 있는 양식이라면서, 서정시를 가장 우수한 장르로 꼽는다.[7]

워즈워드로부터 출발한 자발성의 시론은 쉴라이어마허(F. E. D. Schleiermacher)로 이어지면서 <자기 표현(自己表現)의 시론>으로 바뀐다. 초기에 쉴라이어마허는 쉴레겔(F. Schlegell)과 노발리스(F. von H. Novalis) 등의 낭만주의 시론에 집착하다가, '예술이란 절대 세계로 나가는 길'이라는 그들의 형이상학적 목적을 거부하고, 시란 자아의 각성과 자유로운 자기 표현이라는 견해를 편다. 그리고 표현 대상은 정서(emotion)나 정조(mood)이며, 예술가들은 의식의 밑바닥에 지니고 있는 백일몽(白日夢)에서 무엇인가를 끌어내어 생산적(productive)인 상상력을 발휘한다고 주장한다.

그 이외에도 그의 견해 가운데 주목할 만한 것은, 시인만이 지녔다는 시적 영감(inspiration)은 정도의 차이가 있을 망정 누구나 지니고 있으며, 아리스토텔레스 이후 지속적으로 세력을 떨쳐 온 장르와 소재의 서열(序列)을 부정한 점이다. 그리고 시와 과학에서 쓰이는 언어의 차이는 음악성(musical sound)과 논리적 의미(logical meaning)에서 비롯되며, 언어마다 율격(meter) 체계가 다르므로 서로 다른 율격을 채택해야 한다는 민족주의 관점을 내세웠다는 점이다.

표현론의 둘째 유형으로는 워즈워드와 함께 『서정 민요집』을 펴낸 콜리지(S. T. Coleridge)의 <상상력(想像力)의 시론>을 들 수 있다. 그는 후일 『문학평전(Biographia Literaria, 1817)』에서 시란 시인의 보편적 감정이나 욕망의 표현이 아니라 종합적이고 마술적인 상상력의 표현이라고 주장한다. 그리고 인간의 근본적 능력에 해당되는 <제1상상력(primary imagination)>과 의지(意志)를 수반하는 <제2상상력(secondary imagination)>으로 나누고, 제2상상력은 일상의 잡다한 경험에 새로운 의미를 부여하고 화해시켜 시를 탄생시키는 기능을 지녔다고 설명한다.

---

7) M. H. Abrams, 앞의 책, pp.23~26.

그의 견해 가운데 주목할 만한 것은 종래의 시어관을 부정하고, 시적 언어(詩的言語)와 산문적 언어(散文的言語)는 동일하며, 시와 산문의 차이는 언어의 결합 양식에서 비롯된다고 주장한 점이다. 그리고 그때까지 시에서 관습적으로 써 왔던 아어(雅語)를 부정하고, 문맥 속에서 시어의 기능을 발견하려고 노력한 점이다. 이와 같은 그의 주장은 후일 영미 신비평가들의 문맥 비평(文脈批評)과 러시아 형식주의자들의 시어관으로 이어진다.

표현론의 셋째 유형으로는 롱기누스(Longinus)의 <숭고성(sublimity)의 시론>을 들 수 있다. 1세기 또는 3세기 경 로마 시인으로 추정되는 그는 『숭고론(崇高論)』이란 책에서, 아리스토텔레스와 달리 서정시를 대표적인 장르로 꼽고, 서정시의 본질은 숭고성에서 비롯된다고 주장한다. 이 숭고성은 '천둥' 같이 빠르고 강렬한 이미지로 이루어지며, 타인을 설득하기보다 황홀하게 만들고, 집중된 정신 상태에서 얻어지므로 시인은 위대한 영혼을 지녀야 하며, 모든 문학적 규칙을 초월해야 한다고 주장한다. 하지만, 지나치게 과장하거나 그와 반대로 냉담하거나, 신기한 것만을 열망하는 태도는 참다운 숭고성이 아니라고 배격한다.

롱기누스에서 시작된 숭고성의 시론은 몇몇 이론가들을 거쳐 발전적으로 계승되다가 19세기에 시의 강렬미(强烈美)를 주장한 헤즐릿(W. Hazlitt), 키이츠(J. Keats), 포우(E. A. Poe) 등으로 이어진다. 이 가운데 『작시(作詩)의 철학』과 『시의 원리』(1850)를 쓴 포우가 대표적인 시인이다. 그는 시의 교훈성을 거부하고, '예술을 위한 예술'을 주장하면서 유미주의(唯美主義) 문학의 길을 열어 놓는다. 이런 흐름은 다시 현대로 넘어오면서 큐비즘, 미래파, 다다를 비롯한 전기 모더니스트들을 거쳐 후기 모더니스트들로 이어진다.

동양의 표현론은 크게 <성정론(性情論)>과 <기상론(氣象論)>으로 나눌 수 있다. 성정론에서는 시를 인간의 보편적 성정의 표현이라고 본다. 『서경(書經)』에서 '시란 자기 뜻을 말로 표현한 것이요, 노래는 가락에 맞춘 말(詩言志 歌永言)'이라고 주장한 것이나, 『시경(詩經)』에서 '마음이 흘러가는 바를 적은 것'이 시라는 주장이 대표적인 예에 해당된다.8) 우리 나라에서는 서거정(徐居正)이나 남공철(南公轍)이 이런 관점을 취한다.9)

기상론에서는 시를 기(氣)의 표현으로 본다. 이때 '기'란 인간의 타고난 성품으로서, 어떤 속박이나 제한도 받지 않는 자유로운 기질을 의미한다. 서양의 낭만주의와 상통하는 정신으로서, 개성과 정열을 존중하는 점이 특징이다. '글이란 기를 위주로 하며, 기의 청탁(淸濁)은 타고난 것이므로 억지로 이룰 수 없다(文以氣爲主 氣之淸濁有體 不可力强而致)'는 조비(曹丕)의 주장을 비롯하여,10) 만당(晚唐)의 시학이 이에 해당된다.

우리 나라에서 이런 관점을 취한 사람들로는 고려말에 당시학(唐詩學)을 받아들인 문인들을 꼽을 수 있다. '시란 무릇 뜻을 위주'로 하며, '기의 우열로 인하여 뜻의 깊고 옅음이 생기고, 그 기는 원래 하늘에서 받아 타고나는 것이므로 배워 얻을 수 없다(夫詩 以意爲主…由氣之優劣 乃有深淺耳 然氣本乎天 不可學得)'는 이규보(李奎報)를 비롯하여,11) 이인로(李仁老), 최자(崔滋) 등이 이에 해당한다.12) 그리고 한문학이 융성하여 가히 '목릉성세(穆綾盛世)'라고 일컬을 만했던 조선의 선조(宣祖) 시대 문인들도 이런 관점을 취한다.

---

8) 『詩經』, 詩者 志之所之也 在心爲志 發言爲詩
9) 徐居正, 『東人詩話』, 詩者 心之發
　　南公轍, 『金陵集』 卷十三, 詩者 感於情 而形於聲者也
10) 曹丕, 『典論論文』, 文選, 卷五十二
11) 李奎報, 『白雲小說』
12) 李仁老, 『破閑集』, 盖文章得天性
　　崔滋, 『補閑集』, 詩文以氣爲主 氣發於性 意憑於氣 言出於情而意也

그러나, 이와 같은 표현론 역시 몇 가지 문제점을 지니고 있다. 첫째로, 작가의 예술적 의도(intention)가 곧 작품으로 형상화된다는 관점이다. 신비평에서 '의도론적 오류(intentional fallacy)'라고 지적했듯이, 작가의 의도가 곧 작품으로 표현되는 것은 아니기 때문이다.

그리고 작품이 작가의 의도대로 표현된다 해도 독자들이 그대로 받아들이는 것은 아니다. 작가의 의도는 작품화 과정에서 언어의 속성에 지배받을 뿐만 아니라, 문학사의 전통, 그가 선택한 장르의 관습, 그 작품의 내적 질서, 당대 문화의 경향, 독자들의 취향 등에 의하여 수정되고, 독자 역시 이런 영향 아래 작품을 읽기 때문이다.

둘째로, 문학 작품의 가치를 작가의 개성과 강렬성에 따라 평가한다는 점이다. '개성'이란 궁극적으로 타인과 다름을 말한다. 그리고 강렬성은 특정한 요소를 보편적 기준보다 강화시켰을 때 발생한다. 그러므로 이 관점에서 작품을 평가할 경우, 보편성보다 특수성을 강조할 수밖에 없다. 그리고, 내용을 중시하는 사람들은 새롭기만 하면 그만이라는 생각에 반윤리적(反倫理的)인 쪽으로 치닫고, 형식을 중시하는 사람들은 극단적인 기교주의에 빠져 전달이 불가능한 작품을 생산할 수 있다.

셋째로, 정서의 과잉에 빠져 작품의 구조가 허약해지기 쉽다는 점이다. 낭만주의 문학이 형식주의자들로부터 구조적 허약성을 비판받고 현대문학의 주도적 위치를 넘겨준 것도 이런 약점 때문이다.

## (3) 효용적 관점(pragmatic view)

<작품-독자>의 관계를 중시하는 효용론적 관점에서 문학 작품이란 독자에게 교훈(敎訓)이나 쾌락(快樂) 같이 쓸모 있는 것을 전달하기 위한 수단으로 본다. 그리고 비평의 기준 역시 독자에게 전달하려 하는 것이

무엇인가, 그것이 얼마나 유익한 것인가, 목표했던 효과를 거두었는가로 삼는다.

하지만 근대 이전의 효용론자들은 쾌락보다 교훈을 더 중시한다. 그러면서도 지식이나 교훈을 직접 설명하지 않고 작품화한 것은, 작품 속에 담긴 정서와 심미적 표현이 독자의 마음을 움직이고, 그를 이용하여 지식과 교훈을 자연스럽게 전달할 수 있다는 생각 때문이다. 즉, 쾌락은 지식과 교훈을 전달하기 위한 보조 수단으로 취급했던 것이다.

서구에서 최초로 효용론을 주장한 사람은 『시학(Ars Poetica)』을 쓴 로마 시인 호라티우스(F. Q. Horatius)이다. 그는 시의 목적을 '독자에게 교훈을 주거나, 기쁨 또는 이 모두를 다 주는 데 있다'고 주장한다. 그리고 교훈을 전달하기 위해서는 작품을 끝까지 읽도록 재미있어야 한다면서, 시인은 어떻게 하면 낭송이 끝날 때까지 관중(독자)들이 자리에서 일어나지 않도록 만들 것인가, 기쁨에 가득차 환호와 갈채를 보내며 영원히 기억하도록 만들 것인가를 생각해야 한다고 주장한다. 그리스・로마 시대의 효용론자들이 수사학(rhetoric)에 특별히 신경을 썼던 것은 이와 같은 문학관 때문이었다.

호라티우스 이후 대표적인 효용론자로는 필립 시드니(P. Sydney)를 꼽을 수 있다. 그는 『시정신의 옹호』(1595)에서, 시란 비도덕적이며, 인간들을 나약하게 만들고, 허위에 가득차 있다는 청교도주의자들의 비난을 피하기 위해, 시는 교훈적인 내용을 쾌락으로 포장해야 한다면서 '당의정설(糖衣錠說)'을 주장한다. 그러한 쾌락은 작품의 허구성(invention)과 정서(passion)에서 탄생되며, 허구성(虛構性)은 작품을 축어적(literally)으로 읽는 것을 방지하고 보편적 진리로 확대하는 구실을 하고, 정서(情緒)는 허구를 보다 생기 있게 만들뿐만 아니라 독자의 마음을 움직이는 인자(因子)라고 주장한다. 따라서 시드니의 주장은 호라티우스의 관점과 거의 유사한 것으로서, 교훈 쪽에 더 초점을 두었다는 게 특징이라고 할 수 있다.

이와 같은 교훈 중심의 효용론은 드라이든(J. Dryden)의 『극시론』(1668)에 이르면 한결 심리학적인 방향으로 발전한다. 그는 극이란 인간의 본질을 생생한 이미지(image)로 재현한 것이라고 주장한다. 여기서 그가 말하는 '이미지'란 현상을 모방한다는 플라톤적 개념이 아니라 본질(Idea)을 모방한다는 의미를 지니고 있다. 따라서 문학은 진리를 지향한다는 결론에 도달하게 된다. 이와 같은 그의 관점은 존슨(Dr. S. Johnson) 박사를 비롯하여, 19세기의 러시아 작가 톨스토이, 20세기의 사상가 마르크스(K. Marx), 작가의 의도는 독자에 의해 실현된다는 사르트르(J. P. Sartre)로 이어진다.

그리고 독자의 기대(期待)는 작품 속에 반영되고, 작품은 독자와 대화(對話)를 하며, 문학사는 그 대화의 역사라고 주장한 바인리히(H. Weinrich)를 비롯하여, '작품의 예술적 가치는 독자들의 <기대 지평선(期待地平線, Erwartungshorozont)>을 얼마나 만족시켜 주었는가에 따라 판단되어야 한다'는 야우스(H. R. Jauss)의 수용미학(受容美學), 미국의 <독자 반응 비평(reader-response criticism)>도 부분적으로는 효용론적 성격을 띠었다고 볼 수 있다.[13]

하지만 근대 이전의 효용론과 수용미학은 독자를 주목한다는 점에서 일치할 뿐, 결코 같은 관점을 취하는 것은 아니다. 전자는 독자를 교화(敎化)의 대상으로 삼는 반면에, 후자는 독자가 작품의 가치를 판단하는 주체일 뿐만 아니라 창작 과정까지 관여한다는 입장에서 출발한다. 따라

---

13) Raman Selden, *A Readers's Guide to Contemporary Literary* (Sussex : Harvester Press Ltd., 1985)의 '수용미학' 및 로버트 C. 홀럽, 『수용 이론』(최상규 번역, 삼지원, 1985), pp.94~102. 참조.

서 현대의 수용미학은 종래의 <작가 또는 작품 중심 문학관>과 전혀 다른 것으로서, 정치적·경제적 민주화를 거쳐 문화적 민주화를 지향하는 과정에서 탄생된 <독자 중심의 문학관>이라고 보아야 할 것이다.

이에 비해, 동양의 효용론은 시를 통해 세상의 풍습과 인간의 심성을 순화시키려는 재도적(載道的) 관점으로서, <풍교론(風敎論)>이라고 부르는 게 타당할 것이다. 이와 같은 풍교론의 출발점은 '시경의 시 3백편이 한마디로 말해 인간의 마음에서 사특함을 없애 주기 위한 것(詩三百 一言而蔽之 思無邪)'이며,14) '관저(關雎)의 시는 즐겁되 음탕하지 아니하고, 애달프되 감상으로 빠지지 않는다(關雎, 樂而不淫 哀而不傷)'라는 공자(孔子)의 문학관에서 찾을 수 있다.15) 그리고 『예기(禮記)』를 비롯하여,16) 송시학(宋詩學)에서도 이런 태도를 찾을 수 있다.

우리 나라에서 효용론인 송시학이 우세했던 시기는 고려 초이다. 하지만, 고려 말에는 다시 당시학(唐詩學)의 영향을 받아 표현론 쪽으로 기울어지고, 조선이 개국하고 유교를 국교로 삼음에 따라 송시학이 기세를 떨친다. 그리고 선조 때에는 다시 표현론 쪽인 당시학으로 기울어지다가 정조(正祖)가 '문체반정(文體反正)'을 시도함으로써 효용론으로 선회한다. 개화기 문학이라든가, 1920년대의 민족 문학과 카프 문학론, 1980년대의 민중 문학론 역시 효용론적 관점에 입각한 문학 이론이라고 볼 수 있다.

이와 같은 효용론 역시 몇 가지 문제점을 지니고 있다. 첫째로, 윔샛

---

14) 論語, 爲政篇

15) 論語, 八佾, 卷三. 또 論語 陽貨 篇에는 '시는 사람들을 흥겹게 할 수도 있고, 보게 할 수도 있고, 무리 짓게 할 수도 있고, 원망하게 할 수도 있다. 그리고, 가까이는 어버이를 섬기게 하고, 멀리는 임금을 섬기게 할 수 있으며, 새나 짐승 또는 초목의 이름도 많이 알게 한다.(詩 可以興 可以觀 可以群 可以怨 邇之事父 遠之事君 多識於鳥獸草木之名)

16) 禮記, 經解篇, 其爲人也 溫柔敦厚 詩敎也

(W. K. Wimsatt)과 비어즐리(M. C. Beardsley)가 지적했듯이, 고전적 효용론은 '감정적 오류(affective fallacy)'를 범하고 있다. 다시 말해, 동일한 작품도 독자에 따라 달리 받아들이고, 같은 사람이 읽어도 읽을 때마다 다르게 받아들인다. 그럼에도 불구하고, 독자에게 주는 감동이 모두 같은 것으로 간주하고, 그 작품이 얼마나 감동을 주었느냐에 따라 작품을 평가하려는 것은 잘못이라고 할 수 있다.

물론 이런 오독(誤讀)의 문제는 문학 교육을 통하여 <이상적 독자> 내지 <해석 공동체(解釋共同體)>를 길러 내는 방법으로 해결할 수 있는 것처럼 보일런지 모른다. 그러나 끊임없이 생산되는 작품을 바르게 읽도록 독자들을 교육시키기란 쉬운 일이 아니다. 그리고 그럴 필요도 없다. 그런 교육을 받은 사람들도 궁극적으로 자기 감성을 기반으로 삼아 작품을 수용하고, 그와 같은 감성은 교육으로만 길러지는 게 아니라 생활 환경 전반에서 길러지며, 설혹 그런 감성이 길러졌다 해도 독서에 임하면 그 순간의 정서 상태에 지배받기 때문이다.

예컨대 이별의 노래를 좋아하는 사람이 있다고 하자. 그는 평소 그런 노래를 즐겨 불렀을 것이다. 그리고 다른 사람이 부르는 것도 좋아했을 것이다. 그러나 자기 결혼 식장에서 그런 노래를 축가로 부른다면 대단히 격노할 것이다. 그것은 그의 감성적 기반이 애처로운 노래를 즐기도록 되어 있지만, 그 순간의 욕망은 그것을 거부하고 있기 때문이다. 따라서 감동이나 영향은 작가의 의도가 발생의 주체이지만, 독자의 의식 구조 내지 독서 순간의 정서 상태가 결정적인 역할을 한다고 보아야 할 것이다.

둘째로, 다양한 독자 가운데 어떤 계층의 반응을 평가 기준으로 삼을 것이냐 하는 점이다. 그리고 그 반응을 어떻게 객관적으로 알아내느냐 하는 점 역시 문제이다. 같은 작품도 일반 독자와 비평가의 반응이 전혀 다르며, 일반 독자들도 연령·성·계층·교육 정도·생활 환경·거주 지역 등에 따라 차이가 난다. 따라서 모든 독자의 반응을 알아내고 그를 평가의 기준으로 삼는다는 것은 거의 불가능한 일이다. 1967년 야우스가 「문예학의 도전으로서 문학사(Literaturgeschichte als Provokation der Literaturwissenchaft)」를 발표하고 그런 전범을 마련해 보이지 못한 것은 이런 이유 때문이다.

셋째로, 효용론에서 내세우는 목적성은 예술의 자율성을 해치고, 내용 위주의 졸작을 낳기 쉽다는 점이다. 그것은 이데올로기를 내세운 문학 운동들을 살펴보아도 짐작할 수 있다. 수용미학을 탄생시킨 독일의 경우, 세계 제2차 대전으로 파괴된 경제를 부흥시키는 과정에서 쌓인 부조리를 청산하기 위해 <61 그룹(Group)>이라는 노동 문학 단체가 등장한다. 그리고, 그들의 주도하에 르포·자서전·일기체·수기 같은 논픽션류의 고발 문학 시대가 열린다. 그러나 10년을 넘기지 못하고 '문학과 예술의 사망을 선언(Tod der Literatur, L'art est mort!)'하면서, 순수 문학 쪽으로 회귀하고 만다. 그것은 목적주의 문학의 한계성 때문이라고 볼 수 있다.17)

우리 나라의 경우도 마찬가지이다. 1920년대에는 카프 문학 운동이, 1970년대 후반에는 민중 문학 운동이 일어난다. 그러나, 이들 역시 모두 10년 후에는 순수문학 쪽으로 회귀한다. 이와 같은 현상은 예술이 예술성을 부정하고 이데올로기만 내세울 경우에는 그 존재성을 확보할 수 없음을 보여주는 예라고 할 수 있다.

---

17) 박찬기, '서독의 문학 논쟁과 그 초점의 변화', ≪민족지성≫(1986.4)

### ⑷ 객관적 관점(Objective view)

객관론은 작품의 외부에 존재하는 <대상>·<작가>·<독자>를 배제하고 <작품> 그 자체만을 주목하는 관점을 말한다. 따라서, 앞에서 살펴본 관점들을 <외재적 관점(external view)>이라고 한다면, 이 관점은 <내재적 관점(internal view)>에 속한다.

이런 관점을 취하는 사람들은 우리가 믿을 것은 오직 작품뿐이며, 작품은 '언어의 집적(集積)과 배열(配列)'로 이루어지고, 그 집적과 배열 방식에 따라 작품의 특질이 달라진다고 주장한다. 그리하여 작품의 내재적 질서를 발견하려고 노력하면서, 각 층위가 얼마나 유기적으로 조직되었느냐 여부를 비평의 기준으로 삼는다.

본격적인 객관론이 대두된 것은 20세기부터이다. 낭만주의 시론을 비판하고 나선 영미 신비평(New Criticism)을 비롯하여, 러시아 형식주의(Russian Formalism), 프랑스 구조주의(structuralism) 등에 의해 본격화된다. 그러나 전시대의 문학 이론이라고 해서 전혀 객관론적 관심이 없었던 것은 아니다. 우리가 흔히 모방론자로 분류하는 아리스토텔레스만 해도 그렇다. 그는 비극의 요소를 <구성(mythos)>·<인물(ethos)>·<사상(dianoia)>·<어법(diction)>·<음악(melody)>·<정경(spectacle)>으로 나누고 이들끼리 필연성과 유기성에 의해 통일되어야 한다고 주장한 점을 비롯하여, 동일 행위에 대해 '연민(憐憫)'이라는 친화적(親和的) 정서와 '공포(恐怖)'라는 이화적(異化的) 정서를 느낄 때 정화 작용 (catharsis)이 일어난다고 설명한 점은 객관적 관심의 표현이라고 볼 수 있다. 따라서 종래의 객관론은 외재적 요소와 연결 지어 문학의 본질을 구명하려고 노력한 데 반하여, 20세기의 객관론은 작품 그 자체를 '자족적 실체 (a self sufficient entity)'로 보고, 그를 구성하는 요소들의 관계를 더 주목했다는 점이 다르다고 보아야 할 것이다.

20세기 영미 문학에서 객관론의 출발점은 흄(T. E. Hulme)을 중심으로 한 이미지즘 운동에서 찾을 수 있다. 이 운동은 1908년 흄이 주도하여 <시인 클럽(Poet's Club)>를 조직하고, 로우엘(A. Lowel), 파운드(E. Pound), 플린트(Flint), 두우리틀(H. Doolittle) 등과 함께 영국의 낭만주의 시풍과 역사주의 비평에 대하여 비판을 가하면서 등장한다. 그리고 파운드와 엘리어트(T. S. Eliot)를 거치는 동안에 어느 정도 완성되고, 대학에서 독자적으로 활동하던 리차즈(I. A. Richards)의 이론과 만나면서 영국 주지주의(主知主義) 이론으로 발전한다.

영국에서 출발한 주지주의 이론은, 미국 남부의 밴트빌트(Vanderbilt) 대학 교수인 랜섬(J. C. Ransom)에 의해 <신비평>으로 발전한다. 이 그룹에 속하는 비평가들로는 랜섬과, 그의 제자들인 테이트(A. Tate), 워렌(R. P. Warren), 브룩스(C. Brooks) 등을 꼽을 수 있다.

영미 주지주의와는 또 다른 일파인 러시아 형식주의는 1915년에 조직된 <모스크바 언어학 서클(Moscow Linguistic Circle)>과, 그 이듬 해 페트로그라드 문인과 학자들이 조직한 <시어 연구회(Opoyaz)>에서부터 출발한다. 그들의 문학 작품에 대한 언어학적 관심은 1920년대에 폴란드와 체코슬로바키아로 넘어가 <프라그 언어학파>와 <체코 기호학파>를 탄생시키고, 일단의 형식주의 문학 이론으로 발전한다.

이와 같은 형식주의의 대표적 인물로는 보리스 아이헨바움(B. Eichenbaum), 쉬클로프스키(V. Šhklovsky), 야콥슨(R. Jakobson) 등을 꼽을 수 있다. 그들은 예술이란 실생활을 정확히 재현한 것이 아니라 어느 한 부분을 의도적으로 일그러뜨려 '낯설게 만들기(defamilarization)'를 한 결과로서, 낯선 부분은 '전경화(foregrounding)'되고, 친숙한 부분은 '배경화(backgrounding)'된다고 본다. 그리고 종래에 문학 작품을 '내용'과

‘형식’으로 나누던 이분법적 관점을 부정하고, 이런 요소들을 ‘비예술적 · 비심미적 질료(質料)’와 ‘예술적 기교의 총체(總體)’라는 용어로 바꿔 부르면서, 내용은 형식의 일부분이라는 입장에서 문학 연구의 대상을 기교 쪽에 집중시킨다. 이를테면, 소설 속에 나타나는 사건은 내용이지만, 그것을 구성하면 형식의 한 요소가 된다는 것이다.

그들이 초기에 특별히 관심을 기울인 것은 시어(詩語)로써, 시적 언어란 일상어에 ‘조직적 폭력’을 가한 특수한 언어라고 주장한다. 그리고 현대 언어학의 도움을 받아 소리의 층(層), 모음 조화, 자음 다발, 압운(押韻), 운율(韻律), 율격(律格) 등을 분석한다.

이들보다 뒤늦게 출발한 프랑스 구조주의(構造主義)는 1955년 레비-스트로스(C. Levi-Strauss)가 『슬픈 열대(Tristes tropiques)』에서 당대를 풍미하던 현상학(現象學)과 실존주의(實存主義)에 대한 환멸을 고백하면서 소쉬르(F. de Saussure)의 『일반 언어학 강론(Cours de linguistiquegénérale)』의 구조적 관점을 원용한 뒤부터이다. 이 그룹의 비평가로는 바르트(R. Bathes), 토도로프(T. Todorov), 골드만(L. Goldmann), 그레마스(A. J. Greimas) 등을 꼽을 수 있다.

구조주의자들은 문학 작품을 이루는 각 요소들은 개체 상태로 존재하지 않고 상호 유기적 관계에 묶이어 나타난다고 본다. 피아제(J. Fiaget)는 이와 같은 구조의 기본 개념을 <전체성(全體性)>, <변형(變形)>, <자동 조절(自動調節)>로 설명한다. 이 때, 그가 말하는 ‘전체성’이란 내적 통일성을 말한다. 그리고 전체성을 얻기 위해서는 그것을 이루는 각 부분들은 각기 다른 성질을 지녔다 하더라도 다른 요소들과 잘 어울릴 수 있도록 ‘변형’ 과정을 거쳐야 하며, 그 작품이 취한 구조의 내재적 법칙들을 뒷받침할 수 있도록 ‘자동 조절’되어야 한다는 것이다.

예컨대, 어떤 단어가 있다고 하자. 그 단어는 그 문장 속에서 자신의 의미를 유지하면서, 동시에 각 요소들과 관계를 맺으며, 새로운 발언으로 변형된다는 것이다. 따라서 피아제의 이론은 러시아 형식주의자들이 문학 작품을 <계열의 축>과 <결합의 축>으로 나누고, 상호 조정 과정을 거치는 <통합체(syntagma)>로 본 관점과 거의 유사한 것이라고 볼 수 있다.

이러한 구조주의자들은 작품의 역사성(歷史性)을 배제하고 현재성(現在性) 속으로 파고들어, 작품을 존재하도록 만든 구조를 찾아내는 데 목표를 둔다. 따라서, 작품 그 자체의 구조와 조직의 내적 질서를 구명하고 유기적으로 조직하려고 한다는 점에서 영미 신비평과 맥을 같이하는 것이라고 할 수 있다.

하지만 구조주의는 문학에만 적용되는 이론 체계는 아니다. 이 시대의 모든 학문에 적용되는 공통된 방법론이라고 할 수 있다. 마르끄 브류슈의 역사학, 클로드 레비-스트로스의 사회 인류학, 피아제의 형태 심리학, 소쉬르의 일반 언어학 등은 모두 이 구조주의적 방법을 적용하고 있다.

영미 주지주의와 러시아 형식주의가 만난 것은 야콥슨이 공산 독재를 피하여 프라하로 망명했다가 다시 미국으로 망명한 1930년대 이후부터이다. 야콥슨을 받아들인 영미 주지주의는 역사주의 비평에 맹공을 가하면서 신비평으로 발전한다. 그러나 '신비평'이란 용어가 널리 쓰이게 된 것은 1940년 랜섬(J. C. Ransom)이 『신비평(New Criticism)』이란 저서를 출간한 뒤부터이다.

이상에서 살펴 본 바와 같이 객관론적 관점을 취하는 유파의 범위는 매우 넓다. 미국의 <신비평 그룹>·<러시아 형식주의>·<프랑스 구조주의>·<프라그 언어학파>·<체코 기호학파>는 물론, <시카고 아리스토텔레스 학파(The Chicago Aristotelian)>라고 불리는 <시카고 비평가 그룹(Chicago Critics)>, 영국의 <사정파(查精派, Scrutiny Group)>, 어느 유파에도 속하지 않고 독자적 활동을 전개한 블렉머(R. P. Blackmer), 윈터즈(Y. Winters) 등도 이 범주에 포함시킬 수 있다. 따라서 형식주의는 '통일된 이론의 단일체(單一體)라기보다 상관성(相關性)이 있는 이론의 복합체(複合體)'로서, 일관성 있는 이론은 아니다.

하지만 이들은 모두 종래의 문학관이 지니고 있는 <의도적 오류(the intentional fallacy)>와 <감정적 오류(the affective fallacy)>를 비판하며 나섰다는 점에서 공통점을 지닌다. '의도적 오류'와 '감정적 오류'는 윔샛(W. K. Wimsatt)과 비어즐리(M. C. Beardsly)가 공동 집필한 논문에서 처음 선보인 용어로서, 작품을 바르게 이해하거나 그 가치를 평가하기 위해서는 먼저 작자의 의도(intention)를 파악해야 한다든가 독자의 정신 속에 일어나는 감정적 효과(affective)에 따라 판단해야 한다는 종래의 관점은 오류라는 것이다.

먼저 의도적 오류를 살펴 보기로 하자. 역사주의 비평가들은, 작가의 의도는 작품에 그대로 표현되며, 독자 역시 그대로 전달받을 수 있다는 논리적 가정에서 출발한다. 그래서, 작가의 의도가 좋으면 작품도 좋아진다고 믿는다. 그리고 작품을 바르게 이해하기 위해서는 작가의 의도와, 그와 같은 의도를 갖게 만든 작가의 역사적·사회적 환경을 먼저 이해하지 않으면 안 된다고 주장한다.

그러나 신비평에서는 이런 가정은 잘못된 것이라고 한다. 작품은 작가의 의도와 달리 독자적으로 존재하는 자족적 실체(自足的實體)라고 주장한다. 그리고, 작품을 바르게 분석하면 그 속에서 작가의 의도와 그를 둘러싼 환경이 드러나기 때문에, 작가의 의도나 그런 의도를 갖게 만든 환경을 탐구하려 한다 해도 작품 분석에 치중해야 하지, 그를 둘러싼 외재적 요소를 분석해서는 안 된다는 것이다.

이런 주장의 타당성은 조선 시대에 자주 창작되었던 오륜가(五倫歌)들을 살펴봐도 짐작할 수 있다. 오륜가를 지은 사람들은 인간의 도덕심의 고양과 윤리 사회의 건설을 목표로 삼는다. 하지만, 그런 부류의 작품들은 앙상한 주제만 드러날 뿐, 문학적으로 성공을 거둔 예가 드물다. 그것은 작가의 의도가 곧 작품으로 이어지지 않는다는 걸 의미한다.

감정적 오류란 독자의 공감(共感) 여부에 따라 작품의 가치를 판단하는 것은 잘못이라는 지적이다. 사실, 인간의 공감이란 자극의 선악(善惡)이나 진위(眞僞)에 의해 결정되는 것이 아니다. 그보다는 오히려 수용자의 심리적 환경에 의해 좌우된다. 앞에서 이야기한 오류가의 경우도 마찬가지이다. 낡은 도덕에 반항하고 싶어하는 독자들에게는 따분한 설교로 들릴 것이다. 따라서 독자의 공감 여부는 다분히 주관적이며, 그로 인해 발생하는 사회적 평판(reputation)을 바탕으로 작품의 가치를 판단하려는 태도 역시 잘못이라고 볼 수 있다.

둘째로, 이들의 공통된 주장은 문학 작품을 언어의 유기적 조직(organic system)으로 본다는 점이다. 이들은 작품을 <형식(form)>과 <내용(content)>, 또는 <표층적 의미(surface meaning)>와 <심층적 의미(deep meaning)>로 나누는 것을 반대하고, 모든 요소들은 유기적으로 조직되어야 한다고 주장한다. 초기 형식주의자인 엘리어트와 리차즈를 비롯하여, 리차즈의 제자인 앰프슨(W. Empson), 그리고 이들의 이론을 심화하고 발전시킨 랜섬, 브룩스, 워렌, 데이트 등은 모두 이런 관점을 취한다.

그리하여 객관론자들은, 작품이란 결국 언어의 집적물(集積物)에 불과하다고 보고, 집적한 질서나 집적물의 조직적 자질을 분석하기 위해 '정밀한 독서(close reading)'를 제일의 과제로 삼는다. 형식주의 비평을 '존재론적 비평(Ontological Criticism)', '문맥적 비평(Contextual Criticism)', '본질적 비평(Intrinsical Criticism)', '기술 비평(Descriptive Criticism)'이라고 부르는 것도 이런 이유에서이다.

이와 같은 '정밀한 독서'를 통해, 하나 하나의 낱말이 전체와 어떻게 결합하고 있는가를 살피면서, '정밀한 언어 분석(close verbal analysis)'

에 힘쓴다. 그리하여, 내용 면에서는 '사상과 감정이 통합(the fusion feeling and thought)'되었는가 여부를 따지고, 구조면에서는 각 요소들이 서로 '협동적 능력(synergic power)'을 지녔는가, '긴장(tension)된 조직'인가를 따진다. 엘리어트가 형이상시(metaphysical poetry)를, 리차즈가 포괄의 시(poetry of inclusion)를 주장한 것이라든지, 브룩스가 아이러니(irony)와 역설(paradox)의 어법을 중시한 것은 이와 같은 관점 때문이다. 한국의 경우, 현대문학 이전에 객관론적 관점은 그다지 눈에 띄지 않는다. 굳이 찾자면, '애이불비(哀而不悲)'와 같은 공자 이후의 중용적(中庸的) 문학관이나, '이(理)'는 이데아로, '기(氣)'는 현상 또는 그것을 움직이는 에너지 개념으로 보고, 이들의 통합을 주장한 퇴계(退溪)의 주리론(主理論)이나 율곡(栗谷)의 주기론(主氣論)을 꼽을 수 있다. 이들의 주장은 이성과 감성의 조화를 요구하는 서구 고전주의적 가치관과 일맥이 상통하기 때문이다.

따라서 우리 나라에서 현대적 객관론의 출발점은 1930년대 김기림(金起林), 최재서(崔載瑞) 등이 서구 주지주의 이론을 수입한 뒤부터라고 할 수 있다. 이와 같이 객관론이 뒤늦게 출발한 것은 사물을 분석적으로 인식하기보다 직관적으로 인식하고, 문학 작품을 인격의 표현으로 보면서, 형식보다 내용을 더 중시하는 동양적 문학관과 한국인들의 의식 구조 탓이라고 할 수 있다.

그러나 이런 객관론 역시 몇 가지 문제점을 지니고 있다. 첫째로, <발생론적 오류(genetic fallacy)>를 지적할 수 있다. 객관론자들은 작품을 정밀히 분석하면 작품을 탄생시킨 대상은 물론, 작가의 의도와 사상 및 그를 둘러싼 환경까지 이해할 수 있다고 주장한다. 하지만 그들의 주장에 따르다 보면 작품을 발생시킨 주체가 사라져 버리게 된다. 즉, 작가에게 창작 동기를 자극한 대상, 그 대상을 둘러싼 환경, 그리고 작품의 산출자인 작가, 그것을 전달하려는 독자가 사라져 버리게 된다. 객관론에 대해 역사 의식이 결여되었다고 비판하는 것도 이 때문이다.

둘째로, 소비적 오류(exhausting fallacy)를 범하기 쉽다는 점이다. 객관론자들은 무엇보다도 객관성을 중시한다. 그리고 이를 획득하기 위해, 작품의 의미론적·통사론적·음성학적 층위(層位)를 차례대로 분석하고, 다시 문장, 소단락, 대단락 단위로 이동하면서 상호간의 관계를 살핀다. 그러나 이런 분석을 거치지 않아도 이해할 수 있는 작품들이 있다. 그런 작품들을 논리적 객관성을 유지하기 위해 장황하게 분석하는 것은 일종의 지적 소비(知的消費)라고 볼 수 있다.

넷째로, 선택적 오류(selective fallacy)를 범하기 쉽다는 점이다. 소비적 오류를 범하지 않기 위해서는, 분석하지 않아도 이해할 수 있는 작품은 피해야 한다. 그리고 객관적인 태도를 유지하기 위해서는 장편 소설처럼 긴 작품이나 작가의 주관이 너무 강렬하여 객관적으로 설명하기 어려운 작품도 피해야 한다. 그러므로 자연히 길이가 짧고, 복합적인 의미를 지녔으며, 객관적으로 분석할 수 있는 작품들만 고르기 때문에 특정한 시대의 특정한 경향의 작품만 분석하게 된다. 그리고 애써 분석한 작품을 부정적으로 평가하면 분석한 의미가 없어지므로 가능한 우수한 작품이라고 결론을 내리고, 그로 인해 특정한 경향의 작품들만 우수하다는 선택적 오류를 범하게 된다.

넷째로, 동일한 구조와 동일한 요소를 지닌 작품이라 하더라도 결코 같은 작품으로 환원(還元)되지 않으며, 독자에게 같은 감동을 주지 않는다는 점이다. 물론 이와 같은 환원의 불가능성은 잘못 분석한 데 원인이 있을 것이다. 그러나 보다 근본적인 원인은 작품을 유기체라고 주장하면서 <동적(動的)인 유기체>가 아니라 <정적(靜的)인 유기체>로 파악하는 데 있다. 다시 말해, 작품의 산출 단위인 <대상⇄작가⇄작품⇄독자>의 상호 역동적인 관계를 고루 고려하지 않고 <작품>만 주목하고, 그를 구성하는 요소들 가운데 가시적인 것들만 분석한 데 원인이 있다.

다섯째로, '비평 무용론(無用論)'으로 이어질 수 있다는 점이다. 작품을 '자족적 실체'로 보는 관점은 작품만 면밀히 읽으면 모든 것을 이해할 수 있다는 이야기가 된다. 그리고 좀더 확대 해석하면 비평이란 장르가 필요 없다는 이야기로 바뀐다. 하지만, 그들 역시 은밀하게 역사주의나 심리주의의 비평 방법을 원용하고 있다. 그리고 그 작품을 쓴 작가, 주된 제재, 그 작품을 산출시킨 사회, 당대 독자들의 취향을 이해하며 읽을 경우에 보다 바르게 이해할 수 있다. 따라서 객관론은 외재적 요소만에 집착하던 종래 비평에 대한 반동으로 받아들여야지, 작품 그 자체로 모든 것을 해결할 수 있다는 관점으로 받아들여서는 안될 것이다.

마지막으로, 분석 결과가 너무 비인간화(非人間化)된다는 점을 지적할 수 있다. 문학 작품에서 미라든지 감동이라는 것은 결국 인간적인 것이다. 그리고 인간을 위한 것이다. 그런데 질서와 구조는 비인간적인 것으로서, 그를 찾아낸다는 것은 비인간화를 의미한다. 그들의 비평을 읽을 때, 대개 무미건조하고 난해하게 느껴지는 것은 이와 같이 비인간적인 방법에 의지하기 때문이다.

## 2. 텍스트의 층위와 분석 방향

앞에서 살펴본 바와 같이 종래의 문학관은 그 나름대로 타당성을 지녔음에도 불구하고 여러 가지 문제점을 안고 있다. 그래서 리차즈는, 아리스토텔레스 이후 제기된 무수한 비평 이론들은 서로 고립적일 뿐만 아니라, 아직도 분석의 올바른 통로를 발견하지 못한 채 혼란을 가중시키고 있다고 지적한다.[18]

---

18) I. A. Richards, *Principles of Literary Criticism*(Routledge & Kegan Paul, 1962), pp.6~7.

이와 같은 혼란은 우리 주변을 살펴봐도 얼마든지 발견할 수 있다. 예 컨대, 하나의 관점에서 긍정적으로 평가되던 작품이 다른 관점에서는 수 준 이하로 평가되는 점이라든가, 같은 관점으로 분석해도 분석하는 층위 를 달리하면 전체적인 평가가 달라지는 점을 비롯하여, 문학의 이론과 창 작 및 비평 행위가 별개인 것처럼 진행되는 점, 그리고 텍스트보다 그에 대한 해설이 더 난해한 점이 그런 예에 해당한다.

그렇다면 왜 이러한 혼란이 계속되는 것일까? 일차적인 원인은 문학적 텍스트가 논리로 설명하기 어려운 정서의 산물이며, 구조와 조직이 분리되 지 않는 유기적 짜임새라는 데서 찾을 수 있다. 다시 말해, 유기적 정서의 산물을 분석적인 논리로 바꾸려는 데서 비롯되는 혼란이라고 할 수 있다.

하지만 무엇보다도 중요한 원인은 <대상⇌작가⇌작품⇌독자>로 이어지 는 축 가운데에서 어느 한 단위만 골라 분석해 왔다는 점을 꼽아야 할 것 이다. 물론 각 단위를 모두 고려하다 보면, 각 단위에서 출발한 관점들이 지니고 있는 오류를 고루 범하기 쉽다. 그러나 어느 한 단위만 주목한다 는 것은 이런 혼란을 피하기 위해 잠정적이고도 편의적인 방법일 뿐, 그 와 같은 관점에서 본 작품의 모습이 참된 모습이라고는 볼 수 없다.

또, 문학 작품은 유기체라는 입장을 내세우면서도, 작품의 의미에서 조 직에 이르기까지 어떤 층위로 구성되어 있으며, 각 층위를 이루는 요소들 은 무엇이고, 그들끼리 어떤 관계를 맺고 있는가를 구명하지 못하는 데 원인이 있다. 예컨대, 시를 논의할 경우는 <의미>·<비유>·<이미지>· <리듬>·<어법>·<음운> 같은 요소들은 어느 층위에 속하며, 이들은 각 층위에 어떤 영향을 미치는가를 구명하지 못한 채 고립적으로 논의하는 점으로 미루어서도 짐작할 수 있다. 따라서 현대 문학의 연구에서 제일 먼저 해결할 과제는 작품이 산출되어 독자에게 전달되기까지 참여하는 각 단위를 고루 고려하면서, 이들 사이의 상호 관계는 물론, 작품을 이루는 각 요소들의 관계를 구명하는 작업이라고 할 수 있다.

기존의 연구에서 <대상⇌작가⇌작품⇌독자>의 관계를 어느 정도 고려한 모델로는 헤르나디(P. Herenadi)의 좌표를 들 수 있다. 그는 아래와 같이 작가가 독자에게 이야기를 전달하는 방향과 그 담화를 조직하는 방향으로 나눈다. 그리고 전자를 <의사 소통을 위한 수사의 축(rhetorical axis of communication)>, 후자를 <재현을 위한 모방의 축(mimetic axis of representation)>이라고 부르면서,[19] 이들을 모두 포괄하려고 노력한다.

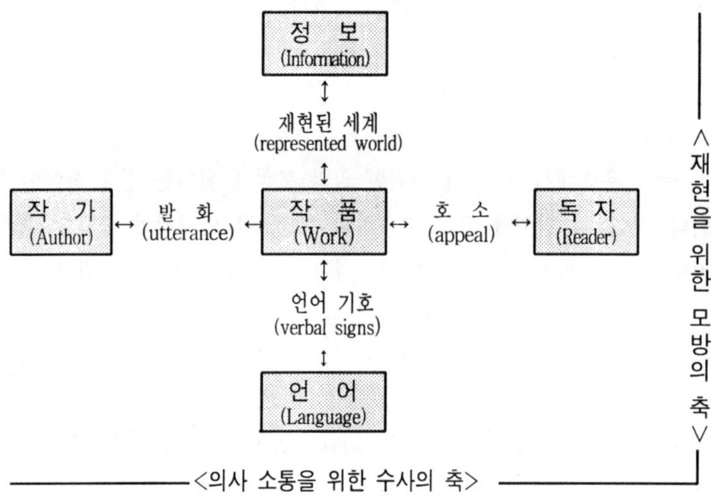


이 좌표에는 <대상>이 생략된 것처럼 보인다. 하지만, 대상이란 결국 화제이고, 화제를 제거한 담화는 발생할 수 없으므로, 편의상 생략됐거나 작가의 의식 속에 들어 있는 것으로 간주했다고 보아야 할 것이다. 따라서 헤르나디 좌표는 문학 작품을 <작가-작품-독자>로 이어지는 <소통

---

19) Paul Herenadi, *Literary Theory; A Compass for Critics, Critical Inquiry*(1976)

의 축>과 <언어-작품-정보>로 이어지는 <모방의 축>으로 나누어 설명한 것으로서, 4개의 축으로 나눠 본 에이브럼즈 좌표보다 한결 종합적이라고 할 수 있다.

하지만, 헤르나디의 좌표 역시 아직 만족할 만한 단계의 것은 아니다. 작가가 독자에게 정보를 전달하려는 <소통의 축>과 그것을 언어로 형상화하는 <모방의 축>은 결코 다른 차원에서 진행되는 것이 아니라 <소통의 축>에 참여하는 모든 단위들 속에 포함되어 있다. 다시 말해, 작가의 의식 속에 들어 있는 '랑그(langue)' 상태의 작품은 물론 '빠롤(parole)' 상태의 작품에도 <모방의 축>이 들어 있으며, 독자가 독서 과정을 거쳐 받아들인 작품 속에도 들어 있다. 따라서 <소통의 축>과 <모방의 축>은 입체성을 띠면서 수평적으로 진행되기 때문에 <대상-작가-작품-독자>의 축으로 통합해서 분석해야 할 것이다.

그렇다면 이와 같은 <축>의 어떤 단위에서 출발하여 어떤 단위로 이동하면서 분석해야 옳을 것인가? 작품의 탄생은 작가의 창작 욕구를 자극한 <대상>이나 작품의 생산자인 <작가>에서 출발하는 게 옳은 것처럼 보인다. 그러나 텍스트 밖에서 출발할 경우에는 역사주의자들이 빠졌던 함정에 빠지고 만다. 그리고 작가에게 어떤 대상이 어떤 자극을 주었는가는 작가만 아는 문제이다. 설혹 작가가 직접 언급한다 해도 분명하지 않다. 문학적 자극이란 원래 상호 모순적이며 입체적이고 유기적이라서 작가 자신들도 정확히 모를 뿐만 아니라, 왜곡해서 설명하는 경우가 많기 때문이다. 그러므로 먼저 텍스트를 분석한 다음 그 결과를 종합하여 작가와 독자 쪽으로 옮아가는 방법이 바람직할 것이다.

그런데, 텍스트로부터 출발한다 해도 여전히 두 번째 문제가 남는다. 텍스트는 어떤 층위로 조직되었으며, 각 층위를 구성하는 요소들이 무엇이고, 그들은 어떤 관계를 맺고 있는가를 구명하는 작업이 선행되어야 한다. 그런데, 이 문제는 다시 문학 작품을 어떤 관점에서 보느냐에 따라 달라지기 때문이다.

우선 텍스트의 층위는 <의미적 국면(意味的局面)>·<전략적 국면(戰略的局面)>·<조직적 국면(組織的局面)>으로 나눌 수 있을 것이다. 대부분의 논의들은 <형식>과 <내용>, 또는 <구조>와 <조직> 등으로 나누지만, 작품에는 작가가 전달하려는 <의미>가 있고, 그것을 효과적으로 전달하기 위한 <전략>이 있으며, 그와 같은 의미와 기획을 밑받침 해주는 <조직>이 있기 마련이다. 그리고 각 국면은 서로 분리되는 것이 아니라 의미적 국면은 전략적 국면을 지배하고, 전략적 국면은 조직적 국면을 지배한다고 볼 수 있다.

하지만 일방적 지배가 아니라 형식주의자들의 주장을 받아들여 유기적 상호관계라고 보아야 할 것이다. 즉, 작품의 대상이나 의미는 조직적 국면의 한 요소에 불과하며, 이와 반대로 조직적 국면은 '달성된 내용(achieved contents)'으로 보아야 할 것이다.[20] 따라서 작품 분석은 먼저 <의미적 국면>을 분석한 다음, 유기적 관계를 맺으면서 <전략적 국면>과 <조직적 국면> 순으로 분석하고, 이를 다시 종합하는 방향으로 진행해야 할 것이다.

여기서 <의미적 국면>은 그 작품의 주제 또는 내용에 해당하는 부분을 말한다. 따라서 작품의 줄거리나 그에 대한 의미는 물론, 거기서 검출해 낼 수 있는 사상과 정서 및 시대적·역사적 상황 모두가 이 국면에 속한다. 그리고 이 국면에 관계되는 요소로는 주인물(主人物)과 해설자(解說者), 화제(話題)의 지향성(指向性)과 초점(焦點), 상황(狀況)과 배경(背景) 등을 꼽을 수 있다.

---

20) M. Schorer, *20th Century Literary Criticism*, edt., David Lodge (London, 1972), p.387.

시적 담화의 경우 이들은 모두 주인물에 해당하는 화자(話者)의 지배를 받는다고 보아야 할 것이다. 주인물을 누구로 설정하느냐에 따라 화제의 내용과 속성은 물론, 시간적·공간적 배경과 그 인물에 부여할 수 있는 상황까지 어느 정도 제한 받기 때문이다. 그리고 이 국면을 좀 더 넓은 의미에서 볼 경우, <시인-당대 또는 선대의 작품-독자>의 역동적 관계라고도 볼 수 있다.

<전략적 국면>은 흔히 객관론자들이 구조화(構造化)라고 부르는 국면으로서, 화자가 자기 의도를 효과적으로 표현하기 위해 기획하는 단계를 말한다. 시적 담화에서 이 국면에 관계되는 요소들은 비유(比喩), 거리(距離)와 어조(語調), 구성(構成)과 전경화(前景化) 방식 등을 꼽을 수 있다.

그러나, 이들 역시 독자적으로 채택되는 것이 아니라 화자의 담화 의도(談話意圖)에 지배를 받는다고 보아야 할 것이다. 러시아 형식주의자들이 강조하는 '낯설게 만들기' 기법이라든가, '전경화', 또는 서정적 담화의 특징인 비유, 비유한 화제의 구성은 결국 화자의 담화 전략과 정서 상태에 따라 선택되는 것들이기 때문이다.

<조직적 국면>은 담화의 언표적(言表的) 국면을 말한다. 시적 담화에서 이 국면에 관계되는 요소들로는 시어(詩語), 심상(心象), 리듬과 시형(詩型) 등을 꼽을 수 있다. 이 국면 역시 화자의 지배를 받되, 작가가 사용하는 언어의 일반적 특질, 언중(言衆)들이 지니고 있는 언어의 문화적·역사적 배경과 감각, 그 장르의 관습 등이 함께 작용하는 것으로 보아야 할 것이다. 우리 국어에서는 문장의 구조가 길고 복잡하면 그 의미가 잘 전달되지 않는다든가, 고전 시가에서는 인유(引喩)와 아어(雅語)가 자주 쓰였다는 점, 시적 담화의 행은 완결되지 않은 상태에서도 바꿀 수 있다는 점 등이 그러한 예에 해당한다.

이와 같은 작품의 층위와 각 요소들의 관계를 염두에 둘 때 시적 담화

의 경우 첫째로 화자부터 분석해야 할 것이다. 그리고 둘째로, 의미적 국면에서 출발하여 조직적 국면까지 분석이 끝나면 작품을 이루는 각 층위의 특질을 종합하고, 작중 인물에 알맞게 조직되었는가를 판단하는 작업에 착수해야 한다. 따라서 이 단계에서는 인물과 주제가 서로 어울리는가, 인물의 욕망(주제)을 고려한 에피소드의 배열인가, 문체와 선택한 어휘들은 인물의 상황과 정서 상태를 표현하는 데 적절한 것인가 등을 따져야 할 것이다. 그리고, 필연적이며 유기적인 조직일 경우에는 우수한 작품으로, 그렇지 못한 조직일 경우는 열등한 작품으로 평가를 내릴 수 있다.

하지만 최종 평가(評價)는 보류해야 한다. 텍스트의 성공 여부는 작품의 유기성 여부로만 결정되는 것이 아니라, <작가> 입장에서 보면 자기 의도가 얼마나 완벽하게 표현되었는가, <독자>와 <사회>의 입장에서는 무엇을 전달하려 했으며 어떤 영향을 미쳤는가, <문학사>의 입장에서는 동시대 또는 선대 작품들과 어떤 변별성을 지니고 있는가를 종합적으로 고려해서 판단해야 하기 때문이다.

셋째로, 작품 속에서 발견된 특질을 종합하여 작가의 정신적 초상화(肖像畵)를 추정하고, 실제 작가를 둘러싼 사회와 연관지으면서 공통점과 차이점이 무엇인가를 발견하는 작업에 착수한다. 그리고 그렇게 발견된 차이점이 작품의 내적 구조의 요구에 의한 것인가, 아니면 의도적으로 변형시킨 것인가를 판별한 다음, 의도적으로 변형시킨 것들을 중심으로 작가 심리 및 그와 같은 상태에 이르게 된 동기 등을 추론하면서, 작가의 가치관 내지 심미 의식을 비롯하여 작품 속에 투영된 시대적 상황이나 문학적 대상의 의미를 분석한다. 그러므로 이 단계에서는 종래의 역사주의 내지 심리주의 분석 방법을 원용할 수 있을 것이다.

넷째로, 이와 같은 잠정적 평가들을 바탕으로 삼아 작가의 의도와 독자의 반응, 동시대 또는 선대 문학 작품과의 관계를 고려하면서 종합적인 입장에서 작품의 가치를 판단한다. 따라서 이 단계에서는 수용미학 또는 독자 반응 비평이 개척한 방법론을 비롯하여 사회학적·문화적·문학사적 방법론을 원용할 수 있을 것이다.

이상에서 논의한 분석의 절차를 요약하면 다음과 같다.

| 대상·작가·독자·<br>시 대 적 환 경 | 의미적 국면 | 전략적 국면 | 조직적 국면 |
|---|---|---|---|
| | ①인물·화제·배경<br>및 상황 분석➡ | ②거리와 어조·비유구<br>성과 전경화 분석➡ | ③언어·심상·리듬<br>(문체) 분석⬇ |
| ⑦작품·작가·대상·독<br>자 관계를 종합하<br>여 사회·문화·역사<br>와 연결 | ⬅ ⑥모든 국면을<br>종합하여 작가·대<br>상과 연결 | ⬅ ⑤조직적 국면과<br>전략적 국면을 종합<br>하여 의미적 국면으<br>로 연결. | ⬅ ④조직적 국면<br>의 결과를 종합하<br>여 전략적 국면으<br>로 연결. |
| ←작 가 론→ | ←작 품 론→ | | |

이처럼 의미적 국면에서 출발하여 조직적 국면까지 분석하고, 그 결과를 화자 중심으로 종합한 다음, 실제 시인과 그 작품의 대상, 시인을 둘러싼 사회와 역사 쪽으로 연결하면, 종래의 문학 연구 방법에서 부딪혔던 한계를 극복할 수 있을 것이다. 뿐만 아니라, 이제까지 고립적으로 다뤄 온 작품론(作品論)과 작가론(作家論)도 자연스럽게 연결시킬 수 있을 것이다.

하지만 이와 같은 방법에는 몇 가지 이의가 뒤따를 것이다. 첫째로, 작중 인물이 과연 작품의 전 국면을 지배하는 기능을 지녔는가 하는 점이다. 그러나, 인물은 주제의 구현자요, 스토리의 전개자이며, 비유나 문체, 또는 그 하위 요소들 역시 인물의 행위와 심리 상태를 표현하기 위한 장치라고 한다면, 잘 짜여진 작품은 인물의 지배를 받을 수밖에 없을 것이다.

둘째로, 과연 <실제 작가≒함축적 작가≒작중 인물>의 관계가 성립하느냐 하는 점일 것이다. 물론, 대부분의 작중 인물들은 허구적으로 꾸며낸 인물에 해당한다. 그리고 그런 인물들 가운데에는 작가와 정반대의 모습을 띠는 경우가 허다하다. 하지만, 훗설(E. Husserl)이 지적했듯이, 우리의 '-으로 지향(志向)하는 의식'은 그 사람과 일치하지 않는다고 해도 '-이고자 하는 나'와 무관한 존재라고는 말할 수 없다.[21]

예컨대 「홍길동전」에 나타난 함축적 작가와 실제 작가의 관계만 해도 그렇다. 작품 속의 함축적 작가는 사료(史料)에 나타난 허균(許筠)과 달리 의리 있는 사람이라서, 허균의 소작(所作)이 아니라고 논란을 벌인 적이 있다. 그러나 실제 허균이 권모술수에 능한 사람이라 해도, 의리 없는 사람이 언제나 의리를 논하듯, 그의 내면에서 의리 있는 사람이 되고 싶어하는 그런 열망이 함축적 작가의 모습으로 나타났다고 보아야 할 것이다. 그러므로 함축적 작가와 실제 작가의 모습이 어긋난다 해도, 함축적 작가는 그 주제에 대해 그와 같은 태도와 가치관을 지닌 실제 작가의 일부분이라고 보아야 할 것이다. 라이트(G. T. Wright)가 어떤 시인의 작품 속에 자주 나타나는 '유형화된 화자(stylized persona)'는 그 시인의 세계관 내지 인생관을 대변하는 존재라고 주장한 것도 이런 이유에서이다.[22]

셋째로, 작품의 구조를 위와 같이 나눌 수 있느냐 하는 점일 것이다. 하지만 이 문제는 그리 중요한 게 아니다. 이 시대의 문학 연구의 결함이 어느 한 단위만 분석하고, 그것을 고립적으로 논의한다는 점임을 염두에 둘 때, 각 단위와 층위를 유기적으로 연결시키려는 작업은 무엇보

---

21) 차인석, '현상학에서 지향성과 구성', 한국 현상학회 편, 『현상학이란 무엇인가』(심설당, 1993), pp.45~48.
22) T. G. Wright, *The poet in the Poem*(Gordean press, 1974), p.9.

다 중요한 일이기 때문이다. 따라서 자기 나름대로 충위를 설정할 수 있다면 그에 따라 분석하고, 이 책의 설정이 미흡하다면 보완하면 될 것이다.

넷째로, 이런 종류의 화자시학(話者詩學)을 인정하기로 한다면, 문학작품이 너무 규범화되지 않겠느냐 하는 점일 것이다. 하지만 이 문제 역시 크게 우려할 문제는 아니다. 언뜻 보면 너무 규범적인 것 같으나, 화제의 유형만도 <지향성>과 <초점>을 결합시킬 경우 무한히 설정할 수 있다. 그리고 이들을 다시 화자의 거리와 태도에 연결시키면 도저히 헤아릴 수 없을 만큼 많은 유형으로 늘어난다. 그러므로 이와 같은 제안은 종래 문학관의 한계를 벗어나기 위한 것으로 보아야 할 것이다.

# ② 담화의 의미적 국면

# 1. 화 자

시인은 문학적 충동이 떠오르면 그것을 곧바로 기술하지 않는다. 먼저 그에 적합한 시적 인물(詩的人物)을 선택하고, 자신이 말하고자 하는 바를 그 인물의 화제로 수정하며, 화제에 대한 자기 태도와 어조 역시 시적 인물의 것으로 바꾼다. 따라서 시적 담화에서 의미적 국면을 산출하는 주체는 시적 인물이라고 볼 수 있다.

본 장에서는 먼저 시인과 시적 인물에 해당하는 화자(話者)의 관계를 비롯하여, 그런 화자들은 어떤 기능을 지니고 있으며, 어떤 유형으로 분류할 수 있는가, 그리고 문학사의 흐름에 따라 어떻게 변천해 왔는가를 살펴보기로 하자.

## 1. 시인과 화자의 관계

일상 생활에서 담화가 이루어지기 위해서는 먼저 이야기의 주체인 <화자(話者)>, 그 이야기 내용에 해당하는 <화제(話題)>, 그 이야기를 들어줄 <청자(聽者)>가 있어야 한다. 그리고 이들은 상호 관계에 의하여 선택된다. 그래서 야콥슨(R. Jakobson)은 담화란 <화자(speaker)-정보(message)-청자(hearer)>의 역동적 관계에서 탄생된다고 주장한다.[1]

문학적 담화의 경우도 <작가-작품-독자>의 관계에서 탄생된다. 하지만 작가가 독자에게 직접 말을 거는 메타 픽션(meta fiction)이나 메

---

1) R. Jakobson, *Linguistic and Poetics,* 김태옥 역, 『言語科學이란 무잇인가』(문학과 지성사, 1977), pp.148~149.

타 포엠(meta poem)의 경우를 제외하고는 모두 화자와 청자를 설정하고 그들끼리 이야기를 주고받도록 만든 다음, 독자가 엿보는 형식을 취하는 것이 보통이다. 그러므로 야콥슨이 말한 일상적 담화의 구조를 문학적 담화에 적용하기 위해서는 다음과 같이 수정해야 할 것이다.

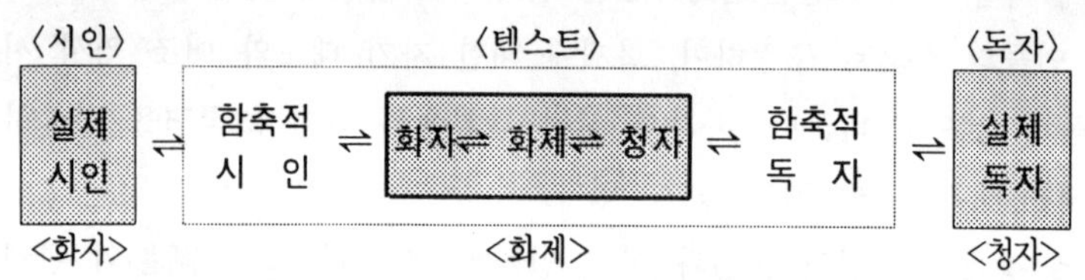


위 도표에서 검게 칠한 것은 담화 과정에서 현상적으로 나타나는 단위들이다. 그리고 흰 부분은 논리적으로 가정한 단위들이다.

그런데 작품 속에 설정된 화자와 실제 시인의 관계는 시를 어떤 관점에서 보느냐에 따라 달라진다. 시란 시인의 의도를 객관화시키기 위해 허구적으로 인물을 내세우고 독자로 하여금 지켜보도록 하는 양식이라고 주장하는 주지주의(主知主義) 시론에서는 〈시인≠화자〉로 해석하는 반면에, 시인이 직접 텍스트 속에 등장하여 자기 생각을 이야기한다고 주장하는 낭만주의(浪漫主義) 시론에서는 〈시인=화자〉로 해석한다.

그러나 화자를 완전한 허구(虛構)의 산물이나 시인 그 자신으로 보는 것은 무리이다. 글을 쓸 때 아무리 상상력을 발휘하여 허구적으로 꾸민다 해도 그것은 결국 시인이 자기 경험을 바탕으로 의식이 지향하는 바에 따라 재구(再構)한 것에 불과하며, 이와 반대로 사실대로 쓴다 해도 경험이나 생각을 작품의 구조와 목적에 맞추어 수정한 것에 불과하기 때문이다.

이와 같은 현상은 일기 쓰기의 경우를 살펴보아도 짐작할 수 있다. 사람들은 흔히 일기란 사실대로 쓰는 것으로 믿는다. 그러나 자기의 실제 행동이나 생각과 달리 어떤 부분을 확대하거나 삭제하고, 그 당시에는 그렇게 생각하지 않았으면서도 그렇게 생각했던 것처럼 꾸며 쓰는 수도 있다. 따라서 화자는 시인 그 자신의 반영도 허구적 존재도 아닌 절충적 존재(折衷的存在)라고 보아야 할 것이다.[2]

그렇다면 <실제 시인>과 작품 속에 가상적으로 설정되는 <함축적(含蓄的) 시인>은 어떤 관계일까? 그리고 또 <함축적 시인>과 그가 꾸며낸 <화자>는 어떤 관계일까? 우선, <실제 시인>과 <함축적 시인>의 관계는 〔실제 시인≥함축적 시인〕으로 축소되었다고 보아야 할 것이다. 다시 말해, 함축적 시인은 실제 시인이 가지고 있는 전체 가치관 가운데 그 작품의 테마에 해당하는 정도로 축소된 존재에 해당한다.

그리고 <함축적 시인>과 <화자>의 관계도 마찬가지이다. 자전적(自傳的) 작품의 경우에는 함축적 시인이 곧바로 작중 인물이 되지만, 대부분의 경우에는 가공 인물을 선택한다. 그리고 그런 가공 인물에게도 실제 인간처럼 성(性)·연령·계층을 비롯하여, 시간적·공간적 배경과 상황을 부여하고, 그에 따라 함축적 시인의 성격을 수정하여 화자로 내세운다. 그러므로 이들의 관계는 〔①실제 시인≥②함축적 시인≥③화자〕의 순으로 축소된다고 보아야 할 것이다.

이와 같은 관계는 한 편의 시가 어떤 과정을 거쳐 탄생되는가를 살펴

---

2) Seymour Chatman을 비롯한 구조주의자들은 담화의 구조를 다음과 같이 도해하고 있다.(한용환 역, 『이야기와 담론』, 고려원, 1991, pp.174~179) 그럼에도 불구하고 이 책에서 쌍방간의 진행(⇌)으로 수정한 것은 수용미학적 관점까지 포괄하기 위해서이다.

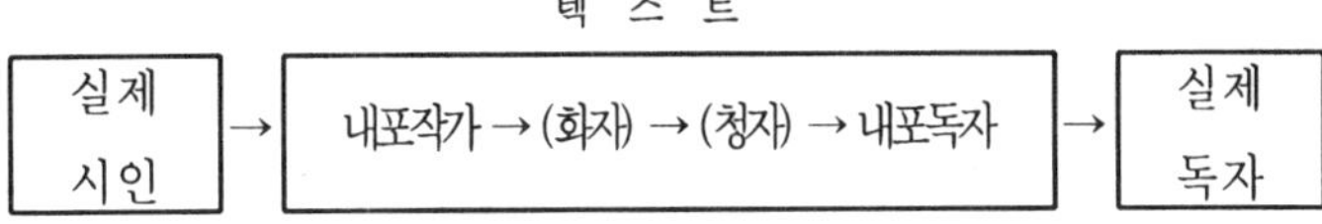

보아도 짐작할 수 있다. 어떤 시인이 사랑을 테마로 삼아 시를 쓴다고 하자. 사랑에 대한 그 시인의 생각은 매우 복잡하고 미묘한 것일 게다. 문학적 제재는 원래 그렇게 복잡한 것들이 채택되기 때문이다.

하지만 한 작품 속에 여러 가치관을 다 담기는 용이한 일이 아니다. 그러므로 시인은 자기 생각 가운데 어느 하나를 고르고 나머지는 정리하지 않으면 안 된다. 따라서 테마를 결정한 다음에 탄생되는 함축적 시인은 실제 시인보다 제한될 수밖에 없다.

그 다음 단계에서 선택되는 화자도 마찬가지이다. 지극히 아름답고 순정적인 작품으로 쓰려고 한다면 여성화자(女性話者)를 선택할 것이고, 강렬하고도 야성적인 작품을 쓰려 한다면 남성화자(男性話者)를 선택할 것이다. 그리고 화자의 유형을 선택한 뒤에는 함축적 시인이 가지고 있는 남성적 속성(animus)과 여성적 속성(anima) 가운데 어느 한 쪽만을 부각시킨다. 따라서 시적 담화에서 화자는 시인이 그와 같은 입장이 되어 그와 같은 상황에 처했을 경우에 그런 행동을 할 수도 있는 가상적인 존재로 보아야 할 것이다.

## 2. 화자의 기능과 역할

서정적 담화에 인물이란 개념이 도입되기 시작한 것은 그리 오래 된 일이 아니다. 그것은 이 담화가 소설이나 희곡에서처럼 타자(他者)를 모방하는 장르가 아니라, 시인이 직접 등장하여 자기의 사상과 감정을 토로하는 장르라는 표현론적 관점이 오랜 동안 지배해 왔기 때문이다.

그러나 현대로 접어들면서 서정적 장르에서도 서사나 극적 장르에서처럼 시인과 시적 인물을 분리시켜야 한다는 주장이 대두되기 시작한다. 주지주의의 <몰개성 시론(沒個性詩論)>을 비롯하여, 형식주의(形式主義)

시론들이 그런 예에 해당한다. 그리고 이런 시론들이 대두되면서 서정적 장르에도 서사적 장르의 인물(character)과 대응되는 개념으로 <화자(speaker)>·<시적 인물(poetic character)>·<서정적 자아(lyrical self)>·<퍼소나(persona)>라는 용어가 쓰이기 시작한다.

하지만 이들의 어원과 의미는 조금씩 다르다. <화자(話者)>란 용어는 언어학의 담화 이론에서 받아들인 것으로서, '말하는 사람'이라는 뜻을 지니고 있다. 그리고 <시적(詩的) 인물>과 <서정적 자아(抒情的 自我)>는 서사적 인물에 대응되는 개념으로 설정된 용어이다.

이 가운데 가장 오래된 용어는 <퍼소나>이다. 이것은 고대 그리스 연극에서 쓰이던 '가면(prosopon, mask)' 또는 '가면의 입구(mouth piece)'라는 용어에서 빌려 온 것으로서, 중세 로마 시대엔 '법정 대리인 (agent)이라는 뜻으로 쓰였고,[3] 현대로 접어들어서는 심리학 용어로 쓰이다가 문학에서 받아들인다.

융(C. G. Jung)은 이 용어를 『분석 심리학』에서 인간의 영혼(soul)을 덮고 있는 '가면(persona)'이란 뜻으로 쓴다. 하지만 위선(僞善)이란 의미로 쓴 것은 아니다. 이드(ID)·자아(ego)·초자아(super-ego)가 서로 부딪쳐 발생하는 갈등을 가리기 위한 장치로서, 그 사람을 그답게 보이도록 만드는 '역할(role)'이란 의미로 쓴다.[4]

이처럼 연극·법률·심리학에서 두루 쓰인 용어가 현대 시론에서 시적 인물이라는 뜻으로 쓰이기 시작한 것은 배우가 왕의 가면을 쓰면 왕이 되고, 광대 가면을 쓰면 광대가 되듯, 가면은 '한 인간을 사회적 관계에서 그 무엇으로 보이게 만드는 장치'라는 뜻을 지니고 있기 때문이다.

이상에서 살펴본 <화자>·<시적 인물>·<서정적 자아>·<퍼소나>

---

3) T. G. Wright, *The Poet in the Poem*(Gordian Press, 1974), p.9.
4) 이부영, 『분석 심리학』(일조각, 1984), pp.65~91.

라는 용어들은 시의 어느 한 특성을 드러내는 데에는 적합하지만, 그리 만족할 만한 것은 아니다. 그러므로 이 책에서는 '화자'라는 용어를 채택하되, 이들을 종합한 의미로 사용하기로 하자.

그런데 화자라는 용어는 종종 서사와 극적 장르의 <해설자(narrator)>나 <중개자(median)>라는 개념으로 사용되는 수가 있다. 하지만 서사나 극적 담화에서 '해설자'는 작품 밖에서 작중 인물의 행위나 심리를 설명하는 사람이란 뜻을 지니고 있으며, '중개자'는 해설을 통하여 작중 인물과 인물 또는 인물과 상황 사이를 중개하는 사람이라는 의미를 지니고 있다. 그러므로 이들은 작중 인물(character)과 달리 작가 자신이거나 <대리자(agent)>라고 보아야 할 것이다.

반면에, 시적 담화에서 화자는 이들과 달리 해설자와 주동적 인물(main character)의 기능을 함께 지니고 있다. 뿐만 아니라, 그의 행위와 정서가 곧 시의 의미적 국면이 된다. 따라서 시적 담화의 화자는 1인칭 소설(Ich Roman)의 <나>와 비슷한 존재이되, 그보다 훨씬 강력한 존재라고 보아야 할 것이다. 1인칭 소설에서 <나>는 작품 속에 등장하는 다른 인물들의 행위에 의해 제한을 받지만, 서정적 장르의 <나>는 작품의 모든 국면을 지배하는 주체이기 때문이다.

그렇다면 화자는 어떤 기능을 지니고 있기에 현대로 접어들면서 시인들은 자기 생각을 화자를 통해 이야기하는 방법을 택할까. 파아킨(R. P. Parkin)의 설명에 의하면,5) 첫째로 화자는 작품 전체의 내용과 태도에 일관성(continuity)을 부여하는 기능을 지니고 있다고 주장한다. 그것은 화자에 의하여 작품을 이루는 세부적 요소인 배경, 어조, 거리, 태도, 비유, 시어, 심상, 리듬 등이 조정되기 때문이다.

---

5) R. P. Parkin, *The Poetic Workmanships of Alexander Pope*(Minneapolis, Univ. of Minnesota, 1955), p.8.

둘째로, 화자는 작품을 시인의 개성으로부터 벗어나 객관성(objectivity)을 획득하도록 만드는 장치라고 주장한다. 물론 시인이 궁극적으로 말하고자 하는 것은 자기 이야기이다. 하지만 자기가 직접 이야기하는 형식을 취하는 것보다 인물을 설정하고, 그의 입장에서 말하는 방법을 채택할 경우에 한결 자아를 객관화시킬 수 있다. 뿐만 아니라, 독자들도 객관적으로 받아들이게 된다.

예컨대 어느 사람이 이혼(離婚)한 과정에서 느낀 감정을 작품으로 쓴다고 하자. 아무리 객관적으로 써도 이혼을 반대하는 사람들에게는 변명처럼 들릴 것이다. 그리고 시인 자신도 끝까지 객관적인 태도를 유지하기가 어려워진다. 그러므로 제3의 인물을 설정하고 그의 입장에서 말하는 방법이 한결 효과적일 것이다. 비평가들이 흔히 화자를 독자의 비난으로부터 시인을 보호하는 '갑옷'이라고 부르는 것도 이런 이유에서이다.

셋째로, 어떤 관점을 극대화(maximum relevancy of view point)하여 보여주는 장치라고 주장한다. 시 속의 화자도 소설 속의 해설자나 인물처럼 일정한 시점(point of view)과 거리(distance)를 지니고 있다. 그리고 그에 따라 어떤 내용은 작품 속에 받아들이고 어떤 내용은 제거하거나 수정한다. 또, 요약(summary)과 장면화(scenic)의 수법을 통하여 자기 주장을 극대화시키거나 요약한다. 아니, 시 속에 등장하는 어떤 사물이나 관념도 화자를 거치지 않고는 들어올 수 없다. 그리고 화자가 그에 대해 어떤 거리를 유지하느냐에 따라 전혀 다른 모습으로 바뀌게 된다.

예컨대 '남부군(南部軍)'의 이야기를 시로 쓴다고 하자. 남부군의 입장에서 보면 국군이나 경찰은 잔혹한 '반동(反動)'일 테고, 반공(反共) 시민이나 국군들의 시각에서 보면 남부군은 '시대 착오자'들이거나 '반민족적 폭도'일 것이다. 시인이 작품을 쓴다는 것은 이 가운데 어느 한 쪽의 시각을 선택함을 의미한다. 그리고 가까운 거리로 선택된 쪽의 입장은 극대화되는 반면에, 먼 거리를 취하는 쪽의 입장은 약화되거나 제거된다.

넷째로, 극적 긴장과 개별성(dramatic tension and particularity)을 확보하는 수단이라고 주장한다. 문학 작품에서 인물은 '누구(person)'라는 개념만 지니고 있는 게 아니다. 그보다는 오히려 '성격(character)'이란 개념이 강하다. 더욱이 인물이 대명사(代名詞) 형태로 제시되는 서정적 장르에서는 누구라는 개념이 없어지고 성격만 나타난다. 그리고 그 성격은 '욕망'과 '정서'로 구성되며, 일정한 지향성(志向性)을 지닌다.

그런데 이와 같은 화자에게 어떤 시적 상황(poetic situation)을 부여하면 성격과 부딪치면서 갈등을 일으키게 된다. 그리고 일정한 지향성을 지닌 화자는 그에 반응하는 양식이 다르기 때문에 개별성을 띠며, 갈등이 극렬할 경우에는 극적 긴장이 형성된다.

다섯째로, 특수한 이념적 관습을 동일화(identification with specific ideological convention)하는 기능을 지녔다고 주장한다. 인간의 성격은 전형적 성격(typical character)과 개성(particular character)으로 나눌 수 있다. 전형적 성격이란 그가 속하는 계층의 공통적인 성격을 말하고, 개성이란 그 사람만이 가지고 있는 성격을 말한다. 작품 속의 인물도 마찬가지이다. 어떤 계층의 화자를 선택한다는 것은 그 계층의 관습과 이념을 비롯하여 그 사람의 개성을 선택함을 의미한다. 그러므로 화자의 선택은 곧 어떤 계층의 특수한 이념적 관습을 그 인물의 것으로 만들어 대변하기 위한 방법이라고 볼 수 있다.

하지만 파아킨의 견해는 서사와 극적 장르의 화자를 대상으로 삼고 있어서 너무 제한적이라고 할 수 있다. 다시 말해, 소설이나 극적 장르의 화자는 인물의 기능은 없고 해설자 기능만 지니지만, 서정적 장르의 화자는 해설자나 중개자의 기능만을 지닌 게 아니라 주인물(主人物)의 성격을 지닌 존재로서, 의미적 국면(意味的局面)의 주체요, 전략적 국면(戰略的局面)의 주도자요, 조직적 국면(組織的局面)의 산출자이기 때문에 이들보다 훨씬 강력한 존재라고 보아야 할 것이다.[6]

화자가 의미적 국면의 주체라는 것은 작품의 구상(構想) 단계를 살펴보면 짐작할 수 있다. 시인은 테마에 따라 화자를 선택하고, 그에 어울리는 상황과 함께 시간적·공간적 배경을 부여한다. 그리고 그에 반응하게 함으로써 말하고자 하는 바를 대신한다. 따라서 화자는 소설의 주인물처럼 주제의 구현자요 스토리의 전개자라고 볼 수 있다.

화자가 전략적 국면의 주도자라는 것은 그 화제를 직서(直敍)할 것인가 은유할 것인가 하는 구조적 책략에서부터, 전체 담화를 몇 도막으로 나누고, 어떤 도막부터 말할 것인가 하는 플롯의 문제도 화자의 행위와 그가 이야기하고 싶어하는 욕망의 강도순(强度順)에 의하여 결정된다. 그리고 어떤 어조(tone)로 말할 것인가는 화자 자신과 화제 및 청자에 대한 거리에 의하여 결정된다.

담화의 세부적 특질을 결정하는 조직적 국면(texture) 역시 화자에 의하여 지배된다. 어떤 시어와 이미지를 선택할 것이냐는 화자가 속한 계층의 일반적 의식 구조와 어법을 비롯하여 화자의 정서에 의해 좌우되며, 율화(律化)할 것이냐 산문화(散文化)할 것이냐 여부는 담화 전략에 지배를 받는다. 다음 작품만 해도 그렇다.

> 돈 없으면 서울 가선
> 용변도 못 본다.
>
> 오줌통이 퉁퉁 뿔어 가지고

---

6) 필자, 『소월시 연구』(태학사, 1992), pp.24~25.

> 시골로 내려오자마자
> 아무도 없는 들판에 서서
> 그걸 냅다 꺼내 들고
> 서울 쪽에다 한바탕 싸댔다.
> 이런 일로 해서
> 들판의 잡초(雜草)들은 썩 잘 자란다.
> 서울 가서 오줌 못 눈 시골 사람의
> 오줌통 뿔리는 그 힘 덕분으로
> 어떤 사람들은 앉아서 밥통만 탱탱 뿔린다.
>
> 가끔씩 밥통이 터져나는 소리에
> 들판의 온갖 잡초들이 귀를 곤두세우곤 했다.
> — 김대규(金大圭), 「야초(野草)」 전문

 이 작품은 현대 도시인들의 비인간적 삶을 비판하려는 목적에서 쓰여진 것으로 보인다. 그렇다면, 이런 테마에는 어떤 화자가 어울릴 것인가. 시인마다 각기 다른 인간상을 떠올릴 것이다. 그러나 어쩌다가 서울에 올라 간 시골 사람 가운데에서도 남자가 더 어울릴 것이다. 도시적 삶의 비리는 그 속에 묻혀 사는 사람들보다 시골 사람의 눈에 더 잘 띌 것이며, 그와 같은 추상적이고도 공적인 화제는 여성보다 남성에게 더 잘 어울릴 것이기 때문이다.

 하지만 화자의 설정은 이 정도의 대략적 단계에서 끝나는 것이 아니다. 화자의 성과 신분과 연령이 결정된 다음에는 그만이 지니고 있는 개성을 부여하지 않으면 안 된다. 이 작품에서 우직한 사람으로 선택한 것은, 같은 시골 사람이라 해도 약삭빠른 사람은 도시적 인간상에 속하기 때문이다.

 이렇게 화자가 설정되면, 그 나머지 문제는 자연스럽게 결정된다. 그런 사람이 서울에 올라가면 '용변'조차 제대로 볼 리 없을 것이다. 그리고 그렇게 고생하다가 고향의 마을 입구에 들어서면, '그걸 냅다 꺼내

들고/서울 쪽에다 한바탕 싸'대며 욕할 것이다.

의미적 국면의 전개도 마찬가지이다. 전체를 3연으로 구성한 것은 화자의 행위가 <서울의 경험>·<시골에 내려온 다음의 행위>·<서울에 대한 생각>으로 나눠지기 때문이다. 그리고 서울에 대한 부분을 짧게, 시골에 대한 부분을 길게 이야기한 것은 '서울'이라면 더 이상 생각하기 싫다는 거부감과, '아, 고향에 내려오니 살 것 같다'라는 해방감이 작용한 탓이라고 볼 수 있다. 인간은 누구나 자기가 좋아하는 것은 자세히 이야기하고, 싫어하는 것은 짧고 추상적으로 말하는 것이 보통이기 때문이다.

시어의 선택과 그것을 조직함으로써 얻어지는 어조도 마찬가지이다. 세련된 시어를 골라 점잖은 어조로 말한다면 우직한 시골 사람답지 않을 것이다. 뿐만 아니라, 용변 같은 이야기를 꺼낼 수 없다. 그래서, 시골 사람답게 '오줌통이 뿔어', '그걸 냅다 꺼내 들고/서울 쪽에다 한바탕 싸댔다'라고 걸쭉한 어휘를 선택하고, '밥통만 탱탱 뿔린다'라고 표현한 것이다. 그리고 각 행의 길이를 짧고 불규칙하게 잡으면서 리듬을 배제한 것은 화자의 다급한 정서와 서민층의 정제되지 않은 어조를 유지하기 위해서라고 볼 수 있다.

서사적 장르도 잘 짜여진 작품의 경우에는 의미적 국면에서부터 문체(style)에 이르기까지 주인물의 지배를 받는다. 예컨대 염상섭(廉想涉)의 「표본실(標本室)의 청개구리」에서 한없이 늘어지는 문체는 주인공의 우울하고도 무기력한 심리가 영향을 미쳤다고 볼 수 있다. 따라서 문체는 작가의 것이라기보다 작중 인물의 것이며, 어느 작가에게서 자주 발견되는 문체는 그가 자주 그런 인물을 선택한 결과라고 해석해야 옳을 것이다.

## 3. 화자의 유형

화자의 유형은 시인과의 관계에 따라 나눌 수 있다. 그리고 다시 계층에 따라서도 나눌 수 있다. 하지만 이와 같은 외형적 기준으로만 나눌 수 있는 것은 아니다. 동일 화자도 담화의 어느 층위(層位)를 담당하느냐에 따라 분류할 수 있고, 또 정서 상태에 따라서도 나눌 수 있다. 화자의 유형에 따라 시적 특질이 어떻게 달라지는가 알아보기로 하자.

### (1) 시인과 관계에 따른 유형

화자와 시인과의 관계에 따라서는 <자전적 화자(自傳的話者)>와 <허구적 화자(虛構的話者)>로 나누는 것이 보통이다. 전자는 작품 속에 시인이 직접 등장하는 유형을 말하고, 후자는 테마에 따라 시인이 꾸며낸 유형을 말한다.

하지만 앞에서도 말한 바와 같이 완전한 <자전적 화자>도 완전한 <허구적 화자>도 존재하는 게 아니다. 그러므로 자전적이나 허구적이냐라는 기준은 화자의 모습이 실제 시인과 얼마나 닮았느냐 하는 양과 빈도에 따라 나눈 상대적인 개념으로 보아야 할 것이다.

일반적으로 <자전적 화자>를 택할 경우에는 회고적·고백적 어조를 띠며, 표현 기능이 강화된다. 그것은 담화의 목적을 자기의 과거 체험과 그에 대한 정서를 전달하는 데 두고 있기 때문이다. 그리고 독자들은 <시인=화자>로 받아들이면서 시의 내용을 시인과 연관지어 해석하기 때문에 다른 유형의 화자를 선택했을 때보다 한결 더 그 내용을 신뢰하게 된다.

오늘
아버님을 뵈오러
경기도양주군진접면장현리
산소엘 갔더니
아버님은 안 계시고
무덤만 텅 비어 있더군요.
지난 밤 꿈 속에서
아버님께서는 기러기 비낀
달빛 받아 술을 빚으시더니
그걸 들으시고
훨훨
날아
평안남도안주군동면명학리
선산 조상님들 뵈오러
떠나셨나 봅니다.

　　　　　　　　　－ 전봉건, 「성묘」에서


　시인 전봉건(全鳳健)의 고향은 이 작품에서 드러난 바와 같이 '평안남도 안주군 동면 명학리(平安南道 安州郡 東面 鳴鶴里)'이다. 그리고 선친의 무덤은 생존시에 늘 고향을 그리워하여 북쪽으로 가는 길목인 '경기도 양주군 진접면 장현리(京畿道 楊州郡 榛接面 長峴里)'에 마련했다고 한다.7) 따라서 이 시 속에서 아버지의 무덤을 찾아간 화자는 허구적인 인물이 아니라 시인 자신이라고 볼 수 있다.

　그런데 이와 같이 화자가 자전적인 성격을 띠면 리얼리티가 증대되지만, 시적 변용을 거치지 않았을 경우에는 산문으로 떨어질 가능성이 높아지고, 감상성을 면하기가 어려워진다. 이 작품에서 추석을 맞는 화자의 쓸쓸한 정서를 최대한도로 자제한 점이라든가, 아버지 무덤이 '텅 비어'

---

7) 전봉건, '꿈길', 『북의 고향』(1982) 참조.

있으며, '기러기 비낀/달빛을 받아' 술을 빚고, 그것을 들고 고향 선산 (先山)의 조상님들을 뵈러 떠났기 때문이라고 상상을 사실처럼 허구화한 것도 이런 약점을 극복하기 위해서이다.

이와 반대로 허구적 화자를 채택할 경우에는 시인과 화자가 분리되기 때문에 일상과 다른 모습을 보여주는 데 용이하다.

> 꿈에서 본 몇 집밖에 안되는 화사한 소읍(小邑)을 지나면서
> 아름드리 나무보다 큰 독수리가 날아가는 것을 보면서
>
> 내일(來日)에 나를 만날 수 없는
> 미래(未來)를 갔다
>
> 소리 없이 출렁이는 물결을 보면서
> 돌뿌리가 많은 광야(廣野)를 지나
>
> — 김종삼, 「생일」

이 작품은 전봉건과 함께 <현대시(現代詩)> 동인으로 활동했던 김종삼(金宗三)의 것이다. 그런데 화자는 대낮에 간 밤 꿈 속에서 본 것과 비슷한 소읍(小邑)을 지나 '내일에 나를 만날 수 없는/미래'로 가고 있다. 그리고 그 읍에는 '아름드리 나무보다 큰 독수리'가 날아가고 있다.

그러나 우리는 현재를 뛰어넘어 '미래'로 갈 수 없다. 그리고 아름드리 나무보다 더 큰 독수리를 만날 수도 없다. 따라서 이 작품의 화자는 시인 자신이 아니라, 그의 의식 세계 속에 담긴 그 무엇을 표현하기 위해 꾸며낸 인물이라고 보아야 할 것이다.

이처럼 허구적 화자를 선택하면 시인과 분리되어 소재의 선택이 자유로워진다. 그리고 어떤 관점을 다루든 부담이 없으며, 말하고자 하는 바를 극적으로 드러낼 뿐만 아니라, 주관적 감상성에서 벗어나는 것도 용

이해진다. 하지만 꾸며낸 이야기임을 드러내 놓고 밝히는 결과가 되어 리얼리티가 떨어지고, 난해시(難解詩)가 될 가능성이 높아진다는 게 약점이다.

## (2) 신분에 따른 유형

화자란 결국 인간을 모방하는 관념체로서, 어떤 사람을 모방하느냐에 따라 그 유형을 다시 나눌 수 있다. 이와 같이 나눌 경우에는 사회적 계층(社會的階層)·연령(年齡)·성(性) 등이 기준이 된다.

사회적 계층으로 나눌 경우에는 앞에서 살펴본 김대규의 「야초(野草)」처럼 <농민 화자>와 <도시인 화자>, 또는 <양반 화자>와 <평민 화자>, <지식인 화자>와 <우민(愚民) 화자> 등으로 나눌 수 있다. 그리고, 연령으로 나눌 경우에는 <성인 화자>와 <어린이 화자>, 성을 중심으로 나눌 경우에는 <여성화자(女性話者)>와 <남성화자(男性話者)>로 나눌 수 있다.

그러나 시적 담화에서 화자의 성이나 신분은 소설의 경우처럼 분명하게 드러나는 것은 아니다. 소설의 인물은 '허생원'이나 '복녀'처럼 고유명사(固有名詞) 형태로 제시되고, 모든 행위를 지시적으로 표현하기 때문에 그 이름만 들어도 신분을 짐작할 수 있다. 하지만 시에서는 이런 것들이 제거되고, '나'·'너'·'그'와 같은 대명사(代名詞) 형태를 취하면서 암시적이고도 상징적인 방법으로 제시되어, 얼른 분간이 되지 않는다. 특히 화자를 잠재시키거나, 이와 반대로 노출시키더라도 비일상적인 의식 상태를 다루는 현대시로 내려올수록 이런 구분은 어려워진다.

이와 같이 문맥의 표면에 드러나지 않는 화자의 성·연령·신분은 텍스트 속에 나타난 화자의 태도와 어조 및 화제의 성격으로 미루어 판단할 수밖에 없다. 그리고 그것으로도 어려울 경우에는 그 담화 속에 담긴 상징물을 분석하는 방법을 택하는 것이 보통이다.[8]

성의 경우, 상징물을 분석하는 방법으로는 융(C. G. Jung)을 비롯한 분석 심리학자들의 견해와,[9] 그런 해석이 너무 남성 중심이라고 비판한 길리건(C. Gilligan)을 비롯한[10] 여성 심리학자들의 견해를 참조하는 방법을 쓸 수밖에 없다.[11] 그리고 연령과 신분은 사회 언어학적(社會言語學的) 지식을 원용하는 것이 보통이다.

그런데, 이런 방법을 원용하기로 한다면 화자의 성·연령·신분은 의미적 국면에서만 구분할 수 있는 게 아니다. 시어의 음성 조직(音聲組織)이나 시형(詩型), 율격 체계(律格體系) 같은 형식적·조직적 국면의 특징으로도 구분할 수 있다. 예컨대, 성으로 분류하는 경우, 작고 밝은 모음

---

8) 이와 같은 방법으로는 S. Freud의 '꿈의 이론'이나, C. G. Jung의 '원형 상징', G. Bachelard의 상상력의 이론이 원용되기도 한다.

9) 그는 아니무스는 창조적·이성적·권위적·명예적·능동적 성격을 지니며, 아니마는 감상적·수용적·예감적·개인적 특징을 지닌다고 주장한다.(이부영, 『분석 심리학- C. G. Jung의 인간 심성론』(일조각, 1978), pp.71~83.

10) 길리건의 주장에 따르면, 남성들은 사태로부터 독립하여 옳고 그름을 따지는 <시비의 윤리>에 의해 행동하는 반면에, 여성들은 대상과의 '관계'를 중시하면서 <아낌의 윤리>에 의해 행동한다면서, 이런 여성의 심리는 인간관계에 있어서 우호적이고 평화적이기 때문에 남성보다 결코 열등한 게 아니라고 주장한다. 하지만, 이런 해석은 프로이트나 융이 지적한 행동 양식을 다른 관점에서 해석한 것에 불과하다. (Carol Gilligan, *In a Different Voice : Psychological Theory and Women's Development*, Cambridge : Harvard University. Press, 1982.) 본고는 문은희의 "여성 심리학과 도덕성 연구의 비판", 『현상과 인식』 제9권(한국인문사회과학원, 1985)을 참조했음.

11) 이런 관점을 취하는 논저 몇 권을 소개하면 다음과 같다.
K. Horney, *Feminine Psychology,* New York : W. W. Norton & co., 이근후·이동원 공역, 『여성심리학』(이화여자대학교 출판부, 1982), E. E. Maccoby ed., *The Development of Sex Differences*(Stanford Junior Univ. Press, 1966), C. Gilligan, *In a Different Voice : Psychological Theory and Women's Development* (Cambridge : Harvard University Press, 1982) 등.

은 여성의 것으로, 어둡고 울림이 큰 모음은 남성적인 것으로,[12] 3음보와 같이 가변적 율격(可變的律格)은 여성적인 것으로, 4음보(音步)와 같이 균형적(均衡的) 율격은 남성적인 것으로 구분할 수 있다.[13]

이와 같은 기존의 견해들을 종합할 때, 문맥에 드러나지 않는 화자의 성은 다음과 같은 기준으로 분류할 수 있을 것이다.[14]


① 시의 의미적 국면

　i ) 화자의 태도와 정서 : 대상으로부터 독립하여 옳고 그름을 따지면서 이성적(理性的)·능동적(能動的)으로 대응하는 화자는 남성, 대상과의 관계를 중시하면서 감성적(感性的)·수동적(受動的)으로 대응하는 화자는 여성으로 나눈다.

　ii ) 화제의 성격 : 국가·사회·윤리 같은 공적(公的)·추상적(抽象的) 화제를 택하는 화자는 남성, 이별·사랑·아름다움 같은 사적(私的)·구체적(具體的) 화제를 택하는 화자는 여성으로 나

---

12) P. Trudgill, *Social-linguistics : An Introduction*, 이희수 역, 『사회언어학-언어와 사회』(범한서적 주식회사, 1986), p.87. 참조. P. Trudgill은 American English를 구사하는 미국 여성들의 언어에서는 전설모음화(前舌母音化), 고모음화 (高母音化)현상이, 남성들의 언어에서는 후설모음화(喉舌母音化), 저모음화(低母音化)현상이 두드러진다고 주장한다. 우리의 언어 습관에도 이런 현상을 발견할 수 있다. 시가의 분석에서 '양성모음 : 음성모음', '평자음 : 격자음'의 대립으로 나누고, 전자를 여성적인 것으로, 후자를 남성적인 것으로 해석하는 경향은 이런 현상을 바탕으로 한 것이라고 볼 수 있다.

13) 우리 시가에서 2음보는 동적인 것으로, 4음보는 균형적인 것으로, 3음보는 대응되는 짝이 없다는 면에서 가변적인 것으로 보고 있다.(정병욱, "고시가 운율론 서설" (김대행 편, 『운율』, 문학과 지성사, 1984. p.64.) 및 성기옥, 『한국 시가 율격의 이론』 (새문사, 1986. pp.362~363), 김수업, "소월시의 율격 파악"(『상산 이재수박사 환력 기념 논문집』, 1972. pp.72. 등) 그리고 실제로 동요나 노동요는 2음보, 가창적인 작품은 3음보, 교술적인 작품은 4음보를 채택하고 있다. 따라서, 가변적인 것을 여성적인 것으로, 균형적·교술적인 것을 남성적으로 본다면 3음보는 여성적, 4음보는 남성적이라고 할 수 있다.

14) 필자, 앞의 책, p.30.

눈다.

② 시의 형식적 국면
　ⅰ) 시형과 율격 : 상대적이지만 자유율(自由律)을 택하는 경우 자유분방한 시형은 남성, 정제된 시형은 여성으로 나눈다. 그리고 정형율(定型律)을 택하는 경우에는 4음보처럼 균형적(均衡的)이며 대응적(對應的)인 음보는 남성, 3음보처럼 가변적(可變的)이며 대응된 짝이 없는 음보는 여성으로 나눈다.
　ⅱ) 음성 조직 : 기능적이고 소박한 음성은 남성, 섬세하고 장식적인 음성은 여성으로 나눈다.

물론 이런 징표들은 시인의 개성의 차이에서 비롯되는 것처럼 보일런지도 모른다. 그러나 어떤 시인의 작품에 어느 성의 특질이 지속적으로 나타난다면, 그것은 그 시인이 그런 유형의 화자를 자주 채택한 데 원인이 있으며, 그와 같은 유형의 화자를 자주 채택했다는 것은 그 시인의 인생관 내지 세계관이 그 쪽으로 기울어졌다고 해석한 다음 그것을 그 시인의 개성으로 해석해야 옳을 것이다.

다음 김소월(金素月) 작품들만 해도 그렇다. 이들은 모두 쓰여진 시기가 비슷하고, 시인 자신이 골라 시집 『진달래꽃』에 수록한 작품들이다. 그럼에도 불구하고, 화자의 성차(性差)에 따라 텍스트의 모든 특질이 달라지고 있다.[15]

　ⓐ나보기가 역겨워
　　가실 때에는
　　말없이 고이 보내드리우리다.

---

15) 이하 필자, 앞의 책, pp.31~41 참조.

영변(寧邊)에 약산(藥山)
진달래꽃
아름따다 가실 길에 뿌리우리다.
                    -「진달래꽃」1, 2연

ⓑ마소의 무리와 사람들은 돌아들고, 적적(寂寂)히 빈 들에
  엉머구리 소리 우거져라.
  푸른 하늘은 더욱 낮춰, 먼 산(山) 비탈길 어둔데
  우뚝우뚝한 드높은 나무, 잘 새도 깃들어라.

  볼수록 넓은 벌의
  물빛을 물끄러미 드려다 보며
  고개 수그리고 박은 듯이 홀로 서서
  긴 한숨을 짓느냐. 왜 이다지!
                    -「저녁 때」1.2연

  ⓐ는 상대가 '님'인 점으로 미루어 여성화자로, ⓑ는 '-어라'와 같은 남성적 어미를 택한 점으로 미루어 남성화자로 추정할 수 있다.

  그런데 화제를 살펴보면, ⓐ는 개인적인 사랑을 다루고 있다. 반면에, ⓑ는 일제(日帝)의 토지 수탈 정책에 의해 농토를 빼앗긴 농민들의 문제라는 공적·사회적 화제를 다루고 있다. 그리고 ⓐ에서는 님이 떠나는 것을 수동적으로 받아들이면서 변함없는 사랑을 다짐한다. 반면에, ⓑ에서는 한숨을 지으며 물끄러미 바라보는 행위를 통해 자기가 땅을 빼앗긴 것이 과연 정당한가 따지려 하는, 다소 능동적 자세를 보이고 있다.

  이런 성차(性差)는 형식과 율격 면에도 그대로 이어진다. 두 작품은 모두 4연시로 짜여져 있다. 그러나 ⓐ는 하나의 율행(律行)을 2개의 층량(層量) 3보격으로 나누고, 2개의 율행(律行)을 한 연으로 구성했기 때문에 정형성이 강하게 드러난다. 반면에, ⓑ는 각 행이 2음보(音步)에서 6음보 사이를 불규칙하게 넘나들면서 자유시 형태를 취하고 있다. 이와

같이 ⓐ가 대응(對應)되는 짝이 없는 3보격을 규칙적으로 택한 것은 여성의 가변적(可變的)이면서도 정제된 정서를 나타내기 위해서이며, ⓑ가 자유시 형식을 택한 것은 남성의 자유분방하고도 격렬한 정서를 표현하기 위한 것이라고 볼 수 있다.

이런 차이는 시어와 통사 구조(統辭構造)에서도 발견할 수 있다. 한국어에서 화자의 행위와 정서 상태를 드러내는 성분은 서술어(敍述語)이다. 그러므로 서술어를 중심으로 살펴볼 경우, ⓐ는 전(轉)의 '가시옵소서'를 제외하고 모두 '보내드리우리다'·'뿌리우리다'·'흘리우리다'와 같은 극존칭(極尊稱) 종결어미와 음성모음 및 활음조 현상(euphony)이 우세한 시어들을 선택하고 있다. 그리고 서술어를 수식하는 구조를 취하고 있다.

이와 같이 극존칭 어미를 선택한 것은 객체(님)가 주체(화자)보다 상위임을 의미한다. 음성모음이 우세한 어휘를 선택한 것은 화자의 서럽고도 어두운 심정을 반영하기 위해서이며, 활음조 현상이 일어나기 쉬운 어휘를 선택하고 통사 구조를 정제시킨 것은 이별의 순간에도 아름답게 보이려는 여성적 태도의 반영이라고 해석할 수 있다.

반면에, ⓑ에서는 '-져라'·'-어라'·'-느냐'와 같은 오연(傲然)한 어미와 투박하고도 실용적인 어휘들을 선택하고 있다. 그리고 행 가운데 쉼표를 찍고 과감한 생략법(省略法)을 구사하며, '푸른 하늘은 더욱 낮춰, 먼 산 비탈길 어둔데/우뚝우뚝한 드높은 나무, 잘 새도 깃들어라'와 '긴 한숨을 짓느냐. 왜 이다지!' 같은 구절에서는 도치법(倒置法)을 구사하고 있다. 그것은 화자의 남성적 성격과 격정적 정서를 반영하기 위한 것으로 해석할 수 있다.

하지만 이런 기준은 기계적으로 적용해서는 안될 것이다. 그와 같은 적용은 일종의 환원주의(reductionism)로서, 새로운 오류를 발생시킬 수 있기 때문이다. 그러므로 두 국면이 서로 다른 특질을 보일 때에는 형식은 의미의 산물이라는 입장에서 의미적 국면을 중시하고, 동일 국면에서 다른 특질이 보일 때에는 지배소(dominant)를 추출하여 그를 중심으로 판단함으로써 텍스트의 자질(texture)들이 지니고 있는 '연속성(continuity)'을 잃지 않도록 유의해야 할 것이다.

그런데 화자의 성은 인간의 신체적 특징처럼 분명하게 나눠지는 것이 아니다. 화자의 성을 분류하는 기준으로 채택한 아니마(anima)와 아니무스(animus)는 조상 대대로 이어온 이성(異性)에 대한 경험의 침전물(沈澱物)로서,16) 절대적 경계를 지니는 게 아니라 연속된 관념이며, 상대적으로 비교 우위(比較優位)를 나타내는 것에 불과하기 때문이다. 즉, '여성적'이니 '남성적'이니 하는 관념은 <양>과 <위치>와 <빈도>의 차이만 지닐 뿐이다. 따라서 성별에 의한 화자의 유형은 <남성화자>와 <여성화자> 이외도 <여성화(女性化)된 남성화자(男性話者)>나 <남성화(男性化)된 여성화자(女性話者)> 같은 중간 유형을 설정할 수 있다.17) 다음 작품 역시 소월의 시집에 수록된 것으로서, 중간 유형의 성을 채택하고 있다.

> 밖에는 눈, 눈이 와라,
> 고요히 창 아래로 달빛이 들어라.
> 어스름 타고서 오신 그 여자는
> 내 꿈의 품 속에 들어와 안겨라.

---

16) C. G. Jung, *Die Beziehungen zwishen den ich und dem Unbewuβten* (Rascher Paperback, 1963), p.91.

17) 이와 같은 연속성을 나타내기 위하여 남성을 <M>, 여성을 <F>라고 하고, <+>와 <->로 강화 정도를 표시할 경우, 강화된 남성에서부터 약화된 여성까지는 <$M^+$-$M^0$-$M^-$-$F^-$-$F^0$-$F^+$>로 표시할 수 있다. 그리고 이 기준을 적용하면, <여성화된 남성화자>는 <$M^-$>, <남성화된 여성화자>는 <$F^-$>로 표시된다.

> 나의 벼게는 눈물로 함빡히 젖었어라.
> 그만 그 여자 가고 말았느냐.
> 다만 고요한 새벽, 별 그림자 하나가
> 창 틈을 엿보아라.
>
> — 「꿈꾼 그 옛날」 전문

이 작품의 표면에 드러난 징표를 종합하면 남성화자임이 분명하다. 그러나 님을 찾아 오고가는 사람은 화자가 아니라 상대역인 여자이다. 그리고 꿈이라는 장치를 설정하고 있지만, '그 여자'가 떠나자 '벼게'를 함빡 적시며 울고 있다. 이와 같은 문맥적 의미나 '-아라', '-어라'와 같은 어조로 미루어서는 남성적이고, 사적인 사랑을 수동적인 입장에서 다룬다는 점으로 미루어서는 여성적이다. 따라서 이 작품의 화자는 <여성화된 남성화자>로 보아야 할 것이다.

하지만 이 작품은 같은 시집에 수록된 것들 가운데 하나임에도 불구하고, 어쩐지 '못난이'의 넋두리 같다는 느낌을 버릴 수가 없다. 그것은 화자의 성과 화제의 성격 및 그에 대한 태도를 일치시키지 못한 데 원인이 있다.

이와 같은 예는 정철(鄭澈)의 「사미인곡(思美人曲)」이나 「속미인곡(續美人曲)」을 비롯하여, 한용운(韓龍雲)의 「님의 침묵(沈默)」에서도 발견할 수 있다. 이들의 작품은 당대의 여타 작품들에 비하여 분명히 탁월한 것이라고 할 수 있다. 그러나, 소월의 「진달래꽃」이나 「못잊어」와 비교할 때 상당히 부자연스럽다는 느낌을 버릴 수가 없다. 그것은 <국가(임금)>·<애국(충성)>과 같은 여성화자에 어울리지 않는 공적인 주제를 택한 데다가, 만해의 경우에는 사랑하는 님에게 호소하는 형식을 취하면서 사적인 정감을 배제하고 공식적 어조를 택했기 때문이다. 따라서 작품의 발상 단계에서는 먼저 화자와 화제의 관계를 따지고, 그에 어울리지 않는 부분을 생략하거나 수정해야 한다. 그것은 작품의 개연성(蓋然性)을 결정짓는 요소이기 때문이다.

그런데 이와 같이 화자의 유형을 성으로 나누는 것에 대해서는 여러 가지 이의가 제기될 수 있다. 신분 중심으로 나눌 경우에는 민중 문학(民衆文學)과 같은 계급성을 따지는 사람들은 '귀족주의적(貴族主義的) 발상'이라고 비판할 것이다. 그리고 성 중심으로 나눌 경우에는 페미니즘(Feminism) 입장을 취하는 사람들은 '남성 중심 주의'라고 비판할 것이다.18)

하지만 문학 작품에서 인물의 유형을 이와 같은 방법으로 대별해 온 것은 오랜 관례에 속한다. 그리고 그것이 비록 편견이라 할지라도 창작의 실제에서는 고정관념에 가까운 인물을 제시할수록 리얼리티가 강해진다.19) 문학 작품은 어느 특정한 인물의 개별적 성격을 겨냥하는 것이 아니라, 우리 관념 속에 숨어 있는 보편적 인간상을 대상으로 삼기 때문이다.

예컨대, 매일 남편을 구타하는 여성이 있다고 하자. 그런 여성도 작품 속에서 그런 인물을 발견하면 선뜻 받아들이지 않을 것이다. 더욱이 그런 행위에 대한 심리 상태를 설명할 장치가 없는, 즉 해설자가 없는 서

---

18) 이와 같이 여성주의 입장에서 남성주의에 대한 반발한 논저들을 꼽아 보면 다음과 같다. J. Todd ed., *Gender and library voice*(New York, 1980), A. Diamond and L. R. Edwards ed., *The authority of experience*(Amherst, 1977), J. Donovan ed., *Feminist literary criticism*(Lexington, 1975), C. Brown and K. Olson ed., *Feminist criticism*(Metuchen, NJ, 1978) 등을 들 수 있다. 국내에도 이에 대한 관심이 싹트기 시작하여 김경수의 『페미니스트 비평』(K. K. Ruthven, *Feminist Literary Studies : an introduction,* 1984, 문학과 비평사, 1989)과 김열규 외 공역의 『페미니즘과 문학』(문예출판사, 1989) 등이 번역 소개되어 있다.
19) 필자, 앞의 책, pp.28~29.

정적 장르에서는 아주 어색한 작품이 되고 만다. 그러므로 신분에 따른 화자의 유형화는 사회적 편견을 강화시키기 위한 것이 아니라, 작품의 리얼리티를 강화하기 위한 방편으로 받아들여 한다.

## (3) 담화의 담당 층위에 따른 유형

신비평에서는 반어(irony)와 역설(paradox)을 시의 주된 조직 원리로 삼는다. 이런 어법이 배제된 시는 독자로부터 제기되는 이의에 견딜 수 없어 '불안정한 시'가 되기 때문에,[20] 어느 한 부분은 다른 부분의 아이러니나 패러독스의 제한(qualification)을 받아야 한다는 것이 그들의 생각이다. 그래서 주지주의(主知主義) 영향을 받은 시인들은 자주 역설이나 아이러니를 구사한다.

그런데 이와 같은 어법을 택할 경우, 표층적 진술(表層的陳述)과 심층적 진술(深層的陳述)의 의미가 달라질 수밖에 없다. 뽈드멩(Paul de Man)은 이런 현상을 주목하고, 동일 화자도 분열하여 <표층(表層) 화자>와 <심층(深層) 화자>로 나뉜다고 주장한다.[21]

앞에서 인용한 소월의 「진달래꽃」에서도 이런 분열을 발견할 수 있다. 이 작품의 1연에서 화자는 '나 보기가 역겨워/가실 때에는/말없이 고이 보내드리우리다'라고 말하고 있다. 그리고 3연에서는 꽃을 뿌릴 테니 그걸 '밟고' 가라고 한다. 그런데, 두 이야기를 종합하면 표층적 의미와 다른 역설이 아닌가 하는 생각이 들게 만든다. 사랑하는 님은 그냥 보내기도 어려운 법인데, 꽃을 뿌릴 테니 그걸 밟고 가라고 요구하는 것은 아무래도 납득이 가지 않기 때문이다. 그리고 이런 의심을 하기 시작한 독

---

20) I. A. Richards, *Principle of Literary Criticism*(London, 1924), p.250.
21) Sharon Cameron, *Lyric Time*(The Hopkins University Press.,1979) pp.97~98.

자들은 마침내 '진달래꽃'을 화자의 상징물로 받아들이고, 말없이 보내겠다는 약속은 <절대로 보낼 수 없다>는 이야기로 해석하기 시작한다.

역설이나 아이러니의 채택은 두 가지 상황을 상정할 수 있다. 우선 화자가 이성적인 판단으로는 어쩔 수 없이 현실을 받아들여야 한다는 걸 인정하면서도, 감성적으로는 도저히 받아들일 수 없는 경우를 꼽을 수 있다. 화자의 생각이 둘로 분열되었을 때가 이에 해당한다. 그리고 다른 하나는, 청자가 화자보다 상위라서 직설적으로 말하면 역효과가 나타나리라는 판단에서 속셈을 감추는 경우를 들 수 있다.

그런데, 이와 같이 동일 화자의 분열을 인정하기로 한다면, 화자의 유형을 단지 표층화자와 심층화자로만 나눌 수 있는 것은 아니다. 초점에 따라서도 나눌 수 있다. 그리고 초점에 따라 나눌 경우에는 <이성적 화자>·<감성적 화자>·<무의식적 화자>·<추상 논리적 화자>로 나눌 수 있고, 이들의 결합형까지 따지면 화제의 유형만큼 증가한다.[22]

## (4) 태도에 따른 유형

평소 논리 정연하게 말하던 사람도 다급하거나 격정에 빠지면 횡설수설하고 어법에 맞지 않게 말하는 것이 보통이다. 예컨대 자기 집에 불이 났다고 하자. "아버님! 지금 집이 활활 타고 있으니, 제 생각으로는 무슨 조치를 취하는 게 좋으실 듯 싶습니다."라고 말하기보다 '불이야! 큰일 났어. 아버지, 다 타. 피해요, 어서'라고 말할 것이다. 그리고 그런 상황에서는 문법에 어긋난 어법이 훨씬 알맞은 것처럼 들릴 것이다.

시적 담화의 경우도 마찬가지이다. 정상적인 상태에서는 행과 연을 비슷한 길이로 나누고 표준 어법을 준수한다. 그러나, 화자가 격정에 빠진

---

[22] 구체적인 것은 이 책 '복합 화제의 시적 특질'(159-162)을 참조할 것.

상태에서는 형식이 흐트러지고 어법에 어긋나게 표현할 수 있다. 라이트 (G. T. Wright)는 이와 같은 점을 염두에 두고, 정상적인 정서 상태의 화자는 <문명화자(civilized persona)>, 격정에 빠졌을 때의 화자는 <원시화자(elemental persona)>로 나눈다.23)

하지만 시인의 실수로 나타나는 표현의 미숙이나 문장의 혼란과는 구분해야 할 것이다. 그리고 작품의 첫머리부터 원시화자를 등장시키는 문제도 고려해야 할 것이다. 먼저 문명화자를 등장시키고, 정서가 격앙하는 과정을 그려 준 다음, 원시화자를 등장시키지 않으면 이해할 수 없는 담화가 되기 때문이다.24)

우리 시에서 원시화자를 구사한 예는 서정주(徐廷柱)의 초기시에서 찾아볼 수 있다.

> ⓐ 사향(麝香) 박하(薄荷)의 뒤안길이다.
> ⓑ 아름다운 베암…
> ⓒ 을마나 크다란 슬픔으로 태여났기에, 저리도 징그라운 몸둥아리냐.
>
> ⓓ 꽃다님 같다.
> ⓔ 너의 할아버지가 이브를 꼬여내든 달변(達辯)의 헛바닥이
> ⓕ 소리 잃은 채 낼룽그리는 붉은 아가리로
> ⓖ 푸른 하눌이다…물어뜯어라, 원통히 무러뜯어,
>
> ⓗ 다라나거라. 저놈의 대가리!
>
> ⓘ 돌팔매를 쏘면서, 쏘면서, 사향(麝香) 방초(芳草)ㅅ 길

---

23) '원시화자'는 김준오가 『가면의 해석학』 및 『시론』에서 라이트의 'elemental persona'를 번역한 용어로써, '자연 그대로의(elemental)'라는 사전적 의미를 잘 반영해 주는 동시에 시인의 원시적 감정 상태에서 출현하는 화자로 여겨져 그대로 사용한다.
24) 필자, '한국 현대시의 전망과 과제', 『국어국문학 논총 : 현곡 양중해 박사 정년 기념』(제주대학교 사범대학 국어교육과 논총간행위원회, 1992).

ⓙ 저놈의 뒤를 따르는 것은
ⓚ 우리 할아버지의 안해가 이브라서 그러는 게 아니라
ⓛ 석유(石油) 먹은 듯…석유(石油) 먹은 듯…가쁜 숨결이야

ⓜ 바늘에 꼬여 두를까부다. 꽃다님보단도 아름다운 빛…

ⓝ 크레오파투라의 피먹은양 붉게 타오르는 고흔 입설이다…슴여라! 배암.

ⓞ 우리 순네는 스믈난 색시, 고양이같이 고흔 입설…슴여라! 배암.
                          - 서정주, 「화사(花蛇)」 전문


ⓐ에서 ⓓ까지는 문명화자의 발언이라고 볼 수 있다. 그러나 ⓔ부터는 갑자기 기독교 신화인 에덴 동산의 전설을 거론하는가 하면, 원관념과 보조관념의 결합도 일상적 감각을 초월하고 있다. 따라서 이 부분은 원시화자의 발언이라고 볼 수 있다.

예컨대, '곱다'의 보조관념으로 동원한 '피먹은 양 붉게 타오르는(ⓝ)'이나 '고양이같이 고흔 입설(ⓞ)'만 해도 그렇다. 피먹은 입술은 징그럽고, 고양이 같은 입술은 야옹하고 할퀼 것 같다. 그런데도 아름답다는 의미를 보조하기 위해 차용하고 있다. 그리고 뱀을 무슨 헝겊처럼 바늘에 꼬여 두르고 싶어하며(ⓜ), 액체처럼 입술로 스며들라고 명령하는 것(ⓝ,ⓞ) 역시 비논리적이다. 이와 같이 원관념과 보조관념을 폭력적(暴力的)으로 결합한 것은 화자의 정서 상태가 원관념과 보조관념의 유사성 여부를 따질 만큼 이성적인 상태가 아님을 의미한다.

뿐만 아니라, 통사 구조 역시 뒤틀린 상태이다. '너희 할아버지가 이브를 꼬여 내던 달변의 혓바닥(ⓔ)'이라는 구절 뒤에는 그 상태가 <어떻다>든지, <무엇을 한다>라는 서술부(敍述部)가 와야 한다. 그런데 엉뚱하게도 '소리를 잃은 채 낼룽거리는 붉은 아가리로(ⓕ)/푸른 하늘이다… 물어뜯어라, 원통히 무러뜯어(ⓖ)'로 이어지고 있다. 그리고 '돌팔매를

쏘면서, 쏘면서, 사향 방초ㅅ 길/저놈의 뒤를 따르는 것(ⓙ)'이라는 구절 뒤에는 무엇 때문이라는 이유가 와야 하는 데도 '석유 먹은 듯…석유 먹은 듯…가쁜 숨결이야(ⓛ)'로 이어지고 있다.

또, 연이나 행의 배치에서도 혼란을 발견할 수 있다. ⓐ에서 ⓓ까지는 한 행을 하나의 완결된 의미로 구성하고 있다. 그러나 ⓔ부터는 한 연을 하나의 문장으로 짜는가 하면, 한 행의 길이를 2음보에서부터 7음보까지 불규칙하게 구성하고 있다. 이 역시 화자의 정서가 적당한 단위로 의미를 분절할 만큼 이성적 상태가 아님을 보여주는 증거라고 할 수 있다. 따라서 ⓐ에서 ⓓ까지는 이성적인 문명화자가 지배하고, ⓔ에서 ⓜ까지는 원시화자가 등장하기 시작하며, ⓝ 이후는 완전히 원시화자가 지배하는 곳으로 보아야 할 것이다.

우리는 이제까지 시적 담화는 적절한 비유와 완전하고 매끄러운 문장으로 조직되어야 한다고 믿어 왔다. 완벽한 비유와 완벽한 문장만이 시의 주된 무기라고 생각한 것이다. 그러나 이런 관점은 아어(雅語)와 율문(律文) 중심의 고전적 시어관의 잔재로써, 일상적 담화의 논리와 문법이 화자의 정서에 따라 파괴될 수 있듯이, 시적 담화 역시 파괴될 수 있음을 인정해야 할 것이다.


## 4. 화자의 이동 방향


그렇다면, 문학사의 흐름 속에 화자의 유형은 어떻게 변천해 왔을까? 그리고 보다 완전한 시를 탄생시키기 위해 시인들은 어떤 유형의 화자를 창조해야 할 것인가? 이 질문은 화자를 중심으로 시문학사를 살피는 일이라서 그리 간단하게 대답할 수 있는 대상은 아니다.

그러나 대략의 방향을 살펴보면, 시인과 화자 관계는 <시인=화자>인

<자전적 화자>에서 출발하여 <시인≠화자>인 <허구적 화자> 쪽으로 이동해 왔다고 볼 수 있다. 이와 같은 변모의 계기는 문학 작품을 자아의 표현으로 보던 고전적 관점이 오락이나 미학적 질서의 구축으로 바뀌기 시작한 뒤부터라고 추정할 수 있다.

화자의 신분은 <상위→하위>으로, 성은 <남성→여성>으로 이동해 왔다고 볼 수 있다. 그것은 문학 작품 속의 주인공들이 <신(神)→영웅→위인→범인(凡人)→열등한 인간> 쪽으로 하강해 왔다는 프라이(N. Frye)의 지적이나, 고대로 올라갈수록 남성 시인이 여성화자를 택하여 노래하는 작품이 드문 반면에 현대시로 내려올수록 여성화자를 빌어 노래하는 작품이 늘어가는 점을 미루어서도 짐작할 수 있다. 그리고 이와 같은 하강 현상은 모든 장르에 나타나는 것으로서, 리얼리즘을 강화시키기 위한 노력의 결과라고 보아야 할 것이다.[25]

하지만 성별의 이동 방향은 리얼리즘의 강화라는 이유 하나만으로는 설명되지 않는다. 남성의 성격이 이성적이고 여성의 성격이 감성적이라고 할 때, 리얼리즘이란 결국 남성적 이성주의를 배경으로 탄생되는 정신이기 때문이다.

그리하여, 일부에서는 한국 현대문학의 여성화 현상을 개화기 이후 우리 나라가 처했던 역사적 특수성에서 해답을 찾으려고 하고 있다. 원래 한국 문학은 여성화의 전통을 가지고 있었으며, 일제(日帝)의 강압적인 파시즘에 대항하는 수단으로 소극적 여성주의(女性主義)를 택한 것이 체질화되었기 때문이라고 설명한다.[26]

---

25) 모든 예술 작품은 결과야 어찌되었든 리얼리티의 확보라는 명제를 내건다. 예컨대, 큐비즘의 경우만 해도 그렇다. 모든 물체를 기하학적 도형으로 분석하고, 보이지 않는 제4면까지 그리어 결과적으로는 대상에 대한 왜곡으로 비춰지지만, 이론상 그들의 목적은 사물의 본질에 도달하는 데 두고 있다.

26) 이런 관점을 취하는 사람은 김현과 김윤식을 들 수 있다. 김현은 한국 현대문학

그러나 이런 현상은 비단 우리 문학에만 나타나는 것이 아니다. 세계 각국의 문학에도 두루 나타나는 현상이다. 그리고 문학 작품뿐만 아니라 문화 전반에 나타나는 현상이다. 그러므로 현대문학의 여성화 현상은 사회적·문화적 환경의 변화에서 그 원인을 찾아야 할 것이다.

이런 관점에서 추론하면, 우선 시문학의 생산과 소비 층이 여성 쪽으로 이동했다는 점을 꼽을 수 있다. 20세기로 접어들면서 남성에게만 허용되던 고등 교육이 여성에게도 허용되고, 고등 교육을 받았지만 사회적 진출이 어려운 여성들이 문학을 비롯한 문화계 전반, 특히 정서를 위주로 하는 장르에 관심을 기울인 데서 비롯된 결과라고 해석할 수 있다.

그러나 이 역시 충분한 이유가 되지 못한다. 아직도 시인의 대부분은 남성이며, 여성 독자가 증가했다고 하나 그들이 시인의 창작에 얼마나 영향을 미쳤는지 정확히 짐작할 수 없기 때문이다. 뿐만 아니라, 이와 같은 현상은 여성 교육이 등한시되던 시절에도 꾸준히 진행되어 왔다. 따라서 보다 더 근원적인 이유를 찾지 않으면 안 된다.

그런 이유로는 현대로 내려올수록 세력을 떨치기 시작하는 여성주의(feminism)를 들 수 있다. 이에 대한 견해는 성(性)의 평등 사상과 같은 정치학적 견해보다는 경제의 발달에 따라 사회가 어떻게 변화했는가를 따진 엥겔(E. Engel)이나 벨브렌(T. Veblen) 같은 사회학자의 견해를 참고하는 것이 바람직할 것이다. 그들의 설명에 의하면, 산업이 발달함에 따라 상류 사회에서는 기초적인 삶을 영위하기 위해 재화(財貨)를 소비

---

에 여성화자가 늘어가는 현상을 '한국적 패배주의 문화의 계승'으로 보며('여성주의의 승리', 《현대문학》, 1960.10), 김윤식은 신문학 초기부터 나타난 여성주의를 '일제의 파시즘이 지닌 남성 숭배 사상에 대결하기 위한 무기'라고 설명하고 있다.('한국 신문학에 나타난 Female Complex에 대하여', 《아세아 여성연구·9》, 숙명여대 아세아 여성문제 연구소 및 '식민지 시대의 허무주의와 시의 선택', 《문학사상》, 1973. 5 등.)

하기보다 자기의 사회적 신분을 표시한 <광내기 소비(conspicuous consumption)>가 성행하게 되었다는 것이다.27) 다시 말해, 신분을 과시하기 위해서 실용성(實用性)이나 기능성(機能性)보다 장식성(裝飾性)과 세공성(細工性)을 중시하는 문화가 형성되었고, 그런 가치관이 비평 기준으로 이어지면서 남성적 특질인 사상성과 교훈성보다 여성적 특질인 정서성과 섬세성을 강조하는 작품이 증가했다고 볼 수 있다.28) 화자의 분열 방향은 <표층화자→심층화자>, <의식화자→무의식화자>, <문명화자→원시화자> 쪽으로 이동했다고 볼 수 있다. 표층화자만 차용하던 작품에 심층화자가 등장하기 시작한 것은 아이러니를 중시하는 낭만주의 시대에서 출발하여 주지주의를 거쳐 오늘에 이르게 되었다고 볼 수 있다. 그리고 무의식과 원시화자가 등장하기 시작한 것은 초현실주의 시가 등장한 뒤부터라고 보아야 할 것이다. 따라서 시적 인물의 이동 방향은 전인성(全人性)을 상실하고 비인간화(非人間化) 내지 해체화(解體化) 쪽으로 진행된다고 보아야 할 것이다.

이와 같은 이동의 원인은 더 이상 진로가 막힌 리얼리즘 문학이 심리학의 도움을 받아 의식의 밑바닥에 숨겨진 인간상을 등장시키는 방법으로 돌파구를 찾으려 한 데서 찾을 수 있다. 그리고 새로운 인간상을 제시하여 문학사 속에서 독자적 위치를 확보하려는 작가들에 의해 가속화되었다고 볼 수 있다.

하지만 이와 같은 인간성의 해체 작업은 그리 바람직한 방향이라고 볼 수 없다. 문학 작품이 사회보다 앞서 인간성을 해체하는 것은 문학의 본래 목적에 어긋날 뿐만 아니라, 독자와 작가의 관계를 파괴하고, 자아

---

27) Thorstein Veblen, The Theory of the Leisure Class(New York : Modern Library, 1899, 1934) 참조.
28) 유종호는 김소월론인 "님과 집과 길"에서 벨브렌의 주장을 받아들여 이와 비슷한 견해를 전개하고 있다. (≪세계의 문학≫, 1977 봄호)

와 사회의 해체를 촉진시키는 결과를 가져올 것이기 때문이다. 그러므로 현대 시인들은 무엇보다도 먼저 전자아(全自我)를 대변할 수 있는 화자를 발견하는 데 노력을 기울여야 할 것이다.

# 2. 화  제

우리는 흔히 화제(話題)를 <이야기의 주된 내용>이란 뜻으로 사용하고 있다. 그러나 화제는 아직 형식화되지 않은 상태로서, 담화를 이루는 한 요소에 불과하다.

이와 같은 화제는 어느 방향으로 이야기하느냐에 따른 <지향성(志向性)>과, 무엇을 중심으로 이야기하느냐에 따른 <초점(焦點)>을 지니고 있다. 이 장에서는 먼저 화자와 화제의 관계를 살펴보고, 지향성과 초점의 기본형을 설정한 다음 두 요소를 결합시켜 화제의 유형을 추출하여 그들의 결합형을 설정하고, 그 유형에 따라 시적 특질이 어떻게 달라지는가를 살펴보기로 하자.

## 1. 화자와 화제의 관계

화자와 화제의 관계를 알아보기 전에 먼저 생각해 볼 것은 시인이 작품을 발상할 때 화자를 먼저 떠올리는가, 화제를 먼저 떠올리는가 하는 문제이다. <시인=화자>라면 화자는 이미 정해졌으므로 화제만 선택될 것이고, <시인≠화자>라면 화제가 결정된 다음 화자가 선택될 테지만, 앞에서 살펴본 바와 같이 <시인≒화자>이기 때문이다.

이와 같은 의문은 <시인의 화제>와 <화자의 화제>를 동일한 것으로 간주하는 데서 비롯되는 것이라고 할 수 있다. 그러나 시인의 의도(intention)에 해당하는 <시인의 화제>와 그 작품의 내용(content)에 해당하는 <화자의 화제>는 결코 같은 게 아니다. 시인의 의도가 작품 속에 수용되기까지는 여러 단계의 수정을 거치기 때문이다.

그렇다면 시인은 자기의 무수한 이야기 가운데에서 왜 그 화제를 고르며, 그렇게 고른 화제는 어떤 과정을 거쳐 수정되는 것일까? 시인의 내부에 화제가 형성되는 과정은 일상적 담화와 마찬가지로 외부로부터 어떤 자극을 받고, 그로 인해 그의 내면에 정서와 욕망이 형성된 다음에야 비로소 담화 욕구를 느끼게 된다.

하지만 일상적 담화에서도 떠오르는 대로 이야기하는 경우는 드물다. 이 이야기는 하고 싶지만 자칫하다가 오해를 받을 수 있으니 참자고 덮어두기도 하고, 그것만으로는 논리가 부족하다고 판단될 경우에는 다른 생각을 덧붙이거나 삭제할 수도 있다. 그리고 치밀한 사람은 그 화제를 몇 도막으로 나누고, 어떤 도막부터 이야기할 것인가 순서를 결정한 다음에 시작한다.

이 과정에서 고려되는 것은 화자와 청자의 관계를 비롯하여, 담화의 장(場)에 형성되리라고 예견되는 상황이다. 이런 고려는 화자의 가치관 내지 세계관에 의하여 이루어진다. 따라서 일상적 담화의 경우, 담화의 의도가 화제로 채택되기까지는 다음 같은 과정을 거친다고 볼 수 있다.

| 【최초의 화제】 | | 【수정된 화제】 |
|---|---|---|
| 선택 동기:외부의 자극과 사고 | ⇒ | 수정 동기:화자 · 화제 · 청자의 관계, 담화의 장의 조건 |
| 기저 요소:욕망과 정서 | | 기저 요소:시인의 가치관과 세계관 |

문학적 담화도 마찬가지 과정을 거친다. 이 과정에서 면밀한 시인은 자기가 쓰려는 작품과 이제까지 자기가 써 온 작품을 비롯하여 다른 시

인들의 작품과의 관계, 그리고 독자들의 반응까지 따져 볼 것이다.

하지만 문학적 담화의 경우, <수정된 화제>가 곧바로 <작품(화자)의 화제>로 채택되는 것은 아니다. 시인이 내세운 화자에 맞추어 다시 한번 수정의 과정을 거치게 된다. 앞에서 살펴본 「진달래꽃」의 경우만 해도 그렇다. 소월이 이 작품을 통해 불변의 사랑을 이야기하려 했다면, 우선 그 화제에 적합한 인물이 어떤 사람인가 생각하다가 여성화자를 선택하고, 화자의 유형에 맞추어 자기 이야기를 수정했을 것이다.

이 과정에서 고려해야 할 사항은 화자의 성격, 다시 말해 성·연령·계층 등일 것이다. 그리고 언어가 지니는 매재적 특성, 그 장르의 문학적 관습, 그 작품이 지니고 있는 내적 질서, 자신의 문학관과 미의식, 동일 계열 작품과의 관계 등일 것이다. 따라서 시인이 작품 속의 화자로 바뀌기 위해서는 3단계를 거치듯, <시인의 화제>가 <함축적 시인의 화제>를 거쳐 <화자의 화제>로 수정되어야 한다. 그리고 〔①시인의 화제≥②함축적 시인의 화제≥③화자의 화제〕로 축소된다고 보아야 할 것이다.


## 2. 화제의 지향성


일상 생활에서 주고받는 담화의 내용을 유형화하기란 지극히 어려운 일이다. 그리고 그 내용을 유형화해도 별다른 의미가 없다. 담화의 내용을 추출하는 것은 주관적인 작업일 뿐만 아니라, 그것을 유형화해도 경계가 분명하지 않기 때문이다. 그러므로 화제의 유형은 주된 내용이 어느 방향을 향하고 있느냐는 <지향성(志向性)>과 어떤 요소를 부각시키려 했느냐는 <초점(焦點)>에 따라 유형화하는 방법이 바람직할 것이다.

야콥슨(R. Jakobson)은 화제의 지향성(志向性)을 <화자 지향형>·<청

자 지향형>·<화제 지향형>으로 나눈다.[1] 이와 같은 유형을 시적 담화와 연결할 경우, 서정적 양식의 화제는 어떤 유형이든 궁극적으로 내 생각과 느낌을 표현하기 위한 것이므로, <내가 생각하는 나>·<내가 생각하는 너>·<내가 생각하는 그>라고 볼 수 있다.

하지만 지향성은 이 세 가지 유형만 있는 게 아니다. <나>와 <너>가 등장하여 <그>에 대해 이야기하는 유형이 있을 수 있다. 다시 말해, 화자가 주로 이야기를 하되 청자가 간혹 틈입(闖入)하는 경우로서, <나-너-그>가 전부 등장하는 유형이 이에 해당한다. 따라서 이 유형을 <극적 지향형>이라고 부르기로 한다면, 지향성에 따른 화제의 유형은 모두 4가지로 나눌 수 있다.

## (1) 화자 지향형

화자 지향형은 <1인칭(一人稱) 지향형>이라고도 부른다. <나는 이런 일을 겪고 난 다음 이런 생각을 했다>는 형식으로서, 이야기의 방향이 화자 자신을 향하기 때문이다.

하지만 나에 대한 이야기라고 해서 모두 화자 지향형이라고 볼 수는 없다. 자기에 대한 이야기도 자아가 둘로 분리하여 하나의 자아가 다른 자아를 관찰자 입장에서 이야기할 경우에는 화제 지향형으로 바뀌게 된다. 따라서 화자 지향형이란 아래 작품처럼 <나>의 주관적인 정서나 신념을 다루는 유형으로 제한해야 한다.

---

1) R. Jakobson은 Bhler의 『공리주의 담화형식』(*Die Axiomatik, der Sprach Wissenschaft*)을 소개하면서, ①1인칭인 '나'가 중심이 되는 <화자 지향>, ②2인칭인 '너'가 중심이 되는 <청자 지향>, ③탈인칭(3인칭)인 '그', '그것'이 중심이 되는 <화제 지향>으로 분류하고 있다.(R. Jakobson, 'Closing Statements; Linguistics and Poetics', T. A. Sebeok ed., *Style in Language,* The M. I. T. Press, 1960, pp.353~357.)

　　나 하늘로 돌아가리라.
　　새벽빛 와 닿으면 스러지는
　　이슬 더불어 손에 손을 잡고,

　　나 하늘로 돌아가리라.
　　노을빛 함께 단 둘이서
　　기슭에서 놀다가 구름 손짓하며는,

　　나 하늘로 돌아가리라.
　　아름다운 이 세상 소풍 끝내는 날,
　　가서, 아름다웠더라고 말하리라……
　　　　　　　　　－ 천상병(千祥炳), 「귀천(歸天):주일(主日)」 전문

　이 작품의 주된 화제는 자기가 죽어 저 세상으로 돌아가는 날, 그래도 지상의 삶은 '아름다웠다'고 말하겠다는 시인의 생각이라고 할 수 있다. 따라서 세상에 대한 자신의 생각과 느낌을 이야기하기 위한 화자 지향형 에 해당한다.

　이렇게 화자 지향형을 채택하면, 표현의 기능이 강화된다. 자기 이야 기는 어떤 이야기보다 더 잘 알고 있으며, 이런 지향성의 화제를 택한 목적이 바로 화자의 생각과 느낌을 생생하게 전달하려는 데 있기 때문이 다.

　그런데 느낌은 그냥 발생하는 것이 아니다. 외부로부터 어떤 자극을 받았거나 과거에 대한 회상 또는 미래에 대해 전망할 때 발생한다. 따라 서 현재의 자극을 대상으로 삼을 경우를 제외하고는 현재에서 과거를 돌 아다보거나 미래를 전망하는 구조를 취하게 되고, <현재의 나>가 <과거 의 나>를 되돌아보거나 <미래의 나>를 상상하면서 이야기를 이끌어 간 다. 그리고 이와 같은 경우에는 두 자아의 시간적 거리 때문에 현재의 나는 <서술 화자(state persona)>가 되고, 과거나 미래의 나는 <초점 화

자(focalized persona)>로 분열을 일으킨다.[2]

　다음 작품에서도 동일한 '나'가 서술 화자와 초점 화자로 분리되는 모습을 발견할 수 있다.

　　　봄가을 없이 밤마다 돋는 달도
　　　「예전엔 미처 몰랐어요」

　　　이렇게 사무치게 그리운 줄도
　　　「예전엔 미처 몰랐어요」

　　　달이 암만 밝아도 쳐다 볼 줄을
　　　「예전엔 미처 몰랐어요」

　　　이제금 저 달이 설움인 줄은
　　　「예전엔 미처 몰랐어요」

　　　　　　　　　　　－ 김소월, 「예전엔 미처 몰랐어요」 전문

　이 작품의 표면에는 <나>라는 말이 나오지 않는다. 하지만 그것은 주어를 생략하는 우리 말의 관습 때문일 뿐, <나는 예전에 달이 아무리 밝아도 쳐다볼 줄 몰랐다>라는 이야기로서, 달을 쳐다볼 줄 모르던 과거의 자아에 대한 현재의 내 감정을 화제로 삼고 있다.

　그런데 달이 아무리 밝아도 쳐다볼 줄 몰랐던 <과거의 나>와 그것이 잘못임을 깨달은 <현재의 나>로 나뉘고 있다. 그리고 담화의 주체는 현재의 나이지만, 화제의 초점은 과거의 나에 집중되고 있다. 다시 말해, 서술 화자에 의하여 초점 화자의 행위가 조명되며, 그에 대한 느낌과 판단을 덧붙이는 게 이 작품의 화제이다.

　앞에서 인용한 천상병의 작품도 <현재의 나>와 <미래의 나>로 나뉘

---

2) 소설에서는 이와 같은 경우, 초점을 받는 자는 <피서술자>, 그것을 언급하는 자는 <서술자>로 부르고 있다.(F. K. Stanzel, 김정신 옮김, 『소설의 이론』(문학과 비평사, 1990), pp.308~314. 참조.)

고 있다. 김소월의 작품과 다른 점이 있다면, <미래의 나>에 대한 초점
이 약화되었다는 점이다. 이 작품에서 미래의 자아를 약화시킨 것은, 이
세상이 그래도 아름다웠다고 말하겠다는 현재 나에 초점을 맞추어 현실
의 고통을 감추기 위한 의도로 해석된다.

　화자 지향형은 과거나 미래의 자아에 초점을 맞추기 때문에 현재보다
과거나 미래 쪽이 더 이상적으로 그려진다. 그리고 그로 인해 회고적(回
顧的)·영탄적(詠嘆的)·감상적(感傷的) 어조를 띠는 것이 보통이다.

　앞의 두 작품에서도 이런 어조를 발견할 수 있다. 천상병의 작품에서
'나 하늘로 돌아가리라'나, 김소월의 작품에서 '예전엔 미처 몰랐어요'라
는 반복적인 구절이 그런 어조를 드러내는 곳이라고 할 수 있다. 이런
반복은 현실에서는 미래나 과거로 갈 수 없음을 인정하면서도, 무의식
속에서는 그쪽으로 지향하고 있기 때문이다. 따라서 상황이 변했음을 인
정하면서도 고착적(固着的) 정서를 보이는 걸 감상주의(sentimentalism)
라고 한다면, 이 유형의 화제는 근본적으로 감상성을 바탕에 깔고 있다
고 보아야 할 것이다.


## (2) 청자 지향형

　청자 지향형은 <너>에 대한 이야기이다. 그러니까 <너는 이렇게 했느
냐?>라든지, <이렇게 해야 한다>는 식의 의문·명령·애원·요청·호소
의 성격을 띤 화제이다. 이 유형을 <2인칭 지향형>이라고 부르는 것은
이처럼 2인칭인 <너>에게 무엇인가 명령하거나 요청하기 위한 화제이기
때문이다.

　하지만 화자 지향형과 마찬가지로 <너>를 화제로 삼았다고 해서 모
두 청자 지향형이라고 볼 수 없다. 화자의 판단이나 요구를 정지하고, 청

자에 대한 정보를 제공하려 할 경우는 화제 지향형으로 바뀐다. 그러므로 청자 지향형은 화자의 판단을 바탕으로 청자에게 어떤 행동을 요구하는 유형으로 제한된다.

이와 같은 청자 지향형은 크게 <나는 너를 이렇게 생각한다>와 <너는 이렇게 행동해야 한다>라는 부분으로 나누어진다. 이때 청자에 대한 화자의 판단과 요구는 보편적 윤리와 관습을 바탕으로 삼는다. 그리고 청자에게 요구하는 내용은 강렬하고도 단순한 어조를 택한다. 다른 사람에게 무엇인가 요구하고, 그에 따라 행동하도록 만들기 위해서는 보편 타당한 것을 단순하면서도 강렬한 어조로 말하는 것이 효과적이기 때문이다.

다음은 청자 지향형의 대표적인 예에 해당한다.

> 껍데기는 가라.
> 4월도 알맹이만 남고
> 껍데기는 가라.
>
> 껍데기는 가라.
> 동학년(東學年) 곰나루의, 그 아우성만 살고
> 껍데기는 가라.……
>
> — 신동엽, 「껍데기는 가라」에서

이 작품의 의미는 <껍데기는 부도덕하다>와 <그러므로 껍데기인 너는 물러가라>로 나누어진다. 그리고 그 '껍데기'는 특정한 대상이 아니라 거짓된 인간들이거나 그들이 만들어 낸 제도(制度)와 같은 불특정한 것들로서, 화자가 청자보다 도덕적으로 우위에 선다.

그런데 이와 같은 청자 지향형은 화자와 청자의 관계에 따라 어조와 태도가 달라진다. 화자가 청자보다 상위(上位)에 설 때에는 직설적인 어법과 강압적 자세를 취한다. 앞의 작품이 강압적이면서도 명령적인 어법을 택한 것은 화자가 청자보다 도덕적으로 우위에 서 있다는 판단 때문이다.

반대로 화자가 청자보다 하위(下位)에 설 때에는 아이러니를 비롯하여 역설 같은 완곡(婉曲) 어법을 택하고, 직설적인 어법을 택할 경우에도 간절하게 청원하는 형식을 취하며, 화려하고 수식적인 문체를 택한다. 그리고 청자가 신처럼 절대적이고 초월적인 존재일 때에는 기도·찬송·애원의 태도를 취한다. 그것은 가급적 청자의 뜻을 거스르지 않으면서 화자의 의도를 이루기 위해서이다.

> <마돈나> 가엾어라, 나는 미치고 말았는가, 없는 소리를 내 귀가 들음은
> - 내 몸에 파란 피- 가슴의 샘이 말라버린 듯 마음과 몸이 타려는도다.
>
> <마돈나> 언젠들 안 갈 수 있으랴, 갈 테면 우리가 가자, 끄을려 가지 말고! 너는 내 말을 믿는 <마리아> -내 침실(寢室)이 부활(復活)의 동굴(洞窟)임을 네야 알련만……
>
> <마돈나> 밤이 주는 꿈, 우리가 얽는 꿈, 사람이 안고 궁그는 목숨의 꿈이 다르지 않으니,
>
> 아, 어린애 가슴처럼 세월 모르는 나의 침실로 가자, 아름답고 오랜 거기로.
>        - 이상화(李相和), 「나의 침실(寢室)로」에서

이 작품의 청자는 앞의 작품과는 달리 '마돈나'라 불리는 특정인이다. 그런데 화자는 사랑하는 사람끼리는 함께 있어야 하며, '대낮'으로 표상되는 <일상의 세계>보다 '밤'으로 표상되는 <사랑의 세계>가 더 소중하다고 생각하고, 청자에게 '침실'로 가자고 요구한다. 그러므로 화자가 청자보다 어떤 삶이 더 소중한가를 잘 아는 사람이라고 할 수 있다.

하지만 화자가 청자보다 상위에 서 있다고 보기는 어렵다. 평어체와 명령 어법을 구사하고 있으나 그것은 남성화자를 나타내기 위한 징표일

뿐, 오히려 수세(守勢)에 처했다고 보아야 할 것이다. 남성화자이면서도 화려한 수사를 구사하고, 간절한 어조로 애원하는 것이 그런 증거이다. 그것은 청자가 자기 청을 들어주지 않으면 사랑이 이루어지지 않으리라는 생각에서이다. 대부분의 송가(頌歌)나 연시(戀詩)가 청자를 극단적으로 높이면서 간절한 어법을 택하는 것도 이 때문이다.

## (3) 화제 지향형

화제 지향형은 청자에게 어떤 정보를 제공할 것을 목적을 지닌 유형으로서, <내가 본 그 사람(그것)은 이렇다>라는 형식을 취한다. 이 유형을 <3인칭 지향형>이라고 부르는 것은 이처럼 <그>나 <그것>에 대한 정보를 제공하려는 데 목적을 두기 때문이다.

이 유형의 화제에서는 문맥의 표면에 화자나 청자가 잠재되는 것이 보통이다. 그리고 정서적 표현과 의미 부여를 억제하고, 카메라 렌즈로 사물을 비춰 보이듯 이미지화하는 것이 특징이다.

> 햇살은 모두
> 둑 밑에 내려와 있다
> 미루나무 가지 사이로
> 강 바람이
> 분다
>
> 자전거를 타고 가는 시골 청년
> 자전거 바퀴 살에
> 햇살이 실려서
> 돌아간다
>
> 그 바퀴 살 사이로
> 투명한

강

얼마쯤 걸었을까
미루나무도 가고 있는지……
미루나무는 조금씩 작아져 갔다
　　　　　　　- 한성기(韓性祺), 「둑길·1」 전문


　　이 작품에서 화자는 대상에 대한 의미나 정서 부여를 억제하고 자기가 걷고 있는 둑길의 풍경을 담담하게 그리고 있다. 그리고 그런 풍경들이 화자의 시선을 거쳐 들어온 것임에도 불구하고 화자를 잠재시키고 있다. 그것은 정보가 주관적이라는 인상을 띠면 신뢰를 잃기 때문이다.
　　하지만 화자의 정서가 완전히 배제되는 것은 아니다. 정서 표출을 억제하는 것은 단지 독자로부터 신뢰성을 확보하기 위한 전략일 뿐, 시인이 어떤 화제를 선택하든 그것은 근본적으로 자기 사상과 감정을 표현하기 위한 것이기 때문이다. 다음 작품만 해도 그렇다.


　　　　사랑할 시간이 많지 않다
　　　　아이가 플라스틱 악기를 부-- 부— 불고 있다
　　　　아주머니 보따리 속에 들어 있는 파가 보따리 속에서
　　　　쑥쑥 자라고 있다
　　　　할아버지가 버스를 타려고 뛰어오신다
　　　　무슨 일인지 처녀 둘이
　　　　장미를 두 송이 세 송이 들고 움직인다
　　　　시들지 않는 꽃들이여
　　　　아주머니 밤 보따리, 비닐
　　　　보따리에서 밤꽃이 또 막무가내로 핀다
　　　　　　- 정현종(鄭玄宗), 「사랑할 시간이 많지 않다」 전문


　　이 작품의 주된 화제는 거리 풍경에 대한 정보이다. 하지만, 화자가 이들을 선택한 것은 풍경 그 자체를 보여주기 위해서가 아니다. 시장에

서 파를 사 가지고 나오는 주부, 그 곁에서 플라스틱 악기를 부는 아이, 버스를 타려고 뛰는 할아버지를 통하여 가족애가 얼마나 소중한가를 일깨워 주기 위해서라고 볼 수 있다. 따라서, 이 유형의 화제는 사진 예술의 경우처럼 어떤 대상을 선택하고, 그것을 묘사하는 시각과 거리가 곧 시인의 사상과 감정을 암시하는 것이라고 보아야 할 것이다[3]

앞에서 인용한 한성기(韓性祺)의 작품도 마찬가지이다. 이 작품에서 화자는 '청년'과 '강'과 '미루나무'를 뒤에 두고 한없이 걸어가고 있다. 이와 같은 풍경은 모든 것을 두고 떠날 수밖에 없는 노년의 쓸쓸한 감정을 은유하기 위한 객관적 상관물(相關物)이라고 할 수 있다. 따라서 서정적 장르에서 화제 지향형은 객관적 정보를 전달하기 위한 산문과 달리 상대적 개념으로 받아들여야 할 것이다.

## (4) 극적 지향형

지향성의 유형은 야콥슨이 제시한 3가지 이외도 극적 지향형을 꼽을 수 있다. 물론 이 경우에도 화자가 담화를 이끌어간다는 점에서는 마찬가지이다. 그러나 화자의 담화에 청자가 개입한다는 점에서 차이에서 다른 유형과 차이가 난다.

이와 같이 화자와 청자와 화제(대상)에 대해 고루 언급할 경우에는 어느 유형보다 한결 극화된다. 그것은 화자와 청자의 모습을 비롯하여 그들의 상반된 욕망을 모두 표현할 수 있기 때문이다.

거리에서 우연히 아내를 만난다.

---

3) 사진 예술의 경우는 객관적으로 존재하는 대상을 기계를 통하여 촬영한다는 점에서 예술성이 크게 제약을 받는다. 그럼에도 불구하고 이를 예술의 범주에 포함시키는 것은 피사체의 선택, 그에 대한 시점과 명암의 조절이 작가의 몫이기 때문이다. 화제 지향형의 논픽선류가 문학의 범주에 포함되는 것도 이런 이유에서이다.

나는 일부러 모른 척하고 지나간다.
아내는 등 뒤에서
「여보, 여보!」하고 쫓아온다.
그래도 나는 모른 척하고 지나간다.
(내가 인정하지 않는 한 어째서 저 여자가 내 아내란 말인가?)

저녁 상을 가운데 놓고 아내와 마주 앉았다.
갑자기 서베이어 1호처럼
난데없이 사뿐히 착륙하는 얼굴.
「바로 저 얼굴이다!」
「뭐가 저 얼굴이예요?」
「아니, 서베이어 1호의 달 연착(軟着) 말이야」

이제는
신비의 베일도 벗겨지고
대재벌(大財閥)의 몰락처럼 쓸쓸한 얼굴
달.
- 김윤성(金潤成), 「아내의 얼굴」 전문

화자는 거리에서 아내를 만나고도 모르는 척하고 지나가고 있다. 그러자 아내가 '여보, 여보!' 부르며 뒤쫓아오고, 화자는 '내가 인정하지 않는 한 어째서 저 여자가 내 아내란 말인가?' 독백한다. 그리고 그날 저녁, 화자가 아내의 얼굴이 '서베이어 1호'의 착륙으로 인하여 신비를 잃은 달 같다고 독백을 하자 아내가 무슨 말을 했느냐고 묻고, 화자는 인공 위성 이야기를 했다고 둘러댄다. 따라서 이 작품은 <화자(나)-화제(아내의 얼굴 또는 달)-청자(아내)>의 삼자 관계를 고루 지향하는 극적 지향형이라고 볼 수 있다.

엘리어트의 「황무지(The Waste Land)」 가운데에 다음과 같은 부분도 극적 지향형에 해당한다.

릴의 남편이 제대했을 때 내가 말했지요—

> 털어놓고 내 말했지요, 내 자신이,
> **시간입니다. 서두르십시오.**
> 이제 앨버트가 돌아오는 중이니 몸을 좀 깨끗이 해요.
> 당신에게 이빨을 해 넣으라고
> 주고 간 돈을 어떻게 했는가
> 알고자 할 것입니다. 받았지요. 나도 있는 자리에서.
> (When Lil's husband got demobbed, I said──
> I didn't mince my words, I said to her myself,
> *Hurry up please it's time*
> Now Albert's coming back, make yourself a bit smart.
> He'll want to know what you done with that money he gave you
> To get yourself some teeth, he did, I was there.)

이 작품의 무대는 폐점 시간이 다 된 런던의 대중 술집이다. 화자인 '나'는 청자인 릴에게 그의 남편인 앨버트에 관해 이야기하고 있다. 그리고 이탤릭체로 쓰여진 부분은 술집 주인의 이야기로서, 화자가 이야기하는 도중에 끼여들고 있다.

이와 같이 극적 지향성을 택하면, 1인칭 지향형의 주관적 정서와 의미 부여 기능, 2인칭 지향형의 상대에 대한 요구와 명령 기능, 3인칭 지향형의 객관적 자세와 이미지화 기능을 모두 수용할 수 있어 작중 상황이 눈에 보이듯 드러난다. 반면에 간결성과 압축성이 떨어지고, 산문처럼 길어지며, 초점이 분산되기 쉽다는 것이 약점이다. 종래의 시에서 극적 지향형을 택한 작품이 드문 것도 이런 단점 때문이다. 하지만 담화를 극화시키고, 시인의 의도를 총체적(總體的)으로 표현하는 데 적합한 유형으로서, 현대시로 접어들면서 점점 증가하고 있다.

### (5) 담화의 장(場)과 어조 관계

화자의 유형은 문맥의 표면에 드러나느냐 잠재하느냐에 따라 <현상적

화자(phenomenological persona)>와 <잠재적 화자(implied persona)>로 나눌 수 있다. 그리고 청자의 경우도 마찬가지 기준을 적용하여 <현상적 청자>와 <잠재적 청자>로 나눌 수 있다.

그런데 이와 같이 문맥의 표면에 화자와 청자가 현시되느냐 잠재되느냐 하는 문제는 지향성과 불가분의 관계를 갖는다. 이들의 관계를 정리하면 다음과 같다.

    ⓐ 화자만 등장하는 경우-화자 지향형
    ⓑ 화자와 청자가 모두 나타나는 경우-극적 지향형
    ⓒ 청자만 나타나는 경우-청자 지향형
    ⓓ 청자와 화자가 모두 나타나지 않는 경우-화제 지향형

하지만 화자와 청자가 문맥의 표면에 기술되지 않았다고 해서 잠재형으로 속단해서는 안 된다. 서술어 중심인 국어에서는 원활한 문맥을 유지하기 위해 서술 대상이 바뀌지 않는 한 주어를 생략하는 게 관습이기 때문이다. 그러므로 문맥의 표면에 명시되지 않은 화자와 청자는 원활한 문맥을 위해 생략되었는가, 담화의 초점에서 밀려났는가를 살펴보면서 판단해야 한다.

그런데 화자와 청자가 <담화의 장(場)>에 함께 있느냐 여부는 그 작품의 어조(語調)와 형식(形式)에 커다란 영향을 미친다. 다음 작품만 해도 그렇다.

    그립다
    말을 할까
    하니 그리워

    그냥 갈까
    그래도
    다시 더 한번……

> 저 산에도 가마귀, 들에 가마귀,
> 서산에 해진다고
> 지저귑니다.
>
> 앞 강물, 뒷강물,
> 흐르는 물은
> 어서 따라오라고 따라가자고
> 흘러도 연달아 흐릅디다려.
>
>           ― 김소월, 「가는 길」 전문

이 작품의 첫째 연은 화자가 청자 곁에 있는 상태이다. 그리고 둘째 연은 조금 떨어진 상태이나 그리 멀리 간 것은 아니며, 셋째 연 이후부터는 점점 멀어져 서로 보이지 않게 된 상태라고 할 수 있다.

그런데 1연에서는 '그립다/말을 할까/하니 그리워'라고 역설(逆說)을 구사하고 있다. 그것이 역설임은 그리워 말하려 한 것이지, 말하려 하니까 그리워진 게 아님에도 불구하고 반대로 이야기하는 점으로 미루어 알 수 있다. 그리고 2연 이후부터는 직설법(直說法)을 택하고 있다. 이와 같이 청자와 함께 있을 때 역설법을 택한 것은 화자보다 상위인 님과 가까이 있기 때문이며, 떨어져 있을 때 직설법을 택한 것은 님(청자)이 자기 이야기를 듣지 못한다는 사실을 의식하고 있기 때문이다.

이런 심리는 시행의 배치에서도 발견할 수 있다. 1연과 2연은 하나의 율행(律行)을 세 개의 시행(詩行)으로 나누어 배치하고, 정제된 형식을 취하고 있다. 반면에 3연과 4연에서는 진술의 양(量)이 늘어나고, 시행의 배치도 혼란스러워지고 있다.

화자가 청자와 함께 있을 때 정제된 형식을 취하는 것은 청자를 의식하기 때문이라고 볼 수 있다. 그리고 청자로부터 멀어짐에 따라 흐트러지는 것은 이별의 슬픔으로 인하여 감정이 점점 고양되어 더 이상 말이나 행동을 가다듬을 수 없을 뿐만 아니라, 그럴 필요도 느끼지 않았기 때문이라고 할 수 있다. 따라서 어법이나 시어 및 형식은 청자가 담화의 장(場)에 함께 있느냐 여부와, 그를 얼마나 의식하느냐, 그리고 어느 쪽이 우위에 서느냐에 따라 달라진다고 보아야 할 것이다.

## 3. 화제의 초점

종래 시론에서 화제의 유형은 지향성으로만 나누어 왔다. 그러나 화제의 특질은 지향성보다 초점(focus)의 지배를 더 많이 받는다. 그리고 그로 인해 같은 지향형의 화제를 취해도 초점이 달라지면 전혀 다른 시적 특질을 띠게 된다.

초점의 유형은 앞에서 살펴 본 바와 같이,4) 크게 <관념형(觀念型)>·<즉물형(卽物型)>·<무의식형(無意識型)>·<기호적  상징형(記號的象徵型)>으로 나눌 수 있다. 초점의 유형에 따라 시적 특질이 어떻게 달라지는가 살펴 보기로 하자.

### (1) 관념형

관념형은 담화의 초점을 대상에 대한 의미 부여나 정서적 반응 쪽에 맞춘 유형을 말한다. 따라서, 대상 그 자체를 묘사하기보다 그에 대한 화자의 정서와 해석이 주류를 이룬다. 문예사조상으로는 낭만주의시, 랜섬(J. C. Ransom)의 분류에 따르면 '관념시(platonic poetry)'가 이 유형에 해당한다.

풍경(風景)이 풍경을 반성하지 않는 것처럼

---

4) 이 책, '문학적 담화의 유형' pp.52~61.를 참조할 것.

곰팡이 곰팡을 반성하지 않는 것처럼
여름이 여름을 반성하지 않는 것처럼
속도(速度)가 속도를 반성하지 않는 것처럼
졸열(拙劣)과 수치가 그들 자신을 반성하지 않는 것처럼
바람은 딴 데에서 오고
구원(救援)은 예기치 않은 순간에 오고
절망(絶望)은 끝까지 그 자신을 반성하지 않는다.
- 김수영(金洙暎), 「절망」 전문

이 작품은 화제 지향형을 택하고 있다. 지향성으로만 판단할 경우에는 대상의 물질적 외관(外觀)을 강조될 것으로 예측할 수 있다. 그럼에도 불구하고 관념 쪽에 초점을 맞추었기 때문에 시인이 말하고자 하는 '절망'이 어떤 것인가, 사물들은 왜 반성하지 않는가를 보여주지 못하고, 반성하지 않는다는 의미만이 풍자적으로 전달될 뿐이다.

이처럼 화제의 초점이 관념 쪽에 맞추어지면, 시인이 전달하고자 하는 의미와 정서가 강화되고, 명상의 흔적이 뚜렷이 부각된다. 반면에 시적 사물들은 특정감(特定感)을 상실하고 아무데서나 볼 수 있는 보편적인 사물로 떨어지며, 정서 과잉에 빠지게 된다. 낭만주의 시가 흄(T. E. Hulme)이나 파운드(E. Pound)의 공격을 받고 현대시의 주도적 위치를 이미 지즘 시에 넘겨준 것도 이런 약점 때문이다.


## (2) 즉물형

관념형의 반대 유형으로서 이성(理性)을 바탕으로 시적 대상의 물질적 외관(外觀)에 초점을 맞춘 유형을 말한다. 문예사조 상으로는 이미지즘, 랜섬의 분류에 따르면 즉물시(physical poetry)가 이런 초점을 취한다.

건반 위를 달리는 손가락

울리는 상아(象牙) 해안의 해소(海嘯)

때로는 꽃밭에 든 향내나는 말굽이다가

알프스 산정(山頂)의 눈사태
　　　　　　　　　- 김광림(金光林), 「음악」

이 작품에서 '음악'은 앞 작품의 「절망」과 달리 멀리 아프리카 '상아 해안'의 만조 시각에 잘게 부서지는 파도나, 꽃밭을 짓달리는 '말발굽' 또는 알프스 산정에서 부서져 내리는 '눈사태'와 같이 특정(特定)한 순간에 특정한 사물로 바뀌고 있다.

이와 같이 화제의 대상에 대한 정서와 관념을 배제하고 물질적 감각에 초점을 맞추면, 시 속의 사물들은 특정성을 띠면서 선명하게 드러난다. 반면에 대상에 대한 시인의 형이상학적 고뇌와 명상의 흔적이 사라진다. 흄의 지도를 받아 이미지즘 운동에 앞장섰던 파운드(E. Pound)가 자기 일파의 작품들을 '의미 없는 텅 빈 그림(meaningless picture)'이라고 비판하면서 '은유하는 그림(picture of metaphor)'을 추구한 것이나, 엘리어트(T. S. Eliot)가 '객관적 상관물(objective correlative)'의 이론을 내세우면서 사상과 감정을 융합한 '형이상시(metaphysical poetry)'를 추구한 것도 이런 단점을 극복하기 위해서이다.


## (3) 무의식형

초현실주의 시인들은 이성적 통제를 풀면 의식의 표면으로 무의식적 심상들이 떠오르고, 이들을 받아 쓰기 하듯이 자동 기술(automatism)하면 시 속의 사물들은 일상과 전혀 다른 모습으로 바뀌게 된다고 주장한다.

우리 나라에서 이런 초점을 처음 택한 사람들은 1930년대의 이상(李箱)을 비롯하여 <삼사 문학(三四文學)> 동인들을 꼽을 수 있다. 그리고, 그들의 뒤를 이어 등장한 <후반기(後半期)> 동인들도 이런 초첨을 취한다. 그러나 현재에는 대부분의 시인들이 부분적으로 이런 초점을 차용하고 있다.

다음은 <후반기(後半期) 동인> 중 한 사람인 조향(趙鄕)의 작품이다.

> 열 오른 눈초리, 한잔한 입 모습으로 소년은 가만히 총을 겨누었다.
> 소녀의 손바닥이 나비처럼 총 끝에 와서 사뿐히 앉는다.
> 이윽고 총 끝에선 파아란 연기가 물씬 올랐다
> 뚫린 손바닥의 구멍으로 소녀는 바다를 내다보았다.
>
> ——아이! 어쩜 바다가 이처럼 똥그랗니?
> 놀란 갈매기들은 황토 산태바기에다 연달아 머릴 처박곤 하이얗게 화석(化石)이 되어 갔다.
>
> - 조향, 「EPISODE」 전문

이 작품은 일상적 논리로는 설명할 수 없는 세 개의 에피소드가 연결되어 있다. 첫째로는 소녀가 손으로 총구를 가렸는데도 쏘았다는 점이다. 그리고 둘째로는 자기 손바닥이 총알로 뚫렸는데 그 구멍을 통해 저편을 바라보면서, '아이! 어쩜 바다가 이처럼 똥그랗니?'라고 묻고 있다는 점이다. 셋째로는 놀란 갈매기들이 산비탈 황토바기에 머리를 처박으며 '하이얀 화석'이 되어 간다는 점이다.

이와 같은 일들은 전혀 불가능한 것은 아니다. 그러나 실제 생활에서는 있을 수 없는 일이다. 따라서 이 작품은 외부에 객관적으로 존재하는 풍경을 대상으로 삼은 것이 아니라 시인의 무의식 속에 도사리고 있는 풍경을 몽타쥬한 것으로 보아야 할 것이다.

이처럼 무의식에 초점을 맞추면 화자의 행위나 시 속에 등장하는 사물들은 새로운 모습으로 바뀌게 된다. 하지만 전혀 존재하지 않았던 모습으로 바뀌는 것이 아니다. 부분적으로는 일상적이되 앞 뒤 논리가 맞지 않는 모습으로 바뀌게 된다. 그리고 그런 이미지들은 고정관념으로 가려진 인간의 본성을 드러낼 뿐만 아니라, 사람마다 무의식의 세계가 다르기 때문에 개성을 확보하기가 용이해진다.

그러나 무의식의 세계가 갖는 모호성 때문에 난해시가 될 가능성이 높아진다. 무의식의 이론을 원용하여 '총'은 남성 성기, '구멍'은 여성 성기, '바다'는 '모성'으로 해석한다 해도, 텍스트 자체가 그런 의미를 지녔다고 확신할 수 없으며, 기존 도덕과 이성 세계에 대해 반발하는 심상들을 즐겨 선택하기 때문에 예술의 사회적·윤리적 기능을 외면하기 쉽다는 것이 문제이다.

또한 초현실주의자들이 주장하는 자동 기술법은 의사가 최면(催眠)을 건 상태에서 시인의 이야기를 받아쓴다면 몰라도 시인 스스로가 수행할 수 있을는지 의문이다. 융의 설명대로 인간 정신의 가장 깊은 곳에 <집단 무의식(集團無意識)>이 있고, 그 바깥 쪽에 <개인적(個人的) 무의식>이 있고, 그 다음에 <전의식(前意識)>·<의식(意識)>·<가면(persona)>이 둘러싸고 있다면[5] 그 깊은 곳의 무의식을 자동 표출시켜 구어(口語)도 아닌 문자 언어로 기록하기란 쉬운 일이 아니기 때문이다. 그러므로 브르똥(A. Breton)이 우연히 '한 사내가 창문에 의하여 두 쪽으로 나뉘었다'는 고백으로부터 출발한 초현실주의 이론은,[6] 일상 생활에서 언뜻언뜻 떠오르는 무의식적 심상들을 몽타쥬한 것이거나, 세속적 논리와 가치관을 배제하고 자유 연상(自由聯想)한 결과로 받아들여야 할 것이다. 그리고 자유 연상까지 포함시키기로 한다면, 시인이 의도적으로 수행한 낯

---

5) 이부영, 『분석 심리학:C. G. Jung의 인간 심성론』(일조각, 1984), pp.41~112.
6) C. W. E. Bigsby, *Dada & Surrealism*(Methuen & Co., Ltd., 1972), p.39.

설계 만들기도 이 범주에 포함시킬 수 있을 것이다.

> 녹색 페어그라스 저편에서
> 드뷔시가 가을 나무 그늘에 쉬고 있다
> 떠오르다 머물어 있는
> 시간은
> 흐를수록 희미해지고
>
> 오래 바라본다
> 베일에 싸인 종소리들의 흔적이
> 그대 목덜미께를 쓰다듬는 것을
> 누가 융단 솔로 유리를 닦아낸다
>
> — 조창환, 「연가풍으로·2」 전문

이 작품은 무의식 상태에서 쓴 것이라기보다 드뷔시의 음악을 듣는 동안에 떠오른 환상을 기억했다가 논리에 어긋나는 부분들을 수정하지 않고 그대로 표현했거나, 아니면 자동화를 막기 위해 이성의 통제하에서 의도적으로 낯설게 만든 것으로 볼 수 있다. 그것은 '누가 융단 솔로 유리를 닦아낸다'라는 구절로 미루어서도 짐작할 수 있다. 누군가 융단솔로 유리창을 닦아낸다는 것은 환상을 지우고 현실로 되돌아옴을 암시하기 때문이다. 따라서 무의식적 심상은 논리적·인과적 통제를 가하지 않는 상태에서의 의식의 흐름을 몽타쥬하거나, 자유 연상 또는 낯설게 만들기 의 결과라고 보아야 할 것이다.

### (4) 기호적 상징형

전통 시학에서 기호적 상징(signal symbol)은 문학 작품에 사용될 수 없 는 것으로 간주해 왔다. 기호적 상징은 그 체계를 모르는 사람들에게는 단순한 암호로 보이기 때문이다.

그러나 현대로 접어들면서 각 장르의 예술 작품들은 전통적인 매재(material)에서 자주 벗어나고 있다. 시의 경우도 마찬가지이다. 언어 대신 기호와 도형을 사용하고, 무의미한 철자(綴字)들을 나열하기도 한다. 예컨대 입체주의(Cubism)·미래주의(Futurism)·다다이즘(Dadaism) 시인들이 실험적으로 쓴 '구체시(concrete poem)', '음향시(poem sonora)', '꼴라주(collage)와 몽타쥬(montage)의 시', '추상시(abstract poem)', '침묵시(dumb poem)' 등이 그런 예에 속한다. 따라서 기호적 상징형은 현대의 실험적인 작품들 속에서 발견되는 초점이라고 할 수 있다.

다음 이상(李箱) 작품도 그런 예에 해당한다. 우리는 이제까지 이 작품을 무의식의 반영으로 해석해 왔다. 나열된 숫자들은 개성을 상실한 현대인, 그런 숫자들을 뒤집어 쓴 것은 가치관의 전도(顚倒) 현상, 진단 결과를 나타내는 '0:1'은 여성 상징(0)과 남성 상징(1)이라고 설

환자의 용태에 관한 문제

```
1234567890·
123456789·0
12345678·90
1234567·890
     (중략)
123·4567890
12·34567890
1·234567890
·1234567890
```

진단  0:1
26·10·1931
이상 책임 의사(責任醫師) 이 상(李箱)
- 이상, 「오감도 시 제4호」 전문

명해 왔다. 그러니까 현대인들은 모두 개성을 상실하고 가치관이 전도된 상태에서 오직 성적(性的)인 문제에만 관심을 기울이고 있다는 게 이 작품의 종래 해석이다.7)

그러나 이 작품이 그런 의미를 지니고 있다면 무의식의 반영이라고 보기 어렵다. '들끓는 가마솥'과 같은 리비도(libido)에 의해 지배되는 무의식의 세계가 이처럼 규칙성을 띨 리가 없기 때문이다. 따라서 이 작품의 숫자들은 이성의 힘을 빌어 대상의 의미나 외관을 제거하고 기호화한 결과로 보아야 할 것이다. 다음 페이지의 그림은 미래파 시인 가운데 한 사람인 가나인의 「소리·V」라는 작품으로서, 완전히 언어에서 벗어나고 있다.8)

그런데, 이와 같은 예는 실험적인 작품에서만 발견되는 것이 아니다. 유사성(similarity) 속에서 차이성(difference)'을 발견하도록 요구하는 은

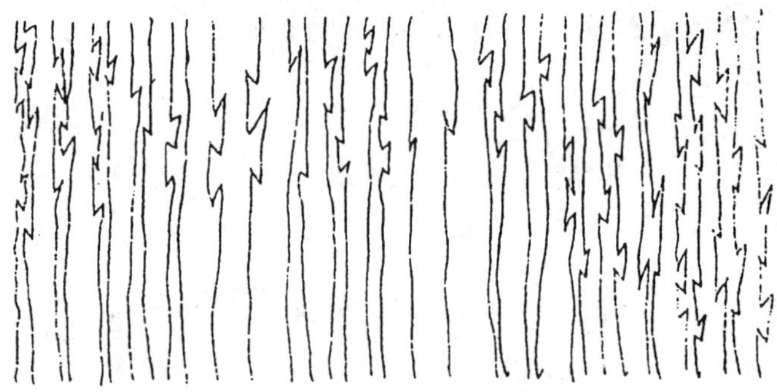

유적 어법도 추론의 고리를 제거하면 기호화되고 만다. 오르테가(Y. G. Ortega)가 은유란 <A>라는 사물을 <B>라는 사물로 바꿔 보려는 지적(知

---

7) 이어령 校主, 「이상시 전집」(갑인 출판사, 1978), pp.18~19 참조.
8) 이승훈, 『시작법』(창작과 비평사, 1988), p.312 재인용.

的) 행위로서, 현실로부터 도피하려는 본능에서 출발하며, 현대시는 이와 같은 비인간적인 은유를 기본 수단으로 삼는다고 지적한 것도 이런 이유에서이다.9)

이와 같이 기호적 상징에 초점을 맞춘 작품들은 무의식적 심상에 초점을 맞춘 작품과 아주 비슷하게 보인다. 하지만 무의식에 초점을 맞춘 작품들은 그 화제를 이루는 작은 단위들이 의식의 검열을 거치는 과정에서 <압축(壓縮)>·<전위(轉位)>·<생략(省略)>·<치환(置換)> 등이 이루어져 인과관계가 없는 것처럼 보일 뿐이지 일상적 경험의 축적으로서 각 부분은 일상의 모습과 유사해진다. 반면에, 기호적 상징에 초점을 맞춘 작품은 그 논리 체계에 접근하지 못하면 전혀 이해할 수 없는 것이 되고 만다. 따라서 무의식에 초점을 맞춘 것인가 기호화한 것인가 하는 구분은 화제의 작은 단위들이 어떻게 짜여져 있는가를 살펴보아야 할 것이다.

이와 같이 기호적 상징을 구사하면, 전통적인 시에서 얻을 수 없었던 새로움과 시적 긴장을 획득할 수 있다. 반면에 논리적 전환 과정이 생략되어 전달이 차단된다. 전통적인 시인들이 기호적 상징을 기피해 온 것은 이런 전달의 차단 때문이다.

## 4. 복합 화제와 시적 특질

담화는 하나의 초점만으로 이뤄지는 게 아니다. 담화가 진행됨에 따라 초점이 이동하고, 동일한 대상에 대한 순간적 감각도 <복합 초점(complexed focus)>이 작용할 수 있기 때문이다. 아니, 어느 경우이든 인간의 인

---

9) Y. G. Ortega, *La deshumanizcion der art*(장선영 역, 삼성출판사, 1976), pp.340~341.

식 행위는 단일한 초점에 의하여 이뤄지는 게 아니다. 눈으로 보고, 귀로 들으며, 그 순간 대상에 대한 의미와 정서가 촉발된다. 따라서 순전히 물질적 감각의 표현이라고 생각되는 공감각적(共感覺的) 이미지도 복합 초점이 작용한 것으로 보아야 할 것이다.

    ⓐ 분수처럼 흩어지는 푸른 종소리(김광균, 「외인촌」)
    ⓑ 꽃처럼 붉은 울음(서정주, 「문둥이」)
    ⓒ 금으로 타는 태양의 즐거운 울림(박남수, 「아침 이미지」)

ⓐ의 주된 초점은 청각적 영상에, 부차적인 초점은 종소리가 지니는 뉘앙스의 시각화에 맞춰져 있다. 하지만 종소리를 공감각화한 것은 물질적 감각에만 초점을 맞추기 위한 것이 아니라, 시원하다는 느낌(관념)까지 제시하기 위한 것으로 보아야 한다. 그리고, ⓑ와 ⓒ도 마찬가지이다.

이와 같은 복합 초점의 유형을 추출하기 위해 <관념형(conceptional pattern)>을 <C>, <즉물형(physical pattern)>을 <P>, <무의식형(unconscious pattern)>을 <U>, <기호적 상징형(signal symbolic pattern)>을 <S>라 하고, 이들을 결합시키면 앞에서 살펴 본 바와 같이 15개의 복합 초점을 얻을 수 있다.[10)]

    ① 기 본 형 : C · P · U · S (4)
    ② 1차 결합형 : CP · CS · CU · PS · PU · SU (6)
    ③ 2차 결합형 : CPS · CPU · CSU · PSU (4)
    ④ 3차 결합형 : CPSU (1)

그런데 앞에서도 말했듯이, 화제의 특질은 지향성과 초점의 결합에 의해 결정된다. 그러므로 화제의 유형은 이들의 결합 항목 수와 동일하다

---

10) 이 책 '문학적 담화의 유형'(pp.57~59.) 참조.

고 볼 수 있다. 편의상 화자 지향형을 <I>, 청자 지향형(You)을 <Y>,
화제 지향형(He, She, it)을 <H>, 극적(Dramatic) 지향형을 <D>라고 하고,
지향성과 초점의 기본형끼리 결합시키면 다음 16가지 기본형의 화제를
추출할 수 있다.

### 화제의 기본 유형

| 지향성＼초점 | C | P | U | S |
|---|---|---|---|---|
| I | I-C | I-P | I-U | I-S |
| Y | Y-C | Y-P | Y-U | Y-S |
| H | H-C | H-P | H-U | H-S |
| D | D-C | D-P | D-U | D-S |

하지만, 초점에는 기본형만 있는 게 아니다. 복합형들도 존재한다. 그
러므로 초점의 1차 결합형과 지향성을 결합시키면 다음과 같이 다시 24
가지를 설정할 수 있다.

### 화제의 1차 결합형

| 지향성＼초점 | CP | CU | CS | PU | PS | US |
|---|---|---|---|---|---|---|
| I | I-CP | I-CU | I-CS | I-PU | I-PS | I-US |
| Y | Y-CP | Y-CU | Y-CS | Y-PU | Y-PS | Y-US |
| H | H-CP | H-CU | H-CS | H-PU | H-PS | H-US |
| D | D-CP | D-CU | D-CS | D-PU | D-PS | D-US |

그런데, 이와 같은 결합의 방식에 대해 한 가지 의문이 제기될 수 있
다. 그것은 왜 초점은 복합형을 인정하면서 지향성은 기본형만 인정하느
냐 하는 점일 것이다. 하지만 담화의 지향성은 초점처럼 이야기가 진행
되는 과정에서 바뀌는 게 아니다. 그리고 이와 같이 바뀌는 지향형은 극

적 지향형에 해당된다. 즉, 지향성의 복합형은 <D>라는 극적 지향형 이외는 인정할 수 없기 때문이다.

　지향성을 초점의 2차 결합형을 결합시키면, 아래와 같이 16가지 유형을 추출할 수 있다.

### 지향성과 초점의 2차 결합형

| 초점<br>지향성 | CPU | CPS | CUS | PUS |
|---|---|---|---|---|
| I | I-CPU | I-CPS | I-CUS | I-PUS |
| Y | Y-CPU | Y-CPS | Y-CUS | Y-PUS |
| H | H-CPU | H-CPS | H-CUS | H-PUS |
| D | D-CPU | D-CPS | D-CUS | D-PUS |

　그리고 3차 결합형으로는 다시 4가지를 더 설정할 수 있다. 그러나, 화제의 유형은 좀 더 세분할 수 없는 것은 아니다. 복합 초점은 결국 거리

### 지향성과 초점의 3차 결합형

| 지향성<br>복합초점 | I | Y | H | D |
|---|---|---|---|---|
| 복합 화제 | I-CPUS | Y-CPUS | H-CPUS | D-CPUS |

(distance) 이동으로서, 양(量)과 위치(位置)의 개념을 나타내는 것에 불과하다. 그러므로, 같은 <CPUS>라고 해도 <Cpus>, <CPus>, <CPUs>, <CpUs>, <CpuS>, <cPus>, <cPUs>, <cPUS>, <cpUs> 등으로 계속 분절할 수 있다. 그리고 이들을 다시 지향성과 결합시키면 보다 많은 유형을 설정할 수 있다.

　다음 작품들은 각기 다른 유형의 화제를 택하고 있다. 그리고, 이와

같은 차이로 인하여 각기 다른 시적 특질을 보이고 있다.

ⓐ더러는
  옥토(沃土)에 떨어지는 작은 생명이고저……

  흠도 티도
  금가지 않은
  나의 전체는 오직 이뿐
                    — 김현승(金顯承), 「눈물」에서

ⓑ북망(北邙)이래도 금잔디 기름진 데 동그만 무덤들 외롭지 않으이

  무덤 속 어둠에 하이얀 촉루(髑髏)가 빛나리. 향기로운 주검의 내도 풍기
  리.

  살아서 설던 죽음 죽었으매 이내 안 서럽고 언제 무덤 속 화안히 비
  춰줄 그런 태양만 그리우리.
                    — 박두진(朴斗鎭), 「묘지송(墓地頌)」에서

ⓒ새벽 세시 반
  몰래 샤갈의 방문을 연다
  그때
  벽에 걸린 램프를 잡는
  바람의 흰 손이
  반쯤 내 눈을 가리고
  반쯤 내 눈을 가린 손가락 사이로
  보이는 고양이의
  한쪽 눈 속에 기울어지는 수평선
  일렁이는 등대의 불빛
  기울어지는 술병 속에
  떨어져 내리는 암보라의 꽃잎
                    — 김여정(金汝貞), 「레몬·1」에서

이들은 모두 화자 지향형(I)이다. 그러나 ⓐ의 초점은 관념 쪽에 가 있

고, ⓑ는 관념과 물질 양 쪽에 가 있다. 그리고 ⓒ는 관념과 물질을 비롯하여 무의식적 환상 쪽에 가 있다. 초점화 정도를 정하기 위해 주된 것을 대문자로, 부차적인 것은 소문자로 표시하면, 이들은 각각 <I-C>, <I-Cp>, <I-cPu>라고 할 수 있다.

그런데 이와 같이 초점을 달리 선택함에 따라 시적 특질이 달라지고 있다. ⓐ는 시인의 말을 빌리면, 사랑하는 어린 아들을 잃은 슬픔을 기독교적 신앙으로 승화시키기 위하여 쓴 것이라고 한다. 하지만 '당신'으로 표상 되는 신이 무엇인가 요구하면 '홈'도 '티'도 금가지 않은 깨끗한 눈물을 드리겠다는 시인의 의지 이외는 어떠한 상황도 짐작할 수 없다. 이처럼 시인의 의지와 형이상학적 고뇌가 잘 드러나면서도 구체적인 상황을 짐작하기 어려운 것은, 이 작품이 화자의 내면에 넘쳐흐르는 관념과 정서에만 초점을 맞추고, 여타의 요소들을 등한히 했기 때문이다.

ⓑ는 좀 다르다. ⓐ와 마찬가지로 죽음에 대한 '나'의 정서를 다루면서도 물질적 외관에 대한 관심을 포기하지 않고 있다. 그리고 그로 인해 작품 속의 사물들은 어느 정도 관념의 껍질을 벗고 구체적인 모습으로 등장한다. '금잔디 기름진 데 동그만 무덤들'이라던가, '어둠 속 무덤에 하이얀 촉루'가 그런 예이다. 하지만 엘리어트가 말하는 형이상시라고는 보기 어렵다. 초점 분류에서 이미 드러났듯이, 관념과 물질적 감각이 '통합(fusion)'된 상태가 아니라, 관념을 보조하는 차원(Cp)에 머물고 있으며, '기상(conceit)'과 '절연(dépaysement)'의 이질적 결합이 아니라 유사성(similarity)에 의한 동질적 결합이기 때문이다.

ⓒ의 경우는 아주 다르다. 시인이 주장하는 바가 무엇인지 정확하게 말할 수는 없으나, 아주 환상적이고 새로운 풍경으로 바뀌고 있다. 그것은 이 작품이 물질적 감각(P)을 강화하고, 고르게 초점화한 것은 아니지만 관념적 요소(c)와 무의식적 요소(u)를 배제하지 않았기 때문이다.

그런데, 우리 시를 살펴보면 이 네 가지 초점을 취하는 작품들이 드물다. 서정주(徐廷柱)의 초기시가 가장 많은 초점을 포괄하고 있으나, <CPU>로서 <S>를 배제하고 있다. 그것은 시인 스스로가 '생명파(生命派)'라고 일컬었듯이, 생명 의식을 강화하기 위해 비인간적인 것으로 보이는 <S>를 배제한 데 원인이 있다.

다음은 필자가 모든 초점을 포괄하기 위해 실험적으로 써 본 작품 가운데 하나이다.

신문(新聞)을 집어들었다. 조르주 무스타키가 카운터 뒤편 흔들이 문을 밀고 들어선다. 지워버리고 싶어라, 지워버리고 싶어라. 고향도 추억도 지워버리고 싶어라. 뭐 드시겠어요? 어두운 강물 저 편에서 슬그머니 빠져 나온 마녀같이 클로즈업된 레지의 얼굴. 광고(廣告) 속의 나타샤 킨스키는 입술을 반쯤 벌린 채 웃고. 이제쯤 그녀는 샤워를 끝내고 콤팩트를 꺼내들 꺼야. 지워버리고 싶어라, 지워버리고 싶어라. 사랑도 추억도 지워버리고 싶어라. 두 뺨을 두들기는 은어같이 하이얀 손. 자주 한눈을 파는 목관악기(木管樂器) 주자(奏者)는 반음(半音)씩 이탈하고. 지워버리고 싶어라, 지워버리고 싶어라. 사랑도 미움도 지워버리고 싶어라. 팽창하는 거시기와 유방(乳房). 인간에겐 정말 사랑이란 게 존재하는 걸까? 지금쯤 장마가 끝난 고향집 뒷산 굴참나무 숲은 수묵빛으로 한결 투명해졌을 꺼야. 증시(證市)는 연일 폭락(暴落). 치안 부재(治安不在), 어제도 어린 여고생이 부모 앞에서 집단 폭행 당해. **暴行? 暴行? 暴行!** 점점 커지는 신문지의 활자. 지워버리고 싶어라, 지워버리고 싶어라. 고향도 추억도 지워버리고 싶어라. 그녀는 지금쯤 골목길을 빠져 나와 버스를 기다리겠지. 바람이 불 때마다 간당간당 뒤집히는 포프라 이파리, 우두둑 우두둑 떨어지는 햇살 소리에 놀라 양산을 비껴 들고 바라보는 하늘. 앞 자리 스타킹을 내리는 킨스키를 보며 가쁜 숨을 몰아쉬는 무스타키. 무스타키? 킨스키? 스키? 키스? 'Kiss'의 'K'음은 킬리만자로의 눈처럼 날카롭고도 불같은 욕망을, 'S'는 입술 스치는 소리이거나 그 다음에 밀려오는 허망을 돋보이게 만드는 음상징(音象徵)? 그렇다면 윗입술로 아랫입술을 빠는 것도 키스가 아닐까? 키스? 스키? 눈부신 입술의 활강(滑降). 허공 가득 날리는 눈가루. 키스하고 싶어라, 키스하고 싶어라. 사랑도 추억도 고향집 산그늘처럼 비워두고 키스하고 싶

어라. 어머, 오래 기다리셨어요? 음? 음. 인생은 기다리며 사는 것. 사랑을
기다리고, 죽음을 기다리고. 기다리고 싶어라, 기다리고 싶어라. 고향집 산
그늘처럼 기다리고 싶어라.

— 필자, 「그녀를 기다리며 : 사랑찾기 · 5」 전문

이 작품의 화자는 조르주 무스타키의 노래가 흘러나오는 다방에 앉아
신문을 뒤적거리면서 자기 연인을 기다리고 있는 중이다. 그런데 화자는
엉뚱하게도 레지의 얼굴에서 마녀의 얼굴을 떠올리는가 하면, 신문 광고
에 등장하는 여배우가 전축 가락 속의 가수와 만나 수작을 거는 환상에
빠지고 있다. 그리고 그들의 이름이 서로 비슷하다는 것을 생각하다가
<무스타키→킨스키→스키→키스>로 넘어가는 언어 유희(pun)를 떠올린
다. 그러므로 이 작품은 시각적 · 청각적 인식(P)과, 그에 대한 주관적 의
미 부여(C), 그런 정서의 고조로 인하여 발생하는 무의식적 환상(U), 논
리를 무시하고 작위적으로 추론하는 기호적 상징(S)이 뒤섞인 상태라고
할 수 있다.

그런데 이와 같이 초점이 이동함에 따라 동일 화자가 넷으로 분리되
어 각기 다른 사람처럼 행동하고 있다. 첫 번째 화자는 다방 안의 풍경
을 살피면서 연인을 기다리고 있는 중이다. 따라서 일상적이면서도 이
성적인 화자라고 할 수 있다. 그리고 두 번째 화자는 무더운 여름날 연
인을 기다리기가 번거롭다고 생각하면서 모든 것을 버리고 고향으로 돌
아가고 싶어한다. 따라서 일상적이되, 감성적인 화자라고 할 수 있다.

또, 세 번째 화자는 레지의 얼굴을 마녀의 얼굴로 바꿔 보는가 하면,
음악 속의 무스타키가 신문 광고 속의 킨스키와 만나 수작을 거는 모습
을 떠올린다. 그리고 신문 기사에서 읽은 성폭행 사건을 비판하면서도
자신은 목욕하는 연인의 나신(裸身)을 생각하고 있다. 따라서 이 화자는
비일상적이며, 성적 욕망에 사로잡힌 무의식적이고도 본능적인 화자라고

볼 수 있다.

마지막으로 등장하는 네 번째 화자는 지적이고 작위적인 화자이다. 그는 '무스타키'와 '킨스키'의 이름에서 '키스'라는 단어를 연상하고, 이들이 공통적으로 지닌 'K'음을 '킬리만자로의 눈'같이 날카롭고도 불같은 욕망과 연결시킨다. 그리고 'S'음은 입술 스치는 소리거나 키스 다음에 밀려오는 허망을 돋보이게 만들기 위한 음상징이라고 해석하고, 키스는 두 입술이 미끄러지는 '활강'이며, 활강이 스키 용어라는 점을 착안하여 허공 가득 눈가루가 날리는 풍경을 추론해 낸다.

시적 충동(poetic impulse) 속에는 아주 이질적이고도 상반된 생각들이 동시 다발적으로 흐르기 마련이다. 하지만 그런 충동을 작품화하면 단순한 것으로 바뀌는 경우가 대부분이다. 그것은 근본적으로 언어가 지니고 있는 기호성(記號性)과 순차성(順次性) 때문에 나타나는 현상이지만, 시작(詩作) 과정에서 그를 극복하려고 노력하기보다 초점을 단순화시키는 방법을 채택한 데에도 원인이 있다. 그러므로 시적 충동을 느끼던 순간의 긴장을 그대로 유지하기 위해서는 인식의 순간에 끊임없이 이동하던 초점을 하나로 고정시키지 말고 모두 포괄하려고 노력해야 할 것이다.

이와 같은 초점 이동의 문제는 거리와 불가분의 관계를 맺고 있으니, <거리>를 다루는 장에서 다시 살펴 보기로 하자.11)

## 5. 화제의 이동 방향

화제의 유형 역시 화자처럼 시사(詩史)의 흐름에 따라 이동한다. 그렇다면 서정시의 최초 화제는 어떤 것이었을까. 그리고, 어떤 과정을 거쳐

___
11)이 책 '거리와 어조'(pp.290~294) 참조.

어느 방향으로 이동하고 있을까?

우선 지향성의 이동 방향을 살펴보면, <청자 지향형→화자 지향형→화제 지향형>의 순으로 변천해 왔다고 볼 수 있다. 최초의 시가 <청자 지향형>에서 출발했다는 것은 시가 신이나 전쟁에 출전하는 용사들을 위하여 쓰여졌다는 히른(Y. Hirn), 그로세(E. Grosse) 같은 사람들의 사회학적 기원설(起源說)을 미루어 봐서도 짐작할 수 있다. 생존 그 자체가 문제시되던 시대에 일상어를 버리고 운율에 맞추어 노래하기란 용이한 일이 아니라는 점을 고려할 때, 문학과 같은 힘든 작업을 놀이로 즐겼을 리 없기 때문이다.

<청자 지향형>이 <화자 지향형>을 거쳐 <화제 지향형>으로 바뀐 것은 경제와 문화가 어느 정도 발달한 뒤부터라고 할 수 있다. 어느 정도 생활에 여유가 생김에 따라 자기 정서를 표출하기 위한 화자 지향형이 탄생되었고, 객관적 정보가 팽창됨에 따라 화제 지향형이 탄생되었다고 볼 수 있다.

초점의 이동 방향은 <C→Cp→P→CP→U/S→CPU>로 바뀌어 온 게 아닌가 추측된다. 즉, <관념시>에서 출발하여 즉물성(即物性)이 첨가되고, 그 다음 단계에서 관념을 배제한 <즉물시>가 출현했다고 볼 수 있다. 그리고, 두 유형의 단점을 극복하고, 동시에 장점을 포괄하기 위하여 <형이상시>가 출현하고, 그와 비슷한 시기에 초현실주의 시와 기호적 상징의 시가 출현했다고 볼 수 있다.

<관념시>가 먼저 출현한 것은 앞에서 말한 시의 효용성(效用性)과, '시란 시인의 사상과 감정을 표현한 것'이라는 표현론적 문학관 때문일 것이다. 그리고 이런 관념시에 즉물성이 첨가되기 시작한 것은, 시를 통하여 자기 사상과 감정을 구체적으로 전달하기 위해서이며, 그 다음 단계에 관념을 배제한 즉물시가 등장한 것은 관념적 인식에 대한 반동으로

써 시인의 판단을 보류하고 독자로 하여금 제시된 풍경을 통하여 생각해 보도록 유도하기 위해서일 것이다.

무의식이나 기호적 상징으로 쓰여진 시의 출현도 마찬가지로 설명할 수 있다. 다시 말해, 의식 세계만을 다루는 것에 대한 반발로 볼 수 있다. 하지만 이들 가운데 어느 것이 먼저 출현했느냐를 구별해야 한다면, 무의식에 초점을 맞춘 유형이 먼저라고 보아야 할 것이다. 예술이란 근본적으로 자아의 표현이며, 인간을 대상으로 삼는 행위이기 때문이다.

그렇다면 미래시에는 어떤 화제가 주류를 이룰까. 이 시대의 문화가 극단적 미시주의임을 염두에 둘 때, 다음 시대의 화제는 <D-CPUS>의 유형이 아닐까 추측된다. 인류 문화는 일정한 주기를 바탕으로 순환할 뿐만 아니라, 문화가 발달될수록 단일한 감각보다는 복합적인 감각이 우수한 것으로 평가되는 것이 일반적인 경향이기 때문이다.

# 3. 배 경

시를 사상과 감정의 표현이라고 생각하던 종래의 문학관에서는 배경(背景)의 문제는 그리 중시되지 않았다. 그것은 독자의 시선이 모두 시인의 대리자인 화자의 발언에 집중되었기 때문이다.

그러나 현대시로 접어들면서 배경은 결코 간과할 수 없는 요소 가운데 하나로 부각되기 시작하고 있다. 시적 담화의 화제가 <화자 지향형>에서 <화제 지향형>으로 바뀜에 따라 배경 그 자체를 시적 대상으로 삼는 경향이 늘어갈 뿐만 아니라, 허구적 화자도 살아 있는 인물처럼 등장할 무대가 필요하며, 배경과 교섭하는 과정에서 화자가 어떤 반응을 보이느냐가 곧 시의 의미적 국면이 되기 때문이다.

이 장에서는 먼저 배경(setting)과 상황(situation)의 개념을 정의한 다음, 그 유형과 기능을 알아보고, 실제 배경이 작품 속에 편입되기까지 어떤 과정을 거치며, 문학사의 흐름에 따라 어떻게 바뀌어 왔는가를 살펴보기로 하자.


## 1. 배경과 상황

모든 존재체(存在體)는 그 자신만으로 존재성을 확보하지 못한다. 그가 등장할 수 있는 공간적 무대와 시간을 필요로 한다.

그런데 이와 같은 배경은 크게 <물리적 배경>과 <상황적 배경>으로 나눌 수 있다. 이 가운데 물리적 배경은 다시 <시간적 배경>과 <공간

적 배경>으로 나눌 수 있고, 상황적 배경은 <인적>·<사회적>·<문화적>·<역사적> 상황으로 나눌 수 있다.

물리적 배경은 존재 구성의 필수 요건이라면, 상황적 배경은 절대 고립 공간을 가정할 수 있으므로 존재체에 뒤따르는 부수적(附隨的) 현상으로 볼 수 있다. 그리고 물리적 배경은 <중립적(中立的)>·<고정적(固定的)> 성격을 띠는 반면에, 상황적 배경은 <가변적(可變的)>·<인격적(人格的)>인 성격을 띤다. 하지만 화자의 입장에서 보면 엄밀히 구분되는 것은 아니다. 물리적 배경도 화자의 정서와 욕망을 자제시키거나 조장하는 역할을 하면 상황적 배경으로 바뀌고, 상황적 배경도 별다른 역할을 하지 못하면 물리적 배경으로 바뀌기 때문이다.

이와 같은 배경은 장르에 따라 초점화 되는 정도가 다르다. 서정적 장르에서는 물리적 배경이 전경화(前景化)되고, 상황적 배경은 후경(後景)으로 물러서는 것이 보통이다. 그리고 서사적 장르에서는 상황적 배경이 전경화 되고, 물리적 배경이 후경으로 물러선다. 이처럼 서정적 장르에서 물리적 배경이 전경화 되는 것은, 상황이란 결국 인물과 인물의 관계 또는 사회와 관계로서, 이들을 전경화 하려면 그들 사이의 관계를 설명할 해설자(解說者)가 필요할 뿐만 아니라, 설명적 방법을 택할 경우에는 장르적 특성이 흔들리기 때문이다.

이와 같은 배경은 다시 <텍스트 속의 배경>과 시적 대상이 존재했던 <실제 배경>으로 나눌 수 있다. 텍스트 속의 배경은 시적 대상이 존재했던 실제 배경을 기초로 한다. 그러나 실제 배경과 텍스트 속의 배경은 여러 면에서 차이가 난다.

첫째로, 실제 배경은 <운명적(運命的)>·<무작위적(無作爲的)>·<비의도적(非意圖的)>으로 선택되는 반면에, 텍스트 속의 배경은 <선택적(選擇的)>·<작위적(作爲的)>·<의도적(意圖的)>으로 선택된다. 모든 사물들은 자기가 원하는 시간과 공간을 선택하여 등장하는 것이 아니라, 이미 존재하는 환경 속에 무작위적으로 등장한다. 하지만, 텍스트 속의 사물들은 시인이 의도적으로 조직한 배경 속에 등장한다. 그리고 시적 인물의 행위를 부각시키는 데 적합한 것들만 골라 조직하기 때문에 이런 차이가 난다.

둘째로, 실제 배경은 <물리적>·<등장적(等張的)>·<중립적>인 성격을 띠는 반면에, 텍스트 속의 배경은 <심리적>·<비등장적(非等張的)>·<가세적(加勢的)>인 성격을 띤다. 다시 말해, 실제 세계의 시간과 공간은 누구에게나 동일하다. 그러나 텍스트 속의 시간과 공간은 작중 인물의 것으로서, 그의 심리 상태에 따라 <확대>·<대등>·<축소>·<삭제>되어 나타난다. 그리고 심리적 평정을 잃었을 때에는 배경소들이 살아 있는 인간처럼 말하고 행동한다. 이와 같이 확대되거나 축소되고, 인격을 띠며 어느 편에 가세하는 것은 화자가 배경을 그렇게 받아들이고 강조하여 표현하는 데 원인이 있다.

셋째로, 실제 배경은 <현상적(現象的)>·<비인과적(非因果的)>·<분산적(分散的)>인 성격을 띠는 반면에, 텍스트 속의 배경은 <인식적(認識的)>·<인과적(因果的)>·<집중적(集中的)>인 성격을 띤다. 일상에서 어떤 사물들이 같은 시간과 장소에 함께 존재한다는 것은 우연의 일치일 뿐이다. 그리고 상호 관계가 겉으로 드러나지 않기 때문에 개별성을 유지하는 것처럼 보인다. 하지만 텍스트 속의 사물들은 시인이 인식한 것 가운데 의미 있다고 판단되는 것들만 고르고, 그 의미를 강조하기 위하여 본래 없었던 관계를 설정하면서 집중적으로 표현하기 때문에 인과관계가 강조된다. 다시 말해, 텍스트 속의 사물들이 작중 인물이나 테마에 관계를 맺고 있는 것처럼 보이는 것은 시인에 의해 조정되었기 때문이다.

넷째로, 실제 배경은 <연속적(連續的)>·<일과적(一過的)>인 성격을 지니는 반면에, 텍스트 속의 배경은 <단속적(斷續的)>·<반복적(反復的)>인 성격을 지닌다. 자연계의 시간은 한 번 흘러가면 되돌아오지 않고, 그 끝이 어디인지도 모른다. 그리고 공간을 이동하려면 시간의 경과를 필요로 하며, 하나의 공간에 다른 공간을 겹쳐 놓을 수도 없다. 하지만 텍스트 속의 시간과 공간은 현재에서 과거로 거슬러 올라가기도 하고, 미래로 건너 뛸 수도 있으며, 지나간 시공도 반복적으로 다룰 수도 있다. 그리고 시간의 경과 없이 다른 공간으로 이동할 수도 있고, 다른 시간대(時間帶)의 공간도 함께 보여줄 수 있다. 따라서 실제 배경은 <자연의 법칙>의 지배를 받는다면, 텍스트 속의 배경은 <심리적 법칙>과 <미학적 법칙>의 지배를 받는다고 보아야 할 것이다.

## 2. 텍스트 속의 배경

텍스트 속의 배경은 <기본 구조(基本構造)>와 <배경소(背景素)>로 짜여진다. 기본 구조란 전체적인 틀로서, 같은 문화권의 사람들은 대체로 비슷한 구조를 택하는 것이 보통이다.

반면에, 배경소는 기본 구조를 채우는 개개의 시간이나 사물들로서, 시인과 작품에 따라 달라진다. 따라서 기본 구조가 같은 시인들의 경우, 배경에 의한 시적 특질 차이는 배경소의 차이에서 비롯된다.

### (1) 텍스트 속의 배경 유형

텍스트 속의 배경은 우선 어떤 역할을 하느냐에 따라 <중성적 배경(neutral setting)>과 <기능적 배경(functional setting)>으로 나눌 수 있다.

전자는 화자의 등장 무대 구실만 하는 유형을 말하고, 후자는 화자의 욕망을 조장하거나 억제하고, 의미적 국면에서부터 조직적 국면까지 영향을 미치는 유형을 말한다. 따라서 잘 짜여진 작품이 되려면 무엇보다 배경을 기능적으로 조직해야 한다.

이와 같은 텍스트 속의 배경은 시인이 그 배경을 어떻게 인식하고 또 표현하느냐에 따라 <신화적 배경>·<사실적 배경>·<심리적 배경>·<창조적 배경>으로 나눌 수 있다. 신화적 배경은 고대 문학이나 어린이들 작품에 자주 나타나는 유형으로서, 이 세상을 <천상>·<지상>·<지하계>로 나누어 본다. 그리고 그 속에 등장하는 배경소들은 인격적인 색채를 띠며, 그로 인해 작중 인물을 돕거나 방해하고, 텍스트 전체가 동화적·신비적 분위기를 지니게 된다. 반면에, 물활론(物活論)을 믿지 않는 현대인들에게는 비현실적으로 보인다. 성인 작품에서 자주 의인법(擬人法)을 구사하면 어쩐지 유치하게 보이는 것은 이와 같은 현대인들의 의식구조 때문이다.

사실적 배경은 외부에 객관적으로 존재하는 세계를 모방적으로 표현한 유형을 말한다. 하지만 해서 대상이 존재했던 순간의 무대를 그대로 받아들이는 걸 의미하는 것은 아니다. 실제 세계를 기초로 삼되, 화자의 정서나 화제를 부각시키는 데 도움이 되지 않는 것들은 제거하거나 변형시킨다. 그리고 부분적으로 화자의 심리 상태에 의하여 재조정된다. 따라서 사실적 배경이냐 여부는 모방의 원형을 어느 정도 짐작할 수 있도록 표현했느냐 여부에 따라 판단할 수밖에 없다. 아래 작품은 사실적 배경을 채택한 예에 해당한다.

　　　물 속을 들여다 보면 방패연 하나
　　　늙은 소나무 가지에 걸려 있다

'아버지'하고 부르면
메아리 대신 솟아오르는 달

고향 하늘 물이 넘쳐
팔월 보름달이 잠긴다.

- 이무원(李茂原), 「수몰지구(水沒地區)」에서

화자는 고향의 댐 속에 잠긴 '늙은 소나무'와 '방패연'을 들여다보고 있다. 그리고 '아버지'를 부르면 메아리 대신 '보름달'이 떠오른다고 한다. 하지만 어렸을 적의 소나무와 방패연이 지금까지 댐 속에 있을 리 없다. 그리고 화자의 부름에 응답하듯 달이 떠오를 리도 없다. 따라서 이 작품의 배경소들은 고향을 그리워하는 화자의 심정을 강조하기 위해 어릴 적 체험을 현재 순간의 정서로 재조정한 결과라고 보아야 할 것이다.

사실적인 배경을 채택하면 작중 상황(狀況)을 쉽게 짐작할 수 있다. 그리고, 시적 리얼리티를 확보하는데 용이하다. 하지만 그 배경소들을 특정화하지 않으면, 중성적(中性的)이거나 장식적(裝飾的)인 배경(decorative setting)으로 떨어지고 만다. 그러므로 사실적 배경을 택할 경우, 텍스트 속의 화자가 실재 인물이 아니듯이 배경 역시 화자의 성격에 알맞게 허구화하거나 재조정하면서, '특정한 순간의 특정한 모습'으로 나타나도록 조정해야 한다.

심리적 배경은 화자의 심리 상태를 암시적으로 그리기 위해 차용한 유형을 말한다. 따라서 이와 같은 배경은 <은유적 배경(metaphorical setting)>이라고 부를 수 있다.

창(窓)은 밤을 믿으려 하고 내가 창을 믿으려 합니다.

누구의 구원으로도 어찌할 수 없는 이 암흑(暗黑)에서

> 창은 스스로 폭(幅)을 기르는 것입니다.
>
> 그 파장 같은 격정을 동경하는 창에 기대어
>
> 나는 당신을 부정하면서도 당신의 구원을 기다리고 있는 것입니다.
>
> 내가 창을 믿고 창은 밤을 믿지 않을 수 없습니다.
>
> — 박양균(朴陽均), 「창(窓)」 전문

이 작품의 배경은 우리가 일상에서 접하는 풍경과 전혀 다른 모습을 지니고 있다. '창'이 인간처럼 의지를 가지고 '밤'을 믿으려 하는가 하면, 스스로 '폭'을 기르려고 노력한다. 따라서 '창'이나 '밤'은 화자의 심리 상태를 은유한 것으로 보아야 할 것이다.

심리적 배경을 택하면 기능적 배경으로 발전할 가능성이 높아진다. 그것은 화자에 의하여 선택된 배경이기 때문이다. 그리고 일상의 모습과 달라지고, 은유를 통하여 전체를 통일되기 때문에 시적 긴장이 높아진다. 반면에, 원관념에 해당하는 배경의 의미를 발견하기 어려울 때에는 이해할 수 없는 작품이 되고 만다.

사실적 배경은 의식 밖에 객관적으로 존재하는 배경을 모방하고, 심리적 배경은 의식 안에 존재하는 대상을 모방한다. 따라서 이들은 모두 모방의 대상을 갖고 있다는 점에서는 공통을 지니고 있다. 반면에, 창조적 배경은 모방의 대상을 갖지 않는다는 게 특징이다. 다시 말해, 언어에 남아 있는 사물성을 이용하여 새로운 시간과 공간의 모습을 창조하는 데 목적을 둔다. 김춘수(金春洙)의 후기시인 '무의미시(無意味詩)'나, 이승훈(李昇薰)의 '비대상시(非對象詩)'가 이런 예에 속한다.

> 벽(壁)이 걸어오고 있었다.

늙은 홰나무가 걸어오고 있었다.
한밤에 눈을 뜨고 보면
호주(濠洲) 선교사(宣教師)네 집
회랑(回廊)의 벽에 걸린 청동 시계(青銅時計)가
검고 긴 망또를 입고 걸어오고 있었다.
내 곁에는
바다가 잠을 자고 있었다.
- 「처용단장」 제1부 3

이 작품도 앞의 「창」처럼 밤을 시간적 배경으로 삼고 있다. 하지만, 공간소들은 시인의 어떤 관념이나 심리 상태를 은유하기 위한 것들이 아니다. 앞 작품의 공간소들은 모두 '밤'이나 '창'에 연결된 치환은유적(epiphoric) 구조를 취하는 반면에, 이 작품의 '벽'·'홰나무'·'청동시계'·'바다' 등은 $\langle T(?)=V(t1=v1/t2=v2/\cdots/tn=vn)\rangle$ 식의 병치은유적(diaphoric) 구조를 취하는 점으로 미루어서도 짐작할 수 있다.[1]

이와 같이 이질적인 보조관념군의 인과관계를 배제하고 병치한 것은 원관념과 보조관념이 $\langle 1 : 1 \rangle$로 치환되는 과정에서 원관념의 의미가 형성되는 것을 막기 위해서이다. 따라서 이 양식은 시인이 지시하는 어떤 관념을 전달하기 위해서가 아니라, 새로운 그 무엇을 창조하기 위해서라고 볼 수 있다.

창조적 배경을 채택하면 작품 속의 이미지들은 제2 제3의 풍경으로 바뀌어 참신감을 준다. 하지만 보수적인 독자들의 경우는, 자기 경험과 크게 어긋난다는 사실에 당혹감을 느끼고, 그로 인해 무의미한 언어 유희로 받아들이기 쉽다는 점이 문제이다.

---

1) 이 책, '은유'의 <병치은유의 구조와 하위 유형>(pp.217~221)을 참조할 것.

## (2) 배경의 기능

문자 언어를 매재로 삼는 모든 담화에서는 먼저 <시간적 배경>과 <공간적 배경>을 제시하는 것이 보통이다. 그것은 시나 소설을 비롯하여, 신문 기사, 르포, 논픽션 등의 첫머리를 살펴보아도 짐작할 수 있다. 이와 같이 먼저 제시하는 것은 배경이 인물의 등장 무대 역할을 할 뿐만 아니라, 첫머리에 제시된 배경을 통하여 작중 상황을 보다 구체적으로 상상할 수 있도록 돕기 위해서이다.

하지만, 배경은 단지 인물의 등장 무대 구실만을 하는 것은 아니다. 유형에 따라 조금씩 다르지만, 기능적 배경은 다음과 같은 역할을 한다.

첫째로, 배경은 화자 또는 인물의 성격(character)을 구성하는 요소 가운데 하나라고 할 수 있다. 가령, '옛날 옛적 깊은 산 속에 나이 많은 처녀가 살았다'로 시작되는 이야기가 있다고 하자. '옛날 옛적'이라는 추상적 시간은 어느 시대나 존재할 수 있는 보편적 인물을 주인공으로 삼았다는 걸 암시한다. 그리고 '깊은 산 속'이라는 공간적 배경은 '나이 많은 처녀'의 욕망과 결합하여 결혼하고 싶지만 주변에 마땅한 총각이 없다는 사실을 암시한다. 따지고 보면 인물의 성격이란 그에게 부여한 배경과 교섭하는 행동 양식이라고 할 수 있다. 텍스트를 구성할 때, 무엇보다 먼저 인물의 성격에 맞추어 배경을 조정해야 하는 것도 배경이 이와 같이 그 인물의 성격을 구성하는 요소 가운데 하나이기 때문이다.[2]

---

2) R. Wellek & A. Warren, *Theory of Literature*, 이경수 역, 『문학의 이론』(문예 출판사, 1987), p.328. 웰렉과 워렌은 P. Lubbcok의 『소설의 기교(*Craft of Fiction*, London, Jonathan Cape, 1921.)』를 인용하면서, 그 인물의 집과 방을 묘사하는 것은 그 인물에 대해 묘사하는 것이며, 그것은 곧 그 인물의 환유적 혹은 은유적 표현이라고 주장하고 있다. 하지만 배경의 기능은 인물의 의식 상태를 비유적으로 표현하는 데 그치는 것이 아니라 존재의 구성소 가운데 하나라고 받아들여야 할 것이다.

둘째로, 화자의 욕망을 조장하거나 억제하는 역할을 한다. 인간은 분위기에 따라 행동한다. 그러므로 주변의 상황이 허용적일 경우에는 고무되고, 억압적일 경우에는 움츠러들기 마련이다. 다음 작품에서 '밤비'는 고향에 대한 화자의 그리움을 조장하는 구실을 하고 있다.

> 밤비가 내리네
> 어둠을 흔들며 조용히 내리네
>
> 그리움이 늘어선 언덕에
> 마른 수수잎 소리가 들리네
>
> 아련한 파도 소리
> 고향집 울타리에 철석이는데
>
> 낮닭 우는 소리도
> 가슴에 차오르네.
>
>           - 차한수(車漢洙), 「손 · 47 : 고향」 전문

이 작품의 화자는 고향이 그리워 상상적으로 귀향(歸鄕)을 하고 있다. 조용히 내리는 밤비가 고향에 대한 그리움을 촉발했기 때문이다. 다시 말해, '어둠'이 화자를 감상적으로 만든 데다가, '밤비'가 그런 정서를 부채질한 데 원인이 있다. 배경이 이와 같은 작용을 했다는 것은 이 작품의 시간적 배경을 대낮이나 폭풍우 치는 밤으로 바꾸었을 경우 어떻게 바뀔 것인가를 생각해 보면 짐작할 수 있다.

셋째로, 앞에서도 말했듯이 화자의 심리 상태를 은유하거나 상징하고, 더 나아가 새로운 세계를 창조하는 기능을 지니고 있다. 은유란 <원관념(tenor)=보조관념(vehicle)>으로 치환(置換)하는 어법이고, 상징은 어떤 낱말을 반복적으로 제시하여 사물성을 부여하고, 그를 의사주체(pseudo subject)로 내세우는 어법을 말한다. 따라서 의미의 폭과 결합 양식이 다르

지만, 이들은 모두 <T=V>로 치환하는 어법이라고 할 수 있다. 그런데, 이와 같이 주체(主體)를 치환하면, 원관념과 보조관념이 지시하는 감각이 상호 침투(浸透)하여 <T>나 <V>가 아닌 <T+V>인 제3의 사물로 바뀌게 된다. 그리고 그와 같은 결과가 인과적으로 나타날 때는 화자의 심리를 은유하거나 상징하게 되고, 비인과적으로 나타날 때에는 새로운 사물로 바뀌게 된다.

　넷째로, 배경 그 자체가 시적 대상이 되기도 한다. 다음 작품이 그런 예에 해당한다.

> 적들이 뿌린 삐라 한 장 던져져 있다.
>
> 얇은 옷을 입은 파르티쟌 하나
> 소총(小銃)을 든 채 죽어 있다.
>
> 　　　　　　　－ 이건청(李健靑), 「인테리겐차·4」 전문

　이 작품의 초점은 '적들이 뿌린 삐라'와 '얇은 옷을 입은 파르티쟌' 한 명이 '소총을 든 채' 죽은 시체의 모습에 가 있다. 그리고, 화자의 주관적 발언이 생략된 채 묘사적 어법으로 배경을 그리고 있다. 다시 말해, 풍경 그 자체가 주요한 화제 구실을 하고 있다. 3인칭 화제가 주류를 이루는 현대시에서 배경의 중요성이 강조되고 있는 것은 이와 같이 배경 그 자체를 시적 대상으로 삼기 때문이다.

　다섯째로, 시인의 의식 구조와 세계관을 짐작하는 데 필요한 실마리를 제공한다. 우리가 무엇을 의식한다는 것은 우리 의식이 '그 쪽으로 지향하고 있음(Sich richten auf)'을 의미한다.[3] 이와 같은 기능은 앞의 작품

---

3) Wilhelm S. Zilasi, *Einführung in die Phänomenologie Edmund Husserls, Tübigen* : Max Niemeyer Verlag(1959), 이영호 역 『현상학강의』(종로서적, 1984), pp.13~16.

에서도 발견할 수 있다. 무수한 시적 대상 가운데에서 전쟁의 한 장면을 텍스트화한 것은 시인의 의식이 전쟁 쪽으로 지향하고 있음을 의미한다. 그리고 파르티잔을 가엽게 그린 것은 그들에 대해 연민의 정을 지니고 있음을 의미한다. 그러므로, 텍스트 속에 어떤 사물이 등장하고, 그들이 어떻게 묘사되었는가를 살피는 일은 그 시인의 의식이 어느 곳으로 지향하는가를 살피는 일이라고 할 수 있다.

## 3. 화자의 의식구조에 따른 배경의 조정 과정

텍스트 속의 배경은 시적 대상이 존재했던 시간과 공간의 실제 모습에 영향을 받는다. 하지만, 엄밀한 의미에서 실제 배경도 그대로 인식되는 것은 아니다. 시인이 지니고 있는 가치관 내지 인생관에 의해 윤색된다. 우리가 무엇인가를 인식한다는 것은 그 대상의 의미를 발견하거나 부여하는 행위로서, 인식 주체의 의식 구조에 영향을 받을 수밖에 없기 때문이다.

예컨대 어떤 사람이 가로등 불빛을 처량하게 인식했다고 하자. 하지만, 가로등 그 자체가 처량한 것은 아니라 주체의 의식 상태가 처량하여 그렇게 받아들인 것이다. 따라서 텍스트 속에 들어오는 배경소들은 1차적으로 시인의 의식 구조에 의하여 수정된다고 보아야 할 것이다.

이와 같이 인식된 배경은 작품화 단계에서 다시 화자에 의하여 수정된다. 어떤 성인 남자가 큰 길에서 눈물을 흘리는 걸 보고 그것을 작품화하려 한다고 하자. 사실대로 쓰면 독자들은 과연 대낮 큰길에서 성인의 남자가 울 수 있을까 의심할 것이다. 그러므로 그렇게 울어도 무방한 인물이나, 주변에 아무도 없는 텅 빈 거리나 깊은 밤으로 수정해야 할 것이다. 따라서 텍스트화는 배경의 2차적 수정 작업과 병행된다고 보아야 할 것이다.

하지만 배경의 수정 작업은 담화의 개연성을 높이기 위해서만 이루어지는 것은 아니다. 특정한 모티프를 부각시키기 위하여 다시 조정하는 수가 있다. '전경화'나 '낯설게 만들기' 과정이 이에 해당한다. 따라서 어떤 배경이 텍스트 속에 편입되기까지는 화자의 의식 구조에 의해 수정되고, 인물의 개연성을 높이기 위하여 2차적으로 수정된 다음, 담화의 전략에 의하여 3차적으로 수정된다고 보아야 할 것이다.

### (1) 시인의 세계관에 의한 배경의 선택

시인이 시적 대상을 어떻게 인식하느냐 하는 문제는 결국 그가 어떤 세계관을 지니고 있느냐 하는 문제로 이어진다. 그리고 세계관이란 결국 시간관(時間觀)으로 이어진다. 우리의 삶은 시간적 제약 속에 결정되기 때문이다.

이와 같은 시간관은 크게 <선조적(linear) 시간관>과 <순환적(circular) 시간관>으로 나눌 수 있다. 그리고 그 차이는 작중 배경의 차이로만 나타나는 게 아니라, 그 작품의 전반적 특질로 이어진다.

다음 두 작품은 모두 여성화자와 이별이라는 화제를 택하고 있다. 그러므로 화자와 화제의 성격으로 따질 경우에는 서로 비슷한 시적 특질을 보일 것으로 예측된다. 그럼에도 불구하고 전혀 다른 특질을 보이는 것은 시간관의 차이 때문이라고 볼 수 있다.

> ⓐ먼 후일 당신이 찾으시면
> 그때에 내 말이 <잊었노라>
>
> 당신이 속으로 나무리면
> <무척 그리다가 잊었노라>

그래도 당신이 나무리면
<믿기지 않아서 잊었노라>
- 김소월, 「먼 후일」에서

ⓑ안녕히 계세요
도련님

지난 오월 단옷날, 처음 만나든 날
우리 둘이서 그늘 밑에서 서 있던
그 무성하고 푸르던 나무같이
늘 안녕히 계세요

저승이 어딘지는 똑똑히 모르지만
춘향이의 사랑보단 오히려 더 먼
딴 나라는 아마 아닐 것입니다
천길 땅 밑을 검은 물로 흐르거나
도솔천의 하늘을 구름으로 날드래도
그건 결국 도련님 곁 아니예요?
더구나 그 구름이 쏘내기 되야 퍼부울 때
춘향은 틀림없이 거기 있을 거예요!
- 서정주, 「춘향유문(春香遺文)」 전문

ⓐ의 시간관은 <과거→현재→미래>로 이어지지만, 미래의 어느 시점은 인생의 끝이라는 관점을 가지고 있다. 따라서 소월의 시간관 내지 인생관은 내세(來世)를 인정하지 않는 폐쇄적(閉鎖的)이면서 현세(現世) 중심이라고 할 수 있다.

ⓑ 역시 <과거→현재→미래>로 이어진다. 그러나 ⓐ와 달리 현세가 자기 삶의 끝이 아니라 내세를 인정하고, 다시 현세로 되돌아올 수 있다고 믿고 있다. 따라서 미당(未堂)의 시간관은 개방적(開放的)이면서도 순환적이라고 볼 수 있다.

그리고 이런 차이에 따라 화자의 태도가 완전히 달라지고 있다. ⓐ에서 화자는 아무리 고귀한 사랑이라도 시간이 흐르면 변한다고 생각을 지니고 있다. '믿기지 않아서 잊었노라'고 말한 역설적 어법은 믿고 싶다는 뜻도 담고 있지만, 믿을 수 없다는 생각이 더 강하다. 그리고 그와 같은 불신은 현세가 삶의 끝이기 때문에 불확실한 것에 자기 인생을 걸 수 없다는 생각이 강하게 작용한 결과라고 볼 수 있다.

반면에, ⓑ에서 화자는 아무리 시간이 흘러도 우리들의 사랑은 변하지 않는다고 다짐하고 있다. 그리고 죽어서 지금 이 모습으로 되돌아오지 못한다면 '쏘내기'가 되어서라도 돌아오겠다고 다짐하고 있다. 따라서 ⓐ와 달리 표층적 진술이나 심층적 진술 모두가 사랑은 영원한 것으로 믿는다고 볼 수 있다.

뿐만 아니라, 두 화자의 어법 역시 달라지고 있다. ⓐ에서는 이별의 다급한 심정을 전달하기 위해 직서법(直敍法)을 택하고 있다. 반면에 ⓑ는 이별보다 더 심각한 죽음을 앞에 두고 있으면서도 비유적인 어법을 택하고, 보조관념으로 동원한 사물들을 섬세하게 묘사하는 여유를 보이고 있다. 이와 같은 어법 차이는 전자가 삶의 끝이 이 세상이며, 시간이 흐를수록 사태가 악화되리라는 비극적 인생관을 가지고 있는 반면에, 후자는 윤회(輪廻)를 인정하고 미래가 현재보다 개선되리라는 낙관적 인생관을 가지고 있기 때문이다.

선조적 시간관은 다시 변증법적 과정을 거쳐 미래가 현재보다 나아지리라는 <낙천적인 관점>과, 미래의 끝에는 죽음이 도사리고 있으며 그에 이르면 모든 것이 끝난다는 <허무적인 관점>으로 나눌 수 있다. 그러나 어느 유형이든 종말을 전제로 하기 때문에 순환적 관점보다 비극적이라고 할 수 있다. 그리고, 그로 인해 리얼리즘 쪽을 지향하게 된다.

반면에, 순환적 시간관은 우리의 삶이 일정한 주기에 따라 반복된다는 관점에서 출발한다. 이런 관점은 다시 <동일 반복적 시간관>과 <변증법

적 시간관>으로 나눌 수 있다. 전자는 그 주기(週期)를 짧게 잡고, 후자
는 '현세'니 '내세'니 하며 길게 잡는다. 후자가 이렇게 주기를 길게 잡는
것은 변증법적 발전을 이루려면 보다 긴 시간이 필요하다는 생각 때문이
다.

대부분의 인간들은 현실을 불만스럽게 여기기 때문에 동일 반복의
시간관을 지니면 우울·권태·비판의 성격이 강해진다. 그리고, 그로 인
해 어느 유형보다 비극적이라고 할 수 있다. 이에 비해 변증법적 시간
관은 계절이나 하루의 주기 같은 자연의 순환 운동을 원형으로 삼기 때
문에 운명적 또는 순응적이면서도 긍정적인 색채를 띠게 된다.

동일 반복의 시간관의 경우, 그 주기가 더욱 짧아지면 <탈시간(脫時
間)> 또는 <시간의 혼란> 양상으로 바뀐다. 이런 시간관은 다음 작품에
서 발견할 수 있다.

> 일층(一層)우에있는이층(二層)우에있는삼층(三層)우에있는옥상정원에올라
> 서남쪽을보아도아무것도없고북쪽을보아도아무것도없고해서옥상정원(屋上庭
> 園)밑에있는삼층밑에있는이층밑에있는일층으로내려간즉동(東)쪽에서솟아오
> 른태양(太陽)이서(西)쪽으로떨어지고동쪽에서솟아올라서쪽에떨어지고동쪽에
> 서솟아올라하늘한복판에와있기때문에시계(時計)를꺼내본즉서기는했으나시간
> (時間)은맞는것이지만시계는나보담도젊지않으냐하는것보담은나는시계보다는
> 늙지아니하였다고아무리해도믿어지는것은필시그럴것임에틀림없는고로나는시
> 계를내동댕이처버리고말았다.
>
> — 이상, 「운동(運動)」 전문

이 작품에서 화자는 '일층'에서 '옥상'까지 뛰어 올라갔다가 아무 것도
발견하지 못하고 다시 내려온다. 그리고 태양이 언제나 동쪽에서 떠올
라 서쪽으로 진다는 사실을 발견하고 시계가 고장난 게 아닌가 살펴본
다. 하지만 시계가 고장났는데도 시간은 맞고, 그래서 시계가 늙었는가
내가 늙었는가를 생각하다가 시계를 던져 버린다. 다시 말해, 주체(화

자)가 아무리 발버둥쳐도 시간이 정지되어 있어 아무런 변화도 일어나지 않는다는 게 이 작품의 요지이다. 그리고, 이 작품에 감도는 지루함과 권태는 이와 같은 시간관 때문이라고 볼 수 있다.

순환적 시간관과 직선적 시간관의 중간형으로는 <나선형적(螺旋形的) 시간관>을 들 수 있다. 나선형적 시간관은 일정한 주기에 따라 같은 양상이 되풀이되지만, 동일하게 되풀이되는 것이 아니라 조금씩 변모하면서 비슷하게 되풀이된다는 관점을 말한다. 이와 같은 관점은 탈시간형보다 긍정적 정서를 취하지만, 비슷하게 되풀이된다는 인식 때문에 여전히 비극적 정서를 띠는 게 보통이다.

인생관은 시간관에 의해서만 결정되는 게 아니다. 공간관(空間觀) 역시 중대한 영향을 미친다. 하지만 공간은 시간의 지배를 받는다. 시간이 흐르면 공간이 변모하고, 공간을 이동하자면 시간의 경과를 필요로 한다. 이런 까닭에 공간관은 <전생>·<현세>·<내세>에 대응하여 <천상계>·<지상계>·<지하계>로 나눌 수 있다. 그리고 내세를 인정하는 사람은 <천상계>나 <지하계>를 인정하고, 그를 인정하지 않는 사람은 <지상계>만 인정한다.

이런 공간과의 차이로 형성하는 의식 구조나 그것이 배태시킨 시적 특질의 차이는 시간관의 유형에 따라 나타나는 특질과 마찬가지라고 할 수 있다.

## (2) 화자의 유형에 따른 배경의 조정

텍스트 속에 등장하는 배경의 유형은 시간소(時間素)와 공간소(空間素)들의 특질 차에 따라 <일상적(日常的) 배경>·<가정적(假定的) 배경>·<특정적(特定的) 배경>으로 나눌 수 있다. 일상적 배경은 누구나 흔히 처할 수 있는 시공을 말하며, 가정적 배경은 언제인지는 모르지만 어떤 조건이 실현되는 가상의 시공을 말한다. 그리고 특정화된 배경은 어떤 특정한 순간의 비일상적인 시간과 공간을 말한다.

이 가운데 일상적인 배경은 화자의 성과 연령에 불가분의 관계를 맺는다. 우선 계절과 화자의 성의 관계를 살펴보면, 봄과 가을은 여성화에, 그리고 여름과 겨울은 남성화에 관련을 맺는다. 그리고, 봄은 유년기에, 여름은 청·장년기에, 가을은 노년기에, 겨울은 죽음과 관련을 맺는다.

그러나 같은 성(性)에 해당되는 계절이라고 해도 같은 의미를 지니는 것은 아니다. 봄은 여성적 정서 가운데 순진·화려·화사한 정서를, 가을은 성숙·고뇌·우울의 정서를 대변한다. 그리고 여름은 남성적 정서 가운데 성장·성취·기쁨·정열을 대변하고, 겨울은 정지·좌절·절망·엄숙 같은 정서를 대변한다. 이와 같이 계절에 따라 정서가 달라지는 것은 자연 현상에 대한 은유적 의미가 조상 대대로 축적되어 온 결과라고 할 수 있다.

일상의 시간 가운데 하루의 주기 단위는 크게 <빛의 시간>·<어둠의 시간>·<경계의 시간>으로 나눌 수 있다. 프라이(N. Frye)의 설명에 의하면 빛의 시간에는 아니무스(animus)가 강화되고, 어둠의 시간에는 아니마(anima)가 강화된다고 한다. 따라서 대낮을 남성적 시간이라고 한다면, 밤은 여성적 시간이라고 할 수 있다. 그리고 경계의 시간에는 화자의 유형은 그대로 유지되지만 다른 성의 특질이 가미되며, 희망 또는 좌절의 정서가 절정에 달한다.

이와 같이 하루의 주기를 나누고, 어둠의 시간을 여성적인 것으로 받아들이는 것은 낮 동안의 활동을 중지하고 자기 생활을 되돌아보는 과정에서 '비극적 리비도(tragic libido)'가 활동하기 때문이다.[4] 하지만, 남성성(男性性)이 활동적이고, 여성성(女性性)이 수동적인 것이라고 한다면,

---

4) N. Frye, *Anatomy of Criticism*(NewJersy : Princeton Univ., 1973), p.16.

심리 기저에서 그런 리비도가 작동하는 데에만 원인이 있는 것은 아니다. 그보다는 '빛'이나 '어둠'으로 인해 인간의 행동 양식이 달라지고, 그와 같은 행동 차가 남성적이거나 여성적인 것으로 보이게 만든 결과라고 할 수 있다.

이런 관계는 다음 소월시에서도 확인할 수 있다.

> ⓐ우리 두 사람은
> 키 높이 가득 자란 보리밭, 밭고랑 위에 앉아 있어라.
> 일을 필(畢)하고 쉬이는 동안의 기쁨이여.
> 지금 두 사람의 이야기에는 꽃이 필 때.
>
> 오오 빛나는 태양이 내려 쪼이며
> 새무리들도 즐거운 노래, 노래 불러라.
> 오오 은혜여, 살아 있는 몸에 넘치는 은혜여
> 모든 은근스러움이 우리 맘 속을 차지하여라.
> — 「밭고랑 위에서」에서

> ⓑ오실 날
> 아니 오시는 사람!
> 오시는 것 같게도
> 맘 켱기는 날!
> 어느덧 해도 지고 날이 저무네!
> — 「맘 켱기는 날」 전문

> ⓒ고요하고 어두운 밤이 오며는
> 어스러한 등불에 밤이 오며는
> 외로움에 아픔에 나만 혼자서
> 하염없는 눈물에 저는 웁니다.
> — 「옛이야기」에서

> ⓓ나의 벼개는 눈물로 함빡 젖었어라.
> 그만 그 여자 가고 말았느냐.
> 다만 고요한 새벽, 별 그림자 하나가

　　　창 틈을 엿보아라.
　　　　　　　　　　- 「꿈꾼 그 옛날」에서

　　ⓐ는 <빛의 시간>, ⓑ는 어둡기 직전인 <경계의 시간>, ⓒ는 <어둠의 시간>, ⓓ는 밝기 직전인 <경계의 시간>을 택하고 있다. 그리고 계절을 살펴보면, ⓐ는 <여름>, 나머지 것들에서는 특정한 계절감을 발견할 수 없다.

　　그런데 이런 시간적 배경과 화자의 성의 관계를 살펴보면, ⓐ는 남성화자, ⓑ와 ⓓ는 여성화된 남성화자, ⓒ는 여성화자가 등장하고 있다. 이와 같이 시간대에 따라 화자의 성이 달라지는 현상을 종합하면, 화자의 성은 시간의 흐름에 따라 <남성화자(대낮)→여성화된 남성화자(황혼)→여성화자(밤)→여성화된 남성화자(새벽)>로 이동한다고 볼 수 있다. 따라서 시간적 배경과 화자의 성 사이에는 불가분의 관계가 있다고 보아야 할 것이다.[5]

　　<가정적 시간>은 화자의 유형에 구애를 받지 않으나, <진리>·<도>·<윤리> 같은 공적·도덕적 화제를 취한다는 점이 특징이다. 그리고 이런 가정적 시간을 취하면, 아무리 격정적인 화제를 선택해도 구체적인 시간을 배경으로 삼았을 때보다 화자의 태도는 균형과 절제를 잃지 않는다. 그것은 담화 속의 사건이 현실의 사건이 아니라 가상의 사건이기 때문이다.

　　　나보기가 역겨워
　　　가실 때에는
　　　말없이 고이 보내드리우리다.
　　　　　　　　　　- 「진달래꽃」에서

---

5) 이하 시간과 화자의 성 문제는 필자의 『소월시 연구』(태학사, 1992) 제Ⅲ장 시공의 상황과 어조 관계 중 '시간에 따른 정서의 변화' 절을 참고할 것.

　이 작품은 님이 '가실 때'라는 <가정적 시간>을 배경으로 채택하고 있다.6) 그런데 화자는 '말없이 고이' 보내드리겠다고 약속한다. 사랑하는 님을 고이 보내기란 쉬운 일이 아닌데도 이와 같이 순응적인 태도를 취하면서 믿기 어려운 약속을 하는 것은, 이별이 현실의 사건이 아니라 가정적인 사건이며, 여인의 미덕은 순종이라는 도덕적 기준 때문이다.

　화자의 정서는 또 공간의 구조와 공간소의 모습에 따라서도 영향을 받는다. 공간은 우선 <닫힌 공간> · <열린 공간> · <경계의 공간>으로 나눌 수 있다.

　닫힌 공간을 택할 경우에는 화자의 성까지 바뀌는 것은 아니지만 대체적으로 여성화된다. 그리고 열린 공간을 택할 경우는 남성화된다. 일반적으로 남성적(男性的)이며, 의지적(意志的)인 시인으로 알려져 온 이육사(李陸史)의 작품에서도 그런 경향을 발견할 수 있다.

> ⓐ까마득한 날에
> 　하늘이 처음 열리고
> 　어데 닭 우는 소리 들렸으랴
>
> 　모든 산맥들이
> 　바다를 연모해 휘달릴 때도
> 　차마 이 곳을 범하던 못하였으리라(중략)
>
> 　지금 눈 내리고
> 　매화 향기 홀로 아득하니
> 　내 여기 가난한 노래의 씨를 뿌려라
>
> 　다시 천고(千古)의 뒤에

------

6) 필자는 같은 책에서 이와 같은 시간을 일상의 시간이 아니라는 뜻에서 '불특정의 시간'이라고 명명했었다. 그러나 어떤 조건이 실현되는 가상의 현실을 의미하므로 '가정적 시간'으로 명명하는 것이 보다 타당할 듯하여 바꾼다.

　　백마를 타고 오는 초인(超人)이 있어
　　이 광야에서 목놓아 부르게 하리라
　　　　　　　　　－「광야」에서

　ⓑ내 골방의 커-텐을 걷고
　　정성된 마음으로 황혼을 맞아들이노니
　　바다의 흰 갈매기들같이도
　　인간은 얼마나 외로운 것이냐.

　　황혼아 네 부드러운 손을 힘껏 내밀라.
　　내 뜨거운 입술을 맘대로 맞추어 보련다.
　　그리고 내 품안에 안긴 모든 것에
　　나의 입술을 보내게 해다오.
　　　　　　　　　－「황혼」에서

　ⓐ는 남성적인 <겨울>과 <열린 공간>을 택하고 있다. 그리고 그에 어울리게 화자는 '천고'의 뒤 '백마를 타고 오는 초인'에게 자기가 묻어 둔 노래를 '목놓아 부르게' 하겠다고 외치고 있다. 이와 같은 태도는 자아를 초인보다 상위로 인식하는 것으로, 남성 가운데에서도 가장 남성적이라고 할 수 있다.

　반면에, ⓑ는 화자가 능동적으로 대상을 쟁취하는 것이 아니라 섬세한 어법으로 청원하고, 외로움 같은 화제를 선택한 점으로 미루어 여성화된 남성화자라고 할 수 있다. 남성적이며 의지적인 시인으로 평가되어 온 그의 화자가 여성화된 것은 서서히 여성화되기 시작하는 황혼의 시간과 닫힌 공간을 선택한 데서 원인이 있다. 다시 말해, 화자가 처한 상황에 따라 화자의 성이 조절되었다고 보아야 할 것이다.

　그런데 모든 배경소는 화자의 행위에 동등하게 영향을 미치는 것은 아니다. 앞의 소월시나 육사시에서 이미 드러났듯이, 공간보다 시간이 더 강력한 영향을 미친다. 그리고 같은 시간적 배경이라고 해도, 계절보다 하루의 시간이 더 영향을 미친다. 이와 같은 차이는 공간의 경우 화자가 장소를 바꾸면 자기가 처한 상황을 피할 수 있지만, 시간적 배경은 자의로 바꾸기 어렵기 때문이다. 시간의 경우, 하루의 주기는 너무 짧아 임의로 선택할 여지가 없는 반면에, 계절은 선택할 여지가 크기 때문이다.

### (3) 화자의 심리를 전경화하기 위한 배경의 왜곡

인간의 행동은 반드시 시간과 공간의 지배를 받는 것만은 아니다. 주체의 욕망이 강렬할 경우에는 주변의 환경이 허락하지 않아도 그를 실현하려고 시도할 수 있다. 그리고 그럴 때에는 일상적인 배경도 달리 보이게 된다. 따라서 이와 같은 배경은 <심리적 배경>이라고 부를 수 있을 것이다.

비정상적 욕망을 행위로 옮기려 할 때는, 일상적인 배경을 부분적으로 수정하고, 그것을 전경화(前景化)하는 것이 보통이다. 다음 작품에서도 그런 예를 발견할 수 있다.

> 따서 먹으면 자는 듯이 죽는다는
> 붉은 꽃밭 새이 길이 있어
>
> 핫슈 먹은 듯 취해 나자빠진
> 능구렝이같은 등어릿길로,
> 님은 다라나며 나를 부르고…
>
> 강한 향기로 흐르는 코피
> 두 손에 받으며 나는 쫓느니
> 밤처럼 고요한 끓는 대낮에
> 우리 둘이는 왼몸이 달어…
>
> — 서정주, 「대낮」에서

이 작품의 시간적 배경은 대낮이다. 그런데, 화자는 밤에나 느낄 법한 성적 욕망을 느끼고 있다. 그리고, 그런 욕망이 어느 정도 타당하게 보이도록 만들기 위해, '밤처럼'이란 보조 관념을 동원하여 대낮에 어둠의 이미지를 첨가하고, 주변에 아무도 없음을 강조하기 위해 '고요한' 상태로 묘사하고, 화자의 의식 상태가 정상적이 아님을 보여 주기 위해 님이 '다라나며 부르는 길'을 '핫슈를 먹어 취해 나자빠진' '능구렝이같은 등어릿 길'로 표현하고 있다. 이와 같은 수식은 자신의 욕망이 비정상적임을 화자 스스로 인정하고 합리화하기 위한 것이라고 볼 수 있다.

화자의 의식 상태가 완전히 비정상적일 경우에는 배경소들의 모습이 왜곡되기 시작한다.

> 시계는 열 두 점, 열 세 점, 열 네 점을 치더라. 시린 벽에 못을 박고 엎드려 나는 이름을 부른다. 이름은 가혹하다. 바람에 휘날리는 집이여. 손가락들이 고통을 견디는 집에서, 한밤의 경련 속에서, 금이 가는 애정 속에서 이름 부른다. 이름을 부르는 것은 계속된다. 계속되는 밤, 더욱 시린 밤은 참을 수는 없는 강가에서 배를 부르며 나는 일어나야 한다. 누우런 아침해 몰려오는 집에서 나는 포복한다. 진득진득한 목소리로 이름 부른다. 펄럭이는 잿빛, 어긋나기만 하는 사랑, 경련하는 존재여, 너의 이름을 이제 내가 펄럭이게 한다.
>
> — 이승훈(李昇薰), 「이름 부른다」 전문

일반적으로 벽시계는 열두 번 이상 울리지 않게 만들어져 있다. 그런데 이 작품에서 벽시계는 '열세 점, 열네 점'까지 울리고 있다. 그리고 '집'과 '이름'이 종잇장처럼 휘날리는가 하면, '밤'이 경련하면서 균열을 일으키고 있다. 따라서 이와 같은 배경은 앞에서 살펴 본 <일상적 배경>이나 부분적으로 수정한 배경과 달리, 화자의 의식 상태가 정상이 아님을 알리기 위한 것으로서, <특정화된 배경>이라고 볼 수 있다.

이와 같이 배경소들을 왜곡시키는 것은 독자에게 화자가 처한 상황이나 정서 상태가 정상적이 아님을 유의하여 읽어 달라고 요구하기 위한 장치라고 보아야 할 것이다. 예컨대 끝없이 울리는 시계 소리만 해도 그렇다. '시계가 끝없이 울린다'고 하면 독자들은 무심코 받아들일 것이다. 그래서 밤이 깊어감에 따라 점점 불안이 가중된다는 사실을 은유하고, 독자들로 하여금 그런 불안을 유의하여 읽어 달라고 '열 두 점, 열 세 점, 열 네 점' 울린다고 표현한 것이다.

심리적 배경은 배경소들을 왜곡하고 인과관계를 차단할 경우 창조적 배경으로 발전한다. 인과관계를 차단한 병치은유(竝置隱喩)의 기법으로 나열한 배경들이 그런 예에 속한다. 의미론적 차원에서 병치은유는 은유의 하위 유형에 속하지만, 이미지론의 차원에서 보면 이미지의 전시(展示)로서, 주로 배경적 이미지를 나열하고 있기 때문이다.

이상에서 밝혀진 배경과 화자의 관계를 요약하면 다음과 같이 정리할 수 있다.

i.)일상적 배경

①남성적 시공 : <여름과 겨울> · <빛의 시간> · <열린 공간>으로써, 활기 · 기쁨 또는 엄숙 · 고통의 정서를 나타낸다.

②여성적 시공 : <봄과 가을> · <어둠의 시간> · <닫힌 공간>으로써 사색 · 휴식 또는 우울 · 비탄의 정서를 나타낸다.

③경계의 시공 : 계절이나 빛과 어둠이 교차되는 <경계의 시간>, 닫힘이나 열림의 <경계의 공간>으로써, 화자의 유형은 그대로 유지되지만 다른 성의 특징이 가미되기 시작하며, 어느 유형의 화자보다 강렬한 희망 또는 좌절의 정서를 보인다.

ii)가정적 배경

①화자의 유형에 영향을 미치지 않으며, 보편적 진리 · 도덕 · 이상

을 화제로 삼는다.
②가정의 사건을 이야기하므로 격앙될 수 있는 화제를 택해도 상
  대적으로 균형과 절제의 태도를 유지한다.

iii)특정적 또는 창조적 배경
①화자의 특수 심리를 은유하거나, 담화의 특정한 요소를 전경화
  하기 위하여 채택된다.
②일상적 모습과 다르게 왜곡된다.

## 4. 자연관과 배경의 변천 과정

  시인이 시간과 공간을 어떤 모습으로 인식하느냐 하는 문제는 결국
자연관(自然觀)의 문제로 이어진다. 그런데 이와 같은 자연관의 기본 구
조는 개인에 따라 달라지기보다는 그 시대의 보편적 관점의 지배를 받는
다. 다시 말해, 전체 구조는 그 시대의 일반적인 관점에 지배를 받고, 그
것을 구성하는 배경소들의 모습은 개개인의 의식 구조와 정서 상태에 지
배를 받는다.

  인지가 발달하지 않았던 상고대에는 모든 사물들은 정령(精靈)을 지니
고 있으며, 끊임없이 변화하는 자연 현상은 이 정령들이 배후에서 움직
이고 있기 때문이라고 믿어 왔다. 그것은 신화·설화·무가·서사 민요
속의 사물들이 인격을 지닌 존재로 등장하는 점을 미루어서도 짐작할 수
있다. 따라서 상고대의 자연관은 <신령적(神靈的) 자연관>이라고 부를
수 있다.

  이와 같은 신령적 자연관은 다시 <외경적(畏敬的) 자연관>과 <친화적
(親和的) 자연관>으로 나눌 수 있다.[7] 흄(T. E. Hulme)의 설명에 따르

면, 자연 환경이 가혹한 지방에서는 외경적인 태도를 보이고, 온화한 지방에서는 신성적·친화적 태도를 보인다고 한다. 그리고 외경적 관점을 지닌 사람들은 추상성·엄숙성·경직성을 강조하는 '기하학적 예술(geometrical art)'을 추구하는 반면에, 친화적 관점을 지닌 사람들은 사실적·생명적·인간적 특징을 강조하는 '생명 예술(vital art)'을 추구한다면서, 전자는 에집트 비잔티움 인도 등지의 고대 예술을, 후자는 그리스의 예술을 예로 든다.8)

이와 같은 차이는 우리 나라의 고대 예술에서도 발견할 수 있다. 자연 환경이 거친 북부 지방에서는 '기하학적 예술'의 특징이 나타난다. 물을 금기의 대상으로 삼은 「공후인(空候引)」, 인간이 되고자 하는 '곰'과 '호랑이'에게 어두운 동굴에서 백일간 기도할 것을 요구하는 「단군(檀君) 신화」, 아버지의 명을 어겼다고 딸 유화(柳花)의 입술을 길게 잡아 뽑고 연못에 가둔 「동명성왕(東明聖王) 신화」 등은 엄숙성과 추상성을 강조하고 있다. 그리고 고구려 무덤에서 발견되는 벽화 역시 직선 중심을 중심으로 삼고 있다.

반면에 자연 환경이 온화한 남부 지방에서는 '생명 예술'의 특징이 발견된다. 하늘에게 자기들의 지도자를 보내 줄 것을 청원하면서도 '네 머

---

7) 이하 자연관의 변천 과정은 필자의 「내가 꿈꾸는 다층적 구조」(민족지성, 1986.4월호) 또는 「현대시의 유형 분류:문학 지도 작성을 위한 서설」(현곡 양중해 박사 화갑기념 논총, 현곡양중해박사화갑기념논총간행위원회, 1987.5)를 참조할 것.

8) 흄(T. E. Hulme)은 독일의 미술사가(美術史家) 볼링거(W. Worringer)의 이론을 받아들여, 이와 같이 두 유형의 예술이 탄생된 것은 자연 환경 때문이라고 설명한다. 즉, 자연이 온화하고 풍부한 지방에서는 평소 가까이 지내면서 사실적으로 인식하는 습관이 형성되어 생명 예술이 탄생되고, 험난한 지방에서는 그에 노출되는 순간 죽음으로 이어지기 때문에 두려움을 느끼고 멀리하면서, 추상적으로 인식하는 습관이 굳어저 기하학적 예술이 탄생되었다고 주장한다.(이창배, 『20세기 영미시 형성』 민음사, 1985, pp.9~13. 참조)

리를 내 놓지 않으면 구워 먹겠다(若不現也 燔灼而喫也)'고 희롱적으로 노래한 「영신군가(迎神君歌)」, 노래로서 일식 현상을 극복하려는 「도솔가(兜率歌)」, 용왕의 아들과 역신(疫神)의 화해를 다룬 「처용가(處容歌)」 등에서는 자연에 대한 친화적인 태도를 엿볼 수 있다. 그리고 신라와 백제의 미술 작품은 사실적이며 곡선적이다.

그러나 인지가 발달됨에 따라 <신령적 자연관>은 차츰 <이상적(理想的) 자연관>으로 바뀌기 시작한다. 자연 현상을 더 이상 신비롭거나 두려운 것으로 인식하지 않지만, 덧없는 인사(人事)에 비하여 영원하고도 이상적인 존재로 받아들이기 시작한 것이다.

이런 관점을 지닌 사람들은 자연을 이념적인 것으로 인식하고, 그에 몰입(沒入)하려는 태도를 취한다. 그리고 전대에 비하여 배경소들의 물질적 속성을 한결 강화하여 표현한다. 그러나 중립적인 입장에서 사실적으로 이미지화하는 것이 아니라, 어떤 분위기를 설정하고 그에 알맞게 묘사한다는 점이 특징이다.

우리 문학에서 이와 같은 예는 고려 시대부터 시작되어 조선조에 전성기를 이룬 '강호도가(江湖道歌)'류에서 발견할 수 있다. 고려 속요(俗謠)인 「청산별곡(靑山別曲)」, 조선조 정극인(丁克仁)의 「상춘곡(賞春曲)」, 정철(鄭徹)의 「관동별곡(關東別曲)」, 윤선도(尹善道)의 「어부사시사(漁父四時詞)」 등이 그런 예에 해당한다.

> 살으리 살으리랏다
> 청산에 살으리랏다
> 머루랑 다래랑 먹고
> 청산에 살으리랏다.
> 얄리 얄리 얄라셩 얄라리 얄라
> 우러라 우러라 새여
> 자고 일어 우러라 새여

> 널라와 시름한 나도
> 자고 일어 우니로라
> 얄리 얄리 얄라셩 얄라리 얄라
>
> 가던 새 가던 새 본다
> 물 아래 가던 새 본다
> 잉묻은 장글란 가지고
> 물 아래 가던 새 본다
> 얄리 얄리 얄라셩 얄라리 얄라
>
> — 「청산별곡」에서

이 작품에서 화자는 '청산'을 이상적인 곳으로 인식하는 반면에, 그가 살고 있는 속세는 부조리한 공간으로 인식하고 있다. 그리고 텍스트 속에 등장하는 사물들을 한결 구체적이면서도 사실적인 이미지로 묘사하고 있다. 예컨대, 다리 밑으로 시냇물이 흐르고, 그 물 위로 날아가는 새 그림자가 비친다고 이미지화한 부분만 해도 그렇다. 고전문학에서는 좀처럼 보기 드문 섬세한 표현이다. 이와 같이 배경을 세밀하게 묘사하는 것은 자연 현상을 친근하게 생각하면서 사실화하는 습관이 길러진데 원인이 있다고 보아야 할 것이다.

<이상적 자연관>은 문명이 발달함에 따라 다시 <이념적(理念的) 자연관>으로 바뀐다. 문명 생활은 자연의 지배에서 벗어남을 의미한다. 하지만, '대지의 자손'인 인간들은 자연과 분리된 삶을 계속 영위할 경우 정신적 갈등을 느끼게 된다. 그리하여 다시 자연을 찾아간다. 그러나, 도시 생활에 익숙해진 사람이 전원 생활을 갈구하면서도 정작 그런 기회가 주어지면 불편함을 견디지 못하고 금방 되돌아오듯, 자연을 찾아가도 아무런 위로를 받지 못한다. 그로 인해, 문명인들은 실제 자연 속의 삶을 꿈꾸는 게 아니라, 자연적인 상태의 삶을 꿈꾸게 된다.[9]

---

9) 쉴러는 환경과 인간의 관계에 따라 문학의 유형을 <소박 문학(Naive Dichtung)>

이와 같은 이념적 자연관을 지닌 사람들은 이상적 자연관을 지닌 사람들과 마찬가지로 자연을 이상화한다. 하지만 실재(實在) 자연을 대상으로 삼는 것이 아니라, 자연물의 명칭을 빌리고, 거기에 자기 이념을 덮어씌운다. 그 결과, 작품 속에 등장하는 자연물들은 추상화되고, 화자의 태도 역시 감상성을 띠게 된다.[10] 다음 소월의 작품에서도 이런 태도를 발견할 수 있다.

산에는 꽃 피네
꽃이 피네
갈 봄 여름 없이
꽃이 피네

산에
산에
피는 꽃은
저만치 혼자서 피어 있네

산에서 우는 작은 새여
꽃이 좋아
산에서
사노라네

― 김소월, 「산유화」에서

이 작품의 화자는 앞의 「청산별곡」과 마찬가지로 자연을 이상적인 존

---

과 <감상문학(Sentimental Dichtung)>으로 나누고 소박문학은 자연과 합일된 상태에서 감상문학은 문명으로 인하여 분리된 근대적 삶의 양식에서 비롯된다면서, 감상문학을 열등한 것으로 평가한다.(F. Schiller, *Über naive und sentimentale Dichtung*, 한일섭 역, ʻ소박문학과 감상문학ʼ, 『세계 평론선』(삼성 출판사, 1980), pp.153~155. 참조)

10) 필자, 소월시(素月詩)와 지용시(芝溶詩)의 대비적 연구 : 자연관을 중심으로(한양대학교 대학원, 1981) 참조

재로 받아들이고 있다. 그러나 화자는 '산' 밖에 '저만치' 떨어져 '새'와 '꽃'을 부러워하고 있다. 화자가 동경하는 자연물들은 실재의 자연물이 아니라, <산=항구적 질서가 유지되는 이상적 공간>, <새와 꽃=그런 질서를 누리며 사는 것들>, <화자를 비롯한 인간=세속에 얽매여 사는 덧없는 존재>라고 의미를 부여한 것에 불과하다. 그것은 이 작품에서 '산'과 '꽃'이 어느 산이고 어느 꽃인지 구분하지 않고 불특정화한 점을 미루어서도 짐작할 수 있다.

따지고 보면 1920년대의 우리 시가 물질적 속성을 소홀히 하고, 감상성에 뒤덮여 있었던 것은 결코 기법의 미숙에만 원인이 있던 것은 아니다. <잃어버린 조국>과 문명의 발달로 인하여 더 이상 접근이 허용되지 않는 <자연적 삶> 같은 부재의 대상을 추구한 데에도 적지 않은 원인이 있다.

인간은 대상에 대한 의미 부여가 더 이상 가치가 없다고 판단하면 물자체(物自體)를 직시하기 시작한다. 자연관의 변천 과정도 마찬가지이다. 과학이 발달하고, 자연이 신성하거나 이상적 존재가 아님을 깨닫기 시작한 인간은 자연물 그 자체를 직시하기 시작한다. 이와 같은 태도는 <실재적(實在的) 자연관> 또는 <물질적(物質的) 자연관>으로 이어지게 된다. 우리의 현대시에서 실재적 자연관을 작품 속에 처음 끌어들인 시인으로는 정지용(鄭芝溶)을 꼽을 수 있다.

> 바다는 뿔뿔이
> 달아나랴고 했다.
>
> 푸른 도마뱀떼같이
> 재재발렸다.
>
> 꼬리가 이루

잡히지 않았다.

- 정지용, 「바다·9」에서

이 작품에서 '바다'는 김소월의 '산'이나 '꽃'처럼 어떤 의미를 부여받은 존재가 아니다. 외부에 객관적으로 존재하는 물질적인 바다에 불과하다.

이와 같은 관점에서 쓰여진 작품의 배경소는 인간적 의미나 모습이 말끔히 제거되고 사실적으로 그려진다. 그리고 화자의 태도는 한결 이성적이며, 경우에 따라서는 문맥 뒤로 잠재한다. 그것은 화자의 이념을 표현하기 위해 자연을 시적 대상으로 선택한 게 아니라, 그 자체를 표현하기 위하여 선택했기 때문이다.

주관적으로 판단을 중지하고 물자체를 직시하기 시작한 현대인들은 한 걸음 더 나아가 대상을 분석적으로 인식한다. 그리고 마침내 인간적 의미나 물질적 외관을 부정하면서, 기호적 상징(signal symbol)이나 그 무엇을 창조하기 위한 '감(素材)'으로 받아들인다. 이와 같은 자연관은 <상징적 자연관> 또는 <소재적 자연관>이라고 부를 수 있을 것이다.

이와 같은 상징적 자연관을 채택한 작품들은 기호나 창조된 사물에 초점이 집중된다. 그로 인해, 시간적·공간적 배경이 무화(無化)된다. 우리 나라에서 이와 같은 상징적 자연관을 작품으로 처음 선보인 시인으로는 이상(李箱)을 꼽을 수 있다. 그러나, 현대로 접어들면서 이런 초점은 점점 증가하고 있다.

△은 나의 AMOUREUSE이다.

▽이여 씨름에서이겨본경험은몇번이나되느냐.

▽이여 보아하니외투속에파묻힌등덜미밖엔없고나.

▽이여 나는호흡에부서진악기(樂器)로다.

— 이상, 「신경질적(神經質的)으로비만(肥滿)한삼각형」에서

이 작품의 'AMOUREUSE'는 불어(佛語)로서, '여자 연인'을 뜻한다. 그러므로 첫 행은 '△은 나의 연인이다'라는 뜻으로 해석할 수 있다. 그리고 둘째 행 이하의 '▽'은 '△'에 대비하여 상체가 넓은 남자 또는 시인 자신을 시각화한 것으로 볼 수 있다.[11] 따라서 '▽이여 씨름에서이겨본경험은몇번이나되느냐'는 <남자여(또는 내 자신이여) 여자와 씨름에서 이겨 본 경험이 몇 번이나 되느냐>로 바꿀 수 있다. 하지만 시인이 설정한 상징 체계를 이해하지 못하는 사람들은 그것이 무엇을 의미하는지 짐작할 수 없게 된다.

자연을 어떤 세계를 창조하기 위한 소재로 보는 관점은 김춘수(金春洙)나 이승훈(李昇薰)의 일부 작품에서 발견할 수 있다. 이와 같은 자연관을 채택한 작품들은 오히려 물질적 이미지가 중심이 된다. 하지만, 일상적 사물과 다른 모습을 띨 뿐만 아니라, 작중 사물들끼리도 인과관계를 갖지 않는다. 그것은 사물 명칭을 빌어 쓰되, 그 언어가 지닌 기존 의미를 배제하면서 사물적 감각을 이용하여 새로운 풍경을 창조하는 데 목적을 두고 있기 때문이다.

이상에서 살펴 본 바와 같이 자연관의 변천 과정은 대체로 <신령적 자연관→이상적 자연관→이념적 자연관→실재적 자연관→상징적 자연관(기호적 상징화)→소재적 자연관>으로 바뀌어 왔다. 그리고 그에 따라 배경 역시 <신성화/외경화→이상화→관념화→사실화→기호화→소재화>로 바뀌어 왔다고 보아야 할 것이다.

---

11) 문학사상 자료 연구실 편, 이어령 校註, 『이상시 전작집』(갑인출판사, 1978), p.36.

# ③ 담화의 전략적 국면

# 1. 비 유 화

　일상적 담화에서 화제가 결정된 다음에는 그것을 효과적으로 전달하기 위하여 직서(直敍)할 것인가, 비유(比喩)할 것인가를 결정하지 않으면 안 된다. 하지만 비유는 전략적 국면의 요소만은 아니다. 조직적 국면에서는 이미지 형태로 나타난다.

　그런데 종래의 비유에 대한 논의를 살펴보면 몇 가지 문제점을 발견할 수 있다. 우선 <시적 비유>와 <산문적 비유>를 구분하지 않고 모두 수사적(修辭的) 차원에서 논의하고 있다는 점을 들 수 있다. 그리고 비유의 하위 유형에 대한 범주 설정이 너무 혼란스럽다는 점, 병치은유(diaphor)와 기호적 상징(signal symbol)을 소홀히 취급하고 있다는 점도 꼽을 수 있다.

　이 장에서는 비유를 전략적 국면에서 논의하되, 시적 비유에는 어떤 유형들이 있으며, 그들의 하위 범주를 어떻게 설정할 것인가를 살피고, 비유관(比喩觀)의 변천 과정을 알아보기로 하자.

## 1. 비유화의 동기

　우리는 일상 생활에서 어떤 느낌을 표현하려 할 때, 그에 적합한 어휘를 발견하지 못하여 곤란을 받는 경우가 허다하다. 그것은 사물보다 그에 대한 명명(命名)의 결과인 어휘 수가 절대적으로 부족한 데다가, 같은 사물도 인식의 주체마다 달리 표현하고자 하는 욕구 때문에 [언어≤사물 ≤사물에 대한 느낌] 순으로 확대된다는 데 원인이 있다.

이와 같은 문제점을 해소하기 위해서는 새로운 어휘를 만들어 써야 할 것이다. 하지만 그때마다 새로운 낱말을 만들어 쓸 수는 없다. 그것은 노력의 낭비일 뿐만 아니라, 그렇게 창조한 어휘들은 사회적 공인(公認)을 거치지 않으면 자기만이 사용하는 자의적 기호(記號)로 떨어지고 말기 때문이다. 그러므로 대부분의 경우에는 비슷한 사물의 의미와 느낌을 빌어 비유법(figurative diction)으로 표현하는 것이 보통이다.

그러나 시적 담화에서 비유는 단지 대상을 정확히 표현하기 위해서만 채택되는 것은 아니다. 시적 장르가 성립하기 위한 전제 조건 가운데 하나인 동시에, 의미를 구조화(構造化)하기 위한 전략으로 보아야 할 것이다. 그것은 시적 담화가 외적(外的)인 언어로 설명하기 어려운 주관적·비논리적·비가시적 정서를 대상으로 삼는 데 원인이 있다. 즉 비가시적인 정서와 관념을 전달하기 위해서는 청자가 아는 가시적 사물이나 관념으로 바꾸는 어법을 채택하지 않으면 안되기 때문이다.

그런데, 이런 관점은 비유의 기능을 수사적 차원에서 바라본 것이라고 할 수 있다. 비가시적인 정서(emotion)를 가시적(可視的)인 구체물로 바꾸거나, 이해하기 어려운 관념을 쉬운 관념으로 바꾼다는 것은 결국 <산문적 비유>를 의미하기 때문이다.

쉬클로프스키(V. Šklovski)는 비유의 기능을 설명하기 위해 우선 그 유형을 <산문적 비유(prosodic metaphor)>와 <시적 비유(poetic metaphor)>로 나눈다. 그리고 정보(情報) 전달이 위주가 되는 산문에서는 이해하기 어려운 것을 이해하기 쉬운 것으로 바꾸는 반면에, 정서를 전달하기 위한 시적 담화에서는 독자의 습관적 반응(stocked response)을 차단하기 위해 낯설게 만드는 데(makes strange) 목적이 있다고 주장한다.[1] 따라

---

1) Viktor Šklovski, *Xod konja* (Moscow-Berlin, 1923), 이 책에서는 Victor Erlich, *Russian Formalism* : History, Doctrine, 박거용 역, 『러시아 형식주의』(문학과 지성

서 시적 비유는 낯설게 만들기 수법(defamilarization)을 통해 독자들의 원활한 독서를 고의적으로 방해하기 위한 장치(deliberately impeded contrivances)라고 보아야 할 것이다. 비유가 이와 같은 목적에서 채택된다는 것은 다음 작품들을 살펴보아도 짐작할 수 있다.

> ⓐ광화문(光化門)은
> 차라리 한 채의 소슬한 종교(宗敎).
> — 서정주(徐廷柱), 「광화문」에서

> ⓑ사랑하는 나의 하나님, 당신은
> 늙은 비애(悲哀)다.
> 푸줏간에 걸린 커다란 살점이다.
> — 김춘수(金春洙), 「나의 하나님」에서

> ⓒ내 침실(寢室)이 부활의 동굴(洞窟)임을
> 너는 알련만
> — 이상화(李相和), 「나의 침실로」에서

일반적으로 추상적 관념보다 구체적인 사물이, 특수한 것보다 보편적인 것이 더 이해하기 쉽다고 보아야 할 것이다. 그리고 비유가 독자의 이해를 돕기 위한 것이라면, <관념→사물>·<추상→구상>·<특수→보편>으로 원관념의 의미를 이동시켜야 한다.

하지만, ⓐ에서는 '광화문'이라는 구체물을 '종교'라는 추상적 관념으로 바꾸고 있다. 그리고 ⓑ에서는 '하나님'이라는 추상적 관념을 '비애'라는 추상적 관념과 '살점'이라는 구체물로, ⓒ에서는 '침실'이라는 구체물을 '동굴'이라는 구체물로 바꾸고 있다. 따라서 위 작품들의 원관념이 이동하는 방향을 살펴보면, ①<추상→구상>, ②<구상→추상>, ③<추상→추상>, ④<구상→구상>으로서, 결코 이해하기 어려운 것을 쉬운 것으

___________________________

사, 1983), p. 226.

로 바꾸는 게 아님을 알 수 있다.

알텐버드(Altenberd)와 루이스(L. L. Lewis)는 이와 같은 의미 이동 방향을 주목하고, 시적 비유에 대한 정의를 <추상(abstract)⇌구상(concrete)> 사이를 이동하는 양식이라고 정의한다.[2] 하지만 그들의 정의 역시 그리 섬세한 것이라고는 보기 어렵다. 위 예문에서도 볼 수 있듯이, ③과 ④의 의미 이동 방향은 <추상→추상> 또 <구상→구상>으로서, 동일 레벨로 치환하고 있기 때문이다. 그러므로 시적 비유는 하나의 대상을 다른 대상으로 치환하여 의미 차(意味差)가 나도록 만들고, 독자로 하여금 왜 유사성이 없는데도 그렇게 바꾸었는가를 주목하도록 유도하기 위한 장치라고 보아야 할 것이다.

그런데 시적 담화를 면밀히 살펴보면, 대상에 대한 어느 한 부분의 의미를 이동시킬 경우 아무리 의미 차가 크도록 만들어도 그 부분만 낯설게 보일 뿐, 전체 의미는 여전히 친숙한 상태를 벗어나지 못한다는 것을 발견할 수 있다. 다음 두 작품을 비교해 봐도 그런 현상을 짐작할 수 있다.

> ⓐ하꼬방 유리 딱지에 애새끼들
>   얼굴이 불타는 해바라기 마냥 걸려 있다.
>
>   내려 쪼이던 햇살이 눈부시어 돌아선다.
>   나도 돌아선다.
>
>          - 구상(具常), 「초토(焦土)의 시」에서
>
> ⓑ피아노에 앉은
>   여자의 두 손에서는
>   끊임없이

---

2) 김재홍, '한국 현대시 은유 형태론', 현대문학사 편, 『詩論』(현대문학사, 1989), p.78 재인용.

열 마리씩
스무 마리씩
신선한 물고기가
튀는 빛의 꼬리를 물고
쏟아진다.
나는 바다로 가서
가장 신나게 시퍼런
파도의 칼날 하나를
집어들었다.

　　　　　　　　－ 전봉건(全鳳健), 「피아노」 전문

　ⓐ는 직유를 구사하여 〈얼굴→해바라기〉로 이동시키고 있다. 그러나 전체 의미를 이동시키는 게 아니라 부분적인 의미를 이동시키고 있다. 다시 말해, '애새끼들의 얼굴'은 이 작품의 주된 의미가 아니라 부분적인 것에 속한다. 반면에, ⓑ는 치환은유를 구사하여 전체 의미를 〈피아노의 선율→물고기〉'로 이동시키고 있다.

　그런데, ⓐ와 ⓑ의 의미 차를 보면 모두가 〈구상→구상〉으로 이동하고 있다. 그럼에도 불구하고 ⓑ가 ⓐ보다 훨씬 신선한 시적 충격을 준다. 그것은 ⓐ가 부분적인 의미를 이동시킨 데 비하여, ⓑ는 그 작품의 전체 의미를 이동시킨 데 원인이 있다. 따라서, 시적 비유가 낯설게 만드는 것을 목적으로 한다면, 원관념과 보조관념을 〈친숙⇌낯설음〉 사이를 이동시켜야 한다는 조건 이외도 〈전체 의미〉를 이동시켜야 한다는 조건을 추가시켜야 한다.

　따지고 보면 러시아 형식주의자들이 시적 비유를 작품의 전체 구조(構造)에 관여하는 요소들로 본 것은 결코 지나친 주장이 아니다. 어떤 담화의 주된 의미를 바꾼다는 것은 대상을 바꾼다는 이야기가 된다. 그리고 이와 같이 대상을 바꾸어 의사주체를 내세울 경우에는 전체 구조는 물론 그에 따른 하부 조직까지 바뀌게 된다. 그것은 전봉건의 작품(ⓑ)에서도 확인할 수 있다. 이 작품에서 '피아노'와 별 관계가 없는 '바다'의 이미지를 제시할 수 있었던 것은, 주 대상인 '피아노의 선율'을 '물고기'로 바꾸었기 때문이다. 그리고, '바다'가 제시되었기 때문에 '파도의 칼날'을 집어들었고, <여자-빛-파도-칼>의 이미지가 상호 침투하여 독특한 의미와 뉘앙스를 만들어 낼 수 있었다고 보아야 할 것이다. 그것은 보조 관념을 '물고기'가 아닌 다른 것으로 바꾸었을 경우 이 작품의 전체 조직이 어떻게 변할 것인가를 생각해 보면 짐작할 수 있다.

그런데, 이와 같은 낯설음은 의미를 이동하는 방법으로만 얻어지는 것은 아니다. 비유한 이미지의 배열 과정에서 인과 관계를 차단하는 방법으로도 얻을 수 있다.

> 새는 사철나무
> 키 작은 가지 끝에,
> 바람은 멀리멀리
> 낮달과 함께, 혹은
> 막 잠깬 골목길 입구 손수레 곁에,
> 하느님은 어린 나귀와 함께
> 이번에도 동쪽 포도밭 길을 가고 있다.
> 해가 뜨기 전에,
>
>        - 김춘수, 「노래」 전문

이 작품의 주된 의미는 <새→바람→하느님과 어린 나귀>로 이어지고 있다. 이와 같은 배열에서 <새→바람>으로 연결한 것은 그런 대로 이해할 수 있다. 그러나 '하느님과 어린 나귀'로 연결시킨 것은 선뜻 이해되지 않는다. 새가 사철나무 가지 끝에 앉아 있다든지, 골목길 손수레 곁에 바람이 분다는 것은 경험상으로 연접(連接)된 감각이지만, '바람'과 '하느님'은 서로 단절된 감각이기 때문이다. 그리하여 독자들은 왜 이와 같이 연결시켰는가를 곰곰이 생각해 보지 않을 수 없다.

시적 비유가 독자로 하여금 곰곰이 생각해 보도록 만들기 위한 장치라면, 인과 관계를 배제한 배열 역시 마찬가지 기능을 지니고 있다고 보아야 할 것이다. 엄밀한 의미에서 영역에 속하는 병치은유(並置隱喩)를 비유의 한 유형으로 간주하는 것도 이런 이유에서이다.

## 2. 은 유

종래 수사학에서 <은유(隱喩)>라면 곧 <치환은유(置換隱喩)>를 의미한다. 아리스토텔레스는 이와 같은 치환은유(metaphor)는 하나의 사물을 다른 사물로 전이시키는(transference) 어법이라고 설명한다. 다시 말해, 대상언어(object language)를 설명언어(meta language)로 이동시키는(phora : semantic movement) 어법이라는 것이다.

그러나 20세기로 접어들면서 은유의 형태를 취하지만 인과관계를 배제하고 보조관념을 전시(展示)하는 유형이 등장한다. 이를 주목한 휠라이트(P. Wheelwright)는 전통적으로 쓰여온 유형을 <치환은유(epiphor)>로, 새로 나타난 유형을 <병치은유(diaphor)>라고 부르면서, 은유의 유형을 둘로 나눈다.3)

치환은유는 <epi(over on to)+phora(semantic movement)>, 병치은유는 <dia(through)+phora(semantic movement)>의 합성어이다. 이들은 모두 하나의 의미를 다른 의미로 이동한다는 뜻을 지니고 있다. 그러나 전자는 인과관계를 중시하는 <아리스토텔레스 시학>에서 탄생된 어법이고, 후자는 인과관계를 단절시키는 <반(反) 아리스토텔레스 시학>에서 탄생된 어법으로서 전혀 다른 구조와 기능을 지니고 있다.

---

3) P. Wheelwright, *Metaphor and Reality* (Bloomington: Indiana Press, 1962), pp.72~78.

## (1) 치환은유의 구조와 하위 유형

은유를 포함한 모든 비유적 어법은 <대상언어>와 <설명언어>로 짜여진다. 수사학에서 대상언어는 시인이 원래 지칭하려는 것으로서, 원관념(本義, 趣意, 主想 : tenor, primary meaning)이라고 부른다. 그리고 설명언어는 전이시킨 언어라는 뜻으로서, 보조관념(喩意 : vehicle, secondary meaning)이라고 부른다. 따라서, 은유는 <원관념(T)→보조관념(V)>, 또는 <대상언어(O)→설명언어(M)>로 이동시키는 어법이라고 할 수 있다.

그런데, 종래의 수사학에서는 비유적 어법을 <직유(simile)>·<은유(metaphor)>·<의인법(personification)>·<제유(synecdoche)>·<환유(metonymy)> 등으로 세분한다. 그러나 이들의 수사 구조(修辭構造)를 살펴보면 결코 별개의 것이 아니다.

우선 우리가 흔히 '은유'라고 부르는 치환은유와 직유를 비교할 경우만 해도 그렇다. 전자는 <T는 V이다(T is V)>라는 형식을 취하는 반면에, 후자는 <T는 V와 비슷하다(T likes V)>라는 형식을 취한다. 즉 직유는 <T≒V>로서 유사 관계(類似關係)로 진술하고, 치환은유는 <T=V>로서 상동 관계(相同關係)로 진술한다. 그리고, 전자는 원관념과 보조관념을 '처럼', '같이', '인 냥' 등의 계사(copula)를 통하여 간접적으로 연결하는 반면에, 후자는 이런 도움 없이 직접 연결한다. 이들을 다른 유형으로 구분한 것도 이와 같은 차이 때문이었다.

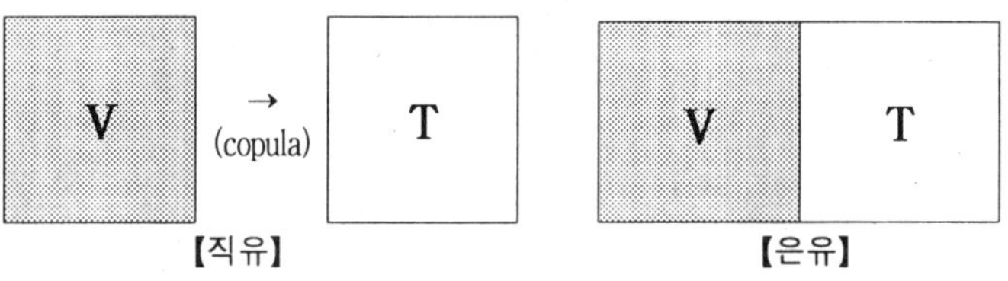

그러나, 언어화(言語化) 이전 단계를 살펴보면 이들은 이처럼 확연하게 구분되는 것은 아니다. 직유적 표현인 <아이들의 얼굴은 불타는 해바라기 같다>와 치환은유적 표현인 <아이들의 얼굴은 불타는 해바라기이다>는 모두 <아이들의 얼굴은 불타는 해바라기처럼 환하다>에서 출발한 것으로서, 문장으로 기술하는 과정에서 달라졌을 뿐이다. 그러므로, 화자의 내면에 잠재된 랑그(langue)의 구조는 동일한 것이라고 보아야 할 것이다.

또, 두 양식 모두가 원관념(T)을 보조관념(V)으로 바꾼다는 점(T→V)에서 동일하다. 그리고, 원관념과 보조관념의 의미 관계 역시 <1 : 1>이며, 하나의 낱말(아이들의 얼굴)을 다른 낱말(불타는 해바라기)로 바꾸는 형식(Word1=Word2)을 취한다. 따라서 직유와 치환은유는 계사(繫詞)의 유무(有無)만 차이가 날 뿐, 동일 어법으로 분류해야 할 것이다.

이런 구조적 동일성은 사물에게 인간적 특성을 부여하는 의인법(擬人法), 부분으로 전체를 나타내는 제유법(提喩法), 그릇된 명칭을 붙이는 환유법(換喩法)에서도 발견할 수 있다. '나무가 춤을 춘다'든지 '새가 노래한다' 식의 의인적 표현은 <사물→인간>으로 이동시키는 어법이고, '감투를 쓰다(벼슬을 하다)'나 '푸른 제복의 시절(군대 시절)' 같은 제유는 물질적 접촉성을 바탕으로 <부분→전체>로 이동시키는 어법이다. 그리고, '왕관→왕', '이광수→이광수 소설'을 나타내는 환유는 정신적 접촉 즉 인과성을 토대로 <부분⇌전체>로 이동시키는 어법이다. 따라서 이런 구분은 모두 보조관념의 내용에 따라 유형화한 것으로서 치환은유의 하위 유형으로 보아야 할 것이다.[4]

---

4) 에코, 『기호학과 언어철학』, 서우석·전지호 역, 청하, 1987. pp. 146~154 참조. 그는 은유의 형태를 둘로 나누고, 첫째 형태는 'Σ내에서의 일반화', 둘째 형태는 'Σ내에서의 특정화'로 부르면서 전자는 은유, 후자는 제유로 보고 있다. 그러나, 야콥슨의 경우는 은유와 환유를 대립된 개념으로 보고, 직유는 은유의 하위 개념, 제유는 환유

이들이 치환은유의 범주에 속한다는 것은 아리스토텔레스가 설정한 은유 유형을 살펴보아도 짐작할 수 있다. 그는 은유의 유형을 ①속(屬)에서 종(種), ②종에서 속, ③종에서 종, ④유추(類推)를 꼽고 있다.5) 이들을 수사법과 연결시킬 경우, <사물→인간>으로 바꾸는 의인법은 속에서 종으로, <부분→전체>로 바꾸는 제유는 종에서 속으로 전이시키는 유형에 해당한다. 그리고, <부분↔전체>로 오고가는 환유는 속에서 종으로, 또는 종에서 속으로 오고가는 호환형(互換形)에 해당하고, 치환은유는 유추에 해당한다.

그러나, 이들이 모두 치환은유의 하위 유형이라 해도 시적 효과가 동일한 것은 아니다. 화자(시인)가 얼마나 원관념의 의미 이동 과정에 개입(介入)하느냐에 따라 해석 방법이 달라지고, 그로 인해 시적 효과가 달라진다. 이와 같은 현상은 다음 작품들 사이에서도 발견된다.

> ⓐ핫슈 먹은 듯 취해 나자빠진
> 능구렝이 같은 등어릿 길로,
> 님은 달아나며 나를 부르고
> - 서정주, 「대낮」에서

> ⓑ아슬한 가지 끝에
> 내 예감(豫感)은
> 꽃이 되어 있다가
>
> 피어서 빛이 나는
> 잎새들의 둘레 안에
> 고운 햇살로 익어

---

의 하위 개념으로 분류하면서, 은유는 유사성을 환유는 접촉성을 토대로 이뤄진다고 주장한다.(D. Lodge, *The Modes of Modern Writing*, Edward Arnold, 1983, pp.73~80)

5) Aristoteles, *Poetics*, trans by L. Golden(Prentice-Hall, Inc., 1968), p.37.

- 조상기(趙商箕), 「예감」

ⓐ는 직유를 구사한 작품으로서, <님이 달아나는 길→능구렝이의 등어리>로 의미를 이동시키고 있다. 그리고 ⓑ는 치환은유를 구사한 작품으로서, <예감→꽃→햇살>로 이동시키고 있다. 그런데, '등어릿길'을 '능구렝이'로 비유한 것이 훨씬 이질적임에도 불구하고 독자들은 별다른 저항 없이 받아들인다. 그것은 진술 과정에서 화자가 계사를 통하여 직접 개입했기 때문이다. 시인을 신뢰하는 독자들은 원관념과 보조관념의 의미가 자기 생각과 다르더라도 <동일>한 게 아니라 <유사>하다고 말했기 때문에 별다른 이의 없이 그대로 받아들이기 때문이다.

반면에 ⓑ는 원관념과 보조관념이 감각적으로 연접되어 있기 때문에 그리 참신한 발상이라고 볼 수 없다. 그럼에도 불구하고 <예감=꽃=햇살>로 직접 치환했기 때문에 유사성보다 차이성을 더 주목하게 된다. 다시 말해, 원관념과 보조관념이 부분적으로 비슷한 점도 있지만, 엄연히 다른 존재인데 동일한 존재라고 말하고 있기 때문에 독자들은 이상하게 받아들이면서 그에 대해 곰곰이 생각하기 시작한다.

직유는 이와 같이 화자가 직접 개입하기 때문에 청자들의 사고 과정이 절약된다. 따라서, 직접적(直接的)이고, 경제적(經濟的)이라는 장점을 지닌다. 반면에 독자들로 하여금 상상력을 발휘하여 자율적으로 해석할 기회를 박탈하고, 그로 인해 자동적인 수용(受容)으로 떨어질 가능성이 높아진다.

그러나, 치환은유는 화자의 개입이 없기 때문에 독자 스스로 원관념과 보조관념의 유사성이나 인과관계를 발견하지 않으면 안된다. 그리고 그 과정에서 독자들은 여러 가지 의미를 떠올리게 된다. 그러므로 직유보다는 간접적(間接的)이고, 비경제적(非經濟的)이며, 잘못 이해할 소지가 높아진다. 반면에 자율적 해석권(解析權)이 확대되고, 그로 인해 시적 긴장이 높아진다.

이런 차이는 의인법, 대유법, 제유법 사이에서도 발견할 수 있다. 의인법은 물활론적(物活論的) 정신을 배경으로 삼아 탄생된 어법이기 때문에 신비적(神秘的)·동심적(童心的) 효과를 띠기 쉽다. 하지만, 산문적 비유인 경우에는 어린이 같은 미분화(未分化)된 의식 상태를 드러내어 유치한 느낌을 주기 쉽다. 그리고, 제유나 **환유**는 물질적이거나 정신적 접촉성을 바탕으로 삼기 때문에 전달의 속도가 빨라지는 대신 자동적으로 수용할 가능성이 높아진다.

치환은유의 하위 유형은 문장 구조에 따라서도 나눌 수 있다. 브룩-로오스(C. Brook-Rose)와 브링크만(F. Brinkmann)의 분류가 그런 예에 해당한다.6) 이 가운데 브링크만의 분류를 소개하면 다음과 같다.

---

6) C. Brook-Rose, *A Grammar of Metaphor,* 1958. 그가 나눈 유형을 살펴보면 다음과 같이 요약할 수 있다.(이 책에서는 홍문표, 『현대시학』(양문각, 1988), p.161에서 재인용)

　①단순 교체(simple replacement)의 경우 : 고유 용어가 다른 용어로 교체되어 독자가 추리해야 되는 경우.(장다리→키다리)

　②지시 문구(the pointing formulae)를 사용하는 경우 : 고유 용어 A가 언급되고, 그 고유 용어를 다시 지적하는 어떤 지시적 표현으로 교체되는 경우(내 마음은 호수)

　③연계사(the copula)를 사용하는 경우 : A는 B이다라고 말하는 식이거나, <처럼 보인다(to seem)>, <로 불리다(to call)>, <로 되기 시작하다(to became)>와 같은 소극적 표현이 이에 포함된다.(나는 시방 위험한 짐승이다)

　④사역 동사(使役動詞)를 사용하는 경우 : <으로 만들다(to make)>를 포함한 연결. 제3자를 포함한 직접적인 언명(C가 A를 B로 만들다)도 이에 속함.(선 채로 돌이 되어)

　⑤속격(屬格)으로 연결하는 경우 : 전달 수단 또는 명사로 된 은유가 <-의(of)>에 의하여 취지나 혹은 필연적 취지가 아닌 제3의 용어에 연결되는 경우. 그리하여, B는 C의 일부분이거나, C에서 연유되거나, C에 속하며, 그 관계로부터 A를 추리해 낼 수 있다.(내 신체는 내 정신의 집)

①'이다'라는 계사(繫詞)로 만들어진 은유 : 그녀는 한 마리의 나비
  이다.
②사역 동사(使役動詞) 형태의 계사에 의해 만들어진 은유 : '이리가
  된 남자' 또는 '그 여자는 천사라 불렸다.'
③동격(同格) 또는 관계절(關係節)로 만들어진 은유 : 장미꽃인 그
  소녀
④돈호법(apostrophe) 혹은 발언으로서의 은유 : 오, 오. 나의 등대여!
⑤소유격(所有格), 또는 동격으로서의 은유 : 질투의 불꽃, 슬픔의 강.
⑥다른 구문(構文) 속의 소유격으로 나타나는 은유 : 분산된 악마의
  무리인, 형태 없는 저 불꽃의 말들.
⑦동사를 포함한 은유 : 날으는 꽃(나비)
⑧형용사를 포함한 은유 : 슬픈 달
⑨부사를 포함한 은유 : 헐떡거리며 부는 바람7)

그러나 이런 분류는 별다른 의미를 지니지 못한다. 언어가 달라지면 문장 구조가 달라지고, 같은 언어권에서도 무수하게 변용 되는 화법(話法)을 다 예측하기 어렵기 때문이다. 그러므로, 치환은유의 하위 유형은 원관념과 보조관념의 결합 양식에 따라 분류하는 것이 바람직한 방법일 것이다.

치환은유의 하위 유형을 원관념과 보조관념의 관계에 따라 재분류할 경우에는, 우선 원관념이 문맥의 표면에 현시(顯示)되느냐 잠재(潛在)되느냐를 기준으로 삼아 나눌 수 있다.

> ⓐ언덕은 꿈을 꾸는 짐승
>   언덕을 깨우지 않으려고
>   유월이
>   능금꽃 속 숨어 있었다.
>
>         - 김요섭(金耀燮), 「옛날」에서

---

7) 권기호, 『詩論』(학문사) p.43 참조.

ⓑ경춘선을 타고
　한 시간쯤 가다가
　문득 어느 산협촌(山峽村)에
　내렸다. 늙은 역장과
　코스모스, 그리고
　나무로 만든 긴 벤치가
　있었다. 거기 앉아,
　담배나 피다 가기로 했다.
　모두들 잠든 탓일까.
　이 그림 속의 세계는
　아무도 지나가지 않았다.
　결국 나는 혼자 내렸듯
　혼자서 떠나야겠지.
　　　　　-김시태(金時泰),「우리들의 간이역(簡易驛)」전문


　ⓐ는 화자가 말하려는 원관념(언덕)이 문장 표면에 드러나 있다. 반면에, ⓑ는 전체 문맥으로 미루어 '간이역'에서 '이 세상' 또는 '삶'이라는 의미를 짐작할 뿐, 잠재되어 있다. 따라서 전자를 <현시형(顯示形) 치환은유>, 후자를 <잠재형(潛在形) 치환은유>라고 부르기로 하고, 잠재되는 경우를 원문자(圓文字)로 표기하기로 하면, ⓐ는 <T=V>의 형식을 취하고, ⓑ는 <Ⓣ=V>의 형식을 취한다고 볼 수 있다.

　이들의 관계를 알기 쉽게 도해하면 아래와 같이 그릴 수 있다.

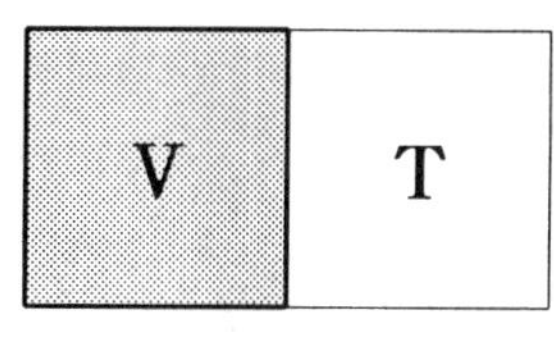


【현시형 치환은유】

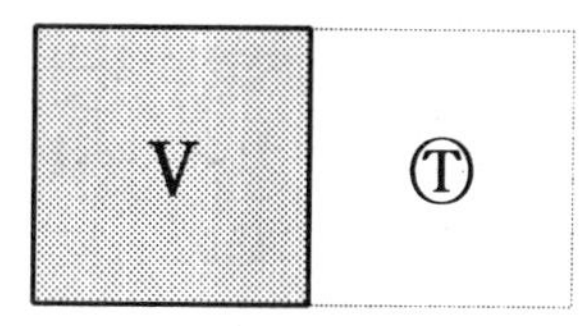


【잠재형 치환은유】
(*원문자는 의미의 잠재를 나타냄)

그런데 치환은유의 표현 구조를 살펴보면, 그 하위 유형은 ⓐ나 ⓑ처럼 $\langle T:V=1:1 \rangle$인 경우만 존재하는 것이 아니다. 하나의 원관념에 여러 개의 보조관념을 거느리는 $\langle T:V=1:N \rangle$의 유형이 존재한다. 다음 작품이 그런 예에 속한다.

> ⓒ바람도 없이 공중에서 수직으로 파문을 내며 고요히 떨어지는 오동잎은 누구의 발자취입니까?
> 지리한 장마 끝에 서풍에 몰려가는 무서운 검은 구름의 터진 틈으로 언뜻언뜻 보이는 푸른 하늘은 누구의 얼굴입니까?
> 꽃도 없는 높은 나무에 푸른 이끼를 거쳐서, 옛탑 위의 고요한 하늘을 스치는 알 수 없는 향기는 누구의 입김입니까?
> 근원을 알지 못하는 곳에서 나서 돌부리를 울리고 가늘게 흐르는 작은 시내는 굽이굽이 누구의 노래입니까?
> 연꽃 같은 발꿈치로 가이없는 바다를 밟고 옥 같은 손으로 끝없는 하늘을 만지면서 떨어지는 해를 곱게 단장하는 저녁 노을은 누구의 시입니까?
> 타고남은 재가 다시 기름이 됩니다. 그칠 줄 모르고 타는 나의 가슴은 누구의 밤을 지키는 약한 등불입니까?
>
>                        - 한용운, 「알 수 없어요」

이 작품을 앞의 기준으로 분류하면, ⓑ처럼 원관념이 잠재되고 보조관념만 제시되는 $\langle$잠재형 치환은유$\rangle$에 해당한다. 하지만, ⓒ는 ⓑ와 달리 $\langle$오동잎의 떨어짐$(v1)=$님의 발자취$(t_1) \rangle$, $\langle$푸른 하늘$(v_2)=$님의 얼굴$(t_2) \rangle$, $\langle$옛탑 위를 스치는 향기$(v_3)=$님의 입김$(t_3) \rangle$, $\langle$작은 시냇물 소리$(v_4)=$님의 노래$(t_4) \rangle$, $\langle$저녁 노을$(v_5)=$님의 시$(t_5) \rangle$, $\langle$나의 가슴$(v_6)=$님의 밤을 지키는 등불$(t_6) \rangle$이라는 여섯 개의 작은 잠재형 치환은유로 연결되어 있다. 따라서 $\langle T=(v_1+v_2 \cdots +v_n) \rangle$로서, $\langle$복합 치환은유$\rangle$라고 부를 수 있다.

ⓐ나 ⓑ처럼 $\langle T=V \rangle$로 대응하는 구조를 $\langle$단순 치환은유$\rangle$, ⓒ처럼 $\langle T=v_1+v_2 \cdots +v_n \rangle$의 구조를 $\langle$복합 치환은유$\rangle$라고 명명할 경우, 복합 치

환은유에도 현시형과 잠재형이 있으므로 이들은 다음과 같이 그릴 수 있다.

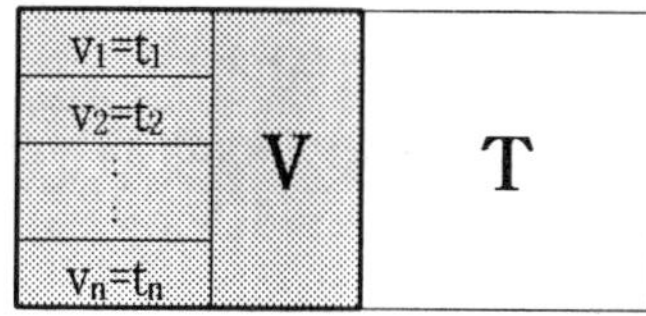
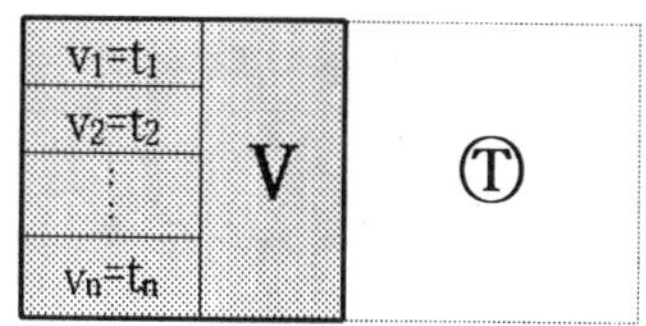

【복합 치환 현시형 은유】　　　　【복합 치환 잠재형 은유】

이상에서 살펴본 바와 같이 치환은유의 하위 유형은 ①단순 치환은유 현시형<T=V>, ②단순 치환은유 잠재형<$\widehat{T}$=V>, ③복합 치환은유 현시형<T=($v_1$+$v_2$…+$v_n$)>, ④복합 치환은유 잠재형<$\widehat{T}$=($v_1$+$v_2$…+$v_n$)>으로 나눌 수 있다. 그리고, 직유는 단순 치환은유의 현시형으로, 환유·제유·의인법은 단순 치환은유의 잠재형으로 분류할 수 있다. 따라서, 종래의 수사법상 분류는 문맥의 표면만을 중시한 것으로써, 언어가 달라지면 이 역시 달라진다는 점을 염두에 둘 때 재고할 필요가 있다.

## ⑵ 병치은유의 구조와 하위 유형

휠라이트는 병치은유(竝置隱喩)를 치환은유의 모방적 성질을 배제하고 보조관념을 '조합(組合, Combining)'하는 형식이라고 설명한다.[8] 그런데, 이와 같은 구조는 여러 개의 보조관념을 나열한 복합 치환은유, 특히 잠재형 복합 치환은유와 아주 유사한 것처럼 보인다.

하지만, 좀더 자세히 살펴보면 이들은 결코 같은 구조를 취하는 게 아니다. 복합 치환은유의 경우, 나열된 보조관념들($v_1$, $v_2$ ,… $v_n$)은 다

---

8) P. Wheelwright, 같은 책, pp.85~86.

시 하나의 커다란 보조관념으로 수렴되고, 그것은 다시 원관념(T)과 보조관념(V)이 <1 : 1>의 관계를 맺지만, 병치은유의 경우는 나열된 보조관념들이 하나의 커다란 보조관념($v_n$)으로 수렴되지 않으며, 그로 인해 전체 원관념(T)을 짐작할 수 없다는 점에서 차이가 난다.

　이런 차이는 앞에서 살펴본 한용운의 「알 수 없어요」와 다음의 김춘수 작품을 비교해 보아도 드러난다.

　　　ⓐ남자와 여자의
　　　　아랫도리가 젖어 있다.
　　　　밤에 보는 오갈피나무,
　　　　오갈피나무의 아랫도리가 젖어 있다.
　　　　맨발로 바다를 밟고 간 사람은
　　　　새가 되었다고 한다.
　　　　발바닥만 젖어 있었다고 한다.
　　　　　　　　　　　－ 김춘수, 「눈물」에서

　한용운의 「알 수 없어요」는 문맥의 표면에 원관념이 나타나지 않지만 모두 '님'이라는 의미로 수렴된다. 그리고 보조관념으로 채택한 사물들은 자연물이거나 자연 현상으로서, 감각적으로 연접(連接)된 것들이다.

　그러나, 김춘수의 「눈물」은 <남자와 여자의 젖은 아랫도리→오갈피나무의 젖은 아랫도리→맨발로 바다를 밟고 간 사람의 젖은 발바닥>으로 전개되지만, 왜 이와 같이 연결시켰는가를 짐작하기 어렵다. 그것은 여러 개의 <원관념=보조관념>을 병치하는 형식으로서, 나열한 보조관념의 의미가 하나로 수렴되지 않으며, 그로 인해 전체의 원관념이 무엇인지 짐작하기 어려운 상태이기 때문이다. 따라서, 의미를 짐작할 수 없는 것을 □ 문자로 표시하기로 한다면, 병치은유는 <□=□($v_1/v_2/v_3$)>의 구조를 취한다고 볼 수 있다.

　이들의 관계를 도식화하면 아래와 같이 그릴 수 있다.

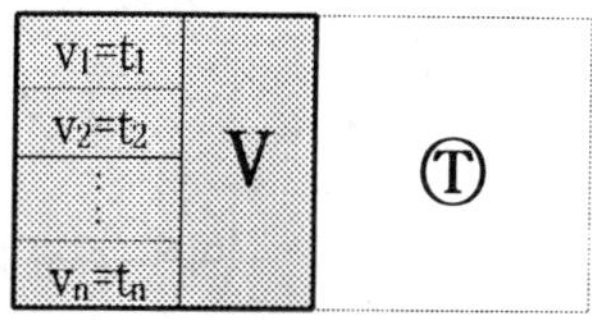

【복합 치환 잠재형 은유】

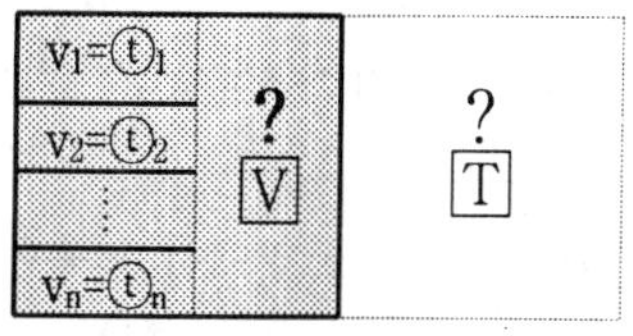

【병치 은유】

(*원문자는 의미가 잠재된 경우, 네모
문자는 의미가 형성되지 않는 경우)

이와 같이 논리적 연결 고리를 차단하고 보조관념을 병치하면, 독자들
은 보조관념의 의미를 알 수가 없어 당황하게 된다. 그리하여 병치한 이
미지나 관념들을 자의적으로 연결하여 하나로 의미 있는 그 무엇으로
바꾸려고 노력하고, 그 과정에서 그들이 지니고 있던 감각이 상호 침투
하여 새로운 의미나 사물로 발전하게 된다.

병치은유의 하위 유형은 병치한 상태에 따라 <완전병치(完全竝置)>와
<부분병치(部分竝置)>로 나눌 수 있다. 완전병치는 앞의 「눈물」 (ⓐ)처
럼 전체를 구성하는 보조관념들이 인과관계가 없이 전시(展示)되는 경우
를 말한다. 그리고 부분병치는 작품의 어느 일부분만 병치되는 유형을
말한다. 하지만 부분병치는 전체를 지배하는 원관념에 흡수되어 어느 한
부분을 낯설게 만든 치환은유의 하위 유형으로 바뀌게 된다.

또, 병치한 자질들의 인과관계에 따라 <유사병치(類似竝置)>와 <이질
병치(異質竝置)>로 나눌 수도 있다. 하지만, 유사병치는 유사한 자질의
반복으로 인하여 상징으로 변한다. 그러므로 병치은유는 <완전 이질병
치>로 제한해야 할 것이다.

완전 이질병치의 하위 유형은 병치한 자질들의 지배 인자가 무엇이냐
에 따라 <이미지 병치>, <리듬 병치>, <에피소드 병치> 등으로 나눌
수 있다.[9] 물론, <음운 병치(音韻竝置)>나 <어휘 병치(語彙竝置)>도 가

정해 볼 수 있다. 하지만 음운이나 어휘만으로는 완결된 의미를 형성할 수 없으므로 이론상으로 가능할 뿐 실제 작품 속에 채택되는 경우가 드물다.

이미지 병치는 앞에서 인용한 김춘수의 작품(ⓐ)이 이에 해당한다. 그리고 <리듬 병치>와 <에피소드 병치>는 역시 같은 김춘수의 다음 작품에서 발견할 수 있다.

> ⓑ불러다오.
>   멕시코는 어디 있는가,
>   사바다는 사바다, 멕시코는 어디 있는가,
>   사바다 누이는 어디 있는가,
>   말더듬이 일자무식 사바다는 사바다
>   멕시코는 어디 있는가,
>   사바다 누이는 어디 있는가,
>   불러다오.
>   멕시코 옥수수는 어디 있는가,
>
> - 「처용단장」 제2부 5
>
> ⓒ태초에
>   무정부주의가 있었다. 무정부주의는
>   발이 없다.
>   보이지 않을 때가 있다.
>   바쿠닌은 입이 크고
>   크로포트킨은 수염이 아름답다. 가을에는
>   모과빛이 난다.
>   시베리아 오지에는 일년 내내
>   눈이 오고
>   예예족(芮芮族)의 마을은 너무 멀다.
>   죽은 늑대의 목뼈가

---

9) 현승춘, 「김춘수의 시세계와 은유 구조」(제주대학교 대학원, 석사 학위 논문, 1993), pp.24~29.

부러져 있다.
모든 것 다 잊으라고 눈이
쉬지 않고 온다.
- 「처용단장」 제3부 31

ⓑ에서는 '불러 다오'라는 청유문(請誘文)과 '어디 있는가'라는 의문문(疑問文)을 반복적으로 제시하고 있다. 리듬이 텍스트의 조직에 참여하는 요소들을 반복적 제시하여 얻어지는 것이라고 한다면, 이와 같은 문형(文型)의 반복은 리듬을 획득하기 위한 것이라고 볼 수 있다. 다시 말해, 이 작품의 리듬은 '불러 다오'와 '어디 있는가'의 반복에서 비롯된다고 볼 수 있다.

리듬병치는 시를 순수한 음악 상태로 이끌어 간다. 하지만, 본질적으로 리듬은 의미에 비해 전달력이 약하므로 독자로 하여금 리듬병치임을 인식시키기 위해서는 의미를 약화시키지 않으면 안 된다. 만일 의미를 약화시키지 않으면 그에 가리어 반복된 자질을 리듬으로 인식하지 못하기 때문이다. 이 작품에서 '멕시코'가 사람이나 동물이 아닌데도 불러 달라고 요구하고, 특별한 의미가 없는 '사바다'를 반복한 것은 의미를 약화시키기 위한 것이라고 볼 수 있다.

ⓒ는 <무정부주의>, <바쿠닌과 크로포트킨의 입술과 수염>, <시베리아 오지와 예예족 마을>, <목뼈가 부러져 죽은 늑대>, <모든 것을 다 잊으라고 내리는 눈>이라는 다섯 개의 에피소드로 이루어졌다. 이와 같은 에피소드 병치는 동일 에피소드 안에서는 인과관계를 유지하지만 다른 에피소드와는 단절된 상태이다. 따라서 소설의 단속적(斷續的) 구성과 유사한 장치라고 볼 수 있다.

이상에서 살펴본 하위 유형들의 구조는 아래와 같이 그릴 수 있다.

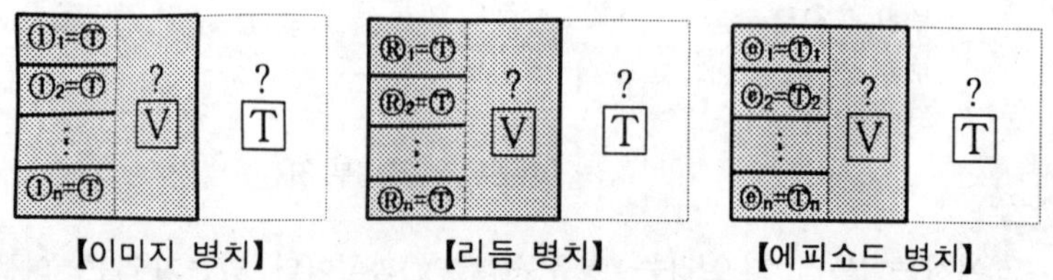



이와 같은 병치은유는 나열된 보조관념들이 하나로 수렴되지 않는다. 문장 표면에 드러나는 것은 오직 인과관계가 없는 보조관념들의 이미지와 그들이 빚어내는 리듬뿐이다. 그리하여 병치은유를 채택한 작품들은 무의미한 이미지의 집합이나 말장난처럼 보이기 쉽다. 하지만, 시 속에 등장하는 사물들은 인과관계를 설정하는 과정에서 형성된 고정 관념의 껍질을 벗고 새로운 모습으로 바뀌게 된다. 따라서, 다른 어떤 구조를 채택한 작품보다 창조적인 것으로 발전할 수 있다.

## (3) 은유의 기능과 전달 과정

은유는 유사성(類似性)을 바탕으로 원관념과 보조관념을 결합시키는 양식이라 해도 근본적으로는 서로 다른 것들을 강제로 결합시킨 것에 불과하다. 따라서, '서로 다름 속에서 유사성(similarity indifference)'을 발견하여 동일성(identity)을 증명하는 어법이라고 할 수 있다. 그리하여, 화자가 <T는 V이다>라고 말해도 독자들은 그대로 받아들이지 않고, 그렇게 연결시킨 것에 대해 의문을 제기하면서 화자의 발언에 대해 여러 단계의 대결을 벌인다.

이와 같은 대결에서 먼저 시작되는 것은 원관념과 보조관념의 근본을 비교하는(fundamental comparison) 작업이다. 이 과정에서 독자들은 원관념과 보조관념이 근본적으로 다르다는 것을 발견하게 된다. 그리고 그 다음 단계에서는 서로 다른 것을 동일하다고 말하는 화자의 견해에 대해 마음 속으로 이의를 제기한다.

그러나 독자가 어떤 텍스트를 읽는다는 것은 특별한 경우가 아니면 '불신(不信)을 자발적으로 중단'한 상태에서 출발한다고 볼 수 있다.[10] 이런 심리 때문에 독자들은 텍스트 또는 화자와 화해하려는 입장에서 원관념과 보조관념의 공통점을 발견하려고 노력한다. 그리하여 마침내 동일성을 발견하게 되면 독자들은 기쁨을 맛보게 된다. 따라서 시적 은유의 전달 과정은 <원관념과 보조관념의 대조→차이성의 발견→화자의 주장과 독자 생각의 대결→화자의 주장을 수용하기 위한 화해→동일성의 발견으로 인한 기쁨>의 과정을 거친다고 볼 수 있다.

이와 같은 과정에서 독자들은 원관념과 보조관념이 너무 유사하여 쉽게 동일성을 발견할 수 있을 때에는 실망한다. 이른바 '진부한 작품'들이 그런 예에 속한다. 그리고 너무 이질적이어서 끝내 동일성을 발견할 수 없을 때에는 텍스트를 불신하게 된다. 이른바, '난해시(難解詩)'로 평가되는 작품들이 그런 예에 속한다. 따라서, 독자가 가장 큰 기쁨을 주는 작품은 불신할 단계까지 갔다가 동일성을 발견하게 되는 작품이라고 할 수 있다. 그것은 마치 어려운 '수수께끼'를 풀었을 때 기쁨이 배가되는 것과 마찬가지 심리라고 보아야 할 것이다.

그렇다면 이런 과정을 거쳐 전달되는 은유는 어떤 기능을 지니고 있는가? 첫째로, 시인의 정서를 형상화하는 기능을 꼽을 수 있다. 인간의

---

10) 독자가 '불신의 자발적 중단'을 거부하는 경우는 독자와 가치관이 정반대일 경우와 작품이 해석되지 않는 경우를 들 수 있다.(이상섭, '독자 반응 이론의 여러 면모', 박찬기 외, 『수용미학』, 고려원, 1992, pp.133~134.) 그러나 독자는 근본적으로 거부권을 행사하려는 욕구를 지니고 있다고 보아야 할 것이다. 거부를 중단하면 주체성을 상실하고, 텍스트가 요구하는 대로 움직여야 하기 때문이다. 그러므로 텍스트는 거부할 수 없도록 유인하는 장치를 갖지 않으면 안 된다.

정서란 불안정하고 객관성이 없는 감성의 산물이다. 그리고 아무리 설명을 가해도 제대로 전달되지 않는다. 그러므로 그 감정과 유사한 등가물(等價物)을 제시하여 그에 대해 생각하도록 만들고, 그 과정에서 시인과 유사한 감정을 맛보게 하는 방법을 택할 수밖에 없다. 은유적 어법을 서정적 장르의 기본 어법으로 삼는 것도 이런 이유 때문이다.

둘째로, 작품 전체의 유기성(有機性)을 강화시키는 기능을 꼽을 수 있다. 시인이 어떤 보조관념을 선택할 경우 그것만을 제시하지는 않는다. 그것이 존재하는 시간과 공간을 묘사하고, 그와 같은 생각을 할 수 있었던 상황을 제시한다. 따라서 치환은유이든 병치은유이든 그것이 본질적인 은유(essential metaphor)일 경우 그 작품의 모든 조직은 보조관념 중심으로 짜여질 수밖에 없다. 그리고 그로 인해 텍스트의 유기성이 강화되고, 통일된 감각과 관념으로 발전하게 된다. 다음 작품만 해도 그렇다.

> 다리를 묘하게 꼬고 창가에 걸터앉아 있는 빗소리. 네 침묵이 서글프다! 그러나 아무 생각도 하지 말기. 멕시코인처럼 몸매가 따스해 보이는 커피잔만 생각하기. 그래도 무료하면 정겹게 먼지 앉은 책을 펴들 것. 단, 활자는 읽지 말고. 비에 젖은 숲을 헤치듯 활자와 활자 사이를 헤쳐 나갈 것. 활자의 가지마다 늘어지는 넝쿨 꽃잎. 희디흰 꽃잎은 그리움의 관절 속으로 큼직큼직 떨어지고. 그래도 개구리 심장처럼 벌떡벌떡 웃는 그대가 생각나면 곁에 없는 그를 개굴거리며 땅 속에 묻어 버릴 것. 개굴 개굴 개굴 간혹 개굴거리며 그가 생각 나는 아침은…… 개굴 개굴 개굴…….
> — 서안나(徐安那), 「단상(斷想)」

이 작품에는 '창가에 걸터앉은 빗소리', '멕시코인처럼 몸매가 따스해 보이는 커피잔', '무료해서 펴든 책', '활자 사이에서 피어나는 넝쿨꽃과 그리움', '개구리 심장처럼 벌떡벌떡 웃는 그'가 열거되어 있다. 그럼에도 불구하고 이 작품이 유기적인 느낌이 드는 것은 <비오는 날 아침 풍경>이라는 보조관념을 중심으로 조직했기 때문이다.

셋째로, 의미와 정서를 확대시키는 기능을 꼽을 수 있다. 은유란 <원관념=보조관념>으로 이루어진다. 그리고 그들은 근본적으로 서로 다른 관념이거나 사물이다. 그런데 시인이 <T=V>라고 강제로 맺어 줌으로써 독자들이 그것을 비교하는 과정에서 원관념과 보조관념이 지니고 있는 의미와 정서가 상호 침투하여 상승 작용을 일으키게 된다.

인용한 작품에서도 그런 예를 발견할 수 있다. '멕시코인처럼 몸매가 따스하게 보이는 커피잔'이라는 구절에서 '멕시코인'은 따뜻해 보이는 '커피잔'을 수식하기 위해 동원되었다. 그러나 문맥의 뉘앙스로 미루어 보면, 화자가 그리워하는 것은 단지 따뜻함만이 아니라, 사람의 체온을 그리워한다는 걸 짐작할 수 있다. 그리하여 이 시의 주제인 그리움과 결합하면서 화자의 외로운 정서를 상승시키는 작용을 하고 있다.

넷째로, 대상의 새로운 모습이나 의미를 발견하도록 유도하는 기능을 꼽을 수 있다. 비유란 근본적으로 유사한 사물이 아니라 서로 다른 사물로 치환하는 양식이다. 독자는 이와 같이 서로 다른 사물과 비교하면서 유사성을 발견하려고 노력하는 과정에서 문맥적 차원을 뛰어 넘어 사물의 새로운 모습을 발견하게 된다.

다섯째로, 새로운 사물을 창조하는 기능을 지니고 있다. 예컨대, '다리를 묘하게 꼬고 창가에 걸터앉아 있는 빗소리'라는 구절은 '빗소리'를 감각화하기 위한 수식이지만, 그를 구체화하는 데 그치는 게 아니다. 원관념이 보조관념으로 치환되는 과정에서 원관념인 '그대(T)'도 보조관념인 '빗소리(V)'도 아닌 제3의 사물(T+V)로 발전하고 있다.


## 3. 상 징


상징(symbol)은 그리스어의 '짜 맞추다(symballein)'라는 동사에서 온

말로서, 명사형(名詞形)에 해당하는 '심벌론(symbolon)'은 '표시(mark, token, sign)'라는 의미를 지니고 있다.

그러나 문학에서 사용하는 상징은 억지로 짜 맞춘 기호(sign)를 말하는 게 아니다. 가시적(可視的)인 사물(thing)을 통하여 비가시적(非可視的)인 정신 세계를 암시하도록 표현하는 양식을 말한다. 기호는 그것이 지시하는 의미만 지니며, 그 체계를 이해하지 못하는 사람들에게는 전달되지 않지만, 문학적 상징은 <그 사물에 관한 모든 것>을 생각하게 만들어 여러 의미로 확산시킬 뿐만 아니라, 그 체계를 모르는 사람들도 나름대로 유추하여 이해할 수 있기 때문이다.

휠러(C. B. Wheeler)는 기호와 문학에서 사용하는 상징을 구분하기 위해, <언어적 상징>과 <문학적 상징>으로 나누고, 랭거(S. K. Langer)는 <비추리적 상징>과 <추리적 상징>으로 나눈다.11) 그리고 휠라이트(P. Wheelwright)는 이들과 달리 언어적·비추리적인 상징은 <약속 상징(steno symbol)>, 문학적·추리적 상징은 <긴장 상징(tensive symbol)>이라고 부르면서, 후자가 문학 작품에서 쓰여 왔던 것은 다양한 의미가 상징체(象徵體)로 수렴되어 긴장을 형성할 수 있기 때문이라고 주장한다.12)

그러나 기호적 특성을 띠는 비추리적 상징을 배제한다는 것은 인간의 전인적 인식 가운데 추상 정신을 배제하는 결과로 이어진다. 그리고, 문학사를 검토해도 비추리적 상징으로 쓰여진 작품이 실재로 존재할 뿐만 아니라, 어느 작품이고 정도의 차이가 있을 망정 조금씩은 그와 같은 성격의 상징을 채택하고 있다. 그러므로 전달성만 염두에 두고 비추리적 상징을 배제하는 일은 재검토해 봐야 할 것이다.13)

---

11) Susanne K. Langer, *Feeling and Form* (Charles Scribner's Sons, 1953), pp.29~30.

12) P. E. Wheelwright, *Metaphor & Reality* (Indiana Univ. Press, 1962), pp.92~110.

13) 이 책 <서정적 담화의 갈래>(pp.56~60) 및 <화제의 초점>(pp.154~157)을 참조할

## (1) 은유와 상징과 알레고리의 차이

종래의 시론에서 상징의 보조관념은 사물(thing)이고, 그것이 환기시키는 것은 관념(idea)이라고 설명해 왔다. 다시 말해, 은유는 하나의 단어를 다른 단어로 바꾸고(word₁=word₂), 보조관념과 원관념의 관계가 <1 : 1>인 반면에, 상징은 하나의 사물을 내세워 무수한 관념을 환기시키는 양식으로서(thing₁=Idea∞) 원관념이 잠재되며, 상징물과 원관념의 관계는 <1 : ∞>라는 것이다. 그리하여 일부 학자들은 은유와 상징의 차이를 다음과 같이 도해하고 있다[14]

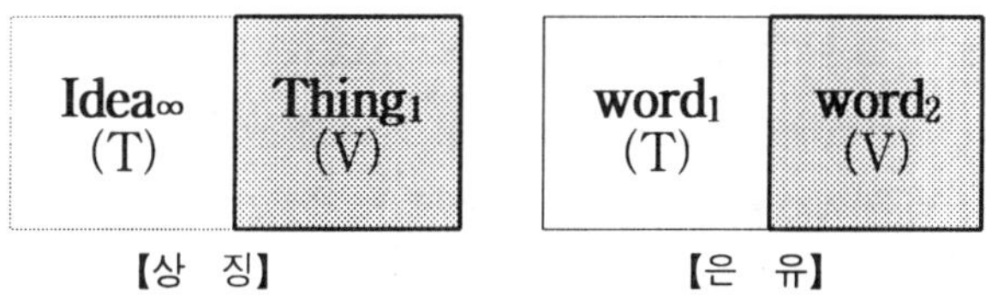


하지만 상징이든 은유든 텍스트 안에 들어오는 것은 사물이 아니라 기호화된 낱말(word)이다. 다만, 차이가 있다면 은유는 보조관념에 해당하는 낱말을 일회적으로 사용하는 반면에, 상징은 반복적으로 사용하여 사물성(thingness)을 형성하도록 유도한다는 점이다.[15] 그리고 은유의 원관념은 한두 개에 불과하고 또 겉으로 드러나지만, 상징의 원관념은 보조관념으로 선택한 사물이 거느리고 있는 총체적 관념으로서 다수(N)

---

것.

14) 이승훈, 『시론』(고려원, 1979), pp.162~163.

15) R. Wellek & A. Warren, *Theory of Literature*, 이경수 역, 『문학의 이론』(문예출판사, 1987), p.274.

이며, 잠재된다는 차이를 지니고 있다.

따라서 은유는 하나의 낱말을 일회적으로 바꾸는 양식(Word₁ : Word₂=1 : 1)이고, 상징은 다회적으로 바꾸어 사물성을 형성하도록 유도하는 양식(N · word₁=thing₁)이다. 그러므로 보조관념의 의미가 무한대(1 : ∞)로 확대되는 것이 아니라, 그 사물이 거느리고 있는 관념만큼(about thing) 확산되는 양식(1 : N · Idea)이라고 할 수 있다.

이와 같은 차이는 보조관념을 반복적으로 제시하는 <잠재형 복합 치환은유>와 비교해 보아도 짐작할 수 있다. 외견상으로는 잠재형 복합 치환은유는 상징과 비슷하게 보인다. 그러나, 전자는 동일한 대상을 지칭하는 게 아니라 그와 연접된 관념을 지칭하기 때문에 하나의 사물로 발전하지 못하고, 다른 관념으로 바꾸는 단계에 머물고 만다.

반면에, 상징은 동일한 대상을 반복적으로 지칭하여 사물화하고, 그에 대한 모든 관념을 떠올리도록 만든다. 따라서, 복합 치환은유가 여러 개의 보조관념을 제시하여 하나의 원관념을 떠올리도록 만드는 양식(N·V=T)이라면, 상징은 하나의 보조관념을 반복적으로 제시하여 여러 개의 원관념을 떠올리도록 만드는 양식(V=N·T)이라고 요약할 수 있다.

이들의 차이를 도해하면 다음 페이지와 같이 그릴 수 있다. 이와 같은 상징은 어느 것이 원관념이고 보조관념인지 분리할 수 없을 정도로 상

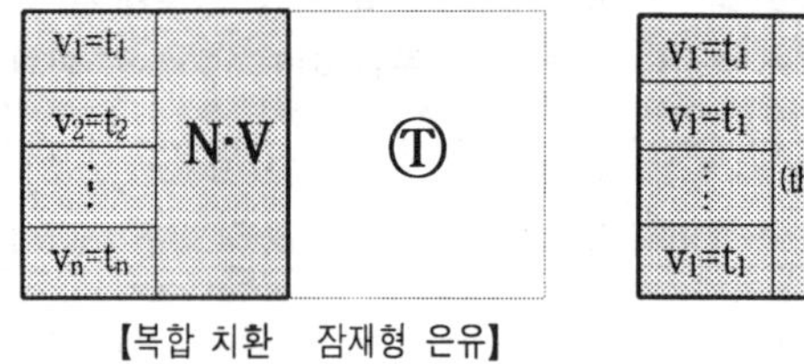

【복합 치환 잠재형 은유】

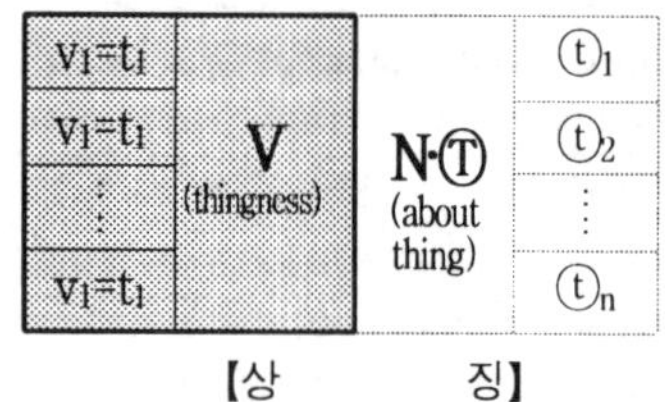

【상　　　징】

호 합동(相互合同)을 이룬다는 점이 특징이다. 그리고, 이들의 결합은

원관념과 보조관념의 유사성에 의해 합동이 이루어지는 게 아니라, 인간의 무의식 속에 숨어 있는 원시적(原始的)이고도 마술적(魔術的)인 힘에 의하여 이뤄진다. 이런 속성은 다음 작품을 살펴봐도 짐작할 수 있다.

> 풀이 눕는다
> 비를 몰아오는 동풍에 나부껴
> 풀은 눕고
> 드디어 울었다
> 날이 흐려져 더 울다가
> 다시 누웠다
>
> 풀이 눕는다
> 바람보다 더 빨리 눕는다
> 바람보다 더 빨리 울고
> 바람보다 먼저 일어난다
>
> — 김수영(金洙暎), 「풀」에서

여기서 보조 관념으로 동원된 '풀'은 풀 그 자체인 동시에, 그것이 내포하고 있는 모든 관념, 예컨대 초개(草芥) 같이 보잘 것 없는 존재라든가 시대적 상황에 순응할 수밖에 없는 서민적 삶의 양식을 말한다. 이와 같이 상징은 원관념과 보조관념이 분리하기 어렵게 결합되고, <V : T=1 : N>의 관계를 취하고 있다. 그리고 논리적인 유사성에 의해서가 아니라 무의식을 바탕으로 연결하고 있다.

그러나 상징과 같은 구조를 취하면서도 보조관념과 원관념이 분리되며, 잠재형 복합 치환은유처럼 그 의미가 <1 : 1>인 유형이 있다. 다음 작품이 그런 예에 속한다.

> 새는 울어
> 뜻을 만들지 않고

지어서 교태로
사랑을 가식하지 않는다

포수는 한 덩이 납으로
그 순수를 겨냥하지만
매양 쏘는 것은
피에 젖은 한 마리 상한 새에 지나지 않는다.
　　　　　　　　　　　　　- 박남수(朴南秀), 「새·1」에서

　이 작품에서 1연이나 2연은 모두 새의 이미지를 반복적으로 제시하여
물질적 감각을 축적하고 있다. 하지만, 보조관념으로 채택된 '새'는 사물
성을 확보하고도 상징처럼 다양한 의미로 확산되지 않고 <자연>이라는
원관념을 암시하면서 그 의미가 <1 : 1>로 이동하고 있다. 그리고 '자연'
이라는 원관념은 인간과 대비되고 있다. 다시 말해, 반복적으로 '새(vn)'
를 제시하여 실제 '새(V)'를 떠올리게 만들지만, 그 의미는 자연(T1)이며,
그것은 '총'이 암시하는 사람(T2)과 대비하기 위한 것에 불과하다. 알레
고리는 근본적으로 <T2>에 해당하는 <인간>을 풍자(諷刺)하기 위한 수
사법으로서, 풍유(諷喩)라고 부르는 것도 이 때문이다. 이와 같은 유형은
<잠재형 복합 치환은유>와 <상징>의 중간형인 <알레고리(allegory)>이
며, 그 구조는 아래와 같이 그릴 수 있다.

| $v_1=t_1$ | | | |
|---|---|---|---|
| $v_1=t_1$ | $V$ (thingness) | $T_1$ (about thing) | $T_2$ (about man) |
| $\vdots$ | | | |
| $v_1=t_1$ | | | |

【알레고리】

　이와 같은 알레고리의 보조관념은 최종의 비판 대상으로 삼는 인간

보다 도덕적으로 동등하거나, 우월하다고 판단되는 것들을 선택한다. 앞
작품에서 새를 보조관념으로 선택한 것은 그로 이어지는 자연이 인간보
다 우월하다는 판단 때문이다.

  알레고리의 유형은 최종의 비판의 대상인 인간을 문맥의 표면에 드러
내는 유형과 잠재시키는 유형으로 나눌 수 있다. 앞에서 예로 든 「새」는
현시형에 속하며, 다음 주원규(朱元圭)의 작품은 잠재형에 속한다.

> 말이 풀을 먹는다.
>
> 말이 풀을 먹으며
> 큰 눈을 껌벅인다.
> 큰 눈을 껌벅이며 말은
> 말똥을 싼다. 풀잎 줄기들이
> 하얗게 엉켜 있는, 메마른
> 말똥
>                    *
> 지구의 살가죽에
> 푸르게 돋은 풀잎
>
> 풀잎들은 말갈기에 윤기를 더하고
> 말똥은 푸른 풀의 푸르름을 더욱 빛낸다.
>                    *
> 여름이 뛰노는 언덕
> 겨드랑이 밑을 휘도는
> 시냇물 소리
>
>            - 주원규(朱元圭), 「판타지아」 전문

  이 작품에서는 <말→풀→지구>로 이어지는 자연의 축을 선택하고 있
다. 자연은 상생(相生)의 원리에 의하여 서로 돕지만, 인간은 일방적으로
약자를 지배하고 먹어 치운다는 사실을 비판하기 위해서이다. 그럼에도
불구하고 대비의 대상인 인간을 문맥의 표면에서 제거하고 있다. 그것은

굳이 거론하지 않아도 풍자의 의미가 인간을 지향하고 있기 때문이다.

일반적으로 알레고리는 미적 쾌감을 자극하기보다 지적·윤리적 감각을 일깨우기 위한 어법이라고 할 수 있다. 그러나 원관념이 잠재되기 때문에 교시하거나 비판하려는 내용이 노골적으로 드러나지는 않는다. 비판을 목적으로 하는 작품에서 이런 유형이 자주 채택되는 것은, 비판하려는 대상을 직접 거론하지 않기 때문에 강력한 반발을 피할 수 있으며, 보조관념과 원관념의 의미를 <1 : 1>로 제한하여 자기 의도를 명백하게 밝힐 수 있다는 장점 때문이다.

### (2) 상징의 기능

앞에서 살펴 본 바와 같이 상징이나 알레고리는 동일한 대상을 반복적으로 거론하여 사물성을 부여하고, 그를 의사주체로 내세우는 어법을 택한다. 이와 같은 두 유형의 시적 기능을 살펴보면, 첫째로 대상으로 채택된 상징물(보조관념)과 그것이 환기시키는 원관념이 동일성(同一性)을 지닌다는 점이다.

은유에서 보조관념은 어떤 관념이나 정서를 표현하기 위하여 시인이 임의적으로 선택한 것에 불과하다. 그리고, 보조관념으로 선택한 사물들은 본래 의미와 그것이 문맥 속에서 형성하는 의미가 부분적으로 겹칠 뿐, 전체적인 의미에서는 상당한 차이가 난다. 반면에 상징이나 알레고리는 보조관념 그 자체를 생각하도록 유도하는 방식을 취한다. 그리고 그 과정에서 발견되는 의미는 그 사물이 본래 지니고 있던 의미 가운데에 일부분이다. 따라서 상징은 은유와 달리 상징체가 지닌 여러 가지 의미 가운데 어느 일부분을 이용하거나, 그 상징체가 지닌 기존의 의미에 시인이 발견한 의미를 덧붙이는 어법이라고 볼 수 있다.

상징의 이런 기능은 다음 작품을 살펴보아도 짐작할 수 있다.

물 속에 물의 방을 만들었다 육각형의 그 방에 말없음표의 안개를 풀어 놓았다 속이 들여다보이는 햇빛을 박박 지우고 삐죽삐죽 드러난 물의 각을 다듬어 보았다 물의 방이 물방울 하나로 둥글어질 때까지

강한 것은 부러진다고 한다 부드러움이 강한 걸 이겨낸다고 한다 강한 물이 약한 물에 다스려진다고 한다 이런 말들을 물 속에 문자로 써 보았다 손가락을 갈퀴로 삼아 물의 살에 피를 내듯이 써 보았다

물 속에 방이 둥둥 떠다녔다 내가 만들었다가 버린 방들 나와 같은 이들이 살아 보다가 떠나 버린 방들 그런 방들이 꽃송이처럼 피어났다가 사라지는 물을 바라보며 물이 될까 물의 소리라도 되어 따라다녀 볼까 삐죽 삐죽 돋아난 물풀 줄기 사이에 꼬리며 배를 다 드러내 놓은 채 떠돌아다니는 송사리 그 옆에 집게손을 도끼처럼 둘러멘 가재들이 보였다
— 박제천(朴堤千), 「가을, 물, 앞에서」에서

이 작품에서 물의 의미는 시인이 임의적으로 부여한 것이 아니라 본래부터 지니고 있던 의미, 즉 '부드러움', '순응성', '생명성' 같은 것을 이용했거나, 재해석한 것이라고 볼 수 있다. 상징의 원관념과 보조관념의 관계를 논의할 때 흔히 원시적이고 마술적인 힘에 의하여 결합된다고 이야기하는 것도 이와 같이 시인이 작위적으로 결합시키는 것이 아니라 비논리적인 힘을 이용하고 있기 때문이다.

둘째로, 시의 의미를 암시적(暗示的)으로 드러내며, 그로 인해 다의성(多義性)이 형성된다는 점을 꼽을 수 있다. 상징이나 알레고리는 원관념은 잠재되고 보조관념만 드러난다. 다시 말해, 원관념이 지니고 있는 <감춤(concealment)의 속성>과 보조관념이 지니고 있는 <드러냄(revelation)>의 상반된 속성을 지니고 있다. 그리고 감춰진 의미를 발견하기 위해 독자들은 여러 가지로 해석하고 그 과정에서 원관념의 의미가 확대된다. 상징을 채택한 작품이 얼마나 암시적이고 다양한 의미로 확산되는

가는 다음 작품을 살펴보아도 짐작할 수 있다.

오렌지에 아무도 손을 댈 순 없다.
오렌지는 오렌지이기에 있는 이대로의 오렌지다.
더도 덜도 할 수 없는 오렌지다.
내가 보는 오렌지가 나를 보고 있다.

마음만 낸다면 나는
오렌지의 포들한 껍질을 벗길 수도 있다.
마땅히 그런 오렌지
만이 문제가 된다.

마음만 낸다면 나는
오렌지의 참잘한 속살을 깔 수도 있다.
마땅히 그런 오렌지
만이 문제가 된다.

그러나 오렌지에 아무도 손을 댈 순 없다.
대는 순간
오렌지는 이미 오렌지가 아니고 만다.
내가 보는 오렌지는 나를 보고 있다.

나는 지금 위험한 상태에 있다.
오렌지도 마찬가지 위험한 상태에 있다.
시간이 똘똘
배암의 또아리를 틀고 있다.

그러나 다음 순간,
오렌지의 포들한 거죽엔
한없이 어진 그림자가 비치고 있다.
오 누구인지 잘은 아직 몰라도.
- 신동집(申瞳集), 「오렌지」 전문

이 작품에서 화자는 '마음만 낸다면' 오렌지의 '참잘한 속살을 깔 수' 있다고 한다. 그러면서도 손을 대는 순간 오렌지가 다른 것으로 변질될까봐 두려워하고 있다. 따라서, 이 작품의 주제는 사물을 그대로 인식하지 못하고 분석적으로 인식하는 현대인들의 생리를 비판하면서, 대상을 분석하고 조작할 할 경우 객체와 주체의 본질이 모두 훼손될 수 있음을 지적하기 위한 것으로 해석할 수 있다.

하지만, 이 작품은 이런 의미로만 해석되는 것은 아니다. 화자와 오렌지가 서로 바라본다든지, 위험한 상태에 빠져 있다는 진술은 남녀간의 사랑으로도 해석할 수 있다. 즉, 사랑을 느끼는 순간부터 서로가 위험한 상태에 빠지며, 충동에 못 이겨 손을 대는 순간 나도 상대도 모두 본질이 바뀌고 만다는 의미로 해석해도 별다른 무리가 따르지 않는다. 그리고 독자에 따라서 또 다른 의미로 해석할 수도 있다. 이와 같이 이 작품이 다양하게 해석되는 것은 상징이 독자로 하여금 대상 그 자체에 대하여 생각해 보도록 유도하는 어법을 채택했기 때문이다.

셋째로, 작품 전체를 유기적으로 통일시키는 기능을 꼽을 수 있다. 이 작품의 각 연에는 '오렌지'가 등장하고 있다. 그리고, 구체적인 사물을 등장시켰기 때문에 그들이 등장하는 시간적·공간적 배경과 부차적인 풍경들을 부여해 주지 않을 수 없다. 이와 같은 표현에서 보조관념의 반복적 제시는 '오렌지'라는 어휘에 남아 있는 물질적 감각이 축적되어 사물성을 확보하도록 만들어 독자의 시선을 그에 집중시키는 구실을 하며, 대상을 중심으로 조직한 부차적 풍경은 한결 사실감을 강화하여 유기성과 통일성을 강화하는 데 이바지하고 있다.

물론 잘 짜여진 은유 역시 전체 의미를 통일시키는 힘을 지니고 있다. 그러나 어느 한 부분을 수식하는 산문적 은유는 오히려 독자의 시선을 분산시키는 구실을 한다. 그리하여 상징보다는 유기적 통일성이 약할 수밖에 없다. 그리고, 그런 힘을 강화시키기 위하여 반복적으로 제시하면

은유의 범주를 벗어나 상징이나 알레고리로 바뀌고 만다.

넷째로, 시적 의미를 입체적 사물로 바꾸는 기능을 꼽을 수 있다. 상징은 의미와 사물성을 고루 갖추는 양식이다. 의미는 원관념, 사물성은 보조관념을 통하여 드러나기 때문이다. 그리고 원관념과 보조관념을 구분할 수 없을 정도로 일치된다. 그리하여, 이런 기법을 택한 작품을 접할 때면 실제 사물을 접할 때와 같이 정서와 물질적 감각을 느낄 수 있고, 그로 인해 입체적 감각이 형성된다.

다섯째로, 전달력을 강화시키는 기능을 꼽을 수 있다. 은유는 원관념과 보조관념을 연결하는 고리를 발견하지 못하면 그 의미를 짐작할 수 없다. 그러나 알레고리와 상징은 사물을 의사주체로 내세우기 때문에 의사주체로 내세운 사물의 모습을 떠올릴 수 있고, 그것이 거느리고 있는 보편적 의미를 파악할 수 있다. 따라서 관념 상태에 머무는 은유보다 한결 전달력이 강화될 수밖에 없다.

### (3) 상징의 유형

문학적 상징은 다시 그것을 탄생시킨 주체가 누구냐에 따라 <개인적 상징(personal symbol)>, <보편적 상징(universal symbol)>, <원형적 상징(archetype)>으로 나눌 수 있다.[16]

개인적(個人的) 상징은 그 시인만의 체험을 바탕으로 채택한 상징을 말한다. 김춘수의 시에 자주 나타나는 '바다'나, 서정주의 「화사(花蛇)」에 나타나는 '고양이 입설' 등이 그런 예에 속한다. 전자의 경우 바다

---

16) P. Wheelwright, *Metaphor and Reality* (Indiana University Press, 1973), pp.94~100.; M. H. Abrams, *A Glossary of Literary Terms* (Holt Rinehardt and Winston Inc., 1971), pp.168~169 ; W. Y. Tindal, *The Literary Symbol*(Indiana University Press, 1955), p.5

를 '질병·죽음·회복·부활·유년·무덤' 같은 특수한 의미로 사용하고,17) 후자의 경우 고양이 입술을 관능적인 것으로 설정하고 있지만, 누구나 바다와 고양이 입술을 그런 의미로 생각하는 것은 아니기 때문이다.

따라서 개인적 상징을 바르게 해석하려면 그 시인의 다른 작품을 살펴보면서 그와 같은 상징이 어떤 의미로 쓰여왔는가 대조하지 않으면 안 된다. 상징이 지니고 있는 감춤의 속성으로 인하여 한두 작품만으로는 그 의미를 정확하게 파악할 수 없기 때문이다. 그리고 자기 작품에 개인적 상징을 채택하려면, 어느 유형보다 반복적으로 제시하지 않으면 안 된다. 반복적으로 제시하지 않으면 독자들은 그것이 상징으로 쓰였음을 감지하지 못하고 은유로 해석하기 때문이다.

보편적(普遍的) 상징은 역사적·문화적 배경을 같이하는 집단의 구성원이라면 누구나 이해할 수 있는 상징을 말한다. 이런 상징은 다시 <인습적(因襲的)>·<제도적(制度的)>·<전통적(傳統的)>·<문화적(文化的)>·<자연적(自然的)> 상징으로 나눌 수 있다.

인습적 상징은 그 사회에서 습관적으로 널리 쓰이는 상징을 말한다. '십자가(十字架)'를 희생, 사랑, 봉사, 고통의 의미로 사용하는 것이 그런 예에 해당한다. 그리고 전통적·문화적 상징은 그 민족의 전통이나 문화에 의해 채택되는 유형을 말한다. 다음 작품에 쓰인 상징은 문화적·전통적 상징에 해당한다.

> 피 예 있으니, 피 예 있으니,
> 너무들 인색치 말고

---

17) 김춘수, 「내가 가장 사랑하는 한마디 말」, ≪문학사상≫(1976.6월호). 참고로 해당되는 구절을 인용해 보면 다음과 같다.
 …바다는 병이고 죽음이기도 하지만, 바다는 또한 회복이고 부활이기도 하다. 바다는 내 유년이고, 바다는 또한 내 무덤이다.……

있는 사람은 병약자한테 시량(柴糧)도 더러 노느고
홀어미 홀아비들도 더러 찾아 위로코
첨성대 위엔 첨성대 위엔 그중 실한 사내를 놔라.

살(肉體)의 일로써 살의 일로써 미친 사내에게는
살 닿는 것 중 그중 빛나는 황금 팔찌를 그 가슴 위에,
그래도 그 어지러운 불이 다스려지지 않거든
다스리는 노래는 바다 넘어서 하늘 끝까지.

하지만 사랑이거든
그것이 참말로 사랑이거든
서라벌 천년의 지혜가 가꾼 국법(國法)보다도 국법의 불보다도
늘 항상 더 타고 있거라.
　　　　　　　　　　　　　－ 서정주, 「선덕여왕(善德女王)의 말씀」에서

　이 작품은 선덕여왕이 자기를 짝사랑하다 쓰러져 잠든 지귀(志鬼)의 가슴 위에 팔찌를 얹어 놔 위로했다는 『삼국유사(三國遺事)』의 일화를 제재로 삼고 있다. 따라서 수사법상으로는 인유(allusion)에 해당한다.

　그러나 이 작품에서 지귀와 선덕여왕의 이야기는 단순한 인유(引喩)에 그치지 않는다. '홀아비', '홀어미', '지귀', '선덕여왕'은 <외로운 사람들>을, '피'와 '살'은 <현실적·육체적 사랑>을 의미하는 것으로서, 낡은 제도와 관념에 얽매인 사랑을 비판하기 위해 채택된 것으로 해석할 수 있다. 그리고 가난하고 병든 자를 돕는 우리 민족의 문화와 전통을 배경으로 삼았다고 볼 수 있다. 이와 같이 문화적·전통적 상징을 채택하면, 독자들은 시인과 함께 같은 문화권에 포함되어 있다는 공동 의식(togetherness)을 느낄 수 있다.

　자연적 상징은 상징물과 원관념이 유사하여 채택한 유형을 말한다.

돌은 앞뒤가 없다
누구나 돌을 보고

이쪽이 앞이다 하면 거기가 앞이 되고
이쪽이 뒤다 하면 거기가 뒤가 된다

마음 속에 감추어진
영원히 토해 낼 수 없는
비밀스런 한 마디처럼
돌은 깊이 깊이 가라앉아 있다

돌은 이 지구 위
어디에 갖다 놓아도 어울리지 않는 곳이 없다
　　　　　　　　　　－ 김윤성(金潤成), 「돌」에서

　이 작품에서 화자가 말하고자 하는 것은 존재의 불변성과 침묵적인 상태이다. 참다운 존재는 영원히 침묵할 뿐이며, 어디에 갖다 놔도 잘 어울리고, 어떤 각도로 해석해도 다 설명하지 못할 뿐만 아니라, 또한 어떤 해석도 틀리지 않다는 것이다. 이와 같은 존재의 신비와 영원성을 이야기하기 위해 보조관념으로 돌을 선택한 것은 돌 역시 침묵적인 사물인 동시에 영원성을 지녔기 때문이다.

　원형적(原型的) 상징은 문학·종교·풍습 등에서 무수히 되풀이되는 원형적 이미지(archetypical image) 나 화소(motif)를 채택할 경우를 말한다. 다음 작품에서 '십자가'를 희생이나 봉사의 의미로 사용한 것은 종교적 인습에서 채택된 상징이지만, 세상을 구하기 위해서 '어두워가는 하늘 밑에' '모가지'를 드리우고 죽겠다는 것은 전세계에 널리 퍼져 있는 속죄양(scapegoat) 의식을 모티프로 삼은 것으로서, 원형 상징에 해당한다.

괴로웠던 사나이,
행복한 예수 그리스도에게
처럼
십자가가 허락된다면

> 모가지를 드리우고
> 꽃처럼 피어나는 피를
> 어두워가는 하늘 밑에
> 조용히 흘리겠습니다.
>
> — 윤동주, 「십자가」에서

이런 원형적 상징은 앞에서 인용한 서정주의 「선덕여왕의 말씀」에서도 발견할 수 있다. '첨성대 위엔 첨성대 위엔 그중 실한 사내를 놔라.'는 구절이나, '황금 팔찌' 같은 것이 그런 예에 속한다. 전자는 윤동주의 작품에서 발견되는 속죄양(贖罪羊) 설화보다도 훨씬 고형(古形)인 인신공양(人身供養)의 설화를 변형시킨 것이고, 후자는 프로이트나 융의 심리학에 의하면 여성 성기의 상징으로 해석할 수 있다.

원형 상징이 어떻게 형성되었느냐에 대한 견해는 크게 두 가지로 나누어진다. 하나는 원시시대에 제의(祭儀)를 통하여 형성되었고, 그것을 다음 세대에 물려주어 확립되었다는 문화 인류학적(文化人類學的) 관점이다. 그리고, 다른 하나는 조상들의 생활 속에서 되풀이된 원초적 심상(primordial image)이 무의식 속에 남아서 개인의 선험적 결정자(a priori determinant)가 되었다가 문학·종교·신화와 같은 집단 무의식(集團無意識) 속에서 재현된다고 보는 분석 심리학적(分析心理學的) 관점이다.

작품 속에 원형적 상징을 채택하면 인간과 자연과 신이 하나라는 초월적(超越的) 동일성을 얻게 된다. 그리고 시대를 초월하여 모든 인간들의 삶과 욕구가 동일하다는 통시적(通時的) 동일성도 얻을 수 있다. 예컨대 속죄양의 설화만 해도 그렇다. 성경 속의 아브라함 이야기를 비롯하여, 엘리어트(T. S. Eliot)의 「황무지(Waste Land)」나 우리 나라의 「심청전(沈淸傳)」 등은 모두 이런 원형을 채택하고 있다. 그리고 이를 통하여 독자들은 신도 인간처럼 대가(제물)를 요구한다는 사실과, 동서고금을 막론하고 신에 대한 관점이 비슷하다는 사실을 발견하게 된다.

　이런 신화는 상고 시대에만 탄생되는 것은 아니다. 니버(R. Niebuhr)의 주장에 의하면, 신화란 그 자체의 프로그램을 가지고 있으며, 현재는 물론 미래로 연결되고, 또 현대에도 탄생된다고 한다. 그리고 그는 고대에서 현대까지 계속되는 신화로는 기독교에서 주장하는 종말론을 꼽고, 현대에 탄생된 새로운 신화는 산업계의 '총파업'을 비롯하여 '진보'와 '평등' 같은 신념이라고 주장한다.[18]

## 4. 비유관의 변천 과정

　자기 작품 속에 어떤 비유를 선택할 것이냐는 개인적인 문제이긴 하지만, 시대의 흐름에서 크게 벗어날 수는 없다. 웰렉(R. Wellek)과 워렌(A. Warren)은 이런 점을 주목하고 베르너(H. Werner)의 설명을 빌어 선사 시대에는 신을 비롯하여 직접 거론하기 어려운 금기(禁忌)의 대상들을 비유적으로 표현했다고 주장한다.

　이와 같은 예는 오늘날에도 발견할 수 있다. 어업에 종사하는 사람들이나 심마니를 비롯하여 특수한 직종에 종사하는 사람들과 폐쇄적 계층에 속하는 사람들은 금기의 대상을 비유적으로 표현한다.

　그리고 그는 이어서 그리스 · 로마 시대에는 유추(類推)가 가능한 은유를 구사하고, 신고전주의 시대에는 종(種)에서 유(類) 또는 유에서 종으로 이동하는 환유적 어법과 직유 · 완곡법 · 장식적 형용사구 · 균형 · 반대 명제 등의 비개성적 비유가 주류를 이루었다고 한다. 또 바로크 시대에는 역설과 모순 어법을 비롯하여 비유의 남용(catachresis)이 특징이었으며, 근대로 접어들어서는 과격한 비유(radical metaphor), 현대에는 과학

---

18) R. Wellek & A. Warren, 앞의 책, pp.278~279.

적이고 기술적이며 그로 인해 비시적(unpoetic)으로 보이는 비유와 무의식적이고 성적(性的)인 비유가 주류를 이룬다고 주장한다.[19]

우리 시에서는 이에 대한 연구가 없어 정확히 말하기는 어렵다. 그러나 비슷한 변천 과정을 거쳤으리라고 추측된다. 다만 차이가 있다면, 우리 민족의 의식구조가 중용적(中庸的)이며, 재도적(載道的) 문학관이 우세했고, 자연 친화적(親和的)이었다는 점으로 미루어, 과격하고 비시적이며, 무의식적이고, 성적이고, 개인적인 비유를 구사한 시기가 서구보다 늦고, 또 빈도도 그리 잦지 않았으리라는 점이다.

그런데 우리 학계의 일부에서는 비유의 수사적 효과가 동일하다고 주장하는 사람들이 있다. 다시 말해, <직서(直敍)→직유(直喩)→은유(隱喩)→상징(象徵)>의 순으로 수사의 효과가 증대된다는 생각은 잘못이라는 지적이다. 그리고 그런 사람들은 대개 리차즈가 『실제 비평(Practical Criticism)』의 서론에서 주장한 <비평의 10가지 난관> 가운데 아홉 번째 항목을 준거(準據)로 내세운다.[20]

---

19) R. Wellek & A. Warren, 같은 책, pp. 286~307.
20) 우리 나라의 일부 시론서들은 리차즈가 지적한 <비평의 열 가지 난관>을 다음과 같이 요약하고 있다. 특히 잘못 요약하고 있는 부분은 (9)항이다.
　(1)의미 파악이 가능한데도 제대로 파악하지 못하는 경우.
　(2)음운으로 정서가 환기되는 작품에서 그 리듬을 잘못 파악하는 경우.
　(3)체험 부족 또는, 체험과 연결시키는 능력 부족, 기억력의 불구성 때문에 심상을 제대로 형성하지 못하는 경우.
　(4)시의 내용과 관계없는 엉뚱한 기억을 떠올려 작품 속에 혼입시키는 경우.
　(5)시인에 대한 선입견을 가지고 작품을 읽는 경우.
　(6)감상(感傷)에 사로잡혀 작품을 제대로 향수하지 못하는 경우.
　(7)앞의 항목과는 반대로 이성·시론·비평의 영향을 받아 지나치게 감성을 억제하는 경우.
　(8)시에서 교훈·사상·지식 등만 찾으려고 하는 경우.
　(9)<직서(直敍)→직유→은유→상징>의 순으로 표현 효과가 증대한다고 믿고 그로써 작품을 평가하는 경우.

하지만 그의 책을 살펴보면 이런 이야기한 부분을 발견할 수 없다.[21] 그리고 그가 그런 주장을 했다 해도 축자적(逐字的)으로 받아들여서는 안될 것이다. 그가 최고 이상형으로 꼽는 '포괄의 시(poetry of inclusion)'는 상반된 충동을 하나의 표현 속에 담은 것으로서, <직서>·<직유>·<은유>·<상징>은 각기 다른 구조를 지니고 있으며, 그로 인해 의미를 포괄하는 폭이 다르기 때문이다.

우선 직서란 시인이 직접 설명하는 어법을 말한다. 그런데 설명적 언어들은 외연적(外延的)이고 지시적(指示的) 성격을 띠며, 하나의 대상언

---

⑽자기가 공부한 시론(詩論)대로 작품을 이해하려고 하는 경우.

21) I. A. Richards, *Practical Criticism*(Routledge & Kegan Paul Ltd., 1973), pp.16~17. 참고로 원문을 살펴보면 다음과 같다.

Passing now to a different order of difficulties, the effects of *technical presupposition* have to be noted. When something has once been well done in acertain fashion we tend to expect similar things to be done in the future in the same fashion, and are disappointed or do not recognize them if they are done differently. Conversely, a technique which has shown its ineptitude for one purpose tends to become discredited for all. Both are cases of mistaking means for ends. Whenever we attempt to judge poetry from outside by technical details we are putting means before ends, and such is our ignorance of cause and effect in poetry we shall be lucky if we do not make even worse blunders. We have to try to avoid judging pianist by their hair.(또 다른 어려움으로 넘어가 보자. 기술적인 조건의 효과는 반드시 알아두어야 할 것이다. 어떤 유형에 있어서 잘 쓰여진 작품이 있을 때, 우리는 그러한 유형의 작품은 그 이후에도 잘 된 것이 되기를 바라는 경향이 있다. 그러다가 만약 유사한 유형이 되지 않으면 실망하거나 또는 그것을 인정하려 하지 않는다. 반대로, 의도에 부적합한 기법이 한 가지라도 보이면 그 전부를 의심하는 경향이 있다. 이 양자가 모두 목적을 위한 수단이 적절치 못한 경우이다. 우리는 시의 기술적인 세부 사항을 기준으로 외관에 의해 평가하려 할 때마다 수단을 목적보다 더 중시하고 있는 것이다. 이런 태도는 시의 원인과 결과에 대한 무지에서 비롯되는 것으로서, 우리는 이보다 더한 실수를 저지르지 않는다면 오히려 행운이라고 할 수 있다. 우리는 피아니스트의 모발로 피아니스트를 판단하지 않도록 노력해야 한다.)

어(object language)를 설명하기 위해 여러 개의 설명언어(meta language)를 동원한다. 따라서 이런 어법을 택할 경우에는 하나의 정서를 표현하기 위해서 여러 개의 문장으로 표현될 수밖에 없으며, <T←V(nt)>의 동어 반복적 구조를 취하게 된다. 그리고 그로 인해 대상언어와 설명언어 사이에는 일정한 간격이 생겨 대상 그 자체에 도달하지 못하고 외부에 머물게 된다.

이에 비하여 직유는 <T≒V>의 진술 형식을 말한다. 그런데 이렇게 대상언어를 다른 언어로 치환하면 다분히 내포적(內包的)이고 함축적(含蓄的)이며 압축적인 형식으로 바뀌게 된다. 그리고 유사성을 바탕으로 원관념을 보조관념으로 치환하기 때문에 직서보다 한결 밀착되며, 그렇게 연결한 고리를 찾는 과정에서 긴장이 발생하게 된다.

이런 차이는 직유와 치환은유 사이에서도 발견할 수 있다. 근본적으로 같은 구조를 취하고 있지만, 직유는 계사를 통하여 시인이 직접 연결하기 때문에 독자들이 무비판적으로 받아들이는 반면에, 치환은유는 그 고리를 생략한 채 단정적으로 연결하기 때문에 독자 스스로 치환의 근거를 찾고, 그것이 타당한 것인가를 검토해야 한다. 그러므로 시인이 직접 의미 이동의 연결 통로를 설정하는 직유보다 그를 생략한 치환은유가 한 단계 더 풀기 어려운 '수수께끼 형식'이라고 할 수 있다.

상징은 앞에서 살펴본 바와 같이 보조관념을 반복적으로 제시하여 형성되는 물질적 감각을 내세우고, 이에 대하여 생각해 보도록 유도하는 형식이다. 그러므로 어느 유형보다도 원관념과 보조관념이 합동의 형태를 취하며, 원관념을 떠올리기가 용이해진다.

하지만 치환은유와 상징이 떠올리는 의미가 같은 것은 아니다. 이질적인 두 낱말을 결합시키는 치환은유는 독자가 자기 의식 속에 들어 있는 의미와 문맥을 조정하여 새로운 의미를 형성하는 반면에, 상징은 그 사

물이 거느리고 있는 보편적 의미와 문맥의 의미를 조정하는 데 그치고
만다. 그러므로 은유는 새로운 사물(의미)을 창조하는 데 용이하고, 상징
은 전달력을 강화하는 데 용이한 어법이라고 보아야 할 것이다. 따라서,
리차즈가 실제로 모든 수사법은 동일한 효과를 지녔다고 주장했다 하더
라도, 그것은 잘 짜여진 직서보다 부적절한 은유나 상징이 우수하다고
평가하는 것을 반대한 것이지, 모두 동일한 효과를 지녔다고 이야기한
것으로 받아들여서는 안될 것이다.

이와 같은 비유는 문학 작품을 어떤 관점에서 받아들이느냐에 의하여
평가가 달리 나올 수밖에 없다. 시를 모방이란 관점에서는 <병치은유→
직유→치환은유→알레고리→상징>의 순으로 리얼리티가 강화된다고 보
아야 할 것이다. 그리고, 시인의 사상과 감정의 표현이라는 입장에서는
<병치은유→상징→알레고리→치환은유→직유>의 순으로 시인의 의도
(intention)가 장악된다고 보아야 할 것이다. 전자의 관점에서 병치은유가
가장 낮은 등급을 차지하는 것은 대상과 인과관계를 단절한 데 원인이
있고, 후자의 관점에서 병치은유와 상징이 낮은 등급을 차지하는 것은
독서 과정에서 독자가 가지고 있는 관념이 개입할 소지가 가장 크기 때
문이다.

그리고 또 작품의 의미는 텍스트 안에서 결정되는 것이 아니라 독서
과정에서 형성되며, 가장 많은 의미를 형성할 수 있는 작품이 가장 우수
하다는 입장에 서면, <직유→치환은유→알레고리→상징→병치은유>로
바뀌게 될 것이다. 직유에서 알레고리까지는 시인이 표현한 대로 수용할
것을 요구하는 유형이다. 그리고 상징은 그 사회의 구성원들이 의식과
무의식 속에 지니고 있는 일반적 의미로 환원해서 읽을 것을 요구하며,
병치은유는 병치한 요소들을 독자 임의로 조합하면서 그 의미를 창출할
것을 요구하는 양식이기 때문이다. 그러므로 시의 전략적 국면에서 어떤

수사법을 택할 것이냐는 시인의 창작 동기, 다시 말해 화제의 속성에 따라 결정될 수밖에 없다.

# 2. 구성과 전경화

우리는 일상 생활에서 어떤 이야기를 할 때, 의식적이든 무의식적이든 어디에서 시작하여 어떻게 끝맺을까 계산한다. 그것은 같은 이야기를 해도 화제의 배열 순서에 따라 그 이야기의 특질과 효과가 달라지기 때문이다.

그런데 종래의 서정적 장르에 대한 논의에서는 구성의 문제를 논외로 취급해 왔다. 그것은 서정적 담화를 서사나 극적 담화와 비교할 경우 인물과 배경의 교체 현상(交替現象)이 일어나지 않고, 화자의 현재 정서에 초점을 맞추는 양식이기 때문에 별다른 신경을 쓰지 않아도 통일성을 유지할 수 있다고 믿어 온 데 원인이 있다.

하지만 구성(構成) 또는 구조화(構造化)는 결코 서사와 극적 장르의 요소만은 아니다. 서정적 담화 역시 비유화의 방향을 결정한 다음에는 화제의 배열을 고려하지 않을 수 없으며, 이를 효과적으로 부각시키기 위해서는 각 층위의 요소들을 구조화해야 한다.

본 장에서는 이런 점을 감안하면서 먼저 서정적 장르와 서사나 극적 장르의 구성과 어떤 차이가 있는가를 살피고, 서정적 장르의 구성에는 어떤 유형이 있으며, 어떤 방식으로 전개하는가를 알아본 다음, 문학사의 흐름에 따라 어떤 유형의 구성이 채택해 왔는가를 따져 보기로 하자.

## 1. 구성과 구조화의 개념

'구성(plot)'이라는 용어는 아리스토텔레스가 비극의 여섯 가지 요소 가운데 하나로 꼽은 '미토스(mythos)'를 현대적인 용어로 바꾼 것이라고 할 수 있다. 그의 설명에 의하면, 미토스는 행위를 모방하기 위하여 에피소드를 결합시키는 방식이라고 한다.[1] 따라서, 구성에 대한 논의가 먼저 시작된 곳은 극적 장르이다.

극적 장르에서 출발한 구성의 개념은 소설론에서도 비슷하게 받아들인다. 티보테(A. Thibaudet)는 구성을 '사건을 전개하고', 인물의 '성격을 만들며', '그와 같은 상태를 만드는 기술'이라고 정의한다.[2] 그리고 티트리쉬(R. F. Dietrich)와 선델(R. H. Sundell)은 '테마를 전달하기 위한 행위의 배열'이라고 정의한다.[3] 따라서 전통적인 관점에서 구성은 에피소드의 배열 방식이라고 요약할 수 있다.

포스터(E. M. Forster)는 구성의 개념을 보다 명확히 설명하기 위해, 먼저 <스토리(story)>와 <플롯(plot)>을 구분한다. 그리고는 '왕이 죽었다, 그 다음 왕비가 죽었다'처럼 사건이 일어난 순서대로 진술하는 것은 스토리이며, '왕이 죽었다. 그 슬픔 때문에 왕비가 죽었다.'라는 식으로 인과관계를 설정하여 진술하는 것은 구성이라고 설명한다.[4]

그러나 신비평으로 넘어오면, 에피소드를 진술하는 순서라는 뜻으로 쓰이던 구성은 서서히 구조(structure)라는 개념으로 확장되기 시작한다. 그들은 우선 문학 작품이란 <내용(content)>과 <형식(form)>을 분리할 수 없는 유기적인 조직(organic system)이며, 구조는 소재(material)를 다듬고 배열하여 미적 효과를 갖도록 만드는 체계(體系)와 질서(秩序)라고 정의한다.[5] 따라서, 신비평의 구성에 대한 개념은 단지 에피소드를 배열

---


1) Aristoteles, *Poetik*, Stuttgart, pp.33.
2) A. Thibaudet, *Réflexions Sur le roman*, 유억진 역, 『소설의 미학』(신양사, 1960), p.69
3) R. F. Dietrich & R. H. Sundell, *The Art of Fiction*(New York, 1967), p.48.
4) E. M. Forster, *Aspects of the Novel*(London, Penguin Books, 1927), p.58.

하는 순서를 의미하는 게 아니라, 이를 포함하여 그 작품에 참여하는 모든 요소들이 이뤄 내는 구조의 개념이라고 볼 수 있다.

하지만, 라틴어의 '스트러크트라(struktura)'에서 온 '구조'라는 용어는 신비평 그룹의 설명보다 훨씬 광범위한 개념이라고 할 수 있다. 그것은 이 용어가 <언어 구조>·<문법 구조>·<의식 구조>처럼 넓은 의미에서부터, <의미 구조>·<행위 구조>·<욕망 구조>·<공간 구조>·<리듬 구조>처럼 텍스트의 각 충위를 이루는 요소들의 배열 상태와 질서를 지칭할 때에도 쓰이는 점을 미루어 봐도 짐작할 수 있다. 따라서, 구조는 요소와 요소 사이의 관계로서, 정적(靜的)인 상태를 의미하는 것이 아니라 동적(動的)인 시스템(system)을 의미하는 동시에, 그런 시스템을 움직이는 질서라고 할 수 있다.

그런데 신비평의 문학관을 살펴보면, 형식과 내용은 유기적이라고 주장하면서도 암암리에 이원론적(二元論的) 관점을 취하고 있다.[6] 이런 예

---

5) R. Wellek & A. Warren, *Theory of Literature*(New York, Penguin Books, 1949), p.141.

6) 랜섬(J. C. Ransom)은 『신비평』에서 문학작품은 논리적 핵심의 '구조(structure)'와 이에 무관한 조직인 '결(texture, 함축적 의미의 총체)'로 구성된다면서, '명료한 의미(구조)'는 '명료한 소리'를 유지하기 위해 '불명료한 의미(결)'로 바뀌며, 이런 결은 구조와 관계가 없는 세부이지만 그 자체의 아름다움 때문에 사랑을 받는다고 주장한다. 그리고 테이트(A. Tate)는 시의 의미는 긴장(tension)이며, 외연(extension, denotation)과 내포(intention, connotation)의 완전한 결합체라면서, 외연에 뿌리 박지 못한 내포는 애매 몽롱한 '가짜 지시성'밖에 갖지 못하며, 내포를 무시한 외연은 '상상력의 결핍'에 걸린다고 주장한다. 또, 윈터즈(Y. Winters)는 '동인(motive)'과 '감정(emotion)'의 이원론을 주장하면서, 시인은 지시적 의미를 생성하기 위해 말을 사용하지만, 정서적·함축적으로 사용한다고 주장한다. 이와 같은 이원론은 콜리지, 엘리어트, 리차즈 등의 영향이라고 할 수 있다. 그러나 야콥슨을 비롯한 러시아 형식주의 이론에 영향을 받은 후기 신비평 그룹에 속하는 브룩스는 형식 속에 형상화되지 않은, 그리고 형식화되기 전에 독립적으로 존재하는 내용이란 없다면서, 이를 구분하면 '패러프레이즈(paraphrase)의 이단'이라고 주장한다. 그리고 워렌(R. P. Warren), 윔샛(W. K. Wimsatt Jr.), 크리거(M. Krieger) 등도 이런 관점을 취한다.

로는 랜섬(J. C. Ransom)의 문학 작품은 논리적 핵심을 이루는 구조 (structure)와 이에 무관한 조직(texture)으로 짜여진다고 주장을 들 수 있다. 그리고 그를 비판한 브룩스(C. Brooks) 역시 종종 형식의 개념으로 사용하고 있다.[7)

신비평에서 완성하지 못한 일원론적 관점을 어느 정도 완성한 사람들은 러시아 형식주의자들이다. 그들은 문학 작품에서 형식과 내용은 별도로 존재할 수 없으며, 형식은 내용을 담는 그릇이 아니라 구체적이고도 역동적인 체계로서, 그 자체가 이미 내용이라고 주장한다.[8)

루카치(G. Lukács)는 이런 개념을 좀 더 발전시켜, 내용과 형식은 서로 다른 쪽을 완전하게 만드는 요소이며, 어느 한 편을 규정하려면 다른 쪽을 규정하지 않으면 안 된다고 주장한다. 그리고 독자들은 잘 짜여진 작품의 경우, 형식으로부터 감동을 받고도 내용에서 받은 것처럼 착각한 다면서,[9) 형식은 '완성된 내용(achieved contents)'이라고 주장한다.[10)

그런데, 서정적 장르도 구성을 이런 개념으로 받아들이면 그 나름대로 플롯이나 구조를 발견할 수 있다. 우선 플롯으로는 <의미 배열>을 꼽을 수 있다. 그리고 구조로는 텍스트를 구성하는 각 요소들의 상관 관계, 즉 시어·이미지·리듬 등의 구조를 상정할 수 있다.

하지만 시의 구조는 이런 단위로만 나눌 수 있는 것은 아니다. <의미 론적>·<통사론적>·<어휘론적>·<음성학적> 구조를 비롯하여, 전경 화된 정도, 뉘앙스의 계열, 이미지의 창출 기법, 낯설게 만들기에 의한

---

7) C. Brooks & R. P. Warren, *Understanding Fiction*(New York, Holt, Reinhardt and Winston. Inc. 1959), p.684.

8) Jürgen Hauff 외, *Methodendiskussion*(Frankfurt a. M, 1973), p.108.

9) G. Lukács, *The Aesthetics of György Lukács*, 김태경 역, 『루카치의 미학』(한밭사, 1984), 참조.

10) M. Schorer, *20th Century Literary Criticism*, edt., David Lodge(London, 1972), p. 387.

이화(異化) 정도 등으로 나눌 수 있다. 그리고, 율화(律化) 또는 산문화
(散文化)의 정도, 행과 연의 형태 등을 비롯하여, 의미적 국면에서 조직
적 국면에 이르기까지 모든 구조를 따질 수 있다.

## 2. 구조화의 동인

시인의 의식 속에 떠오른 이야기가 그대로 텍스트화되는 것은 아니다.
먼저 담화의 일반적 규칙에 따라 에피소드의 진술 순서가 결정되고, 시
인의 의도, 다시 말해 여러 개의 에피소드 가운데 어떤 것부터 이야기하
고, 어떤 것을 강조하고 생략하고 싶어하는가 등에 의해 재조정된다. 따
라서 서정적 장르에서 스토리 라인에 해당하는 이야기(fabula, Erzählzeit)
가 플롯(sujet, erzählte Zeit)으로 바뀌려면, 담화의 일반 규칙과 화자의
욕망에 의한 조정 과정을 거친다고 보아야 할 것이다.[11]

---

11) 20세기에 접어들어 서사 구조에 대한 견해를 정리한 사람들과 그 용어를 요약해
  보면 다음과 같다.(김형자, '소설의 구조', 한국 현대소설 연구회 편저, 『현대소설』 평
  민사, 1994, p.73 참조)

| 서사 구조의 이분법적 요소 | | |
|---|---|---|
| E.M. 포스터 | story | plot |
| 쉬클로프스키 | fabula | sujet |
| 토마셰프스키 | fabula | sujet |
| 토도로프 | historie | discours |

토마쉐프스키의 경우 fabula는 모티프의 총체들, sujet는 이들을 예술적으로 배열함
을 의미하며, 토도로프의 historie는 현실 속의 인물들을 환기시키기 때문에 '이야기'
가 되고, discours는 이야기를 하는 화자와 독자가 있고, 진술된 사건의 배열이 중
요한 것이 아니라 화자가 독자에게 전달하는 방식이 더 중요해진다고 주장한다.

## (1) 담화 원리에 의한 1차적 구성

모든 담화는 <주된 내용>과 그것을 <밑받침하는 내용>으로 짜여진다. 화자의 입장에서 보면, 주된 내용에 더 관심을 둘 수밖에 없다. 그리고, 서정적 담화에서 주된 내용은 어떤 일을 겪고 난 다음에 느끼는 정서이다.

그런데, 토마쉐프스키(B. Tomaševski)는 「주제론(Thematics)」에서 담화는 모티프의 집합(集合)이고, 모티프는 문장으로 이루어지며, 그것을 하나로 통일하는 기능은 테마가 맡는다고 주장한다. 그리고, 모티프의 유형은 <한정 모티프>·<자유 모티프>·<동적 모티프>·<정적 모티프>로 나눈다.

<한정 모티프>는 이야기를 전개하는데 빼놓을 수 없는 단위를 말하고, <자유 모티프>는 생략되어도 별다른 영향을 미치지 않는 모티프를 말한다. 그리고 <동적 모티프>는 '그는 뛰었다'나 '그는 결혼했다'와 같이 정황(情況)의 변화를 묘사하는 단위를 말하고, <정적 모티프>는 '그녀는 아름답다'와 같이 묘사하는 단위를 말한다. 따라서 서사적 장르에서 <주된 내용>은 한정 모티브와 동적 모티브이고, <밑받침하는 내용>은 자유 모티프와 정적 모티프라고 할 수 있다.

하지만 서정적 장르에서 시인이 전달하고자 하는 것은 이야기의 줄거리가 아니라 그 사건에 대한 느낌이다. 그러므로, 그의 용어를 빌어 말한다면, 자유 모티프와 정적 모티프가 <주된 내용>이고, 한정 모티프와 동적 모티프는 <밑받침하는 내용>이라고 볼 수 있다.

그런데 담화에서 밑받침하는 내용을 생략하면, 주된 내용이 제대로 전달되지 않는다. 특히 화자 또는 대상이 등장하는 시간적·공간적 배경과 그를 둘러싼 상황을 생략하고 곧바로 주된 내용 쪽으로 넘어가면 그 의미가 분명해지지 않는다.

이 가운데 제일 먼저 제시해야 할 단위는 화자가 현재 위치하고 있는 시간과 공간이다. 이와 같은 단위는 존재체의 구성 요소 가운데 하나일 뿐만 아니라, 독자로 하여금 화자가 현재 처해 있는 공간적 풍경과 상황을 상상하면서 왜 그가 그런 생각을 하게 되었는가를 짐작하도록 만드는 기능을 지니고 있기 때문이다.

다음 작품에서도 이런 순서를 발견할 수 있다.

> 빈 산막(山幕)엔
> 능구렁이처럼 무겁게 살찐 고요가
> 땅바닥에 배를 깔고 숨을 몰아쉬고 있다.
> 흙담이 무너져 내려 썩고, 나무 기둥이며 문살이
> 오랜 세월 비바람에 썩고 썩어
> 향기로운 부식(腐蝕)의 냄새를 피워 올리는,
> 이 버려진 산막 하나가 고스란히 해묵은 포도주처럼
> 맑은 달빛과 바람 소리와 이슬을 먹고 발효하는
> 심산(深山)의 특산품인 것을.
>
> ──신(神)이 가끔 그 속을 들여다보신다.
> — 이수익(李秀翼), 「폐가(廢家)」 전문

이 작품의 요지는 <자연은 신이 만든 특산품으로서 살아 있다>라고 볼 수 있다. 그리고 그것은 자연을 잃은 현대 도시 문명을 비판하기 위한 것이라고 볼 수 있다. 하지만, 화자가 이와 같은 주된 화제부터 이야기하면, 독자들은 왜 그런 이야기하는가를 짐작하기 어려워진다. 그래서 시인은 우선 시적 대상이 존재하는 깊은 산 속의 '산막'을 제시한 다음, 이 작품의 주된 화제인 자연은 죽은 것이 아니라 신과 함께 하는 존재라는 주제를 제시하고 있다.

시간적·공간적 배경을 제시한 다음 주된 내용의 전개 순서는 그 화제의 지향성(指向性)에 지배를 받는다. 다시 말해, 화자 지향형은 <화자의 현재 정서→그와 같은 정서를 갖게 된 동기→화자의 현재 정서> 순으로 전개한다. 그리고, 청자 지향형은 <청자에 대한 요구→청자에 대한 화자의 생각→청자에 대한 요구>, 화제 지향형은 <대상의 모습이나 그에 대한 정보→대상에 대한 화자의 생각→대상의 모습이나 그에 대한 정보> 순으로 전개한다. 이와 같이 앞뒤에 그 화제의 성격을 나타내는 모티프를 반복적으로 제시하는 것은 테마를 강화하기 위해서라고 볼 수 있다.

그런데 서정적 담화의 구성을 살펴보면 정적 모티프가 중심이 된다. 동적 모티프를 강화하면 자연히 행위의 과정에 초점이 가고, 그로 인해 서사적인 성격을 띠게 되기 때문이다.

하지만, 서정적 담화라고 해서 한정 모티프와 동적 모티프를 완전히 배제할 수는 없다. 느낌을 대상으로 삼아도 전체 줄거리는 짐작할 수 있어야 하며, 어느 한 순간의 정서를 그린다고 해도 화자의 움직임이 수반되는 경우가 있기 때문이다. 따라서 서정적 담화는 서사성을 완전히 제거한 것이 아니라 약화시킨 것으로 보아야 할 것이다.

서사성을 약화시키기 위해서는 우선 현재의 정서에 대한 묘사가 중심이 되어야 한다. 그리고 그를 위해서는 <사건의 순서>와 <진술의 순서>를 조정하지 않을 수 없다. 토도로프(T. Todorov)는 이와 같은 방법으로 <엇갈려 말하기(anachronies)>를 들고 있다. 아래 작품에서도 서정성을 강화시키기 위해 사건과 진술의 순서를 엇갈려 조직한 흔적이 발견된다.

ⓐ₁님은 갔습니다.(님이 떠남) ⓐ₂아아 사랑하는 나의 님은 갔습니다.(님이 떠남)

ⓑ푸른 산빛을 깨치고 단풍나무 숲을 향하여 난 작은 길을 걸어서 차마 떨치고 갔습니다.(님이 떠남)

ⓒ황금(黃金)의 꽃같이 굳고 빛나던 옛 맹서(盟誓)는 차디찬 티끌이 되어서 한숨의 미풍(微風)에 날아갔습니다.(이별 후의 내 처지에 대한 생각)

ⓓ날카로운 첫 키스의 추억은 나의 운명(運命)의 지침(指針)을 돌려놓고 뒷걸음질쳐서 사라졌습니다.(이별 후의 내 처지에 대한 생각)

ⓔ나는 향기로운 님의 말소리에 귀먹고 꽃다운 님의 얼굴에 눈멀었습니다.(님과 **함께 있었을 때의 나의 행동**)

ⓕ₁사랑도 사람의 일이라 만날 때에 미리 떠날 것을 염려하고 경계하지 아니한 것은 아니지만(님과 **함께 있었을 때의 나의 행동**) ⓕ₂이별은 뜻밖의 일이 되고 놀란 가슴은 새로운 슬픔에 터집니다.(님에 대한 생각으로 인한 새로운 슬픔)

ⓖ그러나 이별은 쓸데없는 눈물의 원천(源泉)을 만들고 마는 것은, 스스로 사랑을 깨치는 것인 줄 아는 까닭에, 걷잡을 수 없는 슬픔의 힘을 옮겨서 새 희망의 정수배기에 들어부었습니다.(슬픔을 **극복하려는 노력**)

ⓗ우리는 만날 때에 떠날 것을 염려하는 것과 같이 떠날 때에 만날 것을 믿습니다.(슬픔을 **극복하려는 노력**)

ⓘ아아 님은 갔지마는 나는 님을 보내지 아니하였습니다.(슬픔을 극복하려는 노력)

ⓙ제 곡조를 못 이기는 사랑의 노래는 님의 침묵을 **휩싸고** 돕니다.(슬픔을 극복한 상태)

- 한용운, 「님의 침묵」

그러나 사건의 발생 순서를 살펴보면 위와 같이 진행된 게 아니다. 이와 같은 엇갈림을 보다 선명하게 드러내기 위해 사건이 발생한 순서와 진술의 순서를 대조해 보면 다음과 같다.

①임과 함께 있었을 때의 화자의 행동(ⓔ · ⓕ₁)
②님의 떠남(ⓐ₁ · ⓐ₂ · ⓑ)
③이별 후의 나의 처지에 대한 생각(ⓒ · ⓓ)
④그런 생각으로 인한 새로운 슬픔(ⓕ₂)
⑤그 슬픔을 극복하려는 노력과 자위(ⓖ · ⓗ · ⓘ)
⑥현재 자신의 상황(ⓙ)이다.

이들의 관계를 다시 도표로 그리면 다음 페이지와 같다. 이와 같은 도표에서 <님이 떠났다>는 사실과 이별 후의 내 처지에 대한 생각은 사건

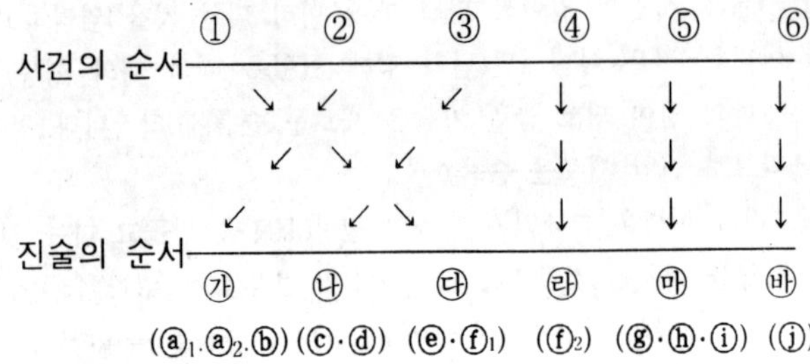

이 벌어진 순서에 비하여 앞으로 나와 있다. 이와 같이 사건이 발생한 순서와 담화의 순서를 엇갈려 조직한 것은 무엇보다도 에피소드에 따라 화자가 이야기하고 싶은 정도 차이 때문이라고 말할 수 있다. 다시 말해, 화자가 제일 먼저 이야기하고 싶은 것은 <님이 떠났다>라는 사실이기 때문에 첫머리에서 반복적으로 제시했다고 보아야 할 것이다. 그리고 ⓐ1을 문장의 최소 조건인 <S+P> 형식으로 진술한 것은 님이 떠났다는 사실이 너무도 놀랍고 당황스럽기 때문이며, ⓐ2에서 '사랑하는 나의'라는 관형구를 동원한 것은 다급한 심정을 어느 정도 해소된 뒤이기 때문이고, ⓑ에서는 일단 떠났다는 사실을 인정한 뒤라서 어디로 어떻게 갔는가를 밝혀야 한다는 생각이 작용했다고 볼 수 있다.

그러나 같은 이야기를 끝까지 되풀이할 수는 없는 일이다. 그래서, ⓒ와 ⓓ에서는 님이 떠남으로 인하여 바뀌게 된 화자의 처지를 이야기하고 있다. 그리고 ⓔ와 ⓕ1에서는 님과 함께 있을 때의 추억을 이야기하고 있다.

원래 <엇갈려 말하기>는 서사적 담화에서 논의되던 기법이다. 토도로프는 과거에 대한 <회상(retrospections)>과 미래에 대한 <예측(prospection)> 때문에 이와 같은 기법을 채택한다고 설명한다[12] 그런데, 그 결과는

<장면화(scenery)>와 <요약(summary)>으로 나타난다. 따라서 서사적 담화에서 엇갈려 말하기는 플롯의 인과성을 강화하고 장면화하기 위한 것이라고 한다면, 서정적 담화에서는 현재의 정서를 전경화 하여 표현하기 위한 방법으로 보아야 할 것이다.

그런데 이와 같이 이야기의 순서를 엇갈려 진술하면 시간의 흐름이 왜곡(歪曲)될 수밖에 없다. 과거나 미래의 이야기가 현재의 이야기 속에 끼여들고, 현재의 이야기가 과거를 이야기하는 도중에 제시되기 때문이다.

하지만, <시간의 왜곡 현상>은 진술의 순서에 의해서만 나타나는 것은 아니다. 화법(diction)과 빈도(frequency)에 의해서도 나타날 수 있다. 그러나 좀 더 자세히 살펴보면, 화법(話法)과 빈도(頻度)에 의하여 나타나는 왜곡 현상은 <순서>에 관한 것이 아니라, <독서의 시간>과 <사건의 시간> 관계로서, <지속(durée duration)>의 문제에 해당한다.

토도로프는 화법에 의해 나타나는 시간의 왜곡 현상을 크게 <정지(pause)>·<생략(ellipsis)>·<일치(equal)>로 나누고 있다. 그리고 정지와 일치의 중간형으로 <확대(enlargement)>, 생략과 일치의 중간형으로 <요약(summary)>을 추가시킨다. 이런 유형과 문체를 연관지으면, <정지>는 시간의 흐름을 정지하고 분석적으로 진술하거나 묘사하는 문체에서 얻어지며, <확대>는 어느 정도 사건을 진행시키면서 묘사하는 문체에서 얻어진다. 따라서 정지와 확대는 묘사적 화법에서 얻어지는 것으로서, 전자는 정지태(停止態)를 묘사할 때, 후자는 <동태(動態)>를 묘사할 때 얻어진다. 그리고, <일치>는 직접 화법, <요약>은 간접 화법이나 설명, <생략>은 그다지 중요하지 않은 부분을 제거하는 방법으로 얻어진다.13)

---

12) Tzvetan Todorov, *Qu'est que le structualisme?-Poétique*, 곽광수 역, 『구조시학』 (문학과 지성사, 1985), p.65.

진술의 빈도(frequency)는 동일한 사건을 얼마나 자주 언급하느냐 하는 문제에 해당한다. 일반적으로 화자는 자신이 중요하다고 생각하는 모티프를 반복적으로 언급하고, 중요하지 않거나 기피하고 싶은 것은 요약하거나 생략한다. 토도로프는 이 빈도의 유형을 ①하나의 진술이 하나의 사건만을 환기시키는 <일회적(singulatif) 이야기>, ②여러 개의 진술이 하나의 사건을 환기시키는 <다회적(répétitif) 이야기>, ③하나의 진술이 여러 사건을 환기시키는 <반복적(itératif) 이야기>로 나눈다.[14] 그러나 ③의 '반복적 진술'이란 용어는 '다회적 진술'과 같은 의미로 오해하도록 만들 수 있으므로, '암시적 진술' 또는 '통합적 진술'이라고 부르는 것이 옳을 것이다.[15]

앞의 작품에서도 이와 같은 빈도로 화자의 정서를 나타내고 있다. 님이 떠났다는 사실(ⓐ1·ⓐ2·ⓑ)과 슬픔을 극복하기 위한 자위(自慰)(ⓖ·ⓗ·ⓘ)는 3개의 문장으로 이루어진 다회적 진술에 해당한다. 그리고 새삼스레 떠오르는 슬픔(ⓕ2)과 그를 극복한 현재의 심정(ⓙ)은 하나의 사건을 하나의 문장으로 이야기한 일회적 이야기에 해당한다.

이를 도표화하면 다음과 같이 그릴 수 있다.

| ⓐ1 | ⓐ2 | ⓑ | ⓒ | ⓓ | ⓔ | ⓕ1 | ⓕ2 | ⓖ | ⓗ | ⓘ | ⓙ |
|---|---|---|---|---|---|---|---|---|---|---|---|
| ① | | | ② | | ③ | | ④ | ⑤ | | | ⑥ |

<보기> ①님이 떠남      ②이별 후 내 처지에 대한 생각

---

13) Tzvetan Todorov, 같은 책, pp.66~67.
14) Tzvetan Todorov, 같은 책, pp.67~68.
15) 사건(f)과 진술(s)의 관계는 다음과 같이 세 가지 유형 밖에 존재할 수 없다. ①일화적 진술=f : s ②다회적 진술=f : N·s ③암시적 진술=N·f : s. 그러므로 3가지 유형으로 나눈 것은 타당하나 '반복적 진술'은 '다회적 진술'과 같은 의미를 지니고 있어 적합한 명칭이라고 보기 어렵다.

③님과 함께 있을 때 나의 행동  ④생각으로 인한 새삼스런 슬픔
⑤슬픔을 극복하려는 노력    ⑥슬픔을 극복한 상태
※영문의 원문자는 행의 표시임

이처럼 님이 떠났다는 사실(①)이나 슬픔을 극복하려는 노력(⑤)을 다회적 이야기로 한 것은, 전자의 경우 님이 떠났다는 사실이 너무 놀랍고도 의외였기 때문이라고 볼 수 있다. 그리고, 후자의 경우 그 슬픔을 극복하려는 의지를 다지기 위해서라고 볼 수 있다. 반면에 새삼스레 떠오르는 슬픔(④)과 화자의 현재 상태(⑥)를 일회적으로 처리한 것은 슬픔을 억제하기 위해서이거나, 아직도 완전히 그 슬픔을 극복하지 못했기 때문이라고 볼 수 있다.

그런데, 이와 같은 빈도는 결국 스토리의 진행 문제로 이어진다. 다시 말해, 다회적 진술은 스토리의 진행을 정지시키거나 약화시키고, 일회적 진술은 진전시키며, 암시적 진술은 요약하거나 반전시키는 기능을 지니고 있다. 따라서 독서의 속도 면에서 볼 때, 다회적 진술과 암시적 진술은 의미의 밀도(density)를 높여 <지연(遲延)>시키는 기능을 지니며, 일회적 진술은 밀도를 낮춰 <원활(圓滑)>하게 만드는 기능을 지녔다고 볼 수 있다.

<독서(讀書)의 시간>은 결국 이야기의 <수용(受容) 시간>으로서, 주관적이고 심리적인 시간이라고 할 수 있다. 그리고 이런 관점에서 시간의 문제를 생각하면, 원활과 지연은 문체적 특질에 의해서도 나눌 수 있다. 다시 말해 이질적인 비유, 추상적인 어휘, 정치법에서 벗어난 어순, 긴 문장 등은 지연을 초래한다. 그리고 친숙한 비유, 구체적 어휘, 정치법에 의한 어순, 짧은 문장 등은 원활을 초래한다. 따라서 한편의 작품은 에피소드의 배열에서부터 화법·진술의 빈도·문체에 이르기까지 지연과

원활의 교차 구조(交叉構造)로 짜여진다고 볼 수 있다.


## (2) 전경화를 위한 2차적 구성

담화의 원리에 의한 구성이 끝나면 우리가 흔히 말하는 시의 상태에 도달한다. 하지만 시인의 의무가 독자의 기계적 반응(stock response)에 '치명적 일격(coup de grâce)'을 가하여 고양된 상태에서 감각적인 결(texture)을 인식하도록 만드는 것이라고 할 때,16) <낯설게 만들기 기법>을 구사하면서 <전경화(foregrounding)>하는 작업을 시도할 필요가 있다. 다시 말해, 너무 친숙하거나 평범한 것들은 독자들이 별다른 주의를 기울이지 않으므로 부분적으로 낯설게 만들어 전경(前景)으로 내세우지 않으면 안 된다. 다음 작품에서도 이와 같은 재구성의 흔적을 발견할 수 있다.

> 환상이라는 이름의 역(驛)은 동해안에 있습니다. 눈 내리는 겨울 바다 — 거기 하나의 암호처럼 서 있습니다. 아무도 가본 사람은 없습니다. 당신이 거기에 닿을 때, 그 역은 총을 맞아 경련합니다. 경련 오오 존재. 돌이 파묻힐 때, 물들은 몸부림칩니다. 물들의 연소 속에서 당신도 당신의 몸부림을 봅니다. 존재는 끝끝내 몸부림 속에 있습니다. 아무도 가본 사람은 없습니다. 푸른 파편처럼, 바람 부는 밤에 환상이라는 이름의 역이 보입니다.
>
> — 이승훈, 「암호」 전문

이 작품에서 시인이 말하고자 하는 것은 자기가 가 본 동해안의 어느 역에 대한 회상일 것이다. 하지만 '동해안에는 신비스러운 역이 있습니다'라고 말하면 독자들은 무심코 받아들일 것이다. 그래서 그 역을 '환상

---

16) Viktor Šklovski, *Xod konja*(Moscow-Berlin,1923), 이 책에서는 Victor Erlich, *Russian Formalism: History, Doctrine,* 박거용 역, 『러시아 형식주의』(문학과 지성사, 1983), p. 227에서 재인용.

이라는 이름의 역'이라고 명명하고, 그 역의 모습은 '암호' 같으며, 아무도 가본 사람이 없고, 당신이 거기에 닿을 때에는 '총을 맞아 경련합니다'라고 말했다고 볼 수 있다. 그것은 독자들의 자동적 인식을 막으면서 도대체 이런 역이 어디 있을까라는 의문을 가지고 끝까지 읽게 만들기 위해서이다.

우리는 흔히 낯설게 만들기 기법은 러시아 형식주의자들이 처음 창안한 것으로 생각한다. 그러나 이 기법은 서정적 장르의 본질적 조건 가운데 하나라고 보아야 할 것이다. 그것은 아리스토텔레스가 『시학』에서 시적 화법은 '비일상적 언어(unusual word)'가 없이는 불가능하다고 주장한 것이나, 낭만주의 미학자들이 시의 목표를 '새로움과 신선한 감각(the sense of novelty and freshness)'으로 삼은 것을 비롯하여, 영미 주지주의자들이 기상(conceit)과 절연(dépaysement)을 강조하고, 초현실주자들이 '놀라움의 부활(renaissance of wonder)'를 내세운 점으로 미루어서도 짐작할 수 있다.17)

아니, 산문과 달리 시적 어법이 일상적이고 지시적인 어법을 포기하고 비유적 어법을 택했다는 그 자체가 바로 낯설게 만들 것을 목적으로 삼았다고 볼 수 있다. 산문적 어법에 익숙한 독자들에게 비유적 어법으로 말한다는 것은 독자들의 습관화된 수용 습관을 깨뜨리기 위한 것이기 때문이다. 그러므로 낯설게 만들기는 모든 시인들이 암암리에 추구해 왔던 기법을 러시아 형식주의자들이 논리화했다고 보아야 할 것이다.

그런데 이 기법은 일상적 의미를 왜곡시키는 것만을 의미하는 건 아니다. 점잖고 학문적인 용어를 쓸 자리에 불경스럽고 세속적인 언어를 쓰는 경우를 비롯하여,18) 개인 또는 사회의 보편적 규범에서 일탈

---

17) Victor Erlich, 앞의 책, p.230.

(deviation)하여 원활한 독서를 방해하는 모두 경우가 이에 포함된다. 그리고 이런 것까지 고려하기로 한다면, 일반적 의미를 얼마나 왜곡시켰느냐가 아니라, 그 텍스트의 평균적 의미에서 얼마나 이탈했느냐를 낯설게 만들기의 기준으로 보아야 할 것이다.

이런 관점에서 문학 작품의 의미적 국면을 살펴보면, 낯설게 만들 수 있는 요소는 <화자의 거리와 태도>, <화제를 구성하는 에피소드들의 인과관계와 속성>, <배경소들의 배열과 왜곡 정도> 등을 꼽을 수 있다. 그리고 전략적 층위에서는 <원관념과 보조관념의 유사성(similarity) 정도>, 조직적 국면에서는 <시어와 이미지의 계열성 및 선명도>, <행과 연의 형태와 리듬> 등을 꼽을 수 있다.

또 작품을 언어의 집적(集積)이라는 관점에서 보면, <통사적>·<어휘적>·<음성적> 층위를 모두 대상으로 삼을 수 있다. 우선 통사론적(統辭論的) 층위에서 <화법(話法)>을 꼽을 수 있다. 그리고 문장 성분의 배치에 따라 <정치법 : 변형법>, 문장 길이에 따라 <긴 문장 : 짧은 문장>, 통사론적 반복 여하에 따라 <리듬적인 것 : 산문적인 것>, <보격의 유형> 등을 대상으로 삼을 수 있다.

어휘론적 층위에서는 의미의 선명도에 따라 <추상 : 구상>과 <동질 : 이질>을 대상으로 삼을 수 있다. 그리고 어휘의 탄생 배경에 따라 <인공적인 것 : 자연적인 것>, <동양적인 것 : 서양적인 것>, <고전적인 것 : 현대적인 것>, 계층에 따라서는 <상류층의 어휘 : 하류층의 어휘>, <여성적 어휘 : 남성적 어휘> 등으로 나누고, 어느 한 쪽을 기준으로 삼은 다음 그에서 이탈 여부로 따질 수 있다.

그리고 음성학적(音聲學的) 층위에서는 의미와 음성의 상관 관계에 따라 <음성이 의미를 환기시키는 것 : 의미와 무관한 것>, 음운의 성질에

---

18) Victor Erlich, 앞의 책, p.228.

따라 <양성모음 : 음성모음>, <강자음(격음·경음) : 유성 자음>으로 나누고 어느 한 요소를 특별히 강화시켰는가 여부로 따질 수 있다.

하지만 음성학적 충위에서 낯설게 만들기를 시도할 경우에는 그 어휘의 기본 의미가 유지되도록 변형해야 한다. 따라서 우리말의 용언의 경우, 의미를 나타내는 어간은 그대로 유지하고 문법적 관계를 나타내는 형식소를 수정하거나, 그런 수정이 불가능한 품사들의 경우에는 개구도(開口度)나 조음점(調音點)을 바꾸는 정도에서 그쳐야 할 것이다. 다음 작품에서도 이런 배려를 발견할 수 있다.

> 사향 박하의 뒤안길이다.
> 아름다운 베암…
> 을마나 크다란 슬픔으로 태어났기에, 저리도 징그라운 몸둥아리냐
> ― 서정주, 「화사」에서

위 작품에서 <ⓐ뱀→베암>, <ⓑ얼마나→을마나>, <ⓒ커다란→크다란>, <ⓓ징그러운→징그라운>으로 고쳐 쓰고 있다. 그리고 제3행의 길이는 앞의 두 행보다 두세 배 더 길게 설정하고 있다. 이와 같이 사투리를 쓴 것은 표준말을 몰라서가 아니라 그 어휘들의 의미와 뉘앙스에 주목해 주기를 바라는 뜻이라고 보아야 할 것이다. 그리고 제3행을 길게 잡은 것은 뱀을 아름다우면서도 징그럽게 생각하고, 그로 인해 연민의 정서가 야기되고 있음을 유의하여 읽어 달라는 요구로 볼 수 있다.

낯설게 만들기의 대상이 텍스트에 참여하는 모든 요소라는 것은 이 기법을 강조한 쉬클로프스키(V. Šklovskij)가 사실주의 소설가인 톨스토이(A. N. Tolstoi)의 작품을 예로 든 점을 미루어 봐도 짐작할 수 있다. 그는 장편소설 「부활」과 말(馬)을 1인칭 화자로 삼은 단편소설 「홀스토머(Xolstomer)」를 예로 든다. 그리고 전자에서는 부활절 미사 장면을 사실적 문체로 그린 것을, 후자에서는 인간의 행위를 말의 시선을 통하여

바라보면서 평가하는 장면을 꼽는다.[19] 그가 이와 같이 널리 알려진 작품을 예로 든 것은, 이 기법이 전위적(前衛的) 문인들의 실험적 기법이 아니라 모든 예술에 적용되는 보편적 원칙인 동시에, 비유처럼 한정된 요소에만 쓰이는 게 아니라 텍스트를 구성하는 모든 요소들에 적용되는 기법임을 보여주기 위해서이다.

하지만 낯설게 만들기는 그 작품 자체의 구조와 조직만으로 따질 수 있는 문제는 아니다. 그 시대의 문학적 관습과 그 시인의 관습, 그 시인의 일반적 관습과 그 작품만의 관습, 다시 그 작품을 지배하는 일반적 질서와 어느 한 부분의 일탈 같은 <규범 : 일탈>, <보편 : 특수>, <친숙 : 낯설음> 등의 기준에 의하여 결정된다.

앞에서 인용한 작품들도 마찬가지이다. 이승훈의 「암호」를 이 시대의 일반적 관습과 비교할 때 산문적인 어법으로 말하고, 대상을 모방하는 데 그치지 않았다는 점에서 낯설다고 할 수 있다. 그리고 서정주의 「화사」는 '뱀'을 아름답다고 인식하는 태도라든가, 각 행의 길이를 아주 불규칙하게 설정한 점을 비롯하여, 인용하지 않은 뒷부분에서 <원시화자>를 채택하고, 비문법적 문장을 가다듬지 않고 제시한 점을 꼽을 수 있다.[20]

그런데 이 기법이 독자의 자동 인식을 방해하기 위한 것이라고 한다면, 결국 독자의 <수용 시간(受容時間)> 문제와 연결된다. 다시 말해, 낯설게 만든 곳은 <지연 현상>이 일어나고, 친숙한 곳은 <원활 현상>이 일어난다. 그리고 원활한 부분은 독자의 관심을 끌지 못하여 <배경(background)>으로 물러나고, 지연된 곳은 관심을 끌면서 <전경화(fore-

---

19) Viktor Šklovskij, 'Iskusstovo kak priëm' ; 'Parallei u Tolstogs', 앞의 책, 이 책에서는 Viktor Erlich, 앞의 책 p.227에서 재인용.
20) 이 책, '화자' pp.127~129. 참조.

grounding)> 되며, 이와 같은 차이로 인해 구조를 형성하게 된다. 앞에서 비유가 구조에 간여하는 요소라고 설명한 것도 이런 이유에서이다.

하지만 지연을 많이 설정한 작품이 반드시 좋은 작품이 되는 것은 아니다. 그런 작품은 독자의 습관적 반응을 깨뜨리면서 경이감을 불러일으킬 수 있지만, 전달의 차단을 가져오기 쉽다. 그리고, 그에 따라 독자가 끝까지 읽지 않을 가능성이 높아진다. 그러므로 잘 짜여진 작품은 원활과 지연이 교체되면서 균형을 이룬 작품이라고 보아야 할 것이다.

## 3. 구성의 유형

서사나 극적 장르에서 플롯의 분절은 인물의 <행위>나 <사건>의 단위가 중심이 된다. 그리고 각 단위들의 연결 상태에 따라 <느슨한 플롯(loose plot)>과 <팽팽한 플롯(tight plot)>으로 나누기도 하고,21) <직선적(直線的) 플롯>·<단속적(斷續的) 플롯>·<병렬적(竝列的) 플롯>으로 나누기도 한다. 또 결말을 맺는 방법에 따라 <열린 플롯(open plot)>과 <닫힌 플롯(close plot)>으로 나눌 수 있다.22)

하지만 이와 같은 방식으로 나눌 경우에는 <액자식 플롯>과 <복수 시점(複數視點)>이 제외된다. 그러므로 플롯의 유형은 먼저 시점(視點)에 따라 분류하고, 다시 행위의 인과관계 정도에 따라 나눈 다음, 결말의 형식에 따라 세분하는 것이 바람직할 것이다.

이들의 관계를 알기 쉽게 도해하면 다음과 같이 그릴 수 있다.

---

21) Richard Eastman, *A Guide to the Novel*(San Francisco, 1965), p.14.
22) Edward H. Jones, *Outline of Literature*(New York, 1968), p.59.

⑴ 단일 시점의 플롯 ┌ 직선적 플롯-직선적 닫힌 결말/직선적 열린 결말
　　　　　　　　 └ 단속적 플롯-단속적 닫힌 결말/단속적 열린 결말

⑵ 복수 시점의 플롯 ┌ 액자식 플롯-액자식 닫힌 결말/액자식 열린 결말
　　　　　　　　 └ 병렬식 플롯-병렬식 닫힌 결말/병렬식 열린 결말

그런데, 플롯의 특질은 결국 배열된 에피소드들의 인과관계에 의해 결정된다. 그러므로 이들을 인과관계의 정도에 따라 순서를 매기기로 한다면, ①직선적 ②단속적 ③병렬식 플롯의 순으로 배열할 수 있다. 다시 말해, 가장 인과관계가 강한 것이 직선적 플롯이고, 가장 약한 것은 병렬식 플롯이다.

그리고 단속적 플롯은 직선적 플롯과 병렬식 플롯의 중간 유형에 속하며, 액자식 플롯의 주 플롯이나 부차적 플롯은 전자의 세 유형 가운데 어느 한 유형을 택한다. 그러므로, 직선적 플롯을 인과적 플롯으로, 병렬식 플롯을 비인과적 플롯으로 바꿔 부르기로 한다면 플롯의 유형은 크게, <인과적>·<단속적>·<비인과적>·<액자식>으로 나눌 수 있다.

## ⑴ 인과적 플롯

서사적 장르에서 <인과적 플롯>은 <직선적 플롯>으로서, 앞 뒤 스토리를 인과관계에 의해 연결하는 유형을 말한다.23) 따라서 스토리가 배제되는 서정적 장르에서 인과적 플롯은 앞 뒤 의미 또는 정서가 인과관계에 의하여 맺어지는 유형이라고 할 수 있다.

하지만 서정적 장르의 인과관계는 서사적 장르에 비해 분명하게 드러나는 것이 아니다. 시의 주된 화제인 정서나 상상력은 계기적·인과적이

---

23) E. M. Forster, *Aspects of the Novel*(Penguin Books, 1957), pp.82~83.

라기보다 단속적·비인과적인 것이기 때문이다. 그러므로 서정적 장르에서 '인과적'이란 용어는 서사적 장르에 비하여 훨씬 약화된 개념으로서, 분절 단위들이 정서적으로나 감각의 연접(連接) 상태를 의미하는 용어로 받아들여야 할 것이다.

다음 작품은 인과적 플롯을 택한 예에 해당된다.

> 내 고향 굴다리 밑 혼자 살던 거지.
> 햇볕에 나와 이를 잡고 문득 먼 데 산을 바라보고
> 누더기에 손톱 한 번 문지르고
> 일어서서 육자배기 흥얼흥얼
> 제 발자국과 함께 놀던 거지.
> 봄 거지.
> 몇 년 전 서울에서도 로마에서도
> 너무도 잘 보이던 고향 거지.
>
> 바랄 것도 더 잃을 것도 없는 사람들은
> 저녁마다 제 그림자를 데리고 누울 곳으로 돌아간다.
> 누워서 세우는 나라를 위해 돌아간다.
>
>      - 이성부(李盛夫), 「깨끗한 나라」 전문

이 작품은 2연으로 나누고 있다. 하지만, 1연의 의미상 단락은 <①고향에서 만난 거지>, <②그 거지의 모습>, <③서울과 로마에서 그 거지를 떠올림>으로 나누어진다. 따라서 전체의 단락은 1연의 3단락에 2연의 <④가난한 사람들은 꿈 속에서 새로운 나라를 세우기 위해 잠>이 덧붙은 형식이라고 볼 수 있다.

그런데 이와 같은 에피소드들은 인과관계에 의하여 연결되고 있다. 다시 말해, 봄이 되어 날씨가 따뜻해졌기에 거지가 이를 잡고, 같이 놀아 줄 사람이 없기에 혼자 놀 수밖에 없다는 논리적 연접이 이 작품의 연결 고리이다.

　이와 같은 인과적 플롯은 아리스토텔레스 이후 지속적으로 채택해 온 유형으로서, 전체 의미를 하나로 통일되고, 그로 인해 정서와 전달력이 강화된다는 장점을 지니고 있다. 그리고 사실성을 추구하는 양식으로서, 작품 평가의 기준을 리얼리티와 인과성 여부로 잡는다. 반면에 화자의 정서가 텍스트의 의미적 국면을 주도하기 때문에 독자의 자율적 해석이 제약되며, 의미가 단순해진다는 게 단점이다.

## ⑵ 단속적 플롯

　인과적 플롯이 <A→B→C→D>로 진행되는 유형이라면, <단속적 플롯>은 군데군데 인과관계가 없는 단락을 삽입하여 사건의 진행을 차단하는 유형을 말한다. 따라서 단속적 플롯은 인과적인 직선적 플롯과 비인과적인 병렬적 플롯의 중간 유형이라고 할 수 있다.

　일반적으로 독자들은 그 사건의 결말을 가급적 빨리 알고 싶어하는 경향을 지니고 있다. 그리고 다른 한편으로는 텍스트의 내용이 필연적인 것처럼 느껴지길 요구한다. 그런데, 이야기가 곧바로 결말을 향해 진행되면 단순해져 필연성이 떨어지고, 이를 방지하기 위해 섬세하게 묘사하면 사건의 진행 속도가 떨어진다. 따라서 직선적 플롯의 틀을 그대로 유지하면서 사건의 진행을 방해하기 위해 군데군데 인과관계가 없는 에피소드를 끼워 넣은 이 유형은 독자의 상반된 욕구를 충족시키기 위한 것이라고 볼 수 있다.

　하지만 서정적 장르는 사건을 다루는 양식이 아니다. 그러므로 서사적 장르와 달리 정서의 흐름을 차단하기 위해서는 이질적 관념이나 풍경을 삽입하는 방법을 채택한다. 다음 작품은 단속적 플롯을 채택한 예로서, 부분병치를 발견할 수 있다.

　　나는 왜 저 빗속에 날뛰는 바다를 언제나 바다라고만 부르는 걸까.
　　위태롭게 흔들리는 칸나꽃 뒤 쪽 끊임없이 밀려오는 물굽이를 박차고

조랑말 떼처럼 내닫는 빗줄기, 수평선은 번뜩이는 빗줄기에 실려 하늘로 오르고…….

그 뒤에 남는 무연한 공간을 산이나 들, 또는 죽음이라고 부르면 안 되는 걸까. 불같이 미끄러운 칸나라고 부를 수는 없는 걸까.

나는 왜 빗속에 흔들리는 저 칸나를 붉다고만 말하는 걸까.

꿈 속인 듯 비 속인 듯 그대가 밤마다 남기고 간 입술 자욱처럼 선연하게 타오르는 빛깔을 사랑이나 이별 또는 불같은 미끄러움이라고 불러서는 안 되는 걸까.

누군가 이미 한 말 같다만 사물은 시간마다 달리 보이는 법, 그래도 관념은 여전히 고집을 피우고, 까닭 없는 슬픔은 온몸 가득 번져 나른한데,

다탁 위에 놓인 내 손 끝을 잡고 애써 웃는 그대를 새롭게 부르고 싶어 견딜 수가 없구나.

내가 너를 안아 준 다음에는 어떻게 변할까.

너는 너, 그리고 나는 여전히 나일까.

비를 맞으며 천연스레 흔들리는 저 칸나처럼 네가 너, 내가 나인 것도, 서로가 서로의 껍질을 벗기고 마침내 시드는 것도 두려워 망연히 앉아 있는데, 어디선가 가느다란 실내악(室內樂)이 들려 온다.

내 손을 잡고 파르르 떠는 네 손의 투명한 실핏줄에서도, 아까부터 같은 박자로 흔들리는 칸나 꽃잎에서도, 그 너머를 짓달리는 빗줄기의 희끗희끗한 갈기에서도, 오보에 소리가, 클라리넷 소리가, 섹스폰 소리가 들려 온다. 부우, 부우, 부우우, 부우, 부우, 부우우……

그대여! 아직은 대낮이다만,

태양은 먹구름 속에 들어 천지가 캄캄.

그러나 아직은 부끄러운 대낮이다만, 희미한 등불을 들고 어두운 네 층계(層階)를 내려가려 하노니, 부드럽게 부드럽게 내려가려 하노니,

왜 이렇게 자꾸만 말이 더듬어질까, 미끈덩거리는 욕망에 걸려 넘어지는 관념들, 그때마다 네 몸은 하이얀 파도가 되어 갈라지고, 얼핏얼핏 드러나는 침대. 그 위에 쓰여진 먼 나라 문자들이 신비롭구나.

나는 왜 저 빗속에 날뛰는 바다를 바다라고만 부르는 걸까.

흔들리는 칸나꽃 뒤쪽 번뜩이는 그 빗줄기에 실려 하늘로 오르는 수평

선을 바라보며 아득해 하는 이 맘을 사랑이라고만 부르는 걸까.
　몸서리치도록 고운 꽃 빛깔에 걸려 넘어지는 내 관념 위로
　부우우, 부우, 부우……, 섹스폰 소리가 쏟아지는데 나는 마땅한 네 이름
을 생각할 수가 없어 죽음을 생각한다. …… 부우, 부우, 부우……
　　　　　　　　　－ 필자, 「칸나꽃 뒤로 보이는 풍경을 위하여」 전문

　이 작품에서 화자는 연인과 함께 칸나꽃이 핀 언덕 위의 찻집에 앉아 빗속에 날뛰는 바다를 바라보고 있다. 그런데 1연의 첫머리에서는 '나는 왜 저 빗속에 날뛰는 바다를 언제나 바다라고만 부르는 걸까'라고 당연한 현상에 대해 의문을 제기하고 있다. 그리고 독자들은 그 까닭이 곧 밝혀지리라고 기대한다. 하지만 화자는 그 해답을 제시하지 않고, '조랑말처럼 내닫는 빗줄기'와 그에 실려 올라가는 '수평선'을 보여주고, 수평선이 사라진 빈 공간을 '산이나 들 또는 죽음', '불같이 미끄러운 칸나'로 부르면 안되는 걸까라고 새로운 의문을 제기한다.

　2연에서도 이런 의미와 정서의 흐름은 계속 차단된다. 첫째 연에서 제기한 질문을 다시 제기하고도 답을 피하면서, '사물은 시간마다 달리 보이는 법'인데 '내 관념은 여전히 고집을' 피운다고 이야기 방향을 바꾸고, '다탁 위에 놓인 내 손 끝을 잡고 애써 웃는 그대를 새롭게 부르고 싶어 견딜 수' 없다고 말한다. 그리고, 3 연도 마찬가지이다. '내가 너를 안아 준 다음에는 어떻게 변할까'라고 의문을 제기한 다음, 자기 손을 잡은 연인의 '실핏줄'과, 언덕 위에서 흔들리는 '칸나 꽃잎'과, 그 너머로 짓달리는 빗줄기의 '희끗희끗한 갈기'에서 각종 악기 소리가 들린다고 딴청을 피우고 있다.

　그런데 이와 같이 텍스트가 진행됨에 따라 우연히 등장한 것처럼 보이는 사물들은 상호 관련을 맺으면서 입체화된다. '칸나', '바다', '빗줄기'가 그런 것들이다. 1연의 첫행에서 '빗줄기'와 '바다'는 그냥 외부에 객관적으로 존재하는 풍경에 불과하지만, 2 행에서는 <빗줄기→조랑말떼>가

되어 바다를 싣고 하늘로 오르고, 3 행에서는 '산'·'들'·'죽음'·'불같이 미끄러운 칸나'로 바뀐다. 그리고, 2 연에서는 '칸나'에서 '그대'로 바뀌고, 3 연으로 넘어가면 이들은 건축물처럼 내부에 공간을 가지며, 그 속에서 각종 악기 소리가 울려나오고, 화자는 등불을 잡고 '그대' 내부에 있는 층계를 내려가기 시작한다.

이처럼 단속적 플롯을 채택하면 인과적 구성의 줄거리는 배경화되고, 비인과적으로 차단한 부분이 전경화된다. 그리고 전경과 배경이 결합하고 분열하면서 의미 폭이 확산되며, 그로 인해 리얼리티가 강화된다. 하지만 배경화를 소홀히 하면 의미의 흐름을 차단한 부분 때문에 혼란에 빠질 가능성이 높아진다.

### (3) 비인과적 플롯

소설에서 비인과적 구성은 <병렬식(竝列式)> 또는 <피카레스크(picaresque)식 구성>이라고 불리는 것들로서, 작품을 이루는 각 단위의 에피소드들을 인과관계를 단절하고 병치시키는 유형을 말한다. 그러나 비인과적 구성은 에피소드와 에피소드 사이가 비인과적일 뿐, 같은 에피소드 안의 스토리마저 비인과적으로 구성되는 것은 아니다. 다시 말해, <A(ⓐ→ⓑ→ⓒ→ⓓ)/B(ⓐ→ⓑ→ⓒ→ⓓ)/C(ⓐ→ⓑ→ⓒ→ⓓ)……> 식으로 진행되는 형식으로서, 괄호 안의 작은 에피소드들끼리는 직선적이거나 단속적인 구성을 택한다. 그러므로 전체 구조에서 볼 때는 관계없는 몇 개의 이야기를 모아 놓는 형식으로서, 경우에 따라서는 복수 시점을 취하는 수가 있다.

시에서 비인과적 구성은 20세기에 접어들어 등장한 큐비즘(cubism), 미래파(futurism), 다다이즘(dadaism), 해체시(解體詩)를 비롯한 모더니즘 일파의 작품에서 발견된다.24) 이와 같은 유형이 서사적 장르보다 뒤늦게 채택된 것은 시의 에피소드 단위가 서사적 단위보다 작아 자칫하면 파편화(破片化)되고, 그로 인해 무의미한 언어나 심상의 나열로 떨어질 가능성이 높기 때문이었다.

서정적 장르에서 비인과적 구성은 병치은유의 형태로 나타난다. 그리고 병치하는 자질에 따라 <이질(異質) 병치>와 <유사(類似) 병치>로 나눌 수 있다. 그러나, <유사 병치>는 독자들이 스스로 열거한 이미지들의 유사성을 바탕으로 의미를 만들기 때문에 느슨한 상태의 인과적 구성이나 단속적 구성으로 바뀌고 만다. 다음 작품이 그런 예에 해당한다.

> 흰달빛
> 자하문(紫霞門)
> 달안개
> 물소리
>
> (중략)
>
> 범영루(泛影樓)
> 뜬그림자
>
>            ― 박목월(朴木月), 「불국사」

이 작품은 병렬적 구성을 택하고 있다. 그러나 '자하문'의 <노을 하(霞)>자가 지닌 뉘앙스를 바탕으로 '흰달빛'은 '달안개'로 바뀌고 있다. 그리고, 다시 달안개는 '물소리'를 떠올리고, 그 물 위로 그림자가 떠오르는 '범영루'로 발전하여, 마침내 불국사가 물그림자에 떠오르는 모습으로

---

24) 일반적으로 모더니즘은 '현대주의'라는 개념으로 해석하고, 시에서 이미지즘, 주지주의 등을 포함시키고 있으나 이것은 전통 미학을 계승·발전시킨 것일 뿐 진정한 의미의 현대주의라고는 볼 수 없다. 그러므로 모더니즘이란 개념은 아리스토텔레스의 모방적·인과적 관점에서 벗어난 유파로 제한해서 사용함이 바람직할 것이다.

통합된다. 따라서 비인과적 구성은 다음 같은 이질병치로 제한해야 할 것이다.

> 보이는 것은
> 피아노 같은 절망
> 혹은 고래
> 혹은 혀를 내밀고
> 죽은 의자
>
> 내가 기르던 새는
> 내가 기르던 밤은
> 내가 기르던 꽃은
> 이제 하느님 나라
> 하느님 나라가 된다.
>
> — 이승훈, 「의식 · 2」

이 작품은 앞의 작품과 전혀 다른 성격을 띠고 있다. 전체의 수사 구조를 살펴보면, 각 연은 혼합 치환은유 형식을 택하고 있다. 그리고 두 개의 연이 병치되어 있다. 따라서, ①<T(보이는 것)=V(피아노 같은 절망/고래/죽은 의자)와 ②<T(새/밤/꽃)=V(하느님 나라)>로 짜여져 있다. 그리하여 앞 작품과 달리 좀처럼 그 의미가 형성되지 않는다.

이와 같은 구성을 택하는 시인들은 이 세상은 필연적인 인과관계에 의하여 의하여 지배된다기보다는 비인과적 우연에 의해 지배된다고 생각하는 사람들이라고 볼 수 있다. 다시 말해 시인이 아무리 인과관계를 맺으면서 논리적으로 이야기해도 독자들이 그대로 받아들이지 않기 때문에 자기가 제시한 이미지들을 재구성하여 받아들이도록 요구하는 양식이라고 할 수 있다. 하지만 독자 스스로 새로운 의미를 창조하지 않을 경우에는 무의미한 이미지의 나열로 떨어지고 만다는 게 이 유형의 약점이다.

### (4) 복수 시점과 액자식 플롯

시점(point of view)은 화자의 서술 위치와 태도를 나타내기 위한 장치를 말한다. 작품의 구조와 조직은 서술자에 의하여 조정되기 때문에, 시점을 바꾸거나 혼란이 일어나면 작품 전체에 혼란이 일어난다. 그래서 대부분의 작품들은 단일한 서술자와 단일한 시점을 택하는 것이 보통이다.

하지만 문학 작품이 진실을 추구하는 장치라는 점에서 생각해 보면, 모든 사건을 동일한 위치에서 동일한 태도로 서술하는 것이 최상의 방식이라고는 말하기 어렵다. 같은 사건도 보는 사람의 심리적 거리와 위치에 따라 달리 보이기 때문이다. 그러므로 보다 완벽한 리얼리티를 확보하기 위해서는 그 사건에 가담한 또 다른 사람들의 시점으로 바라볼 필요가 있다. 이와 같이 <복수 시점>을 택하는 소설로는 헤밍웨이의 「살인자들」, 밀란 쿤데라의 「참을 수 없는 존재의 가벼움」 등을 꼽을 수 있다.

<액자식 구성> 역시 리얼리티를 확대하기 위한 수법으로서, <부차적 플롯(sub plot)>이 <주된 플롯(main plot)>을 감싸고 있는 형태를 취하면서 두 개의 시점을 취한다. 부차적 플롯의 주인공은 <나>가 되고, 주 플롯의 주인공은 <그>나 <나>가 될 수 있지만 <나>일 경우에는 자아가 분리되어 서술자와 피서술자로 나누어진다. 소설의 경우, 주플롯과 부차적 플롯의 주인공이 바뀐 예로는 김동리(金東里)의 「등신불」을 들 수 있다. 그리고 두 플롯의 주인공이 같은 경우는 자기 어린 시절을 그리는 작품들을 꼽을 수 있다. 따라서, 액자식 구성 역시 복수 시점의 한 유형이라고 볼 수 있다.

그러나 1인칭 장르에 해당하는 서정시에는 아직 복수 시점을 취하는

작품이 출현되지 않은 상태이다. 병렬식 구성을 가정할 수 있으나, 그것은 화자(서술자)를 달리하는 것이 아니라 서술자의 의식의 흐름을 몽타주한 것으로서, 인과관계를 차단한 경우가 대부분이기 때문이다. 그리고 액자식의 경우는 주 플롯의 시적 인물이 <그>로 바뀌기보다는 여전히 <나>이되 <과거 또는 미래의 자아>와 <현재의 자아>로 분리되므로 이 역시 완전한 복수시점이라고는 보기 어렵다.

> 나는 쓴다. 독일에서의 사랑.
> 그래 이것이 제목이다. 얼마나 쓰고 싶던 글인가,
> 독일에서의 사랑. 그리고 이렇게 쓴다,
> 독일의 가로수는 사철나무다
> 겨울에도 낙엽 질 줄 모르는 독일의 가로수는 사철나무다
> 독일의 연인들은 걸을 때 사철나무 아래를 걷고
> 독일의 연인들이 미소지을 때 그 입술이 푸르게 물든다.
> 계속해서 나는 쓴다.
> 밋쉘이 금발의 마르가레테를 만나러 갈 때
> 밋쉘은 파랗게 젖어 사철나무 아래를 걷는다.
> 금발의 마르가레테는 파랗게 빛나는 밋쉘에게
> 당신 사철나무 사람 같아요, 한다.
> ……<중 략>……
> 그리고 이렇게도 쓰자. 그때,
> 독일의 연인들은 사철나무 그늘 아래 있고
> 푸른 별 아래 속삭인다고.
> <오늘 뜬 별이 푸르군>
> <그래요, 오늘 뜬 별이 바다 속 청어같이 푸르러요>
> 그들은 자신의 그림자를 달에게 벗어 주고
> 얼른 지상의 별이 되어 불타오른다.
> — 장정일, 「독일에서의 사랑」에서

이 작품은 매우 특수한 예로서, 액자식 플롯으로 짜여진 <메타 포엠 (meta-poem)>이라고 볼 수 있다. 시인이 작품을 쓰는 과정을 직접 설명

하는 부분이 부차적 플롯에 해당되며, 또한 부차적 플롯을 통하여 독자에게 직접 창작의 동기를 설명하고 있기 때문이다.

그런데 이렇게 액자식 구성을 택하면 독자들은 부차적 플롯의 화자가 허구적 인물인 경우에도 <시인=화자>로 받아들이기 때문에 시적 리얼리티가 증대된다. 반면에 시인과 시적 인물을 혼동하기 쉽고, 구성의 긴밀도가 떨어지기 쉽다는 게 약점이다.

## 4. 구성의 단계와 전개 방식

시의 형태는 <비연시(非聯詩)>와 <연시(聯詩)>로 나눌 수 있다. 그리고 연시는 2연에서부터 수십 개의 연으로 짜여진 경우가 있다. 하지만 비연시나 연시는 모두 형식적 단락만 그렇게 나누었을 뿐, 의미상으로는 대개 4-5개의 단락으로 나눠지는 것이 보통이다.

이 가운데 가장 우세한 유형은 <4단 구성>으로서, 흔히 발견되는 <3단 구성>이나 <5단 구성>도 이의 변형으로 볼 수 있다. 이와 같이 <4단 구성>이 기본형이라는 것은 전세계의 민요를 대상으로 삼은 에드먼슨(M. S. Edmonson)의 연구에서도 밝혀졌거니와,25) 전통적인 시학에서 시의 전개 방식을 <기승전결(起承轉結)>로 논의해 온 점으로 미루어서도 짐작할 수 있다.

하지만, 이 네 도막 형식은 서정적 장르에만 쓰이는 것은 아니다. 소설이나 희곡은 물론, 음악 같은 시간 예술(時間藝術)의 경우도 리듬과 멜로디를 네 도막 형식을 이용하여 전개한다. 그리고, 회화나 조각 같은 시각 예술(視覺藝術)도 면(面)과 공간(空間)을 네 도막으로 나눈다. 따라서

---

25) M. S. Edmonson, *Lore: An Introduction to the Science of Folklore and Literature*(New York : Holt Reinhardt and Winston, Inc., 1971), p.108.

모든 예술의 의미상 단락은 대체로 4도막으로 나누어지며, 그 작품의 초점은 <전>에 해당하는 3/4 위치에 배치하는 게 보편적 양식이라고 할 수 있다.

그렇다면 4단 구성은 어떤 기능을 지니고 있기에 이와 같이 각 장르에서 고루 채택되는 것일까. 이 문제를 서정적 장르를 중심으로 생각할 때, 비연시가 있으므로 <1단 구성>부터 논의해야 할 것이다. 그러나, 이 유형은 논의에서 제외해야 할 것이다. 인간은 어떤 것을 정확히 인식하려 할 때 몇 도막으로 분절해서 받아들이는 습관이 있고, 그로 인해 시인이 비연시로 구성해도 독자들은 독서 과정에서 몇 단락으로 나누어 받아들이기 때문이다.

<2단 구성>을 취하는 예로는 먼저 풍경을 제시하고 뒤에 자기 뜻을 펴는 '선경후정(先景後情)'의 한시론(漢詩論)을 들 수 있다. 하지만 이는 4단 구성을 다시 2단으로 통합하여 받아들인 것에 불과하다. 뿐만 아니라, 실제로 전단(前段)과 후단(後段)을 대등하게 설정하면 <1 : 1>로 대립하여 두 단락이 경쟁을 벌이기 때문에 초점을 형성하지 못하고, 그로 인해 시상의 유연한 변주(變奏)가 어려워진다. 그리고 이런 단점을 피하기 위해 어느 한 쪽을 약화시키면 앞에서 살펴본 이성부(李盛夫)의 「깨끗한 나라」처럼 강한 쪽으로 흡수되어 2단 구성의 성격을 잃고 비연시처럼 바뀌어 독자들이 다시 나누어 받아들인다.

<3단 구성>은 2단 구성보다 좀 더 흔한 양식으로서, 4단 구성과 비슷한 세력을 차지하고 있다. 그러나 이 역시 첫째 단락과 셋째 단락을 부차적 플롯으로 삼고 둘째 단락을 주플롯으로 삼는 액자식 구성인 경우를 제외하고는 그다지 적합한 양식이라고 보기 어렵다. 각 단락이 동등한 의미 비중을 지닐 경우에는 <서론>·<본론>·<결론>의 논리적 성격이 강화되며, 이를 피하기 위해 어느 단락을 약화

시키면 다른 단락에 흡수되어 2단 구성과 같은 성격으로 바뀌고, 초점이 형성되지 않아 다시 나누어 받아들이기 때문이다.

<5단 구성> 역시 4단 구성과 비슷한 세력을 지니고 있다. 오히려 긴장과 갈등을 극화시키는 소설이나 희곡에서는 더 자주 채택되는 양식에 속한다. 그것은 이 양식이 4단 구성의 변형으로서, 의미상 전환점(turning point)에 해당하는 <전(轉)>을 전체의 3/4 위치에서 3/5와 4/5의 중간으로 옮겨 극적 긴장의 시간을 확장하기 위한 양식이기 때문이다.

5단 구성이 4단 구성의 변형이라는 점은 희곡론에서 5막극의 경우 제3막과 제4막을 어떻게 명명했는가 살펴보면 짐작할 수 있다.[26] 대부분의 사람들은 제3막을 '정점(climax)'이라고 부른다. 그리고, 제4막은 하강(falling) 또는 반전(anticlimax)이라고 부른다. 그것은 모두 주인공의 운명을 중심으로 붙인 명칭으로서, 5막극의 경우 4막극의 제3막 끝부분에서 벌어졌던 주동과 반동의 대결이 제4막으로 옮겨짐을 의식하고 붙인 명칭이기 때문이다.

---

26) 희곡의 5단 구성을 주장하는 학자들과 각 부분에 대한 그들의 명칭을 살펴보면 다음과 같다.

  ①Gustav Fretag : ⓐ도입(introduction : Einletung) ⓑ상승(rising action : Stei-gerung) ⓒ정점(crisis or climax : Hochepunkt) ⓓ하강부(falling action or return : Fall) ⓔ파국(catastrophe : Katastrophe)

  ②Hudson: ⓐ발단(initial incident or incidents) ⓑ상승(Rising action or Growth or Complication) ⓒ정점(Climax or Turning point) ⓓ하강(Falling action or Resolution or Denouement) ⓔ종말(Conclusion or Catastrophe)

  ③Bradly: ⓐ설명(Exposition) ⓑ발전(Ascent) ⓒ정점(Climax) ⓓ반전(Anticlimax) ⓒ결말(Catastrophe)

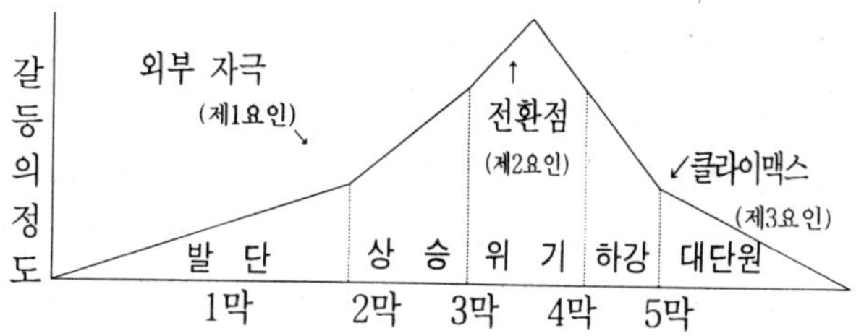


이 이외에도 <6단 구성> 이상을 취하는 작품들이 있다. 특히 장편 연작시의 경우에는 수백 개의 연으로도 구성할 수 있다. 하지만, 이와 같은 구성은 그리 바람직한 것이라고 보기 어렵다. 구성이란 원래 전체를 몇 개의 덩어리로 나누어 조직하는 것으로서, 각 단락을 동등한 비중을 주면서 6단 이상으로 조직하면 병렬로 인식되고, 어느 부분을 강화 또는 약화시키면 다른 단락과 합쳐져 5단 이하로 받아들여지기 때문이다. 이와 같은 예는 다음 작품에서 확인할 수 있다.

ⓐ바람도 없는 공중에 수직의 파문을 내이며 고요히 떨어지는 오동잎은 누구의 발자취입니까.
ⓑ지리한 장마 끝에 서풍에 몰려가는 무서운 검은 구름의 터진 틈으로 언뜻 언뜻 보이는 푸른 하늘은 누구의 얼굴입니까.
ⓒ꽃도 없는 깊은 나무에 푸른 이끼를 거쳐서 옛탑 위의 고요한 하늘을 슬치는 알 수 없는 향기는 누구의 입김입니까.
ⓓ근원은 알지도 못할 곳에서 나는 돌부리를 올리고 가늘게 흐르는 적은 시내는 누구의 노래입니까.
ⓔ연꽃 같은 발꿈치로 갓이 없는 바다를 밟고 옥같은 손으로 끝없는 하늘을 만지면서 떨어지는 날을 곱게 단장하는 저녁 놀은 누구의 시입니까.
ⓕ타고남은 재가 다시 기름이 됩니다. 그칠 줄 모르고 타는 나의 가슴은 누구의 밤을 지키는 약한 등불입니까.

- 한용운, 「알 수 없어요」 전문

이 작품은 6개의 행, 7개의 문장으로 이루어졌다. 그리고 각 행은 하나의 독립된 단락처럼 보인다. 하지만, ⓐ에서 ⓔ까지는 자연 현상을 빌어 <님을 예찬>하고, ⓕ만이 <화자의 심정>을 다루고 있다. 따라서 이 작품은 전단은 6개의 행으로 이루어지고 후단은 1개의 행으로 이루어진 불균형 2단 구성이라고 볼 수 있다. 그런데, 이와 같은 불균형은 독서 과정에서 그대로 유지되는 게 아니다. 후단의 의미가 너무 빈약하여 전단으로 흡수되고, 그로 인해 구심점을 잃은 채 열거의 상태로 떨어지고 만다.

그렇다면 4단 구성은 어떤 속성(屬性)을 지니고 있기에 이와 같이 모든 예술에 두루 쓰이는 것일까? 시에서 <기(起)>나 소설의 <발단(發端)>은 문자 그대로 담화가 시작되는 곳을 의미한다. 그리고 <승(承)>은 첫머리에서 시작한 담화를 이어받아 보다 구체화하고, <전(轉)>에서는 담화의 방향을 바꾸고, <결(結)>에서는 그 이야기를 끝맺는다.

그러나 좀 더 생각해 보면 4단 구성은 단지 내용을 전개하는 방식만을 의미하는 것은 아니다. 동양의 고전 시학에서 자주 논의되어 온 수미상관법(首尾相關法)은 <기>에서 이야기(A)를 시작하여 <승>에서 이어받고(A′), <전>에서 다른 방향으로 바꾸며(B), <결>에서 <기>와 유사하거나 동일한 이야기(A″)를 다시 제시하여 끝을 맺는 방식을 말한다. 따라서 4단 구성이란 <A→A→B→A>로 전개되는 구조로서, 주제를 변용·강화하기 위한 장치라고 볼 수 있다.

모든 장르가 이와 같은 <A→A→B→A> 양식을 취하는 이유는 예술 작품을 담화라는 입장에서 생각해 보면 쉽게 짐작할 수 있다. 우리는 자기가 관심을 가지고 있는 이야기를 먼저 말하고 싶어한다. 그리고 그런 이야기는 대체로 주제와 밀접한 관계를 갖는다. 따라서 허구적 인물을 내세우는 문학적 장르에서 <기>는 그 인물에 대한 정보를 비롯하여 화자의 의도를 밝히는 곳으로서, 그 작품의 주제가 제시되는 부분이라고 볼 수 있다.

하지만 화자 입장에서 보면, <기>에서 간단하게 언급한 담화 의도를 청자가 유의해서 받아들일는지 염려하지 않을 수 없다. 그러므로 <기>의 내용이 자기 담화의 주제임을 강조하기 위해 <승>에서 다시 한 번 반복해서 제시하게 된다. 다시 말해, <기>에서 제시한 내용(A)을 <승>에서 보다 구체화하여 <A→A'>로 되풀이하는 양식으을 취한다.

하지만, 이미 되풀이한 이야기를 <전>에서 다시 반복하는 것은 곤란한 일이다. 같은 이야기를 계속 되풀이하면 청자가 지루하게 받아들일 뿐만 아니라, 갈등이 약화된다. 그러므로 그 다음 단계에서는 새로운 요소인 <B>를 제시하여 <A→A'→B>로 이어간다.

그리고 마지막 단계인 <결>에서는 다시 <A>를 제시하여 <A→A→B→A>로 끝맺는다. 새로운 의미인 <C>를 제시하면 주제를 강화하기 위해 형성한 질서가 파괴되고, <A-A-B>의 단계에서 끝을 맺으면 <A>와 <B>는 <2 : 1>로서 주제에 해당하는 <A>가 우세하지만, 뒤에 진술한 것이 먼저 진술한 것보다 강력한 인상을 남기기 때문에 <A>와 <B>가 대등해져 화자의 의도가 모호해지기 때문이다. 따라서 4단 구성은 단지 의미를 네 도막으로 나누어 배치하는 문제가 아니라 주제를 변용하고 부각시키기 위한 장치라고 보아야 할 것이다.

하지만 문학적 담화에서 이런 구조는 주제를 변용하기 위해서만 채택되는 것은 아니다. 오히려 인물의 성격과 갈등을 강화시키기 위한 장치로 보아야 할 것이다. 문학적 담화와 과학적 담화의 차이가 인물을 내세우고 갈등의 구조를 취하는 것이라고 할 때, 문학적 담화에서 인물은 <누구(person)>가 아니라 <성격(character)>이라는 개념을 지닌다. 그리고 그 성격은 <욕망(desire)>과 <정서(emotion)>의 복합체로서 일정한 지향성(志向性)을 지닌다.

이와 같은 성격은 갈등(conflict)을 겪을 때 대응하는 양식에 의하여 구체화되며, 그 갈등은 욕망의 실현을 방해받을 때 발생한다. 하지만 갈등은 단 한번의 방해로 고조되지 않는다. 인간은 누구나 충돌을 피하고 싶어하고, 피할 수 있다면 피한다. 그러므로 갈등의 고조는 반복적인 방해를 거쳐 도저히 피할 수 없을 때 나타난다.

그런데 반동적 인물 역시 그 나름대로 의지와 욕망을 가지고 있는 존재이다. 그의 입장에서 보면, 주동적 인물이 자기 의도를 실현하려는 것은 위협에 해당한다. 그래서, 첫 단계에서는 주동적 인물이 욕망을 실현하려는 것을 부분적으로 방해하고, 그에 저항할수록 적극적으로 방해하면서 대결을 벌이며, 마침내 어느 한 쪽이 패배하는 것으로 결말을 맞이하게 된다. 다시 말해, 4단 구성은 갈등을 패턴화(patternize)하여 인물의 성격을 강화시키기 위한 장치라고 할 수 있다.

이와 같은 관점에서 보면, <기>는 주동적 인물의 욕망이 제시되고 반동적 인물이 암시적으로 나타나는 단락이라고 볼 수 있다. 그리고 <승>은 주동의 욕망이 보다 구체화되고 반동적인 세력이 등장하여 갈등이 시작되는 단락이며, <전>은 주동과 반동이 극적인 대결을 벌이고, <결>은 어느 한 쪽의 패배로 끝나는 단락이라고 볼 수 있다. 따라서 주동을 <S>, 반동을 <A>라고 하고, 세력 차이를 대문자와 소문자로 표시할 경우, '행복한 결말(happy ending)'은 <S→S·a→s·A→S>, '불행한 결말(unhappy ending)'은 <S→S·a→s·A→A>로 끝나는 구조라고 볼 수 있다. 다시 말해, 행복한 결말로 맺고 싶으면, 각 단락에서 반동적 인물의 세력을 자주 언급하여 주동이 패배할 것 같은 인상을 주고, 불행한 결말로 맺고 싶으면 주동적 인물의 성공할 가능성을 강화하지 않으면 안 된다. 그것은 독자가 그 담화의 결말을 예측할 수 있을 경우, 담화의 긴장이 풀어지기 때문이다.

그런데, 이와 같은 구성 방식은 작품의 모든 국면을 지배한다. 앞에서 인용한 김소월의 「진달래꽃」만해도 그렇다.

> 기(A) : 나보기가 역겨워/가실 때에는/말없이 고이 보내드리우리다//
> 승(A′): 영변의 약산/진달래꽃/아름따다 가실 길에 뿌리우리다//
> 전(B) : 가시는 걸음걸음/놓인 그꽃을/사뿐히 즈려 밟고 가시옵소서//
> 결(A) : 나보기가 역겨워/가실 때에는/죽어도 아니 눈물 흘리우리다.//

우선 의미적 국면을 살펴보면, 화자가 <기>에서 님이 떠난다면 고이 보내드리겠다고 약속한 것은 정말 떠나기를 바라고 한 말이 아니다. 다시 말해, 님의 속셈을 떠보기 위한 발언이다. 그리고 이런 해석이 타당한 것이라면 화자의 어법은 표층적(表層的) 진술과 심층적(深層的) 진술이 다른 역설(逆說)이라고 볼 수 있다.

하지만 님은 화자의 발언에 대해 반응을 보이지 않는다. 그래서 화자는 <승>에서 다시 한 단계를 높여 가겠다면 진달래꽃을 아름 따다 뿌리겠다고 말한다. 그리고 화자는 역설을 거듭함에 따라 정말 보내지 않으면 안 될지도 모른다고 생각하고, 마침내 표층의 생각은 심층으로 숨고, 혹시 그럴지도 모른다는 심층의 생각이 표층으로 떠오르기 시작한다. 그리고, 그래도 님이 반응을 보이지 않자 <전>에서 화자는 그 꽃을 밟고 떠나라고 요구하고, <결>에서는 '말없이 고이 보내드리'는 정도가 아니라, '죽어도 아니 눈물 흘리우리다'라고 다짐했다고 볼 수 있다. 따라서 님이 떠나는 것에 대해 반대하는 생각을 <A>, 보내겠다는 생각을 <B>라고 할 때, 의미적 국면의 전개는 앞에서 밝혀진 바와 같이 <A-A-B-A>로 전개된다고 볼 수 있다.

이런 구조는 의미적 국면에서만 발견되는 것은 아니다. 화자가 어떤 의미를 말한다는 것은 그의 내면에 그런 정서가 형성되어 있음을 의미하며, 그와 같은 정서는 <어법>·<이미지>·<통사 구조>·<어휘>·<시어의 음성적 요소>·<리듬>·<행과 연의 형태> 등 모든 층위에 영향을 미친다. 이 작품의 각 층위에서도 의미적 국면과 서로 비슷하거나 동일한 구조를 발견할 수 있다.

우선 통사적 층위의 주어를 살펴보면, <기>·<승>·<결>은 '나'이고, <전>은 '님'이다. 그리고, 나를 <A>, 님을 <B>라고 할 경우 이 역시 <A→A→B→A>로 이어진다. 그리고 문장 구조를 살펴보면 <기>와 <결>은 <부사절+주절>로, <승>과 <전>은 <목적어구+부사어+부사어+서술어>이다. 따라서 <A→B→B→A>로서 앞의 두 층위와는 달리 <승>의 단락이 차이를 보인다.

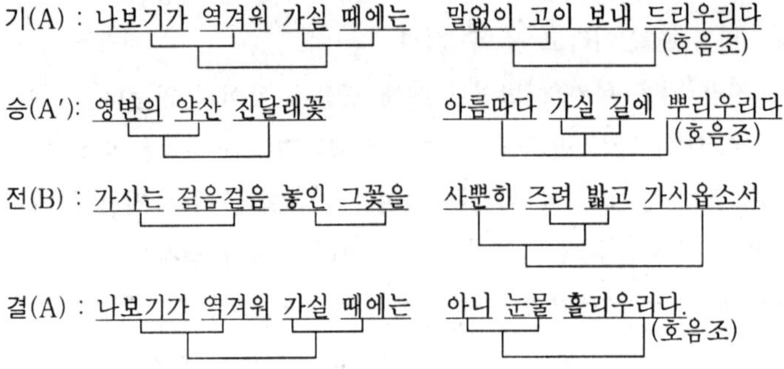



하지만 모두 <A>가 <B>를 감싸는 형태라고 할 수 있다. 이들을 결합시켜 보면 다음과 같이 더욱 선명하게 드러난다.[27]

---

27) 이하 필자, 『소월시 연구』(태학사, 1992) pp.118~119 참조.

그런데, 이런 관계는 어휘와 음성의 충위를 분석해도 발견할 수 있다. 화자의 심정을 가장 잘 드러내는 성분은 서술어(敍述語)이므로 이들의 음성학적 충위를 살펴 볼 때, <기>·<승>·<결>은 '보내드리우리다'·'뿌리우리다'·'홀리우리다'로써, 호음조(euphony) 현상을 일으키며, 음성모음이 우세한 낱말들을 채택하고 있다. 반면에 님의 행위를 나타내는 '가시옵소서'로써, '평음조(平音調)'를 취하며, 양성모음과 치음([S])이 주조를 이루고 있다.

이와 같이 화자의 행위를 나타내는 서술어를 호음조 현상이 일어나기 쉬운 낱말로 조직한 것은 이별의 순간에도 아름답게 보이고 싶어하는 여성의 심리가 반영되었기 때문이라고 볼 수 있다. 그리고, 음성모음은 님과 헤어질지도 모른다는 우울한 심리 때문이다. 반면에, 청자의 행동을 나타내는 서술어를 양성모음과 가볍게 부딪히는 느낌의 치음(齒音)으로 선택한 것은 떠나는 자에 대한 부러움과 거리낌없이 떠나는 님의 모습을 표현하기 위해서라고 볼 수 있다. 따라서 시어의 음성적 충위에서도 <A-A-B-A> 구조를 발견할 수 있다.

이런 현상은 행과 연, 그리고 율격적 측면에서도 발견할 수 있다. 이 작품은 4개의 연, 2개의 율행(律行), 2개의 충량(層量) 3보격으로 짜여져 있다. 그리고, 각 연은 첫 행과 둘째 행이 합쳐야 하나의 율행이 되고,

셋째 행은 하나의 율행으로 배치하고 있다. 이와 같이 님이 떠나는 가상적 조건이나 상황을 말하는 부분을 두개의 행으로 나누어 말한 것은 아직 현실의 일이 아니기에 천천히 말할 수 있는 여유를 암시한다고 볼 수 있다. 그리고 실행으로 옮기는 부분을 하나의 율행으로 잡은 것은 가슴 아파 빨리 말하고 싶어하는 심리를 반영한 것으로 볼 수 있다.

①나보기가/ 역겨워
②가실 때에는
③말없이/고이 보내/드리우리다

그런데 층량 3보격은 세 도막 형식이면서도 마지막 음보가 한 음절 이상 더 길어 재 분할(再分割)하려는 성질을 지니고 있다. 다시 말해, 3보격이면서도 4보격적인 성격을 지니고 있다.[28] 이와 같은 성격을 염두에 두고 짝수 단위의 자질을 <A>, 홀수 단위의 자질을 <B>라고 할 경우, 연의 국면은 <A>, 율행의 국면 역시 <A>, 음보의 국면은 <B>, 율독(律讀)의 국면은 <A>로서, <A-A-B-A> 구조가 발견된다.[29]

물론 모든 시인들의 작품이 이처럼 규칙적인 구조를 취하는 것은 아니다. 그러나 율적 특성이 강하게 드러나는 작품일수록 4단 구성을 취하며, 각 층위를 통일하는 경향이 강하게 드러난다. 그것은 4단 구성이 패턴(pattern)과 변화(key moment)의 구조를 형성하는 데 가장 적합한 양식이라는 데 원인이 있다.

---

28) 이 책, '리듬과 운율' p.419. 참조.
29) 이 책, '리듬과 운율' p.419 참조.

## 5. 구성의 이동 방향

플롯은 어디에서 출발하여 어떤 방향으로 이동하고 있을까. 이 문제를 이야기하기 위해서는 신화나 원시 무가에서부터 현대 문학에 이르기까지 모든 구조를 면밀히 고찰해 봐야 할 것이다.

그러나, 문학적 담화가 자기 체험을 언어로 표현하는 양식이라면, <내가 겪은 것은 이렇다>라는 언술 형식을 빌릴 수밖에 없으며, <내가 겪은 것>에 해당하는 부분을 강조하기 위하여 액자식 플롯에서부터 출발하지 않았나 추측할 수 있다. 그것은 고대 시가의 대부분이 작품을 소개하기 전에 채록(採錄) 과정이나 창작 동기를 덧붙인 점으로 미루어서도 짐작할 수 있다.

액자식 플롯이 직선적 플롯으로 발전하기 시작한 것은 문학적 담화에 허구라는 개념이 도입된 후부터라고 볼 수 있다. 채록자나 작자의 의견을 덧붙이면 독자들의 해석이 제한되고, 작품 자체보다 창작 과정에 초점이 집중되는 것을 방지하기 위해 부차적 플롯을 제거했을 것이다. 그리고 부차적 플롯이 보완해 주었던 리얼리티가 약화되는 것을 방지하기 위해 인과관계를 강조하면서 탄생된 유형으로 추측할 수 있다.

이와 같은 인과적 플롯은 르네상스 시대까지 유일한 구성 방식으로 채택된다. 그러다가 15세기를 전후로 해서 비인과적 구성인 병렬식 플롯이 실험적으로 채택된다. 보카치오(G. Boccaccio)의 『데카메론(Decameron)』, 김시습(金時習)의 『금오신화(金鰲新話)』 등이 이런 예에 해당한다. 그들이 이와 같이 비인과적 플롯을 채택한 것은 종래의 인과응보적(因果應報的)이고, 권선징악적(勸善懲惡的)이며, 인간적 논리로는 설명되지 않는 것들을 신의 섭리로 해석하던 중세의 신본주의적(神本主義的) 가치관으로는 새로운 사회 현상을 설명할 수 없다는 판단 때문이라고 볼 수 있다.

하지만 15세기를 전후로 하여 출현한 병렬식 구성은 일시적이고 예외적 현상일 뿐, 이 시대 역시 여전히 인과적 플롯의 시대라고 할 수 있다. 오히려 근대의 실증주의 사상이 확립되고, 모든 것을 과학적으로 설명하려는 기풍이 싹트면서, 직선적 플롯의 단순성을 극복하기 위해 단속적 플롯으로 발전하기 시작한다. 따라서, 사실주의와 자연주의 시대는 어느 시대보다 복합적인 인과관계의 플롯 시대라고 볼 수 있다.

그러나 자연과학의 힘으로도 설명할 수 없는 것이 인간의 심리이다. 그리고 사회를 움직이는 근원 역시 인간의 심리라고 할 수 있다. 그리하여 심리학의 도움을 받지 않으면 인간들의 행위를 설명할 수 없다는 사실을 자각한 문인들은 프로이트나 융 같은 심리학자들이 정신 질환을 치료하기 위해 연구한 결과를 문예학 이론에 받아들인다. 따라서 사실주의나 자연주의가 <외면적(外面的) 과학주의>라고 한다면, 심리주의는 <내면적(內面的) 과학주의>라고 할 수 있다.

하지만 심리학의 도입은 오히려 플롯의 인과성을 파괴하는 결과를 가져오고 만다. 문학적 대상을 비논리적인 무의식의 세계에서 찾으려 할뿐만 아니라, 인간의 심리는 일정한 계기성과 인과성에 의하여 움직이는 게 아니기 때문이다.

이와 같은 비인과적 구성은 현대 사회의 사상적·문화적 움직임의 영향을 받아 더욱 왕성해진다. 그러나 유파에 따라 동기와 목적은 조금씩 차이를 보인다. 큐비즘·미래주의·다다 등은 현대 과학 문명에 대한 불신과 반발에서, 행동주의(行動主義) 내지 실존주의(實存主義)는 인간이 근본적으로 부조리한 존재라는 인식 때문에 채택한다. 그리고, 포스트모더니즘은 근본적으로 이 세계를 지배하는 중심 원리와 불변의 리얼리티가 존재하는가라는 회의에서, 수용미학(受容美學)은 작품이란 각기 다른 독자의 의식 구조에 의하여 완성될 뿐만 아니라 비인과적 구성이 더욱 심미적 효과를 거둘 수 있다는 생각에서 채택한다.

이와 같은 변천 과정을 미루어 볼 때, 앞으로 한동안 비인과적 구성이 기세를 떨칠 것으로 보인다. 하지만 근본적으로 문학은 담화라는 점과, 편리함을 요구하는 독자들의 성향으로 미루어 차츰 비인과적 구성을 채택하는 작품들이 줄고, 부분적으로 비인과적이고 병렬적인 단속적 구성을 채택한 작품들이 다시 기세를 떨칠 것으로 예측된다.

# 3. 거리와 어조

같은 화제를 선택해도 화자가 그것을 어떤 관점에서 어떤 태도로 이야기하느냐에 따라 담화의 특질이 달라진다. 그러므로 시적 담화의 경우, 화자와 화제를 정하고 그것을 표현할 은유 구조까지 마련한 다음에는 어떤 태도로 이야기할 것인가에 해당하는 <거리(distance)>와 그것을 구체화시킬 <어조(tone)>를 선택해야 한다.

본 장에서는 먼저 화제와 거리의 관계를 살핀 다음, 거리는 어떤 기준에 의하여 분류하며, 그에 따라 시적 특질이 어떻게 달라지는가, 종래 시론에서 금기시하던 거리 이동은 과연 불가능한 것인가를 따져보기로 하자. 그리고, 이와 같은 거리를 구체화하기 위해 채택되는 어법에는 어떤 유형이 있는지에 대해서도 알아보자.

## 1. 거 리

문학적 담화에서 시점(point of view)이나 거리(distance)는 글을 쓰는 사람이 화제 속에 등장하는 대상들을 서술하기 위한 위치(位置)와 심리적 거리(psychical distance)를 말한다.[1] 따라서 시점과 거리는 <서술 시점(point of descriptive)>과 <서술 거리(distance of descriptive)>로서, 대상에 대한 작가의 태도인 동시에, 가치관 내지 인생관의 반영이라고 볼 수 있다.

---

1) Edward Bullough, *Psychical Distance as a Factor in Art Aesthetic Principle,* p.94. 이 책에서는 김준오, 『시론』(삼지원, 1991), p.247 재인용.

그런데 종래의 문학 이론을 살펴보면, 시점과 거리는 장르에 따라 조금씩 다른 비중으로 논의되어 왔다. 소설론에서 시점은 해설자가 작중 인물과 상황을 서술하는 위치로서, 일종의 '마음 속으로 들어가기(entering the mind)' 정도를 말한다. 다시 말해, 등장 인물의 겉으로 드러난 행위만 묘사할 것인가, 심리 변화까지 묘사할 것인가, 해설자가 위치하는 현재 공간만 다룰 것인가, 다른 공간까지 다룰 것인가라는 서술 초점(focus of narration)이 이에 해당한다.[2]

그러나 서정적 장르에서 시점은 그리 중요한 개념으로 부각되지 않는다. 장편 서사시를 제외하면 해설자(narrator)와 주인물(main character)이 일치한다. 그리고 비록 허구적으로 꾸민 작품이라 해도 타인의 이야기처럼 말하는 게 아니라 <나 또는 나에 관계되는 이야기>임을 드러내면서 <1인칭 전지적(全知的) 시점>에서 <1인칭 관찰자(觀察者) 시점> 사이를 취할 뿐, 3인칭 시점은 취하지 않는다. 그래서 소설론에서 중요시하던 시점은 거리에 포함시켜 함께 다루는 것이 보

---

2) Rovert Stanton은 시점의 유형을 ①중심 인물로서의 1인칭 시점, ②주변 인물로서의 1인칭 시점, ③제한적 3인칭 시점, ④전지적 3인칭 시점의 4가지로 나누고, Thomas H. Uzzel은 ①작가 전지적 시점, ②주인물 시점, ③부인물 시점, ④객관적 시점으로 분류하고, S. Barnet와 M. Berman은 ①작중 인물이 내레이터로 된 <참가자 시점> ②작가가 내레이터로 된 <비참가자 시점>으로 나누면서, 참가자 시점(1인칭)은 다시 ⓐ주인공 화자 시점 ⓑ부인물 화자 시점으로 나누고, 비참가자 시점(3인칭)은 ⓐ전지적 시점(㉠중립적 시점, ㉡논평적 시점), ⓑ선택적 전지적 시점, ⓒ객관적 시점으로 나누고 있다. (S. Barnet & M. Berman, W. Burto, *An introduction to literature*, Little, Boston, 1967, pp.37~40.) 그리고, C. Brooks와 R. P. Warren은 ①1인칭 서술 시점, ②1인칭 관찰자 시점, ③작가 관찰자 시점 ④전지적 작가 시점으로 분류하고, Norman Friedman은 좀 더 세분화하여 ①편집자적 전지 시점, ②중립적 전지 시점, ③목격자로서의 <나>의 시점, ④주인공으로서의 <나>, ⑤복수 선택적 전지(全知), ⑥선택적 전지(全知), ⑦극적 제시, ⑧카메라로 나누고 있다. (Norman Friedman, Point of View, *Form and Meaning in Fiction*(PMLA 70, 1955), 최상규 역, 현대 소설의 이론, pp.364~381.)

통이다.

거리는 대상을 긍정적으로 묘사하느냐, 부정적으로 묘사하느냐, 집중적으로 조명하느냐, 그냥 스쳐 가느냐 하는 문제라고 할 수 있다. 소설론에서 이와 같은 문제는 주로 주동(主動)과 반동(反動) 같은 인물의 비중(比重), 어떤 인물로 묘사하느냐라는 작가의 태도(態度), 그에 대한 진술의 빈도(frequency) 등으로 나타난다.

거리의 개념은 시의 경우에도 비슷하게 적용된다. 하지만 주동이냐 반동이냐 하는 문제와 서술 빈도는 그다지 중요시되지 않는다. 시적 담화에서 인물의 비중 문제가 그리 중요시되지 않는 것은 등장 인물이 훨씬 고정적이고 제한적이기 때문이다. 그리고, 빈도의 문제가 소홀히 취급되는 것은 현재의 순간적 정서를 제재로 삼아 압축된 형식을 취하기 때문이다. 그러므로 시적 담화에서 거리의 문제는 대상에 대한 화자의 태도가 중심이 된다.

## (1) 거리의 개념

예술 작품에서 거리 문제가 처음 제기된 것은 칸트(I. Kant)가 「미적(美的) 판단력 비판(判斷力批判)」에서 논의한 뒤부터라고 할 수 있다. 그의 설명에 의하면, 독자는 '미적 관조(觀照)의 대상'이나 그 대상의 '호소(呼訴)'로부터 자기가 기대하는 실제적 욕구를 분리시켜 일정한 거리를 유지할 때 비로소 작품을 바르게 이해할 수 있다고 한다. 따라서, 그가 말하는 거리는 예술 작품을 감상하기 위한 <수용(受容)의 거리>로서, 우리가 흔히 말하는 표현의 거리와는 다소 개념의 차이가 난다.

그 후, 거리란 용어는 '분리(detachment)' · '초연(aloofness)' · '자기 멸각(disinterestedness)' 등으로 바뀌어 불린다. 그러다가 블로흐(E. Bullough)

에 이르러 '심리적 거리(psychical distance)'로 정의되고, 각종 문예 사전에 기술되면서 비평이나 감상의 주요 문제로 취급되기 시작한다.[3)

심리적 거리를 한결 구체화시킨 사람은 올드리치(V. C. Aldrich)이다. 그는 심리적 거리를 '관찰(observation)'과 '간파(penetration)'로 나눈다. 그리고 전자는 물리적 공간 안에서 대상을 지각하는 형식으로서, 아직 예술 작품으로 형상화되지 않은 소재적 사물(material thing)을 구체적 기준에 의하여 살피는 단계라고 설명한다. 이에 비해 후자는 미적 지각의 양태로서, 예술 작품의 소재에 나타나는 색채, 음향, 명암 등의 특성에 의해서 결정된다고 설명한다. 따라서 관찰(觀察)은 단순히 대상을 바라보는 것에 지나지 않지만, 간파(看破)는 대상을 미적 대상으로 받아들이며 생생한 인상이 수반된다.[4)

리차즈(I. A. Richards)는 심리적 거리를 전혀 다른 각도에서 정의한다. 그는 현실적 목적에서 떠나 자기 관심을 예술 작품의 여러 면에 최대한도로 쏟을 수 있도록 만드는 정신 상태로서, 개성과 취향에 맞지 않는

---

3) J. T. Shipley ed., *Dictionary of World Literature Terms*(The Writer Inc., 1970), Allex Preminger 外 편, *Princeton Encyclopedia of Poetry and Poetics*(Princeton University Press, 1965) 등. 참고로 인용해 보면 다음과 같다.

  ……심리적 거리란 우리가 작품에 임해서 작품에 표현된 행위, 인물, 정서들이 절박한 실제 생활과는 아무런 관련이 없다는 감각 기관의 인식이다. 이와 같이 공리적 관심으로부터 분리시킴으로써, 이런 심리적 거리는 예술의 특수한 효과를 발휘하게 된다.(*Dictionary of World Literature Terms*, p.258)

  ……미적 거리(혹은 심리적 거리)란 공간적 개념이나 시간적 개념이라기보다 오히려 본질상 심리학적 개념이다. 한 개인이 자신에 대한 어떤 사적이고도 실제적인 관심으로부터 분리되어 한 대상을 관조할 때, 그 대상을 향한 그의 태도나 시각(perspective)을 기술한 것이 미적 거리이다.……미적 감수성에서 '거리'는 비평가나 예술가가 예술 대상을 관조하는 데 필수적이고 불가결한 것이다.(*Princeton Encyclopedia of Poetry and Poetics* p.5)

4) Virgil Charles Aldrich, *Philosophy of Art*, 김문환 역, 『예술철학』(현암사, 1975), pp.55~62.

것들도 모두 수용할 수 있는 자기 멸각(自己滅却) 상태라고 설명한다. 그러면서, 이와 같이 초연한 위치에서 상반된 자극을 동시에 받아들여 균형을 취할 수 있을 때만이 가치 있는 심미적 경험이 된다고 주장한다.5) 그가 이렇게 설명하는 것은, 취향에 맞는 것만 수용하거나 표현하려는 자아 중심적인 고집을 버리고 한 작품 안에 상반되면서도 모순된 충동을 모두 포괄해야 한다는 신비평의 이념 때문이라고 볼 수 있다.

그러나 거리는 단지 대상을 어떤 입장에서 받아들이느냐 하는 <수용(受容)의 거리>만 있는 게 아니다. 작가 역시 현실에서 사물들을 받아들여 문학적 담화의 화제로 삼는다는 점을 고려할 때, 대상을 어떤 관점에서 받아들여 어떻게 표현하느냐 하는 <표현(表現)의 거리>도 있다. 시인이 문학적 모티프(motif)를 인식하는 태도는 독자가 예술 작품을 감상하는 태도와 유사한 것이기 때문이다.

이와 같은 <표현 거리>를 논한 사람은 다이치(D. Daiach)이다. 그는 시인이 작품을 쓸 때 독자가 어떤 거리에서 받아들일 것인가를 결정할 수 있도록 작품 안에 수용의 방향과 체계를 미리 암시적으로 설정해 놓는다고 주장한다.6) 그리고 그것은 작품의 여러 장치, 예컨대 리듬, 어조, 이미지, 시의 형태, 시어 등 작품의 구조(structure)에서부터 세부 조직

---

5) I. A. Richards, *Principles of Literary Criticism*, 김영수 역, 『문예비평의 원리』(현암사, 1977), p.337. 참고로 인용해 보면 다음과 같다.
……상반되는 충동의 균형은 가장 가치 있는 심미적 반응의 기반이라고 우리는 생각한다. 이 균형은 보다 뚜렷이 한정된 정서 경험의 경우에는 불가능한 정도로까지 우리 인성(personality)의 훨씬 커다란 부분을 활동시킨다.……마음의 보다 많은 면이 민감하게 반응하려고 표면에 나타난다. 그리고, 동일한 사실이지만 사물보다 많은 면이 우리에게 효과를 줄 수 있게 된다. 관심의 하나의 좁은 수로(水路)를 통해서가 아니라, 동시적이고 모순 없는 많은 수로를 통해서 반응하는 것, 이것이 여기서 문제로 하고 있는 유일한 의미의 자기 멸각(自己滅却) 상태가 되는 것이다.
6) A. Priminger, 앞의 책, p.6.

(texture)에 이르기까지 모든 요소에 설정해 둔다고 한다. 이와 같은 표현의 거리에 대한 문제를 다루는 학문이 곧 시학이라고 할 수 있다.

## (2) 거리의 유형

거리의 유형은 <지나치게 먼 거리>·<비교적 먼 거리>·<적당히 조절된 거리>·<비교적 짧은 거리>·<지나치게 짧은 거리>로 나누는 것이 보통이다. 그러나 이와 같은 구분은 '지나치게 짧은 거리(under distancing)'와 '지나치게 먼 거리(over distancing)'를 설정해 놓고 그 사이를 적당한 간격으로 나눈 것에 불과하다. 그러므로 분석자의 주관에 따라 달리 잡을 수 있다는 게 문제이다.

오르테가(J. Ortega. Y. G.)는 이런 거리를 객관화하기 위해 어느 저명 인사의 죽음을 지켜보는 네 사람의 입장을 예로 든다. 그의 설명에 의하면, 남편의 죽음을 지켜보는 <부인(婦人)>의 거리는 상대의 죽음을 자기의 죽음처럼 받아들이면서 주체(主體)가 객체(客體) 속에 빠져드는 <일치(一致)>의 상태이고, 부인만큼 그 죽음에 대해 슬퍼하지는 않지만 어느 정도 도덕적 책임을 느끼는 <주치의(主治醫)>의 태도는 주체가 객체에 끼여드는 <개입(介入)>의 상태라고 설명한다. 그리고 그 죽음에 대한 의미를 생각하지만 기사(記事) 쪽에 더 관심을 두는 <기자(記者)>의 태도는 주체와 객체가 분리된 <관찰(觀察)>이며, 죽음에 대한 의미를 배제한 채 사자의 얼굴에 비치는 광선이나 안색의 변화와 포즈를 주목하는 <화가(畵家)>의 태도는 <비인간화(非人間化)>라고 설명한다.[7]

카이저(W. Kayser) 역시 거리의 유형을 객관적으로 설정하려고 노력

---

7) Jose Ortega Y. Gasset, *La dehumanization der Art*, 장선영 역, 『예술의 비인간화』 (삼성출판사, 1976), pp.323~325.

한다. 그는 서정적 주체(主體)인 화자가 시적 대상을 어떻게 받아들이느냐에 따라, <서정적 명명(Lyrisches Nennen)>·<서정적 말건넴(Lyrisches Ansprechen)>·<가요적 표현 (Liedhaftes Sprechen)> 등으로 나눈다.[8] 그리고 '서정적 명명(命名)'은 시인이 대상에게 일방적으로 의미와 정서를 부여하는 유형이고, '서정적 말건넴'은 오르테가의 개입(介入)과 유사한 태도로서 주체와 객체가 상호 교응(相互交應)하는 상태이며, '가요적 표현'은 객체가 주체 속에 완전히 침투되어 분리할 수 없는 상태라고 설명한다. 이들의 관계는 다음과 같이 그릴 수 있다.

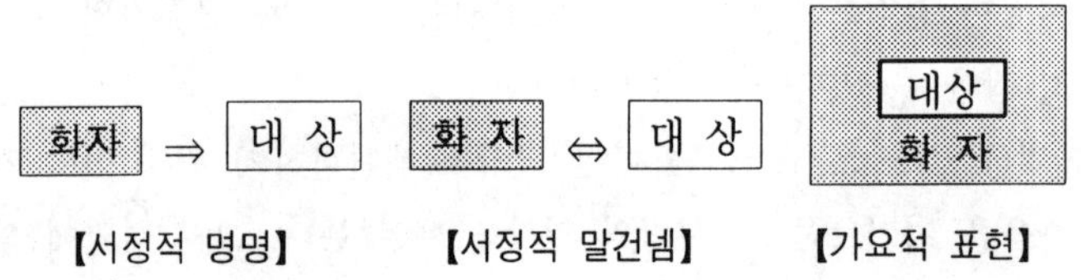


한국 근대시의 전개 과정에서도 이와 같은 예를 찾아볼 수 있다. 박상천(朴相泉)의 연구에 의하면, 최남선(崔南善)의 「해(海)에게서 소년(少年)에게」를 비롯한 신체시는 서정적 명명, 황석우(黃錫禹)나 김억(金億)의 시는 서정적 말건넴, 김소월(金素月)의 「진달래꽃」이나 「못잊어」는 가요적 표현 단계에 해당된다고 주장한다.[9]

그러나 문학 연구에서 이런 유형을 그대로 적용하기에는 몇 가지 어려움이 뒤따른다. 첫째로, 이들이 설정한 유형을 가지고는 모든 현대시를 분류하기 어렵다는 점이다. 부인의 태도에 해당하는 <몰입>이나 화가의 태도에 해당하는 <비인간화>는 대상이 지녔던 본래 의미나 모습에서 벗

---

8) Wolfgan Kayser, *Das Sprachliche Kunstwerk ; Eine Einfhrung in die Literature wissenschaft,* 김윤섭 역, 『언어예술작품론』(시인사, 1988).
9) 박상천, 「한국 근대시 형성에 관한 연구」(동국대학교 대학원, 박사 학위 논문, 1987)

어난 상태를 말하는 게 아니라, 과도하게 의미를 부여하거나 배제한 거리를 말한다. 따라서 본래의 의미나 모습에서 크게 이탈한 무의식이나 기호적 인식을 다룰 유형이 설정되지 않았다는 게 문제이다.

둘째로, 그 기준이 너무 추상적이라는 점이 문제이다. <일치>냐 <개입>이냐, 또는 <서정적 명명>이냐 <서정적 말건넴>이냐를 판단하려면 화자의 태도·어법·어조·형식·리듬 등을 분석해야 한다. 그리고 독자의 독서 능력이 그를 분석할 수 없을 경우에는 엉뚱한 거리로 해석하고 만다. 가령 소월의 「진달래꽃」 경우만 해도 그렇다. 님을 보내겠다는 화자의 진술이 역설임을 이해하지 못하면 다른 거리로 해석할 수밖에 없다.10) 그러므로 이를 판단하기 위해서는 다시 텍스트의 각 층위를 분석하지 않으면 안 된다.

그런데, 이와 같이 작품의 모든 구조와 조직을 분석하지 않고도 쉽게

---

10) 김소월의 「진달래꽃」의 가능한 한 해석을 열거해 보면 다음과 같다.(필자, 『소월시연구』, 태학사, 1992, p.93)
  (1)내가 이토록 사랑하는데도 떠날 수 있느냐는 고도의 만류.
  (2)'진달래꽃'이 화자 자신의 상징물이라고 할 때, 나를 밟고 가라는 뜻은 절대로 못 보내겠다는 반어적 표현.
  (3)내가 싫어 떠난다면 눈물을 안 흘리는 정도가 아니라 죽어도 안 붙잡겠다는 프로이트 식의 오기(傲氣) 또는 실언(失言).
  (4)화자가 님이 없는 사람이라면, 나는 님이 떠날 때 꽃까지 뿌려 줄 정도로 착한 사람인데 왜 님이 없느냐는 자기 선전.
  (5)떠날 때는 막지 않을 테니 함께 있는 동안만이라도 마음놓고 사랑해 달라는 현실주의적 책략.
  (6)깨끗이 보냄으로써 잊지 못하여 님을 다시 돌아오게 만들겠다는 「가시리」식 계산.
  (7)남녀간의 사랑은 한번 깨지면 아무리 울며 매달려도 회복되지 않음으로 차라리 깨끗이 보내자는 체념.
  (8)어쩌면 올지도 모르는 이별의 경우 미리 가정해 본 자기의 태도.
  (9)이별은 꿈도 꾸지 않으면서 만발한 진달래꽃을 보는 순간 모든 것을 순순하게 받아들이겠다는 사랑의 표현.
  (10)여성의 무의식 속에 숨겨진 피학적 욕구.

짐작할 수 있는 요소가 있다. 그것은 화제의 유형에 따라 거리를 나누는 방법이다. 시의 리듬이나 어조, 심상 같은 것들은 화제를 효과적으로 전달하기 위한 하부 장치로서, 시인이 어떤 화제를 선택하고, 그에 대한 지향성(志向性)과 초점(焦點)을 결정한다는 것은 곧 거리를 결정했다는 것을 의미하기 때문이다.

거리론 입장에서 화제의 지향성을 살펴보면, 가장 짧은 유형은 <1인칭 지향형>이다. 그리고 그 다음은 <2인칭 지향형>, 가장 먼 것은 <3인칭 지향형>이고, <극적 지향형>은 이동형이라고 볼 수 있다.

하지만 화제의 특질이 지향성보다 초점에 더 많은 영향을 받듯이, 거리 역시 마찬가지이다. 그러므로 거리의 분류는 초점을 일차적인 기준으로 삼되, 같은 초점일 경우에는 지향성을 보조 기준으로 삼는 것이 바람직할 것이다.

초점에 따라 거리를 나눌 때, <지나치게 먼 거리>에 해당되는 것은 <기호적 상징>이다. 대상의 의미나 외관을 떠나 <그 어떤 것>으로 치환(置換)하는 사고는 이성적 태도 가운데에서도 가장 엄격한 것이기 때문이다. 그리고 <비교적 먼 거리>에 해당되는 것은 물질에 초점을 맞춘 유형으로서, 대상의 물질적 외관을 관찰(觀察)하는 행위는 추상적 사고보다는 주관적이지만, 의미와 정서를 부여하는 행위보다는 이성적인 행위이기 때문이다.

이와 반대 방향인 <지나치게 짧은 거리>는 것은 무의식적 반응에 초점을 맞춘 유형을 꼽을 수 있다. 무의식적 반응은 정서의 움직임이 극단적으로 활발할 때 일어나는 행위로써 가장 주관적이기 때문이다. 그리고 <비교적 짧은 거리>에 해당되는 것은 관념에 초점을 맞춘 유형을 꼽을 수 있다. 의미나 정서를 부여하는 행위는 무의식적 반응보다 객관적이고, 외관을 관찰하는 행위보다 주관적이기 때문이다. 따라서 화제의 유형을 먼 거리에서부터 가까운 거리 순(順)으로 배열하면 다음과 같다.

> (1) 거리 분류의 1차적 기준 : 초점의 유형
>    ①무의식형 ②관념형 ③즉물형 ④상징형(기호적 상징)
> (2) 거리 분류의 2차적 기준 : 지향성
>    ①1인칭 지향형 ②2인칭 지향형 ③3인칭 지향형

이와 같은 1차적 기준과 2차적 기준을 결합시키면, 거리의 유형은 화제의 유형과 동일한 수의 파생형을 만들어 낼 수 있다. 그리고 그런 유형들의 시적 특질은 앞에서 살펴본 화제 유형의 경우와 일치한다.[11]

## (3)거리의 이동 장치

문학적 담화에서 거리 이동에 관해 관심을 갖기 시작한 것은 최근의 일로서, 서사적 장르에서 먼저 시도되고 있다. 최근에 선을 보인 복수 시점 소설들이 그런 예에 속한다.

하지만 시적 담화에서는 아직도 거리 이동을 금기시하고 있다. 서정적 담화는 복수 시점을 취하기에는 너무 짧은 양식인데다가, 거리를 이동할 경우 그 까닭을 설명할 해설자와 주동적 인물이 분리되지 않아 자칫하면 횡설수설하는 것처럼 보이기 때문이다.

그러나 앞의 화제 유형에서 살펴봤듯이, 담화의 지향성은 비교적 고정적이지만, 초점은 모티프가 바뀔 때마다 수시로 이동한다. 따라서 고정적 거리를 취하는 작품들은 대상을 인식하는 과정에서 끊임없이 이동한 초점을 무시하고 어느 하나에 고정시킨 것이라고 보아야 할 것이다.

이처럼 거리를 고정시키면 시인의 의도가 뚜렷해지고, 일관성을 유

---

11) 이 책 pp.158~160 참조.

지하기가 용이해진다. 하지만 작품이 완성되고 나면 대상을 인식하던 그 순간의 팽팽했던 충동(impulse)이 사라지고 느슨하고 단조로운 것이 되고 만다. 그것은 거리를 고정시키는 과정에서 대상을 인식하던 순간에 느꼈던 대부분의 감각과 인식을 배제하고 한두 가지로만 축소했기 때문이다. 그러므로 시상이 떠오르던 순간의 긴장을 그대로 유지하려면 부득이 거리를 이동할 수밖에 없다. 그리고 그를 위해서는 거리를 이동할 때 발생하기 쉬운 혼란을 방지할 장치를 고안하지 않으면 안 된다.

우선 이와 같은 장치로는 에피소드의 배열, 다시 말해 구성적 장치를 꼽을 수 있다. 구성이 그런 장치라는 것은 복합 초점을 자주 취하는 미당(未堂)의 초기시를 살펴보아도 짐작할 수 있다.[12]

> ⓐ사향(麝香) 박하(薄荷)의 뒤안길이다.
> ⓑ아름다운 베암…
> ⓒ을마나 크다란 슬픔으로 태여났기에, 저리도 징그라운 몸둥아리냐.
>
> ⓓ꽃다님 같다.
> ⓔ너의 할아버지가 이브를 꼬여 내든 달변(達辯)의 혓바닥이
> ⓕ소리 잃은 채 낼룽그리는 붉은 아가리로
> ⓖ푸른 하눌이다. …물어뜯어라. 원통히 물어 뜯어,
>
> ⓗ다라 나거라. 저놈의 대가리!
>
> ⓘ돌 팔매를 쏘면서, 쏘면서, 사향(麝香) 방초(芳草)ㅅ 길
> ⓙ저놈의 뒤를 따르는 것은
> ⓚ우리 할아버지의 안해가 이브라서 그러는 게 아니라
> ⓛ석유(石油) 먹은 듯…석유(石油) 먹은 듯…가쁜 숨결이야.
>
> ⓜ바눌에 꼬여 두를까부다. 꽃다님보단도 아름다운 빛…

---

12) 변종태, 「미당 서정주의 초기시 연구」(제주대학교 대학원, 석사 학위 논문, 1992).

ⓝ크레오파투라의 피먹은 양 붉게 타오르는 고흔 입설이다…슴여라!
베암.

ⓞ우리 순네는 스믈난 색시, 고양이같이 고흔 입설…슴여라! 베암.
— 서정주, 「화사」 전문

ⓐ에서는 시적 대상인 꽃뱀과 화자가 만나는 시간적·공간적 배경을
객관적으로 제시하고 있다. 그리고 ⓑ에서는 '꽃뱀'에 대해 아름답다는
의미를 부여하고, ⓒ에서는 의미 부여 과정에 형성된 화자의 정서를 토
로하고 있다. 따라서 화자의 태도는 <이성적 관찰→감성적 의미 부여→
감성적 정서 반응>으로 바뀌고, 거리 역시 <비교적 먼 거리→비교적 가
까운 거리>로 이동했다고 볼 수 있다.

그 다음, ⓓ의 '뱀'은 길거나 곱다는 뜻으로 '꽃다님'과 연결한 것이
라면 <즉물화>에 해당하고, 다른 그 무엇을 의미하기 위한 것이라면
<상징화>에 해당한다. 하지만, 어떤 의도에서 연결시켰든 <비교적 먼
거리>나 <지나치게 먼 거리>라는 차이만 지닐 뿐, ⓑ나 ⓒ보다 먼 거리
로 이동했다는 점에서는 마찬가지이다. 이와 같이 가까운 거리로 이동하
다가 다시 먼 거리 쪽으로 이동한 것은 정서가 고양되면서 가물가물해지
는 의식을 되찾으려는 노력으로, 다음에 올 <지나치게 짧은 거리>로 이
동하기 위한 준비라고 보아야 할 것이다.

ⓔ 이후부터 초점은 <무의식> 쪽으로 옮겨가고 있다. 기독교 신화인
에덴 동산의 전설을 떠올리는가 하면, '석유 먹은 듯… 석유 먹은 듯…'
가쁜 숨결을 내쉬며 성적 흥분을 느끼고, 징그럽다고 돌팔매를 쏘면서
배척하다가 '바늘에 꼬여' 두르고 싶다며 소유하고자 하는 욕망을 보이
고 있다. 그리고, 뱀에게 무슨 액체라도 되는 듯이 입술 속으로 '슴여라'
라고 명령하고 있다. 따라서, 이 부분의 초점상으로는 <무의식>, 거리상
으로는 <지나치게 짧은 거리>에 해당한다.

　그렇다면, 이 작품은 <초점>과 <거리>를 이동할 때 일반적으로 나타나기 마련인 의미의 혼란을 어떻게 방지하고 있는가? 그 비결은 우선 <즉물→관념→무의식> 순으로 바뀐 초점, 다시 말해 <비교적 먼 거리→비교적 짧은 거리→지나치게 짧은 거리>로 이동한 순서에서 찾을 수 있다.

　이와 같은 구성의 순서가 혼란을 막는 데 도움이 된다는 것은 우리의 인식 과정을 살펴보아도 짐작할 수 있다. 우리는 일상 생활에서 어떤 사물을 접할 때, 먼저 이성적인 태도를 유지하면서 그 외관(外觀)부터 살핀다. 그리고, 그 다음에 아름답다든지 추하다는 식으로 의미와 정서를 부여하고, 그와 같이 부여한 의미와 정서가 폭발될 단계까지 축적되면 무의식적 반응이 일어난다. 따라서 거리를 이동할 때 혼란을 막는 장치는 인식의 단계와 초점을 일치시키면서 이동하는 것임을 암시받을 수 있다.

　이런 가설이 타당하다는 것은, 「화사」와 같은 시기에 쓰여진 미당(未堂)의 또 다른 작품들과 비교해 보면 드러난다.

> ⓐ어찌하야 나는 사랑하는 자의 피가 먹고 싶습니까
> ⓑ「운모석관(雲母石棺)속에 막다아레에나!」
>
> ⓒ닭의 벼슬은 심장 우에 피인 꽃이라
> ⓓ구름이 왼통 젖어 흐르나
> ⓔ막다아레에나의 장미(薔薇) 꽃다발.
>
> ⓕ오만(傲慢)히 휘둘러본 닭아 네 눈에
> ⓖ창생(創生) 초년(初年)의 임금(林檎)이 소주(蕭酒)한가.
> 　　　　　　　　　　　－「웅계(雄鷄)」(下)」 1·2·3연

　ⓐ에서는 '어찌하야 나는 사랑하는 자의 피가 먹고 싶습니까'라는 주관적 의미로 진술하고 있다. 하지만, '사랑하는 자'가 누구인지, 왜 '피'를 먹고 싶어하는지 알 수가 없다. 그것은 화자가 처한 상황과 시적 대

상을 만나는 시간적·공간적 배경을 제시하지 않은 채 <비교적 가까운 거리>에서 주관적 정서를 토로한 데 원인이 있다.

그런데 ⓑ 이후로 넘어가면 더욱 이해할 수 없는 담화가 되고 만다. 우선 '막다아레에나'와 사랑하는 자의 피를 먹고 싶어하는 화자의 욕망이 무슨 관계가 있는지를 알 수 없다. 그리하여, 서서히 당황하기 시작한 독자들은 그 까닭을 이해하는 데 도움이 될 실마리를 찾기 위해 둘째 연으로 넘어간다. 하지만 독서를 진행해도 <닭벼슬=심장>, <구름=막다아레에나의 장미 꽃다발> 등으로 치환한 이유를 알 수 없어 성급한 독자들은 독서를 포기하고 만다. 그것은 객관적 인식을 제시하지 않은 채 주관적 정서를 부여하고, 충분히 정서가 축적되지 않은 상태에서 무의식 쪽으로 이동했기 때문이다. 따라서 거리를 이동할 때 혼란을 막을 수 있는 장치는 <객관→주관>, <일상→비일상>의 순으로 초점을 옮기는 구성 방법일지도 모른다는 가정이 성립된다.

이와 같은 가정이 타당하다는 것은 다음 작품을 살펴보면 더욱 확연하게 드러난다.

> ⓐ푸른 나무 그늘의 네거름길 우에서
> ⓑ내가 붉으스럼한 얼굴을 하고
> ⓒ앞을 볼 때는 앞을 볼 때는
>
> ⓓ내 나체(裸體)의 에레미야서(書)
> ⓔ비로봉상(毘盧峯上)의 강간사건(强姦事件)들.
>
> ⓕ미친 하눌에서는
> ⓖ미친 오픠이리아의 노래 소리 들리고
>        - 「도화도화(桃花桃花)」 1·2·3연

ⓐ에서 ⓒ까지는 시간적·공간적 배경과 화자의 모습을 객관적으로

제시하고 있다. 따라서 <비교적 먼 거리>에 해당한다. 하지만 그에 대한 정서와 의미를 부여하지 않고 곧바로 '내 나체의 에레미아서/비로봉상의 강간 사건들'로 넘어가고 있다. 그리하여, 독자들은 왜 '네거름길'에서 앞을 볼 때 '내 나체의 에레미아서'로 이어지는가 하는 의문을 품게 된 다. 다시 말해, 중간 단계인 <비교적 짧은 거리>를 생략하고 <비교적 먼 거리>에서 출발하여 <지나치게 짧은 거리>로 이동했기 때문이다. 따 라서 거리를 이동할 때 일어나는 혼란을 막는 장치는 의식의 흐름에 따 른 모티프를 배열하는 방법이라고 보아야 할 것이다.

그러나 거리를 이동하기 위해 시인들이 극복해야 할 문제는 아직도 남아 있다. 그것은 언어가 지니고 있는 단선적(單線的)이고도 순차적(順 次的)인 속성을 극복하는 일이다.

어찌 보면 이런 속성은 언어 예술이 지니고 있는 숙명적 한계일런지 도 모른다. 음악에서는 저음부(低音部)에 우울하고도 느린 가락을, 고음 부(高音部)에 화려하고 빠른 가락을 깔아 전체를 우울하고도 화려한 느 낌이 들도록 만들 수 있으며, 미술에서는 전체 화면(畵面)을 몇 등분으로 분할하여 상반된 형상과 색채를 배치할 수도 있다. 그러나 문학은 그와 같은 적층적(積層的) 표현이 불가능하기 때문이다.

하지만 이와 같은 방식 역시 전혀 불가능한 것은 아니다. 앞의 「화사」 에서도 발견할 수 있었듯이, 전체 구조를 상징화(象徵化)하거나 서로 다 른 거리의 인식을 병치하는 방법이 있다. 상징적 구조를 채택하면 시적 대상의 사물성이 강화되고, 서로 다른 이미지를 병치하면 그들끼리 대결 을 벌이면서 침투하여 자율적으로 다양한 의미를 생산해 내기 때문이다.

그리고 언어의 순차성을 극복하기 위해서는 잔상 효과(殘像效果)를 최 대한도로 이용하는 방법이 바람직할 것이다. 일반적으로 <앞 말>의 인 상이 <뒷말>에 의하여 덮인다 해도, 보다 강력한 인상을 지닌 낱말들은 순서에 관계없이 오랜 동안 살아남음으로 그런 힘을 이용하면 <앞 말>과 <뒷말>과 겹쳐 복합적 의미와 정서를 형성할 수 있기 때문이다.

그러나 언어의 잔상 효과는 그냥 얻어지는 게 아니다. 잔상 효과를 노리는 어휘는 다른 말보다 강화(強化)시키지 않으면 안 된다. 그리고 그를 위해서는 이질적 사물들을 폭력적으로 결합시키고, 논리적 고리를 차단한 채 병치하면서 대조시키는 방법을 채택해야 할 것이다.

따라서 어떤 사물을 접하는 순간의 총체적 감각을 표현하는 작업은 결코 불가능한 일이 아니다. 그 순간에 떠오른 감각과 충동을 수정하지 말고, 화자의 정서에 따라 초점과 거리를 이동하면서, 상징적 구조와 언어의 잔상 효과를 이용하여 전경화시킨다면 얼마든지 가능할 것이다.

## 2. 어 조

시적 담화의 표현 전략을 수립하는 과정에서 거리가 정해진 다음에는 어조(tone)를 결정해야 한다. 어조는 화자를 그다웁게 만들 뿐만 아니라, 그가 처한 상황과 정서와 욕망 또는 의도를 효과적으로 전달하기 위한 장치이기 때문이다.

이 항목에서는 먼저 이와 같은 어조의 기능과 그런 어조를 표현하기 위해 채택된 화법의 구조와 특징을 살핀 다음, 층위별로 어조를 형성하는 데 참여하는 요소들이 무엇인가 찾아보기로 하자.

### (1) 어조의 기능과 결정 요소

우리는 일상 생활에서 어떤 이야기를 하려고 할 때, 화제와 청자에 따라 각기 다른 어조를 선택한다. 그리고 화자가 자기 자신을 어떻게 생각하느냐에 따라서도 달라진다. 브룩스(C. Brooks)와 워렌(R. P. Warren)이 시의 어조를 '내적 형식 가운데 하나'라면서 '제재(題材)와 청중(聽衆), 때로는 화자 자신에 대한 태도'라고 정의한 것도 그런 이유에서이다.13)

그런데 문학적 담화에서 화자의 어조는 실제 시인의 어조가 그대로 반영되는 게 아니다. 먼저 <실제 시인>은 <함축적 시인>으로 축소되고, 다시 작중의 <화자>로 축소된 다음, <화자(시인)-화제(시적 대상)-청자(독자)>의 상호 관계와 <담화의 장(場)>에 설정된 상황 및 분위기에 따라 선택된다고 보아야 할 것이다.14)

어조의 결정에서 화자와 관계되는 요소로는 우선 시인의 인생관 내지 세계관을 꼽을 수 있다. 그러나 문학적 담화는 인물의 내면 세계를 직접 설명하기보다 <성(性)>·<연령>·<계층> 등을 통하여 암시적으로 표현한다. 따라서 시적 담화의 경우도 어조를 결정하는 요소는 화자의 성·계층·연령이라고 할 수 있다.

이런 점은 소월시를 살펴봐도 짐작할 수 있다. 그의 전체 작품에서 발견되는 어조는 다분히 수동적이고 체념적이다. 그리고 여성화자보다 남성화자가 다소 저항적이다. 이와 같은 특질에서 전체 어조가 체념적인 것은 일제의 강압적 현실에 저항해 보았자 자아의 왜곡만을 초래한다는 3.1 운동 직후의 가치관이 소월의 의식 가운데 문화적 층위(文化的層位)에 정착했다가 재현된 결과이며, 성에 따라 차이가 나는 것은 화자를 그답게 만들기 위한 배려라고 볼 수 있다.

---

13) C. Brooks & R. P. Warren, *Understanding Poetry*(Holt, Reinhardt and Winston, Inc., 1960), p.181.
14) '담화의 장'에 관한 문제는 이 책의 <담화의 장과 어조 관계(pp.146~148)>를 참조할 것.

그러나 같은 유형의 화자라고 해도 언제나 같은 어조를 선택하는 것은 아니다. 화자가 그 화제를 좋아하느냐 기피하느냐를 비롯하여, 숙고(熟考)된 화제이냐 그 순간에 떠오른 화제이냐가 더 크게 작용한다. 다시 말해, 화자의 현재 정서와 화제 관계가 어조를 선택하는데 결정적인 역할을 한다.

우리는 일반적으로 자기가 좋아하거나 다급한 이야기는 먼저, 그리고 자세하게 거론한다. 그리고, 가급적 피하고 싶거나 그다지 중요하지 않은 이야기는 뒤로 미루거나 생략한다. 또 화자가 격정에 휩싸였을 때는 어순(word order)이 뒤틀리고, 문장의 길이가 짧아지며, 그로 인해 어세(語勢)가 강해진다. 반면에 정상적인 상태에서는 한결 정제되고 균형 잡힌 문체를 선택하며, 우울할 때에는 섬세한 표현과 긴 문장을 구사한다.

또, 숙고(熟考)된 화제냐 여부에 따라 진술의 순위(順位)와 빈도(頻度)를 비롯하여 어세가 달라진다. 우선, 숙고된 화제는 시간의 흐름을 나타내기 위해 여러 단락으로 나누고, 시적 담화의 경우 행과 연의 길이가 균등해지며, 연시(聯詩) 형태를 취한다. 그러나, 그 순간적인 정서를 화제로 삼을 때는 그것을 여과할 시간이 없기 때문에 강렬한 어조를 취하고, 문장의 구조나 형식이 불규칙해진다. 그리고, 집중된 정서를 나타내기 위해서는 비연시(非聯詩) 형식을 취하는 것이 보통이다. 앞에서 살펴본 한용운의 작품에서도 이런 관계를 발견할 수 있다.15)

ⓐ님은 갔습니다. 아아 사랑하는 나의 님은 갔습니다.
ⓑ푸른 산빛을 깨치고 단풍나무 숲을 향하여 난 적은 길을 걸어서 참어 떨치고
  갔습니다.
ⓒ황금의 꽃같이 굳고 빛나던 옛 맹세는 차디찬 티끌이 되어서, 한숨의 미풍에
  날아갔습니다.

---

15) 이 책, pp.252~257 참조.

ⓓ날카로운 첫 〈키스〉의 추억은 나의 운명의 지침(指針)을 돌려놓고 사라졌습니다.

- 한용운, 「님의 침묵」에서

이 작품에서 의미의 전개 과정을 살펴보면, 〈님이 떠남→님이 떠난 곳→사랑 맹세의 쓸모 없음→내 운명도 바뀜〉으로 이어지고 있다. 이와 같은 전개 순서는 화자의 발화 욕망이 그와 같은 순서임을 의미한다. 다시 말해, 〈님이 떠났다〉는 사실은 다급한 이야기라서 먼저 꺼내고, 님이 떠남으로 인해 내 운명이 바뀌게 되었다는 사실은 좀처럼 이야기하고 싶지 않은 것이라서 뒤로 미뤄 놓았다고 볼 수 있다.

그리고 문장 구조에서도 화자의 정서 상태를 읽을 수 있다. ⓐ의 첫 문장은 '님은 갔습니다'로서 〈S+P〉의 간결한 형식을 취하는 반면에, 둘째 문장은 다같이 떠났음을 알리기 위한 것이면서도 '아아'라는 감탄사와 '사랑하는 나의'라는 관형어구(冠形語句)를 첨가하고, ⓑ이하 역시 〈S+P〉의 형식을 취하지만 수식어구를 동원하여 점점 긴 문장으로 바뀌고 있다. 이와 같이 첫째 문장에서 기본 요소만을 선택한 것은 화자의 다급한 심정을 표현하기 위해서이고, 둘째 문장부터 길어진 것은 다급한 사실을 이야기한 뒤라서 어느 정도 긴장이 해소된 데다가, 님이 없는 현실을 생각할수록 우울한 감정이 엄습한 결과라고 해석할 수 있다.

또 시의 어조는 화자와 청자 중 누가 상위(上位)에 서느냐를 비롯하여, 청자가 담화의 장에 함께 존재하느냐 여부도 고려되는 요소이다.16) 일반적으로 화자가 청자보다 하위에 설 때에는 애원·청원·부탁의 어조를 택한다. 그리고, 직접 말하기 어려운 화제는 아이러니나 역설을 구사

---

16) 이 책 〈화제의 지향성〉 가운데 청자 지향형(p.139)을 참조할 것.

한다. 반면에, 청자보다 상위에 설 때에는 명령·금지·야유·비판의 어조와 직정적(直情的)인 어법을 구사하고, 평어체를 택한다. 그리고 청자가 담화의 장에 있을 때에는 보다 정제된 어법을 택하고, 없을 때에는 흐트러진 어법을 택하는 게 보통이다.

이와 같은 고려는 앞의 작품에서도 발견할 수 있다. 비록 나를 버리고 떠난 님이지만 그를 적극적으로 비난하지 않고 한탄의 어조를 택한 것은 화자보다 님이 상위에 속하며, 님의 정체가 '도(道)·진리·조국'과 같은 공적인 존재라는 데 원인이 있다. 따라서, 화자의 어조는 <화자-화제-청자>의 상호 관계에 의하여 선택되는 것으로서, 담화의 구성소별로 어조 선택에 영향을 미치는 것들을 열거해 보면 다음과 같다.

①화자 자신의 문제 : 화자 자신에 대한 판단을 비롯하여 화자 의 성(性), 신분, 연령.

②화자와 화제 관계 : 화제에 대한 화자의 호오(好惡) 및 그 화제를 구성하는 작은 에피소드들 가운데 어느 것을 먼저 말하고 싶었는가 하는 순위. 그 화제가 공적·추상적이냐 사적·구체적이냐, 또는 숙고(熟考)된 화제냐 그 순간의 화제이냐 하는 문제.

③화자와 청자 관계 : 청자가 화자보다 상위에 서느냐 하위에 서느냐 하는 문제, 또는 숙친한 사이냐 먼 사이냐 하는 문제, 청자가 담화의 장에 존재하느냐 여부.

이와 같은 어조는 시적 상황이나 화자의 정서 상태를 나타내는 기능만 지닌 것은 아니다. 같은 제재를 이야기해도 사람에 따라 각기 다른 어조로 말하고, 그로 인해 시적 특질이 달라진다는 점을 염두에 둘 때 그 시인의 개성을 나타내는 장치라고 볼 수 있다.

또 같은 시인의 어조라고 해도 불변의 것이 아니다. 세월의 흐름에 따라 시인의 가치관이 변하고, 그로 인해 정서·욕망·행동 양식이 바뀌며, 그에 따라 작품의 어조도 바뀔 수밖에 없다. 그것은 같은 테마를 다루어도 젊은 날에 쓴 작품과 나이가 든 뒤에 쓴 작품을 비교해 보면 알 수 있다. 따라서, 시의 어조는 시인의 공시적(共時的)·통시적(通時的) 자유(自由)와 개별성(個別性)을 부여하는 장치로서, 늘 같은 어조를 선택한다면 그것은 참다운 개성의 표현이 아니라 의사 개성(擬似個性)에 얽매여 있다고 보아야 할 것이다.

어조에 대한 연구는 두 가지 방향으로 진행할 수 있다. 첫째로, 작품의 어조에는 시인의 목소리가 담겨 있다는 입장에서 그 시인이 무엇을 인식하고, 어디에 초점을 맞추었으며, 어떤 어조로 말하는가를 분석하는 방향이다. 이런 방향은 시인론(詩人論) 내지 시정신론(詩精神論)으로 이어진다. 둘째로, 화자를 비롯한 시의 각 요소와 연결시키면서, 그에 어울리는 어조를 선택했는가, 어조가 작품에 미치는 효과가 무엇인가를 연구하는 방향이다. 이와 같은 내적 연구는 화자론(話者論)의 영역으로서, 창작 비결을 밝혀 주는 동시에, 작품 평가의 기준으로 이용할 수 있다.

하지만 시정신론을 연구하는 경우에도 작품의 어조가 곧 그 시인의 어조이며, 그 시인이 그런 가치관을 지니고 있다는 식으로 결론을 내리는 일은 삼가야 한다. 작품 속의 어조는 그 시인의 것이 아니라 화자의 것이기 때문이다. 그러므로 <시인-화자-화제-어조>의 관계를 고려하면서, 어떤 시인에게서 자주 발견되는 어조는 그 시인이 그와 같은 화자와 화제를 자주 선택했다는 관점에서 출발하여 시정신 쪽으로 연결함이 옳을 것이다.


## ⑵ 어법의 유형

댄지거(M. K. Danziger)와 존슨(W. S. Johnson)은 『문예비평 입문(An

Introduction to Literary)』에서 어조의 유형을 <딱딱함 : 부드러움>, <거
만함 : 겸손함>, <냉정함 : 감정적>, <직선적 : 반어적>으로 나누고 있
다. 그러나 이런 분류는 자의적인 것으로서, 문학 연구에는 별 도움이 되
지 않는다. 그의 분류는 느낌을 중심으로 나눈 것으로서 듣는 이의 기준
에 따라 달라지기 때문이다. 그러므로 어조의 유형은 그것을 직접 분류
하기보다 어조를 탄생시키는 어법(語法)에 따라 분류하는 방법이 바람직
하다.

어법의 유형은 우선 <표층적(表層的) 진술>과 <심층적(深層的) 진술>
이 일치하느냐 여부에 따라 나눌 수 있다. 표층적 진술과 심층적 진술이
다른 유형으로는 <반어(irony)>, <역설(paradox)>, <풍자(satire)>, <해
학(諧謔)>과 <유모어(humor)> 등을 꼽을 수 있다. 하지만, 이들에 대한
분류 역시 아직 정리된 상태가 아니다. 일부에서는 역설(逆說)을 반어(反
語)의 범주에 포함시키고, 해학과 유모어는 같은 것으로 보기도 한다.

역설과 반어의 개념이 넘나드는 것은 낭만주의 시대에 반어를 수사학
차원으로 끌어내리고 의미 중심으로 분류하다가, 20세기로 접어들면서
아리스토텔레스의 고전 시학 쪽으로 회귀한 데 원인이 있다. 그리고 해
학과 유모어의 구분이 모호한 것은, 웃음으로 비판한다는 차이를 지닐
뿐, 풍자를 비롯한 반어·역설의 종합적인 어법이기 때문이다. 그러므로
표층과 심층의 의미를 어긋나게 조직하여 특수한 구조를 지닌 반어·역
설·풍자만 살펴보기로 하자.


① 반어(irony)

반어법이라고 불리는 아이러니(irony)는 고대 그리스 연극에서 거인
아라존(Alazon)을 교묘한 말과 꾀로 이기는 에이론(Eiron)을 추상명사화

(抽象名詞化)한 것에서 온 용어이다. 플라톤이나 아리스토텔레스는 이 아이러니를 변장술(變裝術)로 보면서, 허풍장이 아라존과 함께 부정적인 성격으로 평가한다. 그들이 아이러니를 부정적으로 평가한 것은, 이데아적 상태를 최고의 미덕으로 꼽는 가치관에서 볼 때 교묘한 말이나 꾀로 상대를 이기는 것은 정당한 태도가 아니라고 생각되었기 때문이었다.

그러나, 로마 시대로 접어들면 아이러니에 대한 평가는 달라진다. 이 시대의 대표적 수사학자요 웅변가였던 키케로는 오히려 점잖고 품위 있는 가장(假裝)으로 평가한다. 이와 같은 변화는 로마 시대로 접어들면서 그리스의 이상주의적 가치관이 현실주의적·정치주의적 가치관으로 바뀐 데 원인이 있다.

아이러니가 오늘 날처럼 '은폐', '반어법', '빈정댐', '비꼬기', '얄궂은 인연'의 의미로 쓰이기 시작한 것은 18세기 낭만주의 시대부터이다. 하지만 그들은 아이러니를 현대 시인들처럼 시의 구성의 원리나 비평의 기준으로 받아들인 것이 아니라, 수사학적 차원의 기법으로 받아들인다. 그리고 '정(正)'과 '반(反)'이 변증법적으로 발전하여 '합(合)'을 이루지 못함을 지적하는 <낭만적 아이러니>를 최고의 것으로 꼽는다. 이 시대에 아이러니를 수사적 차원으로 받아들인 것은 문학적 담화를 시인의 것으로 보는 표현론적 관점 때문이었다.

아이러니를 구조적 요소로 보고 시의 비평 기준으로 삼은 사람들은 20세기의 영미 주지주의자들이다. 엘리어트(T. S. Eliot)는 낭만주의 시인들을 과도하게 이상 세계를 동경한 나머지 '기지(wit)'를 부정하고 진지성만 추구한다고 비판하면서, 그와 같은 배타적 사고는 현대 사회에 적합하지 않으므로 한 가지 경험을 다루더라도 '또 다른 세계'가 있음을 인정하는 아이러니적 어법이 중요하다고 주장한다. 그리고 리차즈(I. A. Richards)는 아이러니를 '대립물(對立物)에 의한 평형(平衡)'을 유지하는 어법이라는 견해를 편다.

그들의 주장을 받아들인 신비평가 그룹의 브룩스(C. Brooks)는 아이러니를 시의 구조적 원리로 본다.[17) 그리고 워렌(R. P. Warren)은 『순수시와 비순수시(Pure and Impure Poetry)』(1943)에서 작품의 어느 한 부분은 다른 부분과 어울려 맥락(context)을 구성하고, 다른 부분과 상반되는 '아이러니적 제한(ironic qualification)'을 받지 않으면 안 된다면서 「로미오와 줄리엣」의 2막 2장을 예로 든다. 그는 '부드러운 마음(soft mind)'의 소유자인 낭만주의자들은 여당(與黨)이고, 이성과 위트로 무장한 '굳센 마음(tough mind)'의 리얼리스트들은 야당(野黨)이라고 비유한 다음,[18) 야당을 숙청한 순수시(pure poetry)는 독자로부터 제기되는 이의를 견뎌낼 수 없지만, 아이러니로 무장된 비순수시(impure poetry)는 '아이러니컬한 관조(ironic contemplation)'를 통하여 '심미적 거리(aesthetic distance)'를 유지하기 때문에 독자들의 비판을 이겨낼 수 있다고 주장한다.

아이러니가 제 기능을 발휘하기 위해서는 다음과 같이 몇 가지 조건을 갖추지 않으면 안 된다. 첫째로, '그런 체함(simulation)'과 '아닌 체함(dissimulation)'으로 이뤄져야 한다. 다시 말해, 화자가 이중적인 태도를 취하면서, 고의적으로 속이려는 의도를 지니지 않으면 안 된다.[19) 그러나, 그 놀림의 대상은 화자의 상대인 작중 인물이지, 독자나 관찰자가 아니다.

---

17) Cleanth Brooks, 'Irony as a Principle of Structure', *Literary Opinion in America* ed., Morton Zabely(New York, 1949)

18) 이 작품에서는 로미오가 '아가씨, 저 축복 받은 달님을 두고 맹세하겠어요'라고 낭만적으로 말하자, 줄리엣은 '오, 달은 두고 맹세하지 마세요. 달마다 행로를 바꾸는 지조 없는 달을 두고 맹세하지 마세요'라고 불순한 지적 요소로 비판하여 비순수시로 만들고 있다고 설명한다.

19) D. C. Mueck , Irony, 문상득 역, 『아이러니』(서울대 출판부, 1986). '아이러니의 본질' 참조.

둘째로, 실재(實在)와 현상(現象)의 대조(對照)로 이루어져야 한다. 아이러니스트는 눈 앞의 현실을 말하는 것처럼 보이도록 꾸미면서도 실제로는 전혀 다른 것을 말한다. 그리고 현실의 외관에 집착한 나머지 그 뒷면에 숨은 의미를 짐작하지 못하는 사람을 조롱한다. 따라서, 속이려는 외관의 조건이 합리적이고 확실할수록 아이러니의 효과가 커진다.

셋째로, 이런 대조가 더욱 아이러니컬해지기 위해서는 일반 독자들도 함께 고통과 웃음을 머금을 수 있어야 한다. 다시 말해, 작중 인물에 대한 가벼운 놀림을 이해하고 웃으면서도 독자들도 자신의 내부에 그런 모순과 부조화가 도사리고 있음을 자각하고 '쓴 웃음'을 지을 수 있어야 한다.[20]

넷째로, 이탈(detachment)·해방(disengagement)·자유(freedom)·평정(serenity)·객관성(objectivity)·냉정(dispassion)·가벼움(lightness)·놀이(play)·세련(urbanity) 등의 복합적 감정을 야기시킬 수 있어야 한다. 따라서, 상대를 놀리되 잔인하거나 악의에 찬 것이어서는 안 된다. 그리고 독자들은 속아넘어가는 상대에게 가르쳐 주고 싶은 충동과 내가 너보다 우월하다는 이중적 충동을 느낄 수 있어야 하며, 그렇게 놀려대는 화자의 기지에서도 재미를 느낄 수 있어야 한다.

아이러니는 그 성질과 구조에 따라 <언어적 아이러니(verbal irony)>와 <상황적 아이러니(situational or dramatic irony)>로 나눌 수 있다. 그리고 좀 더 세분하면, <언어적 아이러니>·<극적 아이러니(dramatic irony)>·<소크라테스적(socratic irony) 아이러니>·<낭만적(romantic irony) 아이러니>로 나눌 수 있다.

언어적 아이러니는 반어법이나 비꼼을 말한다. 청자가 화자보다 우위에 설 때 택하는 어법으로서, 소월의 「진달래꽃」에서 <말없이 고이 보내

---

20) A. R. Thompson, *A Study of Irony in Prama Berkeley,* 1948. p.15.

드리겠다>라는 말이 못 보내겠다는 뜻으로 한 것이라면 언어적 아이러니에 해당된다. 그러므로 화자와 청자 사이에 지적 경쟁(知的競爭)이 벌어지게 된다. 그리고 정밀한 독서(close reading)를 하지 않으면 그 의미를 파악하기 어려워진다. 그러므로 독자가 눈치챌 수 있도록 보다 완화된 진술을 택하지 않으면 제대로 전달되지 않을 수가 있다.

극적 아이러니는 연극이나 소설에서 작가와 독자는 작중 인물이 부적절하게 행동함을 알고 있지만, 당사자가 모르고 행동할 때 발생하는 아이러니를 말한다. 버크(K. Burk)는 이 유형을 <A>라는 의도로 행동하지만 <비(非) A>로 돌아오는 구조라고 설명한다.[21] 예컨대, 「진달래꽃」에서 화자가 님을 보낸다고 다짐했으나 결국 못 보낼 것을 예측한 독자가 있다면 이 아이러니를 감지한 것이라고 할 수 있다. 따라서 작중 인물끼리 또는 작중 인물과 독자 사이에 벌이는 기지(機知)의 경쟁이 아니라, 독자가 작중 인물로부터 일방적 승리를 거두는 형식이라고 할 수 있다.

극적 아이러니는 인물의 유형에 따라 다시 <비극적 아이러니(tragic irony)>와 <희극적 아이러니(comic irony)>로 나눌 수 있다. 이와 같은 아이러니는 그것이 아이러니라는 것이 파국(catastrophe)·의도의 역전(reversal of intention)·발견(recognition)의 단계에서 드러난다. 그러므로 극적 아이러니는 집중된 시간의 구조를 취하는 서정적 장르보다 시간의 경과를 중시하는 서사나 극적 장르에서 자주 쓰이는 양식이라고 할 수 있다.

소크라테스적 아이러니는 소크라테스가 소피스트들과 대화를 나눌 때, 자신의 무지를 인정하고 상대의 주장대로 따르는 척하면서도 의문 나는 점을 계속 질문하여 우스꽝스러운 결론에 도달하게 만들었던 것과 같은 일종의 '시치미떼기' 어법을 말한다. 이와 같은 아이러니에 등장하는 인

---

21) Kenneth Burk, *A Grammar of Motives* (University of California Press, 1969), p.517.

물들은 근본적으로 <적>과 <나>가 유사성을 지니고 있기 때문에 모두 자기 목적을 이루지 못한다. 따라서 <내 밖에 있는 적>과 <내 안에 있는 적>의 어리석음을 일깨우기 위한 것으로서, 「진달래꽃」에서 화자도 님을 보낼 수 없고, 님도 떠날 수 없음을 일깨우기 위해 보내겠다고 말했다면 이 유형에 속한다.

버크는 이런 아이러니를 '겸손한 아이러니(humble irony)'라면서 진정한 것으로 평가한다. 그가 이 유형을 진정한 아이러니라고 평가한 것은 상대에 대한 자아의 우위를 확인하기 위한 것이 아니라, 서로가 불완전한 존재임을 자각하여 진실에 도달하려는 데 목적을 둔 어법이기 때문이다.22) 하지만 그의 평가는 너무 도덕적이라고 할 수 있다.

낭만적 아이러니는 쉴레겔(F. Schlegel)을 비롯한 독일의 낭만주의 철학자들의 속물주의(俗物主義)에 대한 예술적 반항에서 논의되기 시작한 유형이다. 이를 채택하는 사람들은 자아를 <세속적 자아>와 <이상적 자아>로 나누고, 이 세상 역시 <자연 : 문명>, <감성적 세계 : 이성적 세계>, <주관 : 객관> 등의 대립으로 본다. 그리고, 두 세계가 변증법적(辨證法的) 과정을 거쳐 하나로 합일되지 않는 양극성(polarities)을 지니고 있다면서 합일에 도달할 수 없음에 대해 저항한다. 따라서 이 유형에서는 화자와 청자가 대립하는 것이 아니라, 화자 자신이 두 인물로 분열하여 표층 화자는 아라존 역할을, 심층 화자는 에이론 역할을 맡는다고 볼 수 있다.

이런 아이러니를 구사하는 작품은 영원히 도달될 수 없는 이상의 세계를 지향하기 때문에 화자의 어조가 자연히 강렬해질 수밖에 없다. 다

---

22) Kenneth Burk, 같은 책, p.514. 참고로 해당되는 구절을 인용하면 다음과 같다.
　　True irony, however, irony that really does justify the attribute of 'humility', is not 'superior' to the enemy.

음 작품에서도 어조의 상승을 억제하고 있지만, 이 유형의 아이러니를
발견할 수 있다.

> 옆집, 젊은 사내가 죽었다.
> 교통 사고란다.
> 뜨락 등나무 가지마다
> 초롱 등불을 켜든 아침
> 장의차가 오고, 사람들이 모여들고
> 나도 그 틈에 끼여들었다.
> 이윽고 친지와 유족들의 흐느낌 속에
> 검은 리본에 묶인 그 사내는
> 천천히 걸어나와 차에 오른다.
> 환하게 웃으며 차에 오른다.
> 이승에서 가장 좋은 날
> 그 모습으로
> 저승까지 차를 타고 떠나는
> 그 사내의 웃음.
>
> — 필자, 「웃음」 전문

　이 작품에는 몇 개의 낭만적 아이러니가 설정되어 있다. 첫째로, 교통
사고로 죽은 사내가 마지막 저승길까지 차(車)에 실려 간다는 점이다. 현
대문명의 이기(利器)들은 인간의 편리와 행복을 위해 창조된 것들이다.
하지만 과도하게 발달된 현대문명은 더 이상 인간을 행복하게 만들지 못
하고 오히려 억압하고 살해한다. 따라서 이 작품에 채택된 아이러니는
문명에 의해 살해 당하면서도 그에서 벗어나지 못하는 현대인들의 삶을
비판하기 위한 것이라고 볼 수 있다.

　둘째로, 장례식에 쓰인 사진으로 인하여 발생하는 아이러니를 꼽을 수
있다. 사진은 대개 행복한 날에 찍는다. 그리고 장례식에 쓰이는 사진은
그 가운데에서도 가장 좋은 것을 골라 쓴다. 다시 말해, 가장 행복한 순

간에 찍은 사진이 가장 비극적인 순간에 쓰이고 있다. 이와 같은 대조는 인간의 행과 불행이 같은 차원에 공존하며, 행복을 지향하는 행위는 결국 불행으로 지향하는 행위로 이어질 수 있음을 일깨워 주기 위한 것이라고 볼 수 있다.

셋째로, 사자(死者)와 유족들의 표정을 대조함으로서 발생하는 아이러니이다. 죽은 자는 사진 속에서 환하게 웃고 있다. 그리고, 살아 있는 자들은 통곡을 하고 있다. 이와 같은 위치의 역전(逆轉)은 죽음에 대한 우리들의 관념이 사자의 것이 아니라 살아 있는 자의 것이며, 사자는 현실에서 벗어나 오히려 행복할지도 모른다는 의미로 발전시킨다. 신비평에서 아이러니를 단지 어조를 탄생시키는 장치로만 보지 않고 구조적 차원으로 보면서 비평의 기준으로 삼은 것은, 이와 같이 시의 의미적 국면을 양면화(兩面化)시키면서 내적 균형(內的均衡)을 유지하도록 만들기 때문이다.


  ② 역설(paradox)

파라독스(paradox)는 그리스어의 '초월(para)'과 '의견(doxa)'의 합성어로서, 낭만주의 시대까지는 아이러니의 하위 범주로 다루어 왔다. 그러나 일반적으로 역설은 단순히 생각하면 모순되고 불합리한 것처럼 보이지만, 깊이 따져 보면 옳은 의견을 말한다. 따라서, 아이러니와 달리 <비진(非眞)의 진(眞)>의 의사 표시로서, 아이러니처럼 화자와 청자의 관계에서 나타나는 것이 아니라, 화제 그 자체의 성격 때문에 나타난다는 점에서 차이를 지닌다.

이런 역설을 처음 들을 때에는 논리적 모순 때문에 당혹감을 느끼게 된다. 하지만, 다시 생각해 보면 근본적으로는 옳은 말이라고 수긍하게 된다. 그리고 그 당혹을 수긍으로 바꾸기 위한 긴 설득 과정이 생략되고,

단숨에 공감하도록 만드는 **힘**을 지니고 있다. 브룩스가 논리성을 중시하는 합리주의(合理主義) 철학이나 자연과학에서는 역설을 제거한 언어를 구사하지만, 시인은 역설을 통해서만 진리를 말할 수 있다고 주장한 것도 이 때문이다.[23] 다시 말해, 논리적 언어는 동일률(A=A)이나 모순율(A≠A) 중 어느 한 쪽을 택하는 <양자 택일(either-or)의 어법>인 반면에, 시적 언어는 <A=A>이면서도 <A≠A>인 <양자 긍정(both-and)의 어법>이며, 그런 어법이 바로 파라독스인 것이다.[24]

휠라이트(P. Wheelwright)는 역설의 본질을 '비모순(非矛盾)의 법칙(law of noncontradiction)으로부터 자유'라고 규정한다. 그리고, 그 유형을 <표층적 역설(surface paradox)>과 <심층적 역설(depth paradox)>로 나누고, 심층적 역설은 다시 <존재론적 역설(ontological paradox)>과 <시적 역설(poetic paradox)>로 나눈다.[25]

그가 말하는 표층적 역설은 수식어와 피수식어 관계에 모순을 지닌 경우로서, <모순 어법(oxymoron)>이 이에 해당된다. 이 어법은 당연한 의미로 받아들여지는 것을 모순되게 말함으로써 고정 관념에서 벗어나 새롭게 느끼도록 만드는 데 목적이 있다. 하지만, 그것을 사용하는 사람의 입장에서 보면 논리적으로 충분히 설명할 수 있다는 점에서 심층적 역설과 차이를 지닌다. 다음 작품들은 표층적 역설을 구사한 예에 해당한다.

ⓐ이것은 소리 없는 아우성

---

23) Cleanth Brooks, 'Studies in the Structure of Poetry A Harvest', *The Well Wrought Urn*(HBj Book, New York, 1975), p.3.

24) 아리스토텔레스는 논리적 언어를 동일률(A=A), 모순율(A≠A), 배중률(A=A, A≠A 중 어느 한 쪽이지 그 어느 것도 아닌 것은 될 수 없다)로 나누고 있다.

25) Philip Wheelwright, *The Burning Fountain* (Indiana Univ. Press, 1968), pp.70~73.

-유치환(柳致環), 「깃발」

ⓑ나는 아직 기다리고 있을 테요, 찬란한 슬픔의 봄을.

-김영랑(金永郎), 「모란이 피기까지는」

ⓐ에서 '소리 없는 아우성'은 수식어와 피수식어의 관계가 상호 모순적이다. '소리 없는'은 침묵에 해당하는데 그것으로 '아우성'으로 수식했기 때문이다. 그러나 '아우성'의 원관념이 '깃발'이며, 그 깃발은 인간들이 도달해야 할 '이념의 상징'이므로 그 자체가 소리 없다고 해도 그것이 표상하는 이념은 아우성일 수도 있다. 그리고, ⓑ의 '찬란한 슬픔'도 마찬가지이다. 슬픔은 결코 찬란한 게 아니다. 그러나 꽃이 지는 슬픔이기에 찬란하다고 받아들인 것이다.

존재론적(存在論的) 역설(逆說)은 삶의 초월적 진리를 내포한 유형을 말한다. 예컨대 '있는 것은 없는 것이요, 없는 것은 있는 것(色卽是空, 空卽是色)'이라는 불경 구절이나, 『님의 침묵(沈默)』에 나오는 다음 구절들이 그런 예에 해당한다.

○아아 님은 갔지마는 나는 님을 보내지 않았습니다.
-「님의 침묵」
○타고 남은 재가 다시 기름이 됩니다.
-「알 수 없어요」
○나에게 생명을 주던지 죽음을 주던지 당신의 뜻대로만 하셔요
나는 곧 당신이어요.
-「당신이 아니었다면」

<있고(有) 없음(無)>은 결코 현상적인 문제만이 아니다. 님과 함께 있어도 그의 마음이 떠났으면 함께 있는 게 아니고, 멀리 떠났다 해도 늘 생각한다면 함께 있는 것과 마찬가지라고 할 수 있다. 그리고, '재(灰)'가 암시하는 <죽음>이나 '기름(油)'이 암시하는 <삶>도 마찬가지이다. 살아 있음은 타인에게 기억됨이고, 기억은 죽음으로도 일깨울 수도 있다.

이런 유형을 존재론적 역설이라고 부르는 것도 이와 같이 현상 저편에 도사리고 있는 존재의 본질을 자각하도록 만드는 힘을 지니고 있기 때문이다.

시적 역설은 표층적 역설처럼 논리적 설명이 가능한 것도 아니며, 존재론적 역설처럼 초월적 진리를 담고 있는 것도 아닌 중간 유형을 말한다. 다시 말해, 어느 정도 진리를 내포하면서도 논리적 모순을 지닌 역설로서 시의 전체 구조에 나타난다.[26]

이와 같은 역설은 표면적 진술과 그것이 암시하는 상황 사이에 모순이 발견되는 경우로서, 아이러니가 동반되는 것이 보통이다. 그리하여, 이 유형을 구사하면 시의 의미가 매우 다양하게 확장된다.

### ③ 풍자(satire)

풍자에 해당하는 '사타이어(satire)'라는 용어는 라틴어의 '사투라(satura)'에서 온 것으로서, 표층적 진술과 심층적 진술이 다르다는 점에서는 아이러니나 역설과 마찬가지 구조를 지니고 있다. 그러나 부조리한 현실을 고발하고 비판하여 바로잡으려는 정신에서 출발하는 것으로서, 직접 고발하기 어려울 때 택하는 어법이라는 점에서 차이가 난다. 다시 말해, 현실에 대한 비판적 인식에서 출발하여, 그것을 문책(問責)하고 교정(矯正)하려는 데 목적을 두고 있다.[27]

이와 같은 풍자는 공격 대상이 너무 강할 경우에는 위기감이 형성된다. 조지 오웰의 『1984년』이나 『묵시록(默示錄)』 같은 것이 그런 예에 해당된다. 그리고 화자가 여유 있는 태도를 견지하지 못하고 일대 일로 대적할 경우에는 욕설로 바뀌고, 대등한 상대이되 극단적 반감을 지닐 경

---

26) Philip Wheelwright, 앞의 책 pp.96~98.
27) Arthur Pollard, *Satire,* 송락헌 역, 『풍자』(서울대 출판부, 1979), p.7.

우에는 차가운 냉소로 바뀐다.28) 또, 폭발적인 성격을 띠면 악의에 찬 비꼼(sarcasm)이 되고, 정신화(ethos)하면 소크라테스적 아이러니에서 변화한 디오니게네스적 냉소주의(cynicism)로 바뀐다.29)

풍자의 유형으로는 기지(機知), 조롱(嘲弄), 야유(揶揄), 냉소(冷笑), 패러디(parody), 농(pun) 등을 꼽을 수 있다. 그리고, 「별주부전(鼈注簿傳)」이나, 「호질(虎叱)」처럼 교훈을 주기 위하여 비인간적인 것들을 인간화하여 등장시키고, 그를 통해 야유하는 풍유(諷喩, allegory)도 이 유형에 속한다.

하지만, 이들은 모두 대상을 드높이기보다 깎아 내리는 방법을 택하며, 정면으로 공격하는 것이 아니라 간접적으로 공격한다는 점에서 공통점을 지닌다. 다시 말해, 상대를 웃기면서도 점잖게 욕하는 형식이라고 할 수 있다. 프라이(N. Frye)가 풍자를 진지성(眞摯性)과 거리가 먼 어조라고 말한 것도 이런 이유에서이다.30)

다음은 풍자 가운데 패러디를 구사한 예에 해당한다.

지금, 하늘에 계신다 해도
도와주시지 않는 우리 아버지의 이름을
아버지 나라를 우리 섣불리 믿을 수 없사오며
아버지 하늘에서 이룬 뜻은 아버지 하늘의 것이고
땅에서 못 이룬 뜻은 우리들 땅의 것임을, 믿습니다
(믿습니다? 믿습니다를 일흔 번쯤 반복해서 읊어 보시오)
오늘날 우리에게 일용할 고통을 더욱 많이 내려 주시고
우리가 우리에게 미움을 주는 자들을 더더욱 미워하듯이
우리의 더더욱 미워하는 죄를 더, 더더욱 미워하여 주시고
제발 이 모든 우리의 얼어죽을 사랑을 함부로 평론치 마시고

---


28) 홍문표, 『현대시학』(양문각, 1987), p.245
29) 문덕수외 편저, 《세계문예대사전》(교육과학사, 1994), p.2201.
30) N. Frye, *Anatomy of Criticism*, 임철규 역, 『비평의 해부』(한길사, 1982), p.218.

다만 우리를 언제까지 그냥 이대로 내버려 둬, 두시겠읍니까?

대개 나라와 권세와 영광은 이제 아버지의 것이
아니옵니다(를 일흔 번쯤 반복해서 읊어 보시오)
아버지시여

아멘
— 박남철(朴南喆), 「주기도문, 빌어먹을」

이 작품에서 「주기도문」을 빌어 온 것은 사악한 인간들을 구제할 수 없는 신과, 신의 피조물로서 어떤 계율로도 다스려지지 않는 현대인들을 풍자하기 위한 것이라고 할 수 있다. 패로디는 이처럼 널리 알려진 작품을 인용하고, 그것의 모순이나 결함을 지적하는 기법을 말한다.

그런데 이 작품에는 군데군데 농(弄)과 야유(揶揄)가 섞여 있다. 농은 이 작품의 '믿습니다'를 '섣불리 믿을 수 없사오며'처럼 말꼬리를 물고 늘어지면서 보다 복잡하게 변용하는 경우를 비롯하여, '치정(癡情)같은 정치(政治)'나 '현금(現金)이 실현(實現)하는 현실(現實)'(송욱(宋稶), 「하여지향(何如之鄉)·5」) 같은 단순한 말장난을 말한다. 그리고 야유는 '믿습니다를 일흔 번쯤 반복해서 읊어 보시오'와 같은 조소적 태도를 말한다. 따라서, 풍자는 저항성·폭로성·간접성·조소성·해학성이 담긴 어조로서, 부조리한 현실을 공격하여 당위적인 현실로 개혁하려는 의지에서 출발한 어법이라고 볼 수 있다.

## 3. 거리와 어조의 이동 방향

현대시의 거리 이동 방향을 살펴보면 두 가지 흐름을 발견할 수 있다. 하나는 <비교적 짧은 거리(관념형)→비교적 먼 거리(즉물형)→지나치게

짧은 거리(무의식형)>로 회귀(回歸)하는 방향이며, 다른 하나는 <비교적 먼 거리>에서 <지나치게 먼 거리(상징형)> 쪽으로 계속 멀어지는 방향이다. 하지만 어느 쪽이든 모두 <비인간화>·<비일상화> 쪽으로 진행한다는 점에서는 마찬가지이다. <지나치게 짧은 거리>에서 확대하여 보는 사물은 <지나치게 먼 거리>에서 축소해서 보는 사물과 마찬가지로 일상적 모습과 달리 보이기 때문이다.

어법의 이동 방향 역시 직정적(直情的) 어법에서 표층과 심층 의미가 분리되는 어법으로 바뀌고 있다. 그리고, 청자를 존중하는 어법에서 빈정대거나 비판하면서 독백, 통사 파괴, 문체 해체 쪽으로 이동하고 있다. 따라서, 현대시의 어조 역시 비인간화 쪽으로 이동한다고 보아야 할 것이다.

이와 같이 현대시가 비인간화 쪽으로 치닫는 데에는 그 나름대로 이유가 있다. 첫째로, 현대 사회가 그만큼 비인간화되었으며, 그에 따라 시인이나 독자의 감수성(感受性)이 그렇게 바뀌었다는 데서 원인을 찾을 수 있다. 그것은 현대로 접어들면서 '너무 인간적인 것, 너무 진지한 것, 너무 사상적인 것'을 전근대적인 것으로 받아들이는 경향이 점점 강화되고 있다는 점으로 미루어서도 짐작할 수 있다.

예컨대, 문학 작품 속에 등장하는 인물들만 해도 그렇다. 고전적인 작품일수록 영웅이나 위인이 등장하며, 그들의 고뇌는 보다 진지한 것들이었다. 그리고 그런 인물들의 행위와 고뇌를 그려내는 문체 역시 우아하고 장중했다. 그러나, 현대로 내려올수록 열등한 인간이 등장하며, 하찮은 문제로 고민하고, 산문적이고 비속한 문체를 채택한다. 그리하여 한번 혼약(婚約)을 하면 목숨을 걸고, 그 남자가 죽으면 따라서 죽는 옛날 가치관은 웃음거리로 받아들이는 사회가 되었다.

하지만 현대 문학의 비인간화는 반드시 사회 풍조 탓으로만 돌릴 수는 없다. 어떤 면에서는 시인들이 비인간화를 선도해 왔다고도 볼 수 있다. 그것은 시인들이 작품을 '작위적인 구조(artificial structure)'로 보고, 문학사에서 자신의 위치를 확보하기 위하여 작중 인물의 성격 가운데 테마에 맞지 않는 부분은 배제해 온 데 원인이 있다. 다시 말해, 전대의 작품보다 새로워지려는 욕구 때문에 해체된 인물만 등장시켰기 때문이다.

이와 같은 새로운 인간상의 발굴 작업은 인간의 특수한 일면만을 강조하는 것을 정당하게 받아들이도록 가치관을 왜곡시킨다. 그리고, 문학의 본래 목적인 <인간성의 옹호>보다 <해체> 쪽에 더 기여할 뿐만 아니라, 전달의 차단을 가져온다. 지나치게 짧은 거리를 취하거나 지나치게 먼 거리를 취하는 작품들은 일상의 모습과 너무 낯설기 때문이다. 그리하여, 오늘날의 문학은 문학인만을 위한 것으로 전락할 단계에 이르게 되었다.

하지만, 이런 문제들을 덮어두더라도, 현대시로 접어들면서 시인들에게는 화자에서부터 화제·초점·거리·어법·시형·율격에 이르기까지 어느 한 요소도 더 이상 새롭게 시도해 볼 여지가 없다는 점이 문제이다. 이미지를 강화하면 이미지스트를 흉내내는 게 되고, 무의식의 파편들을 나열하면 초현실주의자를 흉내내는 게 되고, 언어를 포기하면 다다이스트를 흉내내는 게 된다. 따라서 새로운 시를 쓰고 싶은 사람은 극단적인 실험에 치중하기보다는 배제 쪽으로 치닫던 초점과 거리를 모두 수용하여 전인성을 표현하는 쪽으로 노력을 기울여야 할 것이다.

# ④ 담화의 조직적 국면

# 1. 시 어

언어학자들의 연구에 의하면 언어는 단지 의사 전달 기능만 지닌 게 아니다. 인간은 언어화(言語化) 과정을 거치지 않으면 아무리 많은 경험을 해도 그것을 하나의 개념으로 정립하지 못하고, 그에 대해 사고할 수도 없다고 한다. 그리고 또 언어에 의해 정서를 촉발 당하기도 하고, 사물을 떠올릴 수도 있다고 한다. 따라서 언어는 의사 소통의 도구인 동시에, 사고의 수단이며, 언어화의 결과는 사물처럼 객관적으로 존재하는 실재체(實在體)라고 볼 수 있다.

본 장에서는 먼저 시의 모티프(motif)이자 발상 도구이며 텍스트의 조직(texture)을 이루는 최소 단위인 언어의 구조와 기능을 살펴 본 다음, 시적(詩的) 어법과 산문적(散文的) 어법의 차이를 비롯하여 시어를 선택할 때 유의할 점이 무엇인가, 그리고 시어관은 어떻게 변천해 왔는가를 알아보기로 하자.

## 1. 언어의 구조와 기능

데카르트의 이분법적 사고에 지배받아 온 근대 언어학자들은 언어와 의미는 등가(等價) 관계를 이룬다고 믿어 왔다. 그러나 소쉬르(F. D. Saussure) 이후 구조주의 언어학에서는 언어는 자의적(恣意的)인 기호(記號)로서, 그를 구사하는 <주체(subject)>, 그 언어가 지칭하는 <객체(object)>, 객체를 기호화한 <언어(language)>의 3자 관계로 나누어 생각하기 시작한다. 그래서, 휠라이트(P. E. Wheelwright)는 담화의 발생 과정을

다음과 같이 그리고 있다.[1]

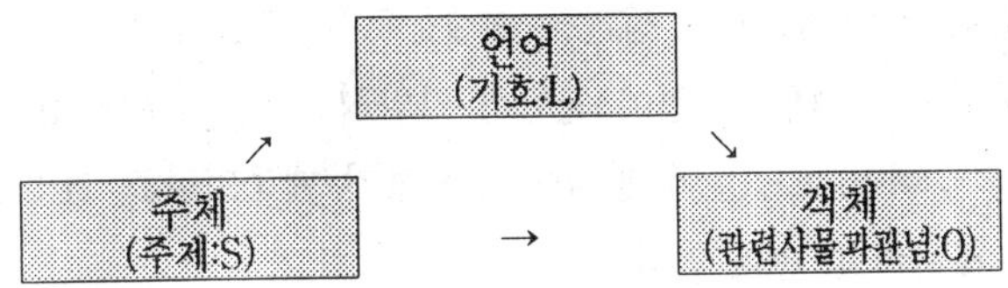


　이와 같은 관점에서 의사 소통 과정(疏通過程)을 살펴보면, 먼저 화자의 내부에 어떤 주제가 형성된다. 그리고 그 주제는 관련된 상황을 가지며, 그에 따라 언어가 선택된다. 따라서 화자 입장에서 본 담화의 전달 과정은 <관련 상황의 발견→주제의 선택→관련 상황→언어의 선택→발화(發話)→청자의 이해> 순으로 이어진다고 볼 수 있다.

　그러나 청자 입장에서 보면, 그가 먼저 접하는 것은 음성으로 조직된 기호이다. 그리고 그 음성 기호가 지시하는 관련 상황을 떠올리고, 그에 의해 담화의 주제와 화자의 의도를 이해하게 된다. 따라서 청자의 입장에서 본 담화의 수용 과정(受容過程)은 <언어 기호의 인식→관련 상황과 연결→내용 파악→화자의 의도 이해> 순으로 이어진다고 볼 수 있다.

　야콥슨(R. Jakobson)은 이와 같은 담화의 발생 조건을 보다 구체적으로 설명하기 위해 여섯 가지 요소를 꼽는다.[2] 그의 설명에 의하면, 담화(전언)가 시작되기 위해서는 <화자(발신자)>와 <청자(수신자)>, 그 담화의 지시물(referent)에 해당하는 <관련 상황>이 존재해야 하고, <전언(傳言)>은 수신자가 포착할 수 있어야 하며, 언어화가 가능한 것이어야

---

1) P. E. Wheelwright, *Metaphor and Reality*(Bloomington : Indiana University Press, 1962), 김태옥 역, 『은유와 실재』(문학과 지성사, 1982), p.23.

2) R. Jakobson, *Linguistics and Poetics*, T. A. Sebeok ed., *Style in Language*(=S L), 권재일 역, 「일반 언어학 이론」(대우 학술 총서·번역25, 1989), pp.215~216.

한다고 주장한다. 그리고 <전언>을 위한 화자와 청자의 <접촉>은 수신자와 발신자가 공유해야 하며, <신호 체계>는 발신자와 수신자 사이의 물리적 회로(物理的回路) 및 심리적 연결물로서, 전달의 개시와 지속이 가능한 것이라야 한다면서, 언어 전달의 다양성은 이 가운데 한 요소 때문이 아니라 상이한 요소들이 동시에 작용하기 때문이라고 설명한다. 이런 관계를 도해하면 다음과 같다.

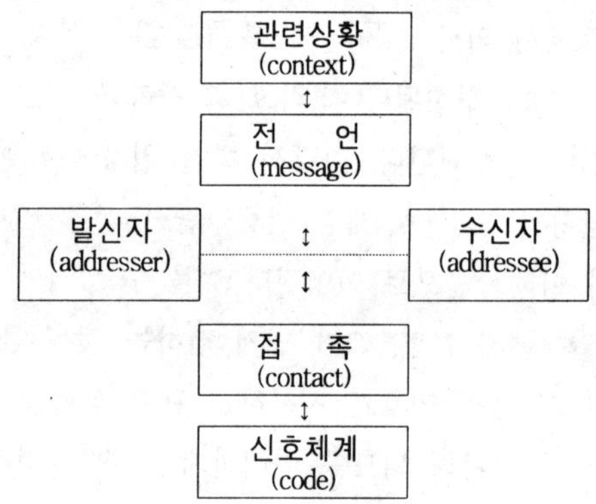


그는 이와 같은 과정을 거쳐 발생하는 언어의 기능을 <정서적(emotive)>·<능동적(coactive)>·<지시적(referential)>·<시적(poetic)>·<친교적(phatic)>·<설명적(metalingual)>으로 나눈다.[3]

<정서적(情緒的) 기능>은 표현적 기능으로서, 화자의 정서에 초점을 두는 것을 말한다. 아 기능은 진위(眞僞)와 관계없이 화자의 어떤 감정과 인상을 자아내며, 감탄문 형태로 제시되고, 1인칭 지향적 성격과 마술적(魔術的) 기능을 띤다. 그리고 <능동적(能動的) 기능>은 수신자에 초점

---

3) R. Jakobson 같은 책, pp.216~222.

을 두는 기능으로서, 진위의 판단이 불가능한 명령문(命令文)이나 단정문(斷定文) 형태를 띠며, 2인칭 지향적 성격과 주문적(呪文的) 성격을 지닌다.

또, 관련 상황에 초점을 두는 <지시적 기능>은 3인칭을 지향하고, ‘산이여, 바다여! 함께 춤추자’처럼 무생물인 3인칭을 능동적 수신자로 바꾸는 전환적(轉換的) 기능을 지닌다.

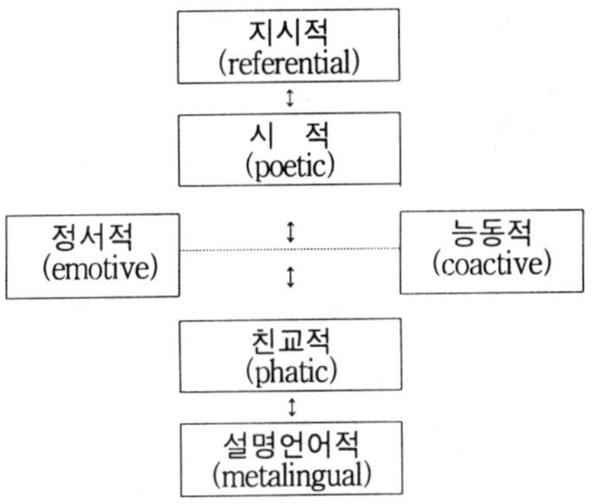


야콥슨이 말리노프스키의 용어에서 빌려 온 <친교적(親交的) 기능>은 접촉(接觸)에 초점을 두며, 의례화된 수인사, 수다스러운 교환, 이야기를 지속하기 위해 주고받는 대화, 담화의 연장(延長)과 중단(中斷) 및 회로(回路)의 점검, 수신자의 주의가 지속되고 있는가를 확인하는 기능을 지니고 있다. 그리고 근대 논리학자들이 언어를 ‘대상언어(object-language)’와 ‘설명언어(meta-language)’로 나눈 뒤부터 설정된 <설명적(說明的) 기능>은 언어 자체에 대한 논의로서, 신호 체계에 초점을 두며, 일종의 주해적(註解的) 기능을 담당한다. 어떤 낱말을 설명하거나, 정의하는 경우가 이에 해당한다.

우리의 관심을 끄는 <시적(詩的) 기능>은 <전언> 그 자체에 초점을 두는 게 특징이다. 그리고 기호의 명료성을 증진시킴으로써 기호와 대상의 양분(兩分) 관계를 심화시킨다. 다시 말해, 사전적 의미와 달리 사용함으로서 그 언어가 지시하는 상황과 문맥이 지시하는 상황을 다르게 사용하는 경우를 말한다.

하지만 이런 기능은 단독적으로 나타나는 것이 아니라, 다른 언어 활동에 부수적으로 나타나는 기능이다. 그리고 주제를 <한정적 의미(steno-meanings)>로 선택할 경우에만 어느 정도 가능할 뿐, <개방적 의미(open-meanings)>를 선택할 경우에는 좀처럼 그 기능을 발휘하기 어렵다.4) 개방적 주제(S)의 의미는 무한한 반면에, 그를 명명할 수 있는 언어(L)는 유한하기 때문이다.

예컨대 '외로움'이라는 주제를 선택했다고 하자. 화자가 말하고자 하는 외로움은 사랑하는 사람이 떠남으로써 느끼는 외로움일 수도 있고, 다른 사람과 의사 소통이 원만히 이뤄지지 않아 느끼는 외로움일 수도 있다. 그리고, 때로는 눈부신 햇살로부터 촉발 당한 외로움일 수도 있다. 하지만 우리가 가지고 있는 단어는 '외로움'이라든가 '고독' 같은 한두 개 뿐이며, 또한 수신자마다 외로움을 느끼는 상황이 다르다.

그런데 서정적 양식에서 개방적 주제를 택할 경우, 화자가 전면에 나서서 지시적이고 설명적(meta-lingual)인 방법으로 이야기하면 제대로 전달되지 않는다. 이와 같은 설명적 방법은 언어로 언어를 지시하는 <L→L1→L2…Ln>의 방식으로서 동어 반복(同語反復)에 빠지기 때문이다. 시라는 장르가 개방적인 관념(S)과 언어(L)를 통하여 청자가 직접 느끼도록 만드는 양식이라는 점을 염두에 둘 때, 이와 같이 <S>와 <L>의 불균형은 시인들을 몹시 고통스럽게 만든다.

---

4) P. E. Wheelwright, 같은 책, pp.29~41.

하지만, 한정 주제를 택해도 이런 어려움이 완화되는 것은 아니다. 화자 입장에서 보면 <S>와 <L>과 대상물<O>은 일치하는 것 같지만, 청자의 입장에서 보면 <L>만 이해될 뿐, <L>이 지시하는 <O>를 떠올릴 수 없는 경우가 허다하다. 그리고 그로 인해 <S>를 제대로 이해하지 못하게 된다. 그것은 언어가 <L>과 <O>를 자의적으로 결합시킨 기호이기 때문이다.

그런데 언어학자들의 주장에 따르면, 애초부터 <S>와 <L>의 관계가 불균형이었던 것은 아니다. 언어의 발달 시기를 대상을 음성이나 몸짓으로 표현하던 <모방(模倣)의 단계>, 관련 상황과 언어를 <1 : 1>로 연관을 지으면서 명명하는 <비유(比喩)의 단계>, 하나의 어휘로 여러 의미로 전의(轉義)하여 사용하는 <상징(象徵)의 단계>로 구분할 경우, 모방적 단계나 비유적 단계에서는 <언어=사물>이었다. 그리하여 <달>을 <X>라고 하고, 그에 대한 언어적 명칭을 <Y>라고 표현할 경우 사물과 언어의 관계는 1 : 1로 밀착하여 구분할 수 없는 상태였다.[5]

그러나, 문명이 발달함에 따라 이런 관계는 차츰 파괴되기 시작한다. 새로운 사물이 계속 탄생됨에 따라 그에 상응하는 관념이 증가하지만, 새로운 어휘들을 만들어 쓰지 않고 기존 어휘를 전의(轉義)하여 사용해 왔기 때문이다. 그리하여 상징적 단계로 접어들면서 [사물>어휘]의 관계로 바뀌게 되었고, 그로 인해 달을 <Y>라고 지칭할 경우 실제의 달(X)을 떠올리는 게 아니라, 전의된 여러 의미를 떠올려 어느 것을 의미하는가를 판단하지 못한 채 기호 상태인 <Y>로 남게 되었다.

이와 같은 실례는 어린이와 성인들의 언어를 비교해 봐도 짐작할 수 있다. 어린 시절에 '나'라면 곧 자기 자신을 떠올린다. 그러나 자아에 대한 여러 가지 개념을 학습한 성인들은 '나'라는 말을 들어도 '즉자(即自,

---

5) Owen Barfield, *Poetic Diction*(Wesleyan University Press, 1973), p.70.

en-soi)’와 ‘대자(對自,  pour-soi)’, ‘이성적 자아’와 ‘감성적 자아’, ‘의식
적 자아’와 ‘본능적 자아’, ‘역사적 자아’와 ‘현실적 자아’ 같이 무수한 대
립된 짝 가운데에 어떤 것을 가리키는지 얼른 떠올리지 못한다. 그것은
자아에 대한 개념을 학습하는 과정에서 대상과 언어의 관계가 괴리되었
기 때문이다.

## 2. 시어의 음운과 의미 관계

언어는 의미와 음성을 자의적(恣意的)으로 결합시킨 기호이다. 다시
말해, 관련 상황에 해당하는 사물의 구체적 모습과 의미를 제거하고 추
상화하여 음성 기호로 바꾼 게 언어이다. 그러므로 언어가 사물보다 월
등하게 적은 현대의 상징적 언어에서는 작가들이 의도적으로 창작해 낸
고유명사(固有名詞)나 몇몇 의성어(擬聲語)를 제외하고는 사물의 모습이
나 성질을 떠올릴 수 있는 경우가 거의 드물다.  예컨대, 동일하게 발음
되는 ‘록’이라는 단어만 해도 그렇다. 독일어에서는 ‘웃옷’, 영어에서는
‘큰 바위’, 러시아어(rok)에서는 ‘운명’, 체코어에서는 ‘세월’을 의미한다.6)
이런 추상성은 의미를 자동적으로 환기시키는 기능이 강한 의성어의
경우도 정도의 차이가 있을 뿐 거의 마찬가지이다. 그러나 언어가 아무
리 자의적인 기호라고 해도 의미와 음운이 전혀 무관한 것은 아니다. 아
무런 의미가 없는 <타케타(taketa)>와 <날루마(naluma)>라는 음운 덩어
리를 제시하고 다음 페이지와  같은 그림과 연관지으라고 할 때, 대부분
의 사람들은 ‘타케타’는 각이 진 [B]로, ‘날루마’는 곡선으로 이어진 [A]로
연결한다고 한다.7)

---

6) R. Wellek & A. Warren, *Theory of Literature,* 이경수 역, 『문학의 이론』(문예출판
   사, 1987), pp.230~231.

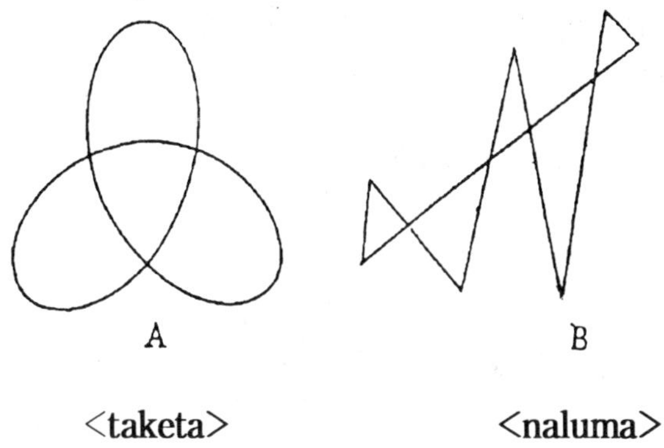



이와 같이 음운과 의미가 어느 정도 관계를 맺고 있다는 사실은 실험을 거쳐야만 입증되는 것은 아니다. 우리는 표제(標題)를 알 수 없는 기악곡(器樂曲)을 듣고도 우울하거나 쓸쓸한 정조를 느낄 수 있다. 그리고, '쐬주나 한 잔 합씨다'라는 대화의 강화된 음운에서 화자의 기분을 짐작할 수 있다. 따라서 음운과 의미의 관계는 반드시 일치하는 것은 아니지만 어느 정도 상관 관계가 있다고 보아야 할 것이다.

이와 같이 음운이 의미나 사물의 모습을 환기시킬 수 있는 방법은 크게 <음모방(sound imitation)>, <음회화(sound painting)>, <음상징(sound symbol)>을 들 수 있다. 음모방(音模倣)은 실제음이나 그것이 자아내는 청각 영상을 모방하는 방법으로서, '철썩철썩'이라든지 '스르르'와 같은 의성어(onomatopoeic)와 의태어(expressive word)가 그런 예에 해당한다.8) 의성어가 이와 같은 기능을 지니고 있는 것은 그것이 모방 언어의

---

7) Norman C. Stageberg & Wallace L. Anderson, 'Sound Symbolism in Poetry', *Introductory Readings Language* (Holt, Reinhardt and Winston. Inc., 1970), pp. 227~228. 이 책에서는 김대행의 『한국 시가 구조 연구』(삼영사, 1984), pp.48~49에서 재인용.

시대에 탄생된 어휘들이기 때문이다.

다음은 박두진(朴斗鎭)의 시에서 음모방(音模倣)을 구사한 예로 고른 것들이다.

> ⓐ너는 너는 닐닐닐 가락 맞춰 풀피리 불고
>
> ―「어서 오너라」에서
>
> ⓑ꽃도 새도 짐승도 한자리에 앉아, 워어이 워어이 모두 불러 한자리에 앉아
>
> ―「해」에서
>
> ⓒ산아, 우뚝 솟은 산아, 철철철 흐르듯 짙푸른 산아
>
> ―「청산도(靑山道)」에서

ⓐ는 자연음을, ⓑ는 사람의 음성을 모방한 예이다. 그리고 ⓒ는 자연음을 모방했지만 시각 영상(視覺映像)인 '짙푸른'을 '철철철'이라는 청각 영상(聽覺映像)으로 바꿨다는 점에서 특이한 예에 해당한다. 하지만, 이와 같은 의성어들은 언어권이 바뀌거나, 문맥적 의미와 달리 쓰일 경우에는 그런 기능을 상실하고 만다.

음회화(音繪畫)는 음운으로 의미의 일부분을 그려내는 방법으로써, 의미와 음운의 뉘앙스를 연결시키는 경우를 말한다. 이런 기능을 부여하는 데 기여하는 음운적 자질로는 조음점(調音點)의 위치, 조음 방법, 진동(sonority)의 폭, 개구도(開口度)의 차이, 기(aspirate)의 유무 등을 꼽을 수 있다. 우리 말에서 뚜렷한 차이를 보이는 자질은 ⓐ<양성모음 : 음성모음>, ⓑ<유성음 : 무성음>, ⓒ<격음 : 평음>, ⓓ<순음/유음/치음 : 다른 자음>의 대비 등이다.

양성모음은 밝고 단단하며 작은 느낌을 주며, 음성모음은 어둡고 거칠며 큰 느낌을 준다.9) 그리고 장모음(長母音)은 느린 동작을, 전설모음(前

---

8) 언어학에서 '의성어'는 좁은 의미의 의성어와 의태어를 모두 포함하는 용어이다. 하지만, 우리 국어 학계에서는 이들을 구분하여 좁은 의미로 사용하고 있다.

舌母音, e, i)은 **빠르고** 선명하며 가늘고 밝은 느낌을 주며, 후설모음(後舌母音, o, u, ə)은 느리고 둔하고 맥빠지고 어두운 느낌을 준다.

또 자음의 경우, 유성음은 무성음에 비하여 부드러운 느낌을 줄 뿐만 아니라, 호음조(euphony)를 이루기 쉽다. 그리고 평음(平音)은 평순(平順)한 느낌을, 경음(硬音)과 격음(激音)은 강하고 예리한 느낌을, 파열음(破裂音)과 마찰음(摩擦音)과 파찰음(破擦音)은 거칠고 둔탁하고 부딪히는 느낌을 주는 동시에 악음조(cacophony)를 이루기 쉽다. 또 어말(語末)에 있어서 [-m]은 넓고 평평한 느낌을, [-n]은 가벼운 느낌을, [-ng]은 둥글고 가득찬 느낌과 웅얼거리거나 노래하는 느낌을, [r]과 [l] 같은 유음(流音)은 흐르는 느낌을, [s], [ts] 같은 치음(齒音)은 섬세하고 가볍게 부딪히는 느낌을 준다. 이와 같은 느낌은 다음 작품에서도 확인할 수 있다.

ⓐ을마나 크다란 슬픔으로 태어났기에 저리도 징그라운 몸둥아리냐
- 서정주, 「화사」에서

ⓑ좁은 아파트 방바닥을 팍팍팍 울리며 달려오는 산굼부리 말떼
- 필자, 「산굼부리 말떼」에서

ⓒ산은 구강산
보랏빛 석산

산도화 두어 송이
송이 버는데,

- 박목월, 「산도화」에서

ⓐ에서는 '태어났기에'를 제외하고 각 시어마다 [r], [l]과 같은 유음이

---

9) 국어의 모음 조화에서 양성모음 [a], [o] 등과 음성모음 [ə], [u] 등의 의미 대비는 매우 특징적이다. 참고로 인용하면 다음과 같다.(이승령, '음성 상징론' 참조)

| 양성모음 | 소(小) | 급(急) | 밀(密) | 속(速) | 예(銳) | 과(寡) | 명(明) | 경(輕) | 청(淸) | 박(薄) |
|---|---|---|---|---|---|---|---|---|---|---|
| 음성모음 | 대(大) | 완(緩) | 소(疎) | 지(遲) | 둔(鈍) | 다(多) | 암(暗) | 중(重) | 탁(濁) | 후(厚) |

쓰이고 있다. 이들은 <뱀>의 미끄러운 몸뚱어리와 그 다음 연에서 암시되는 성(性)의 번들거리는 느낌을 강화하는 데 기여하고 있다.

ⓑ에서는 연속적으로 [p], [b], [k], [t] 같은 파열음이 쓰이고 있다. 이들은 말떼가 지축을 울리며 달려 몰려오는 느낌을 환기시킨다. 또, ⓒ에서는 밝고 작은 양성모음과 [S]음을 간헐적으로 제시하여, 봄 날 깊은 산 속 나무나 풀잎들이 가볍게 사운대는 느낌을 떠올리도록 유도하고 있다.

하지만 이와 같은 음운들이 언제나 사물성을 강화하고 뉘앙스를 형성하는 데 기여하는 것만은 아니다. 시인이 그런 느낌을 줄 수 있는 어휘를 골라 사용해도 독자들이 별다른 주의를 기울이지 않고 받아들이면 평범한 기호로 떨어지고 만다. 그러므로 어떤 음운을 통해 어떤 의미를 환기하려고 한다면, 그 음운의 뉘앙스와 어휘의 의미를 일치시키고, 의도적으로 조직했음을 알릴 수 있는 징표를 설정하지 않으면 안 된다.

널리 알려진 테니슨(G. B. Tennyson)의 'the murmuring innumerable bees(무수한 벌떼들의 웅웅거림)'라는 구절만 해도 그렇다. [m], [n], [ng] 같은 비음성(卑音性) 유성자음들은 그 어휘들이 지시하는 의미와 협동하여 수많은 벌떼들의 웅웅거리는 소리를 연상시킨다. 그러나 '웅웅거림(murmuring)'이라는 단어를 '살인(murdering)'이라는 단어로 바꾸면, 음운상으로는 [d]와 [e]만 바뀌었음에도 불구하고 그런 느낌은 사라지고 만다.[10] 이와 같은 현상은 음운의 뉘앙스와 의미가 일치할 경우에는 상승작용을 일으키지만, 연관이 없을 경우에는 음운의 뉴앙스가 의미의 지배를 받아 단순한 기호로 떨어짐을 의미한다.

---

10) Jhon Crowe Ransom, *The World's Body*(1938 ; rpt Baton Rouge : Louisiana State University Press, 1968), pp.95~97. 이 책에서는 R. Wellek & A. Warren의 같은 책 p.162에서 재인용.

음운의 일부를 의도적으로 재조정했음을 징표로 남긴 예로는 앞의 ⓐ 를 들 수 있다. 연속적으로 채택한 유음(流音)과 '을마나'·'크다란'· '징그라운' 같은 사투리가 그런 예에 속한다. 하나의 행에 유사한 음운이 연속적으로 등장한다는 것은 그런 어휘를 의도적으로 골라 썼음을 의미한다. 그리고 <얼마나>를 '을마나'로 <커다란>을 '크다란'이란 사투리로 쓴 것은 것은 표준어를 모르기 때문이 아니라 <ə : i>로 개구도를 좁혀 어둡고 우울한 느낌을 강조하기 위해서이며, <징그러운>을 '징그라운'으로 고쳐 쓴 것은 <ə : a>로 넓혀 억눌린 감정을 터뜨리기 위한 것으로서, 독자들에게 그 음운을 유의하여 읽어 달라고 요구하기 위한 징표라고 볼 수 있다.

반면에 ⓑ와 ⓒ는 파열음과 치음을 지닌 어휘들을 선택했지만, 그 어휘들이 지니고 있는 음운을 수정하지 않고 그대로 채택하고 있다. 그로 인해, 음운의 뉘앙스와 그 의미를 민감하게 연관시킬 수 있는 독자들만 그런 뉘앙스를 어렴풋이 느낄 뿐, 일반 독자들은 그냥 매끄럽게 잘 읽히는 시로 받아들인다. 이와 같이 일부 음절이나 음운을 왜곡할 경우에 독자들이 보다 분명하게 인식하는 것은, 정상적 어법으로부터 일탈(逸脫)했을 때 긴장하여 받아들이기 때문이다.11)

음상징은 어떤 음운에 일정한 의미를 부여하는 경우를 말한다. 한자에서 모든 음운을 오행(五行)으로 나누고 방위(方位)나 사물과 연결시킨다든가, 이에 따라 작명(作名)할 경우 상생상극(相生相剋)의 관계를 따지는 점을 들 수 있다. 그리고 우리 말에서 초성(初聲)은 하늘(天), 중성(中聲)은 땅(地), 종성(終聲)은 사람(人)의 의미를 부여하여 만든 『훈민정음』의

---

11) Leo Spitzer, Zur sprachlichen Interpretation von Worikunstwerken, *Neue Jahrbücher für Wissenchaft und Jugenbildung,* 6호(1930), pp.632~651. 이 책에서는 R. Wellek & A. Warren의 앞의 책, p.265 재인용.

제자원리(制字原理)도 이에 해당한다.

다음 랭보(A. Rimbaud)의 작품은 이런 음상징을 이용한 대표적인 예에 해당한다.

> 모음들이여
> 나는 언젠가 너희들의 내밀한 탄생을 말하리라
> A. 잔인한 악취 주변은 윙윙거리는
> 굉장한 파리떼들의 털투성이 검은 코르셋
>
> — 김현 역, 「母音들(les Voyelles)」

랭보는 이 작품에서 'A'는 검은 색, 'E'는 흰색, 'I'는 붉은 색, 'O'는 청색, 'U'는 초록색의 상징으로 사용하고 있다. 하지만 우리 시에서 이런 음상징을 이용한 예는 아직 발견되지 않는다.

그런데 의미와 일치하는 음운은 의미를 어느 방향으로 이동시키는 기능을 지니고 있다. 그런 예로는 미국 대통령 선거에 쓰였던 '나는 아이크를 좋아한다.(I like Ike)'라는 구호를 들 수 있다. 야콥슨의 설명에 의하면, <아이 라이크 아이크(ái láik áik)>는 3개의 단음절과 [ai]라는 이중 모음을 포함하고 있어 전체가 하나로 통일된 느낌을 준다고 한다. 그리고 '라이크/아이크'는 모두 끝음절을 [k]로 받치고 있어 '아이크'가 '라이크'를 끌어당겨 아이크를 좋아하는 사람들의 사랑에 대한 깊이를 느끼게 만들며, '아이/라이크'는 '아이'가 '라이크'를 감싸고 있어 아이크와 그를 사랑하는 나(I)는 오직 사랑으로 연결된 느낌이 들도록 만든다고 한다. 그리하여 아이크는 나의 화신(化身) 또는 반영체로 받아들여진다는 것이다.[12]

따지고 보면 어떤 작품이 낭송하기 쉽다든지, 어떤 구호가 사람의 마음 속을 깊이 파고 들어간다는 것은 결코 우연한 결과가 아니다. 의미와

---

12) R. Jakobson, 같은 책, p.221

음운이 협동할 때만이 그런 효과를 자아낸다. 그러므로 시어의 선택은 의미의 적절성 여부로만 선택할 일이 아니다. 그 어휘가 지니고 있는 뉘앙스는 물론, 음운이 지니고 있는 뉴앙스도 고려하지 않으면 안 된다.

## 3. 시어의 조직 과정

한 편의 작품은 수 개의 단락(paragraph)으로 이루어진다. 그리고, 하나의 단락은 다시 수 개의 문장(sentence)으로, 문장은 다시 수 개의 단어(word)로, 단어는 수 개의 음절(syllable)로, 음절은 수 개의 음소(phoneme)로 이뤄진다. 따라서 한 편의 작품은 <음소→음절→단어→문장→단락>의 층위로 짜여진 의미와 소리의 감각적 구조물(構造物)이라고 할 수 있다.

그런데 각 층위에서 선택된 단위들은 그 나름대로 <계열(系列)의 축>과 <결합(結合)의 축>으로 짜여진 통합체(syntagma)이다. 문장의 층위에서는 <독립어/(관형어)+주어+(관형어)+목적어/보어+(부사어)+서술어>로 이어지는 결합의 축과, 각 성분을 이루는 어휘들의 의미·뉘앙스·탄생 배경 등으로 이어지는 계열의 축으로 짜여진다. 그리고 단락의 층위에서는 커뮤니케이션의 일반 원리와 화자가 결정한 플롯의 지배를 받는다. 그러므로 결합의 축은 다분히 관습적이고 규범적이라고 할 수 있다.

계열의 축



결합의 축

　반면에 계열의 축에서 어떤 요소를 선택하는 것은 다분히 자의적이라
고 할 수 있다. 예컨대 어떤 사람이 <끔찍한 알프레드>라고 말했다고
하자. 그와 비슷한 뜻을 지닌 낱말들로는 '두려운', '싫은', '섬뜩한' 하자.
그와 비슷한 뜻을 지닌 낱말들로는 '두려운', '싫은', '섬뜩한' 등이 있지만,
'끔찍한'을 선택한 것은 어쩐지 그 말이 더 알맞은 것 같기 때문이다. 그
리고 '끔찍한'을 주축으로 삼으면, 끔찍한 것은 '알프레드' 이외도 '해리'
나 '잭'일 수도 있고, 사람이 아닌 '뱀'이나 '악어'를 비롯하여 '살인'이라든
가 '전쟁' 일 수도 있다. 야콥슨이 계열의 축을 지배하는 인자를 무의식
으로 설명한 것도 이 때문이다.13)

## (1) 화자에 의한 시어 선택

　문학적 담화에서 계열의 축의 요소들은 무의식의 재배를 받는다고 해
도 무조건 자의적으로 선택되는 것은 아니다. 그 작품의 주제와 그에 따
라 선택한 화자의 성(性)·연령·계층의 일반적 관습에 지배를 받으며,
시인이 이미 읽었던 작품 가운데에 선호하는 표현이나 당대의 문학적 관
습 또는 유행이 무의식적으로 작용한다.

　계열의 축에 해당하는 요소들이 이와 같이 화자의 지배를 받는다는
것은 다음 서정주의 작품들을 살펴보아도 짐작할 수 있다.

　　ⓐ사랑 사랑의 석류꽃 낭기 낭기
　　하누바람 이랑 별이 모다 우습네요
　　풋풋한 산노루떼 언덕마다 한 마리씩

---

13) R. Jakobson, 앞의 책, p.221. 그는 '끔찍한 알프레드(horrible Alfred)'를 예로 들고,
　유사어로서 '두려운(dreadful)', '섬뜩한(frightful)', '참을 수 없는(insupportable)', '싫
　은(disgusting)' 등을 꼽고 있다.

개고리는 개고리와 머구리는 머구리와

구비 강물은 서천(西天)으로 흘러 나려…

땅에 긴 긴 입마춤은 오오 몸서리친
쑥니풀 지근지근 니빨이 히허옇게
즘생스런 우슴은 달드라 달드라 울음같이
달드라.

—「입마춤」에서

ⓑ신라의 어느 사내가 진땀 흘리며
계집과 수풀에서 그 짓 하고 있다가
떨어지는 홍시에 마음이 쏠려
또그르르 그만 그리로 굴러가 버리듯
나도 이제 고초롬만 살았으면 싶어라.

소내기 속 청솔 방울
약으로 보고 있다가
어쩌면 고초롬은 될 법도 해라.

—「우중유제(雨中有題)」에서

　ⓐ는 미당의 초기 작품이고, ⓑ는 후기 작품이다. 그리고, ⓐ에는 청년 화자, ⓑ에는 세상 일에 달관한 노년 화자가 등장하고 있다. 또, ⓐ는 지금부터 3·40년 전의 시골을, ⓑ는 아득한 신라 시절의 숲 속을 무대로 삼고 있다.

　그런데, 이렇게 화자와 배경을 달리 설정함에 따라 시어는 물론 문체까지 달라지고 있다. ⓐ는 '사랑/사랑의/석류꽃/낭기 낭기//하누바람/이랑 별이/모다/우습네요'라고 4음보 연첩(連疊)으로 조직하여 젊은이다운 약동성을 강화시키는가 하면, '땅에 긴 긴 입마춤은 오오 몸서리친'과 '쑥니풀 지근지근 니빨이 히허옇게'라고 은유적으로 표현하여 성을 탐닉하면서도 쑥스러워 하는 태도를 드러내고 있다.

　반면에 ⓑ는 '신라의 어느 사내가 진땀 흘리며/계집과 수풀에서 그 짓을 하고 있다가'라는 식으로 직설적 어법을 택하고 있다. 그리고 '고로초롬'이라는 옛날 노인들의 어휘를 선택하고, 문장도 첫 행에서 끝 행까지 연결하여 긴장을 이완시키면서 느릿느릿한 어조를 떠올리도록 만들고 있다. 그것은 화자를 새삼스레 가릴 것도 조급할 것도 노인으로 설정하고, 시간적 배경을 아득한 고대로 잡은 데 원인이 있다. 따라서, 계열의 축에서 시어의 선택은 화자의 유형과 정서에 지배를 받으며, 그로 인해 결합의 축인 문체가 달라진다고 볼 수 있다.

　이에 대한 일반적인 원칙을 정해보면 다음과 같다.

> ① 시행과 구문(構文) : 남성화자는 자유분방한 시행을 택하고, 여성화자는 정제된 시행을 택한다. 그리고 구문상으로 남성화자는 정치법에서 이탈하는 경우가 잦고, 여성화자는 정치법에 가까운 구문을 구사하는 경향이 강하다.
>
> ② 시어 : 상대적이지만, 남성화자는 이성적·문명적·기능적 어휘를 택하고, 여성화자는 감성적·자연적·장식적 어휘를 택하는 경향이 강하다. 그리고 의미와 뉘앙스 면에서 남성화자는 이탈의 경향이 심한 반면에 여성화자는 균등화하는 경향이 강하다.
>
> ③ 음운 조직 : 남성화자는 기능적이고 소박한 음운으로 짜여진 시어를 선택하고, 여성화자는 섬세하고 장식적 음운으로 짜여진 시어를 선택하는 경향이 강하다.

　이와 같이 결합의 축에 해당하는 문체의 선택은 작중 인물과 해설자가 분리되는 소설의 경우도 마찬가지이다. 시골 머슴을 주인공으로 내세우면서 '억쇠는 매우 우아한 표정을 지었다'라는 식으로 해설하면, 인물의 성격과 괴리되어 우스꽝스러운 표현이 되고 만다. 그것은 작중 해설자의 발언이 아니라 작가의 해설로 바뀌기 때문이다. 따라서 문체는 작가의 것이 아니라, 화자(해설자)의 것이며, 화자를 조정하는 것은 작중 인물이고, 인물을 조정하는 것은 환경과 상황이라고 보아야 할 것이다. 그리고 상황을 조정하는 것은 테마이고, 테마를 조정하는 것은 작가의 의식구조를 비롯하여 당대 독자의 요구와 문학의 관습이라고 보아야 한다.

### (2) 내포(內包)와 외연(外延)

시인의 꿈은 단지 화자에 어울리는 이야기를 선택하는 데 그치지 않는다. '바다'라고 지칭하면 독자의 눈 앞에 실제로 바다가 떠오르고, '파도여, 멈추어라'라고 말하면 조용해지기를 꿈꾼다. 다시 말해, 언어에서 추방된 사물성(事物性)을 회복하고, 그런 언어를 통해 신과 인간과 자연 사이를 교통할 수 있기를 꿈꾼다.

그러나 앞에서도 말했듯이, 우리가 구사하는 언어들은 그것이 지시하는 상관물들과 단절된 상징적 단계의 언어이다. 그래서, 시적 어법은 산문적 어법과 달리 <함축적(含蓄的)>·<내포적(內包的)>으로 조직해야 한다.

산문에서 쓰이는 지시적·외연적 어법은 주체와 객체가 일정한 간격을 유지하면서, 어휘를 사전적 의미(lexical meaning)로 사용하는 방법을 말한다. 그러므로 이런 어법을 택할 경우에는 <주체>·<객체>·<언어>가 분리된다. 이와 반대로, 시에서 쓰이는 내포적 어법은 주체와 객체가 상호 침투하면서 문맥적 의미(contextual meaning)가 형성되도록 표현하는 방법을 말한다. 따라서 시적 어법은 <주체-객체-언어>가 하나로 합일되는 어법이라고 할 수 있다.

시적 어법과 산문적 어법 차이는 다음 두 문장을 비교해 보아도 짐작할 수 있다.

    ⓐ꽃이 활짝 피었다.
    ⓑ꽃이 활짝 웃고 있다.

이들은 모두 '꽃이 활짝 피었다'는 뜻으로 쓰이고 있다. 하지만 ⓐ는 인식의 주체인 화자가 객관적 위치에서 대상을 묘사한 것으로서, 동원된 어휘들은 모두 사전적 의미로 사용되고 있다. 반면에 ⓑ는 주체(화자)의 감정이 객체(꽃)에 이입되고, 동원된 어휘들은 사전적 의미를 벗어나 문맥 속에서 새로운 의미를 형성하고 있다. 다시 말해, <꽃이 웃는다>는 것은 화자가 꽃을 웃는 것처럼 받아들인 결과이며, 대상을 지시하는 동시에 화자의 심정을 은유한 결과라고 볼 수 있다.

이와 같이 구조적 국면에서 내포를 증가시키는 어법은 은유화나 상징을 비롯하여, 표층적 진술과 심층적 진술을 달리하는 아이러니와 역설의 어법을 들 수 있다. 그리고 조직적 국면에서는 나열(羅列), 반복(反復), 대조(對照)와 같은 문체를 들 수 있다.

그런데 이런 어법은 다른 요소와 대비될 때만이 그 기능을 발휘한다. 다시 말해, 은유나 상징은 설명적 어법과, 아이러니나 역설은 직설적 어법과 대비되어야 한다. 그리고 나열과 반복과 대조는 불규칙한 일상적 문체와 대비될 때만이 그 기능을 발휘한다. 따라서 내포의 증가는 결국 <친숙>과 <낯설음>의 대비의 차에서 발생한다고 보아야 할 것이다.

이와 같은 친숙과 낯설음은 문장의 최소 단위인 어휘에서도 발견할 수 있다. 현대어가 추상화된 상징적 언어라 해도 모든 어휘는 각기 다른 시기에 탄생되었고, 그로 인해 문화적·역사적·사회적 배경과 지시하는 영역이 다르기 때문이다. 따라서 사물성을 상실한 현대 언어를 가지고 시인들이 꿈꾸는 상태에 도달하려면, 낱말들의 질감(質感)과 배경을 고려하면서 재조정하여 전경(foreground)과 배경(background)의 차를 두드러지도록 만들어야 할 것이다.

예컨대 <길>이라는 뜻을 지닌 어휘들만 해도 그렇다. '길'은 아득한 옛날에 탄생된 자연적인 어휘이며, '도로'는 현대에 탄생된 어휘로서 문명적·인공적이라는 뉘앙스를 지니고 있다. 그리고 최근에 탄생된 '인도(人道)'니 '차도(車道)'니 하는 어휘들은 도시적 감각을 지니고 있으며, '페이브먼트'는 외래어로서 서구적 감각을 지니고 있다. 이와 같은 탄생 배경 때문에 모든 어휘들은 <자연적 : 인위적>, <고전적 : 현대적>, <동양적 : 서구적>, <향토적 : 도시적> 같은 대립된 짝으로 나눌 수 있다.

또 시어는 무엇을 지칭하느냐에 따라 <관념적 : 물질적>·<무의식 : 기호 상징적>인 것들로 나눌 수 있고, 그것이 지시하는 범위에 따라 등급을 설정할 수 있다. 그리고 바슐라르(G. Bachelard)의 주장에 따르면, 물질적인 것들은 <물>·<불>·<공기>·<흙> 같은 계열로 나눌 수 있으며, 그들은 다시 <동적>이냐 <정적>이냐로 나눌 수 있다.

예컨대, 어떤 문장 속에 '꽃'이라는 어휘를 차용한다고 하자. 이와 같이 종(種)을 나타내는 '꽃'보다는 <장미-빨간 장미-빨간 조세핀(장미의 종류)-아침 이슬을 머금고 핀 빨간 조세핀-뜨락에서 아침 이슬을 머금고 핀 빨간 조세핀-아침 햇살이 내리는 뜨락, 이슬을 머금고 갓 피어 흔들리는 빨간 조세핀>으로 이어지는 등급을 차용할수록 의미와 뉘앙스가 더욱 선명해진다.

그런데 이런 상이한 배경과 지시하는 범주가 다른 시어들을 결합시키면 그들이 지니고 의미와 뉘앙스 차이로 인해 유사한 것들끼리 결합하려는 에너지를 띠기 된다. 그리고 각 어휘들은 <전경화된 쪽>과 <배경화

된 쪽>으로 이동하고, 두 계열간에 대결을 벌이다가 하나로 통합되면서 새로운 문맥을 형성한다. 아래 작품에서도 어휘들끼리 응집하고 반발하는 움직임을 발견할 수 있다.

> 사랑은
> 어둡고도
> 고요한 늪.
> 아니, 그 늪가
> 늘어진 풀이파리 끝
> 「뽁」하고 떨어지는 물방울 소리.

> ──<뽁>. 가볍고도 무거운 반향(反響). 둥글게 둥글게 번지는 파문. 원유(原油)처럼 끈끈한 윤기. 그걸 뚫고 퍼덕이며 튀어 오르는 물고기의 비늘. 차이콥프스키의 <비창(悲愴)>을 닮은 반짝임. 그 다음엔 부스럭거리는 소리. 그리고 안쪽으로 갈수록 점점 더 붉어지는 꽃이파리의 느린 낙하 동작. 다시 <뽁>, 그리고 부스럭거리는 소리…
> － 필자, 「시(詩) 또는 시가 아닌 사랑에 대한 단장(斷章)·8」

우선 '사랑은/어둡고도/고요한 늪'이라는 구절부터 살펴보기로 하자. 이들은 모두 자연적인 어휘들로 조직되어 있다. 그러나 이 어휘들이 지시하는 영역은 <관념/관념/물질> 또는 <추상/추상/구상>으로 구분할 수 있다. 이 가운데 보편적인 성질을 띤 것은 배경화(B) 되고, 이질적인 성질을 띤 것은 전경화(F)된다고 볼 때, <물질>과 <구상>이 다른 자질이므로 <B-B-F>라고 볼 수 있다.

그 다음 구절인 '아니, 그 늪가/늘어진 풀이파리 끝/<뽁>하고 떨어지는 물방울 소리' 역시 자연적인 시어로 조직되었다는 면에서는 마찬가지이다. 그러나 사물성을 드러내는 정도의 차를 기준으로 삼을 경우, '<뽁>하고 떨어지는 물방울 소리'가 가장 구체적이므로 <B-B-F>라고 볼 수 있다.

그런데 첫째 연의 전체적 감각은 하향성(下向性)을 띠고 있다. '<뽁>'은 재빠르게(-) 뛰어오르는 상승적 감각(↑)이 숨어 있지만, 앞 구절의 '늘어진'과 그 다음 '떨어지는'이 지니고 있는 완만(+)하고도 하강적(↓)인 에너지가 너무 강하기 때문에 전체적으로 하향 감각이 우세하다.

하지만, 둘째 연에 이르면 이런 느낌은 완전히 달라진다. 1연과 달리 산문체를 취한 데다가, <뽁>이라는 음향을 '가볍고도 무거운'이라는 상반된 의미로 해석하고, 눈으로 볼 수 없는 소리의 파문을 '원유'처럼 검고 끈끈한 빛깔로 그려내는가 하면, 그걸 뚫고 뛰어오르는 물고기의 비늘에 대한 묘사는 전체 조직에 비하여 너무 낯설기 때문이다. 그리고 '반향'·'파문'·'원유'·'차이콥프스키의 비창'·'느린 낙하 동작' 같은 <현대적>이면서 <인공적>인 시어와, 여타의 <자연적>이면서도 <보편적>인 시어들이 서로 대결을 벌이는 데 원인이 있다.

이와 같이 어휘들은 모두 전경화되어 각기 다른 방향으로 움직이기 시작한다. 다시 말해, '둥글게 둥글게 번지는 파문'은 좌우로 퍼지는 확장감(← · →)을, '원유(原油)처럼 끈끈한 윤기'는 수평 상태를 유지하면서 위에서 아래로 내려 누르는 압박감(↓)을, '그걸 뚫고 퍼덕이며 튀어오르는 물고기'는 강력한 상승감(↑)을, '차이콥프스키의 「비창(悲愴)」'을 닮은 듯 반짝이면서 사라지는 '물고기의 비늘'은 다시 하강감(↓)을 환기시킨다. 그리고, '부스럭거리는 소리'는 수평적 확대감(← · →)을, '안쪽으로 갈수록 점점 더 붉어지는 꽃이파리'는 중심을 향해 오므라드는 축소감(→ · ←)을, '느린 낙하 동작'은 부드럽고 느린(+) 하강감(↓)을 환기시킨다. 그리하여 전체적으로 정제되고 가라앉는 느낌을 주던 1연과 대조를 이루면서 새로운 풍경으로 발전한다. 따라서 시어는 표층적 의미만 따져 선택해서는 안 된다. 조직을 이루는 어휘들의 탄생 배경·질감

· 뉘앙스 · 지시 범위를 비롯하여, 이들의 움직임 관계까지 고려하지 않으면 안 될 것이다.

### (3) 시어와 문체

결합의 축은 결국 문체(style)로 나타난다. 문체란 용어는 라틴어의 스틸루스(stilus)에서 온 것으로서, 이에 대한 관점은 크게 플라톤 계열의 <절대주의(<絶對主義)>와 아리스토텔레스 계열의 <상대주의(相對主義)>로 나눌 수 있다. 절대주의 관점에서 문체는 내용과 형식이 일치하는 글에서만 나타난다고 본다. 한 사물에 적절한 표현은 오직 하나뿐이라는 플로베르(G. Flaubert)의 '일물일어설(一物一語說)'이 대표적인 견해라고 할 수 있다.

상대주의 관점에서 문체는 일종의 속명(屬名, generic term)에 속한다. 그리고 형식과 내용이 일치하는 글에만 나타나는 것이 아니라, 모든 글에 나타나는 부수적 현상으로 본다. 따라서, 문체의 탁월함과 저급함 같은 차이만 지니며, 유(類)의 문체(genus style)는 종(種)의 문체(species style), 종의 문체는 다시 작가, 시대, 제재, 독자, 목적 등에 따라 세분할 수 있다. '문체란 그 사람이다'라는 뷔퐁(G. L. L. Buffon)이나, '마음의 외형(外形)이다'라는 쇼펜하우어(A. Schopenhauer)의 견해가 이 관점에 속한다.

하지만 절대주의든 상대주의든 모두 문제점을 지니고 있다. 전자는 어떤 표현이 대상과 일치된 상태인가라는 기준과, 작가나 작품의 의도에 따라 달라지기 마련인 개별성을 인정하지 않는다는 점이 문제이다. 그리고 후자는 그 작품에 적절치 않은 문체까지 개성으로 인정할 수 있다는 점이 문제이다. 따라서, 문체는 어떤 전범(典範)이 있다거나 완전히 작가의 자유에 속한 것이라기보다 작중 인물과 화자의 것으로 받아들이고, 작가가 누릴 수 있는 자유는 그가 선택한 언어의 일반적 규범 안에서 허용되는 것이라고 받아들여야 할 것이다. 그리고, 어떤 작가로부터 자주 발견되는 문체는 그가 그런 테마를 자주 택했고, 그에 따라 그런 유형의 인물을 빈번히 내세웠다는 쪽으로 해석해야 옳을 것이다.

그런데 최근의 우리 문체를 살펴보면 몇 가지 우려할 만한 현상이 눈에 띈다. 예컨대, 주어의 남용(濫用), 너무 긴 문장의 구사 등이 그런 현상에 해당한다. 특히, 전문가로 꼽히는 사람들의 글에서 자주 발견된다. 그것은 인구어(印歐語)로 쓰여진 서구 문학 작품들을 전범으로 삼은 결과로서, 국어의 특질을 무시한 문체이기 때문이다.

우선 인구어와 우리 말의 차이를 살펴보면,14) 인구어는 주어가 현시(顯示)되고 서술어가 잠재되는 반면에, 국어는 주어가 잠재되고 서술어가 현시된다는 점을 지적할 수 있다. 다시 말해, 국어는 <청자 중심의 언어>인 반면에, 인구어는 <화자 중심의 언어>이다. 그리고 이런 차이 때문에 국어의 경우 주체가 바뀌거나 그를 강조할 때를 제외하고는 주어를 생략하는 것이 보통이다. 주어를 반복적으로 사용하면 주관적 사고에 사로잡힌 어린이 담화 같은 느낌이 들고, 원활한 문맥의 흐름이 차단되기 때문이다.

국어가 청자 중심의 언어라는 것은 다음 두 문장을 비교해 보아도 짐작할 수 있다.

ⓐ강의는 빠지지 않고 다 받았다. 그런데 학점이 나빴다.
ⓑ나는 강의는 빠지지 않고 다 받았다. 그런데 나는 학점이 나빴다.

ⓐ에서는 지시하는 내용 이외 다른 뉘앙스를 발견할 수 없다. 그러

---

14) 필자, 이하 '<티>내는 90년대의 비평의 문체들' 참조. ≪예술 세계≫(1994. 3월호)

나 ⓑ는 '다른 사람들은 강의를 빠졌지만 나는 다 받았다, 그런데 학점이 나쁘다'라는 뜻으로 해석할 수 있다. 그러므로 다른 사람과 비교하면서 화자 자신을 강조하지 않을 경우에는 주어를 생략하는 것이 원칙이다.

둘째로, 국어는 <주어(S)+목적어(O)/보어(C)+서술어(P)>의 어순을 취하면서 서술어가 맨 마지막에 오는 반면에, 인구어는 <S+P+O/C>의 어순을 취하면서 주어 다음에 온다는 점을 지적할 수 있다. 문장 성분 가운데에서 주체의 행위와 의도를 드러내는 것은 서술어이다. 그리고, 서술어가 맨 뒤에 온다는 것은 그 문장을 끝까지 읽지 않으면 전체 의미를 파악할 수 없다는 걸 의미한다. 그러므로 우리 말을 긴 문장으로 조직할 경우에는 그 의미가 얼른 전달되지 않는다. 서술어가 주어 뒤에 오는 인구어에서는 서술어 이후의 문장 성분들은 이미 드러낸 화자의 의도를 보충적으로 설명하는 것에 불과하지만, 우리 말을 길게 구성할 경우에는 화자의 의도가 드러나지 않은 상태에서 청자가 이해해야 할 정보들을 증가시키는 결과가 되기 때문이다. 인구어에서 이중 삼중의 관형(冠形)이 허용되어도 국어에서는 두개 이상의 관형어를 첨가하면 어색한 문장이 되는 것도 이런 이유에서이다.

하기는 어느 언어이든 길게 구성한 문장이 잘 이해되기를 바라는 것은 무리이다. <A+B+C+D+E>의 다섯 단어로 구성된 문장이 있다고 하자. 그리고 현재 C라는 어휘를 읽고 있다고 하자. 이 때 독자들은 <A→B→C>처럼 선조적(線條的)으로 읽는 게 아니라, <A↔C>, <B↔C>, <(A·B)↔C>의 관계를 고려하면서 읽는다. 이 경우, 독자가 고려하는 것들은 앞뒤 단어들의 사전적 의미와 문법적 관계 이외도 동음이의어(同音異意語)의 식별, 그 단어의 뉘앙스를 비롯하여 문맥적 의미 등이다. 그리고 그 의미가 분명하지 않거나, 제대로 파악되지 않을 경우에는 독자들은 처음부터 다시 읽는다. 따라서 여러 단어로 이뤄진 문장은 고려 사항이 많아질 수밖에 없고, 그로 인해 자연히 독서가 느려지게 된다.

셋째로, 우리 말은 성(性)·수(數)·태(態)·시제(時制)가 그리 분명하지 않다는 점을 들 수 있다. 그것은 인구어에서 '그녀(she)'에 해당하는 대명사가 개화기 이후에 탄생되었다는 점을 미루어 봐도 짐작할 수 있다.15) 그리고 그로 인해 긴 문장으로 구성할 경우, 주술(主述) 관계가 기계적으로 호응하는 인구어보다 틀리는 경우가 잦다.

이 가운데 특히 자주 틀리는 것은 태와 시제이다. 한 문장으로 과거의 여러 가지 행동을 기술할 경우, 인구어처럼 <과거>와 <대과거>로 기술하지 않고, 아래 ⓑ처럼 앞부분의 서술어는 모두 현재 시제로 바꾸고, 문말(文末)의 시제만 과거형으로 쓰는 것이 관습이다. 각 절(節)의 행위를 모두 과거로 표현하면 읽는 이의 마음 속에 반복적으로 완료된 느낌이 축적되어 사건의 진행감이 떨어질 뿐만 아니라, 반복되는 시제에 신경이 쓰여 원활히 읽히지 않기 때문이다.

  ⓐ그는 노래했고, 나는 춤을 추었다.
  ⓑ그는 노래하고, 나는 춤을 추었다.

이와 같은 시제 처리는 문장을 기술할 때만 적용되는 게 아니다. 대단락을 구성할 때에도 응용할 수 있다. 현재 독자의 눈 앞에 전개되는 것처럼 만들기 위해서는 과거에 일어난 일도 처음 한두 단락만 과거 시제로 기술하고, 중간 부분은 <과거의 현재화(現在化)> 기법을 구사하여 현재 시제로 기술한 다음 끝부분에서 과거 시제로 되돌아오는 방법을 택할 수 있다.

---

15) 김동인은 영어의 she에 해당되는 '그녀'라는 대명사를 자기가 처음 만들어 썼다고 주장한다.

그러나, 일반적으로 산문은 현재의 사건도 과거 시제로 표현하고, 시는 과거의 사건도 현재 시제로 표현하는 것이 원칙이다. 다시 말해, 산문은 <현재의 과거화> 기법을, 시는 <과거의 현재화> 기법을 택한다.16) 그것은 시에서 표현하려는 대상이 현재의 정서인데 비하여, 산문은 시간의 경과(經過)를 중시하는 스토리라는 데 원인이 있다.

일반적으로 문체는 그 장르의 관습에 지배를 받는다. 산문은 완결된 문장으로 기술하지만, 시는 미완의 상태에서도 행을 바꾸고, 리듬을 위해 구조·어휘·구절·문장을 반복하거나 나열하는 방법을 쓸 수 있다. 그리고 산문의 경우에는 문예적인 글은 한 문장으로 하나의 형식 단락을 잡을 수 있지만, 논리적인 글은 하나의 소주제문(topic sentence)에 여러 개의 밑받침 문장(supporting sentence)이 뒤따르도록 구성해야 한다.

넷째로 언어 체계를 무시하고 있다는 점을 들 수 있다. 예컨대, '그녀는 델리커시(delicacy)하게 웃었다'와 같은 문장이 그에 해당한다. 이것은 국어 사랑의 차원을 떠나 하나의 언어 체계로 기술하면서 또 다른 체계의 언어를 병용하는 것은 언어학의 일반 원칙에 어긋나는 기술 태도이기 때문이다. 그러므로 의미가 잘 전달되지 않는 학술 용어의 경우에는 괄호 안에 병기(倂記)해 주고, 그렇지 않을 경우에는 '아주 섬세한 표정을 지으면서 웃었다'라는 식으로 표현해야 할 것이다.

개성적인 문체는 모든 문장을 규칙화하여 잘 읽히도록 만드는 것을

---

16) 이와 같은 문체론적 시제의 문제는 크게 <현재 → 과거화>와 <과거 → 현재화>로 나눌 수 있다. 전자는 소설 장르의 기법으로써 현재 사건을 과거 시제로 기술하는 방법이며, 후자는 서정적 장르에서 주로 쓰이는 기법으로써 과거의 행동을 현재 시제로 기술하는 방법을 말한다. 그리고 전자의 경우는 <완성감>과 <안정감>을, 후자의 경우는 <진행감>과 <생동감>을 부여한다. 시적 담화에서는 대부분 과거의 현재화 기법을 사용하지만 소설의 경우는 현재의 과거화를 주축으로 삼되 진행감을 강조하기 위하여 현재 시제로 기술하기도 한다.

의미하는 건 아니다. 화자의 심리를 충분히 반영하고, 자동화(自動化)와 탈자동화(脫自動化)의 반복적 구조를 취해야 한다. 모든 문장이 자동화되면 수월하게 읽히지만 독자들이 그 의미를 생각하지 않고 자동적으로 받아들이기 때문이다. 반면에, 너무 자주 이탈하면 보다 세심한 주의를 기울여 읽을지 모르나 과도하게 신경을 긴장시켜 중도에 독서를 포기할 수 있다. 따라서 좋은 문체란 <긴장>과 <이완>, 또는 <자동화>와 <탈자동화>가 교체되는 구조라고 보아야 할 것이다.

## 4. 시어관의 변천 과정

아리스토텔레스는 언어(diction, lexis)를 비극(悲劇)의 여섯 가지 요소 가운데 하나로 꼽는다. 그리고 비극은 비극적 언어로 쓰여진다고 주장한다. 이런 관점은 장르에 따라 쓰이는 언어가 따로 있다는 생각을 숨기고 있는 것이라고 볼 수 있다.

그런데 이런 관점은 18세기까지 지속된다. 예컨대, 스펜서(E. Spencer, 1552-1599)가 「선녀 여왕(The Faerie Queen)」을 당대 언어로 쓰지 않고 고어(古語)로 쓴 것이라든가, 밀턴(J. Milton)이 「실낙원(Paradise Lost)」을 라틴어의 문투(文套)로 썼다는 사실을 비롯하여, 우리 나라의 한시 작가들이 먼저 시상(詩想)을 잡고 한문으로 번역하면서 운을 고른 것이 그런 예에 해당한다.

이런 관점을 지닌 사람들은 시어란 '시에 쓰이는 언어'로서, 일상 언어(ordinary language)와 다른 것이라고 생각한다. 그레이(T. Gray)가 시어의 조건으로 고어적 표현(archaism), 라틴어식 어법, 완곡 어법(circumlocution), 수식(epithet), 우회법(periphrasis)을 꼽으면서, 당대의 일상어를 써서는 안되고, 기교적이거나 천한 말보다 우아하고 대용적(代用的)이

라야 한다고 주장한 것도 이런 생각 때문이었다.17)

하지만 현대에도 이런 관점이 완전히 불식된 것은 아니다. 시적 대상을 '꽃'·'사랑'·'이별'처럼 정서를 유발하기 쉬운 것으로 선택하고, 일상적이거나 인공적인 언어를 피하면서 정서적이고 자연적인 언어만 골라 쓰는 사람들은 아직도 그런 관점에 사로잡혀 있다고 볼 수 있다. 그리고 이와 반대로, 비천하고 인공적인 대상과 어휘들을 골라 쓰는 사람들도 시적 대상과 어휘만 달리 선택할 뿐이지 또 다른 유형의 아어적(雅語的) 관점을 가지고 있다고 보아야 할 것이다.

이와 같은 아어 중심의 시어관은 낭만주의 시대로 접어들면서 차츰 비판을 받기 시작한다. 이에 앞장 선 사람은 영국의 워즈워드(W. Wordsworth)를 꼽을 수 있다. 그는 『서정 민요집(Lyrical Ballads, 1801)』 재판(再版) 서문(序文)에서, 시어와 산문에서 쓰이는 언어는 근본적으로 차이가 없으며, 아어 중심의 시어관은 조작적(artificial)이고 부자연스러운(unnatural) 것이라고 비판한다. 그리고 고전주의자들이 강조하던 운율(韻律)은 시에서는 바람직한 것이긴 하지만, 시상에 따른 것이 아니라 순전히 덧붙인 것이라고 주장한다.

그가 이런 주장을 편 것은 두 가지 이유에서이다. 하나는 시인이란 독자를 향해 무엇인가 말하려는 사람으로서, 시인의 진술은 인습적이고 조작적인 게 아니라, 자기 내부에서 끓어 넘치는(overflow) 감정의 표현이라는 관점 때문이다. 그리고 다른 하나는, 시어란 시상이 완성된 다음 선택되는 게 아니라, 시상의 흐름과 동시에 시어가 선택된다는 일원론적 언어관 때문이다. 다시 말해 감정이 들끓는 순간에는 특별한 언어를 고를 수 없고, 그렇게 고르다보면 순수한 감정이 손상되기 쉽다는 생각 때문이었다.

---

17) 김대행, 앞의 책, p.89.

위즈워드의 자발적이고도 일상적인 시어관은 그와 함께 『서정 민요 집』을 펴냈던 콜리지(S. Coleridge)에 의해 수정된다. 콜리지는 『문학평전(Biographia Literaria)』(1876)에서 위즈워드의 주장처럼, 시어란 일상적 언어이지만 시적 어법(poetic diction)은 일상적 어법과 다르다고 주장한다. 그리고 같은 단어라도 어떤 문맥 속에 놓이느냐에 따라 다른 의미로 바뀌며, 시적 언어가 노리는 것은 시인이 표현하고자 하는 내용인 동시에, 언어 그 자체가 야기시키는 미적 쾌감이라는 견해를 편다. 따라서 그의 주장은 시어 중심에서 어법 중심으로 바꾼 최초의 발언이라고 할 수 있다.

시어에 대한 관심은 1910년대의 이미지스트까지 계속된다. 이미지스틀은 1915년 『몇 명의 이미지스트 시인들(Some Imagists Poets)』이라는 사화집(詞華集)을 펴내면서, <이미지스트 선언(宣言)>을 통해 시는 '일상이되 정확한 언어(exact word)를 선택하고, 모호하거나 장식적(裝飾的)인 말을 사용하지 말라'는 조건을 첫째 항목으로 내세운다.[18]

그러나 그들 이후부터 시어에 대한 관심은 콜리지가 주목한 시적 어법 쪽으로 쏠린다. 리차즈(I. A. Richards)는 언어의 용법을 <과학적 용법(scientific use)>과 <정서적 용법(emotive use)>으로 나눈다. 그리고 시적 어법은 대상을 지시하고 재현할 수도 있지만, 감정과 태도를 표현하고 환기시킨다면서, 시는 정서적 어법에서 탄생된다고 주장한다. 그리고 시적 어법이 아무리 객관적 사실과 거리가 먼 사이비 진술(似而非陳述, pseudo statement)이라 해도, 상이한 충동으로 불균형을 이룬 인간의 정서를 바로 잡아 주는 기능을 지녔기 때문에 가치 있다고 주장한다.[19]

---

18) D. Perkins, *A History of Modern Poetry* (Harvard Univ. Press, 1976), p.334.
19) I. A. Richards, *Principles of Literary Criticism*(Routledge & Kegan Paul, 19 62), p.182.

<시적 어법>과 <일상적(과학적) 어법>이 다르다는 이원적(二元的) 관점은 엘리어트(T. S. Eliot)의 '정서적 등가물(emotive equivalent)' 또는 '객관적 상관물(objective correlatives)' 이론과 함께 신비평가 그룹으로 이어진다. 신비평 그룹의 지도자인 랜섬(J. C. Ransom)은 리차즈와 엘리어트의 이원론을 극복하려는 데에서 출발한다. 그러나 랜섬은 언어의 구조를 음(音)과 의미(意味)로 나누고, 시를 쓸 때는 '확정된 의미(determinate meaning)'와 '확정된 소리(determinate sound)'의 영역이 변화를 일으켜 '불확정적인 의미(indeterminate meaning)'와 '불확정적인 소리(indeterminate sound)'로 바뀌고, 논리적 요소인 구조(structure)와 비논리적 요소인 조직(texture)으로 짜여진다는 이원론적 관점을 벗어나지 못한다.[20] 랜섬의 이런 관점은 그의 제자인 브룩스(C. Brooks)에 의해 비판된다.

시와 산문의 어법 차이를 내포(connotation)와 외연(denotation)으로 설명한 사람들은 웰렉(R. Wellek)과 워렌(A. Warren)이다. 그들은 산문적 언어란 기호(언어)와 지시물(대상물)이 <1 : 1>로 연결되어 투명(透明)하고, 외연적(外延的)이며, 자의적(恣意的)이라고 주장한다. 그리고 시적 어법에서 기호와 지시물은 <1 : N>인 복합적 관계로 연결되며, 내포적이고, 언어 그 자체의 독자성(獨自性)과 자율성(自律性)을 지니기 때문에 다른 언어로 교체(交替)하는 것이 불가능하다고 주장한다. 그들의 이런 주장은 정서적 언어를 모두 시적 언어로 본 리차즈의 견해를 수정한 것으로서 한 걸음 더 진전된 것이라고 볼 수 있다.

시와 산문의 어법을 둘로 나누어 설명한 사람은 이들만이 아니다. 쿤즈(R. Kuhns)는 워즈워드의 「서곡(序曲)」을 해명하는 자리에서 어법의 유형을 <논증(argument)>과 <표현(performance)>으로 나누고, 논증(論證)

---

20) J. C. Ransom, *New Criticism*(Norfolk, Conn, 1942), pp.299~300.

은 객관적 상황을 논리적 필연성에 의하여 타당하게 진술하는 어법이며, 표현은 시인의 주관적 정서를 타고난 감수성과 공감각적 기억을 재료로 삼아 표현하는 행위라고 정의한다.[21] 그리고 어번(W. M. Urban)은 언어를 <과학적 언어>와 <시적 언어>로 나누고, 전자는 추론적이며 후자는 원초적이라고 정의하고, 랭거(S. K. Langer)는 비추리적 상징의 형태인 <시적 담화>와 추리적 이성의 산물인 <외연적 담화>로 나눈다.[22]

또, 프라이(N. Frye)는 언어를 <자기 표현적 언어>·<실용적 언어>·<상상적 언어>로 나누고, 시적 언어는 상상적인 언어라고 주장한다.[23] 그가 말하는 자기 표현적인 언어란 일상 회화로서, 과학적인 언어와 마찬가지로 효용성을 지니며, 실용적인 언어는 과학적 언어를 말한다. 그리고, 상상적인 언어는 두 사물을 비교하는 과정에서 발견되는 비유적 언어(figurative language)로서, 현재의 세계가 아니라 우리가 꿈꾸는 세계를 표현하며, 이상과 현실의 괴리를 가능케 하는 언어라고 설명한다. 따라서, 대부분의 학자들은 시와 산문에서 쓰이는 언어는 같지만, 그것을 조직하는 어법은 분명히 다른 것으로서, 정서적이면서도 상상적인 어법으로 설명한다.

물론 시와 산문의 언어를 일원론적 관점에서 설명하려 한 사람이 없는 것은 아니다. 올슨(E. Olson)은 '시와 다른 글에 쓰인 언어 사이에 차이는 있을 수 없다. 그리고 변별적으로 시적이라고 볼 수 있는 언어도 없다'라면서, '의자는 목재로 만들어진 것이지 목재는 아니다. 시 역시 언어로 된 것이지 단어는 아니다'라고 주장한다. 그러니까, 어휘나 어법에 따라 차이가 나는 게 아니라, 의도에 따라 달라진다는 것이다. 하지만

---

21) Richard Kuhns, *Literature and Philosophy*(Routledge & Kegan Paul, 1971), p.104.
22) Susanne K. Langer, *Feeling and Form* (Charles Scribner's Sons, 1953), pp.29~30.
23) N. Frye, *The Educated Imagination*(Indiana University Press, 1964), 김상일 역 (을유문고, 1963), pp.20~38.

이런 관점은 시가 무엇으로 인하여 산문과 구분되는가를 설명하지 못한다는 점이 한계라고 할 수 있다.

이와 같은 시어관은 리차즈의 제자인 앰프슨(W. Empson)에 의해 다시 한번 크게 수정된다. 그는 리차즈의 감독 하에 쓴 『일곱 가지 유형의 애매성(Seven types of Ambiguity)』에서, 명백한 시가 좋은 시라는 종래의 관점을 부정하고, 애매하고 다의적(多義的)인 시일수록 시적 효과가 크다고 주장한다. 그리고, 시의 애매성(曖昧性)은 ①무엇을 말할까를 아직 결정하지 못했을 때, ②동시에 여러 가지를 말하고 싶어할 때, ③하나의 진술이 몇 가지 의미를 지니고 있을 때 발생하며, 애매한 의미를 하나로 통일시키는 힘은 리듬에서 나온다고 주장한다.[24]

그가 말하는 일곱 가지 유형의 애매성은 다음과 같이 요약할 수 있다.

(1) 하나의 단어나 문법적 구조가 동시에 여러 가지 방향으로 효과를 나타내는 경우.

(2) 둘 이상의 의미를 하나의 단어나 구문으로 표현할 경우

(3) 합리적 문맥에서 둘로 표현해야 할 관념을 의미상 하나의 낱말로 표현하는 경우

(4) 하나의 진술이 내포하는 둘 또는 그 이상의 의미가 내적 일치 없이 상호 결합하여 매우 복잡한 형태를 띠는 경우

(5) 글을 쓰는 과정에서 새로운 관념(idea)을 찾아내거나, 또는 심리적으로 그 관념이 즉시 포착되지 않아 혼란을 일으킬 경우

(6) 동음 반복(tautology), 모순 어법(contradiction), 불합리한 진술(irrelevant statement) 등에 의해 그 진술이 아무 것도 언급하지 못하는 경우

(7) 하나의 낱말로 두 개의 뜻, 즉 시인의 내부에서 근본적으로 구

---

24) William. Empson, *Seven types of Ambiguity* (Penguin Books, 1965), pp.234~235.

분되는 가치를 하나의 언어로 표현하는 경우

  일반적으로 언어학에서 애매성은 ①동음이의어(homonym)와 같은 음성적 애매성(hear : here), ②형태상으로 다의어(desirable : eatable)와 같은 문법적 애매성, ③다의어(polysemy)나 동음이의어를 구별하기 위해 설명할 때 발생되는 어휘적 애매성으로 나누고 있다.25) 따라서 앰프슨이 주장하는 애매성은 언어학적 국면의 3항을 중심으로 논의한 것으로서, 문법적 혼란이나 문맥적 불완전에서 오는 것이 아니라 하나의 문장이 여러 가지로 해석되는 경우를 말한다. 그러므로 '앰비규어티'는 <애매성>이라고 번역하기보다 <다의성(多義性)>이라고 번역하는 것이 좋을 것이다.

  실존주의 철학자들은 종래 시인들과 또 다른 시어관을 피력한다. 사르트르(J. P. Sartre)는 언어의 유형을 '있음(be)'과 '뜻함(signify)', 즉 '사물(thing)'과 '기호(sign)'로 분류한다. 그리고, 산문적 언어는 사회에 참여(engage)할 수 있다는 점에서 가치가 있고, 시적 언어는 그런 기능은 없으나 그 자체로 존재하는 힘을 지니고 있어 가치 있다고 주장한다. 그리고 또 시인은 말을 기호로 보지 않고 사물로 간주하면서, '사용'하는 대신 '봉사'하는 사람들이라고 주장한다. 따라서 그의 언어관은 시어를 하나의 실재체(實在體)로 파악하는 <즉자적(卽自的) 관점>이라고 할 수 있다.26)

  하이데거(M. Heidegger)의 언어관은 '언어가 말한다', '언어가 존재를 말한다', '언어는 세계와 사물로서 존재를 말한다'로 요약된다.27) 그는 시인이란 존재의 수용자이며, 시인이 언어를 부리는 것이 아니라 언어가

---

25) S. Ullman, *Semantics : An Introduction*(Oxford: Blackwell, 1962), chap. 7.

26) J. Sartre, *Quést-ce que La Litterature?*, 김붕구 역, 『문학이란 무엇인가?』(문예문고, 1972), pp.15~19.

27) Robert R. Magliola, *Phenomenology and Literature* (Purdue University Press, 1977), p.7.

시인을 부리고, 언어는 존재를 이해하기 위한 방법론적 통로(方法論的通路)라는 견해를 편다. 그리고 언어는 수단이나 객체가 아니라, 주체로서 존재와 접촉하는 순간에 탄생되며, 존재를 현현(顯現)하기 위한 '존재의 집'이라고 설명한다.

이상의 논의를 종합할 때, 시에서 선택되는 단어는 첫째로 일상 어휘라고 할 수 있다. 다시 말해, 시적 언어와 산문적 언어는 어휘론적 국면에서 구분되는 것이 아니라 통사론적 국면에서 구분된다고 보아야 할 것이다. 둘째로 일상적 어휘가 시적 기능을 발휘하는 것은 정서적·상상적 어법에서 비롯되며, 외연과 내포의 의미가 서로 다른 문맥적 언어로 발전해야 하고, 셋째로 외연과 내포의 차이로 인해 다의성을 지니며, 넷째로 사물을 지칭하는 언어가 아니라 사물 그 자체를 지향하는 존재론적 성격을 띤다고 요약할 수 있다.

하지만 미래의 시는 이미 일부 실험적인 작품에서 선보인 바와 같이 더 이상 언어의 차원 안에 머무르지는 않고 영상(映像)이나 음향(音響)과 결합할 것으로 보인다. 시인이 시를 낭송하고, 그 시는 다시 스크린의 자막(字幕) 위로 떠오르고, 배경 음악과 영상이 흐르는 시네 포엠(Cine-Poem)의 형식으로 제시될 것이다. 그리고 음악과 영상은 시의 내용을 해설하거나 보조하는 차원에 머물지 않고 시가 제시하는 메시지와 또 다른 것을 전달하면서, 각기 다른 매체를 통해 전달되는 이미지와 의미들이 분열하고 결합하고 제3, 제4의 의미가 탄생되도록 표현할 것이다. 따라서 미래에 시어라는 용어는 언어라는 개념에서 벗어나 <동시 다중언어(multi-language)>로 바뀔 것으로 예측된다.

# 2. 심 상

낭만주의 이전까지 시적 어법(poetic diction)은 운율적(韻律的) 어법이었다. 그것은 '시란 시인의 사상과 감정을 운율적 언어로 표현한 것'이라는 정의를 미루어 봐도 짐작할 수 있다.

그러나 현대로 접어들면서 시적 어법은 차츰 심상적(心象的) 언어로 바뀌고 있다. 시의 제재가 체계화된 사상이나 보편적 정서 같은 것에서 개인의 특수한 정서와 상상력으로 바뀐 데다가, 이런 것들은 운율적 언어로 설명하기보다 심상적 어법으로 그려 독자 스스로 보고 느끼도록 만드는 것이 훨씬 잘 전달된다는 걸 깨달았기 때문이다. 따라서, 현대시에서 은유와 상징이 전략적 층위의 요소라면, 이미지는 이를 형상화하기 위한 조직적 층위의 요소라고 보아야 할 것이다.

그런데 이미지를 논의할 때는 이와 같은 연관성 때문에 <시어>·<은유>·<상징>·<신화> 등과 중복되는 것이 보통이다.[1] 본 장에서는 가급적 이런 중복을 피하면서, 왜 현대시로 접어들어 이미지를 강조하게 되었는가, 그리고 이미지에는 어떤 유형이 있으며, 시 속에서 어떤 역할을 하는가, 시적 효과를 크게 만드는 이미지는 어떤 것들인가를 살펴 본 다음, 원형적 이미지의 해석 방법을 알아보기로 하자.

## 1. 이미지화의 정의와 필요성

현대시로 접어들면서 이미지의 중요성을 제일 먼저 강조한 사람들

---

1) R. Wellek & A. Warren, *Theory of Literature,* 이경수 역,『문학의 이론』(문예출판사, 1987), p.269.

은 영국의 이미지스트들이다. 이 운동의 선구자인 흄(T. E. Hulme)은 '시는 직각적(直覺的) 언어의 정수(精髓)로서, 막연한 표지 언어(標識言語, counter language)를 피하고, 시각적이고 구체적인 언어(visual and concrete language)로 쓰여져야 한다'고 주장한다. 다시 말해, '배가 항해했다(sailed)'고 표현하는 것보다 '바다 위로 질주했다(coursed the sea)'로 표현하는 것이 더 바람직하다는 것이다.[2] 따라서, 초기 이미지스트들의 목표는 <감각의 형상화> 또는 <마음을 그리는 것>이라고 할 수 있다.

이들의 이념을 발전시킨 브룩스(C. Brooks)와 워렌(R. P. Warren)은 경험적 감각(sense experience)의 재현을 이미저리(imagery)라고 부르고, 이미지는 단순히 '마음의 그림(mental pictures)'을 그리는 데 그치는 게 아니라 독자의 감각에 호소하는 힘을 지녔다고 주장한다.[3] 그리고, 훨러리(G. Whallalley)는 감정을 표현하는 기구로서, 역동성과 연결성을 지니며, 리드미컬한 패턴을 형성하면서 지향성(志向性)을 띤다고 주장하

---

2) T. E. Hulme, Romanticism and Classism, *Modern Literary Criticism* ed., R. B. West(New York, 1952), pp.128~129. 흄의 영향을 받은 알딩턴(R. Aldington)이 작성하고 로우엘(A. Lowell)이 수정해서 1915년 간행한 사화집 『수 명의 이미지스트 시인들(Some Imagist Poets)』에 발표한 이미지즘의 선언을 요약하면 다음과 같다.
　①일상적 언어로 쓰되 정확한 언어(exact word)로 쓸 것. 모호하거나 장식적(裝飾的)인 말은 사용하지 말 것.
　②새로운 운율은 새로운 사상임을 자각하고, 새로운 감정을 표현하기 위하여 새로운 자유시의 리듬을 창조할 것. 우리는 자유를 위해서 싸우듯, 자유시를 위해서 투쟁한다.
　③시의 제재 선택에서 자유로워질 것. 그러나, 비행기나 자동차와 같은 것만이 새로운 제재라고는 생각하지 말 것.
　④가능한 명확한 이미지로 대상을 개별화하여 그릴 것. 그러나 우리는 화가의 한 유파는 아니다.
　⑤견고하고도 분명한 구조를 택할 것.
　⑥긴축(緊縮)과 집중(concentration)을 시의 본질로 받아들일 것.
3) C. Brooks and R. P. Warren, *Understanding Poetry*(New York, 1965), p.554.

고,4) 머리(J. M. Murry)는 과거의 감각을 지적으로 재생하는 힘을 지녔다고 주장한다.

이들보다 이미지를 한결 역동적인 입장에서 파악한 사람은 바슐라르(G. Bachelard)이다. 그는 인간에겐 외부의 도전에 응전하는 힘이 있으며, 그 응전력은 역동적 상상력에 의해 이미지로 변형된다고 주장한다. 그의 그는 이미지를 단지 객관적 대상을 재현(再顯)하거나 복사(複寫)하는 기능만 지닌 존재가 아니라, 새로운 감각과 사물을 창조하는 힘을 지녔다고 주장한다.

이와 같은 정의를 종합할 때, 문학 작품에서 이미지는 구체적 사물에 의해 얻어지는 직접적 자극이 아니라, 언어라는 간접적 자극을 통하여 얻어지는 감각 현상이라고 볼 수 있다. 그리고 과거의 경험을 바탕으로 재생되고, 일정한 지향성을 가지며, 단순히 감각을 재현(representation)하거나 자극의 원물을 모방(imitation)하는 차원에 그치는 게 아니라 새로운 사물과 감각을 창조하는 능력을 지녔다고 볼 수 있다.

하지만 담화의 초기 단계에서 이미지화의 욕구는 이미지끼리 자율적 의미를 형성하도록 만드는 데 있는 것은 아니다. 앞의 「시어」에서 살펴보았듯이, 인간은 누구나 자기가 보고 느낀 것을 그대로 표현하고 싶어 하지만, 언어가 그것을 정확히 환기시킬 수 없다는 데에서 이미지화의 필요성이 발생한다. 즉, 언어의 추상성 때문에 이미지화가 필요하다고 볼 수 있다.

이와 같은 이미지화의 필요성은 오그던(L. K. Ogden)과 리차즈(I. A. Richards)가 <시인의 생각-언어-시적 대상> 관계를 그린 도표를 살펴보면 짐작할 수 있다.5)

---

4) G. Whallalley, _Poetic Prosess,_ p.141.
5) L. K. Ogden & I. A. Richards, _The Meaning of Meaning_(Routledge & Kegan

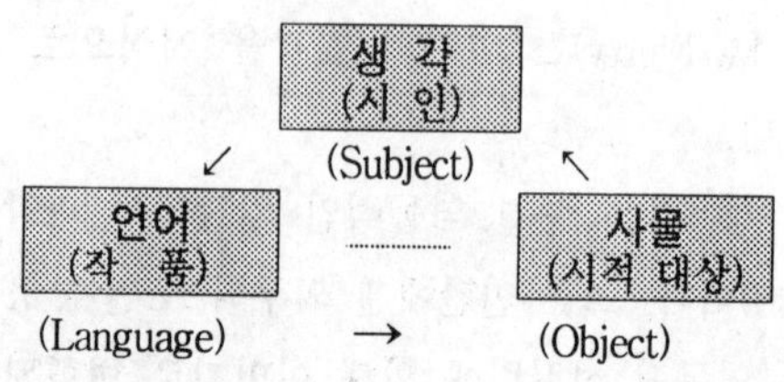


위 도표에 따르면, 시인의 <생각(S)>은 <언어(L)>와 <사물(O)> 쪽으로 직접 연결된다. 다시 말해, 시인이 어떤 생각을 떠올리면 거의 자동적으로 그에 상응하는 언어와 사물을 떠올리게 된다. 그리고 그와 반대로 사물이나 언어 쪽에서도 그에 상응하는 생각을 떠올릴 수 있다. 그러므로 특별한 경우가 아니면, <생각(S)⇌언어(L)>, <생각(S)⇌사물(O)>로 연결되고, <언어(L)-사물(O)> 사이만 간접적이라고 보아야 할 것이다.

하지만 독자의 입장에서 보면 사정이 달라진다. 언어로부터 출발해야 하는 독자는 시인이 제시한 언어(작품)를 통해 사물의 모습을 떠올리고, 다시 시인이 의도하는 관념이나 정서에 도달해야 하는데, 위 도표에서 점선으로 그려진 것처럼 언어와 사물의 관계는 직접적으로 연결되지 않아 지시하는 사물에 도달하기가 어려워진다. 다시 말해, 독자가 어떤 작품을 이해하려면 <작품 속의 언어→독자가 지니고 있는 언어의 개념과 대조→작품 속의 사물이나 관념의 유추→자기 경험과의 대조> 과정을

---

Paul LTD. 1972), p.11. 그들이 그린 도표를 살펴보면 다음과 같다.

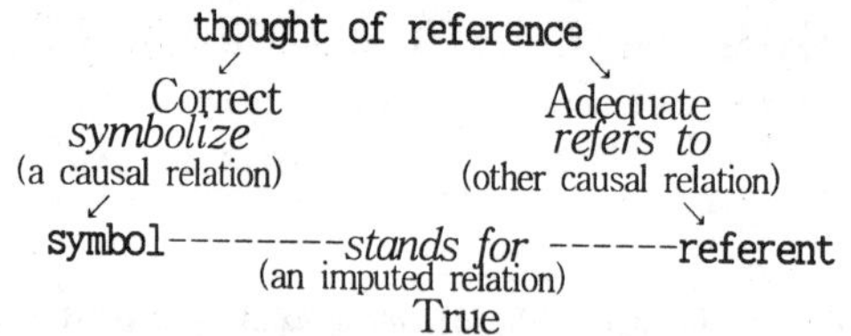

거치기 마련인데, 독자와 시인이 사용하는 언어의 의미가 일치하지 않고, 언어 자체가 추상적 기호이기 때문에 전달되지 않는다. 따라서 이미지화란 시인이 자기의 담화를 제대로 받아들일 수 있도록 만들기 위해 <언어(symbol)>와 <사물(referent)>의 관계를 강화시키는 작업이라고 할 수 있다.

이와 같은 언어와 시인의 심상, 또는 사물간의 단절이나 불균형 문제는 고전주의나 낭만주의 시에서는 그리 문제가 되지 않는다. 고전주의나 낭만주의는 태도 면에서만 차이를 지닐 뿐, 그들의 주된 시적 제재는 시인의 사상이나 신념이었다. 그리고, 시인의 관심은 어떻게 하면 독자들이 자기 사상과 신념을 저항 없이 받아들이도록 만드느냐에 모아졌고, 그와 같은 저항은 이성적 판단력을 마비시킬 수 있는 운율적 언어로 극복할 수 있었기 때문이다.

그러나 현대시로 접어들면서 시의 제재는 완전히 달라지기 시작한다. 사회 전체가 인정하는 보편적인 선(善)도 인간을 억압하는 굴레로 받아들이고, 객관적으로 존재하는 사물도 보편성을 부정하고 '특정한 순간'의 '특정한 모습'으로 인식하기 시작한다. 다시 말해, 시적 제재는 <전체→개인>, <보편→특수>, <영원→순간>, <외적→내적>, <도덕적 가치→심미적 가치>를 지닌 것으로 바뀌기 시작한다.

이와 같이 자신에게조차 낯선 것들은 설명적 방식으로 전달되지 않는다. 그리하여, 시인은 독자들로 하여금 자신이 제시하는 의미를 생각해 보도록 유도하기 위해 운율적 언어를 포기하고, 언어로 그림을 그리는 방법을 택하게 된 것이다.

이처럼 시적 대상이 바뀌게 된 원인은 문명과 교육의 발달을 들 수 있다. 환언하면, 문명의 발달과 지식의 보편화로 인해 독자들은 시인들로부터 무엇인가 가르쳐 줄 것을 요구하기보다 자기 스스로 생각하거나 즐길 거리를 요구하게 되었고, 그에 따라 시인들은 주관적 판단을 보류하고 생각할 거리를 보여 주는 쪽으로 바뀌게 되었다고 볼 수 있다.

하지만 현대시의 어법이 이미지로 바뀐 것은 독자들의 요구 때문만은 아니다. 독자로부터 자기의 견해를 거부당한 시인들이 언어를 통해 새로운 사물을 창조하는 쪽으로 방향을 바꾼 데에도 원인이 있다. 그것은 현대시로 접어들면서 서술적 이미지보다 비유적 이미지가 중시되고, 같은 비유적 이미지라고 해도 의미의 전달 폭이 넓은 상징보다 창조적 기능이 강한 병치은유를 즐겨 택하는 점으로 미루어서도 짐작할 수 있다.

## 2. 이미지의 기능

낭만주의자들은 예술이란 이미지를 통하여 생각하는 방법을 가르쳐 주는 양식이며, 추상적이거나 초월적인 것을 구체적인 것으로 바꾸는 기법이라고 주장한다. 과학자가 발견한 낯선 세계를 누구나 알 수 있는 세계로 바꾼 게 시라는 위즈워드(W. Wordsworth)의 주장이나,[6] '이미지 없는 예술은 없다'면서 이미지 절대론을 주장한 러시아의 포테브냐(A. Potebnya, 1835-1891), 이미지는 아무리 알기 힘든 대상도 순간적으로 선명하게 파악할 수 있도록 두뇌 작용을 절약하게 만든다는 스펜서(H. Spencer)의 견해가 이런 관점에 속한다.[7]

그러나 형식주의의 시발이라고 할 수 있는 오포야즈(Opoyaz) 그룹의 쉬

---

6) William Wordsworth, 'Preface to Lyrical Ballads'
　　…If the time should ever come when what is now called science, thus familiarized to men, shall be ready to put……a form and blood…….
7) Herbert Spencer, *The Philosophy of Style*(Lemon and Reis, 1882), p.9

클로프스키(V. Šklovski)는 포테브냐의 절대주의적 이미지관에 이의를 제기한다. 그 역시 이미지의 중요성은 인정하지만, 이미지는 예술 작품의 강한 인상을 조성하기 위해 채택되는 여러 가지 기교 가운데 하나로써, 모든 기교는 각기 그 목적에 따라 쓰일 뿐, 어떤 것이 더 효과적이라든지 덜 효과적인 건 아니라고 주장한다. 그리고 산문과 시의 이미지를 구별하면서, 산문에서 '대머리'를 민숭민숭하다는 뜻에서 '바가지'로 이미지화할 경우 하나의 관념을 또 다른 관념으로 바꾼 것에 불과하지만, 시에서는 그 스스로의 독특한 효과를 얻기 위해 채택된다고 주장한다.[8]

쉬클로프스키는 또 이미지가 독자의 정신 작용을 절약하도록 만들기 위한 것이라는 견해에도 이의를 제기한다. 산문에서는 대상을 인식할 때 정신 작용의 절약이 필요하지만, 시에서는 보다 많은 집중이 요구되고, 그 역할을 맡는 것이 이미지라는 것이다. 다시 말해, 정신 작용이 절약될 경우에는 자동화되기 때문에 오히려 낭비하도록 만들기 위해 이미지화가 필요하다는 것이다.

이와 같은 시적 이미지의 기능은 다섯 가지를 들 수 있다. 첫째로, 시의 의미를 육화(incarnation)하는 기능을 꼽을 수 있다. 시란 정서 또는 정서 작용을 통하여 떠오른 상상력의 산물이다. 그런데 정서나 상상력은 주관적이고 가변적이며 심리적이다. 그러므로 그런 것들을 전달하자면 가시적인 것으로 바꾸는 방법을 취할 수밖에 없다. 다음 작품만 해도 그렇다.

> 할 일도 없이 물끄러미 앉아서
> 읽다버린 노자(老子)를 다시 읽는다.
> 연직이위기 당기무 유기지용(挻直以爲器 當其無 有器之用)

---

8) Viktor Šklovski, *Art as Technique,* Lemon and Reis, pp.5~24.

흙을 이겨 항아리를 만들지만
항아리의 쓰임새는 텅 빈 곳에 있다

텅 빈 곳에 있다
빈 곳에 있다
곳에 있다
에 있다
있다
다
(중 략)

앙금같이 갈앉은 토요일 창밖엔 무거운 먹구름이 차일을 치고
한 라유채와 백 두철쭉이 혼례를 치루는 강의실 벽을 향해
철벽을 향해
폐경기의 노자(老子)가 물끄러미 앉아 있다

다
있다
아 있다
앉아 있다
미 앉아 있다
러미 앉아 있다
끄러미 앉아 있다
물끄러미 앉아 있다

— 강현국(姜玄菊), 「메아리」에서

이 작품은 학생 운동이 격렬했던 1980년대 대학의 갈등과 혼란을 풍
자하고 있다. 그런데 화자는 강의실에서 '대자보'를 바라보며 무력감과
고독에 빠져 있다. '한 라유채'라고 붙일 곳은 떼고, 뗄 곳을 붙여 쓴 것
이나, 노자(老子)를 '폐경기'의 여성으로 은유한 것을 비롯하여, 음절수를
감소시키거나 증가시켜 삼각형으로 배치한 것은 기성 세대의 가치관이
모두 무의미함을 은유적으로 보여주기 위한 것이라고 할 수 있다.

하지만 시인이 이야기하려는 것은 단지 대학의 상황만은 아니다. '흙을 이겨 항아리를 만들지만, 그 쓰임새는 오히려 텅 빈 곳에 있다(挺埴以爲器 當其無 有器之用)'라는 존재론적 역설 역시 화자가 이야기하려는 화제 가운데 하나이다. 그리고 이와 같이 모호하고 잡다한 충동들은 이미지를 통하여 전달받을 수 있다. 따라서 이미지는 시인의 정서를 육화하는 기능을 지녔다고 볼 수 있다.

둘째로, 대상을 모방적으로 재현하는 기능을 꼽을 수 있다. 이 때 모방의 대상은 의식 밖에 객관적으로 존재하는 사물과, 시인의 의식 속에 떠오르는 관념이나 정서로 나눌 수 있다. 인용한 작품에서도 이들을 모두 발견할 수 있다. 앙금처럼 가라앉은 '하늘'이나 강의실 벽의 이미지는 시인의 의식 밖에 객관적으로 존재하는 대상이고, '폐경기의 노자'는 시인의 관념을 재현한 것이라고 할 수 있다.

셋째로, 새로운 사물과 관념을 창조하는 기능을 꼽을 수 있다. 하이데거(M. Heidegger)가 언어는 의사 교환 기능만 지닌 게 아니라, 사유(思惟)의 수단이요, 닫혀진 세계의 존재를 열린 세계로 옮겨 놓는(ins offenene zu brigen) 기능을 지녔다면서 '존재(存在)의 집'이라고 정의하자,9) 사르트르(J. P. Sartre)가 '존재에 대한 또 다른 존재'라면서 '시는 의미하는 게 아니라 존재하는 것(a poem should not mean but be)'이라고 반론을 제기한 것도 이와 같은 이미지가 이와 같이 새로운 존재를 창조하고, 그것이 어떤 사물처럼 객관적으로 존재할 수 있음을 주목했기 때문이다.10)

다음 작품에서도 이와 같은 기능을 발견할 수 있다.

　　　누이가 듣는 음악 속으로 늦게 들어오는

---

9) M. Heidegger, '횔더린 시의 해명', 소광희 역, 『시와 철학』(박영사, 1972), p.311.
10) J. P. Sartre, *Qést-ce que La Littérature*, 김붕구 역, 『문학이란 무엇인가』(문예문고, 1972), pp.15~19.

　　남자가 보였다 나는 그게 싫었다 내 음악은
　　죽음 이상으로 침침해서 발이 빠져 나가지
　　못하도록 잡초가 돋는데, 그 남자는
　　누구일까 누이의 연애는 아름다와도 될까
　　의심하는 가운데 잠이 들었다
　　　　　　　　　　　　　　　　- 이성복(李晟福), 「정든 유곽에서」에서

　이 작품은 <ⓐ음악 속으로 들어오는 남자>, <ⓑ침침해서 잡초가 돋는 음악>, <ⓒ그 남자와 누이의 연애를 생각하며 잠드는 나>라는 세 개의 이미지로 짜여져 있다. 그리고 각 이미지는 어떤 정서에 대한 은유나 독자의 주의를 끌기 위해 변형된(deformation) 그 무엇으로 해석할 수 있다.

　하지만 낯선 이미지들이 중첩됨에 따라 단순히 어떤 대상을 치환(置換)하거나 묘사하기 위한 것이 아니라는 생각이 들게 만든다. 예컨대 '누이가 듣는 음악 속으로 늦게 들어오는/남자가 보였다'만 해도 그렇다. 첫머리를 읽을 때에는 누이가 음악을 듣는데 <어떤 남자가 누이의 방으로 들어왔다>는 뜻으로 받아들여진다. 그러나 뒷부분과 연결하면 현실에는 있을 수 없는 풍경, 다시 말해 <어떤 남자가 음악 속으로 들어왔다>는 의미로 쓰였다는 걸 발견하게 된다. 음악 속이 현실의 공간처럼 '침침해'지고 '잡초'가 돋는다고 표현한 점이 바로 그런 해석을 촉구한다. 그리하여 이 작품은 시인의 의식의 한 단면을 그린 것이긴 하지만, 모방적으로 재현한 것이 아니라 창조적으로 표현한 것이라고 받아들이게 된다.

　넷째로, 독자의 자율적 해석권을 확대시키는 기능을 꼽을 수 있다. 이와 같은 기능은 이미지화의 대상과 수법에 따라 달라진다. 상상력에 의하여 창조된 사물을 대상으로 삼고, 인과관계를 배제한 채 병치할 경우에는 최대한으로 확대된다. 그리고 외부에 객관적으로 존재하는 사물을 대상으로 삼고, 직유나 치환은유처럼 시인이 직접 연결하면 상대적으로 축소된다. 전자의 경우에서는 텍스트에 등장하는 변형된 의미를 독자 나름대로 짜 맞추지만, 후자의 경우에는 시인의 진술에 따라 이미지가 지시하는 대상과 자기 경험을 연관지어 해석하기 때문이다.

하지만 모방적으로 재현하는 경우에도 이미지를 등한시하는 관념시(platonic poetry)에 비해 훨씬 확대된다. 관념시는 시인이 전면에 나서서 대상에 대한 자기 정서를 토로하고, 독자로 하여금 그대로 받아들이도록 강요하는 반면에, 이미지화는 대상을 보여주고 그에 대한 느낌과 판단을 독자 스스로 찾도록 유도하는 양식이기 때문이다.

다섯째로, 전체 의미를 하나로 <수렴(收斂)>하거나 또는 <확산(擴散)>시키는 기능을 꼽을 수 있다. 이와 같은 두 방향은 이미지화의 대상이 무엇이냐에 따라 달라진다. 전자의 기능은 주로 구체적 대상을 묘사할 경우에 나타나며, 후자의 기능은 대상을 추상적 은유하거나 병치할 때 나타난다. 그리고 확산의 정도는 [①치환은유>②상징>③병치은유]의 순으로 확대되며, 같은 치환은유라고 해도 동질적(同質的)일 경우에는 그 기능이 약화되고, 상징의 경우에는 자연적 상징보다 원형적 상징이 확대된다.

마지막으로 시적 분위기(poetic mood)를 조성하는 기능을 꼽을 수 있다. 아무리 단순한 작품이라고 해도 여러 개의 이미지로 짜여진다. 그리고 그런 이미지들이 환기시키는 정서가 상호 침투하면서 새로운 분위기를 형성하기 때문이다. 동일한 제재를 다룬 작품도 시인에 따라 각기 다른 분위기를 유지할 수 있는 것은 이와 같이 동원된 이미지들이 서로 어울리면서 각기 다른 분위기를 형성하는 데 원인이 있다.

## 3. 이미지의 유형

플레밍거(A. Preminger)는 심상을 신체적 지각이나 기억·상상·꿈·열망 등에 의하여 탄생된 것을 <이미지(image)>, 언어를 통하여 탄생되는 것을 <이미저리(imagery)>로 분류한다.11) 그리고 일부 학자들은 의식 속에 재생(再生)된 감각은 <이미지>, 그런 이미지의 집합(集合)은 <이미저리>라고 분류한다. 그러나 이런 분류는 그리 적절한 것이라고는 보기 어렵다. 언어에 의하여 촉발된 이미저리도 독자의 내부에 잠재된 기억과 열망과 상상력을 일깨우는 기능을 지니고 있으며, 단일한 감각으로 이뤄진 것 같은 이미지도 표현을 그렇게 했을 뿐 복합적인 감각으로 이뤄지기 때문이다.

또 일부에서는 이미지의 유형을 <정신적(mental) 이미지>·<비유적(figurative) 이미지>·<상징적(symbolic) 이미지>로 나누기도 한다.12) 하지만 이 역시 올바른 분류라고 보기 어렵다. '정신적 이미지'란 어느 부분을 자극하느냐에 따라 설정한 유형이며, '비유적 이미지'와 '상징적 이미지'는 산출 방법에 따라 설정한 유형으로서, 분류의 기준이 다르기 때문이다. 그러므로, 이미지의 유형은 이미지가 자극하는 영역, 산출 방법, 이미지화의 대상에 따라 재분류해야 옳을 것이다.

### (1) 자극 영역에 따른 유형

대부분의 사람들은 이미지란 시각적(視覺的)인 것으로 간주하는 경향이

---

11) A. Preminger, *Princeton Encyclopedia of Poetry and Poetics*(Princeton University Press, 1965), p.363.

12) 이승훈, 김준오, 정한모 등 대개의 『시론』들이 이런 분류를 채택하고 있다. 그것은 A. Preminger의 같은 책 p.563에 있는 분류를 따른 것으로 보인다.

있다. 하지만 머리(J. M. Murry)는 '이미지란 오로지 혹은 하다 못해 압도적으로라도 시각적이라는 생각을 마음 속에서 단호히 몰아내야 한다'면서, 시각적일 수도 있고, 청각적일 수도 있으며, 전적으로 심리적일 수도 있다고 주장한다.13) 이와 같은 주장을 받아 들여 이미지의 유형을 자극하는 영역에 따라 나눌 경우에는 크게 오관을 통해 감지한 감각을 일깨우기 위한 <감각적 이미지(sensible image)>와 정서에 호소하는 <정신적 이미지(mental image)>로 나눌 수 있다.14)

감각적 이미지는 감각 기관(sense organ) 중 어느 곳에 호소하느냐에 따라 <시각적(visual)>·<청각적(auditory)>·<촉각적(tactile)>·<후각적(olfactory)>·<미각적(palate)> 이미지로 나눌 수 있다. 그리고 일부에서는 <기관적(organic)>·<근육적(kinesthetic)> 이미지를 추가시키기도 한다.15) 그러나 두 유형을 추가하기보다는 근육의 수축과 긴장을 나타내는 '근육적 이미지'는 촉각적 이미지에, 맥박·고동·호흡·소화 등을 표현하는 '기관적 이미지'는 청각이나 촉각적 이미지에 포함시켜 다섯 가지로 나누는 것이 바람직할 것이다.

다음은 감각적 이미지를 구사한 예에 속한다.

ⓐ 강은
불을 켜 댄 한 자루

---

13) J. M. Murry, 'Metaphor', *Countries of the Mind*, 제2시리즈(London, 1931), p p.1~16. 이 책에서는 R. Wellek & A. Warren의 앞의 책 p.273에서 재인용.
14) 김준오, 『시론』(이우출판사, 1988), pp.94~95.
　　그는 <감각적 이미지>와 <정신적 이미지>를 <상대 심상>과 <절대 심상>으로 나누고, 정신적 이미지 가운데에서도 '윤리 도덕'이나 '진리'처럼 이미지와 대상 관계가 뚜렷한 것은 전자로, 외부에 존재하는 사물을 이미지화 해도 주관적 판단을 보류하고 물자체를 제시한 것은 후자 쪽으로 분류하고 있다.
15) R. Wellek & A. Warren, *Theory of Literature*, 이경수 역, 『문학의 이론』(문예출판사, 1987), pp.270~271.

초 끝
불을 머금은 순간

느닷없이
새벽을 찢고
방울을 흔드는 물새
　　　　　　　　　　- 한성기, 「둑길·Ⅱ」에서


ⓑ석유 먹은 듯… 석유 먹은 듯… 가쁜 숨결이야
　　　　　　　　　　- 서정주, 「화사」에서


ⓐ는 새벽 여명을 받은 강과 그 위로 난 둑길을 그린 작품이다. 첫째 연에서는 강을 은유화한 시각적 이미지를, 둘째 연에서는 청각적 이미지를 발견할 수 있다. 그리고 ⓑ에서는 미각적 이미지와 시각적 이미지, 또는 기관적 이미지를 발견할 수 있으며, 이들은 공감각적 이미지로 발전하고 있다.

작품 속에 어느 유형의 이미지가 자주 등장하느냐 하는 빈도의 문제는 우리가 일상 생활에서 자주 사용하는 감각 기관의 순서에 따라 우세를 보인다. 그러므로 어떤 시인의 시적 특질을 알아보기 위해 감각적 이미지의 유형을 통계화 하는 지수비평(exponential criticism)은 다른 시인의 작품과 비교를 거치지 않으면 객관성을 획득하기 어렵다. 어느 시인의 작품에서나 시각, 청각, 촉각의 순으로서 우세를 보이기 때문이다.

우리가 어떤 사물을 인식할 때, 하나의 감각 기관에 의해서만 받아들이는 것은 아니다. 그것을 감지할 수 있는 여러 기관이 협동 작용을 벌인다. 이미지화의 경우도 마찬가지이다. 설혹 단일한 이미지로 표현된 구절이라 해도 여타의 감각을 배제하고 하나로 조정한 것에 불과하다. 따라서 감각적 이미지 유형은 다시 <단일 이미지>와 <공감각적 이미지(Synaesthetic)>로 나눌 수 있다.

다음 구절들은 공감각적 이미지를 구사한 예에 해당한다.

ⓐ향료(香料)를 뿌린 듯 곱단한 노을 우에
전신주 하나 기울어지고
먼 고가선(高架線) 위에 밤이 커진다
                    - 김광균, 「뎃상」에서


ⓑ보리밭에 달이 뜨면
애기 하나 먹고

꽃처럼 붉은 울음을 밤새 울었다.
                    - 서정주, 「문둥이」에서


  이들은 모두가 시각적 이미지가 중심이 되고 있다. 그러나 ⓐ의 밑줄 친 부분은 후각을 시각으로 이동하고, ⓑ는 청각을 시각으로 이동하고 있다. 이처럼 두 개 이상의 감각을 공시적으로 표현하면 단일 이미지로 표현할 때보다 한결 감각적 효과가 강화된다.

  하지만 공감각적 이미지는 한 문장으로 짜여진 경우를 말하는 것은 아니다. 여러 개의 문장으로 조직될 수도 있다. 이와 같이 조직될 경우에는 독서가 진행됨에 따라 먼저 제시한 이미지에 새로운 감각의 이미지가 중첩되면서 입체화된다.

      여울목에 몰린 은어(銀魚) 떼.

      삐삐꽃 손들이 둘레를 짜면
      달무리가 비잉빙 돈다.

      가아웅 가아웅 수우워얼래애
      목을 빼면 설움이 솟고……

      백장미 밭에
      공작이 취했다
      뛰자 뛰자 뛰어나 보자
      강강수월래.

                    - 이동주(李東柱), 「강강술래」 중에서

이 작품의 1연과 2연은 시각적 이미지로 짜여져 있다. 하지만 1연은 정적(靜的)이고, 2연은 동적(動的)이라는 점에서 차이가 난다. 그리고 3연은 청각과 시각이 결합된 공감각적 이미지로서 2연보다 더 빠른 동적 이미지로 짜여져 있고, 4연은 다시 정적이면서 후각적인 이미지로 짜여져 있다. 또, 5연은 청각적이면서 가장 빠른 동적 이미지로 짜여져 있다. 이 작품이 달 밝은 밤 반짝이는 잔물결을 헤살지으며 오르는 은어떼가 눈에 보이는 듯하고, 빙글빙글 돌며 강강술래를 부르는 소리가 들려오는가 하면, 마주 잡은 손의 체온이 따스하게 전해 오는 것 같은 기분이 드는 것은 <시각 : 청각 : 후각>, <정적 : 동적>인 이미지가 겹쳐졌기 때문이다.

감각적 이미지의 유형은 위 작품에서 확인되었듯이, 다시 <정적 이미지(static image)>와 <동적 이미지(moving image)>로 나눌 수 있다. 정적 이미지는 고요하고 한적한 느낌을 주는 반면에, 동적인 이미지는 움직이는 느낌을 준다. 다음은 동적 이미지들을 구사한 예에 속한다.

ⓐ산이여, 장차 너의 솟아나는 봉우리에 엎드린 마루에 확확 치밀어 오를 화염(火焰)을 내 기다려도 좋으랴
- 박두진(朴斗鎭), 「향현(香峴)」에서

ⓑ날카롭게 쭉 뻗은 고양이의 수염에 푸른 봄의 생기가 뛰놀아라.
-이장희(李章熙), 「봄은 고양이로다」에서

ⓒ청노루 맑은 눈에 도는 구름
-박목월(朴木月), 「청노루」에서

ⓐ는 시각적 이미지를 동적으로 그린 예에 속한다. 그리고 ⓑ와 ⓒ는 정지태(졸고 있는 고양이 수염, 청노루의 맑은 눈)를 동태(뛰노는 봄의 생기, 도는 구름)로 바꾼 예에 속한다. 이와 같이 정지태에 동태를 결합시킨 것은 한적하고 조용한 느낌과 동적이면서도 부산한 느낌을 함께 표현하기

위해서이다.

　정신적 이미지는 감각적 이미지와 달리 시인의 내부에 형성된 관념과 정서를 비롯하여 그런 것들이 창조해 낸 결과를 전달하기 위한 유형을 말한다. 다음 작품에 나타나는 이미지들은 정신적 이미지에 해당한다.

　　　ⓐ대학 교수와의
　　　대담마저
　　　몹시도 권태로워지는 오후이면
　　　하나의 로직크는
　　　바람처럼
　　　나의 피부를 스치고 지나간다.
　　　　　　　- 김경린(金璟麟), 「태양이 직각(直角)으로 떨어지는 서울」에서

　　　ⓑ한 알의 말이 썩는 아픔, 한 덩이의 말의 불타는 아픔, 말씀이 살이 된 살이 타는 무두질의 아픔, 제가 하는 바를 모르고 하는 저 죽은 사람들에게 버림받은 말의 이별의 슬픔, 완강한 어둠의 폭력에 상처 입은 한 줄기 빛의 예리한 아픔의 아름다움, 어둠 긁는 말의 마디마디에 흐르는 피의 아픔의 아름다움

　　　　　　　- 정현종(鄭玄宗), 「말의 형량(刑量)」에서

　ⓐ는 시인의 내부에 형성된 관념을 시각화한 예에 속한다. 그리고 ⓑ는 모종의 정서와 관념을 바탕으로 새로운 관념을 창조하여 형상화한 예에 속한다. 따라서 ⓑ가 ⓐ보다 더 표현적이고 창조적이라고 할 수 있다.


## (2) 산출 방법에 따른 유형

　이미지의 유형은 산출 방법에 따라서도 나눌 수 있다. 이와 같은 유형으로는 <묘사적 이미지(descriptive image)>와 <비유적 이미지(metaphorical image)>를 꼽을 수 있다.

　묘사적 이미지는 객관적으로 존재하는 사물의 감각을 모방적으로 재

현하는 데 적합하다. 그를 얻기 위해서는 문장의 각 성분, 예컨대 주부(主部)나 술부(述部)에 동원되는 어휘들을 모두 구체화해야 한다. 그리고, 그 대상이 존재하는 시간적·공간적 배경을 제시하는 것이 바람직하다. 따라서 묘사적 이미지는 커다란 관념을 하위 관념으로 세분하여 구체화시키는 방법으로 얻어지는 것이라고 할 수 있다.

비유적 이미지는 대상에 대한 복합적이고도 모호한 정서나 관념을 구체화하는데 적합하다. 이런 이미지는 시인이 원래 표현하려는 원관념(tenor)과 그것을 구체화하기 위해 동원하는 보조관념(vehicle)으로 구성한다. 그리고 원관념과 보조관념은 서로 비교하는 (comparative) 과정을 거쳐 두 사물이 하나로 동정화(identification)된다.

이와 같은 비유적 이미지는 앞에서도 살펴 본 바와 같이 원관념과 보조관념의 결합 양상에 따라, <치환은유적 이미지>·<병치은유적 이미지>·<상징적 이미지>로 나눌 수 있다. 그리고 치환은유적 이미지는 다시 <직유적>·<환유적>·<대유적>·<제유적>·<의인적> 이미지로, 상징적 이미지는 <개인적>·<공중적>·<원형적> 이미지로 나눌 수 있다.

리차즈의 설명에 의하면, 비유적 이미지는 유사성에 의해 연결되는 게 아니라고 한다. 예컨대, <아름다운 여인>을 <갓 핀 붉은 장미>나 <부드럽게 연주되는 멜로디>로 비유할 경우, 원관념과 보조관념의 결합은 일종의 정신적 가치, 즉 아름다움과 부러움 때문에 그렇게 연결했다는 것이다.[16] 그리고 상징적인 이미지는 인간의 무의식 속에 숨겨져 있는 정령론적(精靈論的) 힘이 투사(投射)되어 연결된다고 주장한다.

---

16) I. A. Richards, *Philosophy of Rhetoric*(London, 1936), pp.117~118.

## (3)기능에 따른 유형

이미지의 유형은 작품 속에서 어떤 역할을 하느냐에 따라 <기능적 이미지(functional image)>와 <장식적 이미지(decoration image)>로 나눌 수 있다. 전자는 그 작품의 테마나 제재에 밀착된 것으로서, 다른 이미지로 대치할 경우 시의 전체적 구조와 특질이 달라지는 유형을 말한다. 그리고 후자는 별다른 차이가 없는 산문적 이미지를 말한다.

ⓐ나는 한 여자를 사랑했네. 물푸레나무 한 잎같이 쬐그만 여자, 그 한 잎의 여자를 사랑했네. 물푸레나무 한 잎의 솜털, 그 한 잎의 맑음, 그 한 잎의 영혼, 그리고 바람이 불면 보일 듯 보일 듯한 그 한 잎의 순결과 자유를 사랑했네.

정말로 나는 한 여자를 사랑했네. 여자만을 가진 여자, 여자가 아닌 것은 아무 것도 안 가진 여자, 여자가 아니면 아무 것도 아닌 여자, 눈물 같은 여자, 슬픔 같은 여자, 병신 같은 여자, 시집 같은 여자, 영원히 나 혼자 가지는 여자, 그래서 불행한 여자.

그러나 누구나 영원히 가질 수 없는 여자, 물푸레나무 그림자 같은 슬픈 여자.

- 오규원(吳圭原), 「한 잎의 여자 · 1」 전문

ⓑ노란 꽃에 수놓인
푸른 뫼 위에
볼 새 없이 옮기는
해그늘이어.

- 김소월, 「오과(午過)의 읍(泣)」에서

ⓐ는 <여자=물푸레나무 잎>으로 치환하고 있다. 만일 이 작품에서 이와 같은 이미지를 다른 것으로 바꾼다면, 바람이 불 때 마다 보일 듯 말 듯한 여자의 속옷과 그것을 '순결과 자유'로 연결할 수 없었을 것이다.

따라서 여자를 물푸레나무 잎으로 치환한 이미지는 기능적인 이미지에 해당한다.

ⓑ는 묘사적 방법으로 대상을 시각화하고 있다. 하지만 다분히 장식적이라고 할 수 있다. '노란 꽃'을 <붉은 꽃>으로, '푸른 뫼'를 <초록빛 산>으로 바꾸어도 그 의미나 뉘앙스가 크게 변하지 않기 때문이다. 그것은 이 작품에서 동원된 이미지들이 전체 구조를 형성하는데 참여한 게 아니라, 색깔을 구체화하기 위해 장식적으로 사용한 것에 지나지 않기 때문이다.

ⓐ처럼 기능적 이미지를 채택하면 작품이 한결 참신해진다. 반면에 ⓑ처럼 장식적 이미지를 구사하면 산만하고 진부해진다. 따라서, 시의 성패는 이미지화의 여부에 있는 게 아니라, 얼마나 기능적인 이미지를 채택했느냐에 따라 결정된다.

캄벨(G. Campbell)은 비유적 이미지 가운데 기능적인 것은 <살아 있는 비유(vivid metaphor)>, 장식적인 것은 <낡은> 또는 <죽은 비유(dead metaphor)>라고 부른다.17) 죽은 비유는 '감자 싹(bud)'을 '눈 (eye)'이라고 부른다든지, 아름다운 여인의 얼굴을 '달덩이 같다'고 치환한 것으로서, 원관념과 보조관념의 유사성이 커 자동화되는 경우를 말한다.

하지만 죽은 비유는 이런 유형만 지칭하는 것은 아니다. '의자 다리(leg)'나, '병 목(neck)'처럼 원래의 명칭이 사라지고 비유적 구조만 남은 어학적 은유(語學的隱喩)도 이에 속한다. 그리고 어느 한 유파 혹은 한 세대가 공동으로 사용하던 은유, 예컨대 고전 문학에서 '장안의 종이 값을 높인다'와 같은 <공유된 은유(shared metaphor)>도 잘 아는 사람에게는 죽은 비유가 되는 반면에, 모르는 사람들에게는 '살아 있는 비유(vivid

---

17) George Campbell, *Philosophy of Rhetoric* (London, 1776), p.321, 326. 이 책에서는 R. Wellek & A. Warren, 앞의 책, p.285에서 재인용.

metaphor)'가 된다.[18]

그런데 문학 작품을 분석해 보면 장식적 이미지들은 묘사적 이미지에서보다 비유적 이미지에서 더 많이 발견된다. 묘사적 이미지는 관념을 감각으로 바꾸고, 상위 개념을 하위 개념으로 세분하기 때문에, 섬세함과 소루(疏漏)함의 차이가 있을 망정 어느 정도 의미론적 변화가 일어나지만, 자동화된 비유의 경우는 추상적 개념을 또 다른 추상적 개념으로 치환할 경우 의미론적 변화가 일어나지 않기 때문이다.

### (4) 원형적 이미지의 해석 방법

비유적 이미지 가운데 자율적으로 의미를 형성하는 기능이 가장 강한 것은 상징적 이미지이다. 서술적 이미지는 시인이 묘사하는 대로 의미가 전달되며, 은유적 이미지는 원관념과 보조관념을 연결하는 고리의 범위 안에서 이루어지는 반면에, 상징적 이미지는 의사주체(擬似主體)를 내세우고 그에 맞추어 전체 이미지가 조정될 뿐만 아니라, 논리를 초월하여 무의식적 작용에 의지하기 때문이다.

상징적 이미지 역시 유형에 따라 자율적으로 의미를 형성하는 정도가 다르다. 〔①원형적 > ②자연적 > ③개인적〕 상징 순으로 차이가 난다. 원형적 상징이 가장 잘 전달되는 것은 시간적으로나 지리적으로 어떤 영향을 주고받은 흔적이 없는 이질 문화권 사이에서도 유사하게 해석되는 점으로 미루어서도 짐작할 수 있다. 그리고, 공중적 상징은 같은 문화권의 사람들에게는 모두 비슷하게 해석된다. 원형적 상징이 이와 같이 시대와 문화를 초월하여 비슷한 의미로 해석되는 것은 인간의 육체적·심리적 구성이 자연현상과 유사하여 사물을 접하는 순간 상징적

---

18) R. Wellek & A. Warren, 앞의 책, pp.286~287.

으로, 더 나아가서는 신화적인 틀에 맞추어 파악하는 습관을 지니고 있기 때문이다.19)

휠라이트(P. E. Wheelright)는 원형의 유형을 <상하의 원형>, <빛과 어둠의 원형>, <피의 원형>, <물·불·바람·대지의 원형>, <색채의 원형>, <원의 원형> 등으로 나누고 아래와 같이 해석한다.

<상하의 이미지>

□상승 또는 위:권력, 선, 성취, 진리, ○하늘:아버지, 선, 정의

□하강 또는 아래:나쁜 버릇에 빠짐, 파산, 의지할 것 없는 것에 대한 두려움, 상실, 공허, 분노, 벌, ○대지:어머니, 관용, 사랑

<물·불·바람·대지 이미지>

□물:정화의 기능과 생명을 창조하는 기능:창조의 신비, 탄생-죽음-부활, 정화와 구원, 풍요와 성장, 무의식

○바다:생명의 모태, 정신적 신비, 무한, 죽음과 재생, 영원

○강:죽음과 재생, 영원의 회귀, 생의 전환, 신성, ○배:소우주, 항해

□불:상승의 의미

□바람:호흡, 영감, 인식, 영혼, 정신, 비탄

□대지:어머니, 풍요, 관용

○정원:낙원, 무지, 상하지 않은 여성의 미, 풍요

○사막:정신적 불모, 죽음, 허무, 절망.

<빛과 어둠의 이미지>

□빛:영광, 진리 ○태양:창조력, 자연의 법칙, 의식, 아버지의 원리, ○일출:탄생, 창조, 계몽,

□어둠:파멸, 불의:신비, 혼돈, 죽음. ○일몰:죽음, 몰락

---

19) P. E. Wheelwright, *Metaphor & Reality,* 김태옥 역, 『은유와 실재』(문학과 지성사, 1988), p.114.

<색채 이미지>

□흑색:혼돈, 신비, 미지, 죽음, 악, 우울, 무의식

□적색:피, 희생, 격정, 무질서

□녹색:성장, 감각, 희망

<원의 이미지>

○원:전체성, 통일성, 의식과 무의식의 결합

<피의 이미지>

○피:삶, 죽음, 처녀성 상실, 여성의 월경, 무서운 형벌,

그런데 원형의 모티프는 자연 현상에 대한 인식에 의해서만 형성되는 것은 아니다. 프레이저(J. G. Frazer)는 반복적 제의(祭儀)에서 형성된다고 보고, 원형이란 용어를 사용하지는 않았지만 프로이트(S. Freud)는 무의식 속에서 꿈틀대는 성적 욕망에 의하여 탄생된다고 주장한다. 프로이트가 설정한 유형 가운데 시의 해석에 필요한 것들을 예시하면 다음과 같다.

□남성 상징의 이미지

○지팡이, 양산, 막대기, 나무, 모자, 수도꼭지, 물뿌리개, 샤프펜슬, 연필, 열쇠, 펜대, 매다는 등잔, 매지 않은 넥타이, 뱀, 애드벌룬, 비행기, 나이프, 단도, 창, 칼, 권총, 대포, 바위, 산 등

□여성 상징의 이미지

○여성성:구멍, 웅덩이, 동굴, 항아리, 병, 통, 트렁크, 상자, 호주머니, 배, 종이, 목재, 테이블, 달팽이, 조개, 교회, 사원, 구두, 슬리퍼, 흰 셔츠, 린네, 꽃

○여성의 신체: ⓐ음문-문, 입구, 입. ⓑ자궁-장롱, 방, 난로. ⓒ유방-사과, 복숭아. ⓓ음부 및 음모-숲. ⓔ음부 및 분만-물의 풍경.

□성행위 상징의 이미지

○성교:춤, 승마, 등산, 자동차에 치기, 무기에 의한 협박, 사다리,

　언덕, 계단 오르기
○자위:피아노 연주, 미끄러지기, 나무 뽑기, 이 뽑기
○성적 쾌감:미식(美食)
○성적 고뇌:동물

　하지만 이런 모티프들의 해석을 기계적으로 적용해서는 안 된다. 시인의 의도와 달리 엉뚱한 의미로 해석할 수 있기 때문이다. 그러므로 먼저 그 상징이 원형이냐 여부를 판단하고, 그와 같이 해석했을 경우 문맥상으로 타당한가를 검토한 다음 그 의미를 확정해야 한다.

## 4. 이미지의 변천 과정

　월즈(H. Wells)는 이미지의 유형을 <장식적인(decorative) 것>, <침잠한(sunken) 것>, <과장된(violent or fustian) 것>, <과격한(radical) 것>, <집중적(intensive) 것>, <확장된(expansive) 것>, <풍부한(exuberant) 것>으로 나눈다. 그리고, 침잠한 것, 과격한 것, 확장된 것을 우수한 이미지로 꼽는다.

　하지만 어떤 이미지가 우수하냐 하는 문제는 문학관과 문화권에 따라 달라질 수밖에 없다. 예컨대 현대시에서 우수한 이미지로 꼽는 '과격한 이미지'만 해도 그렇다. 영시(英詩)에서 이를 즐겨 구사하던 사람들은 17세기의 단(J. Donne) 일파로서, 존슨(S. Johnson)은 이들을 야유하는 뜻에서 '형이상학적(metaphysical)'이라고 명명하면서 비판한다. 그러다가 20세기로 접어들어 엘리어트와 리차즈에 의해 최고의 이미지로 평가된 후 현대시의 주된 이미지로 쓰이기 시작한다.

　또, 이자(異字) 동음이의어(homophone)나 동자(同字) 동음이의어

(homonym)를 구사하는 농(pun)도 마찬가지다. 19세기까지는 의미 없는 '말장난(play on word)', 또는 '저급한 재치'로 평가된다. 그러다가 앰프슨 (W. Empson)이 「일곱 가지 유형의 다의성(Seven Types of Ambiguity)」에서 여러 가지로 해석되는 작품이 우수한 작품이라는 견해를 표명하고, 그이론이 일반화되면서 고급스러운 이미지로 평가되기 시작한다.[20]

우리 나라에서는 이와 같은 이미지의 변천 과정에 대한 연구가 없어 정확히 말하기 어렵다. 그러나 고대에는 아마도 고담(枯淡)한 이미지가 우수한 것으로 꼽히고, 자주 쓰였던 게 아닌가 추측된다. 이와 같은 경향 은 신라의 향가(鄕歌)나 고구려 시대의 「황조가(黃鳥歌)」 같은 작품들을 살펴보아도 짐작할 수 있다.

> 펄펄 나는 저 꾀꼬리는(翩翩黃鳥)
> 암수 서로 의지하여 노니는데(雌雄相依)
> 외로운 이내 몸은(念我之獨)
> 뉘와 더불어 돌아갈꼬(誰其與歸)

이 작품은 꾀꼬리와 자신의 대조를 통하여 고독한 처지를 노래하고 있다. 화자의 정서 상태가 고양될 수밖에 없는 상황인데도 감상적 태도 를 억제하고 꾀꼬리를 통하여 자기의 고독을 간접적으로 노래하고 있다.

그런데, 이런 경향은 서양에서도 발견할 수 있다. 웰렉(R. Wellek)과 워렌(A. Warren)의 연구에 의하면, 서양의 고대시(古代詩) 역시 고담한 것(dry and hardness)이나 침잠(沈潛)된 이미지가 주류를 이루었다고 한 다. 이와 같이 동서양의 고대 시가가 고담한 이미지를 채택했던 것은 효 용론적 문학관에서 원인을 찾을 수 있다. 다시 말해, 시를 통하여 독자에 게 교훈을 주기 위해서는 의미가 중시될 수밖에 없고, 의미를 효과적으

---

20) R. Wellek & A. Warren, 앞의 책, p.282.

로 전달하기 위해서는 섬세하거나 작위적인 표현보다 진솔한 표현이 더 중요하다는 생각 때문이라고 볼 수 있다. 그리고, 수사학의 미숙에도 원인을 찾을 수 있다.

우리 시의 이미지는 한문학이 유입됨에 따라 차츰 섬세하고도 과장된 이미지로 바뀌기 쓰이기 시작한다. 이와 같은 변모는 최치원(崔致遠)의 「가을 밤비 속에서(秋夜雨中)」나[21] 고려조의 한시와 속요(俗謠)를 살펴보아도 짐작할 수 있다.

> 비 그친 강나루 긴 언덕에 날로 풀빛만 푸르러 가는데(雨歇長堤草色多)
> 남포로 님을 보내는 슬픈 노래만 떠도네(送君南浦動悲歌)
> 이별의 눈물은 해마다 푸른 물결을 이루는데(別淚年年添綠派)
> 대동강 물은 언제 마를꼬(大洞江水何時盡)
>
>        - 정지상(鄭知常), 「송인(送人)」

이 작품의 <기>와 <승>은 정(靜) 동(動)의 이미지, 그리고 시각과 청각적 이미지가 대비하면서, 이별의 노래가 떠도는 강변의 풍경을 섬세하게 그리고 있다. 그리고, <전>과 <결>은 님을 만나기 위해서는 대동강 물이 말라야 할텐데 해마다 눈물이 푸른 파도를 일으켜 만날 수 없다고 과장하고 있다. 이와 같은 이미지 대비와 과장은 고려조 이전의 작품에서는 좀처럼 발견하기 어려운 예라고 할 수 있다.

따지고 보면 문화의 발전은 기교의 발전이라고 할 수 있다. 그리고 기교를 강조하다 보면 개인적 정서를 중시하게 되고, 섬세하거나 과장된 표현을 택할 수밖에 없다. 따라서 <섬세화>나 <과장화>는 표현론적 관

---

21) 참고로 인용해 보면 다음과 같다.
    소슬한 가을 바람 애처럽게 부는데(秋風惟苦吟)
    세상에 내 뜻을 알 이 없구나(世路少知音)
    창 밖 깊은 밤 쓸쓸히 비 내리고(窓外三更雨)
    등불 앞 아득한 고향, 마음만 달리네(燈前萬里心)

점의 산물이라고 볼 수 있다.

그러나 우리 문학 작품의 이미지는 성리학(性理學)이 유입되면서, 다시 고담한 세계로 되돌아간다. 하지만 완전히 고대 시가의 고담한 이미지로 되돌아간 것은 아니다. 고대 시가와 마찬가지로 침잠하고 고담한 이미지를 채택하되, <훈고적(訓古的)>·<주석적(註釋的)>인 이미지가 첨가된다. 이와 같은 경향은 성리학의 도덕적 실증주의의 영향 때문이라고 볼 수 있다.

이 뒤부터 우리 시가의 이미지는 시대의 흐름에 따라 <화려 : 고담>, <과장 : 사실>의 사이를 오간다. 그러다가 개화기 시대에 이르러 다시 크게 변모한다. 전통적인 시가와는 달리 <인공적인 것>, <집중적인 것>, <농적(弄的)인 것> 등이 받아들여지기 시작한다. 이러한 변모는 일본을 통해 들어온 서구시의 영향 때문이라고 볼 수 있다.

우리 시에 심리적이며, 병렬적인 이미지가 등장하기 시작한 시기는 19 30년대부터라고 할 수 있다. 하지만 서구시와 비교할 경우, 고전적인 요소가 짙다고 볼 수 있다. 그것은 농경 민족과 유목 민족의 문화적 차이, 다시 말해 인공적이고 기교적인 것보다 자연적이고 소박한 것을 더 소중히 여기는 우리 민족의 의식 구조 차이 때문이라고 볼 수 있다.

# 3. 리듬과 운율

근대 이전까지 시학에서 운율(韻律)은 매우 중요한 비중을 차지하고 있었다. '시란 운율적인 언어로 시인의 사상과 감정을 표현한 것'이라는 고전적 정의나, 운율학(韻律學)을 가리키는 '프로소디(Prosody)'의 또 다른 의미가 작시법(作詩法)이란 점을 미루어 봐도 짐작할 수 있다.

그러나 정형시가 자유시로 발전함에 따라 시학의 초점은 운율에서 리듬 쪽으로 옮겨가기 시작한다. 본 장에서는 먼저 운율과 리듬의 관계를 알아보고, 이들은 어떤 기능을 지니고 있으며, 우리 시에는 어떤 유형의 율격(律格)이 있고, 자유시에서 리듬을 발생시키는 장치가 무엇인가 살펴보기로 하자.

## 1. 리듬의 개념과 기능

'리듬'은 심리적으로 유사하다고 여겨지는 자질들을 배치함으로서 얻어지는 질서감을 말한다. 그리고, '운율'은 물리적으로 유사한 자질들을 배치하여 얻어지는 질서감을 말한다. 그럼에도 불구하고 종래의 논의에서는 이들을 구분하지 않고 사용하는 경우가 허다했다. 따라서 운율과 리듬을 논의하기 위해서는 그 개념부터 정의할 필요가 있다.

먼저 검토해 볼 용어는 '운율'이다. '운율'은 <운(韻)>과 <율(律)>의 개념을 지닌 복합어로서, <운(rhyme)>은 소리의 성질(性質)과 위치(位置)에 관한 문제에 속한다. 그리고, <율(meter)>은 소리의 길이, 즉 박자(拍子)의 문제에 속한다.1) 따라서 운율은 <압운(押韻)>과 <율격(律格)>

으로 구분해서 사용하는 것이 바람직할 것이다.

율(律)을 이루는 격(格, type)이라는 뜻의 <율격>은 율문(verse)을 이루는 소리의 반복적·규칙적 양식으로서, 음량(音量)을 기저(base)로 삼는다. 그리고 언어의 특성에 따라 <강약(強弱)>·<고저(高低)>·<장단(長短)> 가운데 어느 하나를 선택한다. 따라서 율격은 한번에 발화(發話)되는 단위와 물리적으로 변별적 징표를 지닌 소리 사이의 간격, 다시 말해 <시간>의 문제로 보아야 할 것이다.

이에 비하여 <압운(rhyme)>은 소리의 위치(位置)에 관한 문제로서, 두 행 사이에 나타나는 단어의 유사한 음운 조직을 말한다.[2] 다시 말해, 율격은 발화 시간의 등장적(等長的) 길이로 나타나는 <시간>의 반복인데 비하여, 압운은 <위치>의 반복이라는 점에서 차이가 난다.[3] 따라서, 종래에 율격의 유형을 <음위율(音位律)>·<음성율(音聲律)>·<음수율(音數律)>로 구분하고, 음위율(압운)을 율격의 일종으로 취급하는 것은 잘못으로서, 음위율은 <운(韻)>의 개념으로, 음성율이나 음수율은 <율(律)>의 개념으로 구분하여 다루어야 할 것이다.

자유시가 탄생되면서 널리 쓰이기 시작한 <리듬(rhythm)>이란 용어는 상이한 요소들의 재현으로 얻어지는 질서감을 말한다. 생로병사(生老病死)나 계절의 변화 같은 것에서 느껴지는 질서감이 이에 해당한다. 따라서 리듬은 운이나 율보다 종합적(綜合的)이며 심리적(心理的)인 감각으로서,[4] 정형시의 연구에서는 운율의 이론으로, 자유시의 연구에서는 리듬

---

1) 이와 같은 구분의 필요성을 주장하는 사람은 김석연(金昔姸) 교수이다. 그래서 그는 소월시의 운율에 관한 연구에서 「소월시의 운·율 연구」(서울대 교양과정부 논문집 1집, 인문사회과학 편, 1969)라고 제목을 붙이고 있다.
2) Jurij Lotman, 유재천 역, 『예술 텍스트의 구조』(고려원, 1991), p.183 참조.
3) 김대행 편, 『운율』(문학과 지성사, 1984). p.13
4) S. Chatman, 'The Nature of Rhythm', *A Theory of Meter*(Mouton & Co., 1965), pp.18~22 참조.

의 이론으로 접근하지 않으면 안 된다.

러시아 형식주의자들은 이와 같은 리듬을 일상어에 조직적 폭력(組織的暴力)을 가하여 규칙성(規則性)과 반복성(反復性)을 부여할 때 얻어지는 질서감이라고 설명한다.5) 그들의 이런 설명은 소월의 「진달래꽃」과 일상적 담화를 비교해 보아도 알 수 있다.

우리는 일상 생활에서 <나 보기가 역겨워/가실 때에는/말없이 고이 보내드리우리다>라는 식으로 율화(律化)하여 말하지는 않는다. ‘당신을 보내기는 정말 싫지만 내가 싫어 가겠다면 어쩌겠소? 가시겠다면 아무 때고 곱게 보내드리리다’라고 말하는 것이 보통이다. 따라서, 소월시의 구절은 일상적 담화에 어떤 어휘나 음운을 첨가·삭제한 결과라고 볼 수 있다.

이와 같은 리듬이 시적 담화에서 발휘하는 기능은 대체로 다섯 가지로 꼽을 수 있다. 첫째로, 시와 산문을 구별하는 징표 구실을 한다. 시적 진술은 산문적 진술 입장에 비해 여러 가지 모순을 지닌다. 이와 같이 모순된 어법을 채택하는 것은 산문적 어법으로 이야기할 경우 독자들이 별다른 주의를 기울이지 않고 받아들이기 때문이다. 그러므로 독자로 하여금 산문적 담화와 다른 시적 담화임을 알릴 장치가 필요하고, 그와 같은 장치가 바로 리듬이라고 할 수 있다. 그와 같은 장치를 설정하지 않으면 산문적 어법으로 읽고 독자들이 오해할 수 있기 때문이다.

둘째로, 독자의 미적 쾌감(美的快感)을 자극하는 기능을 꼽을 수 있다. 독자들은 어떤 작품을 읽을 때, 그 첫머리에서 율격적 기준을 발견하면 그 다음부터는 그에 맞추어 읽으려고 노력한다. 그리고 그런 <기대(期

---

5) 러시아 형식주의자들은 ‘리듬’은 전통 율격을 파괴하여 소리와 의미에 충격을 주는 ‘형성적 원리’이며, 이러한 입장에서 리듬을 ‘낯설게 하기’의 산물로 보고 있다. R. Jakobson, *OčešRom stixe* p.16. 및 Tomachevski, *Sur le vers*, p.157와 R. Wellek & A. Warren, *Theory of Literature*, p.171.

待)>가 적중했을 때에는 자기 예측(豫測)이 적중했다는 쾌감을 느끼게 되고, 그에서 벗어난 곳을 부딪힐 때에는 경이감을 느끼게 된다. 리듬감이 강한 작품이 미적 정서로 발전하기 용이한 것은 바로 이런 기대의 <적중(的中)>과 <일탈(逸脫)>의 감각이 교차적으로 작용하기 때문이다.

셋째로, 시의 내용에 대한 독자의 이성적 비판 능력을 약화시키는 기능을 꼽을 수 있다.6) 인간의 인식 능력에는 한계가 있다. 그리고 이런 한계 때문에 주어진 자극을 모두 수용하는 게 아니라 자기가 원하고, 또 강화된 것만 수용하는 것이 보통이다. 리듬성이 강한 작품을 읽을 경우에도 마찬가지이다. 기본 리듬을 발견한 뒤부터는 자기 예측이 적중하는가 여부를 따지는 데에 신경을 쓰고, 그로 인해 내용에 별다른 신경을 쓰지 않기 때문에 독자의 비판적 능력이 약화된다.

앞에서 예로 든 「진달래꽃」의 경우만 해도 그렇다. 이 작품을 리듬이 없는 일상적 담화로 이야기한다면, 듣는 이는 그토록 사랑하는 님을 왜 보내려 하느냐고, 정말 꽃을 뿌려줄 작정이냐고 따지고 싶어할 것이다. 그럼에도 불구하고 독자들이 별다른 이의 없이 받아들이는 것은 <층량(層量) 3보격(步格)>의 리듬에 신경 쓰고, 그에 매료되었기 때문이다. 시인의 주관적 정서와 사상을 내세우는 낭만주의(浪漫主義)나 자기들의 사회적 목적을 내세우기 위한 참여주의(參與主義) 시가 하나같이 리듬성을 강화시키는 것도 이런 이유에서이다.

넷째로, 시적 담화의 구성(構成)과 전개(展開)의 원리가 된다는 점을 꼽을 수 있다. 리듬화란 결국 질서화를 의미한다. 그리고 질서화란 어떤 자질들을 규칙적 배치함을 의미한다. 시의 구성적 층위가 <의미-문장-어휘-음운>이라고 할 때, 각 층위는 자질들은 규칙적 반복으로 구성되며, 글의 각 단계 역시 이들의 반복적 구성으로 전개된다.

---

6) C. D. Lewis, *Poetry for You*(Basil Blackwell & Mott, Ltd., 1967), p.31.

다시 「진달래꽃」을 살펴보기로 하자. 기·승·결의 의미론적 층위는 <님을 보내겠다>라는 뜻으로, 전은 <님은 가시오>라는 뜻으로 짜여져 있다. 따라서 <님을 보내겠다>를 <A>, <님은 가시오>를 <B>라고 할 때 <A-A-B-A>로 전개된다고 볼 수 있다. 그런데, 이런 구조는 통사(統辭)와 음운(音韻)의 층위에도 그대로 나타난다. 즉, 통사적 층위에서는 평서문(A)과 청유문(B)의 형식이, 음운적 층위에서는 활음조(A)와 평음조(B)가 <A-A-B-A>로 규칙적으로 조직되어 있다.7) 모든 조직적 층위가 이와 같은 특징을 띠는 것은 리듬화 과정에서 얻어진 결과라고 할 수 있다. 따라서 리듬화란 구성의 요령인 동시에 전개의 원리라고 보아야 할 것이다.

다섯째로, 어떤 의미나 뉘앙스를 강화시키는 기능을 꼽을 수 있다. 규칙화란 결국 반복을 의미한다. 그리고 반복은 반복된 자질을 강화시키는 기능을 지니고 있다. 러시아 형식주의자들이 리듬은 작품의 의미를 수식하고(modifies) 변형하는(deforms) 기능을 지녔다면서, '변형된 의미론(deformed semantics)', 또는 '리듬적 은유'나 '청각적 비유법(auditory simile)'이라고 부르는 것도 이런 이유 때문이다.8)

하지만 규칙적인 리듬을 구사한 작품이 반드시 좋은 작품이 되는 것은 아니다. 오히려 고정적인 정형율에 얽매인 작품은 졸렬한 작품이 되기 쉽다. 그것은 작품을 낭독할 때 발생하는 휴지·장음화·축약과 같은 '율격 이외의 시간(extra metrical time)'을 설정할 여지가 없어지고, 독서 과정에서 독자의 기대를 계속 적중시켜 주어 오히려 자동화(自動化)되기 때문이다.9) 그러므로 리듬도 다른 층위와 마찬가지로 '규범으로부

---

7) 이 책, <구성과 전경화(p.292)> 항목을 참조할 것.

8) J. Tynjanov, Problema stixotvonogo jazka ; Boris Ejxenbaum, Annna Axmatova (Petrograd, 1923), p.104. 이 책에서는 V. Erich, 박거용 역, *Russian Formalism; History-Doctrine*, 『러시아 형식주의』(문학과 지성사, 1983), pp.288~289. 재인용.

터 이탈(divergences from the canon)'하는 부분을 설정해야 한다.[10] 다시 말해, 리듬을 깨뜨리는 부분을 설정해야만 '탈자동화(disautomatization)'가 이뤄져야 한다.


## 2. 리듬의 유형

리듬의 유형은 크게 <정형율(定型律)>과 <자유율(自由律)>로 나눌 수 있다. 정형율은 운과 율을 철저히 지킨 유형을 말한다. 그리고 자유율은 고정적인 운과 율에서 벗어나지만, <의미>·<통사>·<시어>·<음운>·<형식> 등의 배열에서 질서감이 형성되는 유형을 말한다. 따라서 정형율이 율격이나 압운 같은 고정적이고도 객관적인 요소들을 배치하여 얻어지는 박자감(拍子感)이라면, 자유율은 이보다 한결 자유롭고 종합적이며 심리적인 요인에서 얻어지는 질서감이라고 할 수 있다.


### (1) 정형율의 율격과 압운

로츠(J. Lotz)의 분류에 따르면, 정형율의 유형은 크게 <순수 음수율(pure syllabic)>과 <복합 음수율(syllabic prosodic)>로 나누어진다.[11] 이와 같은 분류에서 음량(音量)의 문제는 반드시 음절수만을 의미하는 것은 아니다. 고립어(孤立語)는 음절(syllable) 수를 기준 단위로 삼는지만, 굴

---

9) M. Haller & S. K. Keyser, 'Chaucer and the Study of Prosody', Freeman ed., *Linguistics and Literary Style*(New York: Holt, Rinehardt & Winston Inc., 1970), p.370.

10) V. Erlich, 박거용 역, 『러시아 형식주의』(문학과 지성사, 1991), p.274.

11) J. Lotz, Metric Typology, *Style in Language,* T Seboek ed.(The M.I.T Press, 1960), p.142.

절어(屈折語)와 첨가어(添加語)의 경우에는 음보(foot)를 기준 단위로 삼는다.

순수 음수율(純粹音數律)은 율격적 단위를 음절수(音節數)로 삼는 유형을 말한다. 따라서 각 율행(律行)의 음량이 기준이 된다. 당시(唐詩)의 <오언(五言)>이니 <칠언(七言)>이니 하는 명칭이나, 우리 시에서 한때 사용하던 <4·4조(調)>니 <7·5조>니 하는 명칭은 이런 입장에서 채택된 용어이다.

복합 음수율(複合音數律)은 음량 이외도 그 언어에서 의미의 변별적 징표 구실을 하는 요소들을 율격적 단위로 삼는다. 다시 말해, 음량 이외도 소리의 <고저>·<강약>·<장단>을 비롯하여, 그것을 제시하는 <순서> 등이 율격적 기저(基底)가 된다. 따라서, 이들은 언어의 특질에 따라 다시 <고저율(高低律, tonal)>, <강약율(强弱律, dynamic)>, <장단율(長短律, duration)>로 나눌 수 있다.

의미의 변별적 징표를 고저(성조)로 삼는 언어에서는 고저율을 채택한다. 이런 유형을 채택하는 대표적인 예는 중국어로서, 그들은 음수율과 함께 성조율을 채택한다. 그들의 언어에는 사성(四聲)이 있으나, 일반인들은 고정조(固定調, 平聲, even)와 변화조(變化調, 仄聲, change)만 인식할 수 있기 때문에, 고정조에 해당하는 평성(平聲)과 변화조에 해당하는

| 순수 음수율<br>(pure syllabic) | | 복합 음수율<br>(syllabic prosodic) | | |
|---|---|---|---|---|
| 율격에 관여하는 요소 | 음절수 | 음절수와 그 언어가 가지고 있는 율적 특성 | | |
| 율격의 단위 | 음절 | 기저 요소(음절수 또는 음보, 강약·고저·장단 등) | | |
| 규칙성의 기준 | 양 | 양과 순서 | | |
| | | | 고저율 | 강약율 | 장단율 |
| 예 | Mordivian verse | 기저요소의<br>계 층 | 평음과 측음<br>(중국어) | 강음과 약음<br>(영어,독어) | 장음과 단음<br>(희랍,라틴어) |

상성(上聲)·거성(去聲)·입성(入聲)을 하나로 묶어 변별적 자질로 삼는
다. 한시에서 평기식(平起式)이니 측기식(仄起式)이니 하는 용어는 그 작
품의 둘째 음절이 고정조(평음)로 시작되느냐 변화조(측음)로 시작되느냐
에 따라 나눈 유형으로서, 오언시(五言詩)는 측기식이 정격(正格)이고, 칠
언시(七言詩)는 평기식이 정격이다.[12]

의미의 변별적 자질을 강약(强弱)에 두는 영어나 독일어를 비롯한
<인도 게르만어> 계통에서는 음보율과 강약율을 채택한다. 이들 언어에
서 율격적 자질은 악센트가 붙은 강음(heavy)과 악센트가 없는 약음(light)
이다. 영시의 경우, 약강조(iambus), 강약조(trochee), 약약강조(anapest),
강약약조(dactyl) 등이 있다.

의미의 변별적 징표를 장단(長短)으로 삼는 고대 그리스어와 라틴어에
서는 음보율과 장단율(長短律)을 구사한다. 그들의 언어는 장음(long)과
단음(short)이 기저 요소가 된다.

그러나 정형시는 이와 같은 율격 이외도 어떤 성질의 소리를 어떤 위
치에 배치하느냐에 따른 음운 배열(phonotactics)의 기법을 채택한다. 다
시 말해, 종래에 말하던 압운법(押韻法)을 구사한다.

압운의 유형은 우선 어떤 자질로 구성하느냐에 따라서 모운(assonance)
과 자운(consonance)으로 나눌 수 있다. 영시(英詩)에서 모운(母韻)은 두
개 혹은 그 이상의 강세 음절에 같은 모음을 반복적으로 배치한다.

---

12) 참고로 오언시와 칠언시의 평기식과 측기식의 성조 배열을 살펴보면 다음과 같다.
『국어 국문학 사전』(신구 문화사, 1979), pp.651~652.

| 오언시 | | 칠언시 | |
|---|---|---|---|
| 측기식(정격) | 평기식(변격) | 평기식(정격) | 측기식(변격) |
| ●●○○●<br>○○●●○<br>●○○●●<br>○●●○○ | ●○○●●<br>○●●○○<br>●●○○●<br>○○●●○ | ●○○●●○○<br>○●○○●●○<br>●●●○○●●<br>●○○●●○○ | ●●○○●●○<br>○○●●●○○<br>○○●●○○●<br>●●○○●●○ |

【보기:○=평성, ●=측성】

이 때 강세 음절 앞 뒤에는 다른 자음이 와야 한다는 조건이 붙는다.13) 그리고 자운(子韻)은 각 시행의 마지막 단어의 음절이 유사한 자음으로 배치될 때 얻어지는 압운을 말한다.14)

이와 같은 모운과 자운은 그것이 놓인 위치에 따라 다시 두운(alliteration or head rhyme)과 각운(rhyme or end rhyme)으로 나눌 수 있다. 두운(頭韻)은 각 시행의 단어 첫 음절이 강세 음절의 모음이나 유사한 자음으로 반복되는 경우를 말한다. 그리고 각운(脚韻)은 각 시행의 끝에 유사한 자음이나 모음을 배치하는 경우를 말한다. 영시와 한시의 경우, 각운을 선택하려면 동일한 강음절의 모음과 결합해야 하며, 모음 앞의 자음은 서로 달라야 한다.

> ⓐ I saw a sower warking slow
>
> Across the earth, from east to west;
>
> His hair was white as mountain snow
>
> His head drooped forward on his breast

---

13) 참고로 예를 들면 다음과 같다.

I arise from dream Thee

In the first sweet sleep of night
           - Shelley, 「The Indian Serenade」

이 작품은 /ai/와 /i/의 모운을 채택한 예로서, 김대행을 비롯한 율격 연구가들은 강세 음절 뒤에 자음이 와야 한다는 이런 규칙을 받아들여, 우리 시에서 압운은 같은 음절의 되풀이가 아니어야 한다고 주장하고 있다.

14) 참고로 자운을 채택한 예를 들면 다음과 같다. 이들은 모두 /t/, /d/로서, 설단음(舌端音)으로 발음되는 자운들이다.

It Crack'd and growl'd and roar'd howl'd
           - Colerige, 「The Aneient Mariner」

ⓑ千山鳥飛絶　萬徑人從滅
　孤舟蓑笠翁　獨釣寒江雪

ⓐ는 각 시행 말에 'slow', 'snow'의 [ou]와 'west', 'breast'의 [est]를 각운으로 차용하고 있어 소위 ab형을 이루고 있다. 그리고 ⓑ는 기승결의 끝음절인 '절(絶)'·'멸(滅)'·'설(雪)'이 각운을 채택하고 있다.

이러한 음운의 배열은 시의 음악성을 한결 높여 주는 구실을 한다. 러시아 형식주의자들이 시를 '언어의 관현악(管絃樂)'이라고 부르면서 음운의 배열을 중시한 것은 의미와 그에 따른 억양과 유사음의 반복을 통하여 음악성을 높일 수 있다고 믿었기 때문이다. 하지만, 우리 시에서는 이와 같이 운을 배려한 작품은 좀처럼 찾아보기 어렵다.

## (2) 내재율(內在律)

근대시로 접어들면서 엄격하게 지켜 오던 정형율은 차츰 내재율로 바뀌기 시작한다. 그리하여 시의 형식의 문제는 마침내 개개인에게 맡겨지게 된다. 그것은 형식보다 내용, 규범보다 개성을 더 중시하는 근대인들의 의식구조와, 시문학의 생산과 소비층이 모두 어떤 규칙성을 존중하는 상류층에서 자유로움과 실질성을 중시하는 평민(平民)으로 이동한 데 원인이 있다.

하지만 자유시라고 해서 멋대로 써도 좋다는 이야기는 아니다. 정형시처럼 엄격한 율격과 압운에 얽매일 필요는 없으나, 산문과 다른 징표를 확보하기 위해서는 여전히 리듬성을 확보해야 한다. 그러므로 자유시의 내재율은 기계적인 규칙에 의지하는 정형율보다 훨씬 어려운 것이라고 할 수 있다.

이와 같은 내재율을 형성하기 위해서는 그 시의 조직(texture)에 참여하는 모든 요소들을 어느 정도 질서화해야 한다. 다시 말해, <의미→통사→어휘→음운>의 층위를 질서화와 일탈의 교차 조직으로 구성해야 한다.

이 가운데에 첫째로 질서화할 층위는 의미적 국면이다. 이 국면을 질서화하기 위해서는 유사하거나 동일한 의미를 반복적으로 배치하는 수법을 채택하는 것이 보통이다.

> 나는 사랑했네 한 여자를 사랑했네. 난장에서 삼천 원 주고 바지를 사 입는 여자, 남대문 시장에서 자주 스웨터를 사는 여자, 보세 가게를 찾아가 블라우스를 이천 원에 사는 여자, 단이 터진 블라우스를 들고 속았다고 웃는 여자, 그 여자를 사랑했네. 순대가 가끔 먹고 싶다는 여자, 라면이 먹고 싶다는 여자, 꿀빵이 먹고 싶다는 여자, 한 달에 한두 번은 극장에 가고 싶다는 여자, 손발이 찬 여자, 그 여자를 사랑했네. 그리고 영혼에도 가끔 브래지어를 하는 여자.
>
> 가을에는 스웨터를 자주 걸치는 여자, 추운 날엔 팬티스타킹을 신는 여자, 화가 나면 머리칼을 뎅강 자르는 여자, 팬티만은 백화점에서 사고 싶다는 여자, 쇼핑을 하면 그냥 행복하다는 여자, 실크 스카프가 좋다는 여자, 영화를 보면 자주 우는 여자, 아이 하나는 꼭 낳고 싶다는 여자, 더러 멍청해지는 여자, 그 여자를 사랑했네. 그러나 가끔은 한잎 나뭇잎처럼 위험한 가지 끝에 서서 햇볕을 받는 여자.
>
>        - 오규원, 「한 잎의 女子·2」 전문

이 작품은 행을 구분하지 않고 산문처럼 이어 썼다. 그럼에도 불구하고 자기가 사랑하는 여자가 어떤 사람인가를 반복적으로 열거하여 리듬감을 형성하고 있다. 따라서, 시에서 유사하거나 같은 의미의 반복은 정형율에서 율격과 같은 구실을 한다고 보아야 할 것이다.

하지만 의미적 국면에서 리듬을 형성하는 요소들은 반복적 어법만은 아니다. <난해한 의미 : 평이한 의미>, <낯선 의미 : 친숙한 의미>,

<고전적인 의미 : 현대적인 의미> 등을 비롯하여, 독자에게 수용 속도(受容速度)를 달리할 수 있는 것들이라면 모두 가능한 대상으로 보아야 할 것이다.

둘째로, 질서화해야 할 충위는 통사구조(統辭構造)이다. 이 충위에 해당되는 요소들로는 문형(syntactic patterns), 수식(修飾) 관계, 문장의 길이 및 완결(完結) 여부 등을 꼽을 수 있다.15) 위 작품에서는 유사한 의미의 반복 이외도 <관형절+주어> 구조의 반복과 각 절의 길이를 비슷하게 구성한 것을 꼽을 수 있다.

셋째로, 질서화해야 할 충위는 어휘론적 충위이다. 이 충위에서는 의미상으로 유사한 어휘뿐만이 아니라, 시어의 질감(質感)과 뉘앙스, 탄생된 배경(背景) 등도 이런 기능을 지닌다. 하지만 이들의 반복은 동일 어휘의 반복보다 리듬감을 형성하는 기능이 훨씬 약하다.

넷째로, 질서화할 충위는 음운(音韻)이다. 이 충위의 요소로는 유사한 음운은 물론, 각 어휘들이 지니고 있는 강약·고저·장단·발화 시간의 등장성(等長性), 악음조(惡音調)와 호음조(好音調)의 대비, 청각 영상(聽覺映像)의 강화 정도 차 등이 기저 요소라고 할 수 있다. 따라서 내재율은 일정한 틀에 의해 얻어지는 것이 아니라, 그 작품에 참여하고 있는 모든 자질이 조화를 이루면서 규칙화할 때 얻어지는 종합적 감각이라고 보아야 할 것이다.


## 3. 우리 시의 리듬 장치

앞에서 지적했듯이 굴절어(屈折語)와 첨가어(添加語)는 음량의 기본

---

15) O. Brik, 'Ritmi sintaksis', *Novyj lef*, 1927 제3~6호. 그는 이 글에서 리듬 운동은 강세의 배분과 같은 운율학적 요소뿐만 아니라, 어순에 의하여 결정지어진다고 주장한다.

단위를 음보(foot)로 삼는다. 그리고 고립어는 음절수로 삼는다. 전자가 음보율을 택하는 것은 독립된 의미 단위가 음절(音節)이 아니라 어절(語節)이며, 실질 형태소(實質形態素)에 어법적 관계를 나타내는 형식 형태소(形式形態素)를 첨가하거나 어형을 변화하는 방식으로 문장을 완성하여 각 문장의 음절수를 조절하는 것이 어렵기 때문이다. 그리고 후자가 음수율을 택하는 것은 독립된 의미의 단위가 음절이며, 문법적 관계를 나타내는 형태소들이 발달하지 않아 각 문장의 음절수 조절이 용이하기 때문이다.

그런데 우리 국어는 첨가어(添加語)이다. 그리고 성조(聲調)는 훈민정음(訓民正音)을 창제한 직후에 거의 소멸된 상태이다. 또, 강약(强弱)은 화자의 기분에 따라 자의적으로 설정되는 비음운적(非音韻的) 징표이며, 장단(長短)은 동음이의어(同音異義語)를 식별하는 징표에 불과하다. 그럼에도 불구하고 종래에 우리 시가의 율격 문제는 주로 음수율 중심으로 논의해 왔다. 그리고 일부 학자들은 우리 시가에 음성율과 압운을 설정하기 어렵다는 이유에서 정형시란 장르가 존재하지 않는다는 견해를 펴 왔다. 그렇다면, 우리의 정형시에서 율격적 자질은 무엇인가 알아보기로 하자.

### (1) 우리 시 율격의 기저 요소

우리 시가를 음수율 중심으로 논의한 대표적 예로는 고시조를 <3·4·4·4/3·4·4·4/3·5·4·3> 음으로 조직된 45음절 내외의 정형시라고 설명한 것을 들 수 있다. 그리고, 근대시와 동요의 율격을 <4·4>조니 <7·5>조니 하고 분류하는 방식도 이에 속한다.

그러나 실제로 시조의 음절수를 살펴보면 42-55음 사이를 넘나들 뿐,

기준 음절인 45음절을 지키고 있는 예는 드물다. 그리고 3음절이나 4음절로 조직해도 모든 글이 율화(律化)되는 것은 아니다. 그것은 우리 말에서 음절수는 율격적 자질(律格的資質)이 아니라 어형론적(morphological) 자질이며, 더 나아가 율적 특질이 순수 음수율에 의해 형성되는 게 아니라 음보율에 의하여 형성됨을 의미하는 증거로 볼 수 있다.[16]

우리 시의 율적 자질이 음절수가 아님은 다음 박두진(朴斗鎭)의 시와 수필의 한 구절을 비교해 보면 짐작할 수 있다.

ⓐ해야/솟아라//해야/솟아라//말갛게/씻은 얼굴//고운 해야/솟아라//산 넘어/산넘어서//어둠을/살라 먹고//산 넘어/밤새도록//어둠을/살라 먹고//이글이글/애띈 얼굴//고운 해야/솟아라//
- 박두진,「해」

ⓑ그 사람은/가고 없다.//나는 텅 빈/거리를/혼자서/걷다가/그 사람과/자주/들리던/찻집으로/들어갔다.//그리고는/우리가/늘 앉았던/그 자리에/앉았다.//갑자기/허전한/마음이/밀려오기/시작했다//

ⓐ나 ⓑ는 기준 음절(N)을 3음절로 잡을 때 모두 <N±1>의 범주 안에 든다. 따라서 우리 시가의 율적 자질이 음수율이라고 한다면 이들은 모두 동일한 리듬감이 형성되어야 한다. 그럼에도 불구하고, ⓐ는 2음보 연첩(連疊)의 빠른 리듬감을 지니고 있는 반면에, ⓑ에서는 아무런 리듬감도 느낄 수 없다. 그것은 ⓐ의 경우 각 문장을 2음보 또는 그의 연첩인 4음보로 구성했지만, ⓑ는 각기 다른 음보로 구성했기 때문이다.

따지고 보면 첨가어인 우리말이 음수율을 택할 가능성은 전혀 없다. 율적 언어가 자연스러운 일상어가 아니라 조직적 폭력을 가한 '조작적(操作的)인 언어'라고 한다면, 2-3음절의 실질 형태소(實質形態素)에 1-2

---

16) 한국 시가의 율격이 순수 음수율이 아님을 보이기 위한 최초 연구로서는 정병욱의 '고시가 운율론 서설'(『국문학산고』, 신구문화사, 1954)을 들 수 있다.

음절의 형식 형태소(形式形態素)를 결합시키면 자연스럽게 3-4음절이 되기 때문이다.17) 그럼에도 불구하고, 종래의 율격론에서 율격적 자질을 지속적으로 음수율로 논의해 온 것은 우리 말의 어형론적(語形論的) 특질에다가 음수율 중심으로 분류하는 한시(漢詩)의 영향 때문이라고 볼 수 있다. 따라서, 우리 시의 율적 자질은 율행(律行) 단위의 음절의 양이 아니라 음보(foot)의 양으로 보아야 할 것이다.

그렇다면 음보(音步)란 무엇인가? 로츠(J. Lotz)의 설명에 의하면, 음보란 비슷한 음량(音量)을 지닌 <콜론(colon) 단위>를 말한다. 이 때, '콜론'이란 긴밀하게 결합되어 관습적으로 한번에 발음하는 단어군(word groups or phrase)을 의미한다.18)

예컨대, <한 사람이>라는 단어군(單語群)이 있다고 하자. 이 단어군은 두 개의 어절(한/사람이)과 세 개의 품사(한/사람/이)로 나눌 수 있다. 하지만, 이를 읽을 때는 보통 '한사람이'라고 붙여 읽는다. 음보는 이와 같이 유사한 길이로 묶인 단어군을 말한다.

---

17) 정병욱은 앞의 논문에서 우선 문세영씨 편『우리말 큰사전』의 <ㄱ>부 <가>항과 <거>항에 수록된 순수 국어 어휘수를 조사하고, 다시 이무영 소설「第一課 第一章」의 첫머리를 분석하였다. 그 결과 75%가 3-4음절로 이뤄졌음을 확인하고, 시조 역시 3-4음절을 기본으로 하되 변형이 많음을 연관시키면서 3-4음절은 국어의 어형론적 특질이지 규칙화된 율격 단위가 아니라고 주장한다. 정병욱이 조사한 <우리말 큰사전>의 통계치를 살펴보면 다음과 같다.

| 음절수＼어휘 | 가 행 | 거 행 |
| --- | --- | --- |
| 1 음 절 | 6% | 4.6% |
| 2 음 절 | 37% | 44.4% |
| 3 음 절 | 43% | 43% |
| 4 음 절 이상 | 14% | 8% |

18) J. Lotz, 앞의 책, pp.135~148.

그런데 이와 같이 율적 단위를 음보로 설정하면, 한 행 안에 음보 수는 동일하게 조정할 수 있어도, 각 음보의 음절수는 기준 음절수에서 모자라거나 넘치게 된다. 그리고 이런 불규칙은 율화(律化)를 방해할 것처럼 생각하기 쉽다.

그러나 율격이란 물리적(物理的)으로 균등하게 발음되는 시간 단위를 말하는 게 아니다. 심리적(心理的)으로 균등하다고 느껴지는 단위를 말한다. 그리고 이와 같이 기본 음절수보다 모자라는 음보는 실제 낭독 과정에서 아래처럼 장음화(長音化)하거나 휴지(pause)를 설정하여 읽고, 넘치는 음보는 빨리 읽어 비슷한 느낌이 들도록 만든다.19)

산새도-/날아와 ∨
우짖지-/않고-∨
구름도-/떠가곤 ∨
오지--/않는다 ∨

(-은 장음, ∨은 휴지)

- 박두진, 「도봉(道峰)」에서

우리 시의 율격을 음수율로 받아들이고, 각 음보를 동일한 음절수로 조직한 작품보다 음보율을 지킨 작품이 훨씬 다양한 리듬감을 주는 것은 이와 같이 <휴지> · <장음화> · <속독> 같은 <운율 외 시간>이 작용하기 때문이다.

그렇다면 우리 시에서 음보율 이외 작용하는 음성율은 어떤 모델을 택하고 있는가. 앞에서 말했듯이, 국어에서 15세기 이후 성조는 거의 사라진 상태이고, 강약은 임의적 징표에 불과하며, 장단은 동음이의어(同音異意語)를 구분하기 위한 한정적 징표라서, 기저 요소로 삼을 만한 것들

---

19) 조창환, 「한국 현대시의 운율론적 연구」(일지사, 1986), pp.29~30 및 성기옥, 「한국 시가 율격의 이론」(새문사, 1986), pp.73~77 참조.

이 얼른 눈에 띄지 않는다.

김대행(金大幸)은 이를 구명하기 위하여 「천자문(千字文)」의 낭독 방법을 예로 든 다음 임의적 강약율을 채택된다고 주장한다. 그의 주장에 따르면, 시를 낭독할 때 아래 도표처럼 제1음보의 마지막 음절과 그에 대응되는 제2음보의 첫 음절이 강음절(强音節)로 바뀌고, 제1음보는 상승조(上昇調)가 되고, 제2음보는 하강조(下降調)가 되어 율적 특성이 형성된다는 것이다.[20]

ⓐ하늘 천/따 지//가물 현/누루 황

ⓑ하늘 천//따 치//가물 현//누루 황

ⓐ는 한 음절을 1-2모라(mora)씩 빨리 읽는 경우이다. 그리고 ⓑ는 한 음절을 3-4모라씩 늘여 천천히 읽는 경우이다.[21] 이 이외도 우리 시의 율격 자질에 대해 그가 제안한 규정들을 요약하면 다음과 같다.

(1)우리 시가의 율적 기저는 〈복합 음수율(음보율)-강약율〉이고, 음보의 등장성(等長性)은 휴지(休止)나 장단(長短)으로 조절된다.

(2)율적 특성은 2음보 연첩으로 배치할 경우, 제1음보의 끝 음절과 제2음보의 첫음절이 강음(强音)으로 발음되며, 음보와 음보 사이가 〈약강/강약〉이 규칙적으로 반복되고, 상승조와 하강조로 읽어 리듬감이 형성된다.

---

20) 김대행, 『한국 시가 구조 연구』(삼영사, 1984), pp.34~41.
21) mora의 수치는 단음을 1, 장음을 2로 하나, 1.5mora, 2.5mora 등을 포함해서 대략 4등급으로 나누는 것이 보통이다.(L. Pike, ‘Phonetics’, ELMA, 1965, p.128) 그러나 율격의 기저로는 (장)과 (단)만이 유효하므로 1과 2로 표시된다.

이런 그의 견해는 매우 탁월한 것이라고 할 수 있다. 하지만 대응되는 음보가 없는 3보격과 5보격의 율적 자질을 무엇으로 설명할 것인가 하는 과제가 남는다.

그는 이 문제를 해결하기 위해, '도라지 도라지 도라지'같은 구절은 아래와 같이 '도라지/도라지//도라아/지이' 또는 '도라지 도라지/도라아 지이'로 낭독한다고 주장한다.[22]

ⓐ 도라지/도라지//도라아/지이

ⓑ 도라지 도라지/도라아지이

그러나 홀수 보격의 경우, 그의 주장을 따르다 보면 여러 가지 문제에 부딪히게 된다. 우선, ⓐ처럼 3음보를 4음보로 나눠 읽으면 하나의 단어를 두 단어처럼 나눠 읽어야 한다. 그리고, 그로 인해 의미 없는 허사(虛辭)와 의미 있는 실사(實辭)를 동일한 음보로 인정해야 한다는 점이 문제이다.

반면에 이런 단점을 피하기 위해, ⓑ처럼 두 음보를 합쳐 읽으면 독립성이 강한 두 단어를 강제로 합쳐야 한다. 그리고 그로 인해 6음절 이상은 2음보로 분절되는 우리 말의 속성에 위배된다는 게 문제이다. 따라서 그의 주장은 귀에 익은 민요의 가창적 리듬과 음악의 4마디 형식을 염두에 둔 것이라고 할 수 있다.

그런데 짝수 보격의 낭독법을 보면 우리 시의 리듬은 상승조와 하강조의 반복에서 비롯된다는 게 분명하다. 그리고, 상승조 음보의 마지막

---

22) 김대행, 앞의 책, p.42.

음절과 하강조 음보의 첫째 음절, 그러니까 대응되는 위치의 음들이 강음화한다는 사실도 틀림없다. 이런 현상은 3보격이나 5보격 같은 홀수 보격에서도 발견할 수 있다. 다만 차이가 있다면 하나의 율행 안에서 상승과 하강 현상이 벌어지는 게 아니라, 율행 단위로 벌어지며, 상승조에서는 각 음보의 마지막 음절에, 하강조에서는 첫음절에 강세가 부여된다는 차이만 보이고 있다. 이를 도해하면 다음과 같이 그릴 수 있다.

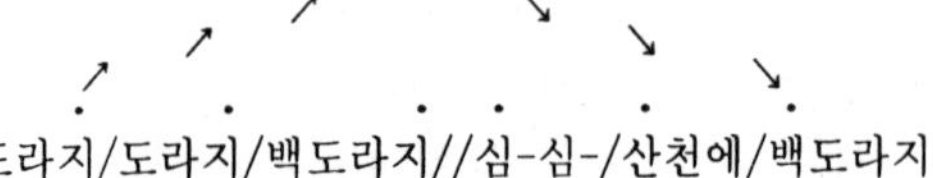

도라지/도라지/백도라지//심-심-/산천에/백도라지

이와 같은 현상은 낭독 과정을 거쳐야만 비로소 율적 특성이 파악되는 창작 작품의 경우에는 더욱 두드러지게 나타난다. 따라서 우리 시가의 율적 자질은 김대행과 성기옥(成基玉)의 제안을 바탕으로 삼되, 다음과 같이 수정해야 할 것이다.

 ⑴ 한 음보는 대체로 4모라를 기준으로 하고, 기준 음절에서 모자라는 음보는 휴지나 장음화로 보충하며, 넘치는 음보는 속독(速讀)으로 조절한다.[23]

 ⑵ 음보와 음보 또는 율행과 율행끼리 서로 대응하면서 상승조와 하강조를 택한다.

 ⑶ 짝수 보격의 경우는 제1음보 끝 음절과 제2음보는 첫 음절에 강세가 오고

 ⑷ 홀수 보격의 경우는 율행을 한 마디로 통합하여 앞 마디는 각 음보의 끝 음절에, 뒷 마디는 각 음보의 첫 음절에 강세가 오며,

---

23) 김대행, 앞의 책, p.36.

(5) 모든 율행의 끝에는 행말 휴지가 온다.

이런 점을 종합할 때, 우리 시는 음보율만 취하기 때문에 정형시라는 장르를 설정하는 것은 무리라는 견해는 재고해 볼 필요가 있다. 음운적 징표에 의한 것은 아니지만, 낭독 과정에서 상승과 하강조를 취하고, 임의적 강약율이 적용되기 때문이다.

다만 문제가 되는 것은 한시나 서구시에 비하여 압운이 발달하지 않았다는 점이다. 그러나, 우리 시에서 압운을 구사한 예가 전혀 없는 것이 아니라 드물 뿐이며, 그것은 서술어가 문장의 맨 마지막에 오고, 종결형 어미가 <-다>로 끝난다는 데 원인이 있다. 그러므로 우리 시에서는 정형시라는 장르를 설정할 수 없다는 주장은 언어의 특질을 고려하지 않고 서구시의 기준에 맞춘 것으로 보아야 할 것이다.


## (2) 보격 유형과 화자 관계

토마체프스키나 야콥슨은 시의 리듬 단위를 율행(律行)으로 본다.[24] 따라서, 리듬의 특질이나 유형을 파악하기 위해서는 하나의 율행(律行)이 몇 음보로 이루어졌느냐 하는 보격(步格)과, 하나의 음보가 몇 음절로 이루어졌느냐 하는 음격(音格) 문제를 살펴보지 않을 수 없다.

우리 시에서 보격의 유형은 크게 두 가지로 나눌 수 있다. 각 음보의 기준 음절수를 <N>이라고 할 때, 율행 안에 채택된 음보의 음절수가 모두 <N±1>의 범주에 들도록 조정된 보격이며, 다른 하나는 어느 한 음보의 음절수가 특별히 많은 음보로 짜여진 유형으로 나누어진다.

성기옥(成基玉)은 전자를 <동량 보격(同量步格)>, 후자를 <층량 보격(層量步格)>이라고 명명한다.[25] 그러나, 그가 제안했듯이, 일반적으로 '보

---

24) V. Erlich, 앞의 책, p.277

격'이라면 동량 보격을 지칭하므로, 충량 보격만 구분해서 부르고, 동량 보격은 그냥 '보격'이라고 부르기로 하자.

그런데, 충량 보격은 단지 기준 음절에 2음절 이상 추가되는 음보를 말하는 것은 아니다. 기준 음절보다 큰 음보가 그 율행의 마지막에 와야 하며, 5음절 이상이어야 한다.26) 중간 음보가 5음절 이상일 경우에는 무시되거나 재분할되어 다른 보격으로 바뀌고, 마지막 음보가 5음절 이상일 때만이 독립성을 유지되기 때문이다.

이와 같은 현상이 나타나는 것은 우리 말의 구조 때문이다. 다시 말해, 중간 음보는 실질 형태소 뒤에 1-2 음절의 조사(助詞)나 활용어미를 결합하면 기준 음절의 범위 안에 들고, 그 범위에서 벗어나는 것들은 재분할한다. 반면에, 문장의 마지막에 오는 서술어의 경우에는 <어간+보조어간+종결어미>로 결합하여 기본 음격보다 한두 음절이 더 많아질 확율이 높은 데다가 행말 휴지(行末休止)로 인하여 재분할이 이뤄지지 않기 때문이다.

동량 보격의 유형은 6보격 이상일 경우에는 2개의 율행으로 재분할하려는 성격 때문에27) 2보격에서 5보격까지 4가지 유형을 설정할 수 있다.28) 그리고 충량 보격의 경우는 성기옥은 2보격과 3보격만 설정하고 있으나 그것은 민요를 중심으로 조사한 결과로서, 4보격이 성립되지 않는 게 아니다. 다음 작품의 밑줄 친 부분만 해도 그렇다.

---

25) 조동일은 충량 보격을 마지막 음보의 음절량이 많은 것을 염두에 두고 '뒤가 무거운 음보'라고 부르고, 오세영은 '후장(後長) 음보'라고 부른다. 그리고, 조창환은 보격 대신 마디라는 용어를 쓴다.

26) 마지막 음보의 음절수는 모든 작품들을 분석해 보지 않아 정확히 말하기 어려우나, 5-7음절 이내가 아닌가 추측된다. 이제까지 작품에서 발견된 가장 긴 음보는 김소월의 「진달래꽃」으로서, '보내드리우리다'(7)를 들 수 있다.

27) 성기옥, 『한국 시가 율격의 이론』(새문사, 1986), p.145.

28) 성기옥, 앞의 책, p.158 참조.

사랑하는/사람들은/제주도엘랑/오지 맙주게.//오더라도/오월엘랑/오지 맙
주게.//오더라도/멀구슬/근철랑/가지 맙주게.//꿈처럼/흔들리는/고운 그 꽃
은//당신의/입술보다/너무 고와서//그님은/당신을/잊을 꺼우다.//

외로운/사람들도/제주도엘랑/오지 맙주게//오더라도/오월엘랑/오지 맙주
게//달빛은/꽃잎에/들고//꽃잎은/당신 눈에/들어//어이구/어이구/환장할/그
놈의 빛깔에//온갖/잡것들도/미인으로 보여서//사랑한다/사랑한다/헛소리를
하고//한평생/그 날을/후회할꺼우다.//

- 필자, 「멀구슬 타령」에서


이 작품은 시의 리듬이 단조로워지는 것을 방지하기 위해 층량 3보격
과 층량 4보격을 뒤섞어 구사했지만, 층량 4보격만 구사해서도 얼마든지
창작할 수 있음을 보여주는 예에 해당한다. 따라서 우리 시에서 가능한
보격의 유형은 다음과 같이 설정할 수 있다.

　①동량 보격 : 2보격, 3보격, 4보격, 5보격
　②층량 보격 : 층량 2보격, 층량 3보격, 층량 4보격

그런데 이런 보격들은 한 음보의 기준 음절을 몇 음으로 잡느냐에 따
라 다시 음격(音格)을 나누어진다. 이 역시 2음격에서 5음격까지 나눠진
다. 이론상으로 음격은 6음격 이상도 가능하나, 하나의 실사에 조사나 어
미를 붙이면 대체로 5음절 안팎이 되는 우리 말의 속성과, 그로 인해 행
말 휴지와 같은 큰 휴지가 없을 때를 제외하고는 6음격 이상은 재분할하
려는 성격 때문에 층량 보격의 마지막 음보를 제외하고는 5음격이 가장
큰 음격이라고 보아야 할 것이다.

그런데, 성기옥은 층량 4보격 이외도 음격에 따른 보격의 유형으로 2
음 3보격, 5음 5보격을 설정하지 않고 있다. 그러나, 이 역시 민요를 분
석한 결과로서 창작시에서조차 불가능한 것은 아니다. 예컨대, 2음 3보격

만 해도 그렇다. 창작시에서는 '나는/네가/좋아//너도/내가/좋아…'하는 식으로 설정할 수 있다. 그리고, 5음 5보격도 얼마든지 가능하다고 보아야 할 것이다. 다만, 2음 4보격은 4음 2보격으로 통합되기 때문에 추가할 수 없다.[29]

따라서, 성기옥이 정리한 보격과 음격의 설정에 필자가 설정한 유형을 합치면 다음 페이지와 같은 일람표를 만들 수 있다.

그런데 보격은 유형에 따라 각기 다른 뉘앙스를 지니고 있다. 우선 2보격은 하나의 율행에 2개의 음보가 설정된 보격으로서, 문장의 부속 성분(附屬成分)이 제거되고 주성분(主成分)으로 구성되며, 2박자처럼 잦은

| 보 격 \ 음 격 | | 2음격 | 3음격 | 4음격 | 5음격 | 비 고 |
|---|---|---|---|---|---|---|
| 동 량 보 격 | 2보격 | ○ | ○ | ○ | ○ | |
| | 3보격 | ● | ○ | ○ | ○ | |
| | 4보격 | | ○ | ○ | ○ | |
| | 5보격 | | | ○ | ● | |
| 층 량 보 격 | 2보격 | | | | ○ | 4·5음 2보격 |
| | 3보격 | | | | ○ | 4·4·5음 3보격 |
| | 4보격 | | | | ● | 4·4·4·5음 4보격 |

<보기> ○=성기옥이 설정한 유형  ●=필자가 설정한 유형

대응으로 인해 매우 빠르고도 힘찬 느낌을 준다. 어린이들이 부르는 동요(童謠)나 성인들의 노동요(勞動謠)에서 이 보격이 자주 차용되는 것은 이런 동적(動的)이고도 도약적(跳躍的)이며 빠른 느낌을 이용하기 위해서이다.

　　달아 달아 / 밝은 달아

---

[29] 이와 같은 유형으로는 '달아/달아/밝은/달아//…'를 꼽을 수 있다. 그러나, 이들은 다시 통합되어 '달아 달아/밝은 달아//로 읽힌다.

> 이태백이 / 놀던 달아
> 저기 저기 / 저 달 속
> 계수나무 / 박혔으니

　2보격을 음격에 따라 다시 세분하면 2음격에서 5음격까지 4가지 로 나눌 수 있다. 이 가운데 가장 독립성이 약한 것은 <5음 2보격>이다. 실제 음량은 10음절이지만, 내적 휴지(內的休止)를 설정하면 12음절이 되고, 그로 인해 <3음 4보격적>으로 바꿔 읽을 수 있기 때문이다.[30]

　3보격은 하나의 율행에 세 개의 음보가 설정된 보격을 말한다. 이와 같이 하나의 율행에 세 개의 음보를 설정하면, 제1음보와 제2음보는 서로 대응하지만 제3음보는 대응되는 짝이 없어 율행 단위로 통합하여 읽는다. 그리고, 그로 인해 어느 보격보다 가변성(可變性)이 강해진다. 춤이 뒤따르는 가창 민요(歌唱民謠)나 여성화자(女性話者)를 채택하는 작품에서 자주 채택되는 것은 율행 단위로 통합하여 읽음으로 인해 발생하는 유장성(悠長性)과 가변성(可變性)을 이용하기 위해서이다.

> 쌍화점에 쌍화사라 가고신딘
> 회회아비 내손모글 주여이다
> 이말숨이 이점밧긔 나명들명
> 죠고맛감 삿기광대 네마리라 호리라
> 　　　　　－「쌍화점」 1장에서

　음격에 따른 유형으로는 3음격부터 5음격까지 3가지 유형을 설정할 수 있다. 이 가운데 가장 독립성이 부족한 것은 2보격 경우와 마찬가지로 <5음 3보격>이다. 실제 음절은 15음절이지만, 내적 휴지를 설정하면 18음절이 되고, <3음 3보격>의 연첩(連疊)처럼 읽힐 수 있기 때문이다.

---

30) 성기옥, 앞의 책, p. 181.

4보격은 하나의 율행에 네 개의 음보가 설정된 유형으로서, 관점에 따라서는 2보격 연첩으로도 볼 수 있다. 그러나 제2음보 뒤에는 <중간 휴지(中間休止)>가 설정되고, 제4음보 뒤에 중간 휴지보다 더 긴 <행말 휴지(行末休止)>가 설정된다는 점에서 차이가 난다.

4보격은 하나의 율행이 2개의 음보씩 짝을 이룰 뿐만 아니라, 문장 성분을 생략하지 않고 고루 동원할 수 있어 점잖고 안정된 느낌을 준다. 사대부(士大夫)들이 즐겨 부르던 시조와 가사(歌辭), 현대의 의식가(儀式歌) 등이 이 보격을 자주 채택하는 것은 남성적(男性的)이고 교술적(教述的)이라는 특징을 이용하기 위해서이다.

> 태산이- 높다하되∨하늘아래 뫼이로다∧
> 오르고- 또오르면∨못오를리 없건마는∧
> 사람이- 제아니오르고∨뫼만높다 하더라-
>       (∨은 중간 휴지, ∧는 행말 휴지의 표시)
>     - 양사언(楊士彦)

음격에 따른 유형으로는 <3음 4보격>, <4음 4보격>, <5음 4보격>을 들 수 있다. 다른 보격에 비하여 이들은 대체로 안정감이 있으나, 5음 4보격의 경우, 5음이 재분할하려는 성격을 지니고 있기 때문에 그리 정제된 리듬으로 발전하지 못한다는 게 특징이다.

5보격은 하나의 율행에 5개의 음보를 지닌 보격으로서, 2보격과 3보격이 합하여 이뤄진 파생 보격(派生步格)이라고 볼 수 있다. 우리 시가에서 발견되는 보격 가운데 가장 느린 것으로서, 2보격과 3보격으로 재분할하려는 성질 때문에 거친 리듬이 된다.

> 밀려들어 발자욱∨씻어가는 옛마을 이바다여∧
> 이 저녁에 그대를- 울어 잊고∨ 나여기 돌아서네∧

- 김억(金億), 「발자욱·2」

동량 보격의 경우, 음격과 화자의 정서 관계는 일반적으로 음량이 적은 음격일수록 **빠른** 느낌을 준다. 반면에, 많은 음격일수록 느리면서 안정된 느낌을 준다. 큰 음격일수록 느리고도 안정된 느낌을 주는 것은 음량이 많은데다가 조사나 어미를 생략하지 않은 데 원인이 있다.

이와 같은 현상은 다음 <2음 2보격>과 <5음 2보격>을 비교해 봐도 짐작할 수 있다.

| | |
|---|---|
| ⓐ한콩 두콩 | ⓑ불이 붙는다∨ 불이 붙는다∧ |
| 연질 녹두 | 황주 월파가∨ 불이 붙는다∧ |
| 가메 꼭지 | 황주 월파- ∨ 붙는 불은-∧ |
| 금상 가리[31] | 적벽 강으로∨ 꺼주려니와∧[32] |

보격과 화자의 정서 사이에 일정한 관계를 맺고 있다는 것은 외국시의 경우를 살펴보아도 마찬가지이다. 영시에서 약강 두 음절이 짝을 이루는 약강조(Iambus)는 존엄·우아·은근의 정서를 촉발하고, 강약 두 음절이 짝을 이루는 강약조(trochee)는 정력적이고 경쾌한 느낌을 주며, 두 개의 약음절 다음 하나의 강음절이 짝을 이루는 약약강조(anapaest)는 신속하고 민첩한 느낌을 준다. 그리고 한 개의 강음절에 두 개의 약음절이 짝을 이루는 강약약조(dactyl)는 가벼우면서도 조금 느린 느낌을 준다.

충량 보격(層量步格)은 율행의 마지막 음보가 한 음절이 더 많은 것으로서, 우리 시가에서는 4음격과 5음격이 합쳐진 4·5음격의 <충량 2보

---

31) 임동권, 『한국 민요집·1』, p.1982
32) 임동권, 같은 책, p.1982

격>, 4·4·5음격의 <충량 3보격>, 4·4·4·5음격의 <충량 4보격>이 있다. 이와 같이 충량 보격은 마지막 음보가 두 개의 음보로 재분할하려는 성격을 지니며, 그로 인해 그 보격과 그 보다 한 음보가 더 많은 보격의 중간적 성격을 띤다.

충량 2보격의 경우, 2보격의 동적·도약적 느낌과 3보격의 무곡적(舞曲的)·가창적·가변적 성격이 가미된 율격이라고 할 수 있다.

> 잡ᄉ와 두어리마ᄂᆞᆫ
> 선ᄒ면 아니올셰라
> 셜온님 보내ᅌᅩ노니
> 가시ᄂᆞᆫ듯 도셔오쇼셔
>
> — 「가시리」

이와 같은 충량 2보격은 제주(濟州) 지방의 노동요에서 자주 발견된다. 그것은 이 지방의 주된 노동 계층이 여성이라는 데 원인이 있는 것으로 보인다.[33] 다시 말해, 2보격적 성격은 노동요의 성격을, 3보격적 성격은 여성적 성격을 반영하기 위한 것으로 볼 수 있다.

충량 3보격은 동량 3보격과 4보격의 이중적 성격을 지니고 있다. 즉, 3보격의 여성적 가변성과 4보격의 남성적 신중성을 지닌 보격이

다. 이와 같은 성격은 충량 3보격으로 쓰인 소월시(素月詩)를 아래와 같이 동량 3보격으로 개작하여 비교해 보면 짐작할 수 있다.

|  ⓐ | ⓑ |
|---|---|
| 그리운- 우리님의 노래는- | 그리운- 우리님의 맑은노래는 |
| 언제나- 제가슴에 있어요- | 언제나- 제가슴에 젖어있어요 |
| ①——V———V———VV | ①— V ———V ————VV |
|  | ②— V ———V —— · ——VV |
|  | ③———————— : ———————— |

---

33) 김순두, 제주 민요의 율격 연구(제주대학교 교육대학원, 1994) pp. 39~40.

ⓐ는 소월의 작품을 동량 3보격으로 개작한 것이고, ⓑ는 층량 3보격으로 쓰여진 원작이다. 그런데, ⓐ는 ①처럼 음보말(音步末)과 행말(行末)에만 휴지가 설정되고, 더 이상 변주(變奏)가 일어나지 않는다. 그러나 층량 3보격인 ⓑ는 ②처럼 제3음보가 재분할하여 4보격과 같은 성격을 띠고, 다시 ③처럼 중간 휴지가 설정되면서 두 마디로 통합되어 안정감을 획득할 수 있다. 소월시가 강렬한 이별의 정서를 테마로 삼고 있으면서도 비교적 균형과 절제의 태도를 잃지 않는 것은 이와 같이 가변과 안정의 이중적 성격을 지닌 층량 3보격을 채택한 데 원인이 있다.

층량 4보격은 4보격과 5보격의 중간적 성격을 띤 보격으로, 창작시에서만 가능할 뿐 전해 오는 시가나 민요에서 발견할 수 없다. 그것은 이 보격이 지니고 있는 느리고도 불안전한 성격 때문이다.

## 4. 연과 행의 기능

사람들은 흔히 시와 산문의 형식상 차이를 연(stanza)과 행(line)의 설정 여부에서 찾으려고 한다. 그러나 연은 화제의 속성에 따라 결정되는 형식이고, 행은 리듬을 변주하기 위한 장치로서, 산문과 시를 구분하는 징표는 것은 아니다. 다시 말해, 연이나 행에 대응하는 단위들은 산문에도 있다. 산문의 대단락은 시의 연에 해당하고, 소단락은 행에 해당하는 단위이다. 다만 차이가 있다면 산문은 철저히 완결(完結)의 법칙에 의해 구성되고, 시는 미완으로 끝나거나 '행걸침(enjambement)'이 허용된다는 점이다.

우선 연의 기능을 살펴보면, 첫째로 의미상 대단락 구실을 하면서 의미론적 층위의 리듬을 발생시키는 장치라고 할 수 있다.

> 붉은 노을 등에 지고
> 긴 긴 둑길을
> 자전거 타고 오는 사람
>
> 그 모습 점점 커지면서
> 내게로 다가와
> 미루나무 숲 속으로 사라져 간다
>
> 둘러보니 주위엔 아무도 없어
> 조금 전까지 둑길 위에
> 자전거를 탄 사람이 있었다는 걸 누가 증명해 줄까
>
> 꿈을 꾸고 나서 무슨 꿈이었는지 생각나지 않는
> 이러한 저녁 한 때
> 자전거 타고 사라진 사람은
> 시간 밖에서 영원히 페달만 밟고 있다.
>
> — 김윤성, 「둑길」 전문

이 작품의 주제는 눈 앞에 전개되는 현상적(現象的) 존재와 그 뒤편에 숨어 있는 실존적(實存的) 존재의 관계라고 할 수 있다. 그런데, 연 단위에서 의미상 초점의 이동을 살펴보면, <①자전거를 타고 옴→②자전거를 타고 사라짐→③화자의 생각→④지금도 달리고 있음>으로 이어지고 있다. 다시 말해, <그 사람→그 사람→내 생각→그 사람> 또는 <현상→현상→실재→현상>으로서 <A→A→B→A>를 취하고 있다. 그리고 이와 같은 설정은 의미적 국면을 질서화하여 리듬감을 얻기 위한 것이라고 볼 수 있다.

둘째로, 시간과 공간의 이동을 암시하는 기능을 지니고 있다. 위 작품에서 시간의 흐름을 보면, 1연은 대과거(大過去), 2연은 과거(過去), 3연은 현재(現在), 4연은 미래로 이어지고 있다. 그리고 그에 따라 공간도 바뀌고 있다. 따라서 연과 연 사이의 <빈 여백>은 단순히 의미상 단락이 바뀌었음을 나타내기 위한 곳이 아니라, 시간과 공간의 변화를 암시하는 '침묵적 진술(silent statement)'을 담은 곳으로서, 독자로 하여금 생략된 진술을 생각해 보도록 유도하기 위한 공간이라고 보아야 할 것이다.

따지다 보면 연시(聯詩)와 비연시(非聯詩)는 자의적으로 선택할 수 있는 양식이 아니다. 오랜 동안 축적된 정서나 커다란 주제를 다룰 경우에는 산문도 여러 단락으로 나누듯 연시를 택하고, 한 순간에 폭발하는 집중적 정서와 작은 주제를 다룰 경우에는 비연시를 택해야 할 것이다.

셋째로, 형식적 국면을 전경화(前景化)시키기 위한 전략을 수행하는 곳이라고 할 수 있다. 위 작품을 살펴보면, 각 연의 진술량(陳述量)은 일정하지가 않다. 다른 작품의 경우도 마찬가지이다. <배경적 의미>를 다루는 연들은 평균에 가깝고, <전경적 의미>를 다루는 연은 훨씬 많거나 적은 것이 보통이다. 다시 말해, 형태를 통하여 시인이 강조하는 것이 무엇인가를 암시하는 장치라고 할 수 있다.

하지만 시의 리듬을 발생시키는 구체적 장치는 연이 아니라 행이다. 줄글로 쓴 문장을 읽을 경우에는 호흡 단위로 끊어 읽지만, 행을 읽을 경우에는 그렇게 나눈 의도를 존중하려고 노력한다. 그리고 이 과정에서 독자들은 호흡률(呼吸律)과 시행(詩行)의 차이를 조절하기 위해, <장단>·<속도>·<휴지>·<고저>·<강약> 등을 설정하면서 낭독하기 때문이다.

이와 같은 차이는 다음 전봉건의 작품 「빛」과, 그것을 산문 형식으로 풀어 쓴 글을 비교해 보면 짐작할 수 있다.

ⓐ점심때
우리는

나무 저를 **쪼갠다**.

전복
민어
삼치
홍합
문어
회를 먹는다.
생오이
토마토
참외가
곁들인다.

점심때
나무저를 움직이는
네 손에는
네 살빛하고
같은 빛깔의
보석.
그건
먹지 못한다.

ⓑ점심때 우리는 나무저를 쪼갠다. 전복, 민어, 삼치, 홍합, 문어, 회를 먹는다. 생오이, 토마토, 참외가 곁들인다. 점심때 나무저를 움직이는 네 손에는 네 살빛하고 같은 빛깔의 보석. 그건 먹지 못한다.

ⓐ의 1연을 읽을 경우, 독자들은 '나무저'를 쪼개는 행위를 주목한다. 그리고 식당에서 점심을 먹으려고 나무 젓가락을 쪼개는 것은 하나도 이상한 행위가 아님에도 불구하고, 나무저의 부드러운 빛깔이 떠올리는가 하면, 민감한 독자들은 '쪼갠다'는 의미가 성적 충동을 암시하는 게 아닌가 추측하고, 연을 바꾸기 위해 비워 둔 공간에서 시간의 흐름과 젓가락을 들고 이것 저것 집어먹는 모습을 연상할 것이다.

2연으로 접어들면, 행이 바뀔 때마다 거명되는 각종 회와 야채들의 이름에서 그들의 이미지를 떠올릴 것이다. 그리고 3연으로 넘어가 조용히 회를 집어드는 여인의 손을 바라보며 '네 손에는/네 살빛하고/같은 빛깔의/보석./그건/먹지 못한다.'라는 구절을 읽는 순간 1연의 '나무저를 쪼갠다'라는 진술을 사랑하고 싶어하는 욕망으로 해석했던 것이 결코 자의적인 유혹이 아니었음을 깨닫게 될 것이다.

하지만 산문으로 고쳐 쓴 ⓑ를 읽을 때에는 이런 이미지들은 모두 그냥 행 속에 묻혀버리고 만다. 그리고 나무저를 쪼개는 행위도 그냥 점심을 먹기 위한 준비 과정으로만 받아들인다.

그렇다면 ⓐ와 ⓑ는 단지 행과 연의 유무 차이뿐인데, 무엇이 이런 차이를 나도록 만드는 것일까. 그것은 ⓐ의 첫 연을 아래 같이 세 가지 방식으로 나누고, 비교해 보면 어느 정도 짐작할 수 있다.

    ⓐ점심때
    우리는
    나무저를 쪼갠다.

    ⓑ점심때 우리는
    나무저를 쪼갠다.

    ⓒ점심때 우리는 나무저를 쪼갠다.

앞에서 설정한 규칙에 의하면, 원작인 ⓐ는 1-2행은 행말에 악센트가 주어지고, 제3행에서는 첫째 음보말과 둘째 음보 첫 음절에 악센트가 주어진다. 그리고 '점심 때'·'우리는'·'나무저를'이 가장 강하게 인식된다. 우리는 특별한 징표가 없는 한 인식의 강도(强度)는 인식한 순서에 따르며, 먼저 인식한 것이 가장 생생하고 오래 남기 때문이다. 따라서 ⓐ처럼 행을 배치할 경우에는 전체의 내용이 낱낱이 강조되고, 그런 강조 때문에 독자들은 그 시어들의 개별적 의미를 생각하며 읽게 된다.

ⓑ처럼 2보격으로 배치하면 한결 리드미컬하게 읽힌다. 이런 리듬미컬한 성질 때문에 독자들은 개개의 사물에 대한 의미보다 리듬 쪽에 더 신경을 쓰고, 그로 인해 의미가 약화된다. 그리고, 그에 따라 하나의 연으로 독립시키기에는 너무 의미의 양이 빈약하다고 생각하게 된다. 또, ⓒ처럼 배치했을 경우에는 그것이 시라는 인식을 갖지 않는 한 그냥 산문처럼 읽을 수밖에 없다.

따지고 보면 이 작품의 첫머리에서 두 사람이 서로 사랑하며, 화자인 남성이 금지된 사랑에 대한 욕망을 품고 있을런지도 모른다는 암시는 결코 우연한 결과가 아니다. 하나의 단어를 한 행으로 잡아 리드미컬하게 읽히는 것을 방지하고, 행의 중간에 묻힐 '우리는'이라는 지칭(指稱)을 첫머리로 끌어내어 서로가 사랑하고 있음을 암시한 뒤였기 때문에 '나무저'를 쪼개는 행위를 통해 금지된 욕망을 암시 받을 수 있었던 것이다. 따라서 시행은 리듬감이 구체적으로 실현되는 단위인 동시에, 의미론적 변주(變奏)가 수행되는 장치라고 볼 수 있다.

그런데 이와 같은 행은 시인이 작품에 설정한 <시행(詩行)>과 독자가 그것을 율독할 때 나타나는 <율행(律行)>으로 구분할 수 있다. 시행이란 시인이 작품 속에 배치한 행을 말한다. 그리고 율행은 낭독자가 호흡을 조절하기 위하여 쉬어 읽는 호흡률(呼吸律)의 단위를 말한다. 이들의 관계는 크게 ① [시행=율행] , ② [시행<율행] , ③ [시행>율행] 으로 나눌 수 있다.

> ⓐ진두강/가람가에/살던 누나는//
> ⓑ진두강/앞마을에/
> ⓒ와서 웁니다.//
>
> — 김소월, 「접동새」 2연

ⓓ빈 대에/황촉불이/말없이/녹는 밤에//
ⓔ오동잎/잎새마다/달이 지는데//

ⓕ소매는/길어서/하늘은 넓고//
ⓖ돌아설듯/날아가며/사뿐히/접어올린//외씨/버선이여//
- 조지훈, 「승무」 4-5연

김소월의 「접동새」는 충량 3보격을 채택하고 있다. 그리고 조지훈(趙芝薰)의 「승무」는 4보격과 충량 3보격을 기조로 삼는 자유율이라고 볼 수 있다. 따라서, ⓐ와 ⓓ에서 ⓕ까지는 [시행=율행] 으로 배치한 예에 해당하고, ⓑ와 ⓒ는 [율행>시행] 으로, ⓖ는 [율행<시행] 으로 나눈 예에 해당한다.

그런데, 이렇게 [시행=율행] 으로 배치하면 시행 단위로 읽는 것이 곧 율행 단위로 읽는 것으로 되어 매우 원활한 리듬감이 형성된다. 전시대의 시가가 이런 배행법(配行法)을 택한 것은 시란 운율적 언어로 쓰여진 것이라는 문학관으로 인하여 원활한 리듬감을 조성하기 위해서라고 볼 수 있다.

그리고 [시행<율행] 으로 배치하면 율행대로 읽으려는 습관 때문에 모자라는 음보를 보충하기 위해 다음 행의 일부를 끌어다 읽는다. 그로 인해 매우 빠른 느낌을 주고, 제시된 시어들의 이미지가 한결 강화된다. 현대시로 접어들면서 이와 같은 배행법이 성행한 것은 시의 어법이 이미지 중심으로 바뀌었기 때문이라고 볼 수 있다.

또, [시행>율행]으로 설정하면, 같은 행이라도 율행에 해당하는 길이만큼 읽고 나머지는 다른 행처럼 나눠 읽어 리듬감이 파괴된다. 최근에 쓰여진 시들이 이와 같은 배행법을 택하거나 아예 행을 구분하지 않고 산문처럼 붙여 쓰는 것은, 리듬이 가지고 있는 이성을 억제하는 기능을 배제하고 의미 중심으로 읽어 달라는 요구인 동시에, 현대시에 도입된 산문성 때문이라고 해석할 수 있다.

따라서 시행은 임의로 나눌 수 있는 게 아니다. 화자의 심리 상태가 원활할 경우에는 [율행=시행]으로, 의미를 강조할 필요가 있거나 화자의 심리가 다급하게 움직일 경우에는 [시행<율행]으로, 화자의 태도가 장중하고 또 사색적인 화제일 때는 [시행>율행]으로 배치해야 할 것이다.

그렇다면 행을 구분하지 않는 산문시는 무엇으로 리듬의 자질을 삼을 것인가? 김대행(金大幸)은 흐르쇼프스키(B. Hrushovski)의 주장을 받아들여, 산문시는 단어의 선택(choice of word)·문형(syntactic patterns)·주제적 요소(thematic element)를 꼽은 다음,[34] 단어를 선택할 때 음성적 요소로는 음모방(sound imitation)·음회화(sound painting)·음상징(sound symbol)을 강화시킬 수 있는 것이라야 한다고 주장한다.[35]

그러나 산문시라고 해서 자유시와 크게 다른 것은 아니다.[36] 행의 구분이 없기 때문에 율행 의식이 없고, 그로 인해 음보율과 강약율이 현저하게 약화될 뿐, 의미론적 변주, 문장의 길이, 통사 구조, 어휘의 뉘앙스와 감각의 구체성, 음성적 요소 등은 그대로 작용한다고 보아야 할 것이다. 그러므로 산문시는 서정적 테마를 무조건 풀어쓴 것이라고 생각해서는 안 된다. 그리고, 이런 관점에서 보면 작금의 산문시는 여러 면에서 문제점을 지니고 있으며, 엄연히 존재함에도 불구하고 그를 장르로 인정

---

34) 김대행, 앞의 책, p.75. 그는 이 책에서 B. Hrushovski의 'On Free Rhythms in Modern Poetry', Style in Language(The M.I.T Press, 1960), pp.180~181.을 인용하고 있다.

35) 김대행, 같은 책, pp.75~86.

36) '자유시'는 '정형시'에 대칭되는 용어로서 이와 같은 경우 적절한 것이라고는 할 수 없다. 따라서, 산문시에 대칭되는 개념으로 '연행시(聯行詩)'가 어떨까 제안한다.

하지 않으려는 경향도 이런 약점 때문이라고 볼 수 있다.

## 5. 리듬관의 변천 과정

주지하다시피, 시의 형식적 국면은 정형시에서 자유시를 거쳐 다시 산문시로 이동하고 있다. 자유시의 출발은 서구의 경우 미국 시인 휘트먼(W. Whitman, 1819-1892)의 『풀잎의 노래(Leaves of Grass, 1855)』로부터 잡는 것이 보통이다. 그리고 우리 시에서는 서구 영향으로 쓰여진 주요한(朱耀翰)의 「불놀이」나 ≪태서문예신보(泰西文藝新報)≫에 실린 김억(金億)과 황석우(黃錫禹)의 작품으로 잡고 있다.37)

그러나, 우리 시를 이렇게 도식적으로 논의하는 것은 다시 한번 재고할 문제이다. 자유시와 산문시의 특성을 어떻게 보느냐에 따라 달라지지만, 시와 산문의 변별적 징표가 서정성·비유적 어법·리듬감이라고 한다면, 조선조 초기에 쓰여진 정극인(丁克仁)의 「상춘곡(賞春曲)」이나 중기에 쓰여진 정철(鄭徹)의 「사미인곡(思美人曲)」 같은 서정 가사(抒情歌辭)는 산문시적 특질이 강하고, 임진왜란(壬辰倭亂) 이후에 나타난 사설시조(辭說時調)는 자유시로 넘어가는 중간형의 특질을 지니고 있기 때문이다. 따라서 우리 시는 <정형시→자유시→산문시>로 이행한 것이 아니라 <정형시→산문시→자유시→산문시>로 이행하고, 자유시나 산문시는 서구 양식의 이식이라기보다 그들의 자극을 받아 전통적 양식이 재현된 것이라고 볼 수도 있다.

---

37) 일부에서는 '산문시'란 행과 연의 구분이 없는 형식이라는 기준을 내세우면서, 주요한의 「불노리」를 자유시로 나누고 있다. 그러나, 시에서 연을 대단락 개념으로 받아 들일 때 이런 기준은 과도한 것으로서, 산문시의 연을 인정하기로 한다면 「불노리」는 산문시로 분류해야 옳을 것이다.

　우리 시가에서 정형시의 보격 가운데 가장 먼저 탄생된 것은 2보격으로 추정된다. 2보격과 3보격 모두가 우리 시의 기본 보격이지만, 전자는 주로 동요나 노동요에, 후자는 가무(歌舞)를 수반하는 노래 가사에서 쓰였다는 점을 염두에 둘 때, 춤과 노래가 제의(祭儀)에서 탄생된 양식이라 해도 노동 행위보다 먼저 앞섰다고 볼 수 없기 때문이다. 따라서 4보격을 2보격의 연첩으로, 5보격을 2보격과 3보격의 파생 보격이라고 할 때, 우리 시가의 보격은 <2보격→3보격→4보격→5보격>의 순으로 등장했다고 볼 수 있다.

　보격의 변천 과정에서 한 가지 주목할 것은 <짝수 보격>과 <홀수 보격>은 그것이 출현한 시기의 사회적 분위기와 일정한 관계를 맺고 있다는 점이다. 다시 말해, 사회적 안정기에는 안정의 율격인 짝수 보격을 취하는 시가가 주류를 이룬다. 반면에 격변기에는 변주의 율격인 홀수 보격을 취하는 시가가 주류를 이루었다. 이와 같은 현상은 통일 신라 시대에 출현한 향가(鄕歌)가 4보격을, 거란과 몽고의 침략으로 사회가 어지러웠던 시기에 출현한 고려 속요(俗謠)가 3보격을, 조선조가 건국되자 건국 이념과 성리학의 교리를 다루는 시가가 다시 4보격을, 후기로 접어들자 3보격이 등장했다는 점으로 미루어서도 짐작할 수 있다.

　이와 같은 관점에서 보면 층량 2보격은 동량 2보격에서 동량 3보격으로 넘어가던 시대에, 층량 3보격은 동량 3보격에서 동량 4보격으로 넘어가던 시기에 출현한 중간적 율격이라고 볼 수 있다. 그리고, 김소월을 비롯하여 김억(金億), 홍사용(洪思容), 김동환(金東煥) 등으로 묶이는 1920년대의 '민요 시인'들의 층량 3보격은 일본의 와까(和歌)에서 출발하여 1850년대의 신체시와 창가를 거쳐 1908년 최남선(崔南善)의 「경부선 철도가」를 통해 우리 나라에 도입된 것이 아니라,[38] 우리의 전통적 율격이

---

38) 외래 율격설을 주장하는 논저들을 살펴보면 다음과 같다.

일본의 자극에 의하여 재현된 것이라고 볼 수 있다.[39]

충량 3보격이 우리 시가의 전통적 율격이라는 것은 다음 작품들을 살펴보아도 짐작할 수 있다.

　　　날ㄱ티- 들리도∨　업스니이다(사모곡)

　　　어긔야- 멀리곰∨　비추오시라 (정읍사)

　　　이러쳐- 뎌러쳐∨　기약이잇가
　　　아소님하 흔디녀졋 기약이이다.(이상곡)

　　　그바미- 우미도다 삭나거시아
　　　유덕ᄒ신 님믈여희 ᄋ와지이다(정석가)


이 이외도 부분적이긴 하지만 「서경별곡」, 「청산별곡」, 「잡처용(雜處容)」, 「용비어천가」, 「월인천강지곡」을 거쳐 조선조 후기의 민요에서도 발견된다. 그리고, 한말을 거쳐 「경부선 철도가」 이전의 개화기 창가에서도 발견된다. 따라서, 율격이란 언어의 특질을 바탕으로 삼으며, 일본과 우리의 국어가 모두 우랄 알타이어 계통이라는 점을 고려할, 때 우연의 일치라고 보아야 할 것이다.

---

①양주동, '시와 운율', 《금성》 3호(1924.5) ②주요한, '노래를 지으랴는 사람들에게 (1)', 《조선문단》 창간호(1924.10), ③조지훈, '반세기 가요 문화사' 「한국문화사 서설」(탐구당, 1964) ④윤장근, '개화기 시가의 율성에 관한 분석 고찰' 《아세아연구》 39호(1970) ⑤김영철, '개화기 시가 연구', 《현대문학 연구》 17집(서울대 대학원, 1975), ⑥김대행, '민요조 재고-7.5조와의 관계에 대한 검토', 『한국 시가구조 연구』(삼영사, 1976) 등을 꼽을 수 있다.

39) 7·5조를 전통적인 율격으로 보는 논저들을 살펴보면 다음과 같다.
　①김억, '시단 1년', 《개벽》 42호(1923.12), ②이병기·백철, 『국문학 전사』(신구문화사, 1959). pp.313-314. ③조연현, 『한국현대문학사』(성문각, 1969), pp.441-443. ④김춘수, 한국 현대시 형태론(1959), 『김춘수 전집 1』(문장사, 1982), pp.37-40. ⑤성기옥, 앞의 책, pp.252-288 등.

시행과 율행의 관계에서 <율행=시행>의 배행법(配行法)이 먼저 쓰였으리라는 점은 새삼스레 논증할 필요가 없을 것이다. 정형시의 특질이 바로 이와 같은 배행법에서 비롯되기 때문이다. 따라서, 배행의 문제로는 [율행>시행]과 [율행<시행] 가운데 어느 양식이 먼저 탄생되었느냐만 문제로 남는다.

하지만, 이에 대한 추론도 그리 어려운 것은 아니다. [율행>시행]의 양식은 율행 단위로 배치할 경우 리듬이 단조로워지는 것을 극복하기 위한 것으로서 아직도 율행 의식이 남아 있는 반면에, [율행<시행]은 근본적으로 산문체를 지향하는 양식이기 때문이다. 그러므로 시행과 율행의 관계는 [율행=시행], [율행>시행], [율행<시행]으로 바뀌어 산문시 시대에 이루었다고 보아야 할 것이다. 이와 같은 변모 과정을 미루어 볼 때, 미래시는 리듬이 제거되고, 서정적·은유적 특질만을 가지고 쓰여질 가능성이 짙다고 볼 수 있다.

---

용어와 개념

(이용의 편의를 위하여 부득이 앞에 정리해야 할 개념은 ㆍ표시나 ·표시 대신 ·로 하고 순서를 바꾸었음)

---

● 거리(psychical distance)

∘ 거리

 · 거리의 정의 294

  ―칸트(I. Kant)의 정의 296

  ―리차즈(I. A. Richards)의 정의 316

  ―올드리치(V. C. Aldrich)의 정의 297

 · 장르에 따른 이동 난이도 303

 · 현대시의 비인간화와 거리 관계 328

∘ 거리의 분류 기준

 · 거리 분류의 새 기준 303

 · 기존 분류의 문제점 299

 · 오르테가(J. Ortega. Y. G.)의 분류 299

  ―개입(介入)

  ―관찰(觀察)

  ―비인간화(非人間化)

  ―일치(一致)

 · 지향성에 따른 분류 302

  ―극적 지향형

  ―청자 지향형

  ―화자 지향형

  ―화제 지향형

 · 초점에 따른 분류 302

  ―관념형

  ―기호적 상징형

  ―무의식형

  ―즉물형

 · 카이저(W. Kayser)의 분류 299

  ―가요적 표현 (Liedhaftes Sprechen)

  ―서정적 말건넴(Lyrisches Ansprechen)

  ―서정적 명명(Lyrisches Nennen)

 · 화제에 따른 분류 302

∘ 거리에 영향을 미치는 요소

 · 서술 빈도 296

 · 장르에 따른 거리 비중 295

 · 지향성 302

 · 초점 302

 · 화자의 태도 296

 · 화제의 호오(好惡) 313

∘ 거리의 유형

 · 비교적 가까운 거리 299

 · 비교적 먼 거리 302

 · 수용의 거리 296

 · 심리적 거리의 유형 297

 · 적당히 조절된 거리 299

 · 지나치게 먼 거리 299

 · 지나치게 짧은 거리 299

 · 표현의 거리 298

∘ 거리의 이동

# 현대 시학

인쇄일 초판 1쇄  1996년 06월 15일
　　　　 2쇄  2015년 02월 03일
발행일 초판 1쇄  1996년 06월 20일
　　　　 2쇄  2015년 02월 17일


지은이 윤 석 산
발행인 정 진 이
발행처 새미
등록일 2005.03.15. 제17-423호

서울시 강동구 성내동 447-11 현영빌딩 2층
Tel : 442-4623~4 Fax : 6499-3082
www. kookhak.co.kr
E- mail : kookhak2001@hanmail.net
ISBN : 978-89-8206-052-6 *03800


가 격 10,000원


*저자와의 협의 하에 인지는 생략합니다.